# ブックキーパー 脳男

Bookkeeper

Nou Otoko

首藤瓜於

Urio Shudo

講談社

# ブックキーパー脳男

装幀　國枝達也
写真　Viaframe/Stone/Getty Images

# 第一章

## 1

桜端道《さくらばなとおる》は、彼自身は意識していなかったが、すでに十二時間以上もパソコンのモニターと向かい合ったままだった。

　ネット版の地方紙の記事をランダムに検索しているうちに、今年に入ってわずか一ヵ月のあいだに、残虐な拷問を加えられて殺害された人間が三人もいることを偶然発見してしまったのだ。

　手口から見て同一犯による連続殺人であることは間違いなかったが、北海道、千葉県、長崎県と現場が遠く離れているために三件の殺人を関連づけて考えた人間はまだ誰もいないらしく、いずれの事件も未解決だった。

　気になる点はほかにもあった。

　連続殺人という異常な犯罪の動機は性欲に根ざしていて、犯人自身に自覚がない場合でさえ例外ではない。彼らは被害者の首を切り落としたり、内臓を抉りとったりすることで快感を味わう。

そういう意味では、連続殺人はほかの殺人とは違って殺人のための殺人といってよく、当然といえば当然だが犯人は常人とは違った精神構造の持ち主である場合が多い。

しかし三件の殺人は、被害者の遺体がいちじるしく毀損されているにもかかわらず、性的な要素をどこにも見つけることができなかった。

そこが気になる点だった。

動機が性的なものでないなら、犯人を異常者だと断定する訳にはいかず、そもそも『連続殺人』に分類することさえできなくなる。

すると、この事件の犯人が三人の被害者を殺した動機はなんなのか、と道はモニターをにらみながら考えていたのだった。

しかし、いくら考えても結論はでなかった。

道は考えるのを諦め、被害者周辺の電子データを手当たり次第に拾い集めることにした。

「ちょっと。あんたが着ているシャツ、昨日と同じじゃない」

夢中でキーを叩いていると、いきなり声がしたので道は椅子のうえで飛び上がった。

鵜飼縣《うかいあがた》が向かいのデスクに座って、道の顔をのぞきこんでいた。

「昨日からずっとここにいた、なんていうんじゃないでしょうね」

パソコンの操作に没頭していたせいで、鵜飼縣がどれくらい前から部屋にいたのかわからなかった。

「家に帰らなかったのかって訊いてるの」

「ああ。うん、まあね」

道はシャツの腹の辺りを両手で引っ張って、白い無地のシャツであることをたしかめながら曖昧な返答をした。

そのシャツをどれくらいの時間着ているのか、自分でもよくわからなかったからだ。

「まさか徹夜して仕事をしていたなんていうんじゃないでしょうね」

「仕事というか、たまたま気になるものを見つけて」

道は口のなかでぼそぼそとつぶやいた。縣が片方の眉を吊り上げて、目を丸くするふりをした。

「気になるものを見つけたから徹夜したって？　あんた、いつからそんな仕事熱心な人間になったの」

「いや。別になんでもない」

不意を突かれて言い訳めいたことばをつい口走ってしまったが、そもそもこの女に弁解をする必要などまったくないのだと思い直した。

「気になるものって、なに」

ふたたびパソコンに向かってキーを打ちはじめた道に向かって縣がいった。

「拷問されて殺された人間をたまたま見つけた」

道は答えたが、縣のほうから質問してきたことを、内心意外に思った。ふたりが同じ部屋で仕事をするようになってから半年近く経つが、そのあいだ縣が道の仕事に興味らしい興味を示したことなど、ただの一度もなかったからだ。

ログによれば、鵜飼縣が道の前に現れたのは半年前になる。ログというのは道がことあるごとにパソコンに書きこむことにしている記録で、文字通り航海日誌代わりの短いメモだ。

「見つけたって、どこで見つけたの」

縣がいった。

「ひとりだけじゃなく、三人もいるんだ。それもたったひと月のあいだにね」

「あんたの仕事は、異常犯罪に特化したデータベースをつくることでしょ。そのまま記録すれば済むことじゃない」

「異常といっても、解釈はさまざまだからね。異常のなかに正常が混じれば、正常が異常に見えることだってある」

「朝っぱらから訳のわからないことをいうのはやめにして」

「どう考えても、同一犯による犯行なのに、そのことに誰も気がついていないようなんだ」

縣が道の顔を見た。

「それが気になるっていうの。まさか、誰も気がつかないなら、おれが事件を解決してやろうなんて張り切った訳じゃないでしょうね。あんたは捜査員でもなんでもないのよ」

「いわれなくても、そんなことはわかってる。気になるのは、三件の殺人は拷問行為をともなう典型的な連続殺人のように見えるのに、精神に異常をきたした人間の仕業とはどうしても思えないというところなんだ」

「拷問をともなうって、どんな」

「被害者の体をサディスティックに傷つけている」

「過剰な暴力をともなう殺人の犯人が、かならずしもサイコパスとは限らないでしょうが」

「怨恨とか、突発的に癇癪を起こして後先《あとさき》も考えずに殺してしまったというんだったら、警察にだってすぐに犯人の見当がついたはずだ。でも捜査記録を読むかぎり、三件とも犯人は不明ということになっているし、ぼくなりに調べてみた範囲でも、動機らしい動機を発見することはできなかった。それに殺人現場が国中ばらばらに散らばっているのも引っかかる。なにしろ一件目は北海道、二件目は千葉、三件目は長崎の離れ小島ときてるんだからね」

「北海道に千葉に長崎ですって。たったひと月のあいだに？」

縣が目を丸くした。今度は見せかけのジェスチャーではなく、本当に驚いたらしかった。

「殺人現場だけじゃなく、被害者の性別や年齢もばらばらなんだ。ひとり目の被害者近藤庄三《こんどうしょうぞう》は五十五歳の男性。ふたり目の山本花子《やまもとはなこ》は三十九歳の女性。三人目の桜井守《さくらいまもる》は男性で七十二歳」

「犯人は異常者のようには思えないっていったわね。そう考える根拠はなに」

縣が尋ねた。

「通常の意味での連続殺人犯だったら、似たようなタイプを被害者に選ぶはずだし、獲物を捕獲するために自分のテリトリーを離れて、これほど遠くまで足を延ばすなんてこともあり得ない」

「そうとは言い切れないわ。ヒッチハイカーや長距離トラックの運転手が、行く先々で行き当たりばったりに人を殺したという例だってあるもの」

「そういう事例では、事件とつぎの事件のあいだに不規則な空白が開くことが多い。ひと月とか一年とか、場合によっては十年以上ということだってある。それに反してこの三件の殺人は一件目が今年の一月二十日、二件目が一月二十八日、三件目は二月十五日と、ほとんど切れ目なく連続して起こっているんだ。たった一ヵ月足らずのあいだに日本の隅から隅まで移動して、三人もの人間を効率よく殺してまわるなんて、気紛れやその場の思いつきとはとても思えない。犯人には性的欲望を満たすなどという理由以外の、なにか特別な目的があったはずだよ」

「目的って、どんな」

「それはわからない」

道はいった。

「徹夜して考えたんでしょ。山勘だろうが当てずっぽうだろうが、ひとつやふたつ思いついたことがあるはずよ」

縣が決めつけるようにいった。

「復讐、かも知れない」

道はなかば冗談のつもりでいった。

「犯人は、復讐のために三人の人間を殺したということ？」

「三人の被害者は出身地も違うし、同じ学校の卒業生だったという記録も、短い期間だが同じ職場で働いていたという記録もない。たまたま同じ町内に住んでいたことも、それどころか同じ市や県に住んでいたことさえない。いくら調べても、三人には接点らしいものがなにひとつ見つからなかった。それで、ちょっと想像をふくらませてみたんだ。三人にもし接点があったとしたら、それは記録に残らない接点だということになる。記録に残らない接点というのは要するにおおやけにはできない反社会的な性質を帯びた、つまり犯罪がらみの接点のことだから、三人が過去に起こした犯罪がこの殺人事件の原因なのではないか、ってね。たとえば、インターネットの闇サイトかなにかで知り合った三人が、示し合わせてある豪邸に盗みに入ったが、侵入した先で故意か偶然かその家の主人を殺してしまう。ところが殺された主人の息子がたまたま現場を目撃していて、息子は父を殺した三人を執念深くつけ狙い、長い年月の末についに復讐を果たす」

道は一息にしゃべってことばを切り、縣の反応をうかがった。

縣はなにもいわなかった。

「つまり犯人は、三人組の強盗に父親を殺された息子だったという訳さ。もちろん殺人現場を目撃して復讐を胸に誓うのは息子じゃなく、殺された男の娘でも妻でも誰でもかまわないけどね」

「どうしてネットの闇サイトで知り合ったということになるの。三人が昔からの仲間だったということだってあり得るじゃない」

「三人には過去のどの時点においても接点があった形跡がまったくない。公式の記録を見るかぎりね」

「被害者の三人になにかのつながりがあることは間違いないと思うけど、それがどんなつながりなのかは、もっとくわしくデータを調べる必要があるね。犯人の動機が復讐ではないとしたら、ほかに考えられることはなに」

道の冗談半分の思いつきを否定するでも茶化すでもなく、縣は真面目な顔でいった。

「拷問したのかも知れない」

「それは聞いた」

「殺すことが目的だったのではなく、拷問そのものが目的だったのではないかということ」

「それだと、やっぱり犯人はサイコパスってことになるんじゃない」

「ぼくがいっているのは純粋な意味での拷問、つまり情報を引きだすための手段のこと。この犯人が被害者たちを傷つけた目的はあくまでも被害者たちを拷問することで、殺害は付随的な結果に過ぎなかったのではないかとも考えられる」

「根拠は」

「犯人は被害者をサディスティックに傷つけているっていったけど、被害者に加えられたのは見境いなしの爆発的な暴力というより、むしろ抑制的といって良いくらいのものなんだ。犯人は体の一部を集中的に攻撃していて、体のほかの部分には触れてさえいない」

「くわしく説明して」

縣がいった。

本当にめずらしい。鵜飼縣はこの話のどこにそれほど興味をもったのだろうか、と道は思った。

「ひとり目の被害者近藤庄三は指を一本ずつ切り落とされていた。右手が五本、左手が三本の合計八本。ふたり目の山本花子は手ではなく、足の指。指の爪を剝がされたあと、ハンマーのような道具でこれも一本ずつ丹念に潰されている。残念ながらこの被害者の場合は、無傷で残った足の指は一本もなかったけどね。三人目の桜井守は、性器が原形をとどめないほど焼けただれていた。酸を長時間にわたって少しずつ垂らされたんだ」

　縣が眉根を寄せて、考えこむ顔つきになった。

「現場は三件とも被害者の自宅で、屋外ではなかったのね」

「ああ」

「通り魔の可能性はないということね」

「そういうこと」

「遺体が見つかったのは家のなかのどこ」

「ひとり目は風呂場。ふたり目はリビング。三人目は地下室」

「死因は」

「ひとり目は脳挫傷。おそらく拷問の最中に逃げようとして転倒し、タイルの床に頭をぶつけたんだろうね。山本花子は失血死、桜井守は心筋梗塞による心停止。いわゆるショック死というやつ」

「そっちのデータをわたしのＰＣに送って」

　縣がいった。道はいわれた通りキーを叩いた。

　会話の流れがあまりに自然であったために、縣から仕事の指示を受けたことなどそれまでただの一度もなかったことにも、なんの抵抗もなくその指示に従っていることにも道はまったく気づかなかった。

「これだけ？」

　縣はモニターに映しだされたデータをまたたく間に読みとってしまい、道に顔を向けた。

「ほかにもあるけど、メタデータを入れると膨大な量になるよ」

「良いから送って」

　道はふたたび黙って指示に従った。

事件を担当した所轄署の捜査報告。第一発見者その他参考人の証言記録。町内会など近隣住民の姓名、性別、住所。被害者本人の学歴、職業。銀行口座番号と支出および収入明細。年金と国民健康保険の支払いと受給状況。入院歴。民間保険の受取人の姓名と続柄。携帯電話の番号、着信と発信履歴。メールアドレス。所有車輛の有無。運転免許証番号。登録されている駐車場の住所。交通違反の有無。その他の逮捕歴。頻繁に利用する交通機関。クレジットカードの利用先と利用日時。購入した商品リスト。ＳＮＳの閲覧履歴。オンライン配達サービスの利用履歴。有料テレビの視聴履歴……。

縣はリストをクリックしながら、ディスプレーに表示される文字と数字の羅列を目で追いはじめた。

部屋のなかが静まり返った。

静寂が長くつづき、道は半年前にとつぜん目の前に現れた女の顔をあらためて見つめた。

縣がやってくるまでこの部屋の住人は道だけで働いている人間も道ひとりだった。

与えられた仕事は異常犯罪に関するデータベースをつくること、ただそれだけだった。

最終形として求められたのは、殺人に限らず痴漢、ストーカー、買売春、人身売買、児童虐待、詐欺、サイバーテロなどあらゆる犯罪形態を集約する、包括的でありながら汎用性の高いシステムで、なにを異常と呼び、なにを正常と呼ぶのかの判断も道に一任された。

ネットにつながっている記録である限り、どこの国のどんな企業や機関のどんな記録も資料として利用してもかまわないといわれ、期間に関しても条件らしい条件は一切設けられなかった。

ネットにつながっている記録をすべて利用してもいいということは、ネットにつなげることができる記録はすべて利用してもいいということだった（少なくとも道の解釈ではそうだった）。

部屋のなかに、立ち上げるだけで日替わりのパスワードのほかに本物の金属の鍵が必要であるような特殊な端末が何台も運びこまれ、それを使うために自宅で作業することができないことが唯一不便な点だったが、ほかにはなにひとつ不満はなかった。

そこに半年前とつぜん鵜飼縣が、分室の室長という肩書きでやってきたのだった。

年齢は大して変わらないように見えたし、しかも職場では半年後輩になるにもかかわらず、女がなぜ自分の上司になるのかが理解できなかった。しかも女がどこの部署からどんな理由で異動してきたのか、誰からも聞かされなかった。

誰も教えてくれないなら自分で調べるしかなかった。

縣とはじめて顔を合わせた日の夜、道は部屋の端末を使って警務部が保管している人事データに無断でアクセスした。

一年前、二十一歳のときにプロのハッカーとしての腕を買われてスカウトされた道は、電子の森のなかに隠れている秘密のルートを易々《やすやす》とたどりながら、驚くようなことはどうせなにもでてきはしないだろう、鵜飼縣という新参者も自分と似たり寄ったりの経緯でここに引っ張ってこられたに違いない、と考えていた。要するに高《たか》をくくっていたのだ。

ところが、モニターに現れた部外秘扱いのデータは、予想すらしなかったほど意外なものだった。

『氏名　有界縣《うかい》
出生地　日本。就学年齢以前（正確な年齢は不明）に米国に移住。アラスカで育つ。
父親は有界勝治《かつはる》。母親は良子《よしこ》。母親の旧姓は中原《なかはら》。
両親がアラスカ某所で行方不明（正確な年月日は不明）となり孤児となったため、日本に在住する××××に引きとられた。

注）縣が現在使用している同音異字の鵜飼姓は、日本に帰ってからの表記。変名の理由不明。
××××××××××××××××
××××××××××××××××××』

縣を引きとった人物の名前は伏せ字になっていて、彼女とどういう関係にあたる人間なのかも書きこまれていなかった。

二行の伏字のあとに、縣が警察学校に入学したという唐突な記述があり、入学した年月日と卒業した年月日は記されているものの、そのとき縣が何歳だったのか不明のままであるうえに、警察学校に入学するまで一体どこでなにをしていたのかを知る手がかりになるような記載は一切ないのだった。

警察学校を卒業した縣は所轄の鑑識係に配属されたが、鑑識の現場を半年間経験しただけで配置換えになっており、しかも新しい配属先は科学捜査研究所となっていた。

所轄署に半年間勤務しただけで科捜研に異動になった理由は書かれておらず、記録もそこで終わっていた。

たった十行足らずの短いファイルだったが、にわかには信じがたい内容だった。

それにしてもアラスカ育ちで、両親がふたりとも行方不明とは。いや、順序が逆か。それにしても両親がふたりとも行方不明で、アラスカ育ちとは。

鵜飼縣は表情をまったく変えることなくモニターに視線を走らせていた。

年齢は二十二歳から二十五歳のあいだ。身長は百七十二センチ。体重は五十三キロから五十九キロのあいだ。頻繁にウィッグをつけ替えるので、髪型と髪の色は毎日のように変わった。

初めて顔を見たときの感想もちゃんとログに書き留めてある。

目鼻立ちが整っているにもかかわらず少しも美人に見えないのは、陽焼けしたのかそれとも生まれつきなのか浅黒い肌のせいだろうと思ったのだが、アラスカでの過酷な生活が少なからず影響を及ぼしているに違いなかった。

いま目の前にいる縣は、襟のついたシャツに黒のパンツスーツという地味な出で立ちだったが、ときどき目を疑うような服装で出勤してくることがあり、スカジャンにダメージジーンズくらいならまだしも、頭から爪先までゴスロリの衣装に身を包んで現れたときには、あまりに唖然としたために、開いた口が午前中ずっとふさがらなかった。

そういうときに道は、この女はきっと前日に酒を飲み過ぎて理性がまだ回復していないのだと考えるようにしていたのだが、なんの脈絡もなく突拍子もない恰好をするのも、氷に閉ざされた荒野で育ったという過酷な過去の木霊《こだま》なのかも知れなかった。

顔合わせの挨拶だけはなんとか済ませたものの、この謎めいた女とこれからどう接したら良いのだろうかと考えると、とまどってばかりもいられず、なによりも真っ先に心配しなければならないのは、これまで通り勝手気ままに一日一日を送れるかどうかということだった。

女が上司面《づら》をして仕事の内容を詮索してきたり、手順についてあれこれ口をはさんできた場合にそなえて、道は前もって手段を講じておかなければ、と考えた。

それから縣と向かい合わせのデスクに座ってルーティーンワークをこなしているふりを装いながら、実行中の作業に他人が容易に手をだすことができないよう、プログラムのなかに小さな罠を何重にも仕掛けることに専念した。

しかし意外なことに、一週間二週間と経っても、縣は縣で彼女自身の仕事に没頭している様子で、干渉してくるようなそぶりは無論のこと、命令や指示をすることも一切なく、それどころかそもそも存在自体が目に入っているのかどうか疑わしく思えてくるほど、道に対してまったくの無関心であるようにさえ見えた。

一ヵ月が過ぎても、変わったことといえば部屋の住人がひとり増えただけで、それ以上の変化はなにひとつ起こらなかった。

二ヵ月もすると、ふたりとも一日中パソコンに向かって作業しながら、どちらからともなくことばを交わすようになった。

時間の推移にともなう自分の感情の変化は、ログを読み返してみればたしかめることができる。その頃には縣に対する警戒心は薄れ、スマホの最新機種はどのメーカーの製品がいちばん優秀か、コンピューターの関連機器を扱っている店ではどこが在庫豊富でしかも安価かなどと、とっておきの情報を気軽に交換し合うようになっていた。

しかし暇つぶしの会話ではなく、実際の事件について意見の交換をするのは初めてだった。まさしくログに書き留めておく価値のある事件だといえた。

## 2

警務部の縣のファイルを盗み見た翌日、科学捜査研究所のデータベースに侵入したのは当然の成り行きというべきで、警務部の場合と同様に科捜研のセキュリティーシステムを破ることに躊躇《ちゅうちょ》など露ほども感じなかった。

縣が警察官になった理由は、彼女を日本に引きとった人物と関係があるのだろうと察しはついたものの、所轄署の鑑識勤務からたった半年で科捜研に異動になった背景がどうしても知りたかった。

だが科捜研のデータを引きだすまでは簡単だったが、人事フォルダーを開くと、思ってもいなかった画面がモニターに現れたので、道は失望を味わわされることになった。

そこにはなにもなかったのだ。

不正規のアクセスをあらかじめ予期していたように、人事記録は何者かの手によって消去されていた。バックアップされたデータがどこかにないかサーバー内をあちこち漁《あさ》ってみたが、ノイズの痕跡さえ残っていないほどの徹底的な削除ぶりだった。

結局、縣がわずか半年でなぜ所轄の鑑識係から科捜研に配置換えになったのか、科捜研でどんな仕事をしていたのか、科捜研から一体いくつの部署を経てこの部屋にたどりついたのかについてはまったくわからず仕舞いで、縣に関する謎はますます深まるばかりだった。

「被害者の親族の記録がないけど」

縣の声がした。

モニターに目を向けながら質問しているのだと、道が気づくまで間《ま》があった。

「被害者には親族と呼べるような人間がひとりもいないんだ。三人とも両親を何年も前に亡くしているし、結婚をしたことがないので子供もいない」

「兄弟姉妹もいないの」

「そう。全員が一人っ子だ」

「三人そろって両親もなく、兄弟姉妹も親類縁者さえひとりもいないという訳？」

「そんな人間はたくさんいるよ。世界中を見渡せば何千万人とね」

道はいった。

「三人とも身寄りはなくひとり暮らしだった。近藤庄三は北海道旭川市の郊外の一軒屋、山本花子は千葉県松戸市のマンション、桜井守は長崎県の離島の一軒屋。家賃はそれぞれ十一万円、十五万円、一万円」

「立地に見合った適正な金額だと思うけど」

道は茶々を入れた。

「近藤庄三の本籍地は岐阜県岐阜市。山本花子の本籍地は群馬県高崎市。桜井守の本籍地が東京都文京区。三人ともいまの住所に移る以前は、生まれ育った場所で学校に通い、地元の会社に就職して長年そこに勤務していた。ほかの土地で暮らしていた記録はない」

道のことばなどまるで耳に入っていないかのように縣がつづけた。

「それなのに三人は、一年という短いあいだにまるで申し合わせたみたいに、住み慣れた土地を離れていまの住所に引っ越している。近藤庄三が岐阜県から北海道に移ったのは三年前の六月。山本花子が高崎市から千葉県の松戸に移ったのは、同じ年の十二月。桜井守は翌年の六月に東京の千駄木《せんだぎ》から長崎に移っている」

そもそも感情を外に表すことをしない人間なのだが、コンピューターを操作しているときの縣はいっそう表情がなくなり、まるで彼女が走らせているプログラムに彼女自身が同期してしまったように、声まで無機質な調子に変わるのだった。

「近藤庄三が勤めていた天徳《てんとく》刃物協同組合という互助組織は、名称は協同組合になっているけど民間の出資会社だったし、山本花子が働いていた高崎市の大垣スポーツセンターというところも、名前だけ見ると町か市が運営している公共施設みたいだけど、これも民間の企業だった。だから倒産したり、人員整理で退職を余儀なくされてもおかしくないということになる。桜井守が四十年間も勤めていた新世界鉱業にいたっては、業務内容さえはっきりしない怪しげな会社だけど、ともかく曲がりなりにも三人は会社員として定期的な収入を得ていたことだけは間違いない。それがとつぜん解雇の憂き目にあってゼロになってしまった。引っ越しをしたのは、どこか別の会社を探して就職する必要に迫られたからだと思うけど」

「収入を得る必要に迫られていたというなら、いまの住所に移ってから、三人が仕事に就いた形跡がないのはどうして」

モニターに視線を向けたまま縣がいった。道はあわててパソコンの画面をスクロールした。

縣がいった通り、三人が新しい働き口を見つけたという記録はどこを探しても見当たらなかった。

「越してからずっと無収入のままなのに三人とも通販サイトで家具と家電製品を購入している。オンラインの利用履歴によると、役所に転入届をだす二ヵ月前。収入の当てもないのに、引っ越しをする二ヵ月も前に家財道具を買いそろえていたことになる」

縣がいった。

三人が、半年おきとはいえほぼ一年のあいだに本籍地から引っ越していたことも、引っ越しの二ヵ月前に家具や家電を買いそろえていたことも、道は縣に指摘されるまで気づかなかった。

道は、その事実がなにを意味しているのかを考えようとした。

しかし、無駄骨に終わった。

「三人に物件を仲介した不動産会社があるはずだけど」

縣は道の見落としをとがめるでもなく、平板な口調でいった。

道は不動産会社の名前をなんとか思い起こしてモニターに呼びだした。

「近藤庄三に物件を仲介したのは、旭川市内のアトラスK座間住宅情報センターという会社、山本花子は松戸市内のピーボックス21商事㈲不動産部、桜井守は長崎市内の浜吉祥《はまきっしょう》リビング㈱実相寺《じっそうじ》通り店」

「電話をして」

縣がいった。

「電話するって、なぜ。念のために謄本と申請書も確認してある。ちゃんとした会社だったよ」

「ちゃんとしているのは書類上のことだけってこともある。現在も営業しているかどうか、たしかめて」

道はしぶしぶ腕をのばして固定電話の受話器をとりあげた。

デスクの片隅に載っているのは知っていたが、その時代遅れの機械に触れるのはおそらく初めてだった。

道は数字が刻印されたボタンを押した。

そもそもこの黒電話はなんのためにここに置いてあるのだろう。電話ならパソコンからでもかけられるのに。

ワイヤを垂らした電子機器ばかりの殺風景な部屋なので、小物代わりに飾ってあるだけなのだろうか。

埒《らち》もない考えが頭の隅を一瞬だけよぎった。

もてあますほど大きくて重い受話器を耳に当てて待った。

応答はなかった。

「この電話番号は現在使われておりません」

受話器の向こうから録音された声が聞こえてきた。

北海道のつぎには千葉、千葉のつぎには長崎と同じように電話をかけたが、いずれも応答はなかった。

「三軒ともでない」

「もう一度かけて」

縣がいい、道はふたたびいわれた通りにした。

結果は同じだった。

「店じまいしてしまったのかな」

「それとも、三人の契約をするためだけに登記された会社だったか」

「旭川に松戸に長崎の不動産会社が三軒とも幽霊会社だったっていうことかい。そんな偶然があるものかな」

「もちろん偶然ではあり得ないわ」

縣がいった。

「そもそも就職の当てもなければ、たよる親類縁者もいない土地に、三人がそろってとつぜん引っ越した理由がわからない。でも引っ越しの時期が重なっていたことといい、家具と住居が用意されていたことといい、誰かがお膳立てしたみたいに見えることはたしか」

「どういうこと」

道は、お膳立てしたみたいに見えるという縣のことばを聞きとがめた。

「まさか、誰かが三人を殺すために呼び寄せたなんていうつもりじゃないだろうね。殺すことが目的なら、三人を一ヵ所に集めそうなものじゃないか。どうして北海道に千葉に長崎なんて、てんでばらばらの場所にする必要があるんだ。それじゃまるで筋が通らない」

「あんたのいう通り、それじゃまったく筋が通らない。でもそれは、お膳立てをした人間と三人を拷問して殺した人間が同じ人物だと仮定した場合のこと。お膳立てをした人物と三人を殺した人間が別々だったとしたら話はまったく違ってくる」

縣はモニターに視線を向けたままだった。

「お膳立てをした人物と三人を殺した人間が別って、どういうことだい」

「ひとりは三人を逃がそうとしていた人間で、もうひとりは三人を追いかけていた人間」

「三人を逃がそうとしていたって」

道は眉をひそめた。縣のいうことがまるで理解できなかった。

「写真が見たい」

縣がいった。相変わらずモニターに顔を向けたままだ。

「写真？　写真ってなんの写真」

道は聞いた。自分でもはっきりとわかるくらい間の抜けた口調だった。

「三人の被害者の写真」

縣がいった。

「ああ。もちろん」

道はモニター画面に向き直り、キーボードを叩いた。

写真を探しはじめると、道はあることに気づいた。

三人のファイルには、写真をふくめた画像データが極端に少ないのだ。

五十五歳の近藤庄三と七十二歳の桜井守のふたりは年齢から考えてパソコンを使い慣れていなかった可能性があるのでまだ理解できるとしても、三十九歳の山本花子のファイルにさえバーベキューや花火、野外ライブの写真はおろか、自慢の手料理の写真も流行のスイーツの写真といったものすらなかった。

　旅行先で撮ったと思われる写真があったが、どんなガイドブックにでも載っているような定番のアングルで撮影された風景写真ばかりで、山本花子自身が写っている写真が一枚も見当たらなかった。

　保存フォルダーをのぞいてみたが、誰かが撮影したものや自撮りもふくめて、山本花子が被写体になっている写真はなく、パスポートに添付された顔写真をかろうじて見つけることができただけだった。

どう考えても不自然だった。

道は首をひねりながら、縣のパソコンに送信した。

「山本花子は十九歳のときに取得したパスポートに添付されていた写真。近藤庄三の顔写真も同じくパスポートのもので、二十歳のときの写真。桜井守も同じく二十五歳当時に撮影された写真だ」

縣は、なにもいわずモニター画面に映しだされた写真に目をやった。

「写真が古すぎて、よくわからない。最近撮った写真はないの」

「三人とも、顔写真はこれしかなかった」

「どういうこと」

「どういうことって、三人のファイルのなかには画像データがほとんどないんだ」

「それにしてもパスポートの写真しかないなんて、どう考えても不自然じゃないの」

道もまったく同感だった。

「変死事件だから、当然三人とも司法解剖されたはずよ」

「そうか。解剖写真か」

いわれてみればその通りだった。

「画像」で検索しても引っかかってこなかったはずで、そもそも司法解剖報告書をコンピューターにとりこむことを忘れていたのだ。

道は事件資料のなかから司法解剖報告書をさがしだしてダウンロードすると同時に、縣のコンピューターにも同じデータを送った。

モニターに、解剖台のうえに横たわった遺体の写真が映しだされた。胸部の皮膚がめくりあげられて肋骨がのぞいている写真や腹腔から内臓がはみだしている写真があった。

道の法医学の知識は、犯罪全般の知識や警察組織に関する知識と同じようにすべてネットから得たもので、そのためかどうか、入浴中に失神してそのまま空焚きされ、巨大化した死体の写真であろうが、顔面を魚に食い荒らされた溺死体の写真であろうが、それが二次元である限り、どんなにグロテスクなものでも平然と眺めることができた。

道はモニター画面を三分割して、指を切り落とされた近藤庄三の手、足の爪を剝がされたうえに一本ずつていねいにたたきつぶされた山本花子の爪先、焼けただれて黒炭の塊りのようになった桜井守の性器の写真をならべてじっくりと観察した。

縣はと見ると、彼女もモニター画面を一心に見つめていた。

いつまで経っても黙っているので、画面を縣のパソコンの画面に切り替えてみると、縣が見ているのは、解剖台に横たえられた被害者の顔を撮影した写真だった。

拷問された部位の拡大写真を見て、犯人の手口を子細に検討しているものとばかり考えていた道は意外に思ったが、すぐに縣が見たいといったのは三人の最新の顔写真だったと思い直した。

顔を見ているのは意外でもなんでもなかった。

「顔写真を眺めて、なにかわかるのかい」

それにしても縣が同じ画面を見つめたまま微動だにせずひと言も発しようとしないので、我慢ができなくなって尋ねた。

「整形手術を受けた跡がないかどうか確認していただけ」

「整形手術」

道は思わずおうむ返しにいった。どうして整形手術などということばがでてくるのかわからなかった。

「あんたはなにか見つけた？」

縣が道に尋ねた。

「犯人は手抜きをしないで、ていねいな仕事をしたようだ。拷問のことだけどね。ぼくにわかるのはそれくらいだよ。それより、整形手術というのはどういうことなんだい」

道は質問をくり返した。

「身元を隠すために経歴を偽造しただけじゃなく、念を入れて人相まで変えたんじゃないかと思っただけ。でもそんなことはなかったみたい」

縣がいった。

「ちょっと待って。身元を隠すために経歴を偽造したって、一体なんのことだい」

「三人の経歴は一から十まででたらめだってこと」

道には縣がなにをいっているのかとっさに飲みこめなかった。

「犯人が三人を拷問したのは、なぜ」

道に向かって縣がいった。

「それはもちろん、なにかを聞きだすためだろう」

「なにを聞きだすつもりだったの」

「そんなこと、わかる訳がない」

「ええ、その通り。犯人が三人からなにを聞きだそうとしたのかなんて、わかるはずがない」

からかわれているのかと思ったが、表情をうかがうと、縣にそんなつもりはまったくないらしかった。

「でも、わかることがひとつだけある。犯人がなにを聞きだそうとしたにしろ、それは被害者の三人だけが知っているはずのことだったに違いないということ。三人が知っているはずだからこそ、犯人は拷問をしてまでも聞きだそうとした。三人だけが知っている共通の事実があったということは、あんたのいった通り、三人に接点があった証拠。それなのに公式のデータでは三人に接点などなかったことになっている。このことだけ見ても、三人に関するデータがまるで信用できないことがわかる」

「なるほど。だけど、それはつまり」

道はつぶやいた。縣の思考の筋道をきちんとたどれているかどうか自信がなかった。

「過去のつながりを消すために誰かが三人の過去の経歴のすべてをでっちあげた、と仮定したほうが自然だし論理的だというだけの話よ。そう仮定すれば三人が北海道へ千葉へ長崎へとばらばらな土地にとつぜん引っ越した理由も簡単に説明がつく。三人は誰かに追われていて、その誰かから姿を隠すために遠く離れた土地で無関係の他人同士として暮らす必要があったからだ、ってね」

そこまで説明されても、道には縣のいうことが彼女のことば通り本当に論理的なのかどうかにわかに判断がつかなかった。

「三人は誰かに追われていた。そして、その誰かとは別の何者かが三人を逃がすために、本籍地から現在の住所に移るのに必要な書類をそろえ住む家まで用意した、ときみはそういいたいのかい」

道はおずおずと口にした。

「ええ。わたしのいいたいのはそういうこと」

縣がいった。

「経歴のすべてって、つまり彼らに関するデータは全部捏造されたものということかい。本籍地も通った学校も勤めていた会社も」

「三人が身を隠そうとした理由が、彼らを殺した人間から逃げるためだったとすれば、そうしなければ意味がない。だって、名前からなにからすべて新しいものにしなければ、簡単に跡をたどられてしまうもの」

「仮説としてはそうかも知れないけど、三人の経歴が一から十まで捏造されたものだというのはあり得ないと思うな。この三件の殺人に関しては、捜査が難航しているためなのか、たまたまなのかわからないけど、それぞれの所轄署の鑑識が被害者の指紋を採取して、三人がパスポート取得の際に登録した指紋と同一であることをきちんと確認しているんだ」

名前からなにからすべて新しいものにしたにもかかわらず、三人は結局追っ手に見つかって殺されてしまった訳？　そう皮肉をいいたいところだったが、道は縣が気づいていないかも知れない事実を指摘した。

「殺された近藤庄三、山本花子、桜井守は間違いなく本人で、別人ということはあり得ないんだ」

「あんたは三人の指紋をその目で実際に見たの」

縣の反論はたった一言だった。

「あんたが見たのは実物ではなくてサイバースペース上のデータでしょ。警察だって同じ。本人かどうか判断するにはデータベースと照合するしかない。ネット上のデータはいくらでも消去したり、書き加えたりすることができる。事実とデータが食い違っていたら、データのほうが偽装だと考えるしかないわ」

そんなことはいわれなくてもわかっている、と道は思った。なにしろ十代のころには、世界中のありとあらゆる企業や公権力のシステムに侵入して、面白半分にデータを改ざんすることを日常にしていたのだから。

「きみがいう事実とはなんだい」

いい返したいことは山ほどあったが、口からでたのはそれだけだった。

「まぎれもない事実はただひとつだけ。三人の人間が拷問されて殺されたってこと」

縣がくり返した。

「捜査報告書のなかに現場写真がなかったんだけど」

縣がいった。

「ああ、そうだった」

殺人現場の写真をとりこむのも忘れていたことに気づいて、道は自分の間抜けさ加減を呪いたくなった。

捜査資料のデータを探すと、幸運なことに北海道と千葉と長崎それぞれの所轄署の鑑識課は、殺人現場で撮影した写真を一枚ずつ丹念にスキャンしてくれていた。

道はそれぞれおよそ三百枚ずつ、合わせて千枚近くある写真を縣のＰＣに送った。

最初の写真は、北海道で殺された近藤庄三の死体が発見された家の風呂場を撮影したものだった。

「想像していた現場とはずいぶん違うわね」

画像を見るなり縣がいった。

近藤庄三の家の風呂は、まるで温泉旅館の大浴場だった。

浴槽が洗い場より低い位置に池のように掘られており、広い洗い場はタイル張りではなく、模造石が敷き詰められていた。

風呂場そのものを手作りしたらしく、半円形の浴槽を縁どっている石は、種類もさまざまなら大きさも不揃いだった。

近藤庄三は洗い場の入口近くに、腹ばいの姿勢で倒れていた。

肥満した大男で、尻にも背中にも体毛が目立った。

「第一発見者は誰」

モニターを見つめたまま、縣が聞いた。

「近藤家に毎朝牛乳を運んでいた近所の牧場の経営者」

「その人は被害者と親しい間柄だったの」

「近藤庄三が引っ越してきてから、自分の牧場の搾り立ての牛乳を毎日運んでやっていたほどだから、まあ親しい間柄だとはいえるだろうね。近藤庄三のことは、早めの引退に成功して念願の田舎暮らしをはじめた資産家かなにかだと思っていたらしい」

道のことばが聞こえたのか、それとも聞こえなかったのか、縣は返事もせずにほかの写真に移った。

居間を撮影した一連の写真だった。

居間もまた風呂場くらい広かった。床は板張りで壁際には暖炉がしつらえられていた。電気や灯油を使って火を燃やすような形だけのものではなく、薪をくべて燃やす本物の暖炉だった。

「この暖炉も近藤庄三自身の手作りらしいわね。これだけ見ても近藤庄三が好みにうるさい人間だということがわかる。通販でどこにでも転がっているような家電製品を買いそろえるような人間にはとても思えない」

縣がいった。

なるほど、そういう考え方もあるのか、と道は思った。いわれてみれば、サイバースペース上のデータから想像していた暮らしぶりとはだいぶ違っているのはたしかだった。

部屋のなかはきれいに片づけられ、ゴミひとつ落ちていなかった。

部屋の片隅にある調理コーナーを撮影した写真もあった。シンクやカウンターは磨き上げられ、こちらも汚れひとつなかった。

食器棚には何十種類もの調味料や香辛料の容器が整然とならべられ、冷蔵庫のなかには部位ごとにきちんと分けられた生肉のストックがあった。

「日曜大工だけじゃなく、料理の腕前もよかったみたいね」

感想をひと言だけいうと、縣は別の写真に移った。

庭に建てられたガレージを撮影した写真だった。

これも近藤庄三自身が建てたものらしくゆうに小さめの一軒屋くらいはある大きさで、シャッターを開けた状態で室内を撮影した別の一枚には、最新型のSUVと大型のキャンピングカーと中型のキャンピングカーが写っていた。合計三台が横にならんで駐車してもまだ十分に余裕があるほど広く、空いたスペースには日曜大工に使う道具や、車の修理に使う工具が置かれていた。

キャンピングカーとは、会社を馘首《くび》になって無収入になった男とはとても思えない贅沢な趣味だな、と道は思った。

「キャンピングカーの後ろを見て」

写真のその部分を見ると、大きな段ボール箱が、梱包も解かれないまま何箱も積み上げられていた。

段ボール箱の側面には大きく通販会社のロゴが印刷されているのが見え、『ショップ・クロニクル』と読めた。

「思った通りだわ。箱のなかに入っているのはオンラインで買った家電だろうけど、永久に出番はなさそう」

縣がいった。

これでオンラインを使った買い物が偽装工作の一環である疑いがますます強まった訳だ、と道は思った。

「最初から気になっていたんだけど、被害者は三人とも、このショップ・クロニクルというサイトで買い物をしている。どんな会社なの」

縣のことばが終わらないうちに、道はキーボードのうえに指を這わせていた。

「ショップ・クロニクル。運営会社はクロニクル・クローン・マーケティング株式会社。本社は東京の六本木となっている」

「サーバーも六本木にあるの」

道はふたたびキーを叩いた。

アクセスログをたどるのは簡単だった。

「サーバー本体は愛宕《おたぎ》市にある」

「愛宕市？」

どこかで耳にした名前だったのか、縣が眉間にしわを寄せた。

「全国にいくつかある商品倉庫のなかでもいちばん規模が大きい倉庫もここにあるし、運営組織の本体は、東京ではなく愛宕市にあると考えてまず間違いないだろうね」

道はいった。

愛宕市という名前が気にかかるのか、一分か一分半か、あるいは二分くらいか、縣はしばらくなにか考えているようだったが、結局なにもいわぬまま別の写真に移った。モニターに映しだされたのは、第二の被害者である山本花子の殺害現場の写真だった。

リビングルームには透明なビニールシートが敷かれ、山本花子はその真ん中に置かれた椅子にロープで縛りつけられていた。猿ぐつわをかまされ、足元には大きな血溜まりができていた。

「ビニールシートは鑑識ではなく、犯人が敷いたものだ。流れでた血が下の階の天井にしみださないようにするためだろう」

いわずもがなのことかも知れないと思いつつ、道はいった。

縣は道の説明を心に留めた様子もなく、すぐに別の写真に移った。モニターに映しだされたのは、寝室を撮影した写真だった。

寝室にはベッドのほかにドレッサー、クローゼット、洋服ダンスがあり、いかにも女性の寝室らしい部屋に見える半面、三方の壁には床から天井まである書棚がしつらえられていて、まるで学者の書斎のようでもあり、どこかちぐはぐな印象があった。

リクライニングチェアが置いてあり、アンティークのランプとタイプライターの載った木製の机があった。

古ぼけたタイプライターもランプと同じく実際に使うものではなく、部屋を飾るための置物に違いなかった。

道の目を引いたのは、ベッドの脚元に置かれた大きな木製の台に載せられたレコード・プレイヤーと台の両側に据えられた大きな縦長のスピーカーだった。

プレイヤーが置かれているところを見ると、山本花子はただの音楽好きというだけでなく、レコード盤で音楽を聴く趣味をもっていたらしかった。

第二の被害者も第一の被害者と同じように、ネット上のデータから想像していた暮らしぶりとは大きなずれがあることは否定しようもなかった。

三人が殺された現場の写真を見たい、と縣がいった理由が道にもやっと理解できた。

ふと思いついたことがあってあらためて書棚を撮影した写真を見直すと、三方の壁を埋めているのは書棚ではなく整理棚で、ぎっしりと隙間なく収納されているのは書籍や雑誌ではなく、ＬＰ盤のレコードだということがわかった。

ざっと数えただけでも千二百枚以上はあった。

数を数えるのは得意だった。目の前にあるものなら、どれほど膨大な量だろうと、一瞬で数えつくすことができる。

肝心なのは、目の前に同時に存在していることだ。目の前に拡がっているものなら見渡すことができるから。

「音楽が趣味だったらしいね。しかも趣味のためには金に糸目はつけなかったらしい。プレイヤーもスピーカーもオーディオマニア垂涎《すいぜん》の高級品だ」

道は縣にいった。

「金に糸目をつけないなんて、古風なことばを知っているのね。どこで覚えたの」

縣が真顔でいった。

本気で感心しているとは思えなかったので、道は答えなかった。

コンピューターのモニター画面に映しだされる文字や数式や記号を脈絡もなく吸収しながら成長したので、日本語だけでなく外国語の語彙や成句をふくめた知識は過剰なほどあった。

しかし正規の教育を受けていないせいか、自分の言葉遣いのどこが年齢不相応で、どんな知識が社会常識から逸脱しているものなのか大人になってもわからないままだった。

「どんな音楽を聴いていたか、わかる？」

縣がいった。

道は台のうえに置かれたレコードジャケットに目を凝らした。ドイツ語らしい単語のならびのなかにヒルデガルトという固有名詞をなんとか見つけることができた。

「ビンゲンのヒルデガルトが作曲した歌曲を彼女自身が書いた記譜から再現したレコードだ。とても貴重なものだよ」

「ヒルデガルトってロックバンドの名前なの。それとも有名な指揮者」

ヒルデガルトの名を聞いたことがないらしい縣が尋ねた。

「中世ドイツの修道女だよ。彼女自身が見たイエスや天使の姿を何百枚という絵に描きとめたことで有名だ」

「修道女って、もしかして女の坊主のこと」

外国育ちのせいだろうが、縣もとても人のことをとやかくいえるような言葉遣いではなかった。

「坊主とレコードと一体どういう関係があるのよ」

「ヒルデガルトは幻視を経験しただけでなく幻聴も聞いたんだ。それを楽譜に起こして、自分が建てた女子修道院の若い修道女たちに歌わせた。楽譜といっても、ドレミの音符がならんでいるようなものじゃなく、旋律なんかは口伝えで、奏法や間合いなどの指定は簡単な符号が書きつけられているだけのものだけどね」

「くわしいのね。あんたも音楽が趣味なの」

「ぼくは音楽は聴かない。ネットの知識さ」

道はいった。

音楽を聴かないのではなく、音楽は聴けない。正確にいえば、音楽という表現様式を感覚的に経験することができない、だが。

「それで、このレコードはどれだけ貴重なものなの」

縣が聞いた。

「五線譜に書いた楽譜がまだなかった時代の音楽を、二十世紀になってある合奏団が膨大な資料を研究したうえで古楽器を使って再現したものなんだ。後になってＣＤで再発売されたはずだけど、レコード盤には稀少価値があるはずだよ」

「被害者がこのレコードをどこで手に入れたのかわかると良いんだけど」

「バロック以前、とくに中世のクラシック音楽の、それもＬＰ盤をそろえている店といえばそれだけで数が限られてくるよ。調べればわからないことはないと思うけど、東京にあった国内でいちばん大きな店は三年前に閉店してしまったし、いまとなってはむずかしいかも知れないな」

道はいった。

「意味ありげな口ぶりね。わかるの？　それともわからないの」

微《かす》かとはいえ、縣が苛立ったらしい表情を見せたのはこれが初めてだったか、あるいはいままでに何度かあったのだろうか。

「三年前に店じまいしたその店は、ネットで在庫一掃セールをしたんだ。このヒルデガルトのレコードもオークションにかけられた。世界中のコレクターがちょっと信じられないくらいまで値をつり上げて争ったけど、最後まで残ったのはスイスと日本の同業のレコード店だった」

「だから、勿体《もったい》ぶらないでってて。競《せ》り落としたのはどっち」

「日本の店のほう」

「店の名前は」

「ワールド・ルネサンス・レコード」

「その店は日本のどこにあるの」

「たしか」

口にしようとしたとたん、自分がなにをいおうとしているのかに気づいてとまどった。

「なによ」

縣が怪訝《けげん》な顔を向けた。

「愛宕市だ。ワールド・ルネサンス・レコードは愛宕市にある店だよ」

縣が道の顔を見つめた。

「たしかなの」

縣の問いに道はうなずいた。

ふたりはしばらく顔を見合わせていたが、先に口を開いたのは縣だった。

「愛宕市にある店がこのレコードを競り落として店頭にならべておいたからといって、レコードを買ったのが、愛宕市の住人だったとは限らないわ。地元のレコード店のレコードを買うのは地元の人間だけと決まっている訳じゃない」

「そうだね。特殊な固定ファンがいるレコードならなおさらだ。日本全国からどこの人間が買いに訪れたとしてもおかしくない」

「その通りよ」

縣は、愛宕市の名が一度ならず二度までもでてきたからといって、そのことに意味があるのかどうかはまだわからない、といっているのだった。

しかし道は、心なしか脈拍が速まるのを抑えることができなかった。それが一体どこなのかは判然としないものの、目的地らしきものに確実に近づきつつあるような気がしたのだ。

縣はモニターに向き直って、最後の現場写真を画面に呼びだした。

三番目の被害者である長崎の桜井守の殺害現場は、家の地下室だった。

被害者はコンクリート剝《む》きだしの床に据えられた椅子に座らせられた恰好で、山本花子と同じようにロープで縛りつけられていたが、山本花子と違うのは全裸だということだった。

死体には、白いワイシャツが頭から被せられていた。

「被害者が着ていたワイシャツね」

縣がいった。

「死体にシャツをかけて顔を覆ったのは、犯人の良心の呵責？」

「拷問するのに邪魔になるから脱がせたは良いけど、殺したあとで捨て場所に困っただけかも」

縣は道の軽口にとりあおうともせず、別の写真をモニターに映した。

それから縣はつぎからつぎへと写真を替えていったが、ある写真を映しだしたところで手を止めた。

居間にある洋服ダンスを撮影した写真だった。

写真を撮った所轄署の鑑識課員は、殺人現場ではない居間のタンスのなかをなぜか何十枚も撮影していた。なにか「ふつうではない」と感じるものがあったのだろう。

写真をつぶさにたしかめると、鑑識課員がおそらくタンスを開けるなり反射的に何十回もカメラのシャッターを切った理由が理解できた。

長崎の離島の一軒屋で、しかも住人は七十二歳の独居老人だというのに、タンスのなかにはコートやジャケットが隙間もなくぎっしりと吊り下げられていたのだ。

「おしゃれな人だったらしいわね。長崎の離れ小島で、どこに着ていくつもりだったのか知らないけど」

道と同じ感想を抱いたらしい縣がいったが、口ぶりに皮肉な響きはなかった。

仕立てがていねいで高価そうな服ばかりであることは、衣服になどまるで興味がない道にも一目でわかった。

「愛着があって捨てるに捨てられず、引っ越し先まで運ぶことになったんだろうね」

ほかにことばが思いつかないまま、道は根拠もない推測を口にした。

「コートはイギリス製で、ネクタイはイタリアとフランスばかりだけど、背広は違う。背広は外国のブランド品じゃなく、日本で仕立てたものみたい。たぶん名の通った店ね。どこでつくったのかわかれば良いんだけど」

いい意味でも悪い意味でも、ファッションには人一倍精通しているはずの縣がそういって道の顔を見た。

「でも、こればかりはあんたに聞いても無理ね」

「なぜ」

「あんた、おしゃれじゃないもの」

縣がいった。

言い返そうとしたが、できなかった。

縣は、モニターの画面をタンスのなかから地下室の桜井守本人の死体に戻した。

死体そのものではなく、頭に被せられたシャツの写真を見直しているようだった。道も縣を真似てシャツを見てみたが、縣がなにを調べているのかわからなかった。

「これを見て。刺繍がある」

縣が画面の一隅を拡大していった。

最新のデジタルカメラの解像度は一昔前とは桁違いのレベルになっているので、少しばかり拡大しても画面はまったくぼけることがなく鮮明なままだった。

ワイシャツの裾の目立たない部分に、小さな刺繍があるのが道にも見えた。

アルファベットのEとYを組み合わせたモノグラムのようだった。

「EとYというのはなんだろう。桜井守のイニシャルならMとSのはずだけど」

「桜井守は偽名よ」

縣が釘を刺した。

「そうだった。するとこれは被害者の本名のイニシャルってことか。横山英治、山田栄作……。なんだってありだ。江藤洋三、江本康夫かも知れないし、これだけじゃ名前を特定することはできないな。当り前だけど」

「EとYは被害者の名前のイニシャルじゃないと思う」

縣がいった。

「どういうことだい」

「被害者ではなく、このシャツを仕立てた店のイニシャルってこと」

「店のイニシャルって、つまり店のロゴマークということかい。なるほど、一理あるかも。EとYは店のモノグラムってことか。横山英治洋品店とかテイラー横山栄作とか。でも、こんなロゴマークは見たことがないな」

「有名ブランドのロゴなんかじゃなくて個人商店のものなんだから当り前よ。商標登録だってしていないかも知れない」

「個人商店のロゴマークか」

道がつぶやいた。

「これでなにかわかる方法があれば良いんだけど」

縣がいった。

道の手が、ひとりでに動いていた。

モニターに一群のアルファベットが現れた。さらにキーを叩くと記号や図形が現れ、つづいてアルファベットと記号のデザイン化されたさまざまな組み合わせが途切れなく現れはじめた。

「なにをしてるの」

縣が道に聞いた。

「ぼくの個人的なコレクション」

「わたしにも見せて」

「いっておくけど、役には立たないと思うよ。系統立てて集めた訳ではないし、まだ整理もしていないのでネットにつないでもいない」

「良いから」

「雑誌や書籍からスキャンしたものもあるし、全国各地からとりよせたタウンページや観光案内のパンフレットからとりこんだものもある」

道は説明した。

「うわ。なに、これ」

モニターにあふれでた無数の図像を見て、縣が驚きの声を上げた。

道がさらにキーを叩くと、アルファベットの代わりにひらがなや漢字が現れ、ひらがなや漢字と記号を組み合わせた図形が現れた。

キーを打ちつづけると、アルファベットや漢字などの文字が消え、今度は直線と曲線だけの奇怪なシルエットが現れた。

「ヨーロッパの紋章学の本からも採ったし、日本の家名、屋号や家印《いえじるし》の本からも採った。ファッションブランドだけじゃなく世界中のメーカーやプロスポーツチームのロゴも網羅《もうら》している。マークと呼べるものなら花押《かおう》から地図記号までなんでもそろっているはずだ。マンガやビデオゲームで使われた架空のエンブレムやバナーはもちろん、アメリカやヨーロッパで流行している最新のタトゥーの下絵までね」

道が雑誌や書籍などの印刷媒体はおろか、テレビ広告だろうと街中《まちなか》の標識やポスターであろうと、目についたものを片っ端からやみくもにデジタルカメラで撮影し、コンピューターにとりこんだのは、特定の目的があってのことでも、後々《のちのち》なにかの役に立つかも知れないなどと考えたからでもなく、世界中のあらゆる図形や絵柄をひとつの画面にならべたいという欲求からだった。

目の前に拡がっているものなら、見渡すことができる。

なんとも残念なことに、百万単位の図像をひとつの画面に収めることはできなかったが、その代わりクリックひとつでまたたく間につぎからつぎへと画面を切り替えることはできた。

もしも光の速度でクリックすることができるなら、無数の図像がならんだ巨大な画面を一望しているのと同じ効果が得られるはずだった。

「わかったわ。もう十分」

さすがの縣も、意味不明の文様やとりとめのない意匠の氾濫についていけなくなったらしかった。

「いったろう。役には立たないって」

道がいった。

「そんなことはないわ」

縣が道の顔を正面から見つめた。

なにをいいだすつもりなのかわからずに、道は縣の顔を見つめ返した。

「まずこのファイルをネットにつないで。それからキーワードを入力して検索をするの」

「キーワードって、なんだい？」

「『愛宕市』に決まってるじゃない」

縣がいった。

3

答はすぐにでた。

「紳士服専門八木榮太郎《やぎえいたろう》商店。愛宕市力車坂《りきしゃざか》二十丁目三十番地」

道は目を見張った。

「本当にでるとは思わなかった」

画面に表示された文字に釘づけになりながら、思わずつぶやいた。

「さすがね」

縣が道の顔を見ていった。

「なにが」

「あんたのプログラムよ」

縣がいった。

「このEとYの組み合わせのモノグラムを撮影した覚えはある？」

縣が尋ねた。

「いや、ない。ぼくのデータベースにこんなロゴマークが入っていることさえ知らなかった」

道は答えた。

「ほらね。それに、キーワードだって『愛宕市』と入力しただけで、『愛宕市の町別企業ファイル』なんて指示はしていない。それにもかかわらず、コンピューターは愛宕市の町別企業ファイルというデータを引きだし、そのなかからEとYの組み合わせのモノグラムを選びだした。つまりファイルのなかのデータとあんたの膨大な画像記録同士がお互いのなかから共通するロゴマークを選びだしたってことでしょ。指標もつけていないのに画像同士が相互参照することによってね。こんなの見たことがない。すごいプログラムだわ」

縣がいった。

道は黙りこむしかなかった。縣は道が設計したプログラムの特異性を、たった一度走らせただけで見抜いてしまったらしかった。

「これで被害者が三人とも愛宕市となんらかのつながりがあることは確実になったわね」

縣がいったが、顔には相変わらずなんの感情も浮かんでいなかった。

「三人の経歴が偽物だとすれば、まず彼らの本名を突きとめることが先決だと思うけど、でも彼らの経歴が一から十まででっちあげられたものだと、本当にそう考えて良いのかな」

道は、どうしてもそのことが気になって仕方がなかった。

「彼らの経歴が本物か偽物かをたしかめるだけなら簡単な方法があるわ。裏づけをとれば良い」

縣がいった。

「ずいぶん簡単にいうんだな。裏づけって、どんな」

「アナログの裏づけ」

「アナログの裏づけ？」

「三人は地元の小学校を卒業したことになっているから、卒業アルバムをとり寄せて、本人の写真が載っているかどうかをたしかめてみれば良いのよ」

「卒業アルバム」

あまりにも意外なことばに、道は顔をしかめた。

「三人はなんていう学校を卒業したことになっているんだった？」

「近藤庄三が岐阜県岐阜市の砂押平《すなおしだいら》小学校、山本花子が群馬県高崎市の駒止桜《こまどめさくら》小学校、桜井守が東京都文京区の御舟西《みふねにし》小学校」

道は、モニターに呼びだしたデータを読み上げた。

「どれも公立よね」

「三校とも公立の小学校だ。この学校の卒業アルバムをたしかめるっていうのかい」

「そう」

「でも、どうして小学校の卒業アルバムなんだ」

「私企業や私立の学校や組織なら、ありもしない名前や住所をいくらでもでっちあげることができるけど、役所や公立の学校なんかの施設は、それが実在するのかどうか、少なくともその地域に住んでいる人間なら誰にでもすぐわかってしまうでしょ。公立の小学校をひとつでっちあげて、それがさも実在しているものであるかのように隙のないデータを積み上げるのは至難の業。要するに、とてもむずかしいってこと」

「さすがに卒業アルバムまでは見なかったけど、卒業生名簿は調べた。それには三人の名前がそれぞれちゃんと載っていたよ」

道はいった。

「名簿に名前があったかどうかは関係がない。アナログの裏づけをとるためには、卒業アルバムの原本をとりよせて、そこに三人の写真が載っているかどうかをたしかめないと。ネット上でなら、名簿にいくらでも名前を書き加えることができるけど、原本のアルバムの写真に細工するとなるとキーボードの操作じゃ無理だからね。なにしろ写真をたった一枚入れ替えるだけでも、アルバムすべてを手に入れて、そのうえで一冊ずつ修正しなければならない。どこにも穴がないようにデジタルデータを積み上げるのはむずかしいけど、アナログを加工するのはもっとむずかしいってこと」

「なるほど」

道はようやく納得してうなずいた。縣のいう通りだった。

「だけど、岐阜県と群馬県と東京の小学校の卒業アルバムをどうやって集めたら良いんだ。ぼくが現地までとりに行くのかい」

「あんた馬鹿なの？　そのためにインターネットがあるんじゃない。いまどきはどこの小学校でもホームページくらいもっているはずだから、あんたがとりに行く必要も、学校から郵送してもらう必要もない。アルバムの写真をスマホで撮ってくださいとお願いすれば良いの」

縣がいった。

「わかったよ」

パソコンを操作しようとすると、縣が道に向かって人差し指を立てた。

「なんだい」

「いっとくけど、いきなりサイトのアカウントにアクセスなんかしちゃ駄目よ。返事が返ってくるまで何日かかるか知れやしないから。まず直接電話をするの。相手がでたら、『そちらの小学校の何年度の卒業アルバムを拝見したいのですが、どうしたら良いでしょう』っていねいにお伺いを立てる。あんたの頼み方が上手ければ、向こうでその年の卒業アルバムを探してくれるわ。アルバムが見つかったら、『お忙しいところまことに申し訳ないのですが、卒業時に撮影した集合写真のページをパソコンにとりこんでこちらに送ってもらえないでしょうか』ってさらにていねいに頼みこむの」

縣がいった。

「わかった？」

「わかった。わかったけど」

「なによ」

「電話をするときに、こっちの名前をだしても良いものかな」

「名前って、あんたの名前？」

「いや、そうじゃなくて。警視庁の名前をだしても良いかってこと」

「全然かまわないんじゃない。捜査員ではないにしろ、あんたが警視庁の職員であることは間違いないんだから」

縣がいった。

「でも証人保護プログラムみたいだよね。いや、三人の経歴がすべてでっちあげだとしたらの話だけど。ほら、裁判でギャングに不利な証言をする証人を守るためにＦＢＩがまったく別の人間に仕立て上げるっていう、あれさ」

黒電話に伸ばしかけた手を途中で止めて、道がいった。

「証人保護は連邦捜査局じゃなくて、連邦保安局の管轄だけどね」

縣がいった。

ＦＢＩには馴染みがあるような口ぶりだった。

ＦＢＩにはコンピューター犯罪を扱う専門の部署があって、サイバーテロを未然に防ぐために数千人の職員が日夜仕事に励んでいるらしいが、世界中の警察や情報機関が自国の捜査員や分析官を最新の設備や高度な（つまり違法すれすれの）追跡プログラムを学ばせるためにそこに毎年送りこんでいることを道は知っていた。

ひょっとしたら縣も警視庁の人間としてＦＢＩで研修を積んだ経験があるのかも知れず、縣の謎めいた経歴を考えるとまんざら突飛な思いつきともいえないような気がした。

「いや、冗談のつもりでいったんだよ。ここは日本でアメリカじゃないんだ。警察が証人に別人のＩＤを与えて新しい土地で生活させるなんて話は聞いたことがないからね。きみは聞いたことがあるかい」

「そうね。あんたにいわれるまで、わたしもそんなことは考えもしなかった」

縣がいった。

「日本の警察にも証人保護プログラムがあるのかどうか、か」

真剣に検討してみる価値がある問題だとでもいわんばかりに、縣がパソコンの画面から目を離して腕を組んだ。

縣の不可解な態度に道は眉をひそめた。縣がなにを考えているのか、わからなかった。

「いまからいって聞いてみよう」

「聞いてみよう？」

道は驚いていった。

「聞いてみようって、一体誰に」

縣は道の質問には答えず、椅子から立ち上がった。

「良い？　電話での言葉遣いはあくまでもていねいにね」

ドアノブに手をかけた縣がふり返っていった。

道の返事も待たずに、縣はドアを開けるとそのままでて行ってしまった。

部屋には道がひとり残された。


後ろ手にドアを閉めると、背後でドアに自動で錠がかかる音がした。でるときはなにもいらないが、入室する際には指静脈と目の虹彩を確認する必要があった。

目の前の長い廊下の両側にはガラス張りの部屋がいくつもならんでいて、なかでは大型コンピュータが何台もならべられ休みなく動いていた。

廊下の突き当たりのエレベーターの前で立ち止まり、カードキーをセンサーの溝に滑らせた。扉が開くとケージのなかに入り、七階のボタンを押した。扉が閉まり、エレベーターが上昇しはじめた。

警視庁本部庁舎七階のフロアには、隣りに建つ警察総合庁舎と空中でつながっている通路の入口があった。

# 第二章

## 1

鷲谷真梨子《わしやまりこ》は、どこにでもあるような街角を撮った写真の前に立っていた。

『アメリカ　黄金の二〇年代写真展』という案内板を、たまたま目にして入った小さな画廊だった。

一九二〇年代のアメリカといえば、電気と自動車の大量生産の時代であり、バーレスクとミュージカル、禁酒法とギャングの時代だった。

映画のスクリーンのなかでは、巨大な螺旋階段に整列した踊り子たちがあふれんばかりの笑顔をふりまき、もぐりの酒場ではスカートの裾をひるがえしたフラッパーたちが密造酒のグラスをかかげて粋なソフト帽の男たちと喚声を上げている。二〇年代ということばから真梨子が連想するのは、そんな陽気で華やかな光景だった。

ところが目の前の写真は華やかさなどみじんも感じられない、明度《めいど》を欠いた白黒写真だった。

うっすらと雪が降り積もった通りには一台の車も走っておらず、舗道にも通行人がひとりもいない。道沿いの建物にも人が住んでいる気配はなく、煉瓦の壁の冷たい感触だけが伝わってくるようだった。

展示されているのは風景写真ばかりで、そのどれにも人の姿がないのだった。

ふさいだ気持ちを少しでも浮き立たせることができればと思って入った画廊だったが、あわい期待は見事に裏切られた。

しかし真梨子はそのままきびすを返してでて行く気になれず、寒々しく音のない風景のひとつひとつから目が離せずにいた。

工場の写真もあった。

どこかの郊外だろうか。川の畔《ほとり》に建てられた工場だった。

空には黒い雲が低く垂れこめていた。

煙突から煙も上がっておらず人の姿もないところを見ると、工場はずっと前から操業を止《や》めているようで、広い敷地は雑草が伸び放題で荒れ果てたままになっていた。

川のうえには一本の鉄橋が架かっていたが、線路を渡ってくる列車などいつまで待ってもきそうもなかった。

好景気に沸いていた二〇年代ではなく、一九二九年の大恐慌のあとにきた不況の時代の一齣を切りとった写真なのかも知れなかったが、変哲もない風景写真であることには違いなく、どうして目が離せなくなるほど引きつけられるのか、真梨子は自分自身でもわからなかった。

夕暮れの公園を撮った写真もあった。

やはり人の姿はどこにもなく、ぽつんと置かれたベンチの端に新聞紙が置かれているだけだった。

それを読んでいた誰かが無造作にそこに投げ捨てていったというのではなく、まるで何者かが罠を仕掛けるように、新聞紙はていねいに畳んで置かれていた。

とっぴな妄想だという自覚はあったが、そう思えて仕方がなかった。

真梨子はたまたまそのベンチの傍を通りかかった通行人がいたら、その人がどう考えるのか思わず想像した。

真梨子の想像のなかでは、ベンチを通りかかるのは着古したオーバーコートを着た年端もいかない少女だった。

これ以上ここにいたくない気持ちがするが、どこにいったら良いのかわからない。少女は四方を見まわし、そしてベンチのうえの新聞に気づく。

一体どんな記事が載っているのだろう。いますぐ読まないといけないような重大事件が書かれているのだろうか。

誰が置いたのか、まるで罠のようだと思う。この新聞を手にとれ、と誘っているのだ。もし手にとったらどうなるのだろう。

新聞紙を手にしたとたんになにか悪いことが起こるような気がして少女は新聞をとりあげることもできず、もう一度近くに人の姿がないか探したが、どこにも人はいなかった。

その公園にきたのははじめてだったし、どうやってここまできたのかも覚えていなかった。見知らぬ町に置き去りにされたような気がして恐かった。

途方に暮れ、道案内をしてくれそうな人を探してあてもなく歩きはじめた。

公園をでてせまい通りを歩き、曲がり角を何度も曲がった。

どこまで歩いても誰にも出会わなかった。

少女は白黒の世界のなかでたったひとりきりなのだった。

立ちくらみがして、目の前が暗くなった。

両親が亡くなってから、真梨子は天涯孤独の身だった。祖父も祖母も、叔父や叔母や姪や甥もいなかった。

真梨子には血のつながった係累がひとりもいなかった。父にも母にも兄弟姉妹がいなかったからだ。

幼いときから、真梨子は自分だけ「親類」というものがいないことを不思議に思っていた。夏休みや冬休みになると、同級生たちは皆「田舎」に帰って行った。そして新学期がはじまると、父母の実家で「おじいちゃん」や「おばあちゃん」、「従兄弟」や「はとこ」とどれだけ楽しく遊んだかを自慢げに話すのが常だった。「田舎」がないのは真梨子だけだった。同級生がどれほどうらやましかったか、そしてどれだけ淋しかったか知れない。

そしていまも、真梨子はひとりぼっちなのだった。

恋人も友達すらもいなかった。

理由はわかっている。真梨子自身が幼いころから人を遠ざけてきたからだ。人との結びつきをどこかで恐れていたからだ。

少女はいつの間にか別の場所に立っていた。

墓場だった。

墓地は一面白く染まっていた。

暗い空から雪が降りつづけていた。人の声も車がタイヤを軋《きし》らせる音も聞こえてこなかった。世界は無音だった。

入口の門の両脇に石の像があって、少女を見下ろしていた。

頭を垂れた石の像は、死者たちの喪に服しているように陰鬱な顔をしていた。

見渡す限り、低い墓石が無数にならんでいた。

立派な墓石や大きな墓石はひとつもなかった。

背の低い小さな墓石ばかりだった。

あんまり低いので、どこにも影がなかった。

影のない墓石は、死者のつぶやきに辛抱強く耳を傾けているようにじっと動かない。

少女はたったひとりで広場の真ん中に立っていた。

辺りを見まわしてもどこにも人影は見えなかった。白銀の地平まで墓石がつづいているばかりで、どこにも生き物の気配がなかった。

門の前から足を踏みだした。

灰色の花崗岩でできた小さめな霊廟《れいびょう》があった。表面に彫られた文字を読もうとしたが、雪に埋もれていて判読することができなかった。

しかし少女にはそれが母親と父親の墓石のような気がした。

降り積もった雪のせいで辺りはやけに明るく、雪のうえを足跡も残さずに歩いているのは亡霊ばかりだった。

少女はどこかに光が届かぬ暗がりがないか探して視線をさまよわせた。

暗がりがあったら、そこに生き物が潜んでいるかも知れないと思ったのだ。

犬でも猫でも、呼吸をしている生き物ならなんでも良かった。

もしもいたら、生き物の口元に両手を差し伸べて、あたたかくて湿っぽい息を手のひらで感じたかった。

しかし、どこにも暗がりはなかった。

暗がりなどどこにもないことは最初からわかっていた。

生きているものなどどこにもひそんでいないことも。

少女は自分の口元に手をかざし、息を吹きかけた。

いくら息を吹きかけても、手のひらは冷たいままだった。

そのとき少女は、自分も死んでいるのだとはじめて気づいた。

## 2

氷室《ひむろ》邸は森のなかにあった。

鬱蒼とした木立を抜けて視界が急に開けると、車寄せに駐まっている何台もの警察車輛が見えた。パトロールカーは回転灯を閃かせ、私服の刑事や制服姿の警官たちがせわしなく動きまわっていた。

屋敷の書き割りめいた陰鬱な外観は十二年前とまったく変わっていなかった。密生した蔦が灰色の壁に絡みついた本館も、左右の翼棟のいまにも崩れ落ちてきそうな急勾配のスレート屋根も、記憶にある姿と寸分たがわなかった。

茶屋《ちゃや》は車を降りて平らにならされた砂利道を進み、玄関前の段を上がった。

氷室家の前の当主だった氷室友賢《ともかた》に会うために訪れた日、はじめて見る屋敷の大きさに圧倒されたことを思いだした。

氷室友賢は当時すでに八十歳を超える老齢で一線からはとうの昔に退いたと考えられていたが、一方で氷室家とならぶ財閥であった入陶《いりす》家の事業を陰で引き継ぎ、傘下に何百という企業を抱えて現役のときと少しも変わらぬ辣腕をふるっているのだとも噂されていた。

邸内で事故が起きたので警官を寄こしてもらいたい、と警察署に電話をかけてきたのはその友賢本人だった。

所轄署の刑事課にいた茶屋が氷室屋敷にわざわざ出向いたのは、財界だけでなく政界からも一目置かれている氷室家の当主の知己を得ておいて損はないという下心からだったが、もちろんそのときの茶屋には、氷室友賢のほかにもうひとり別の意外な人物と顔を合わせることになるなどと予想できたはずもなかった。

茶屋は短く息を吐いて、目の前のドアに視線を戻した。

青銅の呼び鈴を押すまでもなくドアは開いていた。

足を踏み入れると、建物のなかは恐ろしく暗かった。

高い窓をおおっている裾に房飾りがついた分厚いカーテンの隙間からもれてくる微《かす》かな光だけを頼りに四方を見まわした。重く沈んだ空気はよどんで動かず、湿った木と布の匂いが漂っているだけだった。正面の突き当たりの広い部屋に吹き抜けの二階へとつづいている大階段があった。

十二年前、その大階段にも目を見張ったことを茶屋ははっきりと覚えていた。十人くらいの人間が横にならんで上れるほどの幅があり、手すりには趣向を凝らした飾り彫りがほどこされていた。しばらく目を離すことができなかったのは、桁外れの豪華さに驚いたというよりも、いくら大きな屋敷とはいえ個人の住居にこんなものが必要だろうかという疑問が浮かんでくるのを抑えることができなかったせいだった。

その大階段のある広い部屋で、茶屋は思いも寄らなかった人物に引き合わされることになったのだった。

ガウン姿のその人物は手首にも足首にも包帯が巻かれており、さらに頭の大きさが常人の二倍もあった。

あまりの不気味さに息を飲んだが、よくよく目を凝らすと、頭が大きいのは鳥籠のようなものをかぶっているためだとわかった。そしてその鳥籠も、包帯でぐるぐる巻きにされているのだった。

火傷の手術を受けた直後で、皮膚に雑菌が侵入しないよう保護のための器具をかぶり、そのうえから包帯を巻いているのだと友賢が説明した。友人からあずかった子供だといった。

友人とは誰かと尋ねると、生前から親交のあった入陶倫行《のりゆき》だと答えた。

入陶家の当主だった倫行は、その一年前に自宅の火事で焼死していた。当時祖父の倫行とともに暮らしていた孫も火事に巻きこまれて重度の火傷を負い、緊急搬送されたことまでは知っていたが、危機的な容態だと耳にしていたのでそのまま病院で息を引きとったものとばかり思いこんでいた。しかし愛宕《おたぎ》市屈指の大財閥の次期総帥となるべく定められた人物は、異様な姿で生き延びて茶屋の目の前に現れたのだった。

それが鈴木《すずき》一郎《いちろう》とのはじめての出会いだった。

それから十年後に、茶屋は連続爆弾犯の共犯として鈴木一郎を逮捕することになったのだが、一郎は鑑定のために入院していた病院から逃亡し、行方をくらましたままだった。

「警部」

大階段の下の暗がりから声がしたのでそちらに顔を向けると、背広姿の男がふたり立っていた。背の高い男と小柄な男だった。

「初音《はつね》署の蓮見《はすみ》です」

「栗橋《くりはし》です」

ふたりの男が暗がりから歩みでてきていった。栗橋と名乗ったのが背の高い方で、蓮見と名乗ったのが低い方だった。背の高い栗橋はまだ若く、こざっぱりとした服を身に着けていたが、五十代後半とおぼしき蓮見のほうは、白髪まじりの髪がだいぶ薄くなっており、着ている背広もくたびれていた。ふたりとも懐中電灯を手にしていた。

「被害者は三人だそうだな」

ふたりの刑事のどちらにともなく茶屋は尋ねた。

「はい」

返事をしたのは若いほうの刑事だった。

「他殺であることは間違いないのか」

「はい」

「身元は割れているのか」

「ひとりはこの家の主人である氷室賢一郎《けんいちろう》氏に間違いありませんが、ほかのふたりについては不明で、現在姓名をふくめて特定を急いでいるところであります」

「賢一郎というのは死んだ氷室友賢の息子か」

「はい。友賢氏のひとり息子で、氷室家の現在の当主になります」

一郎と数年間生活をともにしていた友賢の話を聞くためにふたたび屋敷を訪れようとしたのは一郎が愛和会《めいわかい》愛宕医療センターから行方をくらましてからずいぶん経ってからのことで、そのとき友賢はすでに亡くなっており、茶屋と氷室家との関係もそれきり途絶えてしまっていた。

茶屋は、氷室家の全事業を相続したはずの新しい当主のことはなにひとつ知らなかった。

「賢一郎というのはいくつなんだ」

茶屋が尋ねると、若い刑事は正確な年齢をとっさに答えることができなかったらしく、隣りの年上の刑事の顔を見た。

「今年、五十五歳になるはずです」

頭の禿げた蓮見という刑事が答えた。

「家族は」

「おりません」

蓮見が答えた。

「独身主義者だったようで結婚したこともありませんし、どこかに婚外子でもいれば別ですが、わかっている限りでは子供もいません」

「ふたりの男というのは、賢一郎の親戚かなにかなのか」

「そうではないように思われます」

蓮見が答えた。歯切れの悪い口調だった。

「じゃあ、一体誰なんだ」

「それをいま調べているところでありまして」

「この屋敷には三人以外に誰が住んでいたんだ」

「住んでいたのは、殺された三人だけのようです」

「これだけ大きな屋敷だ。使用人がいるはずだろう」

「わたしたちもそう思いまして屋敷中を探しているのですが、誰も見つかっていない状況でして」

「こんなだだっ広い屋敷に男が三人だけで暮らしていたというのか」

「いまのところそうとしか考えられません」

「親戚でなければ賢一郎とほかのふたりの男は一体どういう関係なんだ。秘密結社の集まりか、それともここで修行かなにかをしていたのか」

「いまのところ、なにひとつわかっておりません」

蓮見がいいにくそうに答えた。

「秘密結社は冗談だ。賢一郎はなにか特定の宗教の信者なのか」

茶屋が上からのしかかるように顔をのぞきこむと、蓮見が思わず腰を引いた。

「この屋敷はおまえの署の管轄だ。しかも屋敷の住人が氷室財閥の当主となれば、おまえたち下っ端はもちろん、お偉いさんたちも日頃から神経質なくらい気を配っていたはずだろう。問題が起きたら、所轄署の責任だからな。そうじゃないのか」

「その通りです」

「賢一郎の身辺についても、遺漏のないよう万全を尽くして調べ上げていたはずだ。違うか」

「はい、その通りです」

蓮見が目をしばたたかせた。

「そこでだ。賢一郎がなにか特定の宗教の信者だったという事実はあるのか」

「いえ、ありません」

質問の意味がようやく飲みこめたらしく、蓮見が答えた。

「噂はどうだ。賢一郎が怪しげな宗教にはまっているというような噂を聞いたことはあるか」

「いえ、ありません」

「どんなことでも良い。賢一郎に関してなにか噂を聞いたことは」

「少なくともわたしはありません。おまえはあるか」

蓮見が栗橋に尋ね、栗橋が首を横にふった。

「女や薬物がらみの悪い噂もなかったのか」

「ありませんでした」

「経営者としての評判はどうだ。ワンマンで社員たちから嫌われていたとか、利益を上げるために手段を選ばなかったので、大勢の人間から恨みを買っていたとか」

「そちらの内情の方はわれわれ下っ端の刑事には知りようがありませんので、どうにも」

蓮見がいった。どうにもというのは、どうにも答えようがないということなのだろう。茶屋にしても、蓮見たちからどうしても答えが聞きたいと思ってした質問ではなかった。

「屋敷で派手な宴会を開いたあげく周辺の道路で酒酔い運転の事故が多発したとか、近隣住民と悶着があったとか、それくらいのことは一度や二度あったのではないのか」

茶屋はそれでもしつこく尋ねた。

「そういったことも一度もありませんでした。おっしゃる通り、この屋敷についてはほかの区域に比べて何倍も密に巡回パトロールを行っていました。問題が起これば、ただちに対処できるよう独自の特別シフトを組んでいたくらいです。交通事故であれなんであれ、屋敷周辺でなにか騒ぎがあれば、すぐにわれわれの知るところとなったはずです。ただし見まわりといっても屋敷周辺に限られていて、なかでなにが起こっているかまではうかがい知ることはできませんでしたが」

蓮見がよどみない口調で答えた。

「つまり要約すると、この屋敷で犯罪が起こりそうな兆候などいままでまったくなかったということなんだな」

「そういうことになります。申し訳ありません」

蓮見が禿げた頭を下げた。

「おまえが謝っても仕方がない。使用人がひとりもいなかったとしたら、食事は一体どうしていた。誰が料理をつくっていたんだ」

「肉などの食材は配送業者に毎週運ばせていたようです」

答えたのは若い栗橋のほうだった。

「食材を運ばせて、それからどうしていたんだ。賢一郎が自炊をしていたのか。大富豪で五十五歳の独身男の趣味は、手料理をつくって男友達にふるまうことだったとでもいうつもりか」

茶屋が腹立ちまぎれにいうと、ふたりの刑事は、なんと答えて良いかわからず目を伏せた。

「屋敷にいたのが三人だけなら、一体誰が死体を発見したんだ」

「その配送業者の男です」

栗橋が顔を上げていった。

「そいつはいまどこにいる」

「うちの課長が事情を聞いています」

栗橋が答えた。

「男が死体を発見したのは何時だ」

「配達は午前七時と決まっていたので、それを少し過ぎた時間だったそうです」

茶屋は腕時計をたしかめた。いまから二時間前だった。

第一発見者から死体発見時の様子をくわしく聞きたいと思い、目の前の刑事たちに向かってその男をいますぐここに引っ張ってこいといいかけたが、所轄署の仕事を横どりするのも大人げないと自制心を働かせ、先に殺人現場を見ることにした。

考えてみれば殺人事件の捜査手順としては、そのほうがずっと合理的だった。

「三人が殺されたのはどこだ」

「屋敷の地下室です」

答えたのは蓮見だった。

「地下室だと」

茶屋は思わず聞き返した。

「はい。あちらです」

蓮見が手にもった懐中電灯をもちあげて、部屋の奥を指し示した。ホールの隅の目立たない場所に頑丈そうな扉があった。

「あの扉を開けると小部屋があって、そこが地下室への入口になっています。階段を降りてトンネルを少し進むと奥に大きな部屋があります。どうやらボイラー室の一部を改造したようです。ご案内します。こちらへどうぞ」

蓮見がいい、栗橋とともにならんで歩きだした。トンネルの奥と聞いて、ふたりの刑事が懐中電灯をもっている理由がわかった。茶屋は否も応もなく、ふたりの後ろにしたがうしかなかった。

「三人とも地下室で殺されたのか」

ふたりのあとについて扉に向かいながら、納得できない思いで茶屋は聞いた。

「はい。鑑識の話ですと、殺した後死体を動かしたような形跡は一切ないということですので」

蓮見が答えた。

男が三人だけで屋敷で暮らしていたらしいことも不可解だったが、三人がそろって地下室で殺されたという事実はさらに不可解だった。これだけ広い屋敷なのだ。殺されるなら大広間でも食堂でもどこでもよさそうなものなのに、よりによってなぜ地下室なのか。殺人犯に屋敷中を追いまわされ、無我夢中で逃げこんだ先がたまたま地下室だったということなのだろうか。

ホールの端までくると栗橋が足を止め、樫材の分厚いドアを開けた。ふたりの刑事が先になかに入り、茶屋があとにつづいた。

なかは衣装ダンスほどの広さしかなく、三人の人間が入ると身動きがとれないほどだった。

茶屋が目を見張ったのは、四角い床の真ん中に潜水艦のハッチのような蓋があったことだった。蓋には鉄の輪のハンドルがついていた。

「この下に下水道でも通っているのか」

茶屋は驚いて栗橋に尋ねた。

「まあ、ご覧になってください」

栗橋が腰をかがめ、ハンドルをまわして重い蓋を開けると、黴臭い臭気が立ちのぼってきた。

茶屋は丸い穴のなかをのぞきこんだ。下水は流れていなかったが、錆びついた螺旋階段が暗闇の底までつづいていた。

どれくらいの深さがあるのか、茶屋はしばらく穴の底を見下ろしていたが、視線を感じて顔を上げた。

ふたりの刑事がこちらを見つめていた。疑わしげなまなざしだった。

「なんだ」

茶屋はふたりに尋ねた。

「われわれが先に行きましょうか」

栗橋がいった。

なにを考えているのか、口ぶりでわかった。ふたりは、茶屋の巨体が穴をくぐり抜けられるものかどうか疑っているのだった。

「おれは懐中電灯などもっていないぞ。おまえたちが先に行くのは当り前だろう」

茶屋が語気を強めていうとふたりの刑事はたがいの顔を見合わせ、まず栗橋が、つづいて蓮見が穴のなかに入った。

ふたりの頭が暗闇のなかに消えると、茶屋は片足を穴のなかに入れ、爪先で一段目を探った。爪先が階段に着くと、息を止めて腹を引っこめ、ゆっくりと慎重に穴をくぐり降りた。穴の側面に腹が引っかかったので、さらに大量の息を吐きだして腹を引っこめなければならなかった。仕立てたばかりのスーツに汚れがつきはしないだろうかとそれだけが心配だった。

体をねじり、息を吸っては吐きだし、うめき声を洩らし、悪戦苦闘の挙げ句なんとか穴をくぐり抜けると、ふたりの刑事がすぐ下の段のところで立ち止まって、茶屋を見上げていた。

「なにをしている。後がつかえているんだ、さっさと先へ行かんか」

茶屋がいうと、ふたりは前に向き直ってふたたび階段を降りはじめた。

階段は幅がせまく傾斜が急で、高さは二階分もあった。細くてたよりない手すりをつかんで一歩また一歩と足を踏みだすたびに、茶屋の体重で階段全体がぐらついた。

十二年前に訪れたときには、屋敷の地下にこんな空間が広がっていようとは想像もしなかった。気温は外より低く、空気は冷え切っていた。三人の足音以外、物音は一切聞こえなかった。

いきなり頭の上に冷たい滴が落ちてきたので、茶屋は思わず声を上げそうになった。頭に手をやると、頭のてっぺんが濡れていた。天井を見上げた。頭上に太い管が走っていて、継ぎ目から水が垂れているのだった。

傾斜がきついうえに螺旋階段の曲がり具合が急なので、次第にめまいがしてきた。息が上がり、そろそろ限界だと感じはじめたとき、先頭の栗橋がようやく地面に降り立ち、蓮見がそれにつづいた。

「暗くてなにも見えん」

最後に階段を降りきった茶屋は、思いもしなかった苦行に癇癪を起こしそうになりながらいった。

栗橋が懐中電灯の明かりで周囲を照らした。

地下の穴倉は想像していたよりも広く、天井も茶屋がまっすぐ立つことができる程度の高さはあった。壁は黒く煤け、天井からしたたり落ちてできた水溜まりがあちこちにある煉瓦敷きのトンネルが奥までつづいていた。

「足元に気をつけてください」

栗橋が茶屋に向かっていい、薄暗いトンネルを先に立って歩きだした。

蜘蛛の巣が張った天井からは非常灯がぶら下がっていたが、電球はひとつ残らずなくなっていた。

十メートルほど進んだところに、埃をかぶったボイラーがあった。古びた蒸気管やら送気管やらのパイプが床や壁を這い、ガラスが割れた温度計や圧力計がならんでいた。

何年も前から使われていないらしく、蓋が開けっ放しになっている釜のなかは空っぽで、近くに石炭の山も見当たらなかった。

歩きながら栗橋は定期的に懐中電灯の明かりを両側の壁に向けた。足音がトンネル全体に反響しては消えていった。茶屋はふたりのあとをついて歩きながら、まるまると肥ったドブネズミが暗がりからいきなり飛びだしてきやしないか気が気ではなかった。

「ここです」

トンネルは唐突に行き止まりになった。鉄製のドアのついた部屋の前で足を止めた栗橋がいった。

ドアは開いていたが、閂《かんぬき》が差しこまれているうえ、さらに大きな南京錠までかけられているのが見てとれた。開け放たれたドアの向こうから明かりが洩れており、室内で何人もの人間が無言で立ち働いている気配が伝わってきた。

ここが殺人現場に違いなかった。茶屋はふたりの刑事を押しのけて部屋のなかに入った。

部屋に入ったとたん目に飛びこんできたのは入口の正面に置かれたビリヤード台だった。

地下につくられたとはとても思えないほど大きな部屋だった。ビリヤード台の脚元にはペルシア絨毯が敷かれ、柄違いの絨毯が奥行きのある部屋の奥まで隙間なく何枚も敷き詰められていた。

十人以上の鑑識課員たちが、見るからに高価そうな絨毯のうえを這いながら微物を採取したり、カメラのストロボを光らせたりしていた。

壁際に大きなソファが置かれ、部屋の奥は重厚な造りの机が据えられた書斎のような空間だった。

そして三人の死体があった。ひとりはビリヤード台の下、ふたり目は壁際に置かれたソファの脚元、最後のひとりは書斎の机の横の壁際だった。

茶屋は殺人の現場を一目見るなり異常だと感じたが、とりわけ異常なのは三体目の死体だった。

その死体は床に横たわってはおらず、デスクと壁とのあいだに置かれた椅子にロープで縛りつけられていた。

死体の様子をはっきり見ようとして戸口から二、三歩前に足を進めた。

一体目の死体が身に着けているのは灰色のスウェットスーツだけで二体目もやはりTシャツのうえに薄手のジャケットを羽織っているだけなのに対して、椅子に縛りつけられた死体は三つ揃いのスーツを着こんでネクタイまで締めていた。スウェットも、Tシャツにジャケットという恰好もいまの季節にはとりたてて違和感がある出で立ちとはいえなかったが、三人目の死体の服装とあまりに差が際立った。

それだけでなく、ひとり目とふたり目の男は三人目よりはるかに若いうえに頑丈そうな体つきをしていた。見た目の年齢と服装からして三体目の死体がこの家の主人である氷室賢一郎だと思われたが、ほかのふたりと賢一郎との関係がいよいよわからなくなった。

「作業している最中悪いが、みんな外にでてくれ」

腰をかがめて作業に励んでいる鑑識課員たちに向かって、茶屋は前置きもなしに大声でいった。

作業の手を止めてのろのろと顔を上げた鑑識課員たちは、声の主が茶屋であるとわかると、鑑識道具を七つ道具を入れる鞄にすばやく収め、そそくさと部屋からでていった。不平を述べる人間はひとりもいなかった。

「おまえたちもだ。しばらくひとりにしてくれ」

茶屋はふり返り、すぐ後ろに控えていた栗橋と蓮見にいった。ふたりは不満げな表情を一瞬浮かべたが、抵抗しても無駄だと思ったのか、黙って部屋をでた。

ひとりになった茶屋はあらためて部屋のなかを見まわした。

ビリヤード台に座り心地のよさそうなソファ、部屋の奥には大きな机と本棚、その反対側には酒瓶がならんだバーカウンターまであった。

ここで暮らしていたというのはいいすぎだとしても、三人がこの部屋で長い時間を過ごしていたことは間違いないと思えた。

しかし、なぜこの部屋なのだ。殺害現場が地下室だと聞いた瞬間に浮かんだ疑問に茶屋はふたたび捉えられた。なぜなら茶屋は、屋敷のなかにビリヤード台だけでなくバカラの専用テーブルまでそなえられた本格的な遊戯室や、図書館と見紛うような大きな書斎もあることを知っていたからだった。

なぜそちらではなく、ここなのか。

天井から吊り下げられたシャンデリアが煌々と光りを放っていたが、壁にはひとつの窓もなく、広間といって良いくらい広い部屋であるにもかかわらず通気性がいいとはいえないし、バーはあっても流し台やガス台は見当たらず、調達した食材を調理することなどできそうになかった。

屋敷のどこでもいいはずなのに、なぜこの部屋でなければならなかったのか。

しばらく考えてみたが、いくら考えても答えにたどり着けそうもないので、疑問はいったんさしおいて、まず三人の死体をくわしく調べてみることにした。

戸口の脇に椅子と小さなテーブルが置いてあって、ひとり目の男はそのテーブルとビリヤード台のあいだに倒れていた。小テーブルのうえには酒瓶とグラスが載っていた。

茶屋は中腰になって死体をのぞきこんだ。血は一滴も流れていなかった。スウェットの上下もきれいなままで、死体のまわりにも血痕らしきものは見当たらなかった。死体の肩口と腰の辺りをもちあげてみたが、絨毯に血がしみこんだ跡もなかった。

おそらく三十代だろう、髪を短く刈りあげた男の首はあり得ない角度でねじ曲がり、両目は見開いたままだった。死はおそらく殺された本人すら気がつかないほどとつぜん訪れたに違いなかった。

男が日夜欠かさずに体を鍛えていたらしいことは一目見てわかったが、茶屋はスウェットの下から盛り上がっている胸筋に目を留めた。胸のふくらみが左右で微妙に異なっていたのだ。

スウェットのうえから触ってみると、右側の胸は弾力があったが、左側のほうは力などまったく入れていないのに指先がなんの抵抗もなく体にめりこんでしまった。死体が生きていたなら、悲鳴を上げていたに違いなかった。

感触だけでも男の肋骨が折られていることがわかったが、念のためにスウェットを首元までめくりあげた。思った通り左胸が陥没していた。男は首の骨と肋骨を折られていたのだ。

ふたり目の、大きなソファの脚元で倒れている男は、素手ではなくナイフで刺し殺されていた。男はひとり目の男よりひとまわり大きく、身長百九十センチ、体重百二十キロの茶屋と比べても遜色のないほどの巨漢だったが、肥満体で大きな腹はいまにも破裂しそうなくらいだった。鍛え上げた体とはいえなかったが、丸太のように太い手足を一目見ただけでも、並外れた剛力の持ち主であることがわかった。指先ひとつでゴルフボールでさえひねり潰せそうだった。

ソファの脚元に大きな血溜まりが広がっており、こちらの脇テーブルにも酒瓶とグラスが載っていた。

茶屋はかがみこんで肥満体の死体が身に着けているジャケットを見た。ジャケットにはふたつの穴が開き、その下のTシャツにも同じ位置に穴が開いていた。

殺人犯は男の心臓と肺とをジャケットの上からナイフでひと突きにしていたが、ひとり目の男とは違い、こちらは即死ではなかった。心臓と肺のどちらが致命傷になったかは判然としなかったが、いずれにしろ最初のひと突きで動きを止められた男は、床に倒れて絶命するまで長い時間血を流しつづけたはずだった。

肥満した男の分厚い脂肪の層の上から、殺人犯が正確に心臓と肺の位置を探り当ててひと突きしているのは驚きだったが、ひとり目は素手で殺し、ふたり目にはナイフを使った理由がわからなかった。

茶屋は首をひねったまま立ち上がり、部屋の奥まで進んだ。

椅子に縛りつけられている氷室賢一郎もナイフを使って殺されていたが、ほかのふたりの被害者と違い、時間をかけて殺されていた。それも桁外れに長い時間をかけて。

賢一郎はただ殺されていたというだけではなく、拷問されていたのだ。

賢一郎は父親だった友賢とは違い小柄な男で、五十五歳という年齢より老けて見えた。椅子の背からのけぞるように上を向いたままになっている顔面には殴られた痕があり、前歯が何本か折れていた。

靴と靴下を脱がされて裸足にされた足先には右足の薬指と小指の二本だけしか残っていなかった。

椅子の下には血溜まりができていたが、大量の血は毛足の長い絨毯があらかた吸いとっており、切りとられた八本の短い足指が転がっていた。

絨毯の上には足の指だけでなく、彫刻がほどこされたデスクの脚元にクロームメッキの重そうな灰皿と吸いかけの葉巻が落ちていた。氷室家の現当主はどうやら葉巻党であったらしい。

賢一郎の苦痛にゆがんだ死に顔を眺めていると、犯行の一部始終が自然に浮かんでくるようだった。

まず殺人犯が予告もなしにいきなり部屋に押し入ってくる。

入口のすぐ脇のテーブルに座っていたスウェットスーツの第一の男があわてて立ち上がり侵入者を背後からおさえこもうとする。むしゃぶりついてきた男のほうにはふり向きもせず、殺人犯は肘打ちの一撃を胸に食らわせた。衝撃と痛みで一瞬ひるんだ男の頭を殺人犯は片腕ですばやく抱えこみ、上半身をひねるようにして腰を落としながら、男の首の骨をへし折った。

それを見た第二の男がソファから殺人犯に飛びかかる。殺人犯は今度はナイフを手にして男を刺す。着衣の上から急所である肺と心臓をひと突きにされた男は床に崩れ落ち、二度と立ち上がることができぬまま穴の開いた臓器から血を流しつづけた。

なんとも見事な手際だった。殺人犯は立ちふさがる障害をたやすく跳ね退けただけでなく、ふたりの屈強な男をまたたく間に無力化してしまった。おそらく一分とかからなかったに違いなかった。

デスクに座って優雅に葉巻をくゆらしていたであろう賢一郎は、驚愕と恐怖で金縛りにあったように身動きひとつとれなくなってしまったが、それでも一直線に自分のほうに向かってくる殺人犯に対し、机の上の灰皿を手にとって必死に抵抗を試みようとした。しかし小柄な中年男の悪あがきなど殺人犯にとってみればお笑い種でしかなかったろう。殺人犯は賢一郎の顔面に拳をたたきつけて、失神させた。

それから椅子に縛りつけて、拷問にとりかかった。

賢一郎はやがて意識をとり戻したが、足の指を一本ずつ切り落とされていくうちに、小柄な肉体に加えられる負荷の大きさに耐え切れなくなった心臓が変調を来し、あっけなく止まってしまった。

ひとり目の男は素手、ふたり目はナイフ、そして三人目はただ殺すだけではなく、残虐な拷問まで加えた。なぜ殺害方法を変える必要があったのか、賢一郎はなぜ拷問されなければならなかったのか。

殺人犯が三人の被害者を殺した状況は目に見えるようでも、殺人の目的がまるでわからなかった。

賢一郎の顔を見つめたまま考えていると、不意に首筋に人の気配を感じて茶屋は顔を上げた。部屋の入口に、黒いレースのワンピースを着た女が立っていた。

茶屋は眉をひそめた。人払いをしたはずの部屋に、自分以外の人間がいたことに驚いたのだ。女は若く、黒い髪をおかっぱにしているせいか十代の少女のようにも見えた。喪服を着ているところを見ると、氷室家の親族なのかも知れなかった。

「賢一郎氏のお身内の方ですか。お気持ちはわかりますが、犯罪現場に無断で入られては困ります」

滅多にないことだが、茶屋はふつうの人間のように話すことができた。

「見事なもんだね。入口に控えていたふたりの男をあっという間に始末した。それも相手の体重に見合った合理的なやり方でね」

女がいった。

茶屋は自分の耳を疑った。女が誰であるにせよ、氷室家とかかわりのある人間が口にするようなことばとは思えなかった。

「おまえは誰だ。ここでなにをしている」

茶屋はすみやかにふだんの詰問《きつもん》口調に戻って聞いた。

「入口近くに座っていたひとり目の男は運動神経がよかったせいで、とつぜん部屋に侵入してきた犯人に一瞬ひるんだものの、なんとか反応して追いすがることができた。相手がふつうの人間だったら、動きを止めただけでなくそのまま押し倒すことも可能だっただろうけど、残念なことに体重が足りなかった。だから犯人は背後をとられてもあわてることなく、肘打ちの一発で簡単に男をふりほどくことができた。おまけに胸に強烈な衝撃を食らった男がくの字に体を折り曲げたもんだから、犯人の前にご丁寧に首を差しだす恰好になってしまった。犯人は絶好の機会とばかりに男の首に腕を巻きつけた。あとは自分の体重をかければ良いだけで、男の首をへし折るのになんの苦労もなかった。そこに猛然と襲いかかってきたふたり目の男を見て、犯人は用意していたナイフを躊躇なくとりだした。ふたり目はひとり目と違って図体が大きくて重そうだったから、組みつかれると引き離すのが厄介だと一瞬で判断したのね。ふたり目の男はひとり目と比べると格段に動きが鈍かったから、ナイフをとりだす余裕は十分にあったけれど、相手は脂肪の鎧をまとっているようなものだったから無闇に急所にナイフをふりまわしても致命傷を与えることができるとはかぎらない。すばやく、それも正確に急所にナイフを突き立てなければ、何十回刺したとしても突進してくる男の動きをほんの一瞬でも止めることすらできないかも知れないのに、なんなくやってのけた。頭の回転が速く運動能力にも優れているだけじゃなく、外科医なみの医学の知識と技倆をもっている人間でなければ到底不可能な離れ業だよね」

女はいった。

「おまえは誰だ。どこから入ってきた」

茶屋は、いきなり現れて殺害の手順を正確に再現してみせた女の観察眼の鋭さに内心で舌を巻きながらも、みじんも表情にはださず質問をくり返した。

「どこからって、ここから」

女が入口のドアを指さした。

「外には刑事がいたはずだ」

「その刑事さんが入れてくれたの。初音署の蓮見さんと栗橋さん」

「なんだと」

茶屋は女の答えに驚いて入口に顔を向けた。

「蓮見。栗橋」

大声で怒鳴るとすぐにドアが開いて、ふたりの刑事が部屋のなかに入ってきた。

ふたりの刑事は戸口に立っている女を見ても驚いたような顔は見せず、それどころか女のすぐ横にならんで立った。悪い予感がした。

「おまえたちがこの女を部屋に入れたのか」

「はい」

蓮見が答えた。

「誰が許可した」

「署長です」

「署長というのは、おまえのところの署長のことか」

「はい」

「どういう理由だ」

「実は昨晩、身体の一部が意図的に毀傷《きしょう》あるいは損壊《そんかい》された死体が発見された場合は例外なく即座に警察庁に情報を上げるようにと全国の警察署宛に下達があり、それから一晩も経たないうちに本事件が発覚した訳であります。被害者のひとりである賢一郎氏の死体に、まるで拷問でもされたような外傷が認められたことから、指示に従って通報いたしましたところ、こちらが警察庁からこられることになりまして」

茶屋に問い詰められることは覚悟していたのだろう。前もって答えを用意していたらしく、蓮見は途中何度かつかえながらも一息でいった。

茶屋はもう一度、レースの飾りがついた黒いワンピースを着た女を見た。スカートの裾は膝の上までしか届いていなかった。

「こちらというのは、おまえの横に立っている女のことか」

「はい」

「そのこちら様が警察庁からきたというのか」

「はい」

蓮見が答えた。額に脂汗が浮かんでいた。

「たしかなのか」

「はい。警察庁には確認の電話を入れております」

茶屋はもう一度女の顔と出で立ちを上から下まで舐めまわすように見た。悪い冗談としか思えなかった。

「それにしても死体が発見されてからまだ二時間足らずだぞ。おまえたちが事件を知った直後に警察庁に報告を入れたとしても、こんなに早くこられるはずがない」

茶屋は女にではなく、蓮見に向かっていった。

「飛行機に乗ってきたから」

答えたのは蓮見ではなく、女のほうだった。

「飛行機を使ったとしてもだ。こっちからの連絡を受けた直後に都合よく飛行機の便が見つかってそれに乗ったとしても一時間やそこらで着くなんてことはあり得んし、さらに名古屋の空港からここにくるまで電車を乗り継ごうと車を使おうと、最低でも二時間はかかるはずだ」

茶屋は故意に女から顔をそむけたままでいった。

「飛行機といっても、専用ジェットだから」

女がいった。

「なんだって」

「警察庁長官官房の専用ジェット機。それに着陸したのも名古屋ではなくてこの近く。ここから車で十五分くらいのところに小型ジェット機なら離発着できる小さな飛行場があるの」

女がいった。茶屋は、存在自体を無視しようとした女のほうを思わずふり返ってしまった。

「納得がいった？　わたしはあんたより三十分前にここに着いて、一通り検証も済ませていたという訳」

女がいった。女の横に立っている蓮見と栗橋を見ると、ふたりが身をすくませた。自分より先に殺人現場を調べた人間がいたというのは初耳だった。

茶屋はしばらくふたりを無言でにらみつけていたが、やがて口を開いた。

「わかった。おまえたちは外にでて良い。おれとこの女をふたりにしてくれ」

あっさり解放されたことがよほど意外だったらしく、蓮見と栗橋は顔をうつむかせながらも嬉々とした足どりで部屋からでて行った。

「あんたの名前をまだ聞いていなかったな」

女に視線を戻して茶屋はいった。

質問に答える代わりに女が口元に笑みを浮かべた。それにも驚いたが、さらに驚いたことに女は茶屋のほうに向かって歩きだした。笑みを浮かべたまま無言で近づいてくる女の落ち着きようは不気味なほどで、茶屋は思わず気圧されそうになった。

茶屋の前で立ち止まった女は、ドレスの胸元から四角い小さな紙片をとりだして茶屋に差しだした。こわごわ手にとって目の前にかざしてみると、名刺だとわかった。

茶屋は、紙片に印刷された小さな活字を苦労して一文字ずつ追った。

「警視庁捜査一課与件記録統計分析係第二分室　鵜飼縣。これがあんたの名前か。一体なんて読むんだ」

「うかいあがた」

「名刺には警視庁捜査一課とあるが、蓮見はあんたのことを警察庁の人間だといったぞ」

茶屋はいった。

「いまは警察庁から警視庁のそこに出向しているの」

女がいった。

この女は一体どこの誰だ。茶屋は名刺と女の顔とを交互に見比べずにいられなかった。警察庁と警視庁の区別さえつかない一般の人間なら、警察庁から警視庁に出向しているなどとわざわざ断らなければならないような面倒な肩書きを用意するはずがなかった。

「名刺なんかいくらでも好きなように印刷できる。こんなものはなんの証明にもならん」

「名刺を渡したのは、まずわたしの名前をちゃんと覚えてもらおうと思ったから」

女がいった。

「それに、わたしが警察庁の人間であることは確認済みだって、蓮見さんもいっていたでしょ」

「確認といったって、どうせ電話口で名前に間違いがないかどうかたしかめたくらいだろう」

茶屋は女の目を見て悪態をついた。女は踵《かかと》の高い靴を履いていて、それを足すと身長が百八十センチ以上あり、視線の高さが茶屋とそれほど変わらなかった。

「じゃあ、飛行場でどんな騒ぎがあったか教えてあげる」

女がいった。

「驚いたのはね、小さな飛行場に礼装の警官がたくさんいたこと。警察庁の人間が東京からやって来ると聞いて、署長以下初音署の幹部全員がわたしの到着を、いまや遅しと待ちかまえていたの。飛行機から降りたとたん、白手袋の人たちに最敬礼されたんで一体なにが起きたのかと思ったわ。でも驚いたのは署長さんたちも同じだったらしくて、わたしを見て唖然とした顔つきをしていた。それでも、先に飛行機から降りてきたわたしはキャビン・アテンダントかなにかで、お目当ての人物は後からでてくるに違いないと、最敬礼したままで皆しばらく待っていたけど、いつまで経ってもそれらしき人間はでてこず、結局ジェット機に乗っていたのはわたしひとりだけだとわかると、全員が混乱状態に陥って右往左往しはじめた。わたしが身分証を提示しても、誰も相手にしてくれなかったくらい。でもこのままでは埒《らち》が明かないと思った誰かが、最後の手段とばかりにスマホでわたしの写真を撮って、それを警察庁に送ることに決めた。警察庁がすぐに『本人に間違いない』という返事を寄こしたからよかったようなものの、そうでなかったらわたしはその場で逮捕されて、所轄署の留置場に放りこまれていたかも知れない」

「そんなおかしな恰好をしていたら、疑われて当然だ」

茶屋がいったので、女が怪訝な顔をした。

「その恰好のことだ。誰だって、そんな恰好をした女が警察庁の人間だなんて思うはずがないだろう。警察庁には、職員が地方にでかけるときにはかならず変装をしなければならないという決まりでもあるのか」

「これ、わたしの私服だけど」

女が眉間にしわを寄せていった。茶屋のことばがまるで理解できないという表情だった。

「あんた、一体いくつなんだ」

「女性に年齢《とし》を聞くのは失礼よ」

「ずいぶん若いようだが、本当に刑事なのか」

女の抗議などにはとりあわず、茶屋は尋ねた。

「刑事を名乗ったこともないし、そう呼ばれたこともないわ」

女がいった。

「おれにはやはりあんたが警察の人間とは思えん。さっきから気になっているんだが、まずあんたの口の利き方だ。あんたが本当に組織の人間なら、目上の人間に対してはそれなりの言葉遣いをするはずだ。おれはたしかに田舎警察の一介の刑事かも知れんが、階級は警部だぞ」

「目上の人間って、あんたのこと？」

「それだ。おれをあんた呼ばわりするのは止めろ」

「言葉遣いが気に障ったのなら謝るわ。まだ日本語に慣れていなくて。ほら、わたしって帰国子女なもんだから」

女が的外れな弁解をした。

「階級をいえ、階級を。巡査か、それとも巡査部長か」

堪忍袋の緒が切れそうになるのを懸命にこらえながら、茶屋はいった。

「どっちでもない」

「ふざけるな。巡査か、そうでなかったら巡査部長に決まっているだろう」

「だからどっちでもないって。だって、わたし警視だから」

女がいった。

目の前が一瞬真っ白になったような気がした。怒りのあまり頭のなかの神経が二、三本切れてしまったのかと思ったが、そうではなかった。自分でも意外なことに、茶屋は冷静そのものだった。

警察組織についてほんの少しでも知識がある人間なら、階級を尋ねられたときに間違っても警視だなどというはずがなかった。知らない人間から、あなたの仕事はなんですかと問われて、サラリーマンですでも大工ですでもなく、王様をしていますと真顔で答えるようなものだからだ。まともな人間であれば、嘘をつくにしてもそれらしい嘘をつくはずで、真っ赤な嘘だとすぐにばれるような嘘を平然とつくような人間がいたとしたら、それはペテン師でもなんでもなく、ただの狂人だというしかなかった。

茶屋はあらためて女の顔をまじまじと見つめた。

女は表情ひとつ変えていなかった。

茶屋は息を吐きだした。

「あんたの話を聞こう」

この女が正真正銘の狂人だったとしたら、馬鹿正直に会話を交わそうとしたことなど、後で笑い話にしてしまえば良いだけの話だった。

「まず、被害者が拷問された事件があったら即刻報告を上げるよう全国の警察署に通達をだした理由からだ」

「了解。そこに……」

女は、茶屋が使用済みのティッシュペーパーかなにかのように汚らしげにつまんでいる名刺を指さした。

茶屋は自分が名刺を持っていたことに気づいて、初めて見るように目の前までもちあげた。

「そこに書いてある与件記録統計分析係という部署は、事件記録を整理分類する仕事をしていて、既存の記録をより完全なものにするために現在進行形の事件もふくめてコンピューターで毎日データ・マイニングをしているんだけど……」

「ちょっと待て」

茶屋は片手を挙げて女を制した。

「コンピューターだのデータだのというカタカナは抜きで話せ」

「どうして」

「どうしてもだ」

茶屋がいうと、女が不思議そうに顔をしかめた。

「まさか、おれはコンピューターなんか触ったことがないんだなんていいだすんじゃないでしょうね。あんた、一体いくつ」

「おれの年齢は関係がない。それに、おれをあんたと呼ぶのは止めろ」

茶屋がいうと、女はこれみよがしにため息をついてみせた。

「いいわ。ともかくネットでデータを漁っているうちに、わたしたちは偶然似たような殺人事件を三つも見つけてしまったの。三つの事件は発生場所も日本全国ばらばらなうえに、被害者の性別や年齢もばらばらだったけど、わずか一ヵ月という短い期間に集中していて、そのうえ三人ともただ殺されていたというだけではなく、執拗で過剰な暴力がふるわれた跡があった。事件は三件とも未解決だったから、類似した事件がほかにないか調べるように全国の警察署にお願いすることにしたの」

女はそこでことばを切ると、茶屋の顔を見てひと言つけ加えた。

「ネットで見つけたというのは、インターネットに掲載されていた地方紙の記事で事件を知ったという意味。事件を捜査した警察署の報告書を検索してくわしく調べたのはその後のこと。ここまでは良い？」

「事件があったのはどこだ」

茶屋が尋ねた。

「北海道と千葉と長崎。北海道で殺された被害者は五十五歳の男性。千葉で殺されたのは三十九歳の女性。長崎の離れ小島で殺された三人目は七十二歳の男性」

「それが一ヵ月のあいだに起きたというのか」

「一件目が今年の一月二十日。二件目が一月二十八日。三件目が二月十五日」

「同一犯の仕業だとどうしてわかる」

「同一犯の仕業だなんていった覚えはないけど」

「しかし、あんたはそう思っている。そうだろう」

「あんたはどう思う？」

「質問しているのはこっちだ」

「少なくとも、同じような手口の殺人事件に心当たりがある場合は報告するよう全国の警察署に指示をだしたときには、三件とも同一人物による犯行だという確信があった訳ではないということだけはいえるわ」

女が謎めいた言い方をした。

「三人の被害者には、なにか共通点があったのではないのか」

茶屋がそういうと、女が茶屋の顔を見返した。

「たとえば？」

「出身地が同じだとか、卒業した学校が同じだったとか、同じ会社で働いていた時期があったとか、だ」

「いいえ。調べてみたけど、共通点は一切見つからなかった」

女の顔にそれまでとは別の表情が浮かんでいることに茶屋は気づいたが、それがなにを意味しているのかは見当もつかなかった。

「本当に共通点はなにもなかったのか」

「ええ。なにもなかった」

女が答えるまで、ほんの一瞬だが短い間があった。

茶屋は無言のまま、この女がいっていることは本当だろうかと考えた。そもそも地方紙の記事で未解決の殺人事件を三件も見つけたということ自体まゆつばに思えたし、全国の警察署に通達をだした翌日に愛宕市で事件が起きたというのも、できすぎた話のような気がしてならなかった。

「過剰な暴力というのは、具体的にはどんなものだ」

茶屋は尋ねた。

「ひとり目は手の指を一本ずつ切りとられ、ふたり目は足の指をハンマーのようなもので叩きつぶされ、三人目は性器を酸で焼かれていた」

女がいった。

「被害者の指が切り落とされていたり、性器が傷つけられたりしていることがわかって、犯人は被害者に苦痛を与えることで性的な満足を得るサイコパスかとわたしたちは考えた。でも捜査報告書をくわしく調べていくうちに、そう判断するのは早計のように思えてきたの。過剰な暴力というのは、あくまでもそれが被害者の命を奪うための直接の手段ではなかったからそういっただけで、実際には感情にまかせた無秩序なものではなく、どちらかといえば理性的で抑制の利いたものだった。それでわたしたちは一から考えなおさなければならなくなった。快楽のためじゃないとしたら、犯人は一体なんのために被害者を必要以上に痛めつけるようなことをしたのか。犯行の動機はそもそもなんなのかって」

「それで結論はでたのか」

「推測でしかないけど、犯人は被害者たちからなにかを聞きだそうとしたのじゃないかと思う」

「面白半分に暴力をふるったのではなく、拷問をしたということか。殺すことが目的だった訳ではなく、なにかを聞きだすために被害者を痛めつけた、と」

「ええ、そう」

「なにを聞きだそうとしたんだ」

「それはわからない。わからないけど、拷問はまったくの空振りに終わった訳ではなくて、犯人が三人からなにかを聞きだしたことだけはたしか」

「なぜそう言い切れる」

「犯人がここまでやってきたから。愛宕市のこの屋敷までね」

女がいった。

「犯人が三人の人間を拷問したのは、氷室賢一郎の名前を聞きだすためだったといいたいのか」

「まあ、そんなところ」

「犯人の目的は賢一郎を捜しだして殺すことだったというんだな」

「いいえ、それはちょっと違う」

女がいった。

「犯人が三人の被害者から賢一郎氏の名前を聞きだしたことはたしかだと思うけど、犯人の意図が最初から賢一郎氏を殺すことだったとは思えない。だって賢一郎氏もこの通り足の指を一本ずつ切り落とされているから。明らかに拷問された証拠だわ。犯人が賢一郎氏に対しても拷問をする必要があったということは、彼を殺すことが犯人の最終的な目的ではなかったということを意味している」

茶屋は女の断定的な口ぶりが気に入らなかった。氷室賢一郎の殺害が犯人の目的でないとしたら、この先も同じような犯行がつづく可能性があるということだった。

「それではなにもわからないまま、ふりだしに戻ったも同然じゃないか。賢一郎はなんのために殺されたんだ」

「そうでもないわ」

女がいった。

「なにがそうでもないんだ」

「ふりだしに戻ったという意見は、悲観的すぎるということ」

「なぜ、そういえる」

「この愛宕市には、あんたがいるから」

「なんだと」

「双六にたとえるなら、わたしにとってあんたは大きな出目《でめ》なの。三駒も四駒も前に進むことができるくらいのね」

「一体なにをいっている」

二十歳そこそこにしか見えない若い女が、「出目」などという賭博用語をごく自然に口にしたことに内心たじろぎながら茶屋はいった。

「賢一郎氏のことはどの程度知っていたの？」

茶屋の質問を無視して女が尋ねた。

「なんだと」

「氷室賢一郎氏のことをどの程度知っていたのかって聞いたの」

女はいたって真面目くさった顔で茶屋を見つめていた。

会話のテンポがあまりにも速いので、話についていくだけでも一苦労だった。この女はやはり正真正銘の狂人なのではないだろうかという疑念が、ふたたび頭をもたげた。

「この男の顔を見たのはきょうがはじめてだ。所轄の刑事から聞くまで名前も知らなかった」

茶屋は答えた。

「名前も知らなかった？　県警本部の、ほかならぬ茶屋警部ともあろう人が氷室財閥の当主の名前を知らなかったというの。この町のことなら隅から隅までなんでも知っているはずの茶屋警部が？まさか、この屋敷にきたのもきょうがはじめてだなんていいだすんじゃないでしょうね」

「待て。それがこの事件となんの関係があるんだ」

「答えて。この屋敷にきたのはきょうがはじめてなの」

女が聞いた。有無をいわせぬ鋭く尖《とが》った口調だった。茶屋はあらためて女の顔を見た。初対面の人間が茶屋自身のことを知っているらしいことが意外だった。

「十二年前に一度きたことがある」

茶屋はいった。

「用件はなんだったの」

「あんたには関係がない」

女は、茶屋の顔に据えたままの視線を動かそうとしなかった。

「屋敷のなかで事故があったので、警官を寄こしてもらいたいという要請があった。そのとき会ったのは、賢一郎ではなく父親の友賢のほうだ」

「屋敷の地下にこんな部屋があることは知っていた？」

「いや、知らなかった」

「十二年前にはなかったかも知れないわね。立派な本棚やバーカウンターまで備えつけられているといっても、いかにも急拵えだもの。賢一郎氏は地下のボイラー室の片隅にどうしてこんな部屋をわざわざつくったんだと思う？」

茶屋が答えずにいると、女がつづけた。

「この部屋に入ってくるとき、ドアを見たでしょ？　閂がついた鉄製のドアというだけでも驚きなのに、さらに大きな南京錠までかかっていた」

「なにがいいたい」

「賢一郎氏以外のふたりの男の素性について心当たりはある？」

女が別の質問をした。

「あるはずがないだろう。あんたにはあるのか」

「あの体つきと顔を見れば、誰にでもわかりそうなものだと思うけど」

「おれには見当もつかんな」

茶屋はいった。

「威嚇的な体格と、誰だろうと相手になってやるといわんばかりの不敵な面構えを職業にしている類の人間。間違いなくふたりの男は賢一郎氏が雇ったボディーガードだわ」

「ほう、ずいぶん自信があるようだな」

「賢一郎氏はボディーガードふたりを従えて、出入口を厳重に固めた地下室に閉じこもっていた」

女がいった。

茶屋は女の顔を見つめながら、短く息を吐きだした。女の推理はまったくの予想外という訳ではなかった。

「なんのためだ」

茶屋は聞いた。

「自分に危険が迫っていることを知って、安全な場所に一時的に身を隠すことにしたんだと思う」

女が答えた。

茶屋は、女のことばの意味を咀嚼するために一拍間を置いた。

「警察庁が通達をだした翌朝にここで事件が起こったのは偶然なのか」

「全国でばらばらに起こった三件の殺人事件に関連性があることをわたしたちが発見したのはつい昨日のことだけど、三件目の長崎の事件からすでに二ヵ月以上経っていた。作為があるんじゃないかと勘ぐるのはそっちの勝手だけど、通達の翌日にここで事件が起きたのはまったくの偶然。たまたまそうなったというだけの話」

女が答えた。嘘をついているようには見えなかった。

「通達をだしたときには、同一犯の犯行という確信はなかったといったが、いまはあるのか」

「いまは確信している。この現場を見たから」

女が部屋のなかの三人の死体を見まわしていった。

「三人の殺され方を見たんだから、あんたもそう思ったはず」

女が茶屋の顔を見ていった。

「なにがいいたい」

「賢一郎氏は地下の隠し部屋に屈強なボディーガードをふたりも従えて閉じこもった。それで身を守るには十分だと思ったのかも知れないけど、あまりにも浅はかな考えだったとしかいいようがない。危険が迫っていることは知っていたけど、敵が誰なのかわかっていなかった。自分がどんな人間を相手にしているのかをね。賢一郎氏を殺した犯人が、まるでプログラミングされた機械みたいにどれほど迅速かつ無駄なく動いたかは、この現場を一目見ただけでわかる。犯人は閂と南京錠で封印された鉄製のドアなどものともせず易々《やすやす》と部屋に侵入するとふたりのボディーガードをあっという間に倒し、脇目もふらず標的である賢一郎氏のもとへ一直線に向かった。目的を達成するためには手段を選ばず、目の前に立ちはだかる者を無力化するには命を絶つことがもっとも効率的だと判断すれば、躊躇なく実行する。人を殺すことになんのためらいも良心の呵責も感じない冷血さだけでなく、状況を把握すると同時にそれを瞬時に行動に結びつける運動能力と医学の正確な知識をそなえている」

女はそこでことばを切り、部屋のなかの三人の死体をもう一度ゆっくりと見まわしてから、ふたたび茶屋に顔を向けた。

「わたしは、こんなことができる人間をひとりしか知らない。もちろんあんたにも心当たりがあるはず」

茶屋は無言だった。

女のいう通り、茶屋には思い当たる人間がひとりだけいた。

## 3

「えらくお高くとまった街になったもんだな」

助手席の中村が、通り沿いのイタリア料理店を横目で見ながら鼻を鳴らした。

そのレストランは、建物の正面の入口からアーチ形のひさしが縁石まで突きでていて、その下に赤い絨毯まで敷かれていた。

ハンドルを握っている木村もまったく同感だった。

ふたりが車で走っているのは、かつては零細な町工場がひしめき、トタン屋根と板壁のあいだを縫って走る水路が一年中異臭を放っていた地区だった。

ところがいまでは高層マンションが建ちならぶ愛宕市内でも指折りの洗練された高級住宅地に変貌していた。

「おれがガキのころここには場外馬券売り場があってな、親父につきあわされてよくきたもんだ。そこに群がっているのは、薄汚れたジャンパーを羽織って、耳にちびた鉛筆をはさんだ労務者ばかりだった。それがいまじゃこの有様だ。周りを見てみろよ。ひとり残らず垢抜けた服を着て、われこそは勝ち組でございといわんばかりの顔で颯爽と歩いているじゃないか。労務者みたいな風体の人間なんか人っ子ひとりいやしない」

「おれもガキのころ親父に連れられてよくこの街にきた。うちの親父は映画好きでな、ここに映画館が入ってたビルがあったんだ」

木村がいった。

「ああ、そこはおれも知っている。ビルのなかに映画館と銭湯とそれに小さな演芸場もあった。その演芸場でなんとかという歌手のリサイタルを聴いたことがあるよ。名前は忘れたが、猫みたいな顔をした女だったことだけははっきり覚えている。ひどく背の低い女だったから、ひょっとしたら子供だったのかも知れないな」

中村がいった。

中村と木村はこの地域を所轄している鞍掛《くらかけ》署の刑事だったが、ふたりとも地元の生まれというだけでなく幼いころ素行が悪く、義務教育が終わるか終わらないかの年齢《とし》にはたがいに大きな暴走族グループを率いて縄張りを争っていた。

ふたりのグループが警察の手によって強制的に解散式を挙げさせられた後、木村はなんとか高校を卒業し、白バイを操縦したい一心で警察学校の試験を受けた。元不良少年が職業として警察官を選ぶのはめずらしいことではなく、仲間内でも警察官を目指した人間は少なくなかったが、試験に合格したのは木村ひとりだけだった。合格することができたいちばんの理由は試験の成績がよかった訳でもなんでもなく、前科がなかったことであり、それもひとえに実刑になりそうな罪をことごとく手下の人間にかぶせてきた賜物《たまもの》だった。

かろうじて警察に入ったものの白バイ警官になることはできず、十年以上も地域課の警官として県内の交番を転々とする毎日だったが、二十九歳になった年に、顔つきが気に入らないというだけで職質をかけた男がたまたま指名手配中の殺人犯だったという幸運に恵まれて刑事になることができた。

そして刑事として鞍掛署で勤務をはじめてから四年経った一年前、昔なじみの中村が転任してきたのだった。

　グループを解散してから仲間たちの消息についてはなにひとつ知らなかった木村は、かつての好敵手が自分と同じように警察の人間になっていると知って腰を抜かすほど驚いたが、顔を合わせた瞬間に十代のころの面影がよみがえってきて十数年の空白などあっという間に消し飛んでしまった。それは中村にしても同様だったらしく、ふたりはすぐに打ち解け、腹蔵なく胸の内を語り合う仲になった。背広を着たまま、「族仲間」に戻ったようなものだった。

　ふたりでいるときには血気盛んだったころの昔話になるのが常で、映画館や演芸場が入ったビルの話をするのもこれがはじめてではなかった。

　道路は空いていて、運転は快適だった。木村は制限速度を超えて車を走らせていたが、交差点の手前で一台の乗用車が右側から猛スピードで近づいてくることに気づいてもアクセルペダルから足を離そうとしなかった。

　乗用車がけたたましくクラクションを鳴らしてハンドルを切ってから木村もようやくハンドルを切ったが、操作が乱暴だったために車がスリップした。

　センターラインを越えて反対車線に飛びだした瞬間、大型のトラックが目前に迫ってきた。木村はもう一度急ハンドルを切って無人の歩道に乗り上げ、あやうく正面衝突を免れた。

　大事故にならなかったことを確認すると、木村は何事もなかったように車道に戻って速度を上げた。

　道路際に建設中のビルがあった。

　木村はハンドルを左に切り、何百メートルもつづく広大な建設現場の脇を突っ切った。

　ナビゲーションの画面で目的地の場所をもう一度たしかめた。

　道は間違っていなかった。

ゴミひとつ落ちていない清潔な住宅街を抜けると、にぎやかな商業地区の真ん中にでた。

デパートやブランド品を売る店の前を通り過ぎ、大型バスがならぶバス・ターミナルを過ぎ、公園を過ぎた。

公園の背の高い樹木が途切れた辺りで、街の雰囲気がとつぜん変わった。

徐々に道幅がせまくなり、住宅も店舗も小さくて飾り気のないものになったかと思うと、五分と走らないうちにふたたびしゃれたカフェテリアや煉瓦色の建物のなかにある貴金属店が現れたりするのだった。

洗練された都会的な再開発地区と昔ながらの古い街並みが錯綜しているある意味迷路のような地域で、道ひとつへだてただけで街の印象ががらりと変わった。一方にはシャッターを閉じた商店街とガラスが割られたままになっている空き家がならび路上には人影も見えない地区があり、一方にはいかにも裕福そうな親子連れが戸外で遊んでいる平穏な地区があった。

手入れの行き届いた庭のある小ぎれいな住宅地を後にすると、正面に美術館が見えてきた。先月開館したばかりの新しい建物だった。

「さあ、着いたぞ」

木村は速度を落とし、噴水つきの大きな池をまわりこんだ先にある駐車場に車を入れた。昼前の早い時間にもかかわらずすでに百台以上の車が駐まっていたが、広い駐車場にはそれでもまだだいぶ余裕があった。

「こんなところにおれたちの獲物が本当にいるのか」

奇抜なデザインの建築物をフロントガラス越しにまぶしそうに見上げながら、中村がいった。

「わからん。とにかく捜すしかない」

木村が答えた。

「応援を呼ばなくて良いのか」

「老いぼれをひとり生け捕りにするだけだ。おれたちふたりで十分だろう」

ふたりは車を降り、模造石を敷き詰めた中庭を横切って建物のなかに入った。

ロビーの真ん中に巨大な彫刻が置かれていた。円柱や直方体が積み木のようにでたらめに組み合わされたような意味不明の形をしていて、おまけにピンク色に塗られていた。中村と木村は彫刻の前で思わず立ち止まり、無言で顔を見合わせた。

広いロビーにはほかにもいくつもの彫刻がならべられていたが、どれもふたりの理解を超えていた。

吹き抜けになっている二階から四階までは、一階ロビーをのぞきこむようにぐるりと一周する回廊状になっていて、ゆるやかにカーブした側壁に大小さまざまな絵画や映像作品が展示されていた。ロビーだけでなく二階からうえのいずれの階も見学者であふれていた。

「この町は一体いつからこんな暇人《ひまじん》ばかりになったんだ」

中村がつぶやいた。

「感心している場合か。しっかり目を開けていないと見逃すぞ」

木村がいった。

「誰が感心なんかしているものか。おれは呆れているんだ」

中村が言い返した。

木村はまわりを見まわし、このロビーにいる人間の総勢は百人くらいだと見当をつけると、深呼吸を一度して歩きだした。中村は黙ってその後にしたがった。

ふたりは、作品に見入るようなふりをして人々の顔をひとりずつたしかめた。

ロビーを隅から隅までゆっくりと時間をかけて歩いたが、あらかじめ教えられていた人相や年恰好に合致する者は見つからなかった。

目指す人間がロビーにいないことがわかると、ふたりは二階へつづく階段を上った。傾斜はゆるやかだが、五十段以上ある長い階段だった。半分まできたあたりで、ホールの端からエレベーターに乗れたことに気づいたときにはすでに手遅れで、あきらめて残りの段を上がるしかなかった。もともと不良は健康のために運動などしないものなのだ。

ようやく階段を上がり切ったときには息が上がっていた。ふたりは足を止めて二階の回廊を見まわした。

転落を防ぐための内側の仕切りは透明なプラスチック製であったため、向かい側の廊下を歩く見学者たちの姿もふくめて左右すべての方向を見渡すことができた。

数分ほどその場に立って見学者たちのおおよその外見と人の流れを確認してから、ふたりはふたたび肩をならべて歩きだした。

すれ違う人々の顔を気づかれぬようにうかがいながら歩いた。ベンチに座ってパンフレットを読んでいる見学者の顔も、作品に見入っている見学者の顔もさりげなく盗み見た。

捜している人間に行き当たらないまま回廊を一周し終えると、洗面所に入って個室のなかまで調べることも忘れなかった。

ふたりは三階に上がる前に、見過ごした人間がいないかどうかもう一度たしかめるために仕切り板の前にならんで立ち、二階の回廊と一階のフロアをのぞきこんだ。

人の群れは少し前よりさらに増えて、押し合いへし合いしながら各々勝手な方向を目指して歩いていた。

ふたりは群衆を上から見下ろしながら呼吸を整えた。混雑した人混みのなかでの人捜しは予想していたより何倍も重労働だった。

「本当にここなのか」

中村がいった。

「ああ」

「どうしてこんなに人が多いんだ」

「ぼやいてもはじまらん。時間をかけて捜すしかない」

ふたりはしばらく黙って立っていたが、やがて無言のまま歩きだし、三階へつづく階段を上りはじめた。

幼い子供が喚声を上げながら脇をかすめて階段を駆け上がっていき、背中の曲がった年寄りが危なっかしい足どりで前も見ずにこちらに向かってくる。人の数は刻々と増えるばかりで、まっすぐ歩くことすら次第にむずかしくなってきた。

それでもふたりは、すれ違う人間の顔にひそかに視線を投げることを怠らなかった。

階段を上り切ると、二階と同じようにいったん立ち止まって三階の回廊全体を見渡した。

側壁に据えつけられた何台もの大型スクリーンには、奇怪な映像がめまぐるしい速さで映しだされていた。

ある画面には俯瞰で撮影された南米のジャングルが、別の画面には見渡す限りの広大な平原が、また別の画面には高層ビルの足元で大勢の男女がダンスを踊る映像が流れていたが、大空高く飛ぶコンドルの眼がとつぜん緑の葉のうえに載った丸い水滴に変わったり、別の画面では踊っているはずの男女がいつの間にかプラカードを掲げシュプレヒコールを叫びながら行進する人々に変わったかと思えば、さらに枝から枝へと飛び移るジャングルの吠え猿の群れになったり、陽光に照らされた大平原がいきなり真っ暗になって漆黒の夜空に何十本もの稲妻がつづけざまに走り、すさまじい雷鳴がとどろいたりした。

映像の断片が視界の隅に入るだけでめまいを起こしそうだったが、人気の展示らしく見学者の数は二階の回廊よりもさらに多くなっていた。

ふたりとも思わずため息をつきそうになったが、いったんはじめた仕事を途中で放りだす訳にはいかなかった。ふたりは目と目を見交わして気合いを入れ直し、スクリーンからスクリーンへと気ままに移動する人の群れに紛れこんだ。

スクリーンが明滅するたびに見学者たちの横顔が赤や青に染まり、人々の話し声や笑い声が、映像にかぶって流れる音楽や雷鳴の音と重なり合って木霊《こだま》のように反響した。

「いた」

人波にもまれるようにして歩いていた木村がとつぜん叫んだ。

「どこだ」

すぐ後ろを歩いていた中村も思わず大声を上げた。

「あそこだ」

首をねじって中村を見ながら、木村が前方のエレベーターホールを指さした。

回廊の端で、作品の鑑賞を終えたらしい見学者の一団がエレベーターの到着を待っているのが見えた。

「どいつだ」

「茶色のレインコートを着た年寄りだ」

木村が答えると、中村は足を止めて目を凝らした。

エレベーターの前でひしめき合う男女の背中と背中の隙間に、ひときわ背の低い人間の真っ白な後頭部がちらりとのぞいた。

「間違いないのか」

「年齢は七十歳から八十歳、白髪頭《しらがあたま》で身長は百五十センチ前後。あの男に間違いない」

木村がいった。

エレベーターが到着し、扉が開くと同時に待ちかねた人々が我先に乗りこみはじめた。

「上か、下か。どっちだ」

「下だ」

木村がいうが早いかふたりはまったく同時に体の向きを変え、階下に降りる階段を目指して駆けだしていた。

人の流れに逆らって階段までたどりつくと、下から上がってくる人々を乱暴に押しのけながら猛然と駆け降りた。

仲むつまじく手をつないで二階から上がってきたカップルがあやうく衝突しそうになって悲鳴を上げ、周囲の人間があわてて横に飛び退いた。

非難の声には一切とりあわず、ふたりは三階から二階、二階から一階へと脇目もふらずに走り抜けた。

一階に降り立ったとき、ロビーの反対側のエレベーターの扉がちょうど開いて乗客を吐きだしはじめた。

階段の降り口とエレベーターのあいだにはおおよそ五十メートルほどの距離があるうえ、人の群れが壁となって立ちはだかっていた。

首を伸ばして前方をうかがうと、エレベーターから降りてくる茶色のコートを着た小柄な年寄りの姿が見えた。

「いたぞ」

木村が大声で怒鳴ると、中村が自分にも見えたという印にうなずき返した。

エレベーターを降りた老人が建物の出入口へつづいている通路に向かって歩きだした。

ふたりは、飛び抜けて小柄な老人の背中を一瞬たりとも見逃さないよう神経を集中しながら、目の前を行き交う人々をつぎつぎと押しのけた。女がなにやらわめくのも、男がふり返って怒鳴るのもかまわず群衆のなかをしゃにむに前進した。

ようやくの思いでホールの中央近くまでたどりついたときだった。出入口の入口の側がとつぜん騒がしくなったかと思うと小学生と思《おぼ》しき子供の集団がなだれこんできて、あっという間にホールの半分を埋め尽くした。人のかたまりがにわかにふくれあがり、一歩足を前に踏みだすことさえたちまち困難になった。木村と中村のふたりは、奔流のような人の流れからなんとか逃れようと身をよじったが、甲高いはしゃぎ声の大渦にたちまち包囲され、呑みこまれてしまった。

茶色のコートの小柄な老人は出口にもう一歩というところまで近づいていた。

子供だからといって容赦している余裕はなかった。

ふたりは行く手を阻む小学生たちを両手でかきわけて強引に進路を切り開いた。

じりじりと前進し、もう少しで出口というところまできたところで、女子児童のひとりが木村の肘にぶつかったはずみで床に倒れた。

少女が金切り声を上げ、周囲は騒然となった。

倒れた少女にかまわず進もうとする木村を見て、すぐ横を歩いていた見学者の男が木村を引き止めようとして肩をつかんだ。

木村はその手を邪険にねじり上げると、物もいわず胸をひと押しして男を突き倒した。悲鳴と怒号が巻き起こり、ホール全体にどよめきが広がった。

何事が起こったのかと、茶色のコートの老人が後ろをふり返った。

老人と木村の目が合った。

老人は騒動の中心にいる男の顔をしばらく不審げに眺めていたが、やがてその男が必死の形相で自分を追いかけてくるらしいことに気づくと、表情を一変させ身を翻した。

「気づかれた」

木村は中村に向かって声を張り上げた。

中村が答える暇もなく四方八方から手が伸びてきて、木村は頭をこづかれ、中村は誰かに肩の辺りをしたたかに殴りつけられた。ふたりはうめき声を洩らしながらも身をかがめて目前の出入口に向かってひたすら突き進んだ。人垣の向こう側にいる年寄りを捕まえることしか、ふたりの頭にはなかった。

小学生たちを引率してきたらしい教師が血相を変えて詰め寄ってきたが、木村はこれも無造作に突き飛ばした。

老人が出口を通り抜け、それにつづいて木村と中村も殺気立った群衆をやっとの思いでふりはらい、建物の外にでた。

ほんの数秒の差だった。

美術館の裏手は幅の広い直線道路だった。ふたりは美術館の敷地と道路を隔てる柵にとりついて、周囲を見まわした。

目指す相手はすぐに見つかった。

茶色のコートの年寄りは、おぼつかない足どりで舗道を走っていた。

舗道の五、六十メートル先に、こちらに背中を向けて歩いている男がいて、老人はその男になんとか追いつこうとして懸命に走っているようだった。

もう捕まえたも同然だった。

ふたりは柵を乗り越えて駆けだした。

ようやく男に追いついた老人が、男の上着の袖をつかむのが見えた。こちらを指さしながら何事かを必死に訴えている。なにをいっているのかはわからなかったが、偶然通りかかった人間に助けを求めているようだった。

舗道にでた中村と木村は、走るのを止めてゆっくりと老人と男に近づいた。

男がこちらに向き直り、年寄りは怯えた表情で男の背中に隠れた。

木村と中村は、通りがかりの男とその背後に隠れた老人に歩み寄った。

「こっちへ来い」

木村が腕をのばして老人の手をつかもうとすると、男がわずかに体を横にずらして木村の手を制するような動きをした。

意外な反応に驚き、木村はまじまじと男の顔を見つめた。

二十代後半か三十代前半に見える若い男だった。

人相にはどこといって特徴がなく体格もごくふつうで、ことさら腕力に自信があるようにも見えなかった。

「警察だ。その男に用がある」

とつぜんのことで男には事情が飲みこめていないのだろうと考え、木村は上着の内ポケットから警察手帳をとりだし、男によく見えるように目の前に突きだした。

力ずくで年寄りを引き寄せることもできたが、無駄な騒ぎは起こしたくなかった。

男に手帳を見る時間を十分に与えたうえで手帳をポケットに戻し、もう一度老人のほうに手をのばした。

男がふたたび同じ動きをして、木村の手をさえぎった。

「なんのつもりだ」

木村と肩をならべて立っていた中村が、気色ばんで男をにらみつけた。

「邪魔をすると、公務執行妨害になるぞ」

中村が声を荒らげたが、男は表情を変えず、中村に顔を向けようともしなかった。

木村が背後にまわりこもうとして足を踏みだすと、男は老人をかばいながら正面に向き直って木村と正対した。

中村と木村は顔を見合わせた。聴覚かどこかに問題でもあるのかと訝《いぶか》ったが、いずれにしてもまともにやり合っていては埒が明きそうもなく、強制的に排除するしか手はなさそうだった。

「そこをどけ」

そう叫ぶなり中村が男に飛びかかった。

両腕をつかんで、男に柔道の内股をかけようとした。

足を蹴りだそうとした瞬間、男に軸足を軽く蹴られ、中村は体の平衡を失って膝から崩れ落ちた。

男は身構えることすらせず、最小限の動きしかしなかった。

痛みさえ感じる間もなくあっけなく地面に転がされた中村は、自分が倒されたことに遅まきながら気づくと屈辱と怒りで顔をゆがませた。

木村が殴りかかると、男は木村の動きをあらかじめ予想していたかのように、ほんの少し上体を反らしただけで攻撃をかわした。

中村がうなり声を発しながら立ち上がり、男に向かって肩から突進した。

男は体をかわすと同時に足払いをかけ、中村の背中を手のひらで軽くひと押しした。中村は勢いあまってたたらを踏み、ふたたび無様《ぶざま》に地面に転がった。

木村がもう一度渾身の力をこめて殴りかかったが、なんの手応えもなく空振りに終わった。男が上半身だけをわずかに動かしたことさえ木村には見えなかった。

「動くな。手を挙げろ」

中村が膝立ちの姿勢で男に向かって叫んだ。

手には銃が握られていた。

拳がむなしく宙を切ったまま中途半端な体勢で棒立ちになった木村は、銃をとりだした中村の気の短さにまず驚いたが、さらに驚いたのは男がまったく表情を変えず、そればかりか平然と中村に近づこうとしたことだった。

「止まれ。止まらんと撃つぞ」

中村が怒鳴り声を上げたが、男は立ち止まる気配を見せなかった。

中村が撃鉄を起こした。

木村はふたりの様子を呆然と見つめるしかなかった。

映画やドラマならいざ知らず、本物の銃を目の当たりにした者など滅多にいないはずだった。

その銃を突きつけられて顔色ひとつ変えないばかりか、行きずりの年寄りのために身の危険すらかえりみようとしない男の心理がまったく理解できなかった。

ひょっとしたら違法薬物でも体に入れて正常な判断能力を失《な》くしているのか、と思ったときだった。中村に息がかかるほどの距離まで歩み寄った男が目にも留まらぬ速さで腕を伸ばし、そして肘をたたんだ。

一瞬の出来事だった。体重をかけた重い一撃ではなかったが、喉仏をまともに捉えていた。中村はうめき声を上げ、両手で首をおおいながらうずくまった。

木村は体勢を立て直して背後から男に飛びかかり、羽交い締めにした。

いかつい体格をしている訳でもない男の、どこにそんな力が潜んでいるのか見当もつかなかったが、木村は上半身のひとひねりで簡単に跳ね飛ばされた。

尻もちをつき、木村が立ち上がろうとすると、いつのまにか正面にまわりこんでいた男の拳が伸びてきて、木村の喉元を突いた。

木村は背中から地面に倒れこみ、首もとを押さえながらのたうちまわった。

たちまちのうちにふたりの刑事を地面にたたきふせた男は表情ひとつ変えることなく、何事もなかったかのように小柄な老人をともなってその場を離れた。

木村は喉元を押さえながら懸命に顔を上げ、遠ざかっていく男と年寄りを目で追った。

ふたりの後ろ姿は偶然に行き合った者同士ではなく、まるで旧知の間柄のように見えた。

男はあわてている気配などみじんも感じさせなかった。横断歩道まで歩くと、信号が青になるのを待って悠々と道路を渡った。信号が変わるのを待つあいだも後ろをふり返って木村たちの様子をたしかめることすらしなかった。

木村たちに与えたダメージがどの程度のものか、正確に見きわめたうえでの落ち着き払った行動としか思えなかった。

道路の反対側にはバス停があり、ちょうど路線バスが停車したところだった。西に向かうバスだった。

ふたりの姿がバスの大きな車体の陰に隠れた。

木村は焼けつくような喉の痛みをこらえて半身を起こし、応援を呼ぶために携帯電話をとりだした。

停まったバスがふたたび動きだすと、男と年寄りの姿も消えていた。

「どうした。目的の人間は見つかったか」

電話がつながり、相手が性急な口調で尋ねてきた。

美術館の裏手から西に向かうバスに乗った。

木村はそう告げるつもりで口を開いた。

だが、声をだすことができなかった。

4

なにが起こったのかさっぱりわからないまま、百武勲《ひゃくたけいさお》は署の正面玄関をくぐった。

調べの手が足りないので上署してくれ、と係長の久米《くめ》にとつぜん呼びだされたのだ。

抜き打ちで日程にない集団補導でも行われたのかと思いそう尋ねると、そうではないという返事だった。

所属している鞍掛署の生活安全課少年係に、調べの手が足りなくなるほど一度に大勢の人間が引致されてくる事案などほかに思い浮かばなかった。

首をひねりながら庁舎のなかに入ったが、生活安全課の席には誰もいなかった。

所轄署では、一般の市民が訪れる機会が頻繁にある交通課や地域課、それに生活安全課などの席は一階のフロアにならんで配置されていることが多く、鞍掛署も例外ではなかった。

ところが生活安全課には課員の姿がなかった。それどころかあらためてまわりを見まわしてみると、いつもは人のざわめきでうるさいくらいのはずのフロアがしんと静まり返って、忙しなく行き交う人間すらひとりも見当たらないのだった。

窓口にひとりだけ制服警官がいた。

「うちの人間はどこに行った」

百武は、所在なげな顔で座っている若い警官のところに歩み寄って尋ねた。

「三階です」

百武に見覚えはなかったが、若い警官のほうは百武の顔を見知っていたようだった。

「三階」

「はい」

「全員、三階に行ったのか」

「はい」

「どういう訳だ」

「それは、自分にはちょっと……」

「わからないのか」

「はい。申し訳ありません」

若い警官がいった。

途方に暮れたような表情から、署内で尋常ではないことが起きているらしいことだけは感じとれた。百武はそれ以上若い警官を問い詰めることはせず階段に向かい、三階まで駆け上がった。

署庁舎の三階は、フロア全体を刑事課が占領していた。捜査上の手続きなどの必要から、一階と三階とで日頃から往き来があるのは当然だったが、生活安全課の課員全員が刑事課の部屋に入ったことなど一度もなかった。

一体なにが起こったのか見当もつかないまま部屋に足を踏み入れたとたん、異様な光景が目に飛びこんできた。

長机だけでなく何十脚ものパイプ椅子が引きだされ、生活安全課の課員たちが総出で取り調べに当たっていたが、聴取をしている相手は年端もいかない中高生などではなく、ひとり残らず七十か八十歳はゆうに超えているだろうと思えるような高齢の男性ばかりだったのだ。

病院の外来でも老人ホームでさえ、これほど多くの年寄りが一部屋にかたまっているのを見たことがなかった。

百武は自分が見ている光景が現実のものとは信じられず、部屋の入口で思わず足が止まってしまった。昨夜深酒をしたせいでまだ寝ぼけているのだろうかという考えがとっさに浮かんだほどだった。

「きてくれたか」

啞然としているところに背後から声をかけられた。

ふり返ると係長の久米が立っていた。

「これはなんの騒ぎですか」

「こっちへ」

久米が声をひそめて手招きをしたので、百武はそのあとについて廊下にでた。

「非番だったのにすまない。しかしきみのようなベテランの手がどうしても必要でね」

廊下にでた久米がいった。

「取り調べをしているのはうちの課員ばかりのようですが、刑事課の連中はどこに行ったんです」

「全員出払ってる」

久米がいった。

「出払ってる」

「そうだ」

「一体何人いるんです」

百武が尋ねたのは、取り調べを受けている被疑者たちの人数だった。

「いまのところ三十人だ」

「いまのところ」

百武は顔をしかめた。

「これからもっと増える」

「それであの年寄りたちはなにをやらかしたんです。まさか、年寄りばかりの集団万引き団を捕まえたなんていう話じゃないんでしょうね」

「ああ、そうじゃない」

久米は真顔で答えた。

「それならなんの被疑者です」

「なんらかの犯罪の被疑者という訳ではないんだ」

久米が、一段と声をひそめていった。

「ひとりひとり見てもらえばわかると思うが、あの人たちは全員が高齢者だというだけでなく、身長が百五十センチ前後、そして白髪という特徴がある。彼らはそれが理由でここに連れてこられて聴取を受けているんだ」

「意味がわかりませんが」

久米がなにをいっているのか理解できず、百武は疑問をそのまま口にした。

「七十歳以上の高齢者で身長は百五十センチ前後、そして白髪という外見の人間が集められたということだ」

久米がくり返した。

「つまり、罪も犯していない人間を外見だけで引っ張ってきた、というんですか」

百武は驚いていった。

「もちろん署までわざわざ引っ張ってきたのは身元が曖昧だったり、職質を受けた際挙動が不審だった者にかぎられている。事情を聞いて、その結果身元がはっきりすればすぐにでもお引きとり願う」

「訳がわかりませんが」

説明を聞けば聞くほど、なにがどうなっているのかますますわからなくなるような気がした。

「われわれはある人間を捜しているんだ」

久米がいった。

「人捜しをしているというんですか」

百武が尋ねると、久米がうなずいた。

「人捜しなら、生活安全課の仕事じゃないですか。なぜ署が総出でやらなければならないんです」

「われわれは聞きとりの担当を命じられたのだよ。刑事課だけでなく地域課と交通課の人間も全員が駆りだされて、身長百五十センチ前後で白髪の年寄りを捜してまわっている。特徴に合致する人間がいれば、見つけ次第ここに連行してくる手筈になっている。これからもっと増えるといったのはそういう訳だ」

「で、わたしはどうすれば良いんです」

百武は混乱するばかりだったが、これ以上久米の説明を聞いても無駄だと見切りをつけ、同僚の誰かにくわしい事情を聞くことに決めて尋ねた。

「とりあえず、兎沢《とざわ》君の手助けをしてやってくれないか」

「わかりました」

百武はそう答えてふたたび部屋のなかに入り、兎沢の姿を探した。

兎沢の長い顔はすぐに見つかった。

百武は部屋の隅まで歩いて行き、大勢の年寄りのなかのひとりを相手にしている兎沢に近づいた。兎沢が顔を上げたので目礼すると、兎沢も億劫そうに目礼を返してきた。挨拶すら面倒だといわんばかりの無気力な態度だった。

長い顔と垂れた目が特徴の兎沢は、課員たちからミスター・エドというあだ名を奉られていた。『ミスター・エド』というのは、百武が子供のころに流行ったアメリカのテレビドラマで、人間のことばを流暢にしゃべる馬が主人公のコメディーだった。

兎沢のあだ名の由来は長い顔が馬を連想させるということももちろんあったが、ほかにも理由があって、それには牧場に放し飼いにされている馬のように一日中ぶらぶらしているばかりで仕事らしい仕事はなにもしないくせに、ほかの署員たちと人並みに会話だけは交わすという嘲笑の意図がこめられていた。

兎沢はちょうど老人の聴取を終えたところだった。

「これでけっこう。もう帰っても良いぞ」

兎沢がいうと、向かいに座っていた老人は、礼をいっているのかあるいは苦情をならべているのか判然としない意味不明のことばをもごもごとつぶやきながら席を立った。

百武は、のろのろと部屋からでて行く老人の背中を見送ってから兎沢の隣りの椅子に腰を下ろした。

長い顔の血色の悪さはいつものことで、毎朝髭を剃ることさえ面倒なのか口のまわりには無精髭が目立ち、皺くちゃの上着も傍によると臭いがしそうだった。

「ご苦労様です」

百武は型通りの挨拶をしたが、兎沢の横顔を見ているだけで、軽侮の念がわき上がってくるのをどうしても抑えることができなかった。

兎沢は今年五十歳になる百武よりもさらに八歳も上の年齢で、鞍掛署に転任してきてまだ半年も経たない百武にも、定年の日がくるのをひたすら待っているだけの怠惰な男にしか見えなかった。

「係長に呼びだしを食らって、いまでてきたところです」

兎沢がなにもいわないので、百武はいった。

「これは一体どういうことなんです。係長から事情を聞こうとしたんですが、さっぱり要領を得なくて」

兎沢は黙ったまま手元の紙になにやら書いていたが、やがて手を止めると大きなため息をついた。たった二、三行の文字を書きこんだだけで疲労困憊したという様子だった。

「人を捜していると聞きましたが、そうなんですか」

百武がさらに尋ねると、兎沢がようやく顔を向けた。

「ああ、そうらしいな」

「一体誰を捜しているんです」

「わからん」

兎沢がいった。

「わからないって、兎沢さんたちにもわからないんですか。それじゃあ、この人たちになにを訊いているんです」

「名前と住所を聞いている。なにか身分を証明するようなものをもっていたらそれを見せてもらう」

「それだけですか」

「ああ、それだけだ」

百武は兎沢の顔を見つめたが、どんよりと濁った目にはなんの表情も浮かんでいなかった。

百武は兎沢から視線をはずすと、大部屋を見まわした。部屋の反対側の隅で西野《にしの》という若い刑事が制服警官に大声でなにかを指示しているのが見えた。

「すいません、ちょっと便所に行ってきます」

百武は兎沢に向き直っていった。

「昨日、飲み過ぎてしまって」

必要もない言い訳をつけ加えてから席を立つと、人混みをかきわけながら部屋を横切った。

「あれ、百武さんは今日は非番じゃなかったんですか」

近づいてきた百武に向かって西野がいった。

百武を見たとたん、西野の顔つきが変わったことに百武は気づいた。

百武が兎沢の顔を見るときとまったく同じ、あざけりの表情だった。

課員たちの百武に対する態度は、半年前に転任してきたときからまったく変わっていなかった。

県警本部の刑事だった百武が、市の中心部から離れた小規模署である鞍掛署になぜ落ちてくるはめになったのか、それを知らない者は生活安全課の課員だけでなく署内にひとりもいなかった。

「係長に呼びだされたんだ。ちょっと良いか」

いうなり西野を廊下に連れだした。西野は露骨に警戒する顔つきで百武にしたがった。

「どういうことだ。なにが起きている」

百武は西野に尋ねた。

「なにが起きてるってご覧の通り、人捜しをしているだけですけど」

西野が小馬鹿にしたような口調で答えた。

「それはわかっている。おれが訊いているのは誰を捜してるのかってことだ」

「そんなこと、わかりませんよ」

「係長からはどんな指示を受けたんだ」

「引っ張ってこられた人間を片っ端から調べろって」

「なにを調べるんだ」

「なにをって、七十歳以上の年寄りで身長が百五十センチ前後で白髪頭かどうか、ですよ。特徴に合う人間だったら名前と住所をちゃんと控えておくようにって、それだけです」

「おれが訊きたいのはそんなことじゃない。七十歳以上で身長が百五十センチ前後の白髪頭の年寄りというのは一体誰を指しているのかということだ」

「そんなことわかりませんよ。係長だってわかっていないんじゃないですか」

「見当くらいつかないか」

「まったくつきませんね。もう良いですか。あとがつかえてるんで、席に戻らないと」

「待ってくれ」

百武はきびすを返して部屋に戻ろうとした西野の腕を思わずつかんだ。

「暴力ですか」

西野が冷笑を浮かべた。

「済まん」

百武は腕をつかんだ手を離した。

「あれ、酒臭いですね。昼間っから酒を飲んでるんですか。酒に酔って署内で不祥事を起こしたとなったら、つぎは島流し程度じゃ済まないと思いますけど」

百武の顔を見つめながら西野がいった。

「ひとつだけ教えてくれ。うちは聞きとりを担当するように命じられたんだと係長がいっていたが、誰に命じられたんだ」

百武は尋ねた。

久米からいきなり電話を受けたときは、どうせありふれた署内のごたごたが起きたのだろうと高をくっていたが、どうやらそうではないらしいことだけはわかってきた。

百武には、西野の当てこすりを堪《こら》えてでも引き下がれない理由があった。

「決まっているでしょう」

「署長か」

西野が、そうだという代わりに唇をゆがめて見せた。

「署員たちに誰を捜させているのか、わかっているのは石長《いしなが》署長だけということなんだな」

「はっきりそうだとは言い切れませんけどね。理由もいわずあれをしろこれをしろと命令を下すのは署長のお家芸みたいなもんですからね。今回もおそらくそうだろう、というだけです。じゃあ、これで失礼します。いろいろと忙しいものですから」

西野はそういうと、百武の返事も待たず大部屋に戻っていった。

百武は廊下にひとり残された。

いますぐ二輪《にわ》に連絡すべきだろうか。それとも署内を探ってもう少し事態をはっきりと把握してからのほうが良いだろうかと考えたが、どちらが賢明なのか判断がつかず逡巡した。

すべてのはじまりは、競艇に注ぎこむための金を懇意にしている暴力団員からなんの気なしに借りたことだった。最初は三万円だけだったが、二回目は十万円になり、三回目には五十万円になった。

それが雑誌で記事になった。

金を借りたからといってあくまで友人のあいだの貸し借りで、金を貸してくれた人間に便宜を図ったり、ましてや手入れの日どりなどの警察情報を流したことなど一度たりともなかった。相手は暴力団員には違いなかったが、百武にとっては昔なじみの友人のひとりに過ぎなかったのだ。

しかし、そんな言い訳が通用するはずもなかった。

百武は暴力団対策課からはずされただけでなく、県警本部から所轄署に左遷された。しかも刑事課ではなく生活安全課などというままで経験したこともない部署だった。

どん底の精神状態だった百武が二輪に会ったのは、鞍掛署に転任してからひと月ほど経ってからのことだった。

ギャンブルと名のつくものはすべて断とうと決心してはいたが、ほかに時間を潰す趣味もなく酒浸りになっていた。

それでも鬱憤を晴らすことはできず、とうとう我慢ができなくなって近所のパチンコ店にでかけてしまった。

そこを二輪に見つかってしまったのだった。

処分を受けた後も監察は自分の監視をつづけていたのだ、と悟ったときにはすでに遅かった。

百武は免職を覚悟したが、二輪が意外な提案を口にした。

百武を狙っていた訳ではないから心配することはない、と二輪はいった。県警本部の監察課が標的にしているのは鞍掛署、とくに署長の石長なのだと。

そしてつづけてこういったのだった。あんたにとっては気の毒というしかないが、おれたちはあんたの左遷を絶好の機会として捉えている。なぜなら一年以上鞍掛署を探っているにもかかわらず、いまだに石長の不正の証拠を挙げることができずにいるからだ。あんたがわれわれの意向を汲んで有益な情報を送ってくれたら、かならずあんたが県警本部に戻れるようにすると。

おれには兎沢を軽蔑する資格などまったくないのだ、という思いが百武の胸に棘のように突き刺さった。

家に帰れば、スイッチを入れっぱなしにしたテレビを、酒を飲みながら眺めるともなく眺めながら毎日を過ごしている自分は、怠惰で無気力な男だと見下している兎沢となんら変わりないどころか、むしろ懲罰を受けるような過ちを犯していない兎沢の方が人間として何倍もましだと思わずにいられなかった。

しかし、刑事に成り立ての三十代に若きホープと謳われた百武の内部には、何度捨てようとしても捨てきれないプライドがくすぶっていた。

監察の思惑に沿って上手く立ちまわりさえすれば、県警本部に戻れるという、裏づけも保証もない口約束にすがろうとしている自分がみじめで仕方がなかったが、その一言に逆転を賭けるしか方法がなかった。

妻にも見限られ、父親を汚職警官だとののしった高校生の娘も妻の家で暮らしていた。いまさら出世をしようなどという野心は頭の隅にもなかった。

スパイの役割を引き受けたのは、妻のためでも娘のためでもなく、百武自身のためだった。自分はやはり優秀な刑事なのだとほかの誰でもなく、自分自身を納得させたい一心だった。

百武は上着から携帯電話をとりだした。

いまのところわかっているのは、鞍掛署が署を挙げて罪を犯した訳でもない人間を引致しているということだけだった。

署員たちは引っ張ってくる人間の外見だけしか知らされず、なぜ引致して聞きとりをするのか理由を知っているのが署長の石長だけだとすれば、引致の理由そのものが石長の個人的な事情にかかわっている可能性もあった。

私情で警察組織の一部である鞍掛署の警察権力と人員を行使しているとすればそれだけでも大問題のはずだった。

真相を探りだすのはまだこれからだが、鞍掛署の動きを逐次報告することにしよう。百武はようやく心を決めて、暗号化して登録してある二輪の番号を押した。

# 第三章

## 1

ドアを開けて部屋に入ってきた女を真梨子《まりこ》は啞然として見つめた。

女は黒髪を短く切りそろえ、喪服のような黒いドレスを着ていた。

とつぜんメールが送られてきたのは、午前中のまだ早い時刻だった。それには、鈴木一郎の件でぜひお目にかかりたいとあり、警察庁監察官　鵜飼縣《うかいあがた》と署名があった。

警察庁の人間が自分にどんな用があるのだろうかと思いはしたものの、鈴木一郎の名を無視することはできなかった。

真梨子は声を失ってからも、パソコンのキーボードとモニターを使って診療をつづけていた。迷った挙げ句、診療時間の後なら都合がつくとメールを返信した。

そして約束の時刻にメールの送り主が現れたのだった。

しかし、部屋に入ってきた女は十代の少女のようにしか見えず、とても警察庁の人間とは思えなかった。

真梨子はコンピューターのキーボードに指を置き、部屋の入口に立ってこちらを見ている女宛にメールを送った。

〈わたしは、なにかのいたずらに引っかかったのかしら〉

手にしていた携帯電話の画面を見た女が返事をしようと文字を打ちこもうとするのを見て、真梨子はもう一度メールを送った。

〈声をだすことはできないけれど、耳は聞こえる。そちらは自由にしゃべってもらってかまわない〉

「いたずらじゃないわ。わたしは本当に警察庁から派遣されてきた監察官なの」

女がいった。

「座っても良い？」

〈どうぞ〉

真梨子がキーを打つと、女が傍にあった椅子を引き寄せて腰を下ろした。

「それにしても大きな病院ね。地方都市にこんな巨大な施設があるなんて思わなかった。立派な病棟がいくつも建っているだけじゃなくてテニスコートや公園まであるなんて、まるでリゾートホテルみたい」

真梨子は、キーボードに両手の指を這わせた。

〈夜になると一般外来の高層ビルはライトアップされて、それはきれいなのよ。それで一体どんな御用〉

携帯の画面を見た女が口元をほころばせた。

「意外にせっかちなのね。想像していた女性とはちょっと違った」

〈想像していた？　わたしのことを前から知っていたような口ぶりね〉

「ええ、先生のことはなんでも知っている。先生のことだけじゃなく、茶屋《ちゃや》さんのこともね」

〈茶屋さん？　県警の刑事の茶屋さんのことかしら〉

「ええ、今朝会ってきたところ」

〈どこで会ったの〉

「氷室《ひむろ》家の屋敷で殺人事件があってね。わたしが東京からこの愛宕《おたぎ》市にやってきたのはそのためなの。氷室一族のことは知っている？」

〈氷室家で誰かが殺されたの？〉

「当主の氷室賢一郎《けんいちろう》」

女がいった。

真梨子は思わずコンピューターのモニターから顔を上げ、女の顔をまじまじと見つめた。

「それに彼のボディーガードをしていたと思《おぼ》しき男がふたり」

女は真梨子の顔を見返しながら、平然とつけ加えた。

〈ボディーガード？〉

「ええ。賢一郎氏は身の危険を感じて、ボディーガードふたりと地下につくった隠し部屋にひそんでいたところを殺されたの」

〈それは本当の話なの？〉

「ええ、本当の話」

〈あなたが警察庁の監察官というのも？〉

「ええ、本当。疑っているなら茶屋さんに連絡してたしかめれば良いわ」

真梨子は女の顔を見つめながらしばらく考え、ふたたびキーを打った。

〈それにしても、わたしのことをなんでも知っているなんて誇張が過ぎる。あなたが読んだのは新聞記事か警察の報告書くらいだと思うけれど〉

「先生って、首筋にほくろがあるのね。それは知らなかった」

　真梨子は思わず首筋に手をやった。そこには女のいう通り小さな星形のほくろがあった。

「誇張じゃなく、本当に先生のことはなんでも知っているの。去年先生が誘拐されて監禁された事件で、現場からいっしょに救出された女性がいたでしょう。その子は誘拐犯によって顔中をめった切りにされていた。先生はその子の顔を元通りにするために、世界一の腕だと評判の高名な外科医をわざわざポルトガルから呼びよせて形成手術を行わせた。すべて先生の自腹《じばら》でね。どう？」

〈不愉快、の一言ね〉

「それだけじゃなく、わたしは先生が書いた鈴木一郎のカルテも全部読んでいる」

〈そんなはずはない。この病院内のコンピューターシステムはクローズド・サーキットになっていて、外とはつながっていないから〉

「でも、過去の診断例や外国の医学レポートを参照したいと思ったときにはネットを使うんじゃない？」

　真梨子は眉をひそめた。

〈そこからここのシステムに侵入したというの〉

「ええ、それがわたしの仕事だから」

　女がいった。

〈違法なハッキングが？〉

「未解決事件のなかでもとくに異常な犯罪の統計と解析が仕事で、ハッキングはその手段。例え話をしましょうか。五年前この愛宕市で熊本伸吉《くまもとしんきち》という男が何者かに殺され、その十ヵ月後に王小《おうしょう》玉《ぎょく》という男が、さらにその九ヵ月後に立栗道男《たてぐりみちお》という男が殺された。熊本伸吉は盗品の売り買いを専門にしていた故買屋で、王小玉は売春組織、立栗道男は違法薬物を扱う組織の元締めだった。事件はいずれも未解決。異常だというのはね、三人ともこの愛宕市の裏社会の大立者だったということと、殺害方法が人間離れしていたこと。殺人犯を特定することができなかったのは、ここの警察がまんざら無能だったという訳ではなくて、殺害方法があまりに突飛《とっぴ》すぎて、人間の仕業だとはとても考えられなかったから」

〈それが鈴木一郎となにか関係があるというの〉

「おおあり。犯人は鈴木一郎だから。先生だって知っているでしょ」

〈いいえ〉

「茶屋さんから聞いたんじゃないの？」

真梨子はモニターから顔を上げて、もう一度女の顔を見つめずにはいられなかった。しかしいくら見つめても、女はやはり十代の少女のようにしか見えなかった。

〈鈴木一郎のことを聞きたいなら茶屋警部に聞けば良い。なぜわたしのところにきたの〉

「先生。わたしは鈴木一郎が大財閥入陶倫行《いりすのりゆき》の孫で、倫行の死後は彼の盟友で氷室一族の前の当主だった氷室友賢の庇護の下《もと》にあったということも知っているの」

女がいった。

真梨子はモニターに視線を戻し、長いあいだ顔を上げられずにいた。不意を打たれ、驚愕した表情を女に読みとられたくなかったのだ。

「茶屋さんは何年も前からこの町の政財界の重鎮たちと個人的なコネクションというかコンタクトがあって、氷室友賢の屋敷にも出入りしていた。先生がこの病院で鈴木一郎の精神鑑定をしていたずっと前から鈴木一郎の存在を知っていた可能性があるの」

〈どういうことかわからない〉

「今回の殺人事件でも、茶屋さんはまるきり無関係な第三者だとはいえないということ。だからわたしが知っていることを、なんでもかんでも彼に洗いざらい話すことはできないの」

キーボードのうえに置いた指を真梨子が動かさずにいると、女がつづけた。

「今朝の事件に話を戻すとね、殺されたボディーガードはふたりとも屈強な大男で、格闘技の経験もありそうだった。ところが殺人犯はふたりをあっという間に倒している。ひとり目は首の骨を折られ、ふたり目は肺と心臓を上着のうえからひと突きにされていた。ナイフを何度も突き立てて、そのうちのふたつの傷口が偶然にも肺と心臓に致命傷を与えていたなどというのではなくて、傷口はたった二ヵ所しかなかった。一度目は肺を、二度目は心臓を正確にひと突きにしていた。それもジャケットのうえからね。殺人犯は格闘しながら相手の心臓の位置を正確に見きわめたうえで一撃を加えたとしか考えられない」

〈たいへん興味深いお話だとは思うけれど、捜査中の事件を部外者に洩らすのは勤務規程に違反することではないの。医師が患者の個人情報を他人に洩らすことを禁じられているように〉

「先生は特別」

女は微笑を浮かべていった。

〈どうして事件のことを話すの。殺人事件の話をされてもわたしにはなにもわからない〉

「先生の意見を聞きたいのは別のこと。ボディーガードのふたりとは違って氷室賢一郎は拷問されていたの。気絶しているあいだに椅子に縛りつけられ、身動きがとれないようにされたうえで靴と靴下を脱がされて裸足にさせられた。このあと賢一郎氏の身になにが起こったか、先生にも簡単に想像がつくでしょう？」

〈いいえ、まったくわからない〉

「足の指を一本ずつ切断されたの。ゆっくり時間をかけてね。八本目を切りとられたところで、賢一郎氏の心臓が耐えられずに停止してしまった」

真梨子はきつく目を閉じた。

女が無言でこちらを見つめていることがわかった。真梨子がふたたびキーボードのうえに両手を戻すまで、女は口を開かなかった。

やがて真梨子は目を開けてキーボードのうえに指を載せた。

〈犯人は賢一郎氏からなにかを聞きだそうとしたということね。犯人は賢一郎氏からなにを聞きだそうとしたの〉

「それがわかれば苦労はしないんだけどね」

女がいった。冗談でも口にするような軽い口調だった。

〈わたしに聞きたいというのはどんなことなの〉

「先生に聞きたいのは、殺人犯が鈴木一郎だという可能性はあるだろうか、ということ」

〈もう一度いうけれど、どうしてわたしにそんなことを聞くの〉

「鈴木一郎のことをいちばんよく知っているのは先生だと思うから」

女がいった。

〈いったでしょう。医師には守秘義務があるの〉

「じゃあ、別の言い方をする。鈴木一郎は単に人を殺すだけじゃなくて、拷問を加えたりすることもあると思う？」

真梨子はキーボードから顔を上げ、女の顔を見つめた。たがいになにを考えているのか探るように、ふたりは長い時間見つめ合ったが、やがて真梨子はキーボードのうえに視線を戻し、キーを打った。

〈ええ、あり得るわ〉

携帯の画面を見た女がわずかに表情を変えた。真梨子の答えは予期しなかったもののようだった。

「本当にそう思う？」

〈ええ〉

「たしかに鈴木一郎は冷酷な殺人犯だわ。わたしが調べたかぎりでも彼は少なくとも四人以上の人間を殺している。でも、武器を使ったことは一度もないの。今度の事件ではボディーガードのひとりがナイフを使って殺されている。そこがわたしには引っかかるの。そのうえ拷問となると、まったく彼の流儀ではないような気がする」

〈あなたはなんでも知っているようだからお聞きするけど、それは科学的な根拠でもあったうえでの発言なの〉

「科学的な根拠とはいわないまでも、犯罪の分析がわたしの専門だからね、的《まと》を大きくはずすようなことはしない。今度の事件は明らかに鈴木一郎の殺害方法のパターンからはずれている」

〈鈴木一郎は目的のためなら手段を選ばないわ。目的を達するためのいちばんの早道が拷問だと考えれば、ためらうことなく実行するでしょう。それがもっとも合理的だから〉

女が携帯の画面に視線を落とした。

女は画面に現れた文字を見つめたまま、その文章の真意を測るかのように長いあいだ口を開こうとしなかった。

〈鈴木一郎の行動原理は、それが合理的であるかどうかだけ。素手しか使えない状況であれば素手をもっとも効果的に使える方法を考えるし、ナイフを使うのが最善な方法だと考えればためらいなくナイフを使う。鈴木一郎の判断基準はそれだけよ。拷問が彼の流儀じゃないなんていうのは、ま

ったくのナンセンスでしかない〉

「ナンセンスか。わたしにわかるように説明してくれるとうれしいんだけど」

女がいった。

〈彼は拷問以上に残酷なことだってする。被害者の心をあやつって、死を自ら選ばなければならない心理状態に人を追いこむことさえね。拷問なんて生やさしいものじゃない。被害者は自らの肉体を自ら傷つけながら命を絶つように仕向けられるのだから。目的を達成するにはそれがもっとも効率的な方法だと思えば、鈴木一郎はどんな残虐な行為でも平然と実行する。ほんの一秒でもためらうことなく、ね。彼には慈悲も憐憫も道徳心もない。人間の姿をしているだけ〉

「まるで見てきたようにいうのね。わたしの知らないなにかがあったみたい。そうなの？」

女の問いに真梨子は答えなかった。

真梨子の表情をうかがうように女が目を向けたが、真梨子は顔を上げなかった。

〈帰ってちょうだい〉

真梨子はキーボードに顔を向けたまま、それだけを打った。

「わかった。お邪魔さまでした。先生の意見、すごく参考になった。お礼をいうわ。わたしに会ってくれたこともね」

女はそういって椅子から立ち上がった。

「先生といっしょに救出された女性。ケースワーカーだったそうだけど、手術にはたいへんなお金がかかったでしょう？　なぜそこまでしてあげたの。なにか理由でもあったの」

戸口で立ち止まった女が、こちらにふり返って思いだしたように尋ねた。

〈彼女は友達だから〉

「それだけ？」

〈あなたの名前、あがたって読むの？〉

真梨子は女の問いには答えず、反対に質問のことばを打った。

「ええ、そう」

女が答えた。

〈アガタって、列聖された殉教者の名前ね。ご両親はクリスチャンなの？〉

「なんのこと？　縣というのはね、田舎って意味。わたし田舎の生まれだから。キリスト教とはなんの関係もないわ。その証拠に、ほら、ちゃんとこうしておっぱいもあるし」

女が服のうえから自分の胸を両手でもちあげる真似をして見せた。その仕種だけで、ことばとは裏腹に女が聖女アガタの伝説を十分承知していることがわかった。

「先生って西洋かぶれじゃないの？」

女がいった。

「もうひとつ縣の意味をいうとね、中国ではその昔罪人の首を切ると、見せしめのために逆さにして高いところにぶら下げる風習があったの。逆さ吊りにされた生首ってことね。わたしの両親がクリスチャンかどうかは聞いたことはないけど、相当悪趣味な人間だったことだけは間違いないよね」

女が笑みを浮かべていった。

「先生こそ敬虔《けいけん》なキリスト教徒な訳？」

〈ええ、キリスト教徒よ。でも敬虔な信徒とはいえない〉

「ひとつ聞くけど、外国の神様を信じて、いままでなにかひとつでもいいことはあった？」

〈さあ、どうかしら。なかったかも知れない〉

「へえ、そうなの。それって神様に裏切られたってことじゃない。人生の半分くらいを無駄にさせられたってことでしょ。馬鹿にされた訳じゃない。仕返しをしてやろうと思ったことはない？」

〈どういう意味〉

「仕返し、復讐よ」

〈復讐するって一体誰に〉

「決まってるじゃない。神様よ。先生を騙して裏切った張本人」

〈どうしてそんなことをいうの〉

「だって、そうしたくてたまらないって顔をしているから」

それだけいうと、女はドアを開けて部屋からでて行った。

真梨子は、女が立ち去ったあとも呆然として閉じられたドアを見つめつづけた。

## 2

三年前に自動車事故を起こして死亡した森下《もりした》孝《たかし》の生家は、宮島町三丁目の商店街のなかにある中華料理店兼住宅で、孝の父親がいまもここに住んでいるはずだった。

店の前に立った有坂《ありさか》優子《ゆうこ》は、なかに入るべきかどうか逡巡した。

事故に関する記事は市立図書館の新聞閲覧室で読んでいたが、二十歳の青年の起こした事故そのものに事件性があるとは思えず、たとえ父親を訪ねても、どこから話を切りだして良いのかわからなかった。

しかし、昨夜自宅の郵便受けで見つけた手紙のことがあった。

愛宕市内のある雑誌社経由で送られてきた署名のない手紙で、便箋には、三年前の十月一日、午後九時ごろに愛宕市の県道で起こった死亡事故を調べてくださいとだけ記されており、雑誌から切り抜いたと思われる車の写真が一枚添えられていた。

フリーランスのジャーナリストである優子はこの半年というもの埋め草記事程度の短い原稿しか書いておらず、このままでは早晩新聞社からも雑誌社からも名前を忘れ去られてしまうのは目に見えていた。

二行足らずの手紙と雑誌の切り抜き。差出人が誰かもわからず、人がひとり死んでいるとはいえ三年前の交通事故ときていた。ジャーナリストとして行動を起こす動機としては、どう考えても薄弱だった。だがいまの優子には、たとえ無駄骨だったとしても、万に一つの可能性にかける以外の選択肢がなかった。

優子は深呼吸をひとつして心を決め、『遊遊軒』と書かれたのれんが掛かった店の引き戸を開けた。

森下孝の父親、森下康市《こういち》はカウンターの奥で夕方の営業のための仕込みをしている最中だった。

「お客さん、すいません。五時からなんですよ」

森下がまな板から顔を上げていった。五十がらみの痩せた男だった。

「お忙しいところお邪魔してすいません。孝さんのお父様でしょうか」

優子が尋ねると、包丁を使う森下の手が止まった。

「おたくは？」

「有坂優子と申します。フリーのジャーナリストをしております」

優子はカウンターに歩み寄って森下に名刺を手渡した。

森下は包丁を置き、タオルで手を拭ってから差しだされた名刺を受けとった。

「それで、わたしになんの用です」

名刺を一瞥してから森下がいった。

「息子さんの三年前の事故のことで、お話をうかがいたいと思いまして」

優子がそういうと、森下がまじまじと優子の顔を見つめた。

「孝の事故のなにを訊きたいんです」

優子が何者で、目的がなんなのかを探るような口調だった。

なにを聞いたら良いのかまだよくわからなくて、とはとてもいえないようなきびしい顔つきだった。

「事故に不審な点がなかったか、警察の対応は適切だったかどうか、そういうことをうかがいたいと思いまして」

森下はもう一度タオルで手を拭い、それをていねいに調理台の隅に置いてから、カウンターのなかからでてきた。

優子に店の椅子を勧めると、森下も向かい側の椅子に座り、もう一度名刺を見た。今度は一文字一文字をたしかめるような真剣なまなざしだった。

「フリーのジャーナリストということは記者さんということでしょうか」

名刺を見つめながら森下がいった。

「そうです」

「孝の事故のことを記事にしていただけるならなんでもお話しします」

森下のことばに、無駄骨ではなかったと優子は勇気づけられたような気がした。

「録音させてもらってもかまわないでしょうか」

森下がうなずいたので、優子はバッグのなかからＩＣレコーダーをとりだしてテーブルのうえに置いた。

「森下さんは事故のことを納得しておられないのですね？」

森下がうなずいた。

「納得しておられないのは、たとえばどのような点でしょうか」

「なにもかもです。警察の捜査も新聞の記事もなにもかもがでたらめだった」

「新聞記事には、孝さんがスピードをだしすぎてハンドル操作を誤ったのが事故の原因とありましたが」

優子はいった。

「それがまずひとつ目のでたらめなんです。孝がハンドル操作を誤っただなんて、とんでもありません。あいつは日頃から運転は慎重でしたし、第一あの中古のオンボロ車《ぐるま》じゃ、精一杯アクセルを踏みこんだとしても、五十キロかせいぜい六十キロをだすのが精一杯だったはずなんです」

「孝さんが慎重なドライバーだったとおっしゃるのですね。それはたしかなことでしょうか」

「もちろんです。孝の事故の前の年のことですが、孝が高校生のときの同級生で、車の免許もいっしょにとったくらいの親友が、スピードのだしすぎが原因の事故を起こして亡くなったんです。それはもうひどい事故で、遺体の半分も回収することができなかったと聞きました。それからしばらくのあいだ、孝は車を運転することができなくなってしまいました。孝は慎重どころか、むしろ運転するのを怖がっていたくらいなんです」

前年に起きた同級生の事故のことはかならず調べることにしよう、と優子は心のなかでメモをとった。

「ひとつ目とおっしゃいましたね。ふたつ目もあるのですか」

優子はいった。

「事故現場には孝の運転する車のほかにもう一台車がいたんです。その車が信号を無視して横合いからいきなり飛びだしてきた。それを避けようとして孝はハンドルを切ったんです」

森下がいった。

優子が読んだ記事には、もう一台の車のことなどまったく触れられていなかった。森下のいうことが本当ならば、記事は事実とまったく異なることになる。

にわかには信じがたい話だった。

「でも、現場にいなかった森下さんが、どうしてそのことをお知りになったのですか」

「目撃者がいたんです。新聞に事故の記事がでた日に、記事は間違っている。わたしは信号を無視して交差点を突っ切ってきた車を見た、という電話がかかってきたんです」

「匿名の電話でしたか」

優子が尋ねると、意味をとりかねたらしく森下が訝しげな表情を浮かべた。

「電話の主は名前を名乗りましたか」

優子はもう一度尋ねた。

「ええ。貝沼《かいぬま》さゆりさんという隣町に住んでいる学生さんでした。何度かわたしの店に食べにきたことがあるそうで、森下というわたしの名字にも、手伝いをしていた孝の名前にも覚えがあった、と。それで店の名前から電話番号を調べてかけたのだといっていました」

「その貝沼さんとは、その後直接会って話をされましたか」

「はい。彼女のアパートに行って長いこと話しました。事故が起きたのは午後九時ごろで、彼女はアルバイト先の菓子店から帰宅の途中だったそうです。信号無視した車は外国の高級車で色は赤だった、と彼女ははっきりいっていました。その車を運転していた男は孝の車が横転したのを見ると、あわててブレーキを踏み、車から降りてきて、しばらく孝の車のなかをのぞきこんでいたそうです。おそらく孝の怪我がどの程度なのかたしかめようとしたのでしょう。そこに警察の車がきたそうです。午後九時といっても、現場の通りでは車の流れが絶える時刻ではありませんから、通りかかった車のなかの誰かが警察に通報したのだと思います」

「その男は警察官とことばを交わしたのでしょうか。それとも男は警察の車を見てあわてて逃げたのですか」

「いいえ、男と警察官がしばらく話をしていた、とさゆりさんはいっていました。わたしが思うに、事故の当事者ではなく、たまたま事故を目撃した人間のようによそおったに違いありません。そのうち救急車やらほかにも何台ものパトカーがやってきて、事故現場の捜索がはじまると同時に、男は警察の車に先導されて行ってしまった。さゆりさんは男がてっきり逮捕されたものと思ったんだそうです」

「現場の捜索がはじまると同時に男がパトカーに先導されて連行された、と貝沼さんはいったのですか」

「はい、そういっていました。間違いありません」

思った以上に大きな事件かも知れない、と優子は思いはじめていた。

男が目撃者をよそおったとしても、いや目撃者だと名乗りでたとしたならなおのこと、警察が男を現場の実況見分に立ち会わせないはずがなかった。見分がはじまる前に目撃者を現場から引き離すなどとても考えられないことだった。

「どうかされましたか」

黙りこんでしまった優子を見て、森下がいった。

「いえ、なんでもありません。貝沼さんは、その男のことが記事にはまったく書かれていなかったことに驚いて、あなたに電話してきたという訳ですね」

「はい」

「それからあなたはどうされましたか」

「わたしといっしょに警察に行ってくれますかとお願いすると、さゆりさんはもちろん行きますとこころよく応じてくれました」

「おふたりは警察に行かれたのですね。どこの警察署ですか」

「鞍掛《くらかけ》署です」

森下が答えた。

「そこの交通課に行って話をしました。応対にでたのは加山《かやま》という男です」

「階級はわかりますか」

「たしか警部補だったと思います。必要なら名刺をもってきますが」

「いえ、いまはけっこうです。あなたたちの話に、その警官はどういう反応を示しましたか」

「たった一言、そんな事実はありません、という答えが返ってきました」

三年前の怒りがぶり返したのだろう。森下が拳を握りしめた。

「信号を無視して交差点から飛びだしてきた車の存在も、その車を運転していた男を署に連行した事実のいずれも否定した、ということでしょうか」

「そうです」

「それを聞いてあなたはどうされましたか」

「合計で五度、鞍掛署に足を運んでほかの人たちにも同じ話をくり返しましたよ。さゆりさんもいやな顔ひとつせずわたしにつきあってくれました。しかしわたしたちがどれだけ真剣に訴えても、応対にでてきた職員は、そんな事実はありませんの一点張りで、わたしたちの話をまったく聞き入れようとしませんでした。事故が起きたのは十月一日でしたが、五度目には年が変わって三月になっていました。さゆりさんは大学の四回生で、卒業の時期でした。さゆりさんの実家はもともと東京で、こっちに住んでいたのは大学に通うためだったのです。彼女は就職するために東京に帰らなければならなかった。彼女は、引っ越しの前日にわざわざ店まできてくれて、これからは手をお貸しすることができなくなって申し訳ありませんとわたしに何度も頭を下げてくれました。もちろんわたしに彼女を引き留められるはずがありません」

語尾が細くなり、声がかすれた。

唯一の証人を手放さなければならなかった森下の無念さは、察するにあまりあった。

「貝沼さんは車のナンバーを見ていませんでしたか」

「さゆりさんに会ったときに、わたしも真っ先にそれを聞きました。しかし男の車はさゆりさんからナンバープレートが隠れる位置に駐まっていたので、ナンバーを読みとることはできなかったそうです」

「そうですか。貝沼さんが東京へ帰ったあと、森下さんはどうされたのでしょう」

「何人かの弁護士さんのところに相談にも行きましたし、さゆりさんのように事故を目撃した人がいないか、コンビニの防犯カメラに事故の様子が映っていやしないか、と現場の県道の周辺を半年以上必死に歩きまわりましたが、残念なことに収穫はありませんでした。弁護士さんのほうも同じです。なかにはわざわざ鞍掛署まで出向いて、交通課の課長と副署長まで引っ張りだしたうえに、とても弁護士とは思えないような強談判《こわだんぱん》をしてくれた先生もいましたが、こちらがなにをいったとしても、相手がそんな事実はありませんの返答を変えない限りはどうすることもできない、と」

森下が、テーブルに目を落としたままいった。

話は一段落したようだった。

この場でほかに質問しておくべきことはないだろうか、と優子は考えた。

いまのところはこれで十分であるように思えた。

「貝沼さんの携帯の番号を知っておられますか」

優子は森下に尋ねた。

「ええ、メモしてあります。ちょっとお待ちください」

森下はそういうとカウンターの奥に消え、しばらくしてから小さな紙片を手にして戻ってきた。

「貝沼さんが東京に帰られたあと、連絡をとられたことはありますか」

「いいえ。これ以上迷惑はかけられないという気持ちのほうが大きかったものですから」

優子は携帯の番号が書かれた紙片を受けとると、レコーダーとともにバッグに入れて立ち上がった。

「記事にしてもらえますか」

森下がすがるようにいった。

「ええ、大きな記事になると思います。でもその前に裏づけをとらなければなりません。その作業にどれくらい時間がかかるかはここではっきり申し上げることはできませんが、全力を尽くすことだけはお約束します」

優子はいった。

「よろしくお願いします」

森下が頭を下げた。

店をでると優子はすぐに携帯をとりだして、貝沼さゆりの番号にかけた。

貝沼さゆりの携帯の画面には非通知とでるであろうから、彼女が電話にでてくれるかどうか不安だったが、すぐに応答があった。

「はい、どなた様ですか」

「有坂優子と申します。三年前の死亡事故のことを調べてください、と書いた手紙をわたしに送ってくれたのはあなたね」

貝沼さゆりが息を飲む気配が伝わってきた。

「はい、そうです」

一瞬絶句したあとで貝沼さゆりが答えた。

「三年前の事件のことをいまになってむし返そうと思ったのはなぜ？　それから手紙といっしょに入っていた車の写真にはどんな意味があるの。なにかの雑誌の切り抜きのようだったけど」

「その車の写真を雑誌で偶然見つけたことが、あなたに手紙を送った理由なんです」

貝沼さゆりがいった。

「つまり、ここに写っている車があなたが事故現場で見た外国の高級車だということね。三年前にあなたは車の種類を特定することができなかったから」

「はい、その通りです。この三年間、孝さんの事故のことを忘れた日は一日もありません。お父様にはいまでも本当に申し訳ない気持ちでいっぱいです。でも、いくら力になりたくてもわたしにできることはなにもありませんでした。そんなときに弟が読んでリビングのテーブルに置きっ放しにしていた雑誌を片づけようと思ってパラパラめくっていたら、その写真を見つけたんです。三日前のことです。こんなものが助けになるかどうかわからないけど、とにかく自分がやれるだけのことはやるべきだ、と」

貝沼さゆりの口調には迷いがなかった。

頭の良い女性に違いない、と優子は思った。

「わたしに手紙を送ってくれたのはなぜなの」

「わたし、いまは小さな商社に勤めているんですけど、実をいうと推理小説家になるのが夢なんです。だから大学生のときは警察小説や犯罪実録ばかり読んでいました。それに週刊誌なんかに警察関係のスキャンダル記事がでたときはかならず買うようにしていたんです。そのなかにあなたの書いた記事が何本かあって、どれも警察の腐敗や業者との癒着を扱ったものでした。まさにわたしが書きたいテーマでした。それであなたのファンになったんです」

貝沼さゆりは意外なことばを口にした。うだつの上がらないフリージャーナリストにとってはずいぶん面映《おもは》ゆいことばだった。

「失礼ですけど、有坂さんはおいくつなんですか」

貝沼さゆりが会話の文脈とは関係なく、無邪気な口調で質問をしてきた。

「三十九歳よ。来月には四十歳になるわ」

優子はいった。苦笑いが浮かぶのをどうすることもできなかった。

「それで、どうなんでしょう。それが事件の真相を暴くきっかけになるでしょうか」

貝沼さゆりがいった。

「いま森下さんにお話をうかがってきたところ。これからどうするかはまだ決めていないわ。この事件は警察の腐敗とか業者との癒着なんかよりもっと悪質でもっと根深いものなのかも知れない」

「そうなんですか」

「わからない。ただの勘よ。ひとつ聞くけど、この写真の車を運転していた男は、孝さんの車が横転するのを見ると、車から降りて孝さんの車のなかをのぞいていたそうね。どんな風体の男だったか覚えている」

「ええ、もちろん。四十代か五十代で、身なりもよかった。小説家の卵がこんな陳腐なことばを使っちゃいけないかも知れないですけど、いかにも紳士然とした男でした」

「わかった。ありがとう。またなにかあったら連絡させてもらうわ」

優子は携帯を切り、小説家は紳士然としたということばを使ってはいけないのだろうかとほんの一瞬だけ考えた。

## 3

有坂優子は、ランチタイムが終わり客がほとんどいなくなった喫茶店の壁際のテーブルに座って、人を待っていた。

思わず鼻をつまみたくなるような名前の喫茶店だったが、優子が事務所として使っている部屋が入っているマンションと、優子の待ち合わせの相手である吉野《よしの》智宏《ともひろ》が所属している出版社のちょうど中間の位置にあった。

優子のマンション寄りでもなく、吉野の出版社寄りでもなく、真ん中にあるということが重要で、それが店を選んだ唯一の理由だった。

優子は吉野智宏とふたりで何度も仕事をしたことがあったが、そのたびに小競り合いのくり返しになるのが常だった。取材方針から決定原稿の署名にいたるまで、なにかにつけ主導権を握ろうと、吉野が躍起になるせいだった。

そこで優子は、ふたりが対等の関係であることをはっきりと示すために、どちらのホームグラウンドからも均等な距離にある場所で、新しい仕事の最初の打ち合わせをすることにしたのだった。

力関係には人一倍敏感な吉野なら、優子の意図を容易に理解するはずだった。

入口のドアが開いて、長身の吉野智宏が現れた。ジーンズに白のTシャツと黒のニット帽、それにフードつきの白いダウンジャケットといういつもの出で立ちだったが、季節はずれというしかなかった。

「優子さんが『愚麗酔乱弩《ぐれいすらんど》』なんて強烈な名前の店を指定してきたんで、腰を抜かしましたよ。これってどういう意味なんです？　愚か者が泥酔して大弓を乱れ打ちするって意味ですかね。グレイスランドといえば、エルビス・プレスリーでしょうけど、プレスリーってそんなイメージだったんですか」

優子の向かい側の席に座るやいなや、吉野は挨拶もなしに一息にまくしたてた。

「さあ、どうでしょうね。わたしもあなたと同じようにプレスリー世代ではないから」

優子はいった。

「ま、それはどうでも良いですけど、ぼくが知らないうちに優子さんの趣味が変わったなんてことはないでしょうね。打ち合わせ場所がこれから、『異魔人《いまじん》』とか『来夢来人《らいむらいと》』なんて名前の店ばかりになるなんて、考えるだけでもおぞましい。それだけは勘弁してくださいよ」

「あら、どうして。わたしは、『愚麗酔乱弩』も『異魔人』も『来夢来人』も、どれも素敵だと思うけど。とくにこういうクソ雑誌を読む場所としては最高にふさわしい名前だわ」

優子はテーブルのうえに置いてあった発売されたばかりの週刊誌を吉野のほうに突きだした。

吉野は週刊誌の表紙に一瞥をくれたが、すぐに優子に視線を戻し、これはなんです？　とばかりに目を丸くして見せた。

「特集ページに、『風俗取り締まり関連情報ファイル大量流出か⁉』という記事が載っていて、署名は吉野智宏となっているんだけど、これってたしかわたしがとってきたネタじゃなかった？　あなたにこの話をしたのは三週間前だったわよね。あなたそのとき、なんていったっけ。間違いなくホームラン級のネタですね。裏づけになるような事実関係をもうひとつかふたつつけ加えたら、さらに強烈な記事に仕上がりますよ。ぼくに心当たりがあるから、原稿を出版社に渡すのはもう少し待ってくれませんか。かならず手土産を持って帰りますから。あなたはそういったの。まあ、あなたの口車にまんまと乗せられたわたしもわたしだけど、それから二週間アホ面下げて事務所の椅子を温めつづけた結果がその記事だったという訳」

優子は、週刊誌の表紙を人差し指で叩いた。

「だって優子さんには、指ヶ谷《さしや》署の署員が逮捕されたストリップ劇場の支配人に留置場内で酒を呑ませた、というとっておきのネタを先月無料で差し上げたじゃないですか」

まったく動じるふうもなく吉野がいった。吉野は三十五歳で、優子とは四歳しか違わなかったが、童顔のせいで大学生のようにしか見えなかった。

「冗談でしょう。あんな小ネタじゃ、コラム欄にしか使えない。それで貸し借りはなしにしましょう、だなんて虫がよすぎるわ」

優子はいった。

店のマスターが注文を聞きにきて、吉野がコーヒーを頼んだ。

細身のマスターは五十代後半か六十代前半に見えたが、それでもプレスリーが活躍していた時代に手は届いていないはずだった。

「すいませんでした。謝りますよ。追加取材しているうちに熱くなっちゃって、優子さんのネタだったか自分のネタだったかわからなくなっちゃったんです。で、訳がわからないまま夢中で原稿を上げて、その勢いのまま出版社へもっていっちゃった、という訳なんです。本当にすいませんでした」

「謝って済む話だなんて、まさか本気で思ってやしないでしょうね」

優子はいった。

「わかりましたよ」

吉野が肩をすくめた。

「分け前を渡せば良いんでしょう」

「いいえ、お金はいらない。その代わりあなたにやってもらいたいことがあるの」

「恐いなあ。優子さんのお願い事の方が、お金の話より何十倍も恐いんですけど。黙って金を寄こせっていわれた方がどれほど気が楽か知れない」

吉野が芝居がかった口調でいった。

「やってくれるの、それともくれないの」

「また、そんな恐い顔をする。もちろん、やりますよ。正直なところをいえば、きょうはその覚悟できたんです。なにしろ優子さんとぼくは、たがいに利用し利用される仲ですからね」

これほど身勝手な言い分を悪びれもせずに口にする人間を優子はほかに知らなかったが、いまさら腹も立たなかった。こういうところが吉野の個性であり真骨頂であることを、吉野と何度も仕事をしてきた経験で学んでいたからだった。

「で、なにをすれば良いんです」

吉野がいった。

「調べものをひとつしてもらいたいの」

「むずかしい調べものですか」

マスターが戻ってきて、吉野の前にコーヒーの入ったカップを置き、ふたたびカウンターのなかへ戻っていった。

「あなたにとっては、そうむずかしい仕事ではないはずよ」

優子は愛宕市の全警察署から要注意人物として警戒されけむたがられていたが、優子と同じように警察を批判する記事を多く書いているにもかかわらず、吉野の方はどういう訳か警察関係者にともに酒を酌み交わすほどのつきあいがある知り合いが多く、数人の県警本部の幹部もそのなかにふくまれているほどだった。

「それじゃあ、くわしい話を聞かせてください」

優子は、死亡事故を起こした森下孝の父親と、現場にたまたま居合わせた貝沼さゆりから聞いた事をそのまま吉野に話した。

「なるほど。たしかに市議会議員のどら息子の交通違反を見逃したなどというレベルの話ではありませんね。明らかに組織ぐるみの隠蔽工作だ。本当だとしたら国の警察組織全体の根幹を揺るがしかねない大スキャンダルですよ。でも、一歩引いて客観的に考えればこういう見方をすることもできるんじゃありませんか。貝沼さゆりという女性が森下の父親に電話をかけたことがすべての発端になっていますよね。出発点が虚構だったとしたら、すべてが虚構ということになってしまう。どうでしょう優子さん、貝沼さゆりが嘘をついているという可能性はありませんか。彼女、推理小説家志望だといったんでしょう？　妄想をふくらませるのは得意なはずだ」

吉野がいった。

「電話で話したかぎりでは、嘘をつくような人には思えなかった。それに、たまたま目撃した事故を素材にして小説を書こうと思い立ったとしたら、どうしてわたしに事故のことを調べてください、などという手紙を送ってきたの。事故から三年も経っているのよ。いまさら見ず知らずの人間を巻きこまなくても、ひとりでいくらでも好きなことが書けるでしょうに」

優子はいった。

「そういやそうですね。じゃあ、貝沼さゆりは真実を語っているという前提で話を進めましょう。まずなにから手をつけましょうか」

「当然最初に鞍掛署の交通課へ行って話を聞かなければならないのでしょうけど、わたしがのこのこでかけていっても、森下さんのお父さんや貝沼さんが署員から聞いた以上の話を聞きだせるとは思えないし」

「わかりました。そちらはぼくにお任せください。本当をいいますとね、この話は相当信憑性が高いと思うんです」

吉野が真顔でいった。

「どうして」

「まあ、勘といえば勘ですけどね」

煙に巻くような口ぶりで吉野がいった。

「それから、これ」

優子は貝沼さゆりが手紙に添えて送ってきた雑誌の切り抜きをバッグからとりだして、吉野に渡した。

「貝沼さんが事故現場で見たという車ですね」

「ええ、そう。それで車の持ち主を調べだすことはできる?」

「ええ、簡単にできると思います」

切り抜きを指先でもてあそびながら吉野がいった。

車の持ち主さえわかれば、その先どうやって取材を進めれば良いのかもわかる。

とにかく、四十代か五十代で身なりの良い紳士然とした男の身元を突き止めることが先決だった。

「鞍掛署について、なにかよからぬ噂とか耳にしたことはある?」

優子は尋ねた。

「ありますよ」

さも当然であるかのような口調で吉野がいった。

「評判があまりよろしくない署なの?」

優子は、吉野がまったくためらいなく答えたことに疑問を覚えて尋ねた。

「ええ、そうですね。評判は最悪といって良いでしょうね。市民たちのあいだだけでなく、ほかの所轄署からも」

「ほかの所轄署からもって、それはどういうこと」

「鞍掛署は愛宕市のすべての所轄署から軽蔑され、白眼視され、忌み嫌われているってことです」

「なぜ」

「退職警察官の天下り先のポストを豚のように漁っているという噂です。最近では自動車教習所や警備会社にまで手をのばして、県警本部まで怒らせているらしいです」

「自動車教習所とか警備会社の理事職といえば、県警本部の幹部のお決まりの天下り先よね。本部の退職幹部以外は誰も手を触れることができない不可侵のポストじゃない。そんなところにちょっかいをだしたというの？」

「そういうことです」

吉野がいった。

「でも、どうしてそんなことができるの。だって、通常の定期異動の人事権と同じように、天下り先の人事権も本部の警務部が一手に握っているはずでしょう。県警本部の警察職員の天下り先だけでなく、各所轄署の幹部の天下り先さえ。所轄署レベルの組織がいくら頑張ったところで、どうにかなるものではないはずだわ」

「それがどうにかなっちゃっているらしいから、いろいろなところからやっかみやら怒りやらを買っているのだと思いますね」

吉野はそういって、おもむろにコーヒーカップをもちあげた。

優子は吉野に協力を頼んでよかったと思うと同時に、ここまでは完全に吉野にリードされている、と内心考えざるを得なかった。

# 4

木村と中村は終夜営業のレストランにいた。時刻は午前一時になっていた。夜になって雨が降りだし、真夜中近くに暴風雨となった。

道路に面したガラスに硬貨ほどの大きさの雨粒がたたきつけられ、稲妻が光った。夜空に稲光が走るたびに、薄暗い店内が真昼のように明るく照らしだされた。

木村たちのテーブルの向かい側には、禿頭《とくとう》の小肥りの男が腕組みをして座っていた。男は五十歳くらいで、ゴルフ帰りらしくスラックスに胸に大きな記章が縫いつけられた緑色の派手なジャケットを羽織っていた。

「それからどうした」

禿頭の男が顎をしゃくって、木村たちの話の先をうながした。

「待機していた平井たちにすぐに連絡して、経路にあるバス停に人員を配置しました」

木村は少しだけ話を粉飾した。本当はようやく声をだすことができたのは、年寄りたちふたりが乗ったバスが発車してから五分以上も経ってからのことだった。

「平井が車で先まわりをして、美術館から三つ先のバス停で当のバスに乗りこみましたが、そのときには年寄りも年寄りを助けた男も乗客のなかには見当たりませんでした。運転手に訊くと、ひとつ手前のバス停でふたりが降りたことがわかりました。三崎坂《さんさきざか》前という商店街と住宅街の境にあるバス停です。平井から連絡を受けて、わたしたちは交番の巡査たちにも手伝わせて美術館の裏手から三崎坂までのあいだにあるすべての店舗と住宅、細い路地まで捜索を実施しましたが、いまだにふたりを発見するには到っていません」

「平井たちはいまなにをしている」

禿頭の男が腕組みをしたままで尋ねた。

「昼間しらみつぶしに調べた店舗や倉庫、ガレージなどを、念のためもう一度捜索し直していると
ころです。この天候ですから、ふたりが屋外を徒歩で移動しているとは思えません。車をどこかで
調達でもしていないかぎり、かならずどこかにひそんで雨を避けているはずです」

木村がいった。

稲妻が光り、雷鳴がとどろいた。

「それで、おれをこんなところに呼びだした理由はなんだ」

禿頭の男がいった。

「年寄りを助けた男のことです」

木村の横にならんでふたりの話をおとなしく聞いていた中村が、勢いこんで口を開いた。

「はじめは気がつかなかったのですが、やつらを捕まえるために歩きまわっているうちに思いだし
たんです。わたしたちが知っている男でした。鈴木一郎。二年前に鑑定入院中に病院から逃走し、
指名手配されている男です」

「指名手配犯だと」

禿頭の男が視線を中村に向けた。

「逃亡中の男が、わざわざ向こうから刑事の前に飛びだしてきたというのか」

「われわれのことを、まさか警察の人間だとは思わなかったのでしょう」

中村がいった。

「それにしても逃げ隠れしている人間ならば、できるだけ人前に顔をさらしたくないだろう。昼日《ひるひ》
中《なか》に街中《まちなか》で騒ぎを起こすなどもってのほかのはずだ。なぜ危険を冒してまで、見ず知らずの年寄り

を助けるような真似をした」

　禿頭の男が尋ねた。

「それは、わかりません」

　中村がいった。

「なにか考えがあるだろう。なにも考えなかった訳ではあるまい」

　禿頭の男に決めつけられて、中村と木村はたがいに顔を見合わせた。

「単に、親切心から年寄りの頼みを聞き入れただけかと」

　中村がおずおずと口にした。

「その男と年寄りが、あらかじめ美術館の裏手で落ち合う手はずを整えていたということはないのか。ふたりになんのつながりもないというのは間違いないのか」

　禿頭の男が尋ねた。

「鈴木が偶然通りかかっただけということは断言できます」

　ふたたび中村と顔を見合わせてから、木村がいった。

「間違いないんだな」

「はい」

「それでおれにどうしろというのだ」

　禿頭の男は、相変わらず腕を組んだままでいった。

「指名手配されている鈴木一郎がまだこの町に潜伏中であることを、県警本部に報せるべきではないでしょうか」

　中村がいった。

「鈴木は病院から逃亡した際に、連続爆破事件の共犯と思われる男を殺害しています。殺人犯を追跡するとなれば、本部も大量の捜査員を投入するはずですから、捜索範囲をいまより広げることができると思うのですが」

中村がいった。

「それはできん」

即座に禿頭の男がいった。

「なぜですか」

「おまえたちが取り逃がした年寄りが、いまも指名手配をされている逃亡者と行動を共にしている可能性は低いと思うが、万が一ふたりがまだいっしょにいて、そこを本部の捜査員に発見されでもしたら、鈴木だけでなく、われわれが追っている年寄りのことまで本部に詮索されかねん。そのようなことは間違っても起きてはならん」

「われわれがあの年寄りを捜していることは、本部にも秘密だということですか」

中村が尋ねた。

中村の問いに禿頭の男は答えようとせず、口を開かなかった。

「鞍掛署の人間だけで捜索をつづけろということでしょうか」

木村がいった。

「そうだ」

禿頭の男が答えた。

「署長」

木村が口を開いた。

「あの年寄りは一体何者なのですか。なぜわれわれがあんな年寄りを追わなければならないのです」

「おまえたちがそれを知る必要はない」

署長と呼ばれた男は、そういうなり立ち上がった。

「おまえたちはこれからどうするつもりだ」

立ち上がった男は、木村と中村を見下ろしながら尋ねた。

「平井たちのところに戻ります」

中村がいった。明らかに気落ちした口調だった。

「非番の警官にも全員招集をかけろ。パトカーもすべて平井たちが現在捜索している地区にまわせ。ただし警官たちには、鈴木一郎の名前を伝えてはならん。あくまで氏名不詳の年寄りと氏名不詳の若い男ということにしておくんだ。良いな」

中村と木村がしぶしぶうなずいた。

男はそのままテーブルにふたりを残してレストランをでると、店の前に駐めておいた自分の車に乗りこみ、エンジンをかけた。

鞍掛署の署長である石長勝男《いしながかつお》には、その夜会わなければならない人間がもうひとりいた。

車を発進させ、完成したばかりの新しい高架ハイウェイに向かった。

ワイパーがきかないほどの土砂降りで、慎重にハンドルを操作しなければならなかった。ハイウェイに乗ってからは街の中心部の金融地区を目指した。

オフィス街の高層ビルが見えてきたところで旧道に下り、銀行の建物の前を通り過ぎてその先にある立体駐車場まで車を走らせた。駐車場のなかに入ると、螺旋《らせん》状になっているコンクリートの坂を一気に駆け上がった。

最上階まで上がると広い駐車スペースのいちばん奥まで車を進め、そこでエンジンを切った。

真夜中の駐車場に人の姿はなかった。

腕時計を見た。午前一時五十分になっていた。

石長は運転席に座ったまま、約束をした人間がやってくるのを待った。聞こえるのは剝きだしのコンクリートの建物の外ではげしく降りつづいている雨の音だけだった。

数分ほどしたとき、静まり返った駐車場のどこからかかすかな足音が響いたような気がして、石長は顔を上げた。腕時計の針はちょうど二時を指していた。

聞き違いではなかった。

最初はかすかだった足音が次第に大きくなり、こちらに向かってまっすぐ近づいてきたかと思う間もなく、助手席の窓がノックされた。石長はドアを開け、背広姿の男を車のなかに迎え入れた。

男は背が高く、高い頰骨と尖った顎が鋭角的な輪郭を描いていた。まるで銀行員のように隙のない身なりをしているにもかかわらず、皺ひとつない服の上からでもたくましい体つきをしていることがうかがえた。

「頭師《ずし》が見つかったそうですね。いまどこにいます」

助手席に座った男は石長の方に目を向けようともせずにいった。

「見つけたことは見つけたが、まだ確保はできていない」

石長がいった。

「どういうことです」

「もう一歩のところで逃げられた」

「相手は七十歳過ぎの老人ですよ。それを取り逃がしたというのですか」

「予想外の邪魔が入った」

石長がいうと、男がはじめて石長に顔を向けた。

「予想外の邪魔とはなんです」

「うちの刑事が頭師を捕まえようとしたところに、たまたま居合わせた男がいた」

石長がいった。

男は石長の顔を見つめたままだった。

「その男に邪魔をされた」

「邪魔とは、どんな邪魔です」

「男が刑事ふたりをたたきのめした」

石長がいった。

「刑事ふたりがひとりの男にですか」

「男が何者かはわかっている。ただの通りすがりの通行人という訳じゃなかった。鈴木一郎という指名手配犯だ」

「鈴木一郎」

男が口のなかでくり返した。

「鈴木一郎というと、二年前に愛宕医療センターから逃亡し、それ以来行方をくらましている男ですか」

「あんたはそんなことまで知っているのか」

石長は驚いて男の顔を見た。

「逃亡中の男が、なぜ警察の人間に抵抗してまで頭師を救うようなことをしたのです」

石長の反応にはまったくとりあおうともせず、男が尋ねた。

「理由はわからん。部下の話だと、単に助けを求めてふところに飛びこんできた年寄りに同情して、とっさにかばったというだけのことらしい」

石長はいった。

「鈴木一郎が偶然通りかかったというのはたしかですか」

「おれもその点は念を入れて部下にたしかめた。待ち合わせをしていた様子などまったくなかったし、ふたりが初対面だったことも断言できるそうだ」

男が何事か考える顔つきになった。

「それはそうと、頭師の居場所がどうしてわかったのですか」

長い沈黙に石長がいたたまれなくなったころ、男がようやく口を開いた。

「それは、おれの部下たちの粘り強い捜索の結果だ」

石長はいった。

「われわれが三年近く捜しても発見できなかった人間です。あなたたちにそう簡単に見つけられるとは思えません」

男は言下に石長のことばを否定した。感情のこもらない平板な口調だった。

石長は男を納得させられるような説明をなんとかひねりだそうとして口ごもったが、無駄な努力だった。

「今朝、署に電話がかかってきた。頭師が明石堀《あかしぼり》の現代美術館にいるという匿名の電話だ」

石長は素直に事実を打ち明けた。

「あなたに直接かかってきたのですか」

「いや、刑事課のフロアの電話だった」

「正確にはなんといってきたのです」

「あんたたちが捜している男が、明石堀の現代美術館にいる。その一言だけで電話は切れたそうだ。電話を受けた刑事は、電話の主は声を加工していたといっていた。それも通話口をハンカチでふさぐなどという子供だましのものではなく、音声変換器のような機械を使った本格的なもので、男か女かさえ判別できなかったらしい」

「あんたたちが捜している男が、明石堀の現代美術館にいる。そういったのですね」

男の問いに、石長はうなずいた。

「すると電話をかけてきた人間は、頭師の居場所を知っていたというだけでなく、あなたたちが頭師を捜していることも知っていたことになりますね」

「そういえば、そうかも知れん」

石長はいった。

男に指摘されるまで考えもしなかったことだった。

「それだけ事情にくわしい人間に心当たりがありますか」

「見当もつかない」

石長はかぶりをふった。

「さらにいうなら、電話をしてきた人間は頭師がどういう人間なのか、彼の裏の顔を知っている可能性が高い。むしろ間違いなく知っていると考える方が合理的かも知れません。そしてそれは同時に、われわれが頭師を捜している理由も当然わかっているということを意味しています」

「なにがいいたい」

「あなたの署の人間が、頭師のことを外部に洩らしたということはありませんか」

「馬鹿な。そんなことは絶対にあり得ない。部下には最小限のことしか伝えていない。頭師の名前さえ伝えていないくらいだ。裏の顔どころか、頭師の表向きの仕事を知っている人間さえおれの部下にはひとりもいない」

石長はいった。

男は長いあいだ石長の顔を見つめていた。

男はうなずきはしなかったものの、それ以上石長を追及しようとはしなかった。

「わかっているでしょうが、われわれにはどうしても頭師が必要なのです。頭師をこちらの手におさめることができれば、あなたの将来は約束されたようなものです。県警本部長はおろか知事になることさえ夢ではありません。しかし、もし頭師がふたたびわれわれの手の届かないところに行ってしまうようなことになれば、明るい将来が待っているどころか、あなたもわたしも待っているのは破滅だけということになります」

男はそれだけいうと、車から降りた。

開け放たれたドアから、冷たい風とともに細かな雨の霧が吹きこんできた。

男が暗闇のなかに姿を消すのを、石長は運転席に座ったまま無言で見送った。

## 5

クリーニング店の脇の月極駐車場に数台の車が駐まっていた。

防寒用の上着のうえに雨合羽を着た坂本と石川というふたりの制服警官は、車に近づくと懐中電灯の光を向け、車のなかをのぞきこんだ。

ふたりは手分けして一台一台慎重に車内を調べた。

駐まっている車のなかに隠れている人間がいないかどうか確認する作業を、土砂降りのなかふたりはもう二時間以上もつづけていた。

「いたか」

坂本が聞いた。

「いない」

石川は答え、店じまいをして明かりを落とした食料品店、装身具店、居酒屋などを見渡した。どの店の前にも駐まっている車は見当たらなかったが、通りの向こう側にアーケードの入口があった。

「あそこに商店街がある。おれたちの受け持ちじゃあないが、念のために調べてみないか」

石川が坂本にいった。屋根つきの商店街なら、雨を避けながら身を隠すのに最適な場所ではないかと思ったのだ。

坂本は一も二もなく石川の提案に飛びついた。ほんの少しの時間でもこの吹き降りから逃れられるなら、どんな寄り道でも歓迎だった。

ふたりは通りを渡り、アーケードのなかに足を踏み入れた。

通りの両側の商店は、一軒残らずシャッターを降ろしていた。

人の姿はなかった。

天井にとりつけられた小さな照明の、オレンジがかった寒々しい明かりだけを頼りに通りを進んだ。

店舗と店舗のあいだに少しでも隙間があれば懐中電灯の光を向けて、身をひそめている人間がいないか、隙間の奥をのぞきこんだ。

店の前に大きなポリバケツが置いてあったり、段ボールの空き箱が積み重なっていればわざわざ脇に退けて、物陰に隠れている人間がいないかたしかめた。

商店街の半分ほどまできたとき、石川は人影を見たような気がして、坂本の肩を叩いた。

「どうした」

「人だ。人がいる」

「どこだ」

「その先でなにかが動いた」

「たしかか」

「犬や猫でなかったことだけはたしかだ」

ふたりは懐中電灯の光を消し、前方に目を凝らしながら足音を忍ばせて通りを進んでいった。

一歩ごとに緊張が高まり、ふたりは雨合羽のうえから腰のふくらみに手をやって、ホルスターに拳銃が収まっていることをたしかめずにいられなかった。

食料品店があり、美容院があり、喫茶店があった。和菓子店の前を過ぎ、雑貨屋の手前まできたとき石川が坂本を手で制した。

「この辺りだ」

ふたりは首をめぐらせて左右を見まわした。

雑貨屋の先に、通りに面してドアがある、明らかに店舗とは種類の違う建物があった。

ふたりは建物に近づき、石川がドアノブに手をのばした。音を立てないようゆっくりとノブをまわした。

鍵がかかっていなかった。

ドアを押すと、内側に開いた。ふたりは顔を見合わせ、一度深呼吸をしてから無言でうなずき合って間合いを計った。

ドアを押し開け、建物のなかに入った。

湿った臭いが鼻を突いた。

奥行きが五メートルほどのせまくるしい部屋だった。

懐中電灯の光を四方八方に向けたが、誰の姿も目に入らなかった。光に浮かび上がったのは、つぶした段ボール箱の山、古びた自転車、ペンキ缶と刷毛《はけ》、部屋の隅に重ねて置かれている何枚かの合板、それに工具箱だけだった。

商店街の共同の物置か、なにかの作業場のようだった。

坂本が壁にあるスイッチを見つけ、明かりを点《つ》けた。天井の蛍光灯がまたたいた。

ふたりは照明が灯った室内をあらためて見まわしたが、やはり人の姿はなかった。

緊張が解け、思わず安堵のため息が洩れた。

明かりを消し、建物の外にでた。

その瞬間だった。

「人だ」

坂本が通りの前方を指さしながら大声を上げた。石川も驚いて坂本が指さす方向に顔を向けた。

たしかに人がいた。それもふたり。

暗くて人相までは確認できなかったが、ひとりは中肉中背、もうひとりはひときわ背が低いことだけは確認できた。

捜索して確保するよう命じられた人間の特徴と、少なくとも背格好の点では一致していた。

ふたつの人影は通りを右に曲がった。そこは路地になっているらしかった。

「やつらだ。間違いない」

ふたりは猛烈な勢いで駆けだした。

商店街が尽きる手前で、坂本と石川は迷わず右側の路地に走りこんだ。

雨が吹きつけてきた。

ふたりは全力で走った。

しかし、いくら走っても手配犯の背中が見えてこなかった。

手配犯との距離は二十メートルと離れていなかった。それに手配犯のうちのひとりは七十歳過ぎの年寄りのはずで、現役の警官より速く走ることができるなどとは到底考えられなかった。

それなのに一向に追いつかないどころか、影も形もなくなっていたのだった。一瞬だけ見えた人影は、現実ではなくまるで幻であったかのようだった。

坂本と石川のふたりの巡査は、立ち止まってもう一度辺りを見まわした。人の姿らしきものはどこにもなかった。

左右に視線をふり向けながらしばらく進むと小学校の前にでた。

ふたりは校門の前で足を止めた。

校舎が雨に打たれていた。三階建てのコンクリートの黒々とした建物が、はげしい雨に肩をすくめているように見えた。

校門の文字は松原《まつばら》小学校と読めた。

路地をこのまま進めば、松原町交差点にでるはずだった。

「ここが思案のしどころだ」

坂本がいった。

「このままおれたちふたりでやつらを追って手柄を上げるか、それとも潔くあきらめて無線で応援を呼ぶか。おれたちふたりで追跡をつづけて、運良くやつらを確保することができれば万々歳だが、もし取り逃がしてしまうようなことになったら大目玉を食らうどころか、この先出世の見こみがまったくなくなる。いますぐ無線連絡をすれば、やつらを発見すると同時に応援を呼んだとなんとか言い抜けることができる。もしふたりが捕まったとしても、残念なことにおれたちの手柄にはならないが、そのかわり後々上から責められる心配はなくなる。どっちを選ぶ」

「応援を呼ぼう」

石川が即座に答え、坂本がうなずいた。

# 第四章

## 1

　吉野は前日有坂優子と会った喫茶店『愚麗酔乱弩《ぐれいすらんど》』にいた。ジーンズにTシャツ、ニット帽にダウンジャケットという服装も前日とまったく変わっていなかった。

　百武《ひゃくたけ》との待ち合わせ場所にその店を選んだのは、昼のあいだはほとんど客がおらず、人に聞かれたくない話をするにはもってこいの場所だと思ったからだった。

　約束の時間から十分遅れて現れた百武は、店内を見まわすこともなくすぐに吉野を見つけて歩み寄ってきた。

「こんなところに呼びだして、おれに一体なんの用だ」

　椅子に腰を下ろすなり百武がいった。

　吉野は百武を見て、相変わらずしょぼくれた恰好をしていると思った。

　百武は大柄な男なので、みすぼらしい服装が余計に目立つのだった。

「ご迷惑でしたか」

「いや、おれの方からおまえに連絡しようと思っていたところだ」

百武がいった。

「百武さんの方から声をかけようとしてくださるなんてめずらしいですね。なにかあったんですか」

「なにかあったという訳じゃないんだが。それにしてもその恰好はなんだ。まるで真冬の出で立ちじゃないか。おまえには季節感というものがないのか」

吉野のダウンジャケットを見て百武がいった。

「衣替えがしたくても、ネタを探すのに忙しくて寝る暇もないもんですから。百武さんこそ人の恰好をどうのこうのいえた義理じゃありませんよ」

「なにをいってる。おれはこうしてちゃんと背広を着てネクタイまで締めているじゃないか」

「ネクタイは曲がってるし、上着の裾からシャツがはみだしてます。それに髭くらい剃ったらどうです。それじゃまるでホームレスです」

吉野がいった。

百武が暴力団員から金を借りたことを記事にして雑誌に載せ、左遷される原因をつくったのがほかならぬ吉野だった。

記事がでると百武ばかりか、妻と娘が新聞記者やテレビ局のレポーターたちに連日追いまわされることになった。娘にいたっては学校から帰宅する途中を待ち伏せされて追いかけられ、通りに飛びだしたところをあやうく車に轢かれそうになったことが二度もあったくらいだ。

妻は娘を連れて家をで、実家に隠れたがそこにも記者たちは押しかけてきた。

疲労困憊し追い詰められたふたりの窮地を救ったのが吉野だった。

吉野はふたりを連れてビジネスホテルを転々とし、その費用も自分で支払った。

それを知った百武は、取材のためにふたりを連れ去ったに違いないと考えていきり立ったが、騒動が収束したのちに妻から聞くと、吉野はふたりをかくまいはしても百武の記事に関する話は一切しなかったということだった。

ジャーナリストとして抜け駆けの功名を狙った訳ではなく、ふたりを巻きこんでしまって申し訳がないという純粋な罪悪感からでた行動だった。

一時は仇同然に恨んだ吉野を百武が許す気になったのはそういうことがあったからだった。

吉野は一見能天気な人間に見えて情にもろかったり、おかしなところでおかしな義侠心を発揮するような男だった。

「ぼくに話というのはなんです？　昨日の真夜中松原町の交差点に十台以上のパトカーが集まってきたことと関係のある話ですか。県警本部に大きな交通事故でもあったのかと問い合わせたら、そんな事故は起きていないという返答でしたが」

「そんなことをもう知っているのか」

百武が驚いたようにいった。

「相変わらずの地獄耳だな」

「それだけがとり柄なもんで。それでどうなんです。近所の住人から松原町界隈を走りまわっていたパトカーは鞍掛《くらかけ》署のパトカーだけだったという話も聞いているんですが」

吉野がいった。

店のマスターが注文をとりにきて、百武はアイスコーヒーを頼んだ。

「そこまで知っているなら話は簡単だ。先におまえの話を聞こう」

「わかりました。あとではぐらかしたりするのはなしですよ」

「ああ、そんなことはしない」

百武がいった。

「じゃあ、ぼくの話を先にしますが、百武さんは能判官古代《のうじょうこだい》という男を知っていますか」

「なんだって」

「能判官古代。お能の能に、判官贔屓《ほうがんびいき》の判官《はんがん》と書いてのうじょうと読みます」

「こだいというのはなんだ」

「名前ですよ名前。古代、近代、現代の古代です」

「それが名前なのか」

「ええ」

「ずいぶん変わった名前だな」

アイスコーヒーがくると百武はストローを避《よ》け、グラスに直接口をつけて一息に半分ほども飲んだ。

「どうです、知っていますか」

「まったく知らんが、能判官という姓には聞き覚えがあるような気がする。たしか長くつづいた家系で、その家の最後の生き残りが一年か二年前に死んだんではなかったか」

「それは能判官秋柾《あきまさ》。死んだのは二年前のことです」

吉野がいった。

「それじゃあ、古代というのは一体誰なんだ」

「秋柾は能判官家の最後の生き残りではなく、息子がひとりいました。それが古代です」

「そうなのか。しかし、どうしておれがその男を知っていなければならんのだ」

百武がいった。

吉野が百武の顔をのぞきこんだ。

「百武さんは三年前鞍掛署の管轄内で起こった交通死亡事故を知っていますか」

「三年前の交通事故だと。知らん。おれの赴任前だ」

「ああ、そうでしたね」

「どんな事故だ。大事故だったのか」

百武が尋ねた。

「ありきたりといえばありきたりの交通事故で、衝突した相手の車を運転していた青年を死なせてしまった男が鞍掛署に連行されました」

「当り前だろう」

「ところがなんとも不思議なことに、署に連行されたはずの男がそれきり姿をくらましてしまったんですよ」

百武がアイスコーヒーのグラスから顔を上げて吉野の顔を見た。

「そのあと男が逮捕されたという記録もありませんし、もちろん裁判が開かれたという事実もありません」

「姿をくらましたというのはどういう意味だ。連行された男が警察署から逃げたということか」

ストローでグラスのなかのアイスコーヒーを乱暴にかきまわしながら百武がいった。

「署に連行されたきり男が消えてしまったというだけじゃない。事故を報じた三年前の新聞を見たんですがね、自損事故として小さく扱われていただけでした」

「自損事故？　衝突事故だといったじゃないか」

「そこが摩訶不思議なところなんですよ」

「おまえの話はさっぱりわからんな。第一、その姿をくらましたという男は一体どうなったんだ。

警察署から逃げてそのまま捕まっていないのか」

百武がいった。

「逃げたというより、警察が逃がしたといったほうが正しいでしょうね」

吉野がいうと、百武の眉間にしわが寄った。

「逃がした？　鞍掛署の誰かが死亡事故を起こした人間を逃がしたというのか」

「ええ、そうです。それに新聞には衝突事故ではなく自損事故と書かれた」

百武がもう一度吉野の顔を見た。

「誰かではないな」

しばらく考えてから百武がいった。

「おまえがいいたいのは、鞍掛署ぐるみで事故自体を隠蔽したということか」

「ええ」

「たしかなのか」

「たしかな話です」

「三流週刊誌に埋め草に使うような与太話じゃないだろうな」

「念押しにはおよびません。正真正銘の事実です」

吉野がいった。

飲みかけたグラスをテーブルに戻し、百武が考えこむ表情になった。

「それはつまり署長の石長が承認したうえでのことということだな」

「もちろん、そうでしょうね」

吉野が答えた。

百武は腕を組んで考えこみ、そのまま長いあいだ口を開こうとしなかった。

吉野は、いまは落ちぶれてみる影もないが、かつては県警本部のホープと謳われた男の顔を見つめた。

無精髭のやつれきった顔に心なしか赤みが差し、かつての敏腕刑事の面影がよみがえってきたように思えた。

「それで、その古代とかなんとかいう男はそれとどういう関係がある」

組んでいた腕を解《ほど》いて百武が尋ねた。

「署に連行されたきり姿をくらませてしまったという男が、能判官古代なんです」

「それが衝突事故を起こした男なのか」

「はい」

「なにをしている男なんだ」

「いまわかっているのは名前だけで、能判官古代が何者でなにを生業《なりわい》にしている人間なのかはこれから調べるところです」

吉野がいった。

それを聞いた百武がふたたび腕を組んだ。

「どうしておまえにそんなことがわかった」

「そんなことというのは？」

「能判官古代なんて名前が一体どこからでてきたかと聞いているんだ」

「事故を起こした車を調べて、そこから持ち主を割りだしたんです」

「どうして事故を起こした車種やナンバーがわかったんだ。新聞にも自損事故とでただけだといったぞ」

百武がいった。

さすがに鋭いところを衝《つ》いてくる、と吉野は思った。

「種明かしをしますとね、実は事故の目撃者がいたんです」

「誰だ」

「名前はいえませんが、若い女です」

「その女が車のナンバーを見たんだな」

「いいえ、ナンバーは読みとれなかったそうで、彼女が見たのは車の形だけです」

「車の形？　ナンバーでもどんな車種だったかでもなく、見たのは車の形だけだと。そんなものから持ち主がわかったというのか」

「ええ」

「どうしたらそんな芸当ができるんだ」

「アストンマーチン・バンキッシュ」

吉野がいった。

「聞いたこともない車だが、それだけで持ち主がわかったというのか」

「調べだすのは簡単でしたよ。アストンマーチン・バンキッシュなんて車は日本に何台もありませんから」

吉野がいった。

「能判官家というのが古い家系だということは知っているが、大金持ちなのか」

しばらく考えてから百武がいった。

「車のことですか？」

「車なんてどうでも良い。鞍掛署がその男を逃がしただけじゃなく、そもそも衝突事故などなかったようによそおったのはなぜかということだ。男が石長に金をつかませたとしか考えられないじゃないか。それも一千万や二千万なんかじゃなくとてつもない金額のはずだ」

百武がいった。

「古い家系だというだけで大金持ちだとは聞いたことがありませんね。調べはじめたばかりですから確実なことはいえませんが、手広く商売をしていた訳でもないし、大きな会社を経営していた訳でもない。吉備津《きびつ》市に立派な屋敷を構えていることだけはわかったんですが、代々の当主がなにをしていたのかさっぱりわからないんです」

「金じゃなければコネか。事故をもみ消すなんて金かコネしか考えられんだろう」

「さあ、それもどうですかね。交通事故といっても、人ひとりが死んでいるんですからね。どこかに多少のコネをもっていたとしても、事故そのものをなかったことにしてしまうなんてことは市会議員や県会議員くらいのレベルじゃとても無理でしょうし、それどころか県知事だって大物の国会議員だってむずかしいんじゃないでしょうかね」

吉野のことばに百武は口をゆがめたが、言い返そうとはしなかった。

「それより、署長の石長ですけど、捕まえた人間から金を受けとって逃がしてしまうなんて、そんな大それたことをやりそうな人間なんですか」

「やったとしても驚きはしないことだけはたしかだな」

百武がそういって、ふたたび考えこむ顔つきになった。

「石長がどれだけの悪党だろうと、そこまでのことをするにはなにかよっぽどの理由があるはずなんですがね」

「どんな理由だ」

「だからそれをいまから調べるんじゃないですか」

吉野がいった。

「三年前か……」

百武が無精髭の伸びた顎を撫でながらつぶやいた。

吉野は目の前のカップをもちあげて、コーヒーを一口飲んだ。

「ぼくの話はいまのところこれだけです。百武さんの話を聞かせてください」

「まあ、待て。いま考えているところだ」

「なにを考えてるんです」

「いろいろだ」

「ずるいですよ。まさか話してくれないつもりじゃないでしょうね」

「待てといっただろう。もう一度聞くが、おまえの話は本当なんだろうな」

「しつこいですよ。百武さんにガセネタなんかをつかませる訳がないでしょう」

吉野がいった。

残りのアイスコーヒーを飲み干した百武がいきなり立ち上がった。

「おれは帰る」

「百武さん。約束が違いますよ」

百武の顔を見上げながら吉野がいった。

「調べてみたいことがあるんだ。二、三日だけ待ってくれ。なにかでてきたらかならずおまえに話す。約束する」

そういうと、百武は吉野の抗議にもとりあわず背中を向けて店からでて行ってしまった。

## 2

「コーヒーをくれ」

茶屋《ちゃや》はいつものように店のいちばん奥の席に陣どると、カウンターのなかのマスターにいった。

「コーヒーですか。ワインではなく？」

マスターが尋ね返した。

「ああ、今夜はもう少し起きていなければならんのでな。そこのコーヒーで良い」

茶屋は染みの浮いたカウンターのうえにマスターがいつも置いている魔法瓶を指さしていった。

その日茶屋は朝早くからこの時間まで、氷室賢一郎《ひむろけんいちろう》が代表もしくは会長として名を連ねている会社を何社もまわっていたのだった。

最後に訪れた飯《はん》の木《き》建設は、年間百億円以上の仕事を受注する企業にふさわしく、本社オフィスが愛宕《おたぎ》市の中心部に建つ高層ビルのなかにあった。

愛宕川の河口に架けられたベイパーク・ブリッジやベイパークの大観覧車を愛宕市との契約のもとに建設したのは飯の木建設だった。

ビルは金融街でいちばんの高さを誇る八尾《はちお》・ミュニシバーグ銀行の真正面にあって、高さではやや劣るとはいえ、派手な外観と警備が厳重なことでは引けをとっていなかった。

ロビーから先に進むには受付嬢に警察手帳をかざすだけでは足りず、受付カウンターのコンピュータのキーボードに氏名と所属先を打ちこんで、やっと受付嬢からセキュリティーカードを受けとれるのだった。

受けとったセキュリティーカードを無造作に上着のポケットに入れてエレベーターに乗ろうとすると警備員が立ちはだかり、それをポケットのなかからだすまで一歩も動こうとしなかった。

茶屋は仕方なくプラスチックのカードを首からぶら下げなければならなかった。

エレベーターで最上階まで上ると、そこにはいかにも地域の代表的優良企業にふさわしい小道具がすべてそろっていた。

　廊下には絨毯が敷き詰められ、通された広々としたオフィスのはめ殺しの窓からは、金融地区の高層ビル群と愛宕川の向こう側に広がる旧市街を見渡すことができた。

　壁には市からの表彰状、本社オフィスを訪れた政治家を撮影した写真、慈善事業に対する感謝状などが飾られていて、飯の木建設の愛宕市における権力の基盤がいかに強固なものであるかを誇示していた。

　訪問客に与える効果を慎重に計算したうえで配置されたのであろう椅子やソファはすべて革張りで、部屋の中央には新しい宅地開発のための巨大な立体模型が据えられていた。

　しかし面倒な手間をかけて面会した専務と彼の秘書からは、ＡＩで制御されている防火設備がいかに精密かつ堅固なものであるかを事細かに説明されただけで、肝心の氷室賢一郎の生前の様子などについてはなにひとつ聞きだすことができなかった。

「なにしろ会長が会社に顔をだすことは滅多になく、直接お会いするのは二年か三年に一度、お屋敷で開かれるパーティーの場だけなものですから、最近の様子がどうだったかと尋ねられましても、わたしとしてはお答えできかねる次第でして」

　それが茶屋の質問に対して、いずれの会社の重役たちも同じように返してきた答えだった。

「毎日どうしてこんな時間まで店を開けているんだ。客なんてないだろうに」

　コーヒーカップに注がれた濃密な香りのコーヒーをすすりながら茶屋はマスターに尋ねた。どういう訳なのか、この店の主人が淹《い》れるコーヒーは長い時間が経っても香りが抜けないのだった。

「店を開けているのは不眠症のためで、お客様じゃなくて自分の都合で開けているだけです」

　カウンターのなかで椅子に腰をかけ、これもまたいつものように『ラテン語入門』のページをめくりながらマスターがいったときだった。

入口のドアが開いてひとりの客が入ってきた。

「百武じゃないか」

茶屋は男の顔を認めたとたん驚いて声を上げた。

「こっちへ来い」

顔を上げた男は茶屋の顔を認めるとやはり驚いた表情になったが、茶屋の手招きにためらいなく応じて店の奥まで進み、向かいの椅子に座った。

「こんなところでなにをしているんだ」

「ついいましがた仕事を終えたところだったのですが、今日一日なにも食べていないことに遅まきながら気がついて、ここで腹ごしらえしてから家に帰ろうと思いまして」

百武が答えた。

百武は県警本部に捜査一課のホープとして在籍していたころ、班こそ違っていたが茶屋がその実力を認めて可愛がっていた後輩刑事のひとりで、この店にも何度か連れてきたことがあった。

「なにを召し上がります」

マスターが百武に尋ねた。

「とりあえずハンバーガーとビールをくれ。ほかになにか旨いものがあれば、それも」

いっぱしの常連になったらしく、慣れた口ぶりで百武がいった。

「それならきょうたまたま手に入った生きの良い河豚《ふぐ》がありまして、ぶつ切りにして醤油に漬けてありますから、それを唐揚げにしましょうか」

「ああ、良いな」

百武がいった。

「おい、ちょっと待て。唐揚げと聞いたら、こんなものを飲んではいられん。おれにもビールをくれ」

茶屋が大声を張り上げた。

「鞍掛署の居心地はどうだ」

マスターが河豚を揚げるために調理場に引っこんだのを見計らって、茶屋は百武に尋ねた。

「まあ、なんとかしのいで定年までは頑張ろうと思っています」

百武がいった。

「おまえ、監察の二輪《にわ》とちょくちょく連絡をとりあっているそうだな」

「誰がそんなことを」

「二輪の腰巾着の相原《あいはら》だよ。やつが廊下の端で同僚刑事とこそこそ内緒話をしているところにたまたま通りかかってな。おまえの名前が耳に入ってきたんで、何事かとちょっと締め上げてやった。パチンコをしているところを二輪に見つかったらしいじゃないか」

茶屋がいうと、百武は顔をうつむかせた。

「二輪のことだ。どうせよからぬ企《たくら》みをもちかけたんだろう。なにを吹きこまれたんだ。鞍掛署の石長の首を引っこ抜くネタでも寄こせば本部に戻してやるとでもいわれたんじゃないのか」

百武は顔を上げようとせず、黙ったままだった。

「図星のようだな。二輪の口約束なんぞ紙くずほどの価値もないぞ。やつらは定年後の自分自身の椅子を確保するために、あちこちにせっせと恩を売って歩いてまわっているだけだ。不正を糺《ただ》そうだの、組織を浄化しようだのなんて気は端《はな》からさらさらない。本気で所轄の不良事案をほじくり返しでもしたら、あとで自分の身にどんな災難が降りかかってくるかわからんからな」

「二輪の申し出が当てになどならないことは十分わかっています」

百武がつぶやくようにいった。

「ひょっとしておまえ、自暴自棄になっているのじゃないだろうな。スパイの真似事なんかしなくても、そのうちおれがおまえを本部に戻してやるから心配するな」

「そんなこと、できますか」

「ああ、できるとも」

茶屋がいった。

百武が顔を上げて茶屋を見つめた。

「おまえ、氷室賢一郎が殺されたことを知っているか」

茶屋が尋ねた。

「ええ、聞きました」

「おまえ捜査本部の捜査班に加わっておれといっしょに仕事をしないか」

「自分がですか」

「どうだ」

「ありがたいですが、鞍掛署の管轄の事件ではありませんから」

「そんなことは関係がない。おれがおまえを欲しいといえば、誰も反対なぞせん。なんなら、おれが石長のところにいって直接談判をしても良いぞ」

茶屋は、これ以上ないほど邪《よこしま》な目つきをしていった。

「それだけは勘弁してください」

百武がようやく表情をやわらげていった。

マスターが生ビールのジョッキを二つと山盛りの唐揚げが載った皿を運んできてテーブルのうえに置いた。

茶屋は、表面でまだ油が爆ぜている唐揚げを手づかみにして口のなかに放りこんだ。

揚げたての唐揚げは、歯を噛み合わせるか合わせないかのうちに身が解け、醤油の香ばしい香りが鼻に抜けた。

それからしばらくのあいだ茶屋と百武は丸呑みしたいのを堪え、宝石でも口にふくむような神妙さで唐揚げに齧《かじ》りついては冷えた生ビールを喉に流しこむという作業を黙々とくり返した。

「それでどうする。おまえがもし石長の尻尾をつかんだとしても、二輪はそれを自分たちの出世のための取引の材料に使うのが落ちだ。結局おまえひとりが裏切り者だと白い目で見られて、いまよりもっと肩身のせまい思いをすることになるだけだぞ。どうなんだ、捜査本部に入る気はあるか」

ジョッキを空《から》にして太い息を吐きだすと、茶屋がいった。

「いまとりかかっている仕事があるので、それが片づくまで待ってもらえますか」

百武がいった。

3

店は安っぽく、汚らしかった。

置かれている酒も限られた数《かず》しかなく、つまみといえば袋入りの乾き物にかぎられ、火の通った料理など望むべくもなかった。

しかしそれは見かけだけのことで、あくどく飾り立てられた洗練さのかけらもない内装も貧弱な酒の品揃えさえも、大金をかけて周到につくりこまれた演出にすぎなかった。

その証拠に、地下の貯蔵室には世界中のあらゆる種類のあらゆる年代の酒が用意されていて、注文があればいつでも客に供することができるのだった。

客は男ばかりだった。

女装している男も何人かいたが、大半はふだん通りの恰好、勤め人であれば背広を着ていたし、自由業の人間はジャケットにジーンズ、足元は革靴ではなくスニーカーというような軽装の者が多かった。

ただし十代や二十歳《はたち》そこそこの若い男はおらず、いたとしても年長の男の連れとしてやってきて、経験不足の青白い顔をこわごわのぞかせているだけだった。

なにしろ見かけとは違って店は会員制であり、もしこの店で一夜を過ごそうと思えばたいへんな出費を覚悟しなければならないからだった。

店側の人間はバーテンダーをふくめてすべて女性で、それもとびきりの美女ばかりだった。制服姿の女たちは念入りに化粧をほどこし、機智にとんだ会話と優雅な身のこなしで客をもてなしていた。

女たちがひとり残らず美形であることも露出度の高いお仕着せを身に着けていることも、この店の倒錯した趣向のひとつだった。

どれだけ美しかろうとたとえ裸に近い恰好をしていようと、女に興味のある者など客のなかにはひとりもいないのだから。

その男はカウンターの止まり木に座り、ひとりでグラスを傾けていた。

「なにを飲んでるの？」

若い男が、となりに腰を掛けるなりいった。

「ハイランド・パーク」

男は愛想よく答えた。

自宅のジムで毎日体を痛めつけているうえに、カットモデルのように髪型を一分《いちぶ》の隙もなく決めた男は、実年齢より十歳も二十歳も若く見えた。

「それ、おいしいの」

若い男が、無邪気をよそおった口調で尋ねた。

「さあ、どうかな。シングルモルトは人によって好みが極端に分かれるからね。きみはふだんはなにを飲んでいる」

「ウィスキーなんて飲んだことがない。ご馳走してくれる？」

「良いとも」

男は答えた。

「連れの人は？」

「ふってやった。あんまりしつこいから」

若い男が答えた。

バーテンダーが若い男の前にスコッチのグラスを置いた。

「わあ、おいしい」

一口飲むなり若い男がいった。

「気に入ったかね」

「うん。ものすごく気に入った。ウィスキーって強いお酒だと思っていたけど、全然そんなことないんだね」

「口当たりが良いだけで強い酒であることに変わりはないから、気をつけて。きみの名前は？」

「龍男《たつお》。ドラゴンの龍に男性女性の男。龍は難しい漢字の龍のほう。お兄さんは？」

「お世辞は止《や》めてもらいたいな。おじさんで良い」

男は笑っていった。

「お世辞なんかじゃないよ。お兄さんは、ぼくと二つか三つくらいしか違わないでしょう？」

「きみはいくつなんだ」

「二十九歳」

「はるかに下だ。それにしても龍男とは好い名前だ。ぼくは斉藤工作《さいとうこうさく》。工作は図画工作の工作だ」

男がいった。

「図画工作って？」

「そんなことも知らないのか。それともかまととぶっているだけかね」

「かまととというのは、かまぼこを見て、これはお魚のととなのかって聞いたご令嬢がその昔いたという笑い話に由来することば。ぼくが図画工作ってことばを知らないのは、単に文部科学省が定めた履修科目が世代ごとに違うせいで、教養の問題じゃないよ」

「それは失礼した。図画工作というのは美術の別の呼び方だ。図画は絵を描くことで工作はプラモデルみたいなものを手作りすることだ」

「手作りか。おじさん、手先が器用そう」

若い男がいった。

「きみは男娼なのか」

男が、若い男に顔を向けていった。

「なによ、いきなり。冗談だとしても笑えない。どうしてそんなことをいうの」

「娼婦のような口を利くからさ。それともほかになにか魂胆《こんたん》があるのか」

「失礼だね。これを見て」

若い男が財布のなかからラミネート加工されたカードをとりだして、男の目の前にかざした。

国立大学の学生証だった。

大学名の下に若い男の名があった。若い男の名は柘植《つげ》龍男で、しかも大学生ではなく院生だった。

「優秀なんだな。実家はどこ？」

「岐阜」

「近いじゃないか。ときどき帰っているのかね」

「ううん。こっちへきてからは一度も帰っていない。何年になるかな、十年か十一年くらいだね」

「そんなに長いあいだ帰っていないのか。なぜ」

「勘当されちゃったから」

栢植龍男がいった。

「勘当だなどと、そんな古めかしい制度がいまでも残っているのかね」

「法的に正式なものかどうかはわからないけど、父親に二度と顔を見せるなって追いだされたことはたしか」

「どうして」

「親に隠し事するのがいやだったから」

「それはつまり」

「ぼくの生まれつきの性的指向を正直に話したの」

「そうしたら勘当されたというのか」

龍男がうなずいた。

「それはまたずいぶん旧弊な親父だな」

「旧弊って？」

「古めかしくて時代遅れだということさ。お父さんはなにをしている人？」

「県庁に勤めている」

龍男がいった。

「お役人か」

「そう。世間体ばかり気にしているお堅いお役人って訳」

「お気の毒としかいいようがないな。お腹は空いていないか」

斉藤が尋ねた。

「ぺこぺこ」

「なにが食べたい」

「どこかへ連れて行ってくれるの」

龍男が目を輝かせた。

「わざわざ外にでなくてもここで食べられる」

斉藤がいった。

「ここで？」

龍男が店のなかをひとまわり見まわす仕種をして、疑わしげに尋ねた。

「食べたいものはなんでも」

斉藤がいった。

「なんでも？」

「ああ、なんでも」

「じゃあ、ステーキが良い」

龍男がいった。

斉藤は指を立ててバーテンダーを呼び、ステーキとワインを頼んだ。

「焼き加減は？」

斉藤が龍男に尋ねた。

「レアでお願い」

龍男がいった。

斉藤がうなずくとバーテンダーは軽く頭を下げ、厨房に注文を通すためにカウンターの奥へ引っこんだ。

「斉藤さんはなにをしている人」

龍男が尋ねた。

「会社を経営している」

斉藤が答えた。

「なんの会社？」

「いろいろさ」

「謎めかすんだね」

「きみは兄妹《きょうだい》はいるのか」

「兄さんがひとりいる」

「兄さんはなにをしているんだ」

「家電量販店の店員さん」

「お母さんは？」

「やだ。身元調べ？」

龍男がいたずらっぽい笑みを浮かべていった。

「そんなつもりはないよ。気に障ったのなら謝る」

「全然気にしていない。聞きたいことがあったらなんでも聞いて」

カウンターの奥からバーテンダーとは別の制服を着た女がでてきて大皿とワイングラスをカウンターのうえに置いた。

大皿には、縁《へり》からはみだすほど大きなステーキが載っていた。

「おいしそう」

龍男が歓声を上げると、斉藤の顔の前にワインのボトルが差しだされた。

止まり木に座った斉藤のすぐ横にいつのまにか立ってボトルを両手で捧げもっているのは、バーテンダーともステーキを運んできた女ともまた別の、糊のきいた白いワイシャツにネクタイを締め、ジレを身に着けた女だった。

斉藤がボトルのラベルに印刷された文字を読んでうなずくと、女は手慣れた手つきでコルクを抜き、斉藤の前に置いたグラスにほんの少しだけ注いだ。

斉藤は注がれたワインを形ばかりふくんで口のなかで転がし、女に向かってふたたびうなずいた。

女は心得顔《こころえがお》に会釈を返してあらためて斉藤と龍男のグラスに注ぐと、音を立てずにボトルを静かにカウンターに立て、今度は恭《うやうや》しく頭を下げてから店の奥へと消えた。

「なんだか魔法みたい」

女たちと斉藤の無言のやりとりを目を丸くして見つめていた龍男がいった。

「店に入ってきたとき、あんまり趣味が悪いからそのままま回れ右をして帰ろうかと思った。こんなに大きくて分厚いステーキが食べられて、おまけにワインまでどこからかでてくるなんて驚き」

「大人の世界には秘密がいろいろとあるのさ」

ワイングラスを口元にもっていきながら斉藤がいった。

「きみはどんな大人になるつもりなんだ。官僚でも目指しているのか」

「官僚なんてとんでもない。とにかく大学に残りたいだけ」

「大学教授の肩書きが欲しいのかね」

「教授なんて夢のまた夢だよ。給料がたった三万円しかでない非常勤講師の口にありつけるかどうかすら怪しいんだから」

龍男がいった。

「きみはどこに住んでいるんだ」

「櫟《くぬぎ》町のぼろアパート。でも実家から仕送りが途絶えてからはそこの家賃も払えなくなって内緒で研究室に寝泊まりしていたんだけど、先月になって大学側にばれちゃった」

「それでどうなった」

「即刻退去するようにいわれた」

「追いだされたのか」

斉藤が尋ねると、龍男がうなずいた。

「それでいまはどうしているんだね」

「友達の家を転々としている」

「就職の当ては？　大学以外の就職先を考えたことはないのかね」

「変に聞こえるかも知れないけど、ぼくは社会にでてお金を稼ぐより学問を深めたいんだ。それに会社勤めなんて、どう考えてもぼくにはできそうもないし」

「ちっとも変ではないさ。それで見こみはありそうなのか。つまり当面の生活ということだが、なんとかなりそうなのかね」

斉藤がいった。

「大学に籍だけは残したいと思って、新聞配達までして頑張ってきたんだけど。なんだか無理みたい。はっきりいって絶望的」

龍男がそういってため息をついた。

芝居ではなく、本心からでたため息のようだった。

「塒《ねぐら》がないならぼくの家に来ないか」

龍男が、ステーキを切り分けるナイフの手を止めて斉藤の顔を見た。

「本当？」

「きみひとり泊めるくらいの部屋ならある」

斉藤がいった。

「きみさえよければ、いつまでいてもらってもかまわない。もちろん食事の面倒もみさせてもらうし、金の心配などする必要もない。きみはじっくり腰を落ち着けて、勉強だけに励めば良いんだ。どうだね」

斉藤と名乗った男が、ワイングラスを片手でもてあそびながらいった。

4

茶屋を残して店をでた百武が向かったのは、車でわずか五分ほどの距離の旧国鉄の資材置き場だった。

重機を使って鉄クズなどの廃材を積み降ろしする作業は昼間のうちに終わっており、トラックの通行は一台もなく人の気配もなかった。

百武は車を降りて一基の街灯もない歩道を歩き、小さな明かりが点《つ》いた倉庫のひとつまで進んだ。

出入口の前で立っていると倉庫の裏の暗がりからひとつの影が現れ、こちらに向かってゆっくりと歩み寄ってきた。

ジャンパーを羽織った小柄な男だった。

「妹尾《せのお》さん、やっぱり来てくれましたね」

百武が男に向かっていった。

「おまえから呼びだしを食らったら、応じない訳にはいかんだろう」

妹尾と呼ばれた男がいった。男は明らかに百武より年齢《とし》上の人間だった。

「ご家族はどうされています。お変わりありませんか」

「おまえと家族の話などをするつもりはない。さっさと用件をいえ。女房には学校から緊急の呼びだしがあったといって家をでてきたんだ。早く帰りたい」

男がいった。

妹尾は三十年以上前、百武が警察学校をでたてで交番に勤務していたときの先輩で、百武の指導係だった。

ところが指導係のはずの妹尾には盗癖があり、拾得物の金銭の額を少なめに記録して大半を懐に入れたり、巡回先のコンビニで菓子やらパンやらを万引きしたりする不良行為が日常茶飯事だった。

もしその事実を百武が上層部に報告すれば妹尾が即座に懲戒免職になり、百武の勤務成績にもプラス評価が与えられることが確実だったが、百武は報告を上げなかったばかりでなく、被害を訴えでてきた人間を説き伏せて事実そのものを握りつぶしたことさえあった。

そのときの負い目が妹尾にはいまでもあるはずだった。

「その学校の話です」

百武はいった。

「学校？　一体なんのことだ」

「退職間近に懲戒免職になりかけた先輩が無事に任期をまっとうして退職金を満額受けとったばかりでなく、警察学校に再就職できたのはなぜなんです。どうしてそんなことができたんですか」

妹尾は交番勤務のあと鞍掛署の交通課に配属になったが、いくつになっても盗み癖は治らなかったらしく、児童公園のベンチに置かれたバッグのなかから財布を抜きとろうとしていたところを通行人に目撃されて訴えられたのだった。

ところが妹尾はなんの処分も受けず、懲戒免職も免れていた。鞍掛署の署長である石長が楯《たて》になって、県警本部の譴責《けんせき》から妹尾を守ったとしか考えられなかった。

「おれが警察学校の職を得たことが、おまえとなんの関係があるというんだ」

「関係があるなどとはいっていません」

百武はいった。

「暴力団とつきあっていたおまえだって首は切られず左遷されただけで済んだじゃないか。なにもおれだけが特別という訳でもないだろう」

「事情が違います。わたしは監察の内部調査でしたが、先輩の場合は違法行為が組織外の一般人に告発されて公《おおやけ》になっているんです。にもかかわらず、まったくなんの処分も下されなかった」

「警察学校といったって、なにも校長になった訳じゃない。総務課のそれも営繕係だぞ。タオルを首に巻いて毎日雑巾がけをしたり、故障したエアコンを修理したりしているんだ。ビルの掃除夫と変わらん」

「そういう言葉遣いは、差別的だと受け取られかねませんよ。職業に貴賤はないというじゃありませんか」

「ふざけるな。おまえの冗談につきあっている暇はないんだ。さっさと用件をいえといっているだろう」

妹尾がいった。

「真面目に勤め上げた警察官の大半に再就職の道が閉ざされている現状なんです。先輩のような経歴をもつ人間が、給料を毎月もらえているというだけでも夢のような話だとは思いませんか」

百武はいった。

「こんな時間にこんなところに呼びだしたのは、おれを詰《なじ》るためか」

「先輩を責めるつもりなど毛頭ありません」

「それなら、なんだというんだ。おまえ、おれを妬《ねた》んでいるんじゃないだろうな」

「いったでしょう。わたしの処遇と先輩とはなんの関係もありませんし、先輩をどうこうしようなんて思ってもいません。お呼びだてしたのは、お尋ねしたいことがあるからなんです」

「なんだそれは」

「三年前の交通事故のことです」

「三年前？」

「三年前に死亡者がでる衝突事故があった。交通課の係長だった先輩が扱った事案だったはずです」

「一年間に一体何百件の事故が起きると思っているんだ。いちいちおれが覚えている訳がないだろう」

妹尾がいった。

「とぼけないでください。死亡者がでたにもかかわらず、先輩が隠蔽した事故のことです」

妹尾の表情が一変し、百武を見つめる目つきが一段と険《けわ》しくなった。

「先輩が免職を免れたばかりでなく、警察学校に再就職できたのはその隠蔽工作に対する見返りだった。そうなのではありませんか」

「おまえ、酒でも飲んでいるのか」

「ええ、飲んでいます。ビールをたらふくね。でも酔ってはいませんよ」

百武がいった。

「それなら自分でなにをいっているのかくらいはわかっているはずだ。おまえはいまとんでもないことを口にしているんだぞ」

「ええ、わかっています」

「そんな大ボラを吹くからには、当然なにか根拠があってのことなんだろうな」

「根拠ならあります」

「ほう、一体どんな根拠なんだ。聞かせてくれ」

「それはいえません」

妹尾の口元に冷笑が浮かんだ。

妹尾は百武の全身を、初めて会った人間のように頭から爪先まで舐めるように見まわした。

「さてはおまえ、花形《はながた》の捜査一課から所轄署に飛ばされたことを逆恨みして、このおれを巻き添えにして自爆するつもりだな」

「いいえ」

百武はかぶりをふった。

「もう一度いいます。わたしは先輩をなんとかしようなどとは思っていませんし、ましてや自爆など考えたこともありません。わたしも先輩と同じように、毎月給料をもらっているだけでありがたいと思っている人間のひとりですから」

「それならどうしておれにそんなことを訊くんだ」

「三年前に先輩と署長の石長とのあいだでどんなやりとりがあったのか、それが知りたいのです」

「だから、それを知ってどうするつもりかと訊いているんだ」

「どうするつもりもありません。事実を知りたいだけです」

「馬鹿にするのも好い加減にしろ」

妹尾が吐き捨てるようにいった。

「そんな戯言《たわごと》を信じるとでも思っているのか。おれをあんまり甘く見ているとしっぺ返しを食らうことになるぞ」

「嘘じゃありません。わたしは本当に事実が知りたいだけなんです」

百武はいった。

「話はそれだけか。それならおれは家に帰る」

妹尾が百武に背を向けようとした。

「待ってください」

百武がいった。

妹尾が動きを止めてふり返った。

「わかりました。本当のことをいいます。だからわたしの話を聞いてください」

妹尾が体の向きを変えて、百武と正対し直した。

「署長の石長です」

妹尾は口を結んだまま、百武に先をうながした。

「石長が本来なら県警本部の定席である天下り先を最近になってつぎつぎと切り崩していることは先輩もご存じでしょう。所轄の署長がもっている権力などたかが知れています。それなのに、石長は所轄の署長ひとりの力ではとてもできるはずのないことをやってのけている。どうしてそんなことが可能なのか、上層部はその秘密を探りだそうと躍起になっているんです」

「それとおまえとどういう関係がある。おまえはもう本部の刑事でもなんでもない。とっくの昔に切り捨てられた人間じゃないか」

妹尾がいった。

「監察に紐をつけられてしまったんです」

百武がいった。

妹尾は口をつぐんだまま、百武の息づかいでも聞きとろうとするかのように顔を近づけた。

「それはどういう意味だ」

「向こうから提案があったということです」

百武が答えた。

「監察から、か」

「そうです」

「興味深い話だったのか」

妹尾がいった。

自分は案じるべきなのか、という意味であることは明らかだった。

「一考に値する提案であったことはたしかです」

百武はいった。

「それはおれとおまえで話し合ったほうが良さそうなことか」

「いいえ、これはわたしひとりの問題です。先輩とはなんの関係もありません」

「それではわからん。もっとはっきりいうとどういうことなんだ」

「わたしが欲しいのは石長の首です」

百武はいった。

「監察に石長の首を差しだせば、おまえは本部に戻れるという訳か」

長い間《ま》のあとで、妹尾が百武の顔を見つめたままいった。

百武はうなずいた。

「悪いが、おまえの力にはなれそうもないな。やはりおれは帰らせてもらう」

妹尾は両手をジャンパーのポケットに突っこむなり、ものもいわず身を翻《ひるがえ》した。

「先輩」

百武は、歩きだした妹尾の背中に向かっていった。

しかし妹尾は足を止めようとしなかった。

「妹尾さん」

百武はもう一度呼びかけた。

「おれに二度と連絡してくるな。今度電話があったら、おまえが監察の狗《いぬ》に成り下がったことを皆に話す。誰彼《だれかれ》かまわずだ」

すでに倉庫の陰に体の半分が隠れた妹尾が、足を止めないままいった。

遠ざかっていく背中をなす術《すべ》もなく見守っているうちに、妹尾の姿が完全に見えなくなった。

百武はそれでも身じろぎもせず立ちつくしていた。

「『愛宕セキュリティー・コンサルタント』という会社を調べてみろ。おれが知っているのはそれだけだ」

暗闇のなかから声だけが聞こえてきた。

# 5

縣《あがた》は市の北のはずれの県道を車で走っていた。

初音《はつね》署の署長と県警本部の刑事部長の、「ぜひ市内をご案内させてください」という接待の誘いを断ってレンタカーを借りたのだった。

行き先も決めず気ままに車を走らせて、眠くなったら車のなかで一夜を過ごすつもりだった。

県道はベニヤ板が打ちつけられた倉庫と窓ガラスが割れた工場のならぶ、とうの昔に打ち捨てられた廃墟のなかに消えていた。

その先の小高い丘の裾に舗装もされていない小道があり、道端には生い茂った雑草のなかに廃棄されたテレビや冷蔵庫などの家電製品が堆《うずたか》く積み上げられて車を進めるのもままならない有様だったが、縣はかまわずアクセルを踏みこんでゆっくりと斜面をのぼった。

前日の雨のせいであちこちに大きな水溜まりができていたが、縣は水溜まりを避けようとせず、盛大に水しぶきをあげながら直進した。

灌木の茂みを抜けると丘のてっぺんにでた。そこには建物はなにもなく、空き地が広がっているだけだった。

縣はエンジンを切って外にでた。

夜気が心地よかった。

夜空には雲ひとつなく、靄もかかっていなかった。

縣は車の屋根のうえに上り、仰向けに寝転がった。

満天の星だった。

大都市とはいえさすがに東京とは違い、無数の星がはっきりと鮮明に見え、職人の手で精緻にカットされたダイヤモンドのようにきらめいていた。

なにも考えずに星を見上げているうちにまだ子供だったころのことを思いだした。

アラスカでも、草原に横になって星空を見上げたことが何度もあった。

子供のころの縣には、星々がダイヤモンドのような宝石ではなく、ぴんと張った真っ黒い天幕に細い針でひとつひとつ丹念にうがたれた小さな穴に見えたものだった。

天幕の向こうには昼も夜もなく永遠に光り輝いている世界が広がっていて、その光が小さな穴を通して地上に洩れいでてくるのだった。

縣は長いあいだ横たわったまま動こうとしなかった。

人の気配もなく物音ひとつしない暗闇のなかで星を見つめていると、体がふわりと浮いてそのまま天上に吸い上げられてしまうような気がした。

柄《がら》にもないことを考えている。

縣は苦笑して目を閉じた。

神秘めかした空想は縣がなによりも嫌うことだった。

縣は幼いころから謎を解くことが大好きだった。しかし、新聞や雑誌に載っているクイズやパズルでは簡単すぎた。十代のはじめに数学にのめりこんで、大学もそちらに進もうと考えたこともあったが、そうしなかったのはたぶん没入すればするほど、数学という学問があまりにも浮き世離れしていて、数学の世界でいわれる「真理」を真理として実感できなくなってしまったせいだった。

この世界で真実とは、それがどんな種類の「真実」であっても単なる事実以上のものではなく、事実の奥には神秘も深遠な哲学もなにもないというのが縣の考えであり、それは父母がアラスカで行方知れずになり二度と帰ることがなかった日から長い時間をかけて培ってきた信念だった。

地上のことは地上で終わる。

人間の世界の謎は人間の世界のなかだけで解決すべきものであり、数学の「真理」や宗教の「真実」が割りこんでくる余地などどこにもないはずだった。

縣は抽象的な世界ではなく現実世界の謎を解くためだけに頭脳を使おうと思った。警察官になったのもそのためだった。

車の屋根から降りようとしたとき、携帯の着信音が鳴った。

画面を見ると東京の桜端道《さくらばなとおる》からだった。

「宇宙のなかに秘密の方程式が潜んでいて、いつか人間が発見するのをじっと待っているんだと思う?」

縣は、電話をかけてきた相手の用件も聞かないうちに尋ねた。

「いきなりなに?」

道の面食らった声が伝わってきた。

「1、2、3という数《すう》とか数式とかは、宇宙がはじまる前からそこに存在していたのかっていうこと」

「それはない。数の世界は現実の宇宙とは関係なんかなくて、単なる人間の頭のなかの問題に過ぎないから」

道がいった。

「どうしてそう言い切れるの」

「だって、もし数学が神様みたいな存在から与えられたものだとしたら、方程式がこんなにたくさんある訳がないじゃないか。ひとつあれば足りるはずで、それだけで一瞬にして宇宙の隅から隅まで理解することができる。でも実際は、人間が宇宙の構造のほんの一部を解明するだけでも何百年もかかった訳だからね」

「それって詭弁のような気がするけど、まあ良いわ。それで、なにかわかったの」

「三人の被害者が利用していたネット通販の会社のことだけど、氷室賢一郎が統括しているたくさんの会社のうちのひとつだということがわかった」

会話の途中で唐突に話題を切り替える癖が縣にはあることを知っている道は、まごつくこともなく答えた。

「三人が三人とも氷室賢一郎氏の会社のネット通販を使って家具を購入していたのね」

「そういうこと」

「氷室賢一郎氏が三人の身分を偽造して、愛宕市から姿を隠すことに手を貸した可能性が高くなった」

「そうなるね」

道がいった。

「それで三人の素性はわかったの」

「それはまだ」

「小学校の卒業アルバムはとり寄せたんでしょう」

「うん。送ってもらってたしかめた。近藤庄三も山本花子も桜井守も、卒業したという小学校のアルバムには名前も写真もなかった。出身校も本籍地もでたらめだったよ」

「そこまでわかったのに、三人が本当は誰なのかがわからないの?」

「三人とも愛宕市に住んでいたらしいということはわかったんだ。あとはいくらでも探しようがあるから、心配しないでも大丈夫」

「三人がどこの誰でなにをしていたのかを突きとめなければ、なにもはじまらないんだからね。それがわからなければ、三人がなぜ身元を隠して愛宕市から姿をくらまさなければならなかったのか、誰がどんな目的で三人を拷問したうえで殺したのかを探りようがない」

縣はいった。

「氷室賢一郎も拷問されていたんだって？」

道が尋ねた。

「ええ」

縣が答えた。

「氷室賢一郎を拷問したのはどうしてかな。氷室賢一郎が殺されたと聞いて、てっきり犯人は氷室賢一郎の名前を聞きだすために近藤庄三、山本花子、桜井守の三人を拷問したんだなと思ったんだけど。見当違いだったのかな」

「犯人が三人を拷問した理由は氷室賢一郎氏の名前を聞きだすことだったのはたしかだと思う。その結果、犯人はこの愛宕市にたどりついたんだから」

「でも単に殺すだけじゃなくて拷問したってことは、氷室賢一郎からもなにかを聞きだそうとしたってことだろう？　つまり犯人の狙いは氷室賢一郎を殺すことじゃなかったってことになる。氷室賢一郎という人物を殺すことが狙いじゃなかったとしたら、四人の人間を殺した動機って一体なんなんだろう」

「いまのところ見当もつかないけど、とにかく氷室賢一郎氏を殺すこととは別の目的があることはたしか。それがなにかを知るためには、どうしても三人の素性を知る必要があるの」

縣はいった。

# 6

愛宕市の西と東の端には海に向かって突きだした細長い角《つの》のような形をしたふたつの岬があり、西側の岬は毬矢《まりや》岬、東側の岬は大神《おおみわ》岬といった。

海に伸びたふたつの岬が両腕で抱いているのが相阿弥《そうあみ》湾で、西の岬の根元近くに愛宕港が、東の岬に高月《たかつき》港がある。

ふたつの港を擁する地区はともに愛宕市の郊外域であり、相阿弥湾をはさんで対岸同士の距離は十五キロほどだった。

百武は市の中心部を離れて南下したあと、海沿いの県道を西に向かって車を走らせていた。かつては高月港と愛宕港を結ぶ大型トラックの車列の絶えない繁忙をきわめた搬送路だったが、いまは法定速度を守って走る対向車にときおり遭遇するだけだった。

愛宕川にでた百武はハンドルを切って右に折れ最初の角を曲がったところでライトを消し、運送会社のわきにある広い草地のなかに入った。

運転席から周囲を見まわして目指すものを見つけるとライトを消したままUターンして、何百メートルにもわたって積み上げられている運送用のコンテナの列のいちばん端まで戻りはじめた。

そこには警備員のためのプレハブ小屋が建っていて、窓から明かりが洩れていた。

百武はフェンスの前で車を停めた。

潮《しお》の匂いがした。

車から降りて小屋の前まで歩くと、ノックをする前に戸口がなかから開いた。

ドアを開けたのは二輪の部下の相原だった。

「遅いぞ。約束の時間は五分も前だ」

小屋のなかの粗末なテーブルに腰をかけた二輪がいった。

二輪は、二枚目気どりの鼻持ちならない小男《こおとこ》だった。

「人と会う用事があった」

百武がいった。

「おれたちを待たせなければならないほど重要な人間か」

「たった五分くらいのことで難癖をつけるな。それより鞍掛署の連中が本部にも報告せずに捜しまわっている人間が誰なのかわかったのか」

百武はいった。

「冗談をいうな。それこそあんたが調べて、このおれに知らせなけりゃならんことじゃないか」

「わからず仕舞いということか。あれをしろこれをしろとうるさく指図するだけで、自分たちではなにもしようとはせず安全な巣のなかで誰かが餌を運んでくるのを待っているだけか」

百武はいった。

「指図しているつもりなどない。おれたちはあんたの手助けをしようとしているだけだ。あんたが本部に戻れるようにな。しかしそれには上の人間を説得するだけの材料がいる」

二輪がいった。

「どうぞ、座ってください」

相原が小屋の隅にあった椅子を百武のほうに押しだしながらいった。

百武は相原の方に顔を向けようともしなかった。テーブルに腰をかけてこちらを見ている二輪の爪先の前に顔をもっていくつもりなどなかった。

「それでなにかわかったのか」

二輪がいった。

「おまえたちが石長の身辺を探りはじめたのはいつからだ」

百武がいった。

「なんだって」

「監察が鞍掛署に目をつけたきっかけはなんだったのかと訊いているんだ」

「どうしてそんなことを訊く」

「良いから答えろ」

「たしか、丸山《まるやま》という退職警官が大手の興業会社の相談役におさまることが決まったと知ったのがことのはじまりだったはずだ」

二輪がいった。

「大手の興業会社というのは？」

「市内にスロットとパチンコの店を何店舗ももっている会社だ」

「それがなにか問題だったのか」

「丸山は鞍掛署の刑事課にいた当時、消費者金融から金を借りていて三度も聴取を受けていた。借金は親戚が肩代わりするということでなんとか不問に付されはしたが、監察の記録には残った」

「それだけのことか」

「ほかにも協力者に渡すという名目で少なからぬ額の金を署から引っ張っていたという噂が現役のときから絶えない男だった。退職後にすんなりと再就職できるようなきれいな経歴とはほど遠かった」

「その興業会社の相談役のポストは、本部の退職者の定席だったのか」

百武が尋ねた。

「本部の課長クラスと中央署の部長クラスの退職者で順番に分け合っていた」

「交互に、ということか」

「そうだ」

「そこに丸山が割りこんだのか。丸山の退職時の役職は」

「鞍掛署の刑事課の課長だ」

「たしかに異例だな」

百武がいった。

「異例というより異常事態だな」

二輪が無用の注釈を差しはさんだ。

「その興業会社には直接出向いて、丸山を相談役に迎え入れた経緯を聞いたのか」

「警務の誰かが行ったと思うが、そこでどんなやりとりがあったのかくわしいことまでは聞いていない。その会社に勤めはじめる前に丸山が癌で入院して、そのままあの世に行ってしまったんだ。それで問題はそれ以上大きくならなかった」

二輪がいった。

「何年前のことだ」

「三年前だ」

「やはりな」

百武がいった。

「やはりとはどういうことだ」

百武のことばを聞きとがめた二輪が、眉根を寄せた。

「同じ年に鞍掛署の管轄で交通事故があった」

「一体なんの話だ」

「まあ、黙って聞け。笠縫《かさぬい》町の県道で起きた車同士の衝突事故で、死亡者がひとりでた」

「覚えがないな。相原、おまえは」

二輪が、戸口に立っている相原に尋ねた。

「三年前のいつ頃の話でしょう」

百武がいった。

「三年前の十月一日だ」

「十月一日……。いえ、自分も記憶にありません」

しばらく考えてから、相原がいった。

「そのはずだ。事故は鞍掛署が隠蔽した」

百武がいった。

「どういうことだ」

「衝突事故そのものをなかったことにしたんだ。翌日の新聞の記事でも、死亡した人間が運転していた車が起こした単なる自損事故として扱われた」

「そんな馬鹿な」

「記録を調べてみろ」

「ここで調べられるか」

二輪が相原に向かっていった。

「できます」

相原が上着の内ポケットから携帯をとりだし、指先で画面を操作した。

「ありました。自家用車の単独事故。現場は鞍掛町交差点付近。運転者死亡。氏名森下孝、年齢二十歳。飲食店手伝い。事故原因はスピードのだし過ぎによってハンドル操作を誤ったため、とあります」

「それはどこの記録だ」

「交通課の報告書です」

「鞍掛署の交通課か」

「はい」

相原が答えた。

「なにが隠蔽だ。ちゃんと記録に残っているじゃないか」

二輪が百武に向き直っていった。

「衝突事故だといったろう。森下孝はハンドル操作を誤ったのではなく、信号を無視して横合いからいきなり飛びだしてきた車に衝突されて死んだんだ」

百武がいった。

「よくわからんな。二十歳の男が運転していた車が起こした自損事故だという公式な記録があるのに、実際はそうではなかったというのか」

「そうだ」

「実際は衝突事故だった、と」

「そうだ」

「どうしたらそういうことになるんだ。新聞にも単独の事故だという記事が載ったのだろう？」

「鞍掛署がそういう発表をしたからだ」

百武がいった。

二輪が片方の眉を吊り上げた。

そんな荒唐無稽な話を誰が信じるのだ、とでもいいたげな表情だった。

「衝突してきたという車の運転手は？　衝突事故だったというなら、相手の車があるはずだろう。そっちの車を運転していた人間はどうなったんだ」

「鞍掛署が逃がした」

百武がいった。

二輪が堪え切れなくなったように、大声を上げて笑いだした。

百武は、二輪の笑いの発作が終わるのを黙って待った。

「あんた、おれたちのことを少々誤解しているようだな。こんな夜中にそんな根も葉もないでたらめなホラ話を聞かされて面白がるほど暇をもてあましているとでも思っているのか」

ひとしきり笑ってから二輪がいった。

「目撃者がいる」

百武がいった。

「なんの目撃者だ」

「衝突事故を目撃した人間がいたんだ。その目撃者の証言から車も特定されて、運転していた人間の名前もわかっている」

百武がいった。

二輪が、にわかに真顔に戻って百武の顔を見た。

「衝突事故が本当にあったと言い張るんだな」

二輪がいった。

「そうだ」

「衝突事故があってしかも死亡者まででたのにもかかわらず、鞍掛署が単独事故だと偽って発表した、と」

「そうだ」

「それだけでなく、事故を起こした当の本人を無罪放免にした」

「取り調べもせず逮捕もせずに、な」

百武がいった。

「相原、おまえどう思う。こんな話を信じられるか」

百武に視線を向けたまま、二輪が相原に尋ねた。

「申し訳ありませんが、自分には信じられません」

相原が答えた。

「そうだろうな。おれも同感だ」

二輪がいった。

「百武さんよ。あんたも長く警察で仕事をしてきたのなら、捜査の場数《ばかず》をそれなりに踏んできただけでなく、組織の裏も表もいやというほど見てきたはずだ。たしかに横領だの、取り調べをした女性被疑者に好意を抱いてつきまとっただのという違反行為は日常茶飯事で枚挙に暇《いとま》がない。警察官だって人間だからな。しかし、書類を書き忘れたり、あるいは一行か二行を故意に書き替えたりすることだってあるだろう。しかし、事件を丸ごとなかったことにするなんてのは別の次元の話だ。そんなことは逆立ちしたってできないことくらいは、あんたにだってわからないはずはないだろう。だいいち目撃者はどうする。事故で死んだ人間の家族だって黙っていないはずだ」

「父親が抗議のために何度も鞍掛署に押しかけている。事故を目撃したという人間を連れてな。だが、そのたびに門前払いを食わされたそうだ」

百武がいった。

「門前払いだなどと、そんなことが所轄のそれも交通課の一存でできる訳がない」

二輪がいった。

「その通りだ。交通課の一存ではそんなことはできない」

百武が二輪のことばをくり返した。

二輪がテーブルから降り、百武の正面に立った。

二輪の顔は百武の胸の辺りまでしかなかった。

「署ぐるみで事故を隠蔽したといいたいのか」

「署全体とはいわないまでも、少なくとも署長の石長の承認はあったはずだ」

百武がいった。

二輪が戸口の相原に視線を向けた。

相原の表情を見ることはできなかったが、二輪と相原は長いあいだたがいの顔を見合っていた。

「証拠はあるのか」

百武に顔を戻すと、二輪がいった。

「目撃証人がいるといっただろう」

百武はいった。

「誰だ」

「名前はわからない」

「どういうことだ」

「事故のことを調べた男が教えてくれなかった」

「事故のことを調べた男、だと」

二輪の表情が一変した。

「あんた、人から聞いた話を自分の手柄みたいな顔をしていままで得々《とくとく》としゃべっていたのか。さんざん時間をとらせておいて、挙げ句は又聞きだったというのか」

「又聞きだろうとなんだろうと、ちゃんと裏づけはとれている」

「ふざけるな」

二輪が吐き捨てるようにいった。

「証人の名前もわからないで、なにが裏づけはとれている、だ。そんな好い加減な話を誰が信用するというんだ」

「信用しろとはいっていない」

百武がいった。

「なんだと」

「おれは自分が見聞きしたことをそのまま話しているだけだ。それをどう利用するかはあんたたち次第で、おれとは関係がない。石長の首を欲しがっているのはあんたたちであっておれではないからな」

百武がいった。

興奮すると紅潮するのではなく血の気が引く体質《たち》であるらしく、二輪の顔がみるみる青ざめた。

「あんた、自分の立場がわかっていないようだな」

「立場は十分わかっているさ。おまえさんたちは、石長が本来本部の退職者が座るべき椅子に鞍掛署の退職者を無理筋《むりすじ》で押しこんでいることを面白く思っていないし、組織に対する反逆も同然の越権行為だと考えている。なにより腹立たしいのは、たかが所轄の署長でしかない石長のどこにそんな力があるのかがわからないことだ。だからおれがヒントを与えてやった」

百武がいった。

「三年前の交通事故が関係しているというのか」

二輪がいった。

「考えてもみろ。あんたのいう通り、衝突事故を単独事故だったことにするなんて簡単にできることじゃないし、仮にできたとしてもリスクが大きすぎる。実行するには、リスクを冒すだけの相応の理由があったはずだ。金《かね》の問題などではあり得ないなにか特別な理由がな」

百武がいった。

やり場のない怒りに顔をゆがめて、二輪は百武の顔を見上げた。

「事故を調べたという男というのは誰のことだ」

「吉野だ」

「吉野？　誰だ、そいつは」

「実録記事を得意にしているフリーの記者です」

戸口に立って黙ってふたりの会話に耳を傾けていた相原がいった。

「おまえが暴力団員とつるんでいたことを雑誌にすっぱ抜いた男か」

二輪が百武にいった。

「そうだ」

「あんたが島流しにされる原因をつくった男じゃないか。そんな男とつきあっているのか」

「いろいろあってな」

「フリーのジャーナリストなどといえば聞こえは良いが、あることないこと手当たり次第に書きちらして小銭にありついているだけのごろつきだ。やくざ者同然のそんな男のいうことを誰が真《ま》に受けるものか」

「同感だな」

百武が表情ひとつ変えずにいった。

「衝突した車を運転していた男の名前はわかっているといったな。それは誰だ。それも聞いていないなんていうんじゃないだろうな」

「いや、聞いている」

「誰だ」

「それはまだいえない」

「なぜだ」

「それこそ又聞きで、おれ自身まだ確信がある訳ではないからだ。おれなりに調べてみて、確実だとわかったらあんたに話す」

百武がいった。

「なんのつもりだ。いまさら刑事の真似事か」

「性分《しょうぶん》でな」

「間違いないだろうな」

「ああ、間違いない」

「年寄りの冷や水もけっこうだがな、ぐずぐずしている時間はないぞ」

二輪が百武をにらみつけながらいった。

「あんたは、どつぼにもう首まで浸かっているんだ。急がないと溺れ死ぬことになるぞ」

7

通された部屋にはなんでもそろっていた。

どっしりとしたデスクに、座り心地がよさそうな肘掛け椅子、壁には黒檀《こくたん》の書棚が据えつけられていた。

「こちらが寝室だ」

斉藤が隣りの部屋のドアを開けると、埃避《ほこりよ》けに真っ白なシーツが掛けられたダブルベッドが見えた。

用箪笥《ようだんす》のうえには古風な置き時計が置かれ、寝台の脇のサイドテーブルには丸い陶器の笠のランプが載っていた。

「本当にここを使っても良いんですか？」

上気した柘植龍男が斉藤にいった。店のなかとはがらりと口調が変わっていた。

「もちろんだ」

斉藤がいった。

龍男の顔が火照っているのは酒のせいばかりではなかった。店の駐車場に駐めてあった斉藤のスポーツカーを見て息を飲み、キーパッドを操作する直通エレベーターに乗っては悲鳴のような歓声を上げ、最上階の広いリビングルームを目の当たりにしたときにはいまにも卒倒せんばかりになった。

「夢を見ているみたいです。どうにかなりそうだ」

龍男が瞳を潤《うる》ませていった。

「水を飲むかね」

斉藤が尋ねた。

龍男がうなずき、ふたりはリビングルームのバーに引き返した。

斉藤は龍男を椅子に座らせるとカウンターのなかに入って、冷蔵庫からミネラルウォーターの小瓶をとりだした。

龍男はカウンター越しに差しだされたグラスを両手でもって一気に飲み干した。

「少しは落ち着いたかね」

斉藤がにこやかな笑みを浮かべていった。

「あんまり豪華なんで驚いたんです。ご家族はどこにいらっしゃるんですか」

「家族はいない」

斉藤がいった。

「こんな広いところにひとりで住んでいるんですか」

好奇心を隠そうともせずに龍男が尋ねた。

「残念ながらね」

「独身ってことですか」

「そうだ」

「奥さんと離婚したとか」

「いいや。結婚をしたことはない」

「一度も、ですか」

龍男のたたみかけるような質問に、斉藤は鷹揚《おうよう》にうなずいてみせた。

「想像ができない」

龍男がいった。

「なにが想像できないんだね」

「こんなところに、たったひとりで暮らしていることがです」

「おかしなことをいう。想像するもなにも、きみはいままさにここにこうしているじゃないか」

斉藤がいった。

龍男は座ったまま椅子を回転させて後ろを向き、頭《こうべ》をめぐらせてリビングルームを見渡した。

「こんなところに住めたら、毎日が楽しいでしょうね」

龍男は全面ガラスの壁の脇に置かれた大理石の彫像に目を奪われながらいった。斉藤のことばなど耳に入っていないようだった。

「どんなところに住んでいるかなんて、人生の楽しさとは関係がない。なにかを快感と感じるか不快と感じるかは、頭のなかの問題だからね」

斉藤は、若い男の素朴な質問に苦笑しながら答えた。

「そうかな。そうともいえないのじゃないでしょうか」

龍男がいった。

「ほら、昔からいうでしょう。衣食足りて礼節を知るとか、貧すれば鈍するとか。だって、貧乏な暮らしをしていると、頭の働きまで鈍くなってしまうような気がします」

「それが身をもってきみが学んだことか」

斉藤が口元に笑みを浮かべたままいった。

「人間本来の能力を物質的な条件で縛ることはできない。たとえ監獄に閉じこめられたとしても、人間には空想するという自由が残されているのだからね」

「そんなことばは満ち足りた生活を送れているからこそいえるんだと思う、っていったら怒りますか？　だってあなたなら、空想なんかしなくても食べたいと思うものがあればなんでも食べられるし、行きたいところがあればどこにでも行けるでしょう？」

龍男がいった。

「実際に経験するより、頭のなかであれこれ考えているときの方がずっと楽しいということだってある。風光明媚な土地に実際足を運んでみれば、観光客であふれんばかりで人いきれに嫌気がさしてしまうし、何百億円もする名画だって美術館で実物を鑑賞するより、印刷物やカメラで撮影した動画の方が、細部をより鮮明にしかもより生々しく見ることができる。食べ物だって想像のなかで食べる方が味の陰影が格段に濃いものだ。きみは法学を学ぶ人間じゃないか。たとえば裁判官になったときのことを考えてみ給え。被害者の事情はもちろんだが、加害者の生活環境や精神状態も細《こま》やかに斟酌《しんしゃく》しなければ正しい判決は下せないはずだ」

「とんでもない。それこそ法律を司る者が厳に戒めなければならないことですよ」

龍男がいった。

「どういうことかね」

「法律と想像力は水と油だということです。ぼくがまだ学部の一年生のとき、刑法の授業で刑事事件の想定問題を解かされたことがあります。持参の六法全書を参照しても良い試験だったのですけれど、ぼくはそれを一切見ないで解答を書きました。ぼくは知能指数が百九十ですし、大学に入るための試験勉強などしたこともありません。だからろくに法律を知らなくても、簡単に答えられると思ったんです。試験は思った通り簡単で、自信満々で答案用紙を提出しました。ところが採点は零点でした。結果に納得がいかず、教授にどうして零点なのですかと聞くと、きみの解答は刑法や刑事訴訟法に定められた条文にまったく従っていないからだといわれました。条文がそのままあてはまらないような複雑な事件をわざわざ仮構した想定問題なのだから、条文に明記されていない部分を自分の考えで補ったのだと説明すると、条文にない場合は過去にあった判例を当てはめなければならない。誰もきみの個人的な見解など聞こうとは思っていないのだ、といわれました」

「それできみは納得したのかね」

「はい。それで法律を真剣に勉強する気になりました」

「それでは自由などどこにもないじゃないか。なにもかもが決められているものなら、なにも学校で学ぶ必要などないのではないかね」

「いいえ、正反対です。すべてにわたって自由が許されているものなら、それこそ大学まで行って学ぶ必要などありません。独学で十分足りることです。決まり事があるからこそ、手とり足とりしながら教えてくれる人間が必要になるのです」

「法律を学ぶためには、想像力を押し殺さなければならないということかね」

斉藤の問いに、龍男がうなずいた。

「しかし、それではいくらなんでも無味乾燥すぎやしないかね。刺激がまったくないのでは、勉強も捗《はかど》らないと思うが」

「刺激にこと欠くことはありませんでしたよ」

「たとえば？」

「そうですね。ぼくは法医学の授業をとっていましたし、死体の解剖だって実際に何度も見学したことがあります」

龍男がいった。

「意外だな。それはきみの趣味なのかね」

「恐いもの見たさですよ。いまから思えば子供じみた虚勢を張ったものだと思います。なにしろ法医学の教科書などは、担当教授が自ら一冊ずつ綴じた手作りのものでしたからね」

「教科書が手製とは、それはまたどういう訳だね」

「一般の書店にはとてもならべられないような内容だからですよ。どのページをめくっても変死体を撮影した身の毛もよだつような写真のオンパレードなのですから」

「それはまた……」

斉藤がつぶやいた。

「変死体のうちでもとびきりグロテスクなのはなんといっても水死体です。海から引き上げられた死体は、海中に漂っているうちにたいてい船のスクリューでずたずたに引き裂かれてしまうんです。手足が千切れているくらいなのはまだましなほうで、ひどいものになると頭の上半分をスクリューの羽根で切り飛ばされて、首には眼から下の部分しかつながっていないことだってあるんです」

「なんと、すさまじい」

「刃物の傷もむごたらしいものが多いですが、強烈なのはやはり日本刀で突いたり斬られたりしたものです。日本刀で肩口を袈裟懸《けさが》けに斬られたらどうなると思います」

龍男が悪戯《いたずら》っぽい笑みを浮かべて尋ねた。

「一体どうなるんだね」

斉藤がいった。

「肉は切れるのではなく、真っ二つに割れるんです。張りつめた筋肉が断ち割られる瞬間には、耳をつんざくような破裂音がするといいますよ」

「聞いているだけで顫《ふる》えがくる」

「でも、こんなのはまだましなほうです。本当に恐ろしいのは、想像することさえ到底耐えられないようなものです。たとえば町外れの一軒屋でひとり暮らしをしていた老人が夏の真っ盛りに衰弱死した場合を考えてみてください。もう何日も姿を見ていないが、無事かどうかたしかめて欲しいという近所の人間の要請を受けて、警察官が様子を見に行ったとします。すると部屋のなかに布団が敷いてあり、掛け布団が人間の形にふくらんでいるのを見つけます。エアコンの設備などもちろんないぼろ小屋で、真夏の温気《うんき》のなかに何日間も放置されていたのです。布団をかぶった死体は腐乱しているに違いありません。そうとわかっていて、布団をめくってみなければならない警察官の気持ちが想像できますか？　仰向けの姿勢で横たわっているのか、それともうつぶせなのか。いずれにしても体中を漿液《しょうえき》と膿汁《のうじゅう》にべっとりとおおわれ、敷き布団にしみでた血膿にひたっているのは間違いありません。掛け布団をめくろうとしても、腐肉が布団の布にへばりついてなかなか剝がれないし、布団から漏れでる臭いを嗅いだだけで気が遠くなりそうになる。どうです？　それでもあなたは、掛け布団の下にあるものを想像したいと思いますか」

「勘弁してくれ」

斉藤がいった。

「警察官になどならなくてよかったと心底から思うよ」

「降参ですか？」

龍男がいった。

「いかにもぼくは、想像力ということばを安売りしすぎたようだ」

斉藤はふたつのグラスに酒を注ぎ、片方を龍男に差しだした。

「きみの反対弁論に乾杯だ」

斉藤がグラスを打ち合わせる仕種をしていった。

「反対弁論だなんてとんでもない。単なる愚痴に過ぎませんよ。いまのぼくは、外部の物質的な条件に縛られて自由に手足さえ動かせない状態なんです。生活に忙しくて、想像力を働かせたくても働かすことができないというだけですから」

龍男はグラスをもちあげると、一息に飲み干した。

「もう一杯もらえます？」

斉藤はいわれるがまま、龍男のグラスに酒を注いだ。

「退屈しているんでしょう？　こんなところにひとりで住んで暇をもてあましているんだ。だから退屈しのぎにぼくを招き入れた。そうなんでしょう？」

龍男はあっという間にグラスを空にし、斉藤が酒を注ぎ足した。

「ああ、おいしい」

注がれた酒をふたたび一息で飲み干して、龍男がいった。

「皮肉だとは思いませんか。片方に生活に追われて勉学にあてる時間さえもつことができない人間がいるかと思えば、もう片方には望むものならなんでも手に入れられるにもかかわらず、空想をもてあそんで時間を空費している人間がいる。いえ、ぼくは決して妬みや嫉《そね》みの気持ちからこんなことをいうんじゃありませんよ。貧乏人は飢餓の苦痛ゆえに不幸であり、富める者は豊穣がもたらす倦怠ゆえに不幸である、なんて古くさい警句をふりまわすつもりなんか毛頭ありません。なにが豊穣がもたらす倦怠だ。こういう陳腐な常套句こそ唾棄すべきものです。法律家のいちばんの敵は、益体《やくたい》もないことば遊びなんですから」

龍男の舌がもつれた。呂律がまわらなくなっていた。

「ぼくはあなたに全面的に賛成しますよ。想像力こそ人間の特権です」

龍男がまわらない舌でもどかしげにいい、斉藤は空になったグラスに黙って酒を注いだ。

「正直にいえば、退屈しのぎの道具になるなら、空想だろうがなんだろうがかまわないんです。ぼくで退屈がまぎれるのなら、どうとでも利用してください。契約社会に生きる者には、提供されたものに対して代償を払う義務がある」

龍男がグラスをつかもうとしたが、眼が虚ろで焦点が合っていなかった。

斉藤が龍男の手をつかんでグラスをもたせた。

「義務だなどと、それではまるでぼくに下心があるように聞こえる」

斉藤がカウンターのなかからでて、いった。

「堅苦しく考えるのは止めにして、今夜はひとつ愉快に遊ぼうじゃないか」

「どんな遊びです？　どうせ金持ちの道楽でしょう。そうに決まっている」

龍男がグラスを口元にもっていこうとして、酒がこぼれた。

「でも金持ちの道楽、大いに結構。なんでもおつきあいしますよ」

立ち上がろうとして、龍男が足元をふらつかせた。

「奥に秘密の部屋があるんだ。そちらへ行こう」

「どこへなりともお供します。でも痛いのは御免ですよ。自慢じゃありませんが、ぼくは痛みにはからっきし弱いんですから」

龍男がよろめいてカウンターに両手を突いた。

グラスが倒れた。

「怖がることはない。すべては想像で、頭のなかで起きているだけだと考えるんだ」

朦朧として上体をゆらゆらと揺らしている龍男を抱きかかえながら、斉藤がいった。

# 第五章

## 1

東京の桜端道《さくらばなとおる》から電話がかかってきたのは、丘の麓《ふもと》を流れる小川の畔《ほとり》に停めた車のトランクから大きな鞄を引っ張りだして、着替えをしている最中だった。

携帯の画面には、午前七時と表示がでていた。

「もしかして徹夜した」

縣《あがた》は携帯を耳に当てていった。

「お陰様で」

「それで、どんなふう」

「三人の身元がわかった」

道がいった。

「本当?　どうやったの」

縣は右手で携帯をもち、左手をシャツの袖に通しながらいった。

「三人が解剖されたときに撮影された顔写真を使って照合した」

「照合したって、なにと」

「日本中の同年齢の人間の顔写真と照合したに決まってるだろ」

「まさか」

「本当さ。捏造されたデータのうえでは近藤庄三が五十五歳、山本花子が三十九歳、桜井守が七十二歳ということになっているから、念のために前後五歳の幅《はば》を設けて、その年齢に該当する人間を抽出した。男性は五十歳から六十歳までと、六十七歳から七十七歳までのふたつのグループ。女性は三十四歳から四十四歳までのグループということになる」

「比較する対象をそんなに広げる必要があるの？　簡単にいうけど、それで一体どれくらいの人数になるのよ」

「殺された三人が愛宕《おたぎ》市に長年住んでいたとしても、愛宕市で生まれたとは限らないからね。全国の出生記録をあたらなければならないのは当然だろ。でもまあ、順番として愛宕市からはじめるのが妥当だろうと考えて、そうしたけどね」

縣は着替えの手を止め、道の声に注意を傾けた。

「愛宕市には、男性の第一グループに当てはまる人間は二万九千三百七十三人。第二グループは三万一千八百四十六人。女性は四万三千三百三十九人いた。あとは顔写真を照合すれば良いだけだったんだけどね。思いの外《ほか》時間がかかってしまった。こんなに時間がかかったのは、写真が添付されている記録を探すのに苦労したから。運転免許証やパスポートをもっている人は問題なかったんだけど、そういうものをもっていないとなると、ありとあらゆる記録をひっくり返して、そのなかから写真を見つけなければならなかったものでね」

「それで」

縣は先をうながした。

「なんとかかんとか見つけだすことができた写真を、三人の顔写真とすりあわせてみた」

「それで、どうだったの」

「合致率《がっちりつ》が八十パーセント以上の人間が千三百二十三人いた」

「そんなに大勢いるの？」

「写真のプロでもなんでもない外科医の先生が解剖のついでに撮ったものだからね。三人の写真はどれもちょっとピンぼけ気味だということもあって、合致率をこれ以上上げることができなかった」

「それ以上は絞りこめなかったってこと？」

縣が尋ねた。

「うん。無理」

「どうしたのよ」

「写真以外のデータをひとつひとつ検証して、それらしい人物を見つけるしかないだろうね」

道がいった。道らしからぬおだやかさで、余裕を感じさせる口ぶりだった。

「見つけるしかないだろうねって、あんた三人の身元がわかったっていったじゃない。なにを勿体《もったい》ぶっているのよ」

「徹夜したご褒美に、少しくらい勿体をつけさせてもらっても罰《ばち》は当たらないだろう」

「前置きは良いから、さっさと結論をいいなさいよ」

縣は苛立ちを隠さずにいった。

「千三百二十三人のなかに、ある共通点をもっている人間が三人いた。共通点というのは、この三人がいずれも能判官秋柾《のうじょうあきまさ》という人物と関係があって……」

「ちょっと待って。のうじょうなんとかって、なんのこと」

道のことばを途中でさえぎって、縣が尋ねた。

「人の名前だよ」

道が答えた。

「ずいぶん変わった名前ね。一体どういう字を書くの」

「お能の能に判官贔屓《ほうがんびいき》の判官と書いて、のうじょうと読むんだ」

「オノウってなによ」

「能狂言の能だよ」

道がいった。

「歌舞伎は知ってるだろう？」

縣が一瞬黙りこんだので、道がことばを継いだ。

「知ってる」

「能や狂言も歌舞伎と同じ日本の伝統芸能で、能はお面をかぶって芝居をするんだ。そのお面に『尉《じょう》』という面があって、これは老人役の役者がかぶる翁《おきな》の面のことなんだけど、そもそも尉というのは律令制度の位《くらい》のひとつで、役所によっていろいろな漢字を当てていたらしい。そのひとつが判官で、検非違使《けびいし》なんかはそう呼ばれていたんだ。ほら、源　義経《みなもとのよしつね》のことを九郎判官《くろうほうがん》っていったりするだろう」

「あんた、なにをいってるの？」

縣は思わずいった。

「なにって、能判官って名前はどう書くのか説明してるんじゃないか。まあ、義経といっても、きみにはぴんとこないかも知れないけど。ちなみに九郎というのは、義経の通称だけどね」

「それくらい知ってるわよ。わたしだってれっきとした日本人だからね。あんたこそどこの生まれよ」

「正真正銘の日本男児に決まってるだろ。生まれたのは奈良県。なんといっても敷島《しきしま》は大和《やまと》の国だからね。ちなみに敷島というのは、大和にかかる枕詞《まくらことば》だよ。枕詞というのはとくに意味はないんだけど、『月』とか『山』とか和歌でよく使われる単語にはかならずこれを頭につけるって古くから決まっている修飾語のことで、たとえば『ももしきや』とか『ちはやぶる』なんかがそう。ああ、でもこんなことをいってもわからないか。なにしろ能や狂言さえ知らないんだから、和歌なんて知っているはずもないし」

道がいった。

「なるほどね」

縣が負けずに言い返した。

「なにが、なるほどなんだよ」

「あんたの名前、桜端っていうんだよね」

「なんだよ、いまさら」

「それで、敷島の大和の国の生まれなんだって？」

「そうだけど、それがどうかしたかい」

「あんたにぴったりの和歌があるのを思いだしたの」

「どんな和歌」

「あのね、こういうの。敷島の大和心《やまとごころ》のなんのかの、胡乱《うろん》なことをまたさくら花」

「え、なにそれ」

道がいった。

道の面食らった声を聞いて、縣は口元をほころばせた。

「なんだって良いわ。それでその能判官秋柾という人物と、その三人はどういう関係があったのか教えて」

「ひとりは祖谷正義《うばがいまさよし》。六十歳の男で職業は弁護士、もうひとりは朽木圭三《くちきけいぞう》。七十三歳の男で職業は医師、三人目は四十歳の女で池畑純子《いけはたじゅんこ》。

祖谷正義はどうやら能判官秋柾の顧問弁護士を、町医者の朽木圭三は能判官秋柾のいわゆるお抱え医師を、池畑純子は能判官家で長年住みこみの家政婦をしていたらしい」

「はっきりしないわね。なによ、どうやらだとか、らしいとかって」

「ネットで見つけることができたのは三人の納税記録だけでね。そこから推測できることがそれくらいしかないんだ。残念ながら、いまのところそれ以上くわしいことはわからない」

「弁護士に医者に家政婦か……」

縣は、殺された近藤庄三、桜井守、それに山本花子の風貌を思い浮かべた。

「いかにもそれらしいけど、まさかそれだけっていう訳じゃないでしょうね」

「三人の愛宕市の住所から電気やガス、水道料金なんかの振替口座を調べてみた。そうすると、三人ともある月からとつぜん使用した形跡がなくなって、基本料金しか落ちていないことがわかった。そうなったのは、弁護士の祖谷正義が三年前の六月、家政婦の池畑純子が、同じ三年前の十二月、医師の朽木圭三が二年前の六月から」

道はそこまでいうとことばを切って、思わせぶりに間を置いた。

「この日付に、なにか覚えがない？」

「近藤庄三が北海道に引っ越したのが三年前の六月、山本花子が千葉県に引っ越したのが三年前の十二月、桜井守が長崎の離れ小島に移ったのが二年前の六月」

縣が即座に答えた。

「正解」

道がいった。

「銀行口座はどうなってる?」

縣が尋ねた。

「口座は閉じられていない。三人ともそのままになっている。でも、その後金が出し入れされた形跡は一切ない」

「三人に家族は?」

「家族や親類はひとりもいない」

「それじゃあ、行方不明者届もでていないのね」

「うん。届けがだされたという記録はない」

道がいった。

縣はしばし考えた。

「それにしても、電気やガスの利用がとつぜん止まったら、電力会社やガス会社が検査員を送って確認しそうなものだと思うけど」

「ところが、電気ガス水道が使用されなくなった月の三ヵ月後に何者かによって契約解消の手続きがなされているんだ。賃貸契約のほうも同じでね、持ち家に住んでいた朽木圭三は別にして、ほかのふたりは姿を消したと思《おぼ》しき月からそれぞれやはり三ヵ月後に、これも第三者によって賃貸契約が解約されている」

「周到だね」

縣がつぶやいた。

「きちんと辻褄を合わせておかないと、夜逃げしたんじゃないかなんて騒ぎにならないともかぎらないからね。三人の失踪に手を貸した何者かは、事後工作も抜かりなく行ったらしいよ」

道がいった。

「電気ガス水道が使われなくなっていた期間がたった三ヵ月間しかなかったのに、それに気づいたあんたもさすがだわ」

縣は本心からいった。

「近藤庄三の正体は弁護士の祖谷正義。山本花子の正体は家政婦の池畑純子。桜井守の正体は医師の朽木圭三。これで決まりね」

「うん、間違いないと思う」

道がいった。

縣は携帯を耳に当てたまま、目の前を流れている川を見つめた。

川の水面はどんよりと濁《にご》っていて、空を見上げるといまにも雨が落ちてきそうな怪しい雲行きだった。

昨日一日は束の間晴れたものの、きょうは雨に降りこめられることになりそうだった。

「それで、その能判官秋柾というのはどんな人物なの」

「妻を早くに亡くしていることと、愛宕市内に代々受け継いできた古い屋敷があって、二年前に九十三歳で亡くなるまでそこで暮らしていたらしいということだけはわかっている」

「それで」

縣がいった。

「わかっているのはそれだけ。そのほかのことはさっぱりわからない」

「どういうことよ。なにをしていた人なのかもわからないということ？」

「残念ながらその通りなんだ。役所や会社に勤めていたという記録もないし、なにかの親睦団体や宗教がらみの組織に属していたという記録もない。自宅以外に不動産を所有していたという記録もなければ、投資なんかの資産運用もふくめて、いかなる金融取引の記録もない」

「記録がなにもないなんて、そんなはずないでしょう」

縣がいった。

「ぼくもそんなはずがないと思って、考えられる限りの方法を使っていろいろ探ってみたんだけど、結局なにも見つけることができなかった」

道がそういうのなら、そういうことなのだろうと縣は思うしかなかった。

「どういうことなんだろう」

「ぼくにも一体どうなっているのか、さっぱりわからない。能判官秋柾という人物は、自分に関するあらゆる種類の記録を一切残さないように細心の注意を払っていたとしか思えない」

「記録を残さないって、なんのためにそんなことをするっていうの。そもそも生前の記録を残さないようにするなんて、そんなこと不可能じゃない」

縣がいった。

「同感だね」

道がいった。

「でも諦めるのはまだ早い。電子的なデータが見つからないだけで、アナログの記録は探せばどこかに残っているかも知れないから」

「どういうことよ」

「せっかく愛宕市にいるんじゃないか。コンピューターなんかに頼らずに、きみが足を使って調べたらなにか見つかる可能性があるかも知れないってことだよ」

道がいった。

2

縣は初音署の庁舎裏手の駐車場で車から降りた。

裏口から入って、三階の刑事課のフロアに上がると、給湯室脇の自動販売機の前に置かれた丸テーブルに座って、缶コーヒーを片手にのんびりと煙草をふかしている刑事がふたりいた。

膝のほつれたジーンズを穿き、白いシャツのうえに黒い革ジャンを羽織った若い女を見て、ふたりは目を剝いた。

「おまえ、どこから入ってきたんだ」

ふたりは啞然として一瞬ことばを失ったが、ひとりがようやく気をとり直して口を開いた。

「署長さん、いる？」

女がいった。

「署長さんだと。一体誰のことだ」

「ここの署長さんに決まってるでしょ。良いわ、自分で探す」

女がくるりと背中を向けて、刑事部屋の方に歩きだした。

「おい、こら、待たんか」

ふたりはあわてて立ち上がり、女のあとを追おうとした。

そのとき刑事部屋からひとりの刑事が廊下にでてきた。ネクタイを緩めた、だらしない恰好をした初老の男だった。

「蓮見《はすみ》さん」

女が呼びかけると、男がふり返った。

「鵜飼《うかい》さんじゃないですか。こんなところでなにをなさっているんですか」

蓮見が縣に歩み寄ってきた。

「蓮見さん、この女を知っているんですか」

女を追いかけてきた刑事のひとりが、詰《なじ》るような口調で蓮見に尋ねた。

「口の利き方に気をつけろ。このお方は警察庁から視察にみえられた鵜飼警視殿だぞ」

「この女、いや、この方が、ですか」

ふたりの刑事は反射的に直立不動の姿勢をとりながらも、信じられないという顔で縣の服装を上から下まで舐めるように見まわした。

「署長さんに会いに来たんだけど」

縣が蓮見にいった。

「署長はおりませんが、どのようなご用件でしょう。わたしでよければ、お話を承りますが」

蓮見がいった。

「蓮見さんで良いわ。どこか話ができるところがある?」

縣がいった。

「はい。こちらへどうぞ」

突っ立ったまま大口を開けているふたりの刑事を尻目に、蓮見は廊下の突き当たりの署長室に縣を案内した。

蓮見はノックもせずにドアを開けて部屋のなかに入った。

「おおい、誰か。コーヒーをもってこい。大至急だ」

縣を大きな机の前に置かれた応接セットのソファに座らせると、蓮見は戸口から顔だけをだして、刑事部屋に向かって大声を張り上げた。

「昨晩は署長たちといっしょだったのでは？」

向かいに腰をかけた蓮見が、縣に尋ねた。

「お誘いがあったけど、断った。面倒くさいから」

縣がいった。

「なるほど。それで署長は本部の刑事部長と不景気な面をつきあわせて一晩中やけ酒をあおったようですな。きょうは一日自宅待機にするという連絡が先ほどありましたから」

蓮見がいった。

盆を両手でもった栗橋《くりはし》が部屋に入ってきて、コーヒーを縣と蓮見の前に置いた。紙コップではなく陶器のカップだった。

「朝食は済ませられましたか」

蓮見が尋ねた。

「実はまだなの。食べる物はなんかある？」

「おい、なにかあるか」

蓮見が栗橋に尋ねた。

「サンドイッチなら」

栗橋がいった。

「自動販売機の、か。駄目だ、そんなもの大切なお客人に食べさせられるか」

蓮見がいった。

「なにそれ」

自動販売機という単語に反応した縣が、好奇心もあらわにいった。

「ホットサンドイッチですがね、そこの自動販売機で買えるんです」

栗橋がいった。

「それ食べたい」

「自分が買ってきます」

「どんなものか、わたしも見たい」

部屋をでようとする栗橋のあとについて、縣も部屋をでた。

コーヒーや清涼飲料水の自動販売機の横に、見るからにくたびれ、ところどころに錆まで浮いている旧式の販売機が据えられていた。

「ここにお金を入れるんです」

「わたしにやらせて」

上着から財布をとりだそうとした栗橋を縣が押し退けた。

「いくら入れれば良いの」

「二百円です」

栗橋がいった。

縣はいわれた通り、投入口に百円玉を二個入れた。

とたんに販売機が音を立ててうなりだした。

一分ほどで販売機の顫《ふる》えが止まり、とりだし口にアルミホイルで包まれたトーストサンドが落ちてきた。

「気をつけて」

とりだし口に手を突っこんで、アルミホイルの包みをとりだそうとした縣に向かって栗橋が声を上げた。

「あちっ」

包みをわしづかみにした縣が、あまりの熱さに驚いて包みを掌《てのひら》のうえで踊らせた。

それを見た栗橋がとっさに手を伸ばして、トーストサンドを空中でつかみとった。

「すごく熱いんです」

栗橋がいった。

二人は署長室に戻り、栗橋がテーブルに置いた銀色の包みを縣は慎重な手つきで開けた。

ハムとチーズを二枚の食パンではさんだだけのものだったが、パンには焦げ目がつき、溶けたチーズから湯気が立っていた。

縣はたまらずかぶりついた。

「おいしい」

「そんなものしかなくて申し訳ありません」

蓮見がいった。

「こんなおいしい物が毎日食べられるなんて、うらやましい。誰がつくっているの？」

「商品が途切れないように、業者のじいさんが手作りした物を毎日補充してくれているんです。八十歳を超えていまして、毎日早起きしてつくるのもしんどいから、好い加減止めさせてくれと泣きつかれているんですが、なにしろファンが多いものですから、少しばかり値上げしても良いからつづけてくれとお願いしているんです。機械そのものも古いですから、しょっちゅう故障を起こすのですが、そのたびにこの栗橋が修理しているんです。刑事としてはたよりないかぎりですが、手先だけは器用なものですから」

蓮見がいった。

「じいさんがいよいよ引退となったら、サンドイッチも自分がつくる覚悟です」

蓮見の横に座った栗橋が、真面目な顔をしていった。

「それで、署長にお話というのは」

縣がサンドイッチをあらかたたいらげると、蓮見が尋ねた。

「ちょっと聞きたいことがあって」

コーヒーをすすりながら縣がいった。

「どんなことでしょう」

「能判官って人のこと」

「のうじょう、ですか」

「お能の能に判官贔屓の判官って書いて、のうじょうと読むらしいんだけど」

「能判官ですか。栗橋、お前知っているか」

蓮見が横に座った栗橋に尋ねた。

「惣島町《そうじままち》に屋敷がある能判官のことでしょうか」

栗橋がいった。

「うん、それ。どういう人か知ってる？」

「愛宕市で代々つづいたとても古い家柄なんだそうですが、当主の秋柾という人が九十三歳だったか九十六歳だったたか、とにかく百歳近い年齢で何年か前に亡くなってしまって、能判官家の血筋は絶えてしまったということくらいしか……」

「家族はいないの？　たとえば息子がいたとか」

縣がいった。

「さあ、息子がいたという話は聞いたことがありませんね」

栗橋がいった。

「その能判官家が、今度の事件となにかかかわりがあるんですか」

蓮見が尋ねた。

「多分あると思うんだけど、その能判官家がどういう家で、なにを生業《なりわい》にしていたのかすらさっぱりわからないの。生前どういう人たちとつきあいがあったのかだけでもわかれば、捜査のとっかかりになると思うんだけど」

「それは重大事《じゅうだいじ》ですね」

栗橋が身を乗りだしていった。

「うん、重大事」

縣がいった。

「急を要しますか？」

蓮見がいった。

「もちろん。早ければ早いほど良いわ」

縣がいった。

「それではわたしたちでは役に立ちません。屋敷がある惣島町は動坂《どうざか》署の管轄です。そこの人間に聞けばきっとなにかわかるはずです」

「ここから遠いの？」

「車で三十分ほどです」

「わかった。いまから行ってみる」

せっかちな縣が立ち上がりかけた。

「待ってください。わたしもお供します」

蓮見がいった。

「ご親切はありがたいけど、ひとりで行ける」

「いや、そういうことではありません」

蓮見がいった。

「そういうことではないって、どういうこと」

縣が眉をひそめた。

「動坂署というのは少々毛色が変わった所轄署でして、それに東京からきた監察官がとつぜん訪れたりしたら、あまり良い顔をしないどころか、なにをしでかすか予想もつきませんので」

蓮見がいいにくそうにいった。

「なによ、それ」

謎めいた物言いにとまどう縣にかまわず、蓮見が立ち上がった。

部屋をでると、革ジャンを羽織った監察官とは一体どんな人間なのか一目見ようと、刑事部屋の戸口に私服の刑事たちが、署長室のほうをうかがいながら騒がしく私語を交わしていた。

蓮見は縣の先に立って階段を降り、駐車場にでた。

三階の刑事部屋だけでなく、二階の窓にも大勢の人間がひしめいて、押し合いへし合いをしていた。

「見せ物ではないぞ。さっさと仕事に戻らんか」

蓮見が窓から首を突きだしている制服警官や女性の職員たちに向かって怒鳴り声を上げた。

「醜態をお見せして、まことに申し訳ありません」

縣に向き直って、蓮見がいった。

「映画スターにでもなった気分」

レンタカーのドアを開けながら縣がいった。

蓮見が反対側のドアを開け、助手席に座った。

縣が運転席におさまる前に庁舎に向かって笑顔で手をふると、一斉に黄色い歓声が上がった。

3

斉藤工作はオフィス街の一画を車で移動していた。

車はスポーツカーではなく地味なワンボックスカーで、服装もつなぎの作業服だった。

ゆっくりと車を走らせながら獲物を物色した。

獲物は男でも女でもどちらでもよかった。獲物を見つける方法も捕らえる方法もそのたびに変えた。ときには変名を使って獲物に堂々と近づくこともあった。狩りそのものが快楽だったからだ。

いままでに殺した人間は数知れず、正確な人数など覚えていなかったが、二日つづけて狩りをするのははじめてだった。

一睡もしていなかった。興奮状態が冷めないまま、前日に殺した学生の悲鳴が頭のなかで響きつづけていた。

工作はハンドルから手を離し、手のひらを返してまじまじと見つめた。

シャワーも浴び、服も着替えていたが、頭のてっぺんから爪先まで、全身が血で真っ赤に染まっているような気がして恍惚となった。

正午になり、ワイシャツ姿のサラリーマンが三々五々オフィスビルからでてきた。

そのなかのほとんどが数台ならんだキッチンカーの屋台で弁当やサンドイッチを買って、束の間の休憩時間を楽しむためにビルの谷間にある近くの公園へと歩きだした。

工作も車を公園に向けた。

公園には噴水のある池があり、人々は池のまわりのベンチに座ってそれぞれ昼食の包みを開いて食べはじめた。

ときどき吹いてくる涼やかな風が公園の木々をさざなみのようにざわめかせた。目の前の光景は平和そのものだった。

ひとりの女が目に留まった。

制服を着たオフィスガールたちとは違い、スーツ姿で肩からショルダーバッグを提げていた。四十代か五十代で、会社勤めをしているなら責任ある地位に就いているに違いないと思わせる女だった。

女は長い髪をなびかせ、ベンチに座って弁当をほおばっている人間たちを尻目に、悠然とした足どりで歩いていた。

工作はその女を尾《つ》けることに決めた。

公園を横切って通りにでた女は、通り沿いにあるパン屋に入っていった。

工作は店の手前で車を停め、女がでてくるのを待った。

五分ほどで店からでてきた女は、片手に紙袋をぶら下げていた。

女は横断歩道の前に立ち、信号が変わると通りを渡って向かい側のビルに入っていった。昼食を買ってビルに入ったのだから、そこに女のオフィスがあるはずだった。よその会社で腹ごしらえをするとは考えにくいからだ。

陽が落ちるまでにはまだだいぶ間があったが、待つことは一向に苦にならなかった。

まず女の入ったビルに地下駐車場があるのかたしかめるのが先決だ、と工作は思った。管理職なら、通勤に車を使っているに違いないからだ。

三浦里子《みうらさとこ》が仕事を終えてオフィスをでたのは午後七時過ぎだった。

ビル内にはまだ明かりが残っていたが、人気《ひとけ》はなく昼間の喧噪が嘘のように静まり返っていた。

里子はエレベーターに乗って地下にある駐車場に向かった。

オフィスがある七階から地下に着くまでエレベーターには誰も乗ってこなかった。

駐車場にも人の姿はなかった。

里子は急ぎ足で自分の車に向かった。ハイヒールの靴音が無人の駐車場のなかに鋭く反響した。

シルバーのセダンに乗りこむとすばやくドアをロックし、ドライビングシューズに履きかえてエンジンをかけた。

発車した瞬間だった。鈍い衝撃とともに車が横向きになって停まった。

脇からいきなり飛びだしてきたワンボックスカーが衝突したのだった。

車を降りて車体を見ると、横腹がほんの少しへこんでいた。十年以上大切に乗ってきた愛車だった。

里子は相手の車をにらみつけた。衝突してきたくせに、運転手が車から降りてくる気配がなかった。それどころか、信じられないことに運転している男はハンドルに置いた両腕に顎を載せたまま、里子のほうを見て薄気味悪い笑みを浮かべているではないか。

頭に血が上った里子はワンボックスカーに歩み寄って、乱暴にドアを叩いた。それでも運転手は動じる様子もなく、薄笑いを浮かべながら里子の顔を見ているだけだった。

「車から降りなさい。警察を呼ぶわよ」

里子はドアを叩きながら大声で叫んだ。

唐突にドアが開いた。

「どういうつもりなの。さっさと車を降りてきなさい」

最後までいい終わらないうちに、とつぜんたくましい両手で頭をわしづかみにされ里子は車のなかに引きずりこまれた。

「なにをするの」

里子は全身の力をふりしぼって抵抗したが、筋肉質の太い手から逃れることはできなかった。

無我夢中でもがきつづけていると、首筋に痛みを感じた。

男の片手に注射器があった。首の血管に注射を打たれたのだ。

「誰か助けて」

大声で叫ぼうとしたが、声を上げることができなかった。

里子はそのまま気を失ってしまった。


黒のワンボックスカーが、廃線になった鉄道の線路に沿って北に向かって走っていた。

みすぼらしい家並みが丘の上方へと広がっていた。伐採業者や材木を港へ運ぶ運送会社の社員たちが住んでいた町だが、いまは往時の活況は失われ、大半の住宅が空き家になっていて、時折見かけるのは道端に座りこんでいるホームレスばかりだった。

通りを走っている車もごくわずかだったが、工作は律儀にウィンカーをだし、制限速度を超えないよう注意を怠らなかった。

急な登り坂がはじまると、さらに人気がなくなった。砂利だらけの道なき道をしばらく走ってから、工作は車を停めた。

そこはいかにも見捨てられた場所だった。形ばかりの門と有刺鉄線でかこまれた敷地はスクラップ置き場だったが、スクラップのなかには圧しつぶされて積み上げられた車だけでなく、昔線路のうえを走っていた有蓋貨車までもが錆だらけになって放置されていた。

工作はいったん車を降りて門を開け、ふたたび車に乗りこんだ。

この場所は工作が一軒の農家とその家の田畑とを一括して買い上げたもので、スクラップ置き場を抜けたところに崩れかけた家があった。

工作は家の前で車を停め、毛布でくるまれた荷物を荷台から引きだすと、それを軽々と肩に抱え上げ、慣れた足どりで廃屋に向かった。

家まで歩くとそのまま裏へまわり、くず鉄や動物の死骸で巧みに隠された出入口の扉を開けた。

出入口はふだん封印されているも同然だったから、仮に道に迷って敷地のなかに足を踏み入れた人間がいたとしても、扉の存在に気づかれる虞《おそ》れはなかった。もちろん家の正面にも入口があったが、二重三重に戸締まりがしてあって、ドアをたたき壊しでもしない限りなかには入れないようになっていた。

扉を開けて家のなかに入ると、悪臭が押し寄せてきて体にまとわりついた。

なかは暗くなにも見えなかったが、なんの問題もなかった。照明のスイッチがどこにあるかはわかっていたが、工作は明かりを点《つ》けなかった。明かりなどなくても家のなかを自由に動くことができるからだ。

苦労して散らかし放題にした居間を抜けて浴室に向かった。

浴室で荷物を下ろし、黒ずんだバスマットを脇に押し退けた。

床に膝をつき、わずかに空いている隙間に人差し指と中指の二本の爪をこじ入れて四角い床板を一枚、一枚剝がしていくと、その下に地下に通じる階段が現れた。

工作はふたたび荷物を肩に抱えて、せまい階段を慎重に降りた。

階段を降りきり、荷物を下ろした。ぐるぐる巻きにしてある毛布を解くと、なかから意識を失った女が転がりでてきた。

工作は衣服を脱がし女を裸にしたあと、天井の梁に吊してある作業用のライトを点けた。

コンクリートの打ちっ放しの壁とタイル張りの床だけの、なにもない空間が浮かび上がった。

家具らしい家具はひとつも置いておらず、壁の隅に焼却炉が据えつけられているだけだった。

焼却炉は特別製で、プラスチックでもガラスでもなんでも溶かすほどの高温を長時間保つことができた。

焼却炉のなかには前日鉈《なた》と鋸《のこぎり》でばらばらに切断したうえ、さらにナイフとはさみを使って念入りに細切れにして焼いた学生の骨の燃えかすがまだ残っているはずだった。

天井にはこれもまた特別あつらえのスプリンクラーがとりつけられていて、タイル張りの床に着いた汚れを大量の水で洗い流すことができるようになっていた。

工作は裸にした女に視線を向けた。

作業用のライトの強い光りで、陶磁器のように真っ白な肉体が濃い陰影をともなって照らしだされていた。

おそらく週に何度かスポーツジムに通って体を鍛えているのだろう。女は年齢のわりには筋肉にたるみがなく、張りがあった。

乱れた黒髪の何本かが細い首に巻きついていた。あらわになった頰骨は思っていたより高く突きだしていて、臍《へそ》の下に五センチほどの外科手術の痕《あと》があった。陰毛は薄く、剝きだしになった足の膝頭にかさぶたがあった。

曲線が別の曲線につながり、丘をつくり谷をつくっていた。

女の全身を隅々まで探るように見つめているうちに、欲望が膨《ふく》れあがってくるのを感じた。

この隠れ家のなかでだけは、工作は思うさま自由にふるまうことができた。

4

縣は蓮見の指示に従ってハンドルを操作していた。

車は通りの両側にパン屋や喫茶店、クリーニング店などがならぶ、どこにでもあるようなのどかな街並みに入った。

「またぞろ雨になりそうですな」

車の窓から空を見上げながら助手席の蓮見がいった。

「そうね」

縣は短く同意の返事をした。

「この辺りが市境《しざかい》で、商店街を抜けると吉備津《きびつ》市になります」

蓮見がいった。

「動坂署って、愛宕市じゃなく吉備津市にあるんだ」

「ええ。でも隣り合わせですから」

「動坂署は毛色が変わっているって、どんな風に変わってるの」

「一言ではとても説明できないのですが……」

蓮見がいった。

「東京からきた監察官がとつぜん顔をだしたらなにをしでかすかわからないって、ちょっと大げさなんじゃない。わたしを脅してもなにもでないわよ」

「脅すつもりなんか毛頭ありません。事実を申し上げているだけです」

「なんだかとんでもないところみたいだけど、警察署であることには変わりがないんでしょう」

「それはそうですが、ただの警察署ではなくて、不祥事を起こしたにもかかわらず、表立った処分ができない人間を飼い殺しにしておくための収容施設だという噂があるのです」

「表立った処分ができないって、どういうこと」

「免職処分にするると、それがきっかけになって上層部の責任問題にまで発展しかねない場合であるとか、組織の人事や裏の事情に通じすぎていて、社会に野放しにするにはあまりにも危険だと判断された場合などに、動坂署に転任させて仕事らしい仕事を与えず定年まで隔離しておくらしいのです。あ、そこを左折してください」

いわれた通り小さな郵便局の角を曲がると、勾配のきつい坂道だった。

「なんだかわくわくする」

縣がいった。

「冗談をいっているのではありません。なにしろ署長の桐山《きりやま》さんをはじめ一筋縄ではいかない連中ばかりですから」

「蓮見さんは、動坂署の人たちと顔見知りなの？」

「ええ、よく知っています。一度煮え湯を飲まされたこともありますしね。といっても、そのときは動坂署と本部の捜査一課とのつばぜり合いだったので、一課の刑事たちに寝床を提供していただけのわれわれは、直接被害をこうむらずに済みましたが。あ、そこです」

どんな煮え湯を飲まされたのと尋ねようとしたとき、蓮見が坂道に沿って長々とつづく石塀が途切れている場所を指さした。

ハンドルを切って、敷地のなかに入った。

建物の外観が目に入るなり、縣は思わず声を上げそうになった。

動坂署は白い外壁に蔦の絡みついた三階建ての洋館だった。

辺りは物音ひとつせず、目の前に広がっている一画だけが外界から切りとられて、過去の時間のなかにとどまっているようだった。

「隣りはなんなの？」

「簀《す》の子《こ》神社という大きな神社です」

蓮見がいった。

敷地の境がはっきりしないうえに深い森が敷地のすぐそばまで迫ってきているので、動坂署の建物自体が広い神社の境内のなかにぽつんと建っているように見えた。

「少し風変わりかも知れませんが、根は気の良い人間ばかりです。お尋ねになりたいことがあれば、まずどんなことでも包み隠さずお話しになるのが得策です。どんなに些細なことでも、隠し事があると悟れば貝のように口を閉ざしてしまいかねませんから。それから、なにを見ても驚かないように」

「なんですって？」

車を降りた蓮見が縣のほうに顔を向けて不可解なことばを口にし、なんのことかと縣が聞き直す間もなく先に立って歩きだした。

建物のなかに入ると、一階のフロアには地域課と交通課のデスクがならんでいたが、人の姿はどこにも見えなかった。

無人のフロアを見ても驚いた様子も見せず、蓮見は二階へつづく階段を上がった。

二階の刑事部屋にも誰もいなかった。

戸口からのぞいて人の姿がないとわかると、蓮見はそのまま廊下を進んで突き当たりの部屋の前に立った。

ボール紙に手書きで『鑑識』と書かれた表札がドアノブにぶら下がっていた。

蓮見がドアをノックした。

なかから返事はなかった。

蓮見がふたたびノックをした。

やはり返事はなかったが、ノックをしたのは単に形ばかりの所作に過ぎなかったらしく、蓮見は頓着する様子もなくドアを開けた。

そのとたん強烈な臭いが部屋のなかから流れでてきた。部屋のなかにはなにかを燃やしたような煙が立ちこめていた。

煙を透かして目を凝らすと、さまざまな機械や器具が乱雑に置かれ、奥の机にこちらに背を向けて座っている白衣姿の男がいた。鼻でも詰まっているのか、それとも生まれつき嗅覚が鈍いのか、蓮見が平気な顔をしてなかに足を踏み入れたので縣もそのあとにしたがって部屋に入った。

白衣姿の男がこちらをふり返った。

縣はその顔を見て思わず叫び声を上げそうになった。

学校の理科室に置いてある人体模型のように、頬から顎にかけて皮膚が剝がれ落ち、表情筋がのぞいていたのだ。

「おや、めずらしい。蓮見さんじゃないか。なにか用かね」

男がいった。

よく見ると、皮膚が剝がれ落ちている訳でもなんでもなく、ただの火傷の跡だということがわかった。表情筋がのぞいているように見えたのは、火傷の引《ひ》き攣《つ》れだった。

「ひとり部屋に閉じこもって、またぞろ悪戯をしているらしいね。一体なにを燃やしたんだね」

蓮見がいった。

「裏庭にめずらしい草が生えているのを見つけたのでね。なにかの役に立ちやしないかと、いろいろ実験をしていたところだ。そちらの女性は？」

蓮見の後ろに立っている縣に目を留めて、男が尋ねた。男は短くなった煙草を口にくわえていた。

「こちらは東京からいらした警察庁の鵜飼さんだ」

「警察庁だって？　まさか、うちの署の監察にきた訳じゃないだろうね」

男がいった。

「いや、氷室賢一郎氏が殺された件でこちらへこられたんだ。事件のことは知っているだろう？」

「氷室賢一郎というと、氷室家の当主のことかね。殺されたのか。それは驚いたな。まったく知らなかった」

男は驚いた表情も見せず、のんびりとした口調でいった。

「署長さんたちはどこにいるんだ。姿が見えないようだが、どこかへでかけているのかね」

蓮見が尋ねた。

「いや、会議をしているんだ。署長室で待っていれば、すぐに戻ってくるはずだ」

男が答えた。

「わかった。そうさせてもらうよ」

蓮見はそういって部屋をでた。

「あの人、本物の鑑識員なの？」

蓮見のあとについて廊下を歩きながら縣が尋ねた。

「本物もなにも、彼は四年前まで科捜研で働いていた優秀な科学者ですよ。なんでも博士号を三つももっているという噂があるほどですから」

蓮見がいった。

「博士号を三つも？　そんな人がどうして所轄にいるの」

「科捜研で試薬をつくるために化学薬品を調合しているときに、誤って火をだしてしまいましてね。その火事で火傷を負っただけでなく、保管してあった証拠品を全部燃やしてしまったんです」

「それで所轄に飛ばされたという訳？」

縣が尋ねた。

「そうです。本人は試薬をつくるためだったなんていっていましたけれど、なんの実験をしていたか知れたものではありませんがね」

蓮見はそういって笑った。

蓮見の話にも驚かされたが、なによりも印象に残ったのは、縣が警察庁の人間だと紹介されても、男が少しも驚かなかったことだった。

署長室は廊下の反対側の突き当たりにあった。

蓮見はドアを開けてなかに入ると、デスクの前に置かれたソファを勝手知ったる様子で縣に勧め、自身も縣の横に腰を下ろした。

署長室はせまく質素で、賞状やトロフィーの類すらなにひとつ見当たらなかった。

三分と待たないうちにドアが開いた。蓮見が立ち上がったので、縣もそれに倣《なら》った。

部屋に入ってきたのは制服姿の小柄な男だったが、署長の桐山に違いなかった。

「勝手にお邪魔しています」

蓮見が桐山に向かって頭を下げた。

「蓮見さんか。これはめずらしい」

桐山が挨拶を返し、デスクをまわりこんで椅子に腰をかけた。小柄な体格のせいで、デスクがやけに大きく見えた。

「そちらは？」

桐山が、背の高い縣を見上げるようにしていった。

「警察庁の鵜飼縣」

蓮見が答える前に、縣は自分で名乗った。

「ほう、警察庁の方ですか。まさかうちの署の監察にいらしたなどというのではないでしょうな」

桐山が元科捜研の男と同じことを尋ねた。

縣が警察庁の人間だと名乗っても少しも驚いた様子を見せず、身分証を見せろなどといわないところまで同じだった。

手振りで腰を下ろすように促されて、縣と蓮見はソファに座り直した。

「鵜飼さんは、氷室賢一郎氏が殺された件でこっちにみえられたのです。氷室賢一郎氏の事件を署長はご存じですか」

蓮見が桐山に尋ねた。

「ええ、聞きました。ほかにも身元がわからない人間がふたり殺されていたそうですね。一課からは誰が出張《でば》ってきているのです？」

「茶屋警部です」

蓮見が答えた。

「おお、茶屋さんか。それは良い」

桐山がいった。茶屋とは旧知の間柄であるような口ぶりだった。

「で、ご用件は事件とかかわりのあることですか。わたしでお役に立てるようなことがあれば、なんでも聞いてください」

「能判官秋柾氏という人物を署長はご存じでしょうか」

蓮見が尋ねた。

「能判官さんですか？　もちろんです。惜しい方を亡くしましたよ」

「二年前に亡くなったって聞いたけど、死因はなんだったの」

縣が横合いからとつぜん割りこむようにして尋ねた。

ならんで座っている蓮見が、縣の不作法な態度に驚いてとがめるような視線を向けたが、桐山のほうはとくに気を悪くしたようでもなかった。

「死因といって特別な病気ではなく、老衰ですが」

「間違いない？」

「それはもう間違いありません。床《とこ》に伏せるようになってから、わたし自身ご自宅に何度も見舞いにうかがいましたから」

縣の念を押すような質問に対しても、桐山は気にするようなそぶりも見せず答えた。

「寝たきりだったということ？」

「ええ。まあ、そういうことです。長い期間入院されていたのですが、死期が間近に迫っているのを悟られると、退院して自宅に戻ったのです」

「家族は？」

「長年ひとり暮らしでした。わたしが知る限りは」

「奥さんは早くに亡くしたって聞いたけど、どれくらい前のことなの」

「三十年以上も前のことになるのではないでしょうか。秋柾氏がまだ六十代のことだったと本人からうかがったことがありますから」

「再婚とかしなかったの」

「ええ、結婚は一度切りだったはずです。亡くなった奥様以外の女性には興味がないとおっしゃっていましたよ」

「口だけってこともあるんじゃない？　奥さん以外の女性には興味がないとかなんとかいいながら、どこかの別宅に愛人をかこっていたとか」

縣が尋ねた。

「わたしは秋柾氏の人柄をよく知っていますから、そんなことはあり得ないと断言できます」

「そう。でも、ひとりで暮らしていたのなら、誰が食事なんかの面倒をみていたの？」

「市のヘルパーさんが日替わりで通っていました。たしか二、三人はいたはずです」

「ヘルパー？　決まった家政婦さんではなく？」

縣がいった。

矢継ぎ早の質問にも言い淀むことなく答えていた桐山の表情がくもり、何事か考える顔つきになった。

「おかしな質問に聞こえるかも知れないけど、どうしても知りたいことなの」

縣がいった。

「いいえ、かまいません。あなたにいわれて思いだしましたが、そういえば、たしかに住みこみで働いていた家政婦さんがひとりいましたね。おかしいな。彼女はどうしたのだろうか。わたしが見舞いに行くようになってから顔を見ていない」

「その家政婦さんって、いくつくらいの人だった？」

「面と向かって年齢《とし》を聞いたことはありませんが、三十代後半から四十代前半というところでしょうか」

「名前は？」

「名前……。なんだったかな。そうそう、秋柾氏はたしか純子さんと呼んでいました」

桐山が答えた。

池畑純子に違いない。縣は内心で快哉を叫んだ。道の推理はやはり核心を突いていたのだ。

「秋柾さんが退院して家に帰ったのは何年前？」

「三年前ですね」

桐山が答えた。

池畑純子が千葉に引っ越したのは三年前の十二月だった。池畑純子だけでなく、弁護士の祖谷正義と医師の朽木圭三がそれぞれ北海道と長崎にとつぜん現れたのも三年前から二年前にかけての期間だった。

おそらく三人のとつぜんの引っ越しは、体が不自由になった能判官秋柾が退院して自宅に帰ったことと密接に関係しているに違いなかった。

「署長さんは秋柾さんとつきあいが長いの？　知り合ってどれくらい？」

「秋柾氏は九十三年の生涯をまっとうされた方ですし、われわれが知り合ったのは十三、四年前のことですから、わたしが知っているのは秋柾氏の長い生涯のほんの一部分だけといえるかも知れませんね。その頃は秋柾氏もまだお元気で、散歩の途中でお会いしたのが最初でした。他愛のない話をしているうちにお互い贔屓にして通っているパン屋が同じだということがわかって、それで意気投合したのです。趣味が碁とうかがってからはいっしょに碁会所にでかけたり、お宅にうかがって碁を打ったりしたこともありました」

「能判官さんの趣味は碁だったの」

「ええ、そうです。とても熱心でしたよ」

「ほかに趣味はなにかあった？　おいしい食べ物のためならどこにでもでかけて行ったとか、高級な外車のコレクターだったとか」

「高級外車だなんてとんでもありません。食べる物もしかり、実に質素な暮らしで、決して贅沢なものなど求めない方でした」

「秋柾さんはなにをしていた人なの？」

縣がいった。

「なにをしていたとは？」

縣のあまりに単刀直入な問いかけにとまどったらしく、桐山が聞き返した。

「つまり、仕事はなにをしていたかということ」

「ああ、そういうことですか。仕事といって定職はもたれていませんでしたね。蓮見さんも知っているでしょうが、能判官家というのはひじょうに古い家系ですので、たとえば不動産などの資産をあちらこちらにもっておられて、そこから得られる収入で悠々自適に暮らしておられるのだろう、とわたしは思っていました」

「古い家系って、どれくらい古いの？」

縣は好奇心から尋ねた。

「室町時代からつづいているそうです」

「そんなに古いの」

縣は驚いていった。

「ええ、そうです」

桐山がいった。

初対面の人間にもかかわらず、桐山が隠し事をするでもなく、縣の質問に誠実に答えようとしていることは疑いようがなかった。

ほかに質問することがあるだろうかと縣は考えたが、とっさに思い浮かばなかった。

これ以上立ち入った質問をしようとすれば、少ないながら手持ちの情報をすべてさらけだす必要がありそうだった。

「祖谷正義という名前に聞き覚えはある？」

「うばがい、ですか」

「弁護士らしいんだけど。どう？　聞いたことはない？」

「さあ、ありませんね」

桐山が首をかしげながらいった。

「じゃあ、朽木圭三という人は？」

「朽木、さん。医者の朽木さんですか？」

「ええ、そう。知ってる？」

「秋柾氏のお宅で一、二度お見かけしたことがあります。秋柾氏とはずいぶん懇意にされているようで、秋柾氏は何十年も朽木さん以外の医者にかかったことはないといっておられました」

そこでことばが一瞬途切れた。

「そういえば、秋柾氏が床に伏せってから朽木さんの姿も見ていません。本来ならば朽木さんが秋柾氏の最期を看《み》とるべき人であるはずなのに。わたしとしたことが、どうしていままでそのことに気づかなかったのだろう。鵜飼さん、あなたは純子さんという家政婦や朽木さんが顔を見せなくなった理由をご存じなのですか？」

桐山が縣に尋ねた。

「そのふたりともうひとり、弁護士の祖谷さんの三人は愛宕市にはもういない」

「どこにいるんです？」

「三人とも殺された」

縣はいった。

「殺された？」

思わず声を上げたのは、隣りに座っている蓮見だった。

「三人とも、ですか？」

桐山が尋ねた。

縣はうなずいた。

「誰が殺したんです」

「それはまだわからない。わたしが愛宕市にきたのもその事件の捜査のためなの」

縣がいった。

「氷室賢一郎氏が殺された事件もその三人が殺されたことと関係があるということでしょうか」

「同じ犯人だと思う。三人が殺された手口が賢一郎氏と同じだった。拷問されたうえで殺されていたの」

「朽木さんたちは、愛宕市やこの吉備津市で殺されたのではないのですね。そんな事件があったら、わたしの耳に入らないはずがありません」

「ここではなく、三人ともばらばらの場所。祖谷さんは北海道、池畑さんは千葉、朽木さんは長崎。それも殺されたときには本名ではなく、祖谷さんは近藤庄三、純子さんは山本花子。朽木さんは桜井守という名前だった」

「それはどういうことです？」

桐山が眉間にしわを寄せた。

「三人とも偽名を使っていたの」

縣がいった。

「偽名を……」

桐山が眉をひそめた。

「名前を変えていただけじゃない。戸籍からなにから経歴をすべて偽造していた」

「経歴をすべて……」

顔をしかめた桐山が、信じられないというようにつぶやいた。

「なぜです？　三人はなぜそんなことをしたのです」

「三人が自発的にしたことではなく、秋柾さんが仕組んだことだとわたしは思っている。秋柾さんは体の自由が利かなくなってから、身近にいた三人を遠ざけた。それもただ遠ざけただけでなく、三人の身分を隠し、偽の経歴を用意して、北海道、千葉、長崎に住まいを移させることまでした。でも、秋柾さんがなぜそんなことをしたのか理由はわからない」

「秋柾氏が三人の経歴を名前からなにからすべて偽造した、と」

「秋柾さんはパソコンを使っていた？」

縣が尋ねた。

「いいえ。携帯電話さえもっていなかった」

桐山が答えた。

「秋柾さんに頼まれて、経歴の偽造をはじめ三人が身をひそめるために手を貸した第三者がいたはずで、それがおそらく氷室賢一郎氏だと思う」

縣がいった。

「氷室賢一郎氏が……」

桐山が顎に手を当てて考えこむ顔つきになった。横に座っている蓮見も、口を半開きにしたままことばもでない様子だった。

「秋柾さんが氷室賢一郎氏と親しい間柄だと聞いたことはない？」

「いいえ、ありません。ふたりのあいだになにか関係があるなどと想像したこともありませんでした」

桐山がかぶりをふり、しばらく考えてからデスクのうえの電話に手をのばした。

「鹿内《しかない》君、すまないがこっちへきてくれんか」

内線にかけたらしく、桐山が電話機に向かっていった。

「鹿内というのはうちの刑事課長ですが、県内の政財界の事情に通じている男です。彼ならなにか耳にしていることがあるかも知れません」

縣に向き直って桐山がいった。

雨が降りだしたらしく、鎧戸のついた古風なガラス窓を雨粒が叩きはじめた。

ほどなくドアが開き、細身のスーツをスマートに着こなした三十代の男が入ってきた。

「蓮見君は知っているね。こちらは警察庁の鵜飼さんだ」

桐山が男にいった。

「警察庁、まさかうちの監察に見えられたのですか」

縣に視線を向けた男が、鑑識の男や桐山と同じことをいった。縣が穿いている膝のほつれたジーンズを見ても顔色ひとつ変えないところもまったく同じだった。

鹿内は部屋の隅に置いてあった椅子を引き寄せてソファの横にならべると、そこに腰を下ろした。

「氷室賢一郎氏のことは知っているね」

桐山が鹿内に尋ねた。

「屋敷の地下室で身元がわからないふたりの男といっしょに殺されていたとか」

「茶屋君からなにか聞いているかね」

「いえ、いまのところはなにも」

鹿内と呼ばれた男が答えた。

「賢一郎氏は生前能判官秋柾氏と関係があったらしい」

「一昨年亡くなった能判官家の秋柾氏とですか」

「そうだ。わたしが秋柾氏と懇意にしていたことはきみも知っているだろうが、彼の口から賢一郎氏の名前がでたことなど一度もなくてね。ふたりのあいだにつきあいがあるなどと思ってみたこともなかった。きみはなにか知っているかね?」

「つきあいというのは、どういった類のつきあいなのでしょうか」

鹿内が桐山に尋ねた。

「わたしが説明するわ」

縣がいった。

「賢一郎氏が殺される前に三人の人間が同じ手口で殺されていて、その三人が秋柾さんとひじょうに近しい人たちだったの。ひとりは家政婦さん、あとのふたりは弁護士とかかりつけの医者だった」

「同じ手口というのは?」

鹿内が縣に目を向けて尋ねた。

「三人とも殺される前に拷問されていた。それは賢一郎氏も同じ」

鹿内が縣から蓮見に視線を移すと、蓮見がうなずいた。

「三人が殺されたというのはいつの話です」

鹿内が縣に向き直って尋ねた。

「今年のはじめ。それもわずか一ヵ月のあいだ」

「拷問されて殺されたなどという事件があれば耳に入ってこないはずはないが、そんな話は聞いたことがない」

鹿内がいった。

「事件があったのはここじゃなくて、北海道と千葉、それに長崎なの」

「ばらばらの土地でわずか一ヵ月のあいだに三人が殺されたと?」

「ええ」

縣がうなずいた。

「拷問というのは、どういう拷問なのですか」

「ひとりは手の指を切り落とされ、もうひとりは足の指を一本ずつハンマーのようなものでつぶされていた。三人目は性器が焼けただれて炭になるまで酸を少しずつ垂らされていた」

縣がいった。

「指を一本ずつ切り落としたりつぶしたり、酸を垂らしたりというのは、被害者を単に痛めつけたいという嗜虐的な性向のためというより、殺害犯が被害者たちからなにかを聞きだすために行った拷問のように聞こえますね」

しばらく考えたあと、鹿内が顔色ひとつ変えず、冷静な口調でいった。

なるほどただ身なりが良いだけの伊達男ではないらしい、と縣は思った。

「わたしも同じ考え」

「三人とも本名ではなく偽名で、そればかりか経歴まで偽っていたそうだ」

桐山が鹿内にいった。

「経歴を偽っていたというのはどういうことです?」

鹿内が桐山に尋ねたが、答えたのは縣だった。

「ネット上のデータをすべて書き替えていたの。言い忘れたけど、わたしはいま警視庁に出向していて、現在進行形の事件もふくめて捜査記録を整理分類する仕事をしているんだけど、その過程でたまたま三件の未解決の殺人事件を見つけてしまったの。さらに三人の被害者の背景を調べているうちに、経歴のすべてがでっち上げであることがわかったという訳」

「なぜ経歴を偽らなければならなかったのです」

「殺人犯から身を隠すためだとしか考えられない。秋柾さんは自分の死期が近いことを知って、身近にいた人間を遠く離れた土地に逃がしたのだと思う」

「自分の近くにいると危害が及ぶと秋柾氏が考えた、ということでしょうか」

鹿内がいった。

「多分、そう。いまのところ推測でしかないけど」

「ネット上のデータをすべて書き替えたとおっしゃいましたが、それも秋柾氏が手ずからしたことなのですか」

「秋柾さんじゃないと思う。ネット上のデータに手を加えるには、相当くわしいコンピューターの知識がないとむずかしいから。わたしは氷室賢一郎氏が手を貸したのじゃないかと思ってる。彼はいくつもの企業を経営していて、そのなかにはネット関連の会社もあるようだし」

「なるほど。それで秋柾氏と氷室賢一郎氏の関係がどういうものなのかをお知りになりたい訳ですね」

鹿内が得心したようにいった。

縣にしてみれば、ネットやコンピューターについてわずらわしい説明をしなくてもなんなく話を理解してくれるだけでも大助かりだった。

「しかし、なぜ氷室賢一郎氏は殺されたのでしょう。しかも拷問されていたということは、殺人犯は賢一郎氏からもなにかを聞きだそうとしていたことになる」

桐山が縣にいった。

「わたしもそれが引っかかっていました。それについて、鵜飼さんにはなにか考えがおありなのですか」

鹿内が尋ねた。

「おそらく秋柾さんの近くから消えた人間がもうひとりいる」

縣がいった。

「殺人犯はその人を捜しているのだと思う」

隣りに座っている蓮見が息を飲むのがわかった。

鹿内と桐山が顔を見合わせた。

「署長、鵜飼さんを父に紹介してもかまいませんか」

しばらく沈黙があったあと、鹿内がいった。

「わたしも最初からそのつもりだった」

桐山がいった。

「え？　父ってなんのこと」

会話の筋道がわからず、とまどった縣がいった。

「鹿内君の父上は鹿内創業という財閥グループの総帥で、能判官家と同じとはいえないまでも愛宕市では相当に古い家系なのです。彼なら氷室家のこともよく知っているはずです」

桐山がいった。

「あなたの父親をわたしに紹介してくれるっていうの」

縣が鹿内に顔を向けて尋ねた。

「鵜飼さんさえよろしければ」

鹿内がいった。

「もちろんよ。それで、いつ連れて行ってくれる」

「それは……」

鹿内が口ごもった。

「連れて行ってくれないの？」

「できれば鵜飼さんおひとりで会っていただきたいのです。わたしは顔をださないほうが良いと思うので。もちろん父にはわたしから電話を入れておきますが」

鹿内がいいづらそうにいった。

中年の男と父親のあいだに、顔を合わせられないような確執がなにかあるのだろうかと縣は思ったが、さすがにそこまで尋ねることはできなかった。

5

図書館の外にでると雨はさらにはげしさを増し、風も強まっていた。

吉野は突風のなかを地下鉄の駅に向かって歩きだした。

通りは戦場のような騒ぎだった。歩道には人があふれ、車道では動きがとれなくなった車がヒステリックにクラクションを鳴らしていた。

車のあいだを縫うようにして歩く人の群れに混じって、通りを渡った。

駅のなかに入り、家路を急ぐ通勤客で混み合っているのを見て、吉野は思わず舌打ちした。

腕時計を見ると午後六時を過ぎていた。図書館で新聞の縮刷版を閲覧していたのだが、時代遅れもはなはだしいことにまだデジタル化してデータベースを作る作業もされておらず、過去の地方紙を調べるにも、一ページずつページをめくらなければならなかった。そのためこれといった記事をひとつも発見できないまま、いたずらに時間ばかりかかってしまったのだった。

喉が渇いていたので、売店でコーヒーを買った。

満員の電車に乗って、雨に濡れた上着や傘を押しつけられるのはかなわない。電車ではなくタクシーで帰ろうかと、コーヒーを飲みながら考えているとき、通路の入口に立ってこちらをうかがっている男がひとりいることに気づいた。

コートの肩口が濡れているところを見ると、吉野のあとを追って急いで駅に駆けこんできたに違いなかった。

まったく見ず知らずの男で、尾行される覚えもなかったが、なぜかそんな気がした。

単なる気の迷いかどうか試すために、吉野は紙コップを手にもったまま人混みにまぎれた。

壁際まで歩いたところで立ち止まり、男が自分を捜しているかたしかめた。

首を伸ばして吉野を捜すような人目に立つそぶりはしていなかったが、男の視線はたしかに自分の行く先を目で追っているような気がした。

背筋に寒気が走った。

紙コップをゴミ箱に捨て、パーカのフードをかぶると、ふたたび人混みにまぎれた。

人の流れに逆らわないように歩きながら、次第に足を速め反対側の出口に向かった。

後ろをふり返って男があとを追ってこないかたしかめたい気持ちを堪《こら》えて歩きつづけた。

階段を上がって地上にでると、冷たい雨が顔に吹きつけた。

タクシーを拾うために手を挙げた。

タクシーはすぐにきた。

ドアが開くと、頭から飛びこむようにして座席に乗りこんだ。

「まっすぐ行ってくれ」

大声をだしたつもりだったが、うろたえているせいか、ささやくような声しかでなかった。

それでも運転手には聞こえたらしく、タクシーが走りはじめた。

ほっとしたのもつかの間、走りはじめたばかりのタクシーが信号に捕まって停まった。

先ほどの男が走って追いかけてくるのではないかと、吉野は気が気ではなかった。

土砂降りのなかで信号の赤い色が血の色のようににじんでいた。

信号はなかなか変わらなかった。

動悸が速まり、呼吸まで苦しくなった。

信号が青に変わった。

「そこを左に入ってくれ」

吉野は交差点の先の脇道を指していった。

脇道は暗く、人通りもなかった。

短い通りは石畳で、四階建ての低いビルが両側に建っていた。ビルはどちらもくすんだ煉瓦色をしていた。

吉野は座席で身をよじり、後ろを見た。

少なくとも走って車を追いかけてくる人間はいなかった。

ビルとビルのあいだを抜けると視界が開け、ふたたびにぎやかな通りにでた。

歩行者は風に傘をもっていかれまいとして懸命に踏ん張るようにしながら歩いており、バイクを運転している男の服はびしょ濡れになってぴったりと体にはりついていた。しかし、吉野の乗った車に注目している人間などひとりもいなかった。

　土砂降りのなかでどたばた劇を演じている人々を眺めているうちに、動悸がおさまり呼吸も楽になった。

　落ち着きをとり戻すと、自分のあわてぶりが急におかしく思えてきた。

　単なる思い過ごしだったのだ。一体どこの誰が自分のような人間を尾行するというのか。ネタをとるためなら他人を蹴落とすことも平気だった駆けだしのころならいざ知らず、最近は人から恨みを買うようなことをした覚えもないし、金が目当てなら、どこから見ても金をもっているようには見えない男を追いかけてくるはずもなかった。

　いろいろ考えてみても、やはり尾行される理由などなにひとつ思いつかなかった。

「馬場町《ばばちょう》に行ってくれ」

　吉野は運転手にいった。朝からなにも食べておらず、空腹であることに気づいたのだ。

　馬場町には、行きつけのスポーツバーがあった。

　スポーツなどにはまるで興味がなかったが、酒だけでなくイタリアンの料理もだす店で、値段も安く、若者の客が多いせいで活気があった。

　交差点を左折して中央通りに入ると、通りは比較的空いており、タクシーは順調に進んだ。

　雨は止むどころかますますはげしくなり、運河に架かる橋を渡るころには、嵐と呼びたくなるほどにまでなった。

　灰色の波が車の窓に打ち寄せ、歩行者も車も建物も、すべてが怪しげにうごめく靄《もや》のようにしか見えなくなった。

　運転手は広場前のロータリーでハンドルをまわして左へ切り返し、馬場町方面の車線に乗った。

　後方からサイレンが聞こえてきたかと思うと、一台の救急車が飛沫《しぶき》をあげながら脇を通り過ぎていった。

暗さが増し、車がつぎつぎにヘッドライトを点灯させはじめた。

次第に遠ざかっていく単調なサイレンの音を聞いているうちに、吉野は車酔いをしたような気分になった。

通りを走る車は多くはなかったが、途絶えることはなかった。

立体交差の下をくぐると大きな公園の前にでた。

公園の鉄柵沿いを走る車のなかから、風になぶられて揺れる木々の影絵のようなシルエットを横目に見ているうちに、渋いバーやレストラン、しゃれたカフェや高級なブティックなどがならんでいる一画にでた。

「その信号を越えたところで停めてくれ」

運転手は指示通りのところで車を停めた。

吉野は料金を払って車を降りた。

外にでると、雨がたちまちパーカを濡らした。

よほどの理由がないかぎり外にはでたくないような天候のためだろう、いつもは大勢の人でにぎわっている通りにも人影はほとんどなかった。

吉野は店に駆けこんだ。

閑散とした通りとは打って変わって、店のなかは客でいっぱいだった。

店のなかに何台も設置してある大型画面にはサッカーの試合が流れていて、サッカーファンらしい男女がビールのジョッキを片手に騒がしく声援を送っていた。

吉野はカウンター席に座り、ウェイターに生ハムと生ビール、それにパスタを注文した。

どちらかのチームがゴールを決めたらしく、客たちが大きな声を上げた。

歓声につられてふり返ったとき、店に入ってきたふたりの男の姿が目に留まった。たまたま視界の隅に入っただけだったが、自分が店に入った直後ということと、ふたりとも背広姿であることが気になった。スポーツバーに背広姿でくる客はあまりいない。

男はどちらも地下鉄の駅で見かけた男ではなく、入口から店の奥のテーブルに座るまでのあいだも吉野のほうをうかがう様子もなかった。

考えすぎだ。吉野は自分の小心ぶりを内心で笑い、あの男たちは雨宿りに立ち寄っただけの会社帰りのサラリーマンだと思い直した。

注文した料理がくる前に、吉野はトイレに立った。

トイレには窓はひとつもなく、非常口もなかった。用を足すと念入りに手を洗った。

トイレをでたとき、店の奥のテーブルに座ってトイレの入口に視線を向けていた男たちが、あわてたように顔を伏せるのが見えた。

気の迷いでも見まちがいでもなかった。ふたりの男はたしかにトイレに入った吉野をうかがっていた。

カウンターに戻ると、ウェイターが、生ビールのジョッキと生ハムを載せた皿を吉野の目の前に差しだした。

ふたりの男がトイレのほうに視線を向けていたのは偶然ではないということには確信があった。偶然だったとしたら、あわててこちらをうかがっていた訳ではないというようなふりを装うはずもなかった。

生ハムを摘みながらビールを飲みはじめたが、背中に向けられているだろうふたりの男の視線が気になって仕方がなかった。

ビールを半分ほど飲んだところでパスタが運ばれてきたが、かきこむようにして食べたので味がわからなかった。

吉野はカウンターのなかのウェイターを小声で呼び寄せた。

「なにか」

「この店に裏口はある？」

「ええ、あの先に」

ウェイターがトイレの横のせまい通路を指さした。

「店の裏口にタクシーをつけてもらおうと思っているんだけど、なにか目印になるようなものはないかい」

「それなら店の裏の通りにこの店の看板がでていますし、通りの入口にいまどきめずらしい公衆電話ボックスがあるのですぐにわかると思います」

ウェイターがいった。

「ありがとう。それとビールをもう一杯頼む」

吉野はウェイターに礼をいって二杯目のビールの代金もふくめて勘定を払うと、パーカのポケットから携帯をとりだし、配車アプリを使って近くにいるタクシーを探した。

五分ほどで店にこられる距離にいるタクシーが見つかった。吉野は店の名前をいい、裏通りの入口の公衆電話ボックスの前で立っていると告げた。

吉野の声は客たちの喚声にかき消されて、奥のテーブルの男たちには聞こえていないはずだった。

携帯をしまい、ビールを飲みながら五分経つのを待った。

きっかり五分だけ待って吉野は半分ほどビールが残っているジョッキをカウンターに置き、ふたたびトイレに立つふりをして席を立った。

急ぎ足にならないよう、できるだけゆっくりと歩いた。

通路まで歩くと裏口に向かって一直線に駆けだしたくなったが、懸命にこらえて一歩ずつ進んだ。

裏口のとってに手をかけ、ドアを開けた。外にでたとたん、一心不乱に走った。

車道に躍りでたとき急ブレーキの音がして、吉野はあわてて足を止めた。あやうく自分が呼んだタクシーに轢かれるところだった。

タクシーのドアが開いた。

「まっすぐ行ってくれ」

後部座席に飛びこむように乗りこんだ吉野を面食らった顔で見ている運転手にいった。

タクシーが走りだした。

後ろをふり返ると、奥のテーブルに座っていたふたりの男が裏口から飛びだしてくるのが見えた。

雨に打たれながら敵意に満ちたまなざしで走り去る車を見つめるふたりの男を、吉野もまた信じられない気持ちで見つめ返した。

やはり錯覚でも思い過ごしでもなかった。ふたりの男は間違いなく自分を尾行してきたのだ。

しかし、一体どこから?

訳がわからなかった。地下鉄の駅からはタクシーに乗った。駅にいた男が追ってくることはなかったから、男とは別のふたり組がいて、彼らが車でタクシーを追いかけて店に入ってきたことになる。

そんなことがあるだろうか。考えれば考えるほど疑問は大きくふくれあがり、不安が襲ってきた。

自分になにか尾行される理由があるのだろうか。ふたたび考えたが、やはり尾行されるような理由はなにひとつ考えつかず、それよりもいまはふたりの男をまくことの方が先決だと思った。

「番町《ばんちょう》通りに入って、川反《かわばた》駅へ行ってくれ」

吉野は車が交差点に進入する寸前に運転手にいった。

運転手はすばやく左右を確認するや、アクセルを踏みこんで左に急ハンドルを切り、往来の少ない交差点から番町通りに入った。

東に向かって加速したあと、つぎの交差点を左に曲がった。

吉野は車の窓から後方をうかがった。

追いかけてくる車は見えなかったが、安心はできなかった。尾行している人間が四人以上いることも十分考えられたからだ。

そう考える一方で、吉野は自分が尾行されていることがまだ信じられなかった。

タクシーは十五階建ての五つ星ホテルの前を通り過ぎ、通りを西に進んだ。

歩道を歩いている人間は、四方から吹きすさぶ雨混じりの風でいまにも飛ばされそうなくらいだった。

吉野は茫然としながら灰色の雨に包まれた窓外の景色を見つめていた。建物の正面に雨がたたきつけられ、バルコニーや窓から雨水が滝のように流れ落ちていた。

川反駅まではほんの十分ほどだった。

メインストリートをはさんで、雑多な店舗が広がっていた。看板を連ねた雑居ビルの多い一画で、どこにでもあるような駅前の風景だった。

吉野は駅の前でタクシーを降りた。

駅のなかに入り、階段を降りるとプラットホームはつぎに出発する電車を待つ通勤客であふれ、誰も彼もが足早に歩いていた。

吉野はプラットホームのなかほどまで歩いたところで、周囲を見まわした。

スポーツバーにいたふたりの男に似た男はいなかった。

吉野はプラットホームの端まで進み、通勤客と柱のあいだに姿を隠すようにして立った。

電車がきた。

吉野は押し合いへし合いする通勤客に混じって電車に乗った。

満員の乗客にもまれながら、これからどうすべきかを考えた。

家に帰る気にはなれなかった。

五分ほどでつぎの駅に着き、吉野は人をかきわけて電車を降りた。

プラットホームを出口に向かって歩きながら、四方に目を配った。

エスカレーターに乗って地上にでると、ふたたび後方をうかがい、自分のあとを追ってくる人間がいないかたしかめた。

あわただしく往き来する人々は自分自身のことで手一杯で、他人に注意を向けている者などひとりもいなかった。

吉野は外にでてタクシーを拾った。

雨はまだ降りつづいていた。

町の中心部に戻るとタクシーを降り、すぐに別のタクシーを拾った。

十五分ほど街中《まちなか》を走らせた後、また地下鉄に乗り、二度乗り換えをしてから地上にで、ビジネスホテルを探した。

ちょうど手頃なビジネスホテルが目と鼻の先にあった。

あとを追ってくる人間がいないか、何度も後ろをふり返ってたしかめながら足早に歩いた。

後方を歩いている人間の姿はなかった。

ホテルに入ると、手短に手続きを済ませてエレベーターに乗った。

三階でエレベーターを降り、廊下の突き当たりの部屋に入った。

部屋のなかに入って鍵をかけると、パーカを脱いだ。

浴室のタオルをとって頭と顔を拭った。

ようやく安堵のため息をつき、尾行される理由が自分になにかあるのだろうかとふたたび考えた。

一時間以上も考えたが、いくら頭をひねってもなにひとつ思いつかなかった。

## 6

警察車輛の列が中通りに入った。

数年前までその付近は田圃と畑ばかりで、建物といっても通り沿いにときどき現れるパチンコ店くらいだったのだが、大型のショッピングモールができてからは車の通行量も人出も多くなり、パチンコ店も一軒残らず姿を消して、小じゃれた住宅が建ちならぶようになっていた。

雨は夜中になってようやくおさまったが、晴れ間は見えずどんよりと曇った朝だった。

油井《ゆい》は、車列の先頭を走る鑑識班のバンに揺られながら悪い予感をふり払うことができなかった。

五年も勤めればベテランといわれる鑑識の仕事をすでに三十年以上つづけている油井は、犯人の足跡さえ採取することができれば事件は解決したも同然だという信念の持ち主で、現場では足跡を捜す作業をなによりも優先させていた。

しかし現場は郊外の宅地造成地で、それも住宅の建設工事が長いあいだ中断されたままになっている一画だという情報だった。

コンクリートで土留《どど》めでもしていない限り、前日の土砂降りでいたるところが水びたしになっているはずで、そうなると足跡を見つけること自体がむずかしくなるのは目に見えていた。

中通りを抜け、造成地に着いたところで車が停まった。

誰よりも先に車を降りた油井は目の前の光景を見て思わず内心で舌打ちした。

悪い予感は当たっていた。

一帯は粘土質の軟弱な土壌で、地面には直径が十メートルはあろうかという水溜まりができていた。それは水溜まりというより、もはや沼だった。

死体は、沼の真ん中に顔を埋めるようにうつぶせになって横たわっていた。

沼の手前に、一一〇番通報を受けて真っ先に現場に駆けつけてきたに違いない地域課の巡査がひとり立っていた。

「立ち入り禁止のテープは張らなかったのか」

油井は、巡査に声をかけた。

「はい。なにしろ水溜まりが大きすぎますし、無理をしてテープを張ったりして自分の足跡をつけてはいけないと思いまして」

巡査がいった。

「よくやった。それで良い。発見者は誰だ」

「建設会社の社員です」

「建設会社の人間が、こんな朝早い時間にどんな用事があってここにきたんだ」

「ここは宅地造成地なんですが、工事が長いあいだ中断しているのは、二年前に大規模な地滑り事故があったせいなんです。それで昨日の雨でまた、地滑りなどが起きていやしないかと心配になって見にきたそうです」

第一発見者から要領よく聞きとりをしていたらしく、巡査がよどみなく答えた。なかなか優秀な警察官のようだった。

油井はもう一度、沼の真ん中に浮いている死体を見やった。

遠目のうえにうつぶせの姿勢なのでたしかなことはわからなかったが、おそらく男性だった。

男は衣服を着けておらず、全裸だった。

後続の車が停まり、捜査員たちがつぎつぎに車から降りてきた。数台の車に分乗してきた五木《いつき》署の刑事たちだった。

ドアが開き、刑事たちが車の外にでたとたんだった。ぬかるみに足をとられ、ずぶずぶと靴底が沈んだ。

慎重に足を下ろすべきだったと後悔したときにはすでに手遅れで、身動きがとれなくなった刑事たちは声なきうめき声を上げた。

油井は後ろをふり返って、立っているのもやっとの様子で危なっかしくよろめいている刑事たちを見た。

皆革靴で、長靴を履いている者などひとりもいなかった。

ぬかるみになっているとわかっている現場に革靴で臨場するなど、愚の骨頂だというしかなかった。

「おれたちが先だ。あんたたちはそこから一歩も動くなよ」

刑事たちに向かって油井が大声をあげた。

動きたくても動くことができない刑事たちは、黙っていわれた通りにするしかなかった。

油井は、もともとプロと呼べるのは鑑識の人間だけで、刑事などはアマチュアに毛が生えたような存在にすぎないという考えであり、刑事たちも捜査の決め手になるような物証を数限りなく挙げてきた油井の輝かしい経歴を知っているので、油井の高飛車な物言いに面と向かって言い返そうとする者はひとりもいなかった。

「まず足跡からだ。手順はわかっているな」

鑑識員たちに向き直って油井は大声を上げた。

「沼のなかに足を踏み入れる前に周囲に足跡が残っていないかどうか徹底的に捜せ。全部が全部、雨で流されたなどということはない。かならずどこかに足跡が残っているはずだ。

それとタイヤ痕だ。昨日の土砂降りのなか、被害者も犯人もこんなところまで徒歩でやってきたとはとても考えられない。車に乗っていたはずだ。どこかにかならずタイヤの跡がある。沼の向こう側の斜面にまわりこんで、そこから円を描くようにこちら側に戻るようにするんだ。それと犯人が死体を引きずった跡だ。犯人は車から死体を下ろして、沼の真ん中まで運んで放置した。足跡だけでなく、引きずった跡もかならずどこかにある。沼のなかに入るなよ。沼のなかに入って死体を調べるのはすべての作業が終わってからだ。それと写真撮影も忘れるな。沼の周辺の写真を撮りまくれ。どんな小さな痕跡も見逃すな。良いな、くれぐれも慎重に足を運べよ。よし、はじめろ」

制服のズボンの裾を長靴のなかにたくし入れたうえに、泥が浸入しないように粘着テープでぐるぐる巻きにして口をふさぎ、さらにそのうえから足跡がつかないようにビニール袋をかぶせた鑑識班の人間たちが油井の号令で一斉に鑑識作業をはじめた。

油井も部下たちに混じって沼のまわりを一歩一歩慎重に歩を進めた。

一歩ごとに長靴が泥のなかに沈みこんだ。重量のあるぬかるみは、一度はまると引き抜くのが厄介だった。左足を抜き、右足を進めようとすると三歩目に思わぬ深みがあったりし、たった一メートル進むのにも思わぬ時間がかかった。

鑑識員のひとりがぬかるみに足をとられて抜けなくなり、身動きがとれなくなった。進むことも後退することもできず、鑑識員はその姿勢のまま釘づけになってしまった。

助けを求めて左右を見まわしていたが、ほかの鑑識員たちもそれぞれ一歩ずつ前進することに集中していて、同僚に注意を向ける者はいなかった。

鑑識員たちは動きを最小限に抑え、両足もなるべく動かさず、できるかぎり地面に自分たちの足跡を残すまいと懸命に努力していたが、動きが制約されている分、調べにも十分な力が注げないことは、彼らを遠くから眺めているしかない捜査員たちにも一目瞭然だった。

根気の要《い》る鑑識作業が粘り強くつづけられたが、足跡はおろかタイヤ痕すら発見することができなかった。

油井は三時間以上も曲げっぱなしだった腰を伸ばして立ち上がり、大きく息を吐いた。

「よし。遺体を調べるぞ」

油井は沼の周辺に散らばっている鑑識員たちに向かっていった。

「ここからじゃなにも見えない。もう少し近づいても良いか」

鑑識員たちの作業をなす術もなく眺めていた刑事のひとりがこらえきれなくなったように叫んだ。刑事課長の川上《かわかみ》だった。

油井は声をだして返事をする代わりにうなずいた。

刑事たちは靴底にまとわりつく泥をものともせず、大股で沼の縁まで進んだ。革靴はすでに泥まみれになっており、いまさらどれだけ汚れようと気にする者などいなかった。

油井は沼水のなかに足を踏み入れた。

単なる水溜まりと思っていた沼は予想外に深く、腿の辺りまであった。

細心の注意を払っているつもりでも足元は柔らかい泥なので、両脚を抜き差しするたびに重心が不安定になってよろめきそうになった。

前を進んでいた鑑識員のひとりが靴底が滑ったのか後ろ向きに倒れそうになった。片倉《かたくら》という鑑識に入りたての新人だった。

片倉は両手を風車のようにまわしてなんとか倒れまいとしたが、それは単に反射的にでた動きに過ぎず、なんの役にも立たなかった。

両隣りを歩いていた先輩係員がとっさに手をのばして両側から支えようとしたが、それでも片倉の体は大きくのけぞったままで、いまにも背中から泥水のなかに倒れこみそうだった。

懸命に支え合っているはずなのに、泥水のなかであがいている三人の男の姿は互いに相手を泥のなかに引きずりこもうとしてもみあっているようにしか見えなかった。

間一髪のところで片倉がやっと姿勢を立て直し、泥水のなかに倒れこむのをあやういところで免れた。

鑑識員たちは悪戦苦闘の末ようやく沼の真ん中までたどりつき、油井をはじめとしてうつぶせの死体をかこむようにして立った。

首元に扼殺されたことを示す圧痕らしきものが見えたが、泥水で汚れているせいでそれがたしかに圧痕なのかどうか確信がもてなかった。

油井は死体の肩口に手を添え、少しだけ死体の向きを変えた。

たったそれだけのことをするにも足元を安定させておくために全身に力を入れていなければならなかった。

死体の顔が泥水のなかから半分だけ現れた。

首にたしかに圧痕があった。

腕をとってほんの少し曲げると、簡単に曲がった。関節はまだ硬くなっていないようだった。

ほかの鑑識員たちは足を滑らせないように苦労しながら、死体の足の裏や腕についた糸くずなどを泥ごとヘラでこそげとって採証袋に入れたり、爪や髪のサンプルを採取したりしていたが、泥水に腿まで浸かっての作業には限界があった。

油井は沼の際《きわ》に立ってこちらを見つめている川上のほうをふり返った。

「このままでは細かい作業ができん。遺体を引き揚げるぞ」

「わかった。やってくれ」

川上がいった。

「いかん。いかん。それは絶対にいかん」

川上のすぐ横に立っていた刑事が大声で異を唱えた。強行犯係の係長滝本《たきもと》だった。

滝本は課長の川上より階級は下だったが年齢は上で、刑事課ではいちばんの年長者だった。

「なぜだ」

かみつくような口調で油井が滝本をどなりつけた。

「まだ県警本部の人間がきていない。やつらが現場を見る前に、遺体を動かしたりしたら一体なにをいわれるかわからん」

滝本が答えた。

「なるほど」

滝本の横に立っていた川上が、いわれてみればその通りだというように小声でつぶやいた。

「本部の刑事が到着するまでもう少し待ってくれ」

油井に向き直った川上がいった。

「本部のやつらが来るまでおれたちに泥水のなかで突っ立っていろというのか」

油井が胴間声を響かせた。

「彼らはもうすぐ着くはずだから、少しだけ辛抱してくれ。すまん、この通りだ」

川上が、拝むように顔の前で両手を合わせた。


茶屋は機嫌が悪かった。

予感であるとか霊感であるとかの類を一切信じない茶屋だったが、この朝ばかりは「郊外の造成地で死体が見つかった」という緊急の呼びだしを受けたときから、なにやらよくないことが起こりそうな気がして仕方がなかった。

腕を組み前方をにらむようにして見つめていると、車を運転している黒谷《くろたに》という刑事が大きな欠伸をした。

「すいません」

黒谷は後部座席に座っている茶屋にミラー越しに詫びた。

「事件の捜査で徹夜でもしたのか」

茶屋が尋ねた。

「いえ、昨日は非番だったのですが、子供の夜泣きがひどくて眠れなかったんです。申し訳ありません」

黒谷が答えた。

「子供がいるのか」

「はい、三ヵ月前に長男が生まれたばかりでして」

「長男というと、男か女か」

「あの、男です。もちろん」

黒谷がいって、それきり口をつぐんだ。

「被害者が誰で、どんな状況で発見されたのか聞いているか」

「いえ、いまのところ造成地で死体が発見されたというだけで、くわしいことはなにも聞いておりません」

「事故か他殺かもわからないのか」

「はい。申し訳ありません。あ、ここで停めますか」

車が造成地の入口に達したところで、黒谷が茶屋に聞いた。

車の窓から辺りを見渡すと一面が泥濘《でいねい》と化しており、前方の大きな水溜まりの手前に一列にならんでこちらに背を向けている五木署の刑事たちが見えた。

「いや、あそこの水溜まりの手前まで行け」

茶屋はいった。

ぬかるみにはまって下ろしたての靴を汚したくなかった。

黒谷がアクセルを踏み、速度を上げた。

エンジン音を聞いてふり返った五木署の刑事たちが、自分たちに向かって突進してくる車を見てあわてて飛び退いた。あまりあわてたせいで、刑事のひとりが足を滑らせて倒れ、泥まみれになった。

黒谷がブレーキをかけた。茶屋はドアを開け、念入りに足場を選んで外にでた。

「茶屋さん」

車から降りてきたのが茶屋だとわかると、刑事課長の川上が驚いて声を上げた。

茶屋はぬかるみを避けて歩きながら刑事たちに近づいた。

「茶屋さんがこられるとは思いませんでした。ご苦労様です」

川上が敬礼し、ほかの刑事たちも一斉に敬礼を送って寄こした。

茶屋は直立不動の刑事たちには一瞥もくれず、大きな水溜まりの真ん中に立ってこちらを見ている鑑識員たちに目を向けた。

沼のように広い水溜まりのなかに死体があって、それを鑑識員たちがかこんで立っているらしかったが、彼らの体に隠れて茶屋の位置からは死体の様子を見ることができなかった。

鑑識員たちのなかに油井がいるのが見えた。油井とは現場で何度も顔を合わせたことがあり、顔見知りだった。

「やっとご到着か」

茶屋の巨体を見た油井が大声を上げた。

「そんなところで泥んこ遊びでもしているのか」

茶屋が怒鳴り返した。

「冗談じゃない。あんたたちがくるのを待ってたんだ。本部の人間が来るまで遺体を動かすなといわれてな」

油井ががなり立てた。

「被害者は男か、女か」

「男だ」

油井が顎をしゃくって見せ、鑑識員たちが茶屋からも死体が見えるように足場を変えた。

泥水のなかにうつぶせで浮かんでいる死体が見えた。

背中しか見えなかったが衣服を着けていないようだった。

「身元はわかるか」

「いまのところ、どこの誰かわからん」

「大柄な男か、それとも小柄な男か」

「背も低くはないし体重もありそうだ。どちらかといえば大柄だな」

「年齢はいくつくらいだ」

「五十代というところだろう」

茶屋はふたたび一面泥におおわれている周囲を見まわした。前日の土砂降りのなかで、大の男が裸になって泥遊びをしていたとは思えなかった。

「衣服は」

「この辺りには見当たらなかった。犯人が剝いでもっていったんだろう」

油井がいった。

「殺人なのか」

「そうだ」

「他殺に間違いないんだな」

「間違いない。被害者は首を絞められている」

油井が答えた。

「死後どれくらいだ」

「おそらく昨日の真夜中だ」

昨日の真夜中だとすると、犯人は近くに車を停めて死体を沼まで運んだに違いないと茶屋は思った。

沼の向こう側になだらかな斜面が見えた。車を停めたとしたら多分あそこだ、と思った。あそこなら最短距離で死体を沼まで運べるはずだと。

しかし問題は真夜中という時間で、それに暴風雨なみの強い雨まで降っていた。明かりがなくては足元が覚束なく、歩行も困難だったはずだ。

真っ暗だから懐中電灯をもっていたろうが、被害者は大柄で体重も相当ありそうだと油井がいうのだから、ふつうの体格の犯人では運ぶにも苦労したに違いなかった。

引きずったにせよ背負ったにせよ、水溜まりの真ん中に運んで行くには辺りを照らしながら歩く必要がある。犯人がひとりだったとしたら、懐中電灯をもっていても口にくわえるしかないはずだが、それはありそうもないことのように思えた。

おそらく犯人はふたり以上いたのに違いない、と茶屋は思った。ふたりならひとりが死体を引きずり、別のひとりが足元を照らすことができるからだ。

「タイヤ痕はあったのか」

茶屋はふたたび油井に向かって大声で尋ねた。

「タイヤ痕も足跡もすべて雨で流されちまっている」

「ひとつもないのか」

「好い加減にしてくれ。いつまで一問一答をつづけるつもりだ。こっちは面接試験を受けている訳じゃないぞ。一刻も早く遺体を引き揚げたいんだ。くわしく調べるには、引き揚げてからじゃないと無理なんでな」

油井が早口でまくしたてた。

茶屋がいった。

「わかったよ。好きにしてくれ」

長時間にわたる鑑識作業で頭から爪先まで泥まみれになった鑑識員たちが死体を引き揚げた。

茶屋が死体に近づくと、被害者の顔さえはっきりたしかめられない状態だった五木署の刑事たちも茶屋の後に従い、死体をかこんだ。

茶屋はぬかるんだ地面にうつぶせに横たえられた死体に目を向けた。油井がいった通り、大柄な男だった。

「仰向けにしてくれ」

茶屋がいうと、鑑識員がぬかるんだ地面に膝をついて死体の腹の辺りに両手を置き、慎重に仰向けにした。

付着していた泥が流れ落ちて顔が半分だけのぞいた。その瞬間、茶屋は息を飲んだ。

殺された男は茶屋がよく知っている人間だった。

茶屋は信じられない思いで、泥水で汚れた青白い顔を見つめた。

死体は百武だった。

# 7

ビルのなかに入ると、だだっ広いフロアの壁際に、直径一メートルはありそうな巨大な地球儀がこれ見よがしに置かれていた。

それを見た縣は、動坂署の鹿内に紹介された人物と、友好的とはいわないまでも打ち解けた会話ができるかどうかにわかに自信がなくなった。

受付のカウンターの前に、おそらく秘書なのだろう、ひとりの女性が背中の後ろで両手を組んだ姿勢で縣の到着を待っていた。

秘書はグレーのジャケットに膝丈の黒いスカートをはいていた。容姿は美しいが、首元に巻いたスカーフの端を純白のシャツの襟のなかにたくしこんでいるのがいただけない、と縣は頭のなかですばやく採点した。

「お待ちしていました。こちらへどうぞ」

秘書は縣の顔を見るなり、名前を聞くこともせずにエレベーターホールに向かって歩きだした。

エレベーターに乗ると、秘書が27のボタンを押した。

エレベーターは音もなく上昇し、二十七階で停まった。そのあいだも秘書はずっと背中の後ろで両手を組んだ姿勢を保っていた。

「こちらです」

秘書が先を歩き、広々とした部屋に通された。姿勢はロボットみたいに堅苦しいものだったが、動きは意外にもスムーズだった。

「こちらでしばらくお待ちください。会長はすぐに参りますので」

秘書はそういって部屋をでて行った。

いわれた通りソファに座って待っていると、隣りの部屋のドアが開いて三つ揃いのスーツを着た恰幅の良い男が入ってきた。

その男こそ動坂署の鹿内の父親、鹿内安太郎《しかないやすたろう》に違いなかった。

「あなたが鵜飼さんですかな」

ソファから立ち上がった白のパンツスーツ姿の縣を、上から下まで舐めまわすように見つめながら男が尋ねた。

年齢は八十は超えているように思えたが、上背もある恰幅のいい老人で、縣を見つめる目は猛禽《もうきん》を思わせるような鋭さがあった。

「初めまして。あなたが会長さん？」

縣が尋ねると、男がうなずいた。

「まあ、お座りください」

縣が座り、鹿内安太郎も向かいに腰を下ろした。

「鵜飼さんは警察庁の警視さんだそうですね」

「そうだけど、それがなにか?」

縣はいった。

「いや、お若いのにご立派なことだと思いましてね」

「国家公務員総合職試験に合格すれば出世が早いというだけの話。立派でもなんでもないし、わたしのせいでもない」

縣がいった。

「なるほど」

鹿内はそういって、口元に笑みを浮かべた。

「なにかおかしい?」

「いや、失敬しました。倅のやつもつくづく毎回変わった御仁を紹介してくるものだと思いましてな」

鹿内がいった。

縣は、旅先にもってきた衣装のなかでもいちばん地味なものを着てきたはずだし、自分のことを変わった人間だとはみじんも思わなかったが、あえて反論のことばは口にしなかった。

ドアが開き、盆をもった先ほどの秘書が入ってきて、テーブルのうえにグラスに入ったアイスティーを置いた。

「紅茶でよろしかったですかな」

鹿内が尋ねた。

「もちろん。ありがとう」

縣が礼をいうと、秘書は軽く頭を下げてから、空になった盆を片手に提げて部屋をでて行った。やはり盆をもっていると背中の後ろで両手を組むのはむずかしいのだろうなと、部屋からでて行く秘書の後ろ姿を見送りながら縣は思った。

「セイロンティーね。それも最高級の銘柄のお茶」

縣はアイスティーを一口飲んで、いった。

「ほう、だいぶ紅茶におくわしそうですな」

「ううん、紅茶だけじゃなく、なんでもくわしいの。ごめんなさいね」

縣はいった。

「それにしてもあんまり大きな会社なんでびっくりしちゃった。鹿内創業ってなにをしている会社なの」

鹿内創業の本社ビルを訪れる前に東京にいる道にウェブサイトを検索させて、資本金の高《たか》や系列の子会社や下請け企業がいくつあるかくらいのだいたいの概略は承知していたが、縣は尋ねた。

「元々は港の荷役《にやく》作業を請け負う会社でしたが、いまはさまざまな貿易品を扱う商社で、ほかには建設会社とそれに薬品などの開発をしている会社もあります」

「それを会長一代で築き上げたの？　すごいわね」

縣は感心して見せた。

「とんでもありません。元々は父親がはじめた会社で、わたしは父親が敷いたレールの上を脇目もふらずひたすら走ってきただけです」

鹿内がいった。

「へえ、そうなの。それじゃあなたは二代目ってことね。三代目になるはずの息子さんはなぜ警察官をしているの」

「さあ、それは。わたしが聞きたいくらいですな」

肝が据わった人物に思えた鹿内が口ごもり、鋭い目が一瞬泳いだように見えた。

どうやら鹿内安太郎は、恐れていたような誇大妄想狂でも自己顕示欲の強い男でもなく、スーツをまるで鎧のようにまとった押しだしの良さとは裏腹の、馬鹿正直といっても良いくらいの純朴な気質の持ち主のようだった。

「能判官家のことをお聞きになりたいということだったが、なにをお話しすればよろしいですかな」

話柄《わへい》を変えようとしたのか、鹿内が縣に尋ねた。

「お言葉に甘えてさっそく質問させてもらうけど、まずはじめて能判官さんに会ったのはいつのことか教えて」

「それは敗戦直後のことです」

鹿内が答えた。

「敗戦直後にあなたと秋柾氏が会ったっていうこと」

縣が尋ねた。

「秋柾さんといいますと？」

鹿内が聞き返した。

「二年前に亡くなった能判官秋柾さんのこと」

縣がいった。

「ああ、それならわたしは秋柾氏とはお会いしたことはありません」

「え、面識がないの」

「はい。敗戦直後にはじめて顔を合わせたのはわたしの父親と能判官家の先代の方です」

「先代？」

「わたしはそのころ十歳か十一歳ですからまだ学校に通っていました。秋柾さんも長生きをされたが、先代も長命な方で、秋柾さんのほうはそのころは二十歳そこそこだったはずですから、まだ当主にはなっていなかったでしょう」

鹿内がいった。

鹿内は能判官秋柾とは直接の面識がないと聞いて縣は軽い失望を覚えたが、とりあえず質問をつづけることにした。

「ふたりの先代同士が初めて会ったのには、どんな経緯があったの」

「いまもいったように、わたしの父親と能判官家の先代が会ったのは、既成の秩序が跡形もなく崩れ去った敗戦直後の混乱期でした。そんな時代のある日、わたしの父親が経営していた荷役会社で事故が起きたのです。事故といっても、従業員のひとりが作業中に軽い怪我を負っただけのことなのですが、その従業員は、当時わたしの父親と荷役作業をどちらが引き受けるかで大もめにもめていたある団体の構成員だったのです。彼は人身事故を自作自演することで父の会社の評判を落とし、長引き過ぎて膠着状態に陥っていた鬩《せめ》ぎ合いを、なんとか自分たちに有利に運ぼうと企《たくら》んだ団体が送りこんだスパイだったのです。その従業員は後遺症が一生残るかも知れないなどという偽の診断書をでっちあげたうえに、徒党を組んで会社を糾弾する活動をはじめました。拙劣といえば拙劣なやり口でしたが、陰謀は功を奏して港で起きた事故をとりあげた左翼系の新聞が、事故は会社の劣悪な労働環境が生んだ必然的な結果だと書き立て、ほかの新聞もつぎつぎとその論調に乗っかった記事を載せるようになりました。しまいには地元の地方紙だけでなく、東京に本社を置いている大新聞までもがそれに加わりました。その結果、父親の会社もおのずと事業を縮小せざるを得なくなりました。そんなときにある人が父親に能判官家の先代を紹介してくれたのだそうです。そして先代が仲介の労を執ってくれることになり、新聞社とわたしの父親のあいだで話し合いがもたれたという訳です」

「仲介って、どんな仲介をしたの」

「いまもいったように、父と新聞社の社主たちとのあいだの話し合いの席を設けてくれたそうです」

「地元の新聞社だけ？」

「いいえ、地元紙の社主だけでなく、東京に本社がある大新聞社の人間たちもふくまれていたそうです」

「その人たちのあいだで話し合いが行われたというの？」

縣が首をかしげた。

「そうですが、なにか疑問でもおありですかな」

鹿内が尋ねた。

「それで結果はどうなったの」

「くわしい経緯はわかりませんが、話し合いがもたれた日からほどなくして、事故を装った従業員の素性が暴かれ、彼を送りこんだ団体のはかりごとが明らかになったそうです。新聞は非難の矛先を一斉にそちらに向けるようになり、世論も沈静化しました。父は元のように仕事ができるようになっただけでなく、その事件がきっかけとなってさまざまな事業を展開することができるようになり、会社も急成長したという訳です」

「うまくいったという訳ね」

「ひと言でいえば、そういうことになりますな」

鹿内はそういって、ソファの背に悠々ともたれかかった。

「どうしてそんなにうまくいったの。能判官家の当主が会社と新聞社のあいだをとりもったというけど、それだけのことで新聞が糾弾の相手を手のひらを返すように変えるなんて信じられない。暴力で威圧したとか、お金を握らせたとかしたんじゃないの」

「とんでもありません」

鹿内が笑い声を上げた。

「暴力で威圧したなど、考えられないことです。当時能判官家の先代は六十歳を超えた老人だったはずですし、背後に暴力をちらつかせて相手を脅すような暴力装置があった訳でもありませんからな」

「それならどうして、そんなことができたの」

縣はしつこく食い下がった。

「能判官家はたいへん古い家柄で、さまざまな方面にたくさんの友人知己がいたというだけの話ですよ。新聞社の社主たちはもちろんだが、ひょっとしたらわれわれの会社と利権を争っていた団体の代表とも顔見知りだったということだって十分にあり得るのです。各方面の利害を調整して、お互いにとって最善の道を当事者たちに示してくれたということでしょう」

鹿内がいった。

「念のために金のことをつけ加えるなら、事件から一年ほど経ったときに、わたしの父親がなにがしかの礼をしたいと申しでたところ、かたくなに固辞されたと、これは父親自身から何度も聞かされました。父親は能判官家の先代の高潔な人格に感心することしきりでしたし、わたしも父のことばには嘘はなかったと思っています」

むずかしい顔つきで考えこんでいる縣に向かって鹿内がいった。

「そうなの」

縣がいった。

口ではそういったものの、完全に納得できた訳ではなかった。

「能判官家の先代は、なにをしていた人なの」

「なにをしていたとは？」

動坂署の署長と同じく、鹿内が質問にとまどったように聞き返した。

「つまり、仕事はなにをしていたかということ」

「ああ、そういうことですか。直接の面識がなかったわたしにはわかりかねますが、会社を経営していたとか、なにか事業をやられたという話は聞いたことがありませんな。なにしろ古い家系ですから、汗水を垂らして働かなくても最低限の生活くらいはできたのではないですかな」

「古い家系って、どれくらい古いの」

縣は、これも動坂署の署長にしたのと同じ質問をした。

「室町時代からつづいている家系だという人もいます。もともとはお伽衆《とぎしゅう》であったという人もいるし、いやお伽衆ではなく能楽師だったという人もいますが、いずれにしても当時の天下人《てんかびと》たちとひじょうに近しい家柄だったことは間違いないようです。愛宕《おたぎ》市のふたつの岬が抱えこんでいる海を相阿弥《そうあみ》湾と名づけたのは能判官家のご先祖のひとりだといわれていますし、そもそも愛宕市という名前自体、能判官家にかかわる故事に由来しているのだという説もあるほどです。それがどういう故事なのか、残念ながらくわしいことは知らないのですが、まあ、それほど古い家系ということですな」

鹿内がいった。

「古い家系だったってことはわかったけど、お金持ちだったの？　すごく大きな屋敷に住んでいるという話を聞いたんだけど」

「大きな屋敷といっても、豪華絢爛な大邸宅といったものとはほど遠い、日本風のたいへん質素な屋敷ですよ。まあ、敷地は広大ですし、庭などはさすがに風格を感じさせる立派なものですがね」

「訪問したことがあるの？」

「いえ、屋敷のなかに入ったことはありません。車で近くを通ったときに塀越しに眺めるくらいですが、地元の雑誌などには能判官家の庭の四季折々の景色を撮った写真が載ることもありますから、愛宕市の人間なら誰でも、屋敷がどんな様子なのかは知っていますよ」

「先代じゃなくて、当代だった秋柾氏のことを知っている人があなたの周囲に誰かいない？」

「さあ、心当たりがありませんな」

鹿内はしばらく考えていたが、やがてそう答えた。

「秋柾氏のお葬式はどうだったの。そんなに有名な家系ならお葬式も盛大で、さぞ大勢の人が集まったと思うんだけど」

「葬式はありませんでした」

鹿内がいった。

「なかったって、どういうこと」

「どんな形式にせよ、葬儀の類は一切行われなかったということです」

「葬儀を行うことになにか不都合な事情でもあったの」

「いいえ、そうではありません。能判官家は当主が死んでも葬式は一切行わないという代々受け継がれてきたしきたりがあるのです。これは先代も同じことで、六十年近く前、七十九歳で亡くなったそうですが、わたしの父が、恩のある方なので葬式にはぜひ参列したいと申しでたところ、能判官家は当主の葬式は行わないというしきたりがあるのだと知人から聞かされて諦めたと、これも父親の口から直接聞きました」

「じゃあ、お墓はどこにあるの」

縣は尋ねた。

「これも愛宕市の人間なら誰でも知っていることですが、能判官家には墓というものがないのです」

「お墓がない？」

縣は驚いていった。

「秋柾さんは遺言によって民間の葬儀社が火葬の手続きをし、遺骨は相阿弥湾に散骨されたと聞いています。おそらく先代も同じことをされたのだと思いますな」

「でも、家族がいるでしょう。その人たちのお墓は？　それもないってこと」

「配偶者の方はおそらく実家の墓に入ったのでしょうが、先代も当代もわたしが知る限りでは、そのほかには家族と呼べる者はいなかったはずです」

鹿内がいった。

「代々子供はたったひとりきりで、兄弟も姉妹もいなかったということ？」

「ええ」

「秋柾氏には子供はいなかった。ということは、能判官家は秋柾氏の代で途絶えてしまったということ？」

「残念ながら、そういうことになるでしょうな。いや、ちょっと待ってくださいよ」

鹿内がことばを切り、眉間にしわを寄せて束の間黙りこんだ。

「これは噂話をたまたま耳にはさんだだけなので、たしかなことはわかりませんが、秋柾さんには息子がひとりいたと聞いたことがあります。しかし、その息子は不行跡があったために勘当されたのだと」

「不行跡ってどんな不行跡」

　縣は尋ねた。

「それはわかりません」

「勘当したというのは何年くらい前の話なの」

「二十年前だったか三十年前だったか忘れてしまいましたが、とにかくその息子が若いとき、まだ成人もしていない年齢だったころのことだそうです」

　鹿内がいった。

「勘当された息子がなんという名前だったかはわかる？」

「古代です」

「コダイ？」

「ええ、能判官古代です。めずらしかったので、名前だけははっきり覚えているのですよ」

「どういう字を書くの」

「現代、近代、古代の古代です」

「それが名前なの」

「ええ、そうです」

　鹿内がうなずいた。

　聞きたいと思っていた話がようやく聞けた、と縣は思った。

　能判官秋柾のひとり息子なら一連の事件に関係していないはずがなかった。たとえなんの関係もないとしても、どうしても捜しだす必要があると思った。

「その人はいまどこにいるの」

「知っていればもちろんお教えしたいが、なにしろわたしはたまたま名前を覚えていただけですし、そもそもこの噂が本当のことなのかどうかもわからないのですからな、その息子がどこにいてなにをしているかなどわかるはずがありません」

鹿内がいった。

「ありがとう。貴重な時間を割《さ》いてもらってお礼をいうわ」

ソファから立ち上がって縣がいった。

「これだけでよろしいのですかな」

ソファに座ったままの鹿内が、縣を見上げながら困惑したように尋ねた。

「もちろんよ。すごく参考になった」

縣は笑顔でいった。

# 第六章

## 1

縣《あがた》はビルをでたところでタクシーを拾い、宿泊先のビジネスホテルに向かった。

そのホテルには前日から泊まっていた。思っていたより滞在が長引くことになりそうで、いつまでもレンタカーで移動している訳にもいかないだろうと考えたためだった。

行き当たりばったりでたまたま目に留まっただけのホテルで、市の中心部からはだいぶ外れたところにあったが、泊まってみるとなかなか快適だった。

冷蔵庫があり、清潔な浴室もあってスリッパはともかくバスローブまであり、ミニバーもついていた。

酒を飲まない縣には、まったく無用のものだったが。

ホテルには十五分ほどで着いた。

受付の前のせまいフロアを横切ってエレベーターに乗った。

三階のボタンを押して扉がゆっくりと閉まる寸前に男がひとりエレベーターのなかに走りこんできた。ジーンズにフードつきのパーカを着た学生風の若い男だった。

「何階？」

走ったために荒い息をついている男に縣が尋ねた。

「すいません。三階をお願いします」

男がいった。縣と同じ階だった。

エレベーターが三階で停まり、縣はエレベーターを降りた。縣の部屋はエレベーターから近い手前の部屋だった。

「すいませんでした」

あとから降りてきた男が、もう一度会釈をして縣の横を通り過ぎた。

この場合は「ありがとう」というのが適切な表現だろう、と縣は胸の内でけちをつけた。

男がドアの鍵を開けて入ったのは、廊下の突き当たりの部屋だった。

縣は部屋に入ると服を脱いでシャワーを浴びた。

浴室からでるとバスローブを羽織り、ベッドのうえの携帯をとりあげて、東京の道《とおる》に電話をかけた。

「お疲れ様。そっちはどんな具合」

電話にでた道が間延びした口調で聞いた。

「なに寝ぼけた声をだしているのよ。少しは眠ったの」

「お陰様で二時間ほどね。で、なにか収穫があった」

「ひとつだけわかった。能判官秋柾《のうじょうあきまさ》には息子がひとりいたらしい」

「息子がいたなんて記録はなかったけど」

「二十年か三十年前に勘当されて、家を追いだされたらしいの」

縣がいった。

「勘当って、家族の縁を切られたってことかい」

「そうだと思うけど」

「たよりないね。ま、良いけど。名前はわかる？」

「古代《こだい》。現代、近代、古代の古代。能判官古代、それが名前。勘当されたときにはまだ二十歳にもなっていなかったそうだけど、いまは四十代か五十代になっているはず」

「わかった。すぐに調べてみるよ。それはそうと、そっちにも動きがあったみたいだよ」

道が意外なことを口にした。

「動きって、どんな」

縣が尋ねた。

「死体がまたひとつでたらしい。県警本部の捜査一課も刑事を送りこんだから、殺人事件であることは間違いない」

「なんでそんなこと、あんたが知っているのよ」

「県警本部の通信指令室をハッキングして、所轄と県警本部のあいだのやりとりを逐一モニターしてるから」

当然だろうというような口ぶりで、道がいった。

「そんなことをしているから寝不足になるんじゃない。てゆうか、大体なんでそんなことをしてる訳？」

「地道なアナログな捜査をつづけているきみを、なんとかバックアップしようと思ってね」

道が答えた。相変わらずのんびりとした口ぶりだった。

「殺されたのは誰なの」

「それはまだわからない。殺人事件があったことをメディアも気づいていないみたいだし」

「氷室賢一郎《ひむろけんいちろう》氏が殺された事件と関係がありそうなの？」

「それもわからないけど、捜査一課から出張って行ったのがきみのお気に入りの茶屋《ちゃや》警部らしいから、その可能性はあるんじゃないかな」

氷室賢一郎の屋敷で会った茶屋の、百メートル先からでもわかる個性的な外見や、巨体に似合わぬ頭の回転の速さなどについては道に伝えていた。

「所轄はどこ？」

「五木《いつき》署というところだけど、どうする。現場へ行ってみる？　現場へ行くなら地図を送るけど」

どうすべきか一瞬迷ったが、現場へ行くのは被害者が誰かわかってからでも遅くない、と思った。

「地図はあとで良い。氷室賢一郎氏の事件と関係があるとはっきりしたら、茶屋さんと連絡をとってみる。でも、あの人って携帯をもっているのかな」

「最新型のスマートフォンをお持ちだよ」

道がいった。

「だから、どうしてあんたがそんなこと知ってんのよ」

「スマートフォンはつい最近購入したばかりだ。鷲谷真梨子《わしやまりこ》先生と会話するために、一生懸命メールを打つ練習をしたらしいね。なにしろ、ショートメッセージのやりとりをしている相手は鷲谷先生だけだから」

あの茶屋警部がメールを打つ？

液晶画面に表示されたキーボードを、太い指で悪戦苦闘しながらタイプする茶屋の姿を想像して、縣はあやうく吹きだしそうになった。

「悪趣味なのぞきは止めてよね。それよりも、あんたにどうしても調べてもらいたいことがあるの」

「なに？」

「能判官家というのは恐ろしく古い家系らしいんだけど、仕事はなにをしていたのか聞いても誰も知らないの。不思議に思っていたんだけど、きょうたまたまある人から、敗戦直後に能判官家の先代が事故を起こした荷役会社と事故をとりあげた新聞社の仲立ちをしたという話を聞いたの。それで考えたんだけど、能判官家というのは代々フィクサーまがいのことをして財を築いたんじゃないかな」

「フィクサーまがいのことって、たとえばどういうこと」

道が尋ねた。

「決まってるでしょ。AとBのあいだをとりもってAからもBからも礼金を受けとるってことよ。古い家系だから、愛宕市のお偉いさんたちはたいてい友人知己の類で、いろんな方面に顔が利くってことだし」

「なるほどね。まあ、あり得ない話ではないだろうけど、前にもいったように、能判官家は決して金持ちではないよ。フィクサーみたいな仕事をしていたとしても、それで財を築いたというのはどうかな」

道がいった。

「もう一度調べてくれない。荷役会社と新聞社のあいだでは話し合いが行われただけだというんだけど、話し合いをしたくらいでもめ事が丸く収まったなんてとても信じられない。能判官家には、複数の新聞社を黙らせるだけの権力がかならずなにかあったはずなの。権力といえば、なんといってもお金でしょう？」

「能判官家が代々いろいろなトラブルを解決するフィクサーの役割を果たしてきたのだとするなら、その前提として、どうしてもありあまるほどの財産をもった資産家である必要があるってことかい」

道がいった。

「そういうこと」

「でも能判官家にはありあまるどころか、資産らしい資産なんてほとんどないよ」

道がそっけなくいった。

「前にもいったように、住んでいる屋敷以外に不動産はもっていないし、銀行に預金もなければ、金融取引をしていたという記録もない」

「現金じゃなくて金《きん》とか宝石とかだったら？」

縣がいった。

「同じことだよ。金や宝石を換金すればどこかに痕跡がかならず残るからね。領収書なしの取り引きをしようと、正規の帳簿に記録を残さないようにしようと変わりない。入金経路をどんなに複雑にしようと、インプットがあればかならずどこかにアウトプットがあるのが道理だからね。起点と終点の連鎖なんだ。だから起点と終点同士をつぎつぎと結んでいけば自然に金の流れが浮かび上がる。このぼくがそれを見逃すと思うかい。それに、きみがいっていることには矛盾があるって気づいてる？」

「うん、わかってる。お金を払って相手を黙らせて、その見返りに礼金をもらうなんて、そんなおかしな話はないよね。じゃあ、暴力のほうかな。暴力で相手を脅した、とか」

「話し合いの相手である新聞社って地元紙だけだったのかい」

道が尋ねた。

「地元紙だけでなく、中央の大新聞も入っていたといってた」

「それじゃあ、無理だよ。地元の人間が経営している小さな新聞社だったらいざ知らず、東京の新聞社を暴力で動かすことができるとはとても思えない」

「そうだよね」

「とにかく、能判官古代という男の行方を捜してみるよ」

「わかった。そうして」

縣はいった。

金でも暴力でもないとしたら、能判官家の権力の源泉はなんなのだろう。電話を切ったあとも縣はそのことを考えつづけた。

2

夜中に叫び声がして、縣はまどろみを断ち切られた。

叫び声は廊下からだった。ベッドから跳ね起き、ドアを開けた。

大男が別の男の首を締め上げ、壁に押しつけていた。

壁に押しつけられて苦悶の表情を浮かべているのは、昼間エレベーターでいっしょになった若い男だった。

必死に抵抗する若い男を壁に押しつけている大男には仲間らしき男がもうふたりいて、若い男を三人がかりでホテルの外に連れだそうとしているようだった。

「あんたたち、そこでなにをしているの。警察を呼ぶわよ」

大声を上げると、三人の男がいっせいに縣のほうに顔を向けた。全員が背広姿だったが、まるでボディービルダーのように体格の良い男ばかりだった。

「いまよ」

縣が声を上げると、若い男が押しつけられている手から逃れ、縣の部屋に向かって廊下を一目散に走りだした。

「早くこっちへ」

男が部屋のなかに駆けこんでくると縣はドアを閉め、ロックをしたうえさらにチェーンをかけた。

男はTシャツにジーンズを穿き、縣はパジャマ姿だった。

すぐにドアが執拗にノックされるに違いない。最悪の場合、ドアを蹴破られることになるかも知れないと縣は考え、なにか武器になるものはないかと辺りを探した。

サイドテーブルに載ったペーパーナイフを見つけ、手にとった。

「あんた、名前は」

ドアに向かって身構えながら、男に聞いた。

「吉野といいます」

「あの男たちは誰」

「わかりません。まったく知らない人たちです」

「襲われる理由がなにかある？」

「わかりません」

吉野が困惑したように答えた。なにが起こっているのか、本当に理解できていない様子だった。

一分が経ち、二分が経った。

三分経ってもドアは蹴破られも、ノックされもしなかった。

「あんたはここにいて」

吉野にいって、縣はゆっくりとドアに近づいた。

ロックを外し、チェーンはかけたままドアを細めに開けて外をのぞき見た。

廊下の突き当たりで意外な光景が展開していた。

一体どこから入ってきたのか、また別の男が現れて背広姿の男たちにかこまれていたのだ。

男はチノパンに白シャツだけという軽装で、手にも武器らしきものはなにももっていなかった。

天井の蛍光灯の光を受けて、男たちひとりひとりの影が廊下に落ちていた。

縣は四人の男たちの挙動を息を殺して見つめた。

半円を描いて男をかこんでいる背広姿の男たちのひとりが威圧するように前へ進みでて、鼻と鼻とがつきそうになるくらい顔を近づけた。

三人の大男にかこまれている男は、中肉中背で屈強な体つきをしている訳でもなかったが、視線はまっすぐ前を向いていて、臆している様子はなかった。

背広姿の男が拳をふり上げようとしたとき、チノパンの男のほうが、目にも留まらぬ速さで拳を前に突きだした。

背広姿の男が両手で鼻をおさえて後ろへよろめいた。

殴ったというより小突いただけのように見えたが、威力は見た目とは大違いだったようで、鼻骨を砕かれたらしい男の顔面があっという間に血だらけになった。

敏捷な拳を放った男は、顔面をおおってうめき声を上げている大男を無言で見つめていた。その表情にはなんの感情も浮かんでいなかった。

ふたり目の背広姿の男が飛びかかった。男は攻撃をなんなく避け、飛びかかってきた男の後頭部をつかんでそのまま思いきり壁にたたきつけた。

ふたり目の男はうめき声を上げる暇もなく、あっけなく廊下に崩れ落ちた。

三人目が心もち頭を下げ、壁を背にして立っている男の胸をめがけて突進した。

男はわずかに重心を移して真正面から突っこんできた三人目の男をかわすと同時に、うつむく恰好になった顔面に下から膝頭を打ちこんだ。強烈な膝蹴りだった。

背広姿の男の上半身が跳ね返るように上向きになり、倒れまいとしてよろよろと後ずさった。この男の鼻骨も粉々に粉砕されたらしく、顔面は血にまみれていた。

格闘はあっけなく終わった。

ほんの一瞬で半死半生の目に遭わされた男たちが捨て身の反撃を試みるのではないかと思ったが、そうはならなかった。

背広姿の男たちは互いを助け起こし、肩を抱え合いながら捨て台詞を投げつけることもなく撤収をはじめた。

すごすごとその場を立ち去ろうとする男たちを見て、縣が彼らを見かけ倒しだと思ったかといえばそんなことはなかった。むしろ、到底敵《かな》う相手ではないと見きわめると即座に撤退を決断したことに、場数《ばかず》を踏んできたプロらしい経験値の高さを感じたくらいだった。

三人の大男を一瞬で打ちのめした男は、エレベーターの横の階段を使って撤退する男たちを追おうともせず、無表情に後ろ姿を見送っていた。

そのとき、男の顔がはじめてはっきりと見えた。

衝撃が縣の体を貫いた。

指名手配の写真で何度も見て、よく知っている人間だったのだ。

男は鈴木一郎だった。

鈴木一郎はゆっくりと体を反転させると、非常口のドアを開けた。

「待ちなさい」

廊下へ足を踏みだした縣は鈴木一郎の背中に向かって声を上げた。

鈴木一郎はふり返ろうともせず、外階段を悠然と降りはじめた。

縣はパジャマ姿であることも忘れ、夢中であとを追った。

裸足のまま鉄製の外階段を駆けおりた。

暗い通りには誰もいなかった。閑散としていた。

階段脇に置かれた大きなゴミのコンテナの裏をのぞいたが、壁とコンテナのあいだには二、三センチほどの隙間もなく、人が隠れる空間などなかった。

コンテナの蓋を開けてなかも見た。食べ物の残りかすやプラスチックの容器などがあるばかりで、やはり人などいなかった。

通りの向かい側に小さい駐車場があったが、車は一台も駐まっておらず、そこにも人の姿はなかった。

二十メートルほど先に路地があったので、そこまで行って人影がないかたしかめた。

鈴木一郎はどこにもいなかった。影も形もなかった。

## 3

自分のオフィスで報告を待っていた日馬《くさま》に電話が入ったのは、午前二時過ぎだった。

「三枝《さえぐさ》です」

「吉野は捕まえたか」

日馬は尋ねた。

「それが、失敗しました」

「失敗？　なぜだ」

「邪魔が入りました。鈴木一郎です」

「なに」

日馬は思わず声を上げた。

「鈴木一郎が現れたのか」

「はい。三人がかりで排除しようとしたのですが、なにやら拳法らしきものの心得があるらしく歯が立ちませんでした」

三枝がいった。

「鈴木が吉野を救ったということか」

「はい」

三枝が答えた。

企業向けのリスク・マネジメントを業務としている『愛宕セキュリティー・コンサルタント』は、サイバーセキュリティー・システムの開発と導入だけでなく警備員の派遣も行っていて、そのほとんどが警察か自衛隊の出身であり、三枝にしても前身は警視庁捜査一課の刑事だった。

日馬は、頭師《ずし》を捕らえに行った刑事たちが手もなく倒されたという石長の話を思いだした。

二年ものあいだ警察の目をくぐり抜けて逃亡をつづけている男は単に狡猾なだけでなく、なみなみならぬ膂力《りょりょく》の持ち主であるらしかった。

しかし、吉野を拉致できなかったのは予想外の出来事ではあったとはいえ、鈴木が向こうからできてくれたのは日馬にとって千載一遇の機会だった。

「お前たちは、いまどこにいる」

日馬はすばやく思考を切り替えて、三枝に尋ねた。

「わたしと時森《ときもり》はビジネスホテルの前の通りの向かい側に車を駐めて正面の出口を、潮見《しおみ》がホテルの裏口を見張っています」

三枝がいった。

「それで良い。鈴木がでてきたら、時森か潮見に後を尾けさせろ。お前は十分な距離をとってそのあとを車でついていけ。くれぐれも近づきすぎるな。五分刻みで場所を報告しろ。適当な地点に人員を配置する」

「わかりました」

電話を切った日馬は薄暗いオフィスを見渡した。

壁に絵画がかかっている訳でも、花を生けた花瓶がある訳でもない殺風景な部屋で、デスクのうえにはパソコンさえ置かれていなかった。

企業のあらゆるリスクに対応し管理する『愛宕セキュリティー・コンサルタント』は、契約先の会社の命運を握る企業秘密に容易に近づくことができる立場にあるだけでなく、取締役たちをはじめとする社員全員の個人資産をふくむ財政状況から家族構成、セキュリティー・チェックのための指紋や虹彩スキャンなどの生体認証データまで簡単に手に入れることができた。

それらの情報を利用してさまざまな方面に投資を行い、資産運用をすることが日馬の役目のひとつだった。

いまでは市内でも三本の指に入る預かり運用資金をもつまでになっていたが、しかしその方法もそろそろ限界がきていた。

会社をさらに大きくするには、能判官家が何百年にもわたって蓄積してきた愛宕市の情報と知識がどうしても必要だった。

それを手に入れることができれば、事業を拡大し会社の規模も爆発的に拡大させることができるはずだった。

　しかし、それがどこにどんな形で集積され保存されているかは能判官家の当主でさえ知らず、近づくことを許されているのは代々頭師家の人間に限られていた。

　記録は膨大な量にのぼるはずだから、デジタル化してUSBメモリーやハードディスクに収められていると考えるのがもっとも合理的であり、そうだとすればどこかの隠し場所に置いておくというより、頭師が肌身離さず持ち歩いている可能性が高いように思われた。

　鈴木一郎の居場所をつきとめることができれば、かならずその近くに頭師がいるはずだった。

4

　縣はベッドの上にあぐらをかいて座り、吉野は椅子に座っていた。

　縣はスウェットの上下に着替えていた。

「名前をもう一度教えて」

　縣が男に尋ねた。

「吉野です」

　男が答えた。

「下の名前も」

「吉野智宏《ともひろ》です」

「仕事はなにをしているの」

「フリーのジャーナリストです」

「ジャーナリスト？」

「あの、あなたは誰なんです」

吉野が反対に尋ねた。

「鵜飼縣」

「ウカイさん？　あなたが追いかけていった人は何者なんです」

「鈴木一郎」

「え？」

吉野が目を丸くした。

「鈴木一郎というと、二年前病院から逃亡して指名手配されているあの鈴木一郎ですか」

「そう。その鈴木一郎があんたを助けたの」

「ぼくを助けた？　どういうことです」

「それはこっちが聞きたいわ。あんた、鈴木一郎と面識でもあるの？」

「とんでもない。指名手配のポスターを見て知っているだけですよ。それより、ウカイさんは一体なにをされている方なんです」

「警察庁の監察官」

縣がいった。

「警察庁？」

吉野が声を上げた。

「本当ですか」

縣はサイドテーブルに置いてある小さな鞄から身分証明書をとりだして、吉野に見せた。

椅子から立ち上がった吉野がベッドのほうに歩み寄ってきて、縣が手にした身分証を穴が開くほど見つめた。

しばらくして顔を上げた吉野は、不思議なものでも見るような目で縣の顔を見つめて、視線をなかなか離そうとしなかった。

「納得した？」

「はい」

「この身分証が、偽物だとは思わないの」

「はい、警察手帳は日頃見慣れていますから。これは間違いなく本物です。あの、警察庁の監察官ってことは、階級は警視ってことですよね」

吉野がいった。

「まあ、これにも印刷されているけどね。警察のことにくわしいみたいだけど、どういう記事を書いているの」

「地元の警察関係の記事がほとんどです。はあ、そうでしたか。警察庁の警視様だったとは」

驚いたせいなのかそれとも安堵したせいなのか、吉野はなぜか大きなため息をつきながら椅子に戻った。

「さっき襲われる理由なんかないっていってたけど、いまはどう？　なにか思いついたことはある？」

「あの、監察官というと、ここの県警本部の監察にこられたんですか？　それともどこかの所轄署が不始末をしでかしたとか」

「わたしのことは良いから。質問に答えて」

「それが、まったくないんです。すいません」

吉野がいった。

「この二、三日、身のまわりで変わったことが起きた、とかはない？」

「それならあります」

吉野が勢いこんでいった。

「どんなこと」

「尾行されました。昨日図書館で調べものをしたあと地下鉄に乗ろうと駅に行ったのですが、そこでぼくを尾けている男に気づいてタクシーに乗ったんです。そのタクシーで隣りの町にあるスポーツバーに行ったんですが、そこにもふたり組の男が現れて、あわてて逃げだしたんです。このビジネスホテルに泊まったのも、家に帰りたくなかったからで」

「尾行される理由でもあったの」

縣が聞いた。

「それがまるで見当がつかないんです。何時間も考えてみたのですが、なにひとつ思い当たることがなくて」

「今晩あんたを襲ってきたのは、あんたを尾行していた男たちとは違うの」

「ええ、初めて見た顔でした」

吉野がいった。

「でも、あんたを尾行していた男たちとさっきの男たちとは関係があることは間違いない。ということは、あんたをつけ狙っているのはひとりではなく、たくさんいるってことよね。ひょっとしたら、なにかの組織が総出であんたを捕まえようとしているのかも知れない。本当に思い当たることはないの」

縣がいった。

「ええ、すいません」

「いまはどんな事件を追っかけているの」

「それは、ちょっと」

吉野が肩をすくめた。

「格好つけないで。協力してくれれば、あとでわたしがいま扱っている案件について好きなだけ取材させてあげるから」

「本当ですか」

吉野が椅子から腰を浮かせた。

「エスキモー、嘘つかない」

縣は片手を無表情の顔の横までもっていき、手のひらを吉野のほうに向けて、いった。

「はあ？」

意味がわからなかったらしく、吉野が顔をしかめた。

アラスカではイヌイットではなく、エスキモーと呼ぶのだ。

「良いから、話して」

「警察が交通事故を隠蔽した事件を調べているんです」

吉野がいった。

「隠蔽って、事故そのものをなかったことにしたってこと？」

「ただの他愛もない事故じゃありません。二台の車が衝突して死人まででた事故にもかかわらず、警察はマスコミに自損事故として発表したばかりか、あろうことか衝突した車を運転していた加害者を逃がしたんです」

「加害者を逃がした？　本当のことなの」

縣は吉野のことばがにわかには信じられず、聞いた。

「本当です」

吉野がいった。

「それって最近のことなの」

「三年前です」

「三年前に警察が起こした不祥事が今頃になって露見したのはどうして」

県がたずねた。

「事故を目撃した人間が名乗りでたんです。いえ、正確にいうと、目撃者は三年前にすでに名乗りでていて、衝突された車を運転していて死んだ被害者の父親とともに何度も警察に抗議に出向いたのですが、その当時目撃者は衝突した車を運転していた男の人相も運転していた車のナンバーも見ていなかったので、警察のほうは知らぬ存ぜぬの一点張りで、まったくとりあおうとしなかったそうなんです。それが三年経ったいまになって、加害者が運転していたのと同じ車種の車を目撃者が見つけだしたんです」

吉野がいった。

「それからどうしたの」

「このぼくが車種から加害者を割りだしたんです」

「車の種類だけで、持ち主がわかったっていうの」

県が疑わしげに聞いた。

「ええ。日本に何台もないめずらしい車でしたから」

吉野が得意満面で鼻をうごめかした。

「事故を隠蔽した警察ってどこなの」

「鞍掛《くらかけ》署という所轄署です」

「その所轄はどうして事故を隠して、おまけに犯人を逃がすことまでしたのよ」

「それを調べているんですよ。衝突事故を自損事故だと偽装して、加害者を裁判にもかけずに無罪放免にするなんて、よほどのことでもなければやるはずがありませんからね」

「それで、なにかわかった？」

「事故が起きたのは三年前なんですが、その所轄署つまり鞍掛署が勢力を拡大しはじめたのがその直後なんです。鞍掛署がとつぜん力《ちから》をもったのは、逃がした男となにか関係があるんじゃないかと、ぼくはにらんでいるんです」

「暴力団じゃあるまいし、地方都市の一所轄署が勢力を拡大するだの、力をもっただのって具体的にはどういうことなのよ」

「いままではほかの所轄署のものと決まっていた天下り先をつぎつぎに横どりしているんです。そのなかには県警本部の幹部クラスの定席と決まっていた企業のポストまでふくまれているんです」

「なるほど、それが勢力の拡大ってことか。それでその逃がした加害者っていうのは誰なの」

「いっても良いですが、どうせあなたは知らないでしょうし」

「良いから、いってみなさいよ」

「能判官古代です」

「なんですって」

今度は縣が腰を浮かす番だった。

「あれ、知っているんですか」

吉野がふたたび驚いたように尋ねた。

「たしかなのね」

縣は吉野に聞いた。

「ええ、たしかですけど。能判官古代のことを知っているなら、ぼくにも教えてください。いまのところわかっているのは名前だけなんです」

「そのことを誰かに話した」

「ええ、百武さんという鞍掛署の刑事に」

「鞍掛署のことを調べているのに、鞍掛署の刑事に話したの。どうして」

「百武さんは本部の捜査一課にいたころからお世話になっていた人なんですけど、鞍掛署には最近異動になったばかりで、ほかの署員たちから疎《うと》まれていますから」

「捜査一課の刑事だったの？　異動になったのはいつ？」

「去年ですけど、それがなにか」

「ちょっと、待って」

縣は吉野を手で制すると、サイドテーブルのうえの携帯をとり、道に教えてもらった茶屋の番号にかけた。

茶屋はすぐに電話にでた。

「誰だ」

いきなり茶屋の苛立った声が響いた。

「わたしよ。鵜飼縣」

縣がいった。

「どうしておれの携帯の番号を知っているんだ」

「いろいろ知ってるのよ。ごめんなさいね」

「こんな真夜中になんの用だ。おれは忙しいんだ」

「忙しいのはわかってる。また事件があったみたいね」

「そんなことまで知っているのか」

意表を突かれたらしく、茶屋が息を飲む気配が伝わってきた。

「被害者は誰だったの」

「お前さんには関係がない。早く用件をいえ。電話を切るぞ」

「ひとつ聞きたいことがあるの」

「なんだ」

「百武という刑事を知ってる？　去年まで捜査一課にいたみたいなんだけど」

「なんだと。いま百武といったのか」

とつぜん茶屋が怒鳴り声を上げた。

「そう、百武さん。知ってる？」

「いまひとりか」

急きこんだように茶屋がいった。

「いいえ、吉野さんっていうジャーナリストと話をしていたんだけど、その人から百武という名前がでたから、あんたなら知っているかと思って」

縣はいった。

「お前さんは、どこにいるんだ」

「町外れのビジネスホテル」

「住所とホテルの名前を教えろ、すぐに行く」

「え、きてくれるの」

「おれが行くまでその吉野とかいう男を逃がすなよ。良いな、わかったな」

ホテル名を聞くと脅し文句をいって、茶屋が一方的に電話を切った。

「誰に電話をかけたんです」

吉野が縣に聞いた。

「茶屋さんという捜査一課の刑事だけど」

「茶屋警部ですって。あなたはあの茶屋警部をあんた呼ばわりしていたんですか」

吉野が目を丸くした。

「茶屋さんを知ってんの」

「愛宕市でこの商売をやっていて、茶屋警部のことを知らない人間なんていませんよ」

「へえ、そうなんだ。いまからここにくるって」

「ここに茶屋警部がくるんですか」

「うん。あ、そうだ。鈴木一郎のことはしゃべらないでね」

「どうしてですか」

「良いから、わたしのいう通りにして」

縣はいった。

5

三十分後にホテルの部屋に現れた茶屋は、真夜中にもかかわらず金のかかっていそうな三つ揃いのスーツを着こんでいた。

茶屋は部屋のなかに入るやいなや吉野を見つけると、縣には目を向けようともせず、隅にあったもう一脚の椅子を吉野の向かいに乱暴に据えた。

「お前が吉野か」

茶屋が吉野をにらみつけながらいった。

「はい」

吉野は茶屋の巨体と獰猛な形相に竦みあがって、声を震わせた。

「昨日はどこにいた」

茶屋がいった。

「え、ぼくが、ですか」

「お前のほかに誰がいるというんだ。さっさと質問に答えろ」

茶屋がいまにも嚙みつかんばかりに吉野の顔に自分の顔を近づけた。

「わかりました。答えますからそんな大声をださないでくださいよ。いまも鵜飼さんにお話ししたところですけど、図書館で調べものをしたあと地下鉄の駅に行くと誰かに尾けられている気がして、地下鉄には乗らずタクシーを拾って馬場町《ばばちょう》のスポーツバーに行くことにしたんです。でも、ぼくが店に着いた直後に入ってきたふたりの男がぼくをずっと見ているんです。恐くなって店をそっと抜けだそうとすると、なんと男たちが追いかけてくるじゃありませんか。店の裏口にタクシーを呼んであったので間一髪のところで逃げられましたが、あやうく捕まるところでした。それからは乗り換えたタクシーで街中《まちなか》をでたらめに走ったり、地下鉄をいくつも乗り継いだりして、たまたま見つけたこのホテルにたどり着いたんです。そのまま家に帰ると、ぼくを追いかけていた男たちとでっくわすかも知れないと不安だったものですから」

「ホテルに着いたのは何時頃だ」

「十時を少し過ぎていたと思います」

「それからどこかにでかけたか」

「とんでもない。部屋にずっと閉じこもっていましたよ」

「一歩も外にでていないんだな」

「はい」

「嘘だったら、舌を引っこ抜くくらいでは済まさんぞ」

「滅相もない。嘘なんかついていませんよ」

「お前さんはいつからここに泊まっているんだ」

相変わらずベッドの端にあぐらをかいて座っている縣のほうをふり返って、茶屋が聞いた。

「昨日から」

「この男は昨日一晩中たしかに部屋からでなかったか」

「同じ部屋で寝ていた訳じゃあるまいし、そんなことわかる訳ないでしょ」

縣がいった。

「そうすると、お前が一晩中部屋からでなかったと証明できる人間はいないということだな」

吉野に向き直って茶屋がいった。

「勘弁してくださいよ。どうしてぼくにそんなことを聞くんです？　ぼくがなにかしたとでもおっしゃるんですか」

吉野が泣きだしそうな顔になった。

「百武は知っているな」

吉野の質問など頭からとりあおうともせず、茶屋が聞いた。

「はい」

「知っているんだな。最近会ったのはいつだ」

「昨日の昼に喫茶店で」

「昨日だと。百武とはどういう関係だ」

「どういう関係って……」

吉野が答えにくそうに口ごもった。

「どうした。どういう関係かいえんのか」

茶屋がふたたび吉野に顔を近づけた。

「去年、百武さんが暴力団の組員から大金を借りたことを記事にしました」

吉野が小さな声で答えた。

「なんだと」

茶屋が声を上げ、いっそう凶暴な顔つきになった。

「そうか。どこかで聞いたことがある名前だとは思っていたが、お前が吉野だったのか。百武が左遷させられた原因をつくった男じゃないか。そんな男がどうして百武と会ったりしているんだ」

「いろいろありまして」

吉野が小声でいった。

「おい、この男とどんな話をしたんだ」

茶屋がふたたびふり返って縣に尋ねた。

縣はいましがた吉野から聞いた話を、包み隠さず説明した。

「さあ、今度はこっちの番よ。百武さんの名前を聞いて、こんなところまで大慌てで駆けつけてきた理由を教えて」

縣が茶屋に尋ねた。

「今朝の事件と関係があるの？」

図星だったらしく茶屋が縣をにらみつけた。

「関係があるのね。百武さんがどうかしたの？」

「殺されていたのは百武だった」

茶屋がいった。

「百武さんが殺されたの？」

縣は眉をひそめた。

「え、百武さんが？」

ふたりのやりとりを聞いていた吉野が、文字通り椅子から飛び上がった。

「殺されたって、本当ですか。どうしてです？　なにがあったんです」

「昨日百武と会ったといったな。ふたりでどんな話をしたんだ」

またもや吉野の質問を無視して、茶屋が聞いた。

「いま鵜飼さんが茶屋警部に説明した話です。能判官古代が三年前死亡事故を起こして、その事故を鞍掛署が犯人ごと隠蔽した、と。それをそのまま百武さんに話しました」

顔面から血の気が引いて、蒼白になった吉野が答えた。

「百武はそれを聞いて、なにかいっていたか」

「いいえ、なにもいいませんでした。でも、口にはだしませんでしたが、能判官古代のことを自分で調べるつもりだなと思いました。いまでこそ小さな所轄署で埋もれていますけど、百武さんはもともととても優秀な刑事ですから」

「そんなことは、部外者のお前にいわれなくてもわかっている」

茶屋が怒ったようにいった。

ほんの一瞬だったが、強面《こわもて》の裏の茶屋の素顔がのぞいたような気が縣にはした。

「百武さんが殺された？　そんな馬鹿なことが……」

吉野が両手を揉みあわせながら、呆けたようにつぶやいた。

「ちょっと待て」

茶屋が眉間にしわを寄せた。

「そもそも、お前たちはどうして同じ部屋にいるんだ」

茶屋が、縣と吉野の顔を見比べながら聞いた。

「吉野さんが三人の男たちに襲われて、わたしの部屋に逃げこんできたの」

縣が答えた。

「襲われたって誰に襲われたんだ」

茶屋が今度は吉野に聞いた。

茶屋の大声に驚いて、吉野が顔を上げた。

「まったく知らない人たちでした」

「強盗か？」

「昨日この人を尾行していた男たちと関係があると思う」

ベッドにあぐらをかいている縣が助け船をだした。

「それでその男たちはどうしたんだ」

茶屋が聞いた。

「わたしが大声で、警察を呼ぶわよって叫んだら、逃げてった」

縣は嘘をついた。

茶屋は疑わしそうな表情で縣の顔を見た。

「お前が狙われている理由はなんだ」

茶屋が吉野にふり返って聞いた。

「それが全然わからないんで途方に暮れているんです。いくら考えても、尾行されたり、ましてや襲われるような理由を思いつかなくて」

吉野がいった。

「なにか隠しているんじゃないだろうな」

「なにも隠したりしていません」

「百武が殺された理由と関係があるかも知れんのだぞ」

「関係があるんですか？　どうしよう、どうしたら良いんです？　本当になにも知らないんです。ああ、百武さんが殺されただなんて」

「能判官古代というのはどういう男なんだ」

吉野の泣き言にはかまわず、茶屋が質問をたたみかけた。

「二年前に亡くなった能判官秋柾氏の息子ということ以外なにもわかりません。過去の新聞や雑誌に名前だけでも載っていないかといろいろ調べているところなんです」

吉野がいった。

「お前さんはどうだ。能判官古代という男についてなにか知っているか」

茶屋が縣に聞いた。

「わたしは東京からきたばかりで、この土地のことはなにも知らないのよ。それを調べるのは、あんたたち県警の仕事でしょう」

縣がいった。

茶屋は言い返そうとして一瞬肩をいからせたが、縣の言い分につけ入る隙がないことに気づいたらしく、獣じみたうなり声を洩らしただけだった。

縣はまったく別のことを考えていた。

鑑定入院していた病院から逃亡して指名手配までされているにもかかわらず、鈴木一郎が二年以上もこの愛宕市に留《とど》まりつづけているのはなぜなのか、と。

# 6

玄関のドアが開いてすぐに閉じ、鍵とチェーンをかける音がした。

女が帰宅したのに違いなかった。

片方の耳にイヤフォンを差しこんだ男は、盗聴器が拾った音を黒のワンボックスカーの運転席に座って聞いていた。

女の家から五十メートルほど離れた公園の前だったが、市内を走る何台ものタクシーが休憩や仮眠をとるために終日駐車している路地で、長い時間車を駐めていても誰にも怪しまれない場所だった。

盗聴器のほかに、女が家のなかで過ごす時間が長い書斎と寝室に超小型カメラが仕込んであり、映像は携帯電話の画面で見ることができた。

三十年のあいだ一日として忘れたことがなかった女が目の前に現れたのは二年前だった。

鑑定していた患者が病院から逃亡するという事件が起こり、メディアのカメラに追いまわされ、戸惑いの表情を浮かべている精神科医の顔がテレビ画面にとつぜん大写しになったのだ。

女は鷲谷真梨子と名を変えていたが、幼いころの面影がはっきりと残っていたし、首筋にある星形のほくろは見間違いようがなかった。

そのときの驚きと興奮は生涯忘れることはないだろう。急いでリモコンの録画ボタンを押し、ほんの何十秒かのニュース映像を録画すると、その夜だけでも百回以上もくり返して見た。食事はもちろん酒さえも口にせず、テレビ画面を見つめたまま釘づけになり、呼吸することすら忘れるほどだった。

翌日には女の住む家をつきとめ、三度家宅侵入をくり返した。

一度目は家の間取りとオーディオ機器などの電気製品やコンセントなどを写真に撮って、盗聴器とカメラをどこに隠せばいいか慎重に検討するために。二度目はクローゼットやドレッサーを漁って、記念品になるようなものがないか探すために。

そして三度目に盗聴器とカメラを仕掛けた。

女が上着を脱ぎ、浴室の方へ歩いていく音が聞こえた。

浴室にこそカメラを置きたかったが、どこに隠しても簡単に見つけられてしまいそうだったので、あきらめざるをえなかった。

浴槽に湯を溜める音が聞こえてきた。

下着を脱いで裸になった女の姿を想像し、男は目眩《めまい》がするほどの惑乱を覚えた。

女が浴室からでてきたのは十分後だった。

リビングを横切る足音が聞こえてきた。

女の家は清潔で広かったが、調度品は必要最低限のものしかなく、無駄な装飾も一切ない機能一辺倒の家だった。

寝室のドアを開ける音がした。

寝室に入ってきた女はバスローブ姿だった。

寝室もまたほかの部屋と同じように装飾の類はなく、ひとり暮らしの女にしては広すぎる寝室にはベッドのほかにサイドテーブルとドレッサーが置いてあるだけだった。

最初に侵入したとき、パソコンのなかに入ったデータを手に入れようとして家中を探したが、どこにも見つからなかった。職業柄なのか、女は自宅にはパソコンを置かないようにしているらしかった。

女がドレッサーのスツールに腰を下ろし、ドライヤーを使いはじめた。

ドレッサーの抽斗《ひきだし》のなかにはごくわずかな宝石類が入っているだけで、女の収入を思えば質素というより貧しいといえるほどだったし、化粧品もファンデーションと口紅以外なにもなかった。

女は嬰児《えいじ》のころでさえ、美しく整った顔立ちをしていたが、年齢を重ねてさらに美しくなっていた。ところが女は自分の容貌を誇るどころかまるで恥じ入っているかのような生活を送っており、家に男を連れこんだことも、それどころか男の知る限り同性の友人を家に招いたことすら一度もなかった。

男は、そのすべらかな黒い髪に触れ、きゃしゃな体を背後から羽交い締めにしたいと切望した。居所をつきとめた以上、女を捕らえることは容易だったが、そうしなかった。

女が立てる足音や寝息を聞き、小さな画面で女の姿を見ることで欲望が頂点に達するときをひたすら待ちつづけた。

ドライヤーの音はつづいていた。

男は目をつぶって、女の髪の匂いを嗅ぎ、女の髪を指先で梳《す》いた。

狩りのときは間近に迫っていた。

## 7

驚いたことに、鈴木一郎はビジネスホテルの正面玄関から堂々と外にでてきた。

「鈴木がでてきた。ホテル前の通りを西に向かって歩いている。後を尾けろ」

三枝は裏口を見張っている潮見に電話をかけていった。

「時森、お前も車を降りて潮見の後をついていけ。おれは車でお前の後を尾ける」

三枝は助手席の時森にいった。

「了解しました」

時森はドアを開けて車を降りた。

三枝からの電話を受けて、潮見は路地に置かれたゴミのコンテナの陰に身を隠し、表通りをうかがった。

すぐに鈴木一郎が現れた。

鈴木が路地の入口を横切って姿が見えなくなると、潮見は路地の入口まで音を立てずに前進し、建物の陰から顔をだして鈴木の後ろ姿を目で追った。

鈴木は急ぐ様子もなく、ゆっくりとした歩調で歩いていた。

白いシャツは夜目にも目立ち、三十メートル以上離れて尾行しても見逃す虞《おそ》れはなかった。潮見は路地をでて、鈴木一郎の後を尾けはじめた。

風はなかった。交差点に女がひとり、街灯の下で行きつ戻りつしながら誰かと携帯で話していた。派手なドレスを着て、ヒールの高い靴を履いた細身の女だった。

鈴木は女に見向きもせずに、傍らを通り過ぎ通りを渡った。

通り沿いにならんでいる店はすべて閉じられ、窓から洩れてくる明かりもまったくなかった。

通りを渡った鈴木は右に曲がり、まっすぐ五分ほど歩いてからさらに左に曲がって、黒門《くろもん》小路に入った。そこは居酒屋ばかりがならぶせまい路地で、店から突きだしたテーブルが狭い道をいっそう狭くしていた。

夜中の二時を過ぎているのに、十数人の客が張りだし屋根の下で酒を酌み交わし、箍《たが》が外れたような笑い声を上げていた。

せまい路地をまっすぐ前だけ見て歩く鈴木に目を向ける酔客はひとりもなく、それは潮見に対しても同じだった。

潮見は、自分の後を時森がちゃんとついてきているかたしかめるために後ろをふり返った。

時森はちょうど黒門小路に足を踏み入れたところだった。潮見は時森に一度うなずいて見せてから前に向き直った。

鈴木は小路を抜けると右に曲がり、人影のない薄暗い路地に入った。

潮見は立ち止まり、鈴木の後をついて路地に入るべきかどうか考えたが、せまい道で一対一になるのは危険すぎると判断し、後ろをついてくる時森のさらにその後を車でつけてきているはずの三枝に電話をした。

「どうした」

三枝の声がした。

「いま鈴木が黒門小路をでました。右手にある路地に入ったのですが、その先になにがあるかナビで確認できますか」

潮見が三枝に聞いた。

「ちょっと待て」

三枝がいった。

答えが返ってきたのはほんの数秒後だった。

「愛宕地方裁判所だ。そこを過ぎて市役所通りに入ると、その先に松原公設市場がある」

三枝がいった。

松原公設市場は、野菜と果物の競りが毎朝行われている市場だった。

「お前と時森は市役所通りで鈴木が路地からでてくるのを待て。おれは公設市場に車で先まわりする」


「了解しました」

潮見はいった。

時森が追いついて、潮見の横にならんで立った。

「鈴木があの路地に入った。市役所通りに通じているそうだ」

潮見は路地を指さしながら時森にいい、ふたりは鈴木が入った路地とは別の脇道に逸れた。

脇道をでたところで、人気のない通りの五十メートルほど先を歩いている鈴木の後ろ姿が目に入った。

「おれはこのまま後を尾ける。お前は公設市場に先まわりしてどこかに隠れていろ。鈴木はきっとそこを通過するはずだ」

潮見がいうと、時森はうなずいて通りと平行する裏通りに向かって歩きだした。

五分ほどで公設市場のコンクリートの柱が見えてきた。

ときおり通る車のヘッドライトが、何十本もの柱と巨大な屋根を浮かび上がらせた。屋根はあるが壁などはなく、ほかに遮蔽物もないので雨が降れば屋根の下にも雨が吹きこむ。雨風が強い日には、仲買人たちは雨合羽を着こんで競りを行うのだった。

早朝には大勢の仲買人と野菜や果物を山積みにしたトラックで賑わう市場も、さすがに夜中のこの時刻には人の姿はなく、巨大で無骨な建造物《モニュメント》だけが暗闇のなかに白々と浮かんでいるだけだった。

鈴木は歩調をまったく変えることなく、市場のなかに入っていった。

潮見は靴音を立てないよう注意しながら、三十メートルほど離れて後をついていった。

鈴木はコンクリートの建物のなかを抜けて、市場の裏手の空き地にでた。その後をついて空き地にでた潮見は、三枚の車と時森がどこかに隠れていないか四方を見まわしたが、停車している車も時森の姿も見えなかった。

そこは潮見がはじめて足を踏み入れた場所で、その先になにがあるのか見当もつかなかった。念のために懐中電灯は携行していたが、明かりを点す訳にはいかず、鈴木の白いシャツを見失わないようにするのが精一杯だった。

鈴木が空き地を抜けると、その先にところどころコンクリートが剝がれ落ちている建物があった。廃墟になった病院らしかったが、そこが目的地なのか鈴木は躊躇する様子もなく建物のなかに入っていった。

潮見は十分に間《ま》をとってから、鈴木の後を追って廃墟のなかに入った。

建物のなかに足を踏み入れたとたん、病院ではなかったらしいと気づいた。

なかは通路が複雑に入り組んでおり、錆の浮いた金属のシャッターがならんでいた。シャッターの前を通り過ぎるたびに中央の通路とはまた別の細い通路があらわれ、十メートルと進まないうちに自分が建物のどこにいるのかわからなくなった。

通路にはインクの臭いがしつこく漂っていて、昔はあるいは印刷工場だったのかもしれないと思わせた。

潮見は携帯をとりだし、近くにいるはずの三枝に電話をかけた。

三枝はすぐに電話にでた。

「いまどこだ」

三枝が聞いた。

「廃ビルのなかです」

潮見は声をひそめて答えた。

「廃ビル？」

「公設市場の裏の空き地を抜けたところにある得体の知れないビルです」

「鈴木がそこに入ったのか」

「はい」

「わかった。なんとかそのビルを見つけて出口を見張る」

「時森がどこにいるかご存じですか。姿が見えないのですが」

潮見は尋ねた。

「心配するな、時森ならおれの車に乗せた」

「そうですか」

「良いな。くれぐれも無理な追跡はするなよ。もしお前が鈴木を見失っても、後はおれたちが引き継ぐ」

三枝がそういって電話を切った。

潮見は鈴木の後を追うために歩きだしたが、床がコンクリートのために靴音が響くので、靴を脱いだ。

手探りのような状態で十メートルほど前進すると、目の前に開け放たれた鉄の扉があった。なかで鈴木が待ち伏せしているのではないかという不安があったが、思い切って扉をくぐるとそこは真っ暗な空間だった。

潮見は懐中電灯を点け四方を照らした。壁の隅に湿った段ボール箱が何段も積み重ねられ、裸の電線がとぐろを巻いて置かれていた。

出口はどこにもなく、完全な袋小路だった。

三枝はせまい私道を車で進むと、前方に半壊した建物があった。

窓ガラスは全部割られ、建物の脇に廃材が積み上げられていた。

立ち入り禁止の立て札が数メートルおきに立っていたが、三枝はかまわず車を進め、廃材の山をまわりこんで建物の裏側にでた。

「お前はここで降りて、鈴木がでてきたら後を尾けろ」

三枝は車のエンジンを切って、助手席の時森にいった。

時森は車を降り、伸び放題になっている丈の高い雑草の陰に身を隠した。

しばらくすると、非常階段の踊り場に鈴木が現れた。長年放置されていた非常階段は鈴木が一歩ずつ降りてくるたびに軋《きし》んで甲高い悲鳴を上げた。

地上に降り立った鈴木は警戒して辺りを見まわすでもなく平然と歩きだした。

通りにでるのかと思ったが、鈴木は道路に通じる道とは正反対の方角に向かおうとしていた。

雑草の陰に隠れていた時森が立ち上がって鈴木の後を尾けはじめたのをたしかめてから三枝は車のエンジンをかけ、あちこち千切れてなんの役にも立っていない有刺鉄線のフェンスに沿ってゆっくりと車を前進させた。

時森は五十メートルほど先を東に向かって歩いていた。

三枝はナビの画面で現在位置をたしかめ、日馬に電話を入れた。

「いまどこだ」

日馬の声がした。

「砧町《きぬたちょう》の廃ビルを東に五百メートルほど進んだところです。この先には民家も建物らしい建物もありません。草原と休耕した農地があるだけです」

三枝がいった。

「よしわかった。周辺に人間を配置する。お前たちは鈴木に近づきすぎるな」

「了解しました」

三枝は電話を切った。

歩調を保って歩きつづけている時森の行く手に草深い土手が現れた。

曲がりくねった道を進んでいくと、小石だらけの畑地にでた。低木の茂みにおおわれた土手があった。

土手のうえに荷台をカンバス地で覆ったトラックが停まっていた。トラックも長いあいだ放置されたままらしく、カンバス地は風雨にさらされてあちこちが破れ、タイヤは四本ともなくなっていた。

三枝は土手の斜面をゆっくりと慎重に登って停車した。

動くものはなにも見えなかった。

三枝は車を土手からいったん後退させ、木々のあいだをすり抜け、荒れ果てるに任せた畑の片隅をかすめるようにして進んだ。

茂みの陰で身をかがめている時森の姿が見えた。三枝はエンジンを切って車を降り、時森に近づいた。

三十メートルほど先に納屋らしき掘っ立て小屋があった。

「鈴木は」

三枝が時森に聞いた。

「見失ってしまいました。あの掘っ立て小屋に入ったらしいです」

時森がいった。

「ここからあそこまでは身を隠すところがない。これ以上近づくのは危険だな」

三枝はそういって、日馬に電話をかけた。

「三枝です。砧町と斎木町《さいきちょう》のあいだの農道にいます。農道の先にぼろぼろになった納屋がありますが、鈴木はその辺りで姿を消してしまいました。どうしたら良いでしょうか」

「わかった」

日馬がいった。

「お前たちはそれ以上近づくな。人員を周囲に配置して、二十四時間の監視態勢を敷け」

「了解しました」

三枝がいった。

納屋は暗闇のなかに沈んでいて、板張りの粗末な小屋だということくらいしかわからなかった。暗いなかでも、まわりより一段と暗さが濃い場所があるのが目に留まった。暗がりに引っこんでいるにもかかわらず、より暗闇の密度が高いように感じられた。

三枝は茂みから顔をだし、そこにあるのが打ちつけられた板なのか、あるいは壁のようなものだろうかとうかがったが、どれだけ目を凝らしても、それがなんなのかはわからなかった。

三枝からの電話を切った日馬は、古代に連絡しておくべきか否か一瞬迷ったが、頭師を見つけてからでも遅くないと考え直した。

部下の報告によると、古代は若いころからの剣呑《けんのん》な快楽にふたたび耽りだしたばかりか、最近ではますます歯止めが利かなくなっているようだった。

日馬は、古代の矯正しがたい悪癖によって『愛宕セキュリティー・コンサルタント』に危害が及びかねない事態になれば、たとえ主人であっても司直の手が迫る前に危険要因としてとり除くつもりだった。

# 第七章

## 1

吉野《よしの》は自分の家の玄関前に立って、入るか入るまいか長いあいだ逡巡していた。何度も辺りを見まわしては、近くに人影がないかどうかたしかめた。

意を決してドアの鍵を開けると、戸口に立ったまま、人の姿がないか家のなかをのぞきこんだ。人の姿はなかった。耳を澄ましたが、物音ひとつせず、物陰に人が潜んでいる気配もなかった。

吉野は家のなかに足を踏み入れると、急いで鍵をかけた。

リビングを忍び足で横切って、寝室と浴室をおそるおそるのぞいてみたが、どこにも人間は隠れていなかった。

吉野は安堵の吐息をつき、リビングに戻ると倒れこむようにしてソファに腰を下ろした。

前日、二時間近く茶屋《ちゃや》に責め立てられたあとでようやくホテルの自分の部屋に戻ることを許されたのだったが、百武の死を知らされた衝撃があまりに大きくて一睡もすることができなかった。そして夜が明けると同時に部屋にやってきた鵜飼という女警視から、いますぐ自宅に帰るよう言い渡されたのだった。

　昨日襲ってきた連中が家で待ち伏せしているかも知れないというと、警察が遠巻きに監視しているから心配することはないという返事だった。

　つまり、昨日襲ってきた連中をおびき寄せるための道具に使うつもりなのだった。

　勘弁してくださいと抗弁したが、女警視は見かけによらず頑固で、どれほど懇願してもいったんいいだしたことを引っこめようとはしなかった。それはそうだろう、なにしろ悪人たちだけでなく県下の全警察官にまで恐れられている茶屋警部を平然とあんた呼ばわりするような女なのだから。

　吉野はソファから立ち上がると台所まで行き、そこに置いてある道具箱の蓋を開けてドライバーやペンチのなかからいちばん大きくて重そうなスパナをとりあげた。

　リビングに戻った吉野は、スパナを後生大事に抱えてソファに座り直した。

　見知らぬ男たちが家のなかに侵入してきたらどうしたら良いだろう。警察は本当にこの家を見張ってくれているのだろうかと不安で仕方なかったが、五分と経たないうちにいつの間にか深い眠りに落ちていた。


　吉野の自宅から五百メートルほど離れた十字路の角にガソリンスタンドがあり、反対側の角に大きなファミレスの店舗があった。縣《あがた》と茶屋はそのファミレスの窓際のテーブルに向かい合って座っていた。

　午前中のまだ早い時刻だったので、広い店内に客はまばらだった。

「ここからじゃ吉野の家は見えんぞ。大丈夫なのか」

「この区画一帯の防犯カメラを使って監視しているから、怪しい人間が近づいたらすぐにわかる」

縣はいった。今朝の縣はボタンダウンの白のフランネルシャツにロングスカートという出で立ちだった。

「防犯カメラで監視しているだと？　そんなことができるのか」

茶屋が疑わしそうに尋ねた。

「ピース・オブ・ケイク」

「なんのことだ」

「ちょろいってこと」

「最初から日本語でいえ。そのお前さんの言葉遣いはなんとかならんのか」

茶屋が苛立ったようにいった。

縣は胸のなかでほくそ笑んだ。茶屋と二度三度と顔を合わせているうちに、これくらいからかい甲斐のある男はほかにいない、と気づいたのだ。

「それにしても、お前さんはなにも見ていないじゃないか」

「わたしの部下が見ている」

「ほう、お前さんに部下がいるとは驚きだな。で、そいつはどこにいるんだ」

「東京」

「東京だと」

茶屋が素っ頓狂な声を上げた。

「東京からこの辺りにある防犯カメラの映像を見ているとでもいうのか」

「ただ見ているだけじゃなく、操作もしている。首振り式のカメラに限ってだけどね」

縣がいうと、茶屋がふたたび苛立ちをあらわにした。

「そっちはどうなの。刑事さんたちをちゃんと配置したんでしょうね」

「当り前だ。道路工事の作業員にまぎれているのが三人、集配業者をよそおったバンに乗ってこの辺りを流しているのが三人、それに吉野の家からいちばん近いところにあるコンビニにふたり。合計八人が家を遠巻きにして、なにかあったらすぐ飛びだせる態勢を整えている」

茶屋がいった。

「いまいる場所から動かないよう念を押しておいてよね。間違っても吉野さんの家に近づいたりしないでって。相手はおそらくプロの集まりだわ。警官らしい人間がいると気づいたら、すぐに姿を消してしまう」

縣はそういうと、テーブルのうえの携帯をとりあげた。

「どう？　なにか動きがあった」

「いまのところなにもなし。持久戦になるような気がするな」

道《とおる》がいった。


道からつぎに電話が入ったのは一時間後だった。

「女がきた」

「女？　いまなにをしている」

縣が聞いた。

「吉野さんの玄関のドアをしつこくノックしているけど、なかから応答がないんで、あきらめて帰ろうとしているようだ」

道が答えた。

「どんな女」

縣が聞くと、すぐに携帯に写真が送られてきた。ワンピースを着た三十代の女で、どちらかといえば美人の部類だった。

「どうした。なにかあったのか」

茶屋が縣に聞いた。

「女性の訪問者があったみたい。ちょっと話を聞いてくる」

縣は座席から立ち上がった。

「ひとりで大丈夫なのか」

茶屋がいった。

「ご心配なく」

縣は店をでて、吉野の家につづく路地に入った。

ワンピース姿の女がこちらに向かって歩いてきた。

「吉野さん、家のなかからでてこなかったみたいね」

縣が女の目の前で立ち止まっていった。

「あなた、誰」

女は驚いたようだったが、眉をひそめながらも足を止めた。

「警察の人間」

縣がいった。

「警察の人間ですって？　あなた、刑事さんなの」

フランネルの白シャツに裾の広がったロングスカートという縣の服装に不審げな目を向けながら女が尋ねた。

「警察の人間といっても刑事じゃなくて、警察庁からきたんだけどね」

「警察庁？　警察庁の人がこんなところでなにをしているんです。吉野さんになにかあったんですか」

女が尋ねた。

「吉野さんは無事よ。家のなかにいるわ。怖がってでてこないか、眠っているかのどちらか。あなた、名前は」

「有坂優子《ありさかゆうこ》です」

女がいった。

「吉野さんの仕事仲間？」

縣が尋ねた。

「そうですけど、一体何事なんです」

「事情を説明する。そこのファミレスまでいっしょに来てくれない」

「それは良いですけど、あなた本当に警察庁の人なんですか」

女がいった。

「茶屋さんは知ってる？」

縣がいった。

「茶屋さんって、県警本部の茶屋警部のことですか」

「ええ、そう。ファミレスに彼もいるわ」

有坂優子は茶屋の名を聞いて驚いたようだったが、それ以上はなにもいわず、縣のあとをついて歩きだした。

「こちら有坂優子さん。吉野さんの仕事仲間だって」

ファミレスに戻った縣は、有坂を自分の横に座らせて茶屋に紹介した。

「本当に茶屋警部さんがいるなんて、驚いたわ」

向かい側に、ふたり分の席を占領して座っている茶屋の顔を見た有坂がいった。

「吉野となにを調べているんだ」

挨拶のことばもなしで、茶屋がいきなり尋ねた。

「それは、ちょっと」

当然のごとく、有坂がことばをにごした。

「三年前に鞍掛《くらかけ》署という所轄署が交通事故を署ぐるみで隠蔽した事件を追っているんでしょう？」

「どうして知っているんです」

有坂が縣の顔を見た。

「吉野さんから聞いた」

「まさかあなたたちは、わたしたちに記事を書くなって圧力をかけにきたんじゃないでしょうね」

縣と茶屋の顔を交互に見ながら有坂がいった。

「そんなことはしない」

縣がいった。

「あなた、警察庁の人だといいましたよね。それじゃあ鞍掛署の監察にきたんですか」

有坂が縣に尋ねた。

「いずれそうなるかも知れないけど、この市の所轄署の監察に入るとしたら、それは警察庁じゃなくて県警の監察の仕事ね」

県警の監察ということばを縣が口にしたとたん、茶屋の顔色が変わった。

茶屋は一瞬考えこむ顔つきになったが、黙りこんだままなにもいわなかった。茶屋が顔色を変えたのはなぜなのか、縣には見当もつかなかったが、理由を尋ねることはしなかった。

「それなら、あなたたちはなんのためにここにいるんです」

有坂が縣に聞いた。

「吉野さんの家を見張っているの」

縣が答えた。

「どうしてです」

「吉野さんが、きのう正体不明の男たちに襲われたから」

縣がいった。

「襲われた？　なぜです」

「それがわからないから、こうして吉野さんの家を見張っているの。吉野さんも自分がどうして見知らぬ男たちに襲われたかわからないといってるし」

「吉野さんを襲った男たちは捕まえたんですか」

「逃げた」

縣がいった。

「吉野さんが警察に被害届をだしたということですか。だからあなたたちがここにいるんですか」

「いいえ、たまたまわたしがその場に居合わせただけ」

「たまたま居合わせたって、吉野さんはどこで襲われたんです」

「図書館で調べものをしたあと、地下鉄で家まで帰ろうとしたところを見たこともない男に尾行されたんだって。尾行を撒《ま》こうとしてタクシーで街中《まちじゅう》をでたらめに走ったりしたあと、わたしが泊まっている町外れのビジネスホテルに飛びこんできたの。その次の夜に、男たちに襲われたって訳」

縣が説明した。

「吉野さんに怪我は」

「大丈夫。怪我はしていない。だから吉野さんには家に帰ってもらうことにした。吉野さんを襲った男たちが、家にやってくるかも知れないから」

縣がいうと、有坂が眉間にしわを寄せた。

「つまり吉野さんを囮《おとり》にしたということですか」

「そういうこと」

縣はためらいもなくいった。

「吉野さんを襲った男たちが誰なのか、あなたには心当たりがある？」

「いいえ、まったく」

有坂がかぶりを振った。

「きょうはどうして吉野の家にきたんだ」

口をへの字に結んでふたりのやりとりを聞いていた茶屋が、唐突に口をはさんだ。

「調べがどこまで進んだか聞こうと思って訪ねたんです。わたしのほうは行き詰まったままで、調査がまるで進んでいないので」

有坂が答えた。

「もう帰って良いわ。この件が片づくまで吉野さんの家には近づかないで。それと、あなた自身も身辺に気をつけてちょうだい。わたしと茶屋さんは、吉野さんが襲われた理由はあなたたちが調べていることに関係していると思っているの」

縣がいった。

「名刺はあるか」

茶屋がいった。

有坂が茶屋に名刺を渡した。

「なにかあったらすぐに警察に連絡しろ。良いな」

「なにかあったらって、たとえばどんなことです？」

「尾行されているような気がしたとか、誰かに見張られているようだと思ったらすぐに茶屋さんに連絡して。確信なんかなくても良い、気のせいだったとしてもかまわないから」

県がいった。


道がいった通り持久戦になった。有坂優子を帰したあとも不審者が吉野の家に近づく気配はなく、県と茶屋はファミレスで徹夜をすることになった。

そしてなにも起きないまま夜が明けた。

「きょうはこれでおしまいにしましょ。刑事さんたちも疲れているでしょうから交代させて。あんたはこれからどうするの？」

早朝は夜勤明けの客が多いせいか、何十席もあるテーブルの半分以上が埋まっている店内で県は茶屋にいった。

「いったん本部に戻ってまた出直してくる。お前さんはどうするんだ？」

「ホテルに戻って三時間ばかり寝ることにする」

県はそういって、人目もはばからず大きな欠伸をした。

2

耳障りな音を聞いて二輪《にわ》はふり返った。螺旋《らせん》状に延びたゆるやかなコンクリートの坂を、一台の車が二輪たちが停めている車に向かって登ってくるところだった。

そこは日馬《くさま》が鞍掛署の署長である石長《いしなが》と会った場所だったが、二輪はそんなことを知るよしもなく、頭のなかにあるのは日馬に対する怒りの感情だけだった。

運転席の日馬の顔が見えた。

日馬は二輪たちの車の脇に停車し、エンジンを切った。二輪と相原のふたりは、自分たちが乗っている車を降りると日馬が運転している車のドアを開け、後部座席に乗りこんだ。

「百武《ひゃくたけ》が死んだ。あんたが殺させたのか」

車に乗りこむなり、二輪が日馬の背中に向かって怒鳴りつけた。

「危険はとり除かなければなりませんから」

前方を向いてハンドルに手を置いた日馬が、背中を向けたままでいった。

「おれは、百武があんたたちのことを調べているらしいから気をつけろと警告しただけだ。三年前の事故をもみ消したとき、あんたと石長とのあいだで裏取引があったことを知っていたからな。それだけのことで、殺せなどとはひと言もいっていない」

「どうすべきかの判断を下すのはあなたではなく、わたしです」

日馬がいった。

「ふざけるな。ひとつ釜の飯を食った仲間が殺されたら、警察がどれだけ本気になってとり組んでくるか、あんたにはわからないのか」

「百武は同僚たちから白眼視されていたのではなかったですか」

「それでも百武が刑事であることには変わりない。もうあんたたちにはつきあい切れん。二度とおれたちに連絡しないでくれ。今日限り赤の他人だ。良いな」

二輪がいった。

「そうはいきません。あなたたちにはいままで大金を支払ってきたのですから」

「報酬分の仕事はしたはずだ。おれたちがいたからこそあんたの会社もここまで大きくなったのじゃないか」

二輪がいった。

日馬は前方のコンクリートの壁に目を向けたまま、微動だにしなかった。

両者とも口を閉じ、沈黙がつづいた。

「わかりました」

やがて日馬がいった。

「条件がひとつあります。最後にひとつだけ仕事をお願いします。それが済めば、お互い後腐れなく関係は解消ということにしましょう」

「仕事というのはなんだ」

二輪が聞いた。

「吉野を家から連れだして欲しいのです。あなたは警察の人間ですから、外へ連れだす口実ならいくらでもでっちあげられるはずです」

「吉野も殺すつもりなのか」

二輪がいった。

「それは、あなたたちとはまったく無関係のことです」

「無関係といわれても、そう易々《やすやす》と信用することはできんな。おれたちを罠に嵌めるつもりではないという保証がどこにある」

「わたしが指定する場所へ吉野を連れてきてくれるだけで良いのです。あなたたちは吉野を車から降ろしたら、すぐに立ち去ってくれれば良い。あとのことはわれわれがやりますから」

「指定する場所というのはどこだ」

「たとえば、ここではどうです」

日馬がいった。

「この駐車場か」

「ええ」

日馬がうなずいた。

「ここまで連れてくるだけで良いんだな。時間は」

「あなたたちの都合の良い時間でけっこうです。決まったらわたしに時刻を教えてください。ここでお待ちしていますから」

日馬がいった。

「よし、わかった。それだけなら雑作もないことだ。良いな、本当にこれが最後だぞ」

二輪と相原が車を降りた。

日馬はエンジンをかけ、いったんバックしてからハンドルを大きく切り返して車の向きを変えると、登ってきた傾斜路をゆっくりと下っていった。

3

縣がファミレスに戻ったのは、午後二時だった。

昼食の時間帯が過ぎて店は空いていた。

茶屋はまだきていなかった。茶屋がいないのを幸い、縣は携帯をとりだして道に電話をかけた。

「はい」

道の活気に満ちた声が返ってきた。

徹夜がつづいているのにどうしたのかと不思議に思っていると、電話口の向こうから大勢の人間のざわめきばかりか甲高い女性の笑い声まで聞こえてきた。

「そこに誰かいるの？」

縣は道にいった。

「うん。なにしろ見張っていなきゃならないモニターが多すぎるんで友達を呼んだんだ」

「まさか。その部屋に一般人を入れたの？」

「そうだけど、いけなかった？」

「当り前でしょう。そこは警視庁のなかでも機密扱いになってる部屋なのよ」

「じゃあ、帰ってもらう？」

「もう遅いわ」

縣はいった。

「まあ、良いわ。道の友達といえばプロのハッカー仲間に決まっていた。くれぐれも建物のなかをうろうろ歩きまわらせないでよ。見つかったら即逮捕だからね」

「了解」

道がいった。

「ひとつ調べてもらいたいことがあるの」

「なに」

道が聞いた。

「県警の警務部の人事ファイルが見たいの。とくに監察係の人間の名前と写真も欲しい」

「了解」

「大至急でお願い」

縣はそれだけいって電話を切った。

県警の監察ということばを聞いて顔色を変えた茶屋のことがどうしても気になって仕方がなかった。

茶屋が店に入ってきたのは一時間後だったが、そのときには頼んだファイルはすべて携帯のなかにおさまっていた。

縣の向かいの席に音を立てて座った茶屋は、朝とは違うスーツを身に着けていた。

「衣装持ちだね。一体スーツを何着もってるの」

「お前さんには関係がない」

茶屋がぶっきらぼうに答えた。

「そんなにおしゃれさんなのに、女とは縁がないんだね」

「なんだと」

「だって、あんた独身でしょ」

「大きなお世話だ」

「結婚するつもりがないの。それともゲイかなにか？」

「好い加減にしないと、二度と口がきけないようにしてやるぞ」

茶屋がすごみを利かせていった。

縣が舌先をつきだして肩をすくめて見せたとき、道からの電話が入った。

「なに」

「男がふたりきた。ドアの隙間から顔をだした吉野に警察手帳のようなものを見せている」

「警察手帳ですって？　写真を送って」

縣が道にいった。

「吉野さんの家に誰か送った？」

携帯を手にしたまま縣が茶屋に聞いた。

「そんなことはしていない」

茶屋が答えた。

写真が送られてきた。画面にはつい先ほど人事ファイルで見たばかりの男の顔が映っていた。

縣は吉野の携帯を呼びだした。吉野はすぐに電話にでた。

「誰かきたみたいね」

縣が吉野に尋ねた。

「ええ、警察の人です。聞きたいことがあるから県警本部まできてくれと。鵜飼さんが寄こした人なんですか」

吉野が尋ねた。

「いまはくわしく説明している暇はないの。しばらくのあいだだけおとなしく男のいうことにしたがって。昨日わたしが渡した携帯をもっているわね」

「はい」

「それをポケットに入れてもっていって。電源を入れて通話モードにしておいてちょうだい。良いわね」

そういって縣は電話を切った。同時に道から電話が入った。

「吉野が外にでてきた。男たちの車に乗ってどこかにでかけるみたいだ」

「わかってる。わたしの予備の携帯をもたせたから、跡を追って」

「了解」

道が電話を切った。

「おい、どうした。なにかあったのか」

向かいに座っている茶屋が縣に聞いた。

「吉野さんの家に警察がきた」

「警察だと」

「この男に見覚えはある？」

携帯の画面を茶屋に向けて縣が聞いた。

写真を見たとたん茶屋が血相を変えた。

「待って」

腰を浮かそうとした茶屋に向かって縣がいった。

「おれのやることにいちいち口をだすな。お前さんはこの町のことなどなにも知らんのだからな」

制止を聞こうともせず、茶屋が立ち上がった。

「警務部人事一課監察室二輪剛《つよし》」

縣が携帯に視線を向けたままいった。茶屋が足を止め、縣を見下ろした。

「吉野の家にきたもうひとりは、二輪の部下の相原均《ひとし》」

「どうして知っている」

「良いから、席に戻って。二輪たちは吉野さんをどこかに連れて行くつもりらしい。あんたは勇ましく飛びだしていって二輪たちを締め上げるつもりでしょうけど、そんなことをしたってなんにもならない。吉野さんをどこに連れて行く気か、まずそれをたしかめましょう。二輪たちを締め上げるのはそれからでも遅くない」

茶屋は無言でしばらく縣の頭頂部をにらみつけていたが、やがて大きく息を吐きだすと席に戻った。

「刑事さんが乗ったバンを吉野さんの家の路地の入口に配置して。そこから二輪たちの車がでてくるはず。それから車は一台だけじゃ足りない。近くの所轄署からでもなんでも良いから大至急車をかき集めて。もちろんパトカーは駄目。覆面パトカーもよ。相手は警察の人間だから、警察車輌であることをすぐに見抜く。刑事さんが私用で使っている自家用車を集めて。ほら、ぼやぼやしないで」

縣が茶屋の顔の前で手を叩いた。

茶屋はたったいま目が覚めたかのように、いわれるまま電話をかけ始めた。茶屋が携帯を握ると、マッチ箱ほどの大きさにしか見えなかった。

道から電話がかかった。

「車が県道にでた。西に向かってる」

「地図を送って」

縣の携帯に吉野の自宅付近の地図が送られてきた。

「二輪の車が県道にでた。一四五号線よ。一台は刑事さんたちのバンのあとについて走って。残りの車は県道沿いの適当な場所に待機させて」

茶屋が電話をかけようとした。

「一斉メールで送信したほうが早いんじゃない？」

縣がいった。

「メールは打たん」

そういった茶屋の顔がほんの少し赤く染まったように見えた。

「それから、これを全員の携帯に送って」

「なんだ、これは」

携帯の画面を見た茶屋が縣に聞いた。

「吉野さんの写真よ。この先なにが起こるかわからないから、刑事さんたちに吉野さんの顔だけ確認しておいてもらいたいの」

「わかった」

「二輪と相原の写真も送ったほうが良い？」

「その必要はないだろう。顔を見ればわかるはずだ」

茶屋がいった。

縣はもう一度地図を見た。二輪の車の一キロほど先に同じ県道の二七六号線とぶつかる交差点があった。

「どう。バンの後ろについた？」

茶屋に尋ねた。

「まだだ。もう少し待て」

茶屋が電話を耳に当てながら縣に向かっていった。

「写真は送った？」

「まだだ。待てといったろう」

「一キロ先に交差点がある。そこでバンは道を逸れてちょうだい。後を後続の車に引き継がせて」

縣がいった。

道からまた電話が入った。

「交差点を通過した。まっすぐ走ってる」

「この先になにがある？」

携帯の地図の交差点を指さして、縣が茶屋に尋ねた。

「神社に小学校、それに公民館がある」

茶屋が答えた。

「小学校に公民館か。おそらくどれも二輪たちの行き先じゃないわね。その先は」

「五分ほどで国道にでる」

「二輪たちは国道にでるつもりね。吉野さんの写真は送った？」

「送った」

「車は何台ある？」

「六台だ」

所轄署の刑事の私用車を運転手つきで、あっという間に六台も集めた茶屋の辣腕ぶりに縣は内心で舌を巻いた。ふだんからただただ辺りかまわず威張り散らしているだけの人間ではないらしいことがよくわかった。

「全部の車に、尾行している車の後ろにつくようにいって」

縣が茶屋にいった。

「三人は車のなかでなにか話している？」

道に聞いた。

「いや、なにも話していない。無言で車を走らせてる」

道が答えた。

「どう？　尾行している車の後ろについた？」

縣が茶屋に尋ねた。

「ああ、なんとかな」

「交差点に行き当たるごとに先頭の車は道を外れて」

「そこまでする必要があるのか」

茶屋がいった。

「勘づかれたらおしまいよ。念には念を入れるの。尾行から外れるといってもあまり遠くへは行かないで。別の道を並走して走るようにいって」

縣がいった。

「車が国道にでて高架のハイウェイに乗った。どうやら町の中心部に向かっているようだ」

道がいった。

縣がそれを伝えると、茶屋は五分ほどのあいだ、つぎからつぎへと尾行している車を運転している刑事たちに忙しく電話をかけつづけた。

「車がハイウェイを降りた。オフィス街に向かってる」

道がいった。

「付近の地図を送って」

「了解」

「二輪たちがハイウェイを降りた。尾行から外れた車をオフィス街に集めて」

縣が茶屋にいった。茶屋は携帯を耳に当てたまま、矢継ぎ早の指示に怒ったような顔で縣にうなずいた。

道から地図が送られてきた。縣は携帯の画面を見つめた。銀行や企業の持ちビルばかりで、二輪たちの目的地がどこなのか見当もつかなかった。

「立体駐車場に入った」

道がいった。

「どこ？」

「八尾《はちお》・ミュニシバーグ銀行の五十メートルほど先」

縣は携帯の地図に目を落とした。道のいった通り銀行があり、その先に立体駐車場があった。

「その……」

「わかってるよ。防犯カメラだろ？」

縣が言いかけるのをさえぎって道がいった。

「車はもう駐車場のなかに入ったんでしょう。時間がないけどなんとかなる？」

「こういうことを大の得意にしている助っ人が大勢そろっているんだ。大丈夫だよ」

道がいった。

「二輪たちが駐車場に入った。大崎町《おおさきちょう》の立体駐車場よ。車を近くに待機させて」

「そこなら知っている」

茶屋がいった。

「高層ビルみたいな駐車場で地下三階、地上は十一階だったか十二階だったか、とにかく広くて高い。なかに入らなくて良いのか」

茶屋が縣にいった。

「なかの様子は隅から隅まで防犯カメラで見られる」

縣がいった。

「本当か」

「車はいまどこ？」

茶屋に向かってうなずきながら、縣は道にいった。

「最上階まで登った。誰かいる。どうやら車の到着を待っているようだ」

「防犯カメラは？」

「映像をいま送る」

映像がきた。

車が百台以上駐められそうな広い駐車場には半分ほど空きがあり、突き当たりに男がふたり立っていた。

スーツ姿の大柄な男で、ビジネスホテルで吉野を襲った男たちの同類に違いないとひと目でわかる風貌だった。

「誰かわかる？」

縣は念のため茶屋に携帯の画面を見せた。

「初めて見る顔だ」

しばらく画面を見つめてから茶屋がいった。

「車が男たちの前で停まった。車から吉野さんともうふたり降りてきた」

道がいった。

「おっと」

道が声を上げた。

「なに？」

「揉め事が起こったみたいだ」

縣は携帯の画面を見た。男同士が吉野をはさんで揉み合っていた。

「音をだして」

縣が道にいった。

縣は携帯をテーブルの真ん中に置き、茶屋にも画像が見えるようにした。

茶屋が身を乗りだして携帯の小さな画面をのぞきこんだ。携帯から駐車場のなかの音声が聞こえてきた。

「日馬はどこだ」

「わたしたちが代理です。その男をこっちへ渡してください」

「約束が違う。この男は連れて帰る」

茶屋と縣は携帯から顔を上げ、たがいの顔を見合わせた。

「どうやらここまでね。乱闘でもはじまったら大変。吉野さんが怪我をする前にこの四人を捕まえましょう」

「よし」

茶屋が待ってましたとばかりにうなずいて、自分の携帯を耳に当てた。

「駐車場に突入しろ。最上階だ。吉野のほかに男が四人いる。全員の身柄を確保しろ」

縣は携帯の画面を見つめた。

駐車場の傾斜路を一台、二台、三台と数台の車がタイヤから煙が上がるほどの速度で駆け上がってくるのが見えた。

車の爆音に驚いてふり返ったスーツ姿の二人組の男が、数台の車が自分たちのほうに向かってくるのを見ると、つかんでいた吉野の手を離して自分たちの車に乗りこみエンジンをかけた。

二輪と相原のふたりは、男たちの車が急発進し、傾斜路を登ってきたうちの何台かがあわてて車の向きを変え後を追いかけはじめたあとも、なにが起こったのかわからない様子で吉野とともにその場に立ちつくしていた。

二輪たちの目の前で停まった車から刑事たちが降りてきた。

「監察の二輪さんです。どうしたら良いでしょうか」

二輪たちの前に立った刑事のひとりが、携帯をとりだして茶屋に尋ねる声が縣にも聞こえてきた。

「逮捕しろ。成人男子を車に監禁して連れまわした容疑だ」

茶屋が刑事にいった。

抵抗する二輪たちを抑えつけて手錠をかけ、吉野とともに車に乗せる映像が携帯の画面に映しだされた。

「あとは逃げた車ね。捕まえられれば良いんだけど」

縣がいった。

「大丈夫だ。逃がしはせん」

茶屋がいった。

縣は思わず身を固くして、男たちを捕まえたという報告が茶屋の携帯に入るのを待ちかまえた。

茶屋も押し黙り、沈黙がつづいた。

茶屋の携帯に電話がかかってきたのは十分後だった。

「どうした」

電話をかけてきたのは男たちの車を追跡していた刑事のひとりらしかった。

「なんだと」

しばらくのあいだ刑事の言い分に黙って耳を傾けていた茶屋がとつぜん大声を上げた。

「馬鹿野郎、車を降りて走ってでも追いかけろ」

茶屋が電話の相手を怒鳴りつけた。

「どうしたの」

縣は、怒りで顔を真っ赤にした茶屋に聞いた。

「見失ったそうだ」

「どうして」

「車が割りこんできて進路を妨害された」

茶屋がいった。

「割りこんできたって、迂回すれば済むことじゃない」

「二、三十トンはありそうな大型のクレーン車に完全に道をふさがれて、迂回しようとしてもできないそうだ」

茶屋がいった。

「やられたわね。あの男たちがどこかに連絡して、クレーン車を用意させたんだわ。クレーン車の運転手は？」

「身軽な男で、あっという間にどこかへ消えてしまったらしい」

茶屋が歯がみしながらいった。

## 4

茶屋と二輪は県警本部五階の小会議室にいた。茶屋は八人がけのテーブルの入口に近い席に座り、手錠をはずされた二輪は奥の窓際の席に座っていた。

「いつまでおれをこんなところに閉じこめておくつもりだ。おれになにかの嫌疑でもかかっているのか。拘束する理由をいわないなら自分の課に帰らせてもらうぞ」

「まあ、そういきり立つな。いまコーヒーでももってこさせるから、もうしばらくつきあってくれ」

椅子から立ち上がろうとした二輪を、茶屋は満面の笑みを浮かべながら手で制した。

「おれに手錠をかけたことを忘れるなよ。この礼はきっとするからな」

茶屋をにらみつけながら、二輪が椅子に座り直した。

そのときドアが開き、ふたりの人間が入ってきた。

「これは、部長」

二輪が飛び跳ねるように椅子から立ち上がり、直立不動の姿勢をとった。

刑事部長の岩倉《いわくら》は見知らぬ若い女を背後に従えていた。

女はショートカットの金髪の鬘《かつら》にベレー帽をかぶり、上半身はシャツにベスト、下半身は金色の縦縞の入った黒のパンツという出で立ちだった。

流行《はやり》のコスプレというやつなのだろうか。どこかの署で一日署長を務めることになったテレビタレントかなにかを連れてきたらしいが、それにしても女が手にしているノートパソコンはなんのためなのだろうと二輪が目をすがめて女を見つめた。

岩倉が女を前に押しだすようにしながら口を開いた。

「こちら警察庁からいらした鵜飼さんだ」

「警察庁？」

二輪は思わず、まさかご冗談でしょうと口にだしそうになるのをとっさにこらえた。

「それじゃ茶屋君、後は頼んだよ」

岩倉は茶屋に一言声をかけると、そのまま戸口から廊下へでて行ってしまった。会議室には二輪と茶屋、それに正体不明の女の三人だけになった。

女が茶屋の横に腰を下ろし、ノートパソコンを机のうえに置いた。茶屋とは顔見知りらしく、ふたりは互いに挨拶のことばを口にしないばかりか目も合わそうとしなかった。

「この女は一体誰なんだ」

二輪が茶屋に向かっていった。

「いま刑事部長がわざわざ紹介してくださったじゃないか。警察庁の鵜飼さんだよ」

茶屋がいった。

「悪ふざけもたいがいにしろ。不当逮捕したうえに、下らん茶番劇でおれを笑い者にするつもりなのか。おい、そこの女。さっさとここからでていけ。ここは遊園地ではないんだぞ」

縣に指を突きつけながら二輪がいった。

「言葉遣いには気をつけたほうが良いぞ。なにしろおれたちはぺいぺいの警部だが、この方は警視だからな」

茶屋が口元に薄笑いを浮かべながらいった。

「ふざけるな。こんな女が警察庁の人間の訳がない」

二輪がいった。

「れっきとした警察庁の監察官様だよ」

茶屋がいった。

「監察官だと？」

それは一体なんのことだというように二輪が顔をしかめた。

「ああ、東京からうちの人事課の監察にいらしたんだ。つまり、お前たちのことだよ」

縣の顔を見つめていた二輪の目が驚愕のために見開かれた。

「おじさん、なにをごちゃごちゃいってんの。取り調べをはじめるよ」

縣が口を開いた。

おじさんだと？　二輪は自分の耳を疑った。このコスプレ女はいまこのおれをおじさん呼ばわりした。

「一体なんの取り調べだ」

二輪が縣を怒鳴りつけるような大声でいった。

「あれ？　まだいってないの」

縣が茶屋に尋ねた。

「ああ、後のお楽しみにとっておこうと思ってな」

茶屋が答えた。

「こういうときって、被疑者にきちんと逮捕容疑を告げてからはじめなければいけないんだっけ」

「そこら辺はなんとなくというか、阿吽《あうん》の呼吸というやつで良いんじゃないか」

「そうなの。じゃあそうしよう。ところでこの人の容疑はなに？」

「吉野を車で連れまわした容疑だ」

「それって罪になるの」

「なにをいっている。お前さんは法律を知らんのか。立派な犯罪だ。逮捕・監禁罪だからな」

茶屋がいった。

「じゃあ、それで行こう」

縣がいって、二輪に向き直った。

「おじさんには逮捕・監禁罪の容疑がかかってる。わかった？　じゃ、取り調べをはじめるよ」

「おじさん呼ばわりは止めろ。おれにはちゃんと名前がある」

二輪がいった。

「『おじさん』が気に障った？　意外に神経質なんだね。良いよ。じゃあ二輪さん、吉野さんの家に行ったのはなぜ」

「吉野？　一体誰のことだ」

「知らないの？　吉野智宏《ともひろ》さん。フリーのジャーナリスト」

「知らん。そんな名前は聞いたこともない」

二輪がいった。

縣がベストのポケットから携帯をとりだし、机のうえに置いた。

「これ、吉野さんの携帯。録音機能もついてるの」

縣が携帯のスイッチを押すと、音声が流れた。

〈吉野智宏か〉

〈そうですけど、なにか〉

〈警察の者だが、話がある。ほんの二、三十分で済むからいっしょに来てくれないか〉

縣がもう一度スイッチを押し、音声を止めた。

「これでも吉野さんを知らない？」

「知らん。これはおれの声じゃない」

二輪がいった。

縣は表情も変えずにふたたびベストのポケットに手を突っこむと、今度は一枚の写真を撮りだしてテーブルの中央に置いた。

写真は、玄関先でことばを交わしている吉野と二輪、二輪とならんで立っている相原を撮影したものだった。

二輪はそっぽを向いて、写真を見ようともしなかった。

「ちゃんと見て」

縣がいった。二輪は横を向いたまま動こうとしなかった。

「おい、写真を見ろといっているんだ」

茶屋が二輪をどやしつけた。

二輪がしぶしぶ向き直って写真を見た。

「どう？　これもおじさんじゃないって言い張るつもり」

「わかった」

「なにがわかったの」

「これはおれだ」

二輪がいった。

「じゃあ、あらためて聞くよ。吉野さんの家に行ったのはなぜ」

縣が聞いた。

「こいつは警察をネタにした記事を書いて飯を食っている男だ。あんまりでたらめなことばかり書くのでちょっと釘を刺しに行ったんだ」

「なるほど。釘を刺しに、ね。吉野さんを家から呼びだして、一体どこに連れて行くつもりだったの」

「決まっている。警察だよ、ここだ」

そこまでいったとき二輪がとつぜん口をつぐんだ。

「待て、待て。こんな取り調べは納得できん。おい、女。本当に警察庁の人間なら身分証明書を見せろ」

ふたたび縣に指を突きつけながら二輪がいった。

縣は仕方がないわねというように小さく首をふりながら、パンツの尻ポケットから身分証明書をとりだして二輪に見せた。

身分証を見て二輪が目を丸くする様子を茶屋が横合いから相変わらずにやにや笑いを浮かべて眺

めていた。

「どう？　納得した」

縣が尋ね、二輪が力なくうなずいた。

「じゃあ、あらためて聞くよ。おじさんは吉野さんを県警本部に連れて行くつもりだったといったけど、おじさんが捕まったのは県警本部とは正反対の方角にある駐車場だった。これはどうして」

「少しばかり寄り道をしただけだ」

二輪がいった。声が一段低く小さくなっていた。

「うん、なに？　聞こえないんだけど」

「寄り道をしただけだといったんだ」

「なんのために寄り道なんかしたの」

「そんなことは一々覚えちゃいない」

「日馬って人は誰？」

縣がいった。

二輪の顔色が一瞬で変わり、身をこわばらせたのがわかった。

「日馬だと。そんな名前は聞いたこともない」

「あ、そう」

縣は机のうえに置いたノートパソコンを開いて画面を二輪のほうに向けた。

キーボードを操作すると、画面に動画と音声が流れだした。

ふたりの男たちの前で車が停まり、なかから二輪と相原、それに吉野の三人が降りてきた。

〈日馬はどこだ〉

〈わたしたちが代理です。その男をこっちへ渡してください〉

〈約束が違う。この男は連れて帰る〉

直後に吉野をはさんで四人の男たちの揉み合いがはじまった。

縣がキーを叩き、動画を止めた。

「どう？」

「知らん。おれはなにも知らん」

二輪がふたたび横を向いた。

縣は隣りの茶屋を見た。

「知らないって。どうしよう」

「仕方がない。容疑をあっちに切り替えるしかないな」

茶屋が腕を組み、これ見よがしに太い息を吐きだした。

「え、あっちに？」

「あっちに、だ」

「あっちはまずいでしょ」

「自業自得だ」

「でも、いくらなんでもあっちは」

「この男が口を割らないのでは、そうするよりほかに手はないだろう」

「でもそれじゃあ、このおじさんだけじゃなく県警にも大きな傷がつくことになるよ」

「それも致し方ない」

「おい、なにをこそこそ話しているんだ」

声をひそめたふたりの会話をなんとか聞きとろうとしてテーブルの端で耳をそばだてていた二輪がこらえきれなくなったようにいった。

「しっ、黙って。いま大事な相談をしているところだから」

縣が二輪に向かって人差し指を立てた。

「本当にあっちで良いの？」

茶屋に向き直って縣がいった。

「ああ、あっちだ」

腕組みをしたまま茶屋がうなずいた。

「それにしても殺人罪は」

「いったろう。自業自得だ」

「ちょっと、待て。一体なんの話をしている」

二輪が声を張り上げた。

茶屋が縣から視線をはずして、二輪を正面から見つめた。

「聞こえなかったのか。殺人罪だといったんだ」

「殺人罪？　おれが人を殺したとでもいうのか。おれは誰も殺してなどいないぞ」

二輪がいった。

「いや、お前は人を殺した」

「でたらめだ。おれが一体誰を殺したというんだ」

「百武だよ。お前には百武を殺した嫌疑がかかっているんだ」

「そんな」

二輪が絶句した。

「そんな、なんだ」

茶屋がいった。

「馬鹿馬鹿し過ぎて話にならん」

「ほう、そうか。百武は知っているな」

茶屋が聞いた。

二輪は答えなかった。

「百武を知っているかどうか聞いているんだ」

「去年所轄署に左遷された刑事だろう。それくらいは知っている。人事考課がおれたちの仕事だからな」

「所轄署というのはどこだ」

「そんなこと一々覚えているものか。どこかの小規模署だ」

「覚えていないことが多いな。病院で診てもらったほうが良いぞ。鞍掛署だよ」

茶屋がいった。

「どうだ、思いだしたか」

「そういえば、そんな所轄署だった気がするが」

二輪がいった。

「お前は百武を使って鞍掛署に探りを入れさせていた。百武には署長の石長の違法行為の証拠をつかむためだと説明していたが、実は違う。本当の目的は、鞍掛署の内情をあれこれ詮索する者がいないか百武に洗いださせるつもりだった。お前はずいぶん前から石長に抱きこまれていたからな」

茶屋は思いつきの推理を口にした。

「でたらめだ」

二輪がいった。

「でたらめなんかじゃない。お前の行動が逐一見張られていたことに気づかなかったのか。お前はずっとおれたちの監視下にあったんだよ」

茶屋がいった。

「監視？　おれを監視する理由などどこにある」

「お前が百武に声をかけた日からだよ。県警本部に戻すのと引き替えに、お前が百武をスパイに仕立て上げたという話をおれは相原から直接聞いているんだ。嘘だと思うなら相原に聞いてみろ」

「はったりだ。そんなはずがない」

「はったりだと思うか。さっきのこのお嬢さんの手際を見なかったのか。以前からお前を監視していなければ、右から左にお前や相原の写真や動画がつぎからつぎへとでてくる訳がないだろう。試しに何月何日の何時何分か好きな時間をいってみろ。その時刻のお前の監視映像をすぐにここにだしてやる」

茶屋が縣のノートパソコンの画面を指さしながら、今度こそはったりを口にした。

二輪の顔から血の気が引き、蒼白になった。

「百武が殺された前日の夜、お前は百武と会っていた。そこで百武はお前にあることを話した。それは署長の石長だけではなく、お前にも捜査の手が伸びてもおかしくない危険な話だった。お前はその話が外に洩れないようにするために百武の口をふさぐしかなかった」

茶屋がいった。

「あることだと？」

青ざめた二輪が口をゆがめて嘲るような笑いを浮かべた。

「あることというのはどんな話だ。そんな与太話でおれをひっかけようとしても無駄だ。あんたはなにも知っちゃいない」

「あることというのがどんな話なのか聞きたいか」

茶屋がいった。

「ああ、知っているのならいってみろ」

「三年前、鞍掛署の管轄内で起きた交通事故の話だよ。車の衝突事故で人ひとり死んだにもかかわらず、石長は車の単独事故だと発表しただけで、実際の衝突事故を隠蔽した。それだけじゃない。石長は加害者を逮捕どころか勾留さえせずに放免した。どうだ？　これでもおれがなんにも知らないと思うか」

茶屋がいった。

二輪が唇を噛んだ。

「正直に話せば殺人の容疑はとり下げてやる。どうだ、しゃべる気になったか」

「おれは殺していない」

二輪が机のうえに視線を落とし、つぶやいた。

「日馬というのは誰だ」

茶屋がいった。

「おれは関係ない。日馬が勝手にやったことだ」

「日馬というのは誰なのかいえ」

茶屋がいった。

二輪が青ざめた顔を上げた。

「おれは関係ない。日馬が勝手にやったことなんだ」

二輪がくり返した。

「わかっているよ。百武から聞いた話をお前が日馬に話し、お前から話を聞いた日馬が百武を殺した。そうだろう？　お前に人を殺せるほどの度胸はないからな」

「その通りだ」

「日馬というのはどこの誰だ」

「『愛宕セキュリティー・コンサルタント』という会社の社長だ」

「それはなんの会社だ」

「企業向けのサイバーセキュリティー対策を専門にしている会社だが、警備員や個人向けのボディーガードの派遣もしている」

「能判官古代とその会社の関係は」

「ノージョーコダイ？」

二輪が怪訝な表情で茶屋を見た。

「三年前に事故を起こした加害者だよ」

「ああ、そうだった。その男と日馬がどんな関係なのかは知らない。ただ、三年前人身事故を起こしたその男を無罪放免にするために石長と裏取引したのが日馬だったことだけは知っている」

「裏取引というのはどんな取引だ」

「日馬の会社が契約先の企業から盗んだ情報を石長に渡し、それを利用して石長は県警本部や大規模署の既得権益になっていた天下り先を切り崩して鞍掛署のものにする。その代わりに署員は石長のいうなりに動く。もちろん裏で指示をだしているのは日馬だがな」

「鞍掛署は最近、署員総出で人捜しをしているんじゃない？」

それまでふたりの話に黙って耳を傾けていた縣が唐突に口を開いて二輪に尋ねた。

「人捜し？　それは知らんが、鞍掛署の制服警官や刑事までもが県警本部に報告もせずに怪しげな動きをしているのはたしかだ。四日前、百武がおれに電話をしてきたのもおそらくそのためだ」

「そうか、わかった。石長の手足になって働いている人間は誰だ。そいつらの名前を教えろ」

茶屋がいった。

「手足？」

二輪が聞き返した。

「石長のいうことならなんでも聞く忠犬だよ。そういう人間を石長は鞍掛署のなかにかならず飼っているはずだ」

「それなら木村と中村だ。刑事だが暴走族上がりで、荒っぽい仕事を一手に引き受けている」

二輪がいった。

「そいつらはお前と石長の関係を知っているのか」

「いや、知らないはずだ」

二輪がかぶりを振った。

茶屋は隣りの縣に顔を向けた。

「どうだ。ほかに聞いておくことがあるか」

「いまのところはこれで十分」

縣がいった。

5

その夜茶屋が木村と中村を見つけたのは、金融街から少し離れた瀟洒な造りのホテルのなかにあるバーだった。

ふたりがよくそこで飲んでいると二輪に教えられて足を延ばしたのだったが、ホテルは鞍掛署の管轄外の地区にあるばかりか、銅製のプレートが嵌めこまれたドアは、入口からして安月給の刑事が酒を飲むには場違いな店に思えた。

ドアを開けてなかに入ると、磨きこまれた重厚な一枚板のカウンターが目に入った。

床も板張りで、四人がけのボックス席が入口と窓際、それにもうひとつ中央にあった。

木村と中村はカウンターのいちばん奥でふたりならんで座っていて、都合の良いことに店内にはほかに客はいなかった。

茶屋は店内を横切って、奥のカウンターの手前に座っている木村の隣りに腰を下ろした。スツールは革張りで低い背もたれまでついており、巨体の茶屋が座ってもまだ十分ゆとりがあった。

「なんだ、お前……」

気配を感じてふり向いた木村が、茶屋の顔を見てことばを飲みこんだ。

「茶屋さん」

木村が思わず茶屋の名を呼ぶと、奥に座っていた中村も驚いたようにふり返った。

「おれの顔を知っているのか」

茶屋がいった。

「それはもちろん……」

「それは感心だ。どうだ、仕事は順調か」

「はあ、まあ」

木村がいった。

「いっしょに飲んでもかまわんか」

「え？」

「この頃ウィスキーに凝りだしてな。どこかに良いバーがないか探していたんだ。お前たちがいてくれて助かったよ」

「はあ……」

「おい、バーテン。おれにウイスキーを。シングルモルトが良い。そうだな、アイルランド・パークだ。アイルランド・パークをくれ」

カウンターの端にいたバーテンダーが茶屋の前に歩み寄り、無言で茶屋の隣りの木村の顔をうかがった。

木村は顔の前の蠅を払うような仕草をして、この男のいう通りにしろとバーテンダーに伝えた。

木村の隣りに座っている中村は口を開けて茶屋を見つめたまま固まってしまったかのように身動きひとつしなかった。

「ハイランド・パークでよろしいでしょうか」

バーテンダーが茶屋に聞いた。

「おお、そうだ。それ、それ。ハイランド・パークだった。そいつをくれ。この店にあるいちばんの年代物をな。勘定はこいつらのつけだ」

「かしこまりました」

バーテンダーが頭を下げた。

「仕事といえば、最近はどんな事件を追いかけているんだ」

茶屋が木村に尋ねた。

「事件、ですか」

「お前たち、腕っ節も強いうえに頭も切れるともっぱらの評判だぞ。そんな腕利きの刑事さんがふたりもそろっているんだ。さぞやむずかしい事件を追っているんじゃないのか」

「まあ、いろいろと……」

木村がいった。

「ずいぶん忙しいらしいな。お前たちが目の色を変えて人を捜しているらしいともっぱらの噂だぞ。よほど大きな事件の容疑者なんだろうな」

茶屋がいった。

バーテンダーが茶屋の前にコースターとグラスを置いた。

茶屋はグラスをもちあげて、一口飲んだ。

「おお、うまいな。こたえられん」

「あの、わたしたちになにかお話でもあるのでしょうか」

木村がおずおずと尋ねた。

「だから、お前たちがいまとりかかっている大事件のことだよ。署員総がかりで容疑者を追いかけているんだろう？」

茶屋がいった。

「いや、決してそんなことは……」

「四日前の深夜、松原町の交差点付近に十台以上のパトカーが駆けつけたらしいじゃないか。ひき逃げや喧嘩騒ぎがあった訳でも近所でひったくりがあった訳でもない。おまけにパトカーはお前たちの署のものだけで、近くの署からの応援はもちろん本部のパトカーすら一台もなかった。鞍掛署の制服警官たちだけが雨のなか一晩中誰かを捜しまわっていたという話だ」

「そうですか。そんなことがあったのはまったく知りませんでした」

木村がいった。

「知らんのか。それは意外だな。じゃあ、もうひとつ話を聞かせてやる。その日の昼間のことだが、明石堀《あかしぼり》にある現代美術館で騒ぎがあった。ふたりの男が白髪頭の年寄りを追いかけまわしていたらしい。それも知らんか」

「知りません」

木村が落ち着かなげにスツールのうえで身をよじらせた。

「ほう、知らんか。おれの部下をさっき美術館に行かせて防犯ビデオをたしかめさせたんだが、人混みを押し退けて館内中を走りまわっていたのは、鞍掛署の木村と中村という刑事だったそうだがな。どうだ、木村と中村という名前に心当たりはないか」

「それは……」

「心当たりがあるのか」

「はい」

木村が口のなかでつぶやいた。

「うん？　聞こえんぞ」

「わたしたちです」

「お前たちが追いかけまわしていた年寄りは一体誰なんだ」

茶屋が聞いた。

「それは」

「はっきりしろ。お前たちは誰を追いかけていたんだ」

「わかりません」

木村がいった。

「なにがわからんのだ」

「自分たちが追っていた人間が誰なのかわからないということです」

木村がいった。

「お前が話している相手が誰なのかを忘れるなよ。このつぎおれを馬鹿にするような口を利いたらただじゃ済まんぞ」

「本当です。自分たちはあの年寄りが誰なのか知らないんです」

「誰なのかもわからずに追いかけていたというのか」

木村の顔をのぞきこむようにして茶屋がいった。

「はい」

「そんな馬鹿げた話をおれに信じろというのか」

カウンターのうえに置いていた木村の右手の拳に茶屋は自分の左手を重ねると、力をこめて握りしめた。

「本当なんです。自分たちはあの年寄りの名前さえ知りません。年齢は七、八十歳で身長百五十センチ前後の白髪頭の年寄りを捜せといわれただけなんです」

木村が顔を引きつらせながらいった。

「どこの誰かも知らされていないというんだな」

茶屋が聞いた。

「はい」

「で、その年寄りはどうしたんだ」

「逃げられました」

「逃げられた？　現役の刑事がふたりもそろって七十歳過ぎのよぼよぼの年寄りにまんまと逃げられたというのか」

「美術館をでたところでたまたま通りかかった男に邪魔されたんです」

額に脂汗を浮かべた木村が、苦痛から一刻も早く逃れようと早口でいった。

「お前たちは揃いもそろって人相がよろしくないからな。与太者がかよわい老人をいたぶっているのだろうと思った通りがかりの人間が割って入ったとしてもおかしくはないが、その男はなにをしたんだ」

「年寄りを捕まえようとしたところを妨害してきたんです」

「妨害した？　力ずくでお前たちから年寄りを奪いとったというのか」

「はい」

「その男はナイフか棒っ切れでも振りまわしたのか」

「いえ、丸腰でしたが、ボクシングかなにかの経験者らしくて……」

「歯が立たなかったのか」

「ええ」

「なんとも情けない話だな。で、その男はどうした」

「その男と年寄りを連れて逃げました」

「年寄りは顔見知りだったのか」

「いえ、男はたまたま通りかかっただけです。その男は……」

「止《や》めろ、それ以上はしゃべるな」

いままで身動きひとつしなかった中村が、木村を強い口調でさえぎった。

茶屋は中村に視線を向けながら、木村の拳を握った手に力をこめた。木村が上半身を折り曲げながらうめき声を洩らした。

茶屋は無言で木村の拳を握った手に力をこめつづけた。

「いいます。いいますから離してください」

体を斜めにして自らカウンターに頬を押しつける恰好になった木村が悲鳴を上げたが、茶屋はなおも木村の拳を離さなかった。

「その男は鈴木一郎でした。二年前病院から逃亡して指名手配されている人間です」

「なんだと」

拳を握りしめていた手から思わず力が抜けた。その隙を狙って木村がすばやく手を引き抜いた。

「間違いないのか」

「間違いありません」

木村が額の脂汗を拭いながらいった。

鈴木一郎が愛宕医療センターから逃亡した日に現場に居合わせた茶屋は、鈴木の異常な身体能力の高さをその目で見ていた。

「鈴木のことを石長に話したか」

「はい」

「石長はなんといっていた」

「県警本部には報せるな。鈴木と年寄りは鞍掛署の署員だけで捜せ、と」

木村がいった。

「石長はその年寄りが誰なのか知っているのか」

「はっきりとはわかりませんが、多分知っていると思います」

木村がいった。

茶屋はグラスに手を伸ばし、残ったウィスキーを飲み干した。

鞍掛署が総出で人捜しをしていることは確認できた。その人間は七、八十歳の白髪頭の老人で、名前は署長の石長しか知らないらしい。

石長が日馬という男のいいなりになっていると聞いて、氷室賢一郎を殺した犯人が躍起になって見つけだそうとしている人間を、石長が鞍掛署の署員たちに命じて捜しているに違いないと推測した鵜飼縣は、どうやら氷室賢一郎を殺害した犯人は鈴木一郎ではないらしいと考えを変えたようだった。

その鈴木が刑事の手から目当ての老人を奪いとってともに逃げたのだというが、鈴木と老人はどういう関係なのか。鈴木が一連の殺人にどう関わっていて、なんの目的で動いているのか、茶屋には見当もつかなかった。

## 6

鈴木を見失ったという納屋の周辺を二重三重にとりまいてふたたび鈴木が姿を現すのを待ちかまえているはずの三枝から日馬に電話が入ったのは、午後八時過ぎだった。

「鈴木はまだ現れません。このまま監視をつづけますか」

「当然だ。そこに何人いる」

「納屋の近くにふたり。そこから百メートル離れて四人、さらに百メートル離れて五人です」

三枝がいった。

「それでは近すぎる。三百メートル離れろ」

日馬がいった。

「はい」

「お前たちはどういう恰好をしている。まさか背広など着ていないだろうな」

「全員私服です。ふたり以上固まって行動せず、お互い十分な距離をとるよう気をつけていますし、不必要に歩きまわらず、通行人がいたら身を隠すよういってあります」

「連絡はどうしている」

「交信は携帯電話ではなく目立たぬようイヤーピースを使っています」

三枝が答えた。

「それで良い」

日馬がいった。

いくら人通りの少ない休耕中の農地とはいえ、背広姿の男たちがうろうろ動きまわっていればいやでも人目を引く。最悪の場合、警察に通報される虞《おそ》れもあった。

「では監視をつづけます」

三枝がそういって電話を切ったとき、オフィスのドアがノックされた。

入るよう促すとドアが開いて、部下のひとりが入ってきた。サイバーセキュリティーを担当している関口《せきぐち》という男だった。

「なにかあったのか」

日馬が関口に尋ねた。関口はまだ三十代の若い男だったがデニムにTシャツなどというむさくるしい恰好をしているのを一度も目にしたことはなく、つねにオーダーメイドのスーツを一分の隙もなく着こなしていた。

「メインフレームに何者かのアクセスがありました」

関口がいった。

「顧客ではないのか」

日馬が聞いた。

「そうは思えません。複数の回線を経由させて発信元を隠そうとしていますから」

関口が答えた。

日馬が口を閉じ、考えこむように眉間にしわを寄せた。

「目的はなんだ」

日馬が沈黙していたのはほんの一瞬だけで、すぐに口を開いて関口に尋ねた。

「会社の裏帳簿を探りだそうとしているようです」

「ハッカーか」

「いまのところ不明ですが、相当腕の良い人間です。外郭《がいかく》ではありますが、最初のファイアーウォールを楽々と突破してきましたから」

関口がいった。

「メインサーバーに侵入する前に発信元を突き止めろ」

「はい」

関口はそういうと、一礼して部屋からでて行った。

オフィスにひとり残った日馬は椅子の背にもたれて目を閉じた。

対処すべき問題があまりにも多かった。

吉野の拉致に失敗したうえに、頭師はいまだに発見できていなかった。なかでも看過できないのは欲望に溺れるがまま一触即発の遊戯に耽っている古代で、もし犯行が露見すれば遅かれ早かれ『愛宕セキュリティー・コンサルタント』との関係が表沙汰になることは目に見えていた。

日馬は瞑目しながらあらためて決意を固めた。

足元に火が点く前に危険因子はとり除かなければならない。

## 7

ビジネスホテルでシャワーを浴びたあと髪を乾かしていた縣に、東京の道から電話が入ったのは午後十時過ぎだった。

縣がベッドのうえに放りだしてあった携帯を耳に当てると、電話口の道の背後から複数の人間の騒がしい会話が聞こえてきた。

「どうしたの？　なにかあったの」

縣は道に尋ねた。

「システムをダウンさせたんで、皆で大汗かいて作業して、いまようやく復旧したところなんだ」

「ダウンさせたって、電源を切ったってこと？」

「うん」

「そこにあるコンピューターの電源を全部切ったの？」

「一時は警視庁中のパソコンが使えなくなって大混乱だった。課長がやってきて、なにが起きているんだとえらい剣幕で怒鳴りつけられたよ」

「課長がきたって？　じゃあ、あんたのお仲間たちも見つかったの」

「うん。きみが帰ったらじっくり話を聞くつもりだといってた」

「もう」

縣は頭を抱えた。

「大体どうしてシステムをダウンさせるようなことをしたのよ」

「もう少しで逆探知されそうになったから」

道がいった。

「はじめからちゃんと説明して」

「『愛宕セキュリティー・コンサルタント』って会社はふつうの会社じゃないね。データベースにアクセスしようとしたとたん上海に飛ばされた」

「そんなに厳重なの」

「まあ、セキュリティー・コンサルタントを名乗っているくらいだから当然といえば当然なんだけどね。それになかなか優秀な追跡ソフトをもっていて、こっちがあちこちにばらまいておいたトラップを易々とくぐり抜けただけでなくプロテクトが間に合わないくらいのスピードで追いかけてきてね、もう少しでここまでたどられるところだった」

「それでシャットダウンした訳？」

「そういうこと。こっちが警視庁だとわかると、きみの今後の捜査に支障を来すかも知れないと思って」

「じゃあ、会社のことはわからず仕舞い？」

縣は落胆していった。

「こっちには腕っこきがそろっているんだ。収穫もなしですごすごと退却する訳がないだろう」

「勿体《もったい》ぶらないでよ」

縣は目くじらを立てていった。

「どうやらセキュリティー・コンサルタントは表の顔で、裏では無許可で信託業務を行っているらしい」

「それって地下銀行のことだよね。どの程度の規模なの」

「細かい金のやりとりは韓国、中国、東南アジア全般、それに中近東まで広い範囲にわたっているけど、それとは別に大きな流れが二本あって、ひとつはグランド・ケイマン島の銀行へ、もうひとつはドイツの会社でルクセンブルクにある支社へ毎月億単位の金が送られている。この会社はヨーロッパでいくつかのカジノの経営に携わっているから、間違いなくマネー・ロンダリングのための送金だろうね」

「日馬という男の経歴は？」

「三年前までは十年以上ベルギーに住んでいた」

「ベルギー？」

「うん。ブリュッセルにね。本拠地であるブリュッセルとアフリカの紛争地域を頻繁に往復する生活をしていた。戦場では敵陣の後方攪乱を得意にしていたらしいから、ありとあらゆる通信機器に精通しているだろうし、コンピューターにもくわしいはずだ。それにもうひとつ。どういう経緯《いきさつ》かわからないけど医者としての経験も豊富でどこの前線でも重宝されたらしい。三年前に日本に帰ってきてそれ以来愛宕市で暮らしている。サイトの履歴では名古屋の専門学校をでたシステムエンジニアということになっているけどね。四十一歳で独身、親族もなし」

「医者としての経験も豊富ねえ」

縣がつぶやいた。耳寄りな情報だった。

「写真を送ろうか」

道がいった。

「うん、送って」

縣が答えると、携帯の画面に真っ黒に日焼けした背の高い恰幅のいい男が現れた。迷彩服のうえからでも無駄なく鍛え上げられた体つきをしているのは一目瞭然だった。

正面を向いているので写真は隠し撮りされたものではなく、戦場でなにかの記念に撮られたものらしかった。

「こういう人間には迂闊に近づかないほうが身のためだと思うよ」

縣が写真を見つめていると、電話口で道がいった。

「能判官古代がその会社にどう関わっているのかわかった？」

縣は携帯に日馬の写真を保存してから道に尋ねた。

「それはわからなかった。サイトにも記載はないし、隠しフォルダーのなかにも名前は見当たらなかった。でも別のところで見つけたよ。二十四年前に東京の大学を卒業してから複数のベンチャー企業を渡り歩いて、三十歳の年にＩＴ関連の自分の会社を立ち上げた斉藤工作という男だ。めきめきと頭角を現して業界では知らぬ者はないくらいの存在だったのに、三年前になぜか会社を清算して愛宕市へ行き、そこから神隠しにあったみたいにこの世から姿を消した」

「姿を消した？」

「愛宕市に行ってからの記録がどこにもないってこと」

道がいった。

「そして、まるで入れ替わるようにして能判官古代という男が現れた」

縣がいった。

「そういうこと。能判官古代と日馬が愛宕市で偶然知り合ったのか、古代が日馬をベルギーから呼び寄せたのかはわからないけど、古代が『愛宕セキュリティー・コンサルタント』の設立に深く関わっていたことは間違いないと思う。わかったのはいまのところそれくらい」

「写真はある？」

「東京にいたころの斉藤工作の写真なら」

「それで良いわ。送って」

「送った」

「ありがとう、助かったわ。もう『愛宕セキュリティー・コンサルタント』のサーバーには近づかないでちょうだい。相手は二回目のハッキングを罠を張って待ちかまえているだろうから」

「了解」

道がそういって電話を切った。

縣がベッドのうえに携帯を置いたとき、ドアをノックする音がした。

ベッドから立ち上がってドアまで行き、ピープホールをのぞくと廊下に茶屋が立っていた。こんな時間に予告もなしに女性の部屋に押しかけてくるのはいかにも茶屋らしかった。

縣はチェーンをはずしてドアを開けた。

「風呂上がりだったのか」

部屋のなかに入ってきた茶屋が、スウェット姿の縣を見ていった。

「髪を乾かしていたところ」

「なにか飲むものはあるか」

「お酒ならそこにミニバーがある。勝手に飲んで」

茶屋は遠慮もなしに大股で部屋を横切ってミニバーに歩み寄った。

「なんだこれは」

ウィスキーのミニボトルを指先で摘みあげた茶屋が縣にいった。

「ウィスキーのミニボトル。見たことない？」

「こんなものでは飲んだ気にならん。ルームサービスはないのか」

「ここはビジネスホテルで、高級ホテルじゃないの」

縣がそっけなくいった。

茶屋は悪態をつきながら酒をミニバーに戻すと、部屋の隅にあった椅子を引き寄せて座った。

「それで『愛宕セキュリティー・コンサルタント』という会社のことはなにかわかったか」

ベッドに腰を下ろした縣は、たったいま道から聞いたことをそのまま茶屋に話して聞かせた。

「傭兵上がりか。そういうことなら一連の殺人の黒幕は日馬と考えてほぼ間違いないな」

茶屋がいった。

「あるいは直接手を下した犯人かも」

「犯人は鈴木一郎だと考えていたのではないのか」

「そんなこと一度も考えたことないよ。鈴木がなんのためらいもなく人を殺すことは知っているけど、あんな殺し方はしないもの」

縣がいった。

「それで？　そっちのほうはなにかわかった」

「お前さんのいった通り、鞍掛署の連中は署を挙げて人捜しをしていた」

茶屋がいった。

「捜しているのは誰なの」

「年齢は七十歳過ぎ、身長百五十センチ前後で白髪頭の年寄りだそうだ」

「名前は？」

「名前を知っているのは署長の石長だけで、署員たちには知らされていないらしい」

茶屋がいった。

「それで、鞍掛署はその人を捕まえたの」

「逃げられたらしい」

「逃げられた？」

縣が眉根を寄せた。

「もう一歩のところで邪魔が入ったらしい」

「邪魔ってなに」

「通りがかった通行人が、刑事ふたりを叩き伏せて年寄りを連れ去ったというんだ」

茶屋がいった。

「通行人が刑事を叩き伏せた？　一体どうして」

「理由はわからん」

「理由はわからないって、ただの通りがかりの人間が刑事を相手にそんなことするはずがないでしょう」

県がいった。

「他人事みたいにいわないでよ。なにか知ってるんでしょう」

「そうだな。おれもそう思う」

「年寄りを連れ去ったのは鈴木一郎だった」

県は唖然とした。

唖然とはしたものの、思わず声を上げたりすることはなかった。

「驚かんのか。まさか予想していたなんていうつもりじゃないだろうな」

茶屋がいった。

「予想なんかしていないけど、まったくの想定外という訳でもない」

「なぜだ」

「吉野さんを正体不明の男たちから救ったのも鈴木一郎だったから」

「なんだと」

茶屋がはじかれたように椅子から立ち上がった。県につかみかからんばかりの勢いだった。

「吉野を襲った男たちはお前さんが大声を上げたら逃げていったといったじゃないか。あれは嘘だったのか」

茶屋が県を怒鳴りつけた。

「あのときはいろいろなことがまだわからず仕舞いだったから、あんたにも余計な話は聞かせないほうが良いと思った。それだけの話」

「怪しいものだな。お前さんは一体なにを考えているかわからん」

茶屋が忌々しそうにいって、椅子に座り直した。

「日馬たちが追っている年寄りというのが誰なのか、見当がついているのか」

「おそらく能判官秋柾の身近にいた人で、彼が偽の経歴を用意して逃がした四人のうちのひとりだと思う」

縣がいった。

「ほかの三人というのは、北海道と千葉と長崎でつぎつぎと殺されたという人間か」

茶屋の問いに縣がうなずいた。

「その四人目は、秋柾の身辺でどんな仕事をしていたんだ」

「それはまだわからないけど、能判官家は代々さまざまな揉め事をおさめる役目をこの愛宕市で果たしていたらしい。それもお金でも暴力でもなく、あくまで当事者のあいだを仲裁して平和的に解決するという方法でね。そんなことができたのは、能判官家が人々から絶大な信頼を寄せられているか、ある種の畏怖を抱かれているかのどちらかだと思うんだけど、能判官家のそれほどの権力というか権威の源泉がなんなのか、いくら考えてもわからない。その秘密を握っているのがその老人だと思う。そうでもなけりゃ、かよわい老人をこれほど必死になって捜すはずがない」

「権力といったらやはり金じゃないのか」

茶屋がいった。

「そこは徹底的に調べた。能判官家には資産らしい資産はほとんどないの。だからお金以外のなにか」

「金以外のなにかって、それは一体なんだ」

「想像もつかない」

縣がいった。

「鈴木が日馬たちが追っているその年寄りを助けたというのはどういうことなんだ。鈴木はなぜそんなことをする」

「日馬たちから守ってくれるようその老人に頼まれたのかも」

縣がそういったとたん茶屋が鼻を鳴らした。

「お前さんは鈴木という男を知らんな。やつは他人に頼まれて人助けをするような人間じゃない」

冷笑を浮かべながら茶屋がいった。

「その老人本人からでなければ、氷室友賢に頼まれたのかも知れない。遺言みたいな形でね。氷室家の先代友賢と能判官秋柾は親しい友人だったから」

「能判官秋柾と氷室友賢はわかるが、友賢と鈴木のあいだにどんな関係があるというんだ」

茶屋が聞いた。

「鈴木は両親と祖父をなくしたあと友賢の屋敷で暮らしていたの。あれ？　知らなかった」

茶屋が眉を吊り上げた。

「そんなことまで知っていたのか」

「いろいろ知ってるの。ごめんなさいね」

「そういうことか」

上目遣いで縣を見つめながら茶屋がいった。

「お前さんは鈴木とおれが裏で通じているかも知れないと邪推していたんだな。やつを病院から逃がしたのもこのおれだと。だから鈴木のことをおれに話さなかった」

「ノーコメント」

呆れた女だというように茶屋がかぶりを振った。

「やつが吉野を助けたのはなぜだ」

「それもわからないけど、鈴木一郎が日馬たちの企みをつぎつぎと妨害していることだけはたしかね」

縣がいった。

「これからどうする。『愛宕セキュリティー・コンサルタント』に直接乗りこんで日馬という男を締め上げるか」

茶屋がいった。傭兵上がりだと聞いて、茶屋は怖じ気づくどころか逆に戦闘意欲をかきたてられたようだった。

「そんなことしても、はいわたしがやりましたなんて日馬があっさり白状する訳ないでしょ。こっちにしてももっているのはいまのところ状況証拠と違法に集めたデジタルデータだけなんだし」

「じゃあ、どうするんだ」

「攻めるとしたら鞍掛署の署長だね。いまのところ敵のいちばんの弱点はそこだと思う」

束の間考えたあとで縣がいった。

「石長か。よおし、そっちはおれに任せろ」

茶屋が勢いこんでいった。

## 8

川沿いに建つホテルは、二十年前に廃業した新聞社の社屋を改修したものだった。

煉瓦造りの古風な外観が評判で、有名人の顧客も多いと噂のあるホテルだったが、日馬はこの五階のジュニアスイートを秘密の会合場所として使うために、長期滞在客としてホテル側と契約をとり交わしているようだった。フロントで日馬の名前を告げると、支配人が黙って部屋のカードキーを渡してきたことからでもそれはわかった。

窓からはライトに浮かび上がる川向こうの高層ビル群が眺められるはずだったが、カーテンは引いてあった。日馬に窓のカーテンを開けぬよう言われていたからだ。

石長が時刻をたしかめようと腕時計をのぞきこんだときドアが開いた。

日馬だった。

部屋に入ってきた日馬はソファの前を素通りし、デスクが置かれた隣りの部屋まで行くと無言で椅子に腰を下ろした。

石長は仕方なくソファから立ち上がり、机をはさんで日馬の向かい側の椅子に座り直した。

「話とはなんです」

いつもの通り、挨拶のことばさえなく日馬がいった。

「木村と中村というちの刑事が県警本部の人間に頭師《ずし》のことを話してしまった」

石長がいった。

「取り調べでも受けたのですか」

「正式な取り調べなどではなく、痛めつけられて無理矢理しゃべらされたらしい」

「頭師の名前もしゃべったのですか」

「いや、前にもいった通り署員たちには頭師の名は告げていない。ただ年齢や人相風体は教えてしまった、と」

日馬が考えこむように口をつぐんだが、無表情なことには変わりなかった。

「どうしたら良い。つぎはおれのところに来るのは目に見えている」

「県警本部の人間がなぜあなたのところの刑事に目をつけたのですか」

日馬がいった。

「決まっているだろう。あんたが百武を殺したからだ」

石長は思わず声を荒らげた。

「あんなことさえしなければ、県警が頭を突っこんでくることはなかったんだ」

「落ち着いてください。滅多なことを口にするものではありません。どこに耳があるかわかりませんから」

日馬がいった。

「落ち着いている場合か。おれの署の人間が吐いたとなれば、つぎはおれを狙ってくるに決まっている。おれの身が危ないんだぞ」

「その県警の人間というのは誰です」

日馬が尋ねた。

「茶屋という男だ」

「有能な男なのですか」

「有能かどうかは知らんが、とにかく無茶な男だ」

「上の命令で捜査を止めさせることはできないのですか」

「上司のいうことに、はいはいと従うような男じゃない。それどころか一課の課長や刑事部長さえ茶屋のいうなりになっているともっぱらの噂だ。それに百武は本部の捜査一課の時代茶屋に可愛がられていたらしいから、犯人を挙げるまで決してあきらめはしないだろう」

石長がいった。

「わかりました。その男はわたしたちに任せてください」

「どうするつもりだ」

「あなたが知る必要はありません」

石長は表情をうかがうように日馬の顔を見た。

「なにがあろうと、おれには関係がない。それで良いんだな」

「もしあなたのところに捜査の手が及んだとしても、知らぬ存ぜぬで通してください。冷静に対処すれば問題はありません」

「本当にあんたのことばを信じて良いんだろうな」

「もちろんです」

日馬がいった。

「ただし、わたしからもひとつお願いがあります」

「どんなことだ」

「鈴木一郎を見つけました」

「なんだって」

石長が目を剝いた。

「郊外にあるビジネスホテルから後を尾けたのですが、砧町《きぬたちょう》と斎木町《さいきちょう》のあいだにある休耕地の付近で姿を消しました。鈴木の近くにかならず頭師がいるはずなので周囲を遠巻きにして見張っているのですが、夜間はともかく昼間は人目に立ちます。それであなた方の人員を昼間だけでも配置してもらいたいのです」

日馬がいった。

「鈴木はいまもそこにいると間違いなくいえるのか」

石長が聞いた。

「二重三重にとり囲んでいて、いまのところその包囲網から外にでた人間はいません。鈴木と頭師は間違いなくいまもその辺りに潜んでいるはずです」

日馬がいった。

「何人必要だ」

石長が聞いた。

「私服の刑事が四、五人いれば十分だと思います」

「わかった。すぐにも手配しよう」

石長がいった。

9

古代はエレベーターを十階で降り、廊下に目を落とした。

巨大な病院はまるで迷路のようだったが、足許から延びている色別に分けられたラインにしたがって進めば、目指す場所に行き着けるようになっていた。

入院患者のいる翼棟は緑のラインだった。古代は緑のラインに乗って歩きだした。

廊下にはかすかに消毒用のアルコールの匂いが漂っていた。壁は白とピンクのツートーンカラーで、規則的な間隔を開けて中世からルネサンスにかけての宗教画の複製の額が架けられていた。近代画家の作品が一点もないのは病院の経営者か院長の好みなのだろう。

それにしても宗教画ほど強く死を連想させるものはないはずだった。病を患って入院している患者たちはこれらを見てどう思うのだろうか。

これらの絵を選んだ人間は、ひょっとすると患者たちを癒すことが目的だったのではなく、人間は死すべき存在に過ぎないのだと暗示するつもりだったのかも知れない。

そう考えると、腹の底から笑いがこみあげてきた。

愛宕市に戻ってきたのも父親に会うのも三十年ぶりだった。十五歳で少しばかりの涙金《なみだきん》をもたされて家を追われてからはひとりで生きてきた。

大学にも通い、卒業してからは自身でＩＴ会社を立ち上げた。事業は成功し、相応の資産も築いた。いまなら正当な嫡子として能判官家の当主を継ぐ権利があるはずだった。

父も死期が近づいて気弱になり、三十年前の勘当を撤回するかも知れず、仮にそうならなくても当主の座はどんな手段を用いても奪いとるつもりだった。

父が入院している個室は廊下の突き当たりにあった。古代は一〇一一号室と表示がある部屋の前で立ち止まり、ノックもせずにドアを開けた。

ベッドに横たわっていた父がこちらに顔を向けた。

個室は質素なもので、テレビもラジオも置いていなかった。古代は部屋の隅にあった椅子をベッドの傍まで引き寄せてそこに腰を下ろした。

粗末なパジャマのような寝間着を着た能判官秋柾は枯れ木のようにやせ細り、白目は黄色く濁って昔日の光を失っていた。

秋柾はパジャマを身に着けたことなど一度もなく、病院のお仕着せに違いなかった。気力が少しでも残っていたら、そんなものは頑として拒絶していたはずだった。

「久しぶりでしたね。想像していたよりお元気そうでなによりです」

「わしを殺しに来たのか」

秋柾がいった。

「なにを言い出すのです。危篤の床にある父親を息子が見舞うのは当り前ではありませんか。わたしが帰ってきたと知って驚きましたか」

古代がいった。

「お前が戻ってきているのは知っている。お前が東京でなにをしていたのかもな。能判官家はいたるところに目と耳をもっているのだ。それを忘れるな」

「喉は渇いていませんか。お水を差し上げましょうか」

古代は秋柾の声など聞こえなかったかのように、サイドテーブルに載った吸い飲みに手をのばそうとした。

「喉など渇いておらん」

秋柾がいった。

「わたしにできることはなにかありませんか。マッサージでもして差し上げましょうか」

古代が尋ねた。

「お前に体を触られると考えただけでも身顫いがする。お前がわしのためにできることなどなにもない」

「ずいぶんないわれようですね。お見舞いをするためにこんな遠くまでわざわざやってきたというのに」

「お前の狙いなどわかっている。赤の他人に見舞ってもらういわれはない。さっさと帰れ、わしが看護師を呼んで追いだしてもらう前にな」

秋柾がいった。

「そうですか。狙いがわかっているとおっしゃるなら、わたしが父上に会いに来た本当の理由をお話ししましょう」

古代はそういって椅子に座り直した。

「この愛宕市には匿名の情報網が張りめぐらされていて、それを代々能判官家の当主が司ってきた。いわば何百年もつづく見えない組織とその統括者という訳です」

「無駄だ。お前のいいたいことはわかっている」

古代のことばをさえぎって秋柾がいった。

「お前はすでに能判官家の人間ではない」

「そうおっしゃいますが、父上が亡くなった後誰が能判官家の当主を継ぐのです」

「能判官家はわしの代で廃絶となる。能判官家が代々果たしてきた役割もな」

秋柾がいった。

「わたしが東京でなにをしていたのかご存じだったら、わたしが若いころのわたしではないこともおわかりになっているはずです。それなりの資産も築きましたし、この愛宕市にも新しく会社をつくろうと準備をしているところなのです。能判官家の当主として父上と遜色のない働きができると思いますが」

古代がいった。

「小さな会社が少しばかりの成功を収めようが小金持ちを気どろうが、お前の性根が少しも変わっておらんことは顔を見ればわかる。能判官家はもともとお家騒動の後始末や戦国大名同士の諍い事を鎮める役目を担っていた家だ。お前などが当主におさまったら、能判官家が何百年にもわたって蓄積してきた知恵を己《おの》が欲望のために悪用するのは目に見えている」

「情報を欲望の実現のために使ってなにがいけないというのです。調停役だの仲裁役だの、いつまでそんな黴臭いお題目を唱えているおつもりなのですか。いまは戦国時代などではないのですよ。何百年にもわたって収集し蓄積してきた情報をたかが労働争議や企業同士の揉め事を仲裁するためにだけ使うなど時代錯誤もはなはだしい。現代では情報こそが最強の武器なのです。情報を握る者が財界や政界を支配するのは当然至極の結果ではありませんか」

古代がいった。

「よりにもよって支配とは。小悪党に限って二言目には口にすることばだな」

秋柾は笑おうとしたが、顔面の筋肉がうまく動かず唇がゆがんだだけだった。

「いくら背伸びをしようと、お前は所詮猫や犬の脚を切り落としたりガソリンをかけて焼いたりする動物虐待者であり、年端もいかない子供を陵辱する寝小便垂れの小児性愛者に過ぎん」

「動物虐待者だの小児性愛者だのとずいぶんモダンなことばをご存じではありませんか。その意気で能判官家の役割も現代的に刷新しようとはお思いになりませんか」

「これ以上お前と話すことはない。さっさとでていけ。お前が吐きだす息を吸っているだけで胸が悪くなる」

短い会話を交わしただけで体力を消耗したらしい秋柾が、残ったわずかな気力をふりしぼるようにしていった。

「そうですか。わかりました。そういうことなら、わたしはわたしがやりたいようにするだけです」

古代は椅子から立ち上がり、病室をでた。

できるだけ冷静に話したつもりだったが、感情の高ぶりは抑えきれなかったらしく、衝突事故を起こしたのはその日病院からの帰り道でのことだった。

# 第八章

## 1

その学生が初音署《はつね》にやってきたのは、朝もまだ早い時刻だった。

「あなたの名前は？」

受付の横にある小部屋に通した学生を前にして蓮見《はすみ》は尋ねた。

「早川《はやかわ》忠《ただし》です」

学生が答えた。

学生といっても、男は三十歳を超えているように見えた。

「で、ご用件は」

「友達のことです」

「お友達がどうかされたのですか」

「はい。一週間ほど前から姿が見えなくなってしまって」

早川がいった。

「姿が見えなくなった？　失踪でもしたということですか」

「ええ、多分」

「その方はあなたと同じ大学の学生さんですか」

「学生ではなく、院生です。名前は柘植《つげ》龍男《たつお》。今年二十九歳になるはずです」

「その方が失踪した。そういうことですね」

「はい」

「事情をくわしく話してもらえますか」

蓮見がいった。

「いまもいったように柘植はぼくと同じ院生で、なんとか大学の非常勤講師の口にありつこうと毎日就職活動に懸命に励んでいました。とくに柘植は実家からの仕送りも途絶えて大学の研究室で寝泊まりしていたほどでしたから、それはもう必死でした。それがひと月ほど前に、研究室で寝泊まりしていることが大学にばれて研究室を追いだされてしまったのです。それからは数少ない友人たちの安アパートのあいだを転々としていたようなのですが、一週間前にぼくのところにとつぜん顔をだして、おれはもう講師の口はあきらめた、これをいままで世話になった礼として受けとってくれといって刑法の本を置いていったのです」

「刑法の本？」

「柘植もぼくも法学の研究をしていて、柘植の専門は刑法でした。その本は柘植が十年以上も使っていた本で、どのページにも小さな文字でびっしりと書きこみがある、柘植にとっては命のつぎに大切な本なんです」

早川がいった。

「つまりあなたは、柘植さんという友人が形見かなにかのつもりであなたに贈ったものと思った」

「そうです。それで心配になって翌日友人たちに問い合わせてみたのですが、皆が最近柘植の姿は見ていないという返事で、実家の母親にも連絡してみたのですが、龍男は帰っていないということでした。それでもしかしたら柘植は将来を悲観して自殺でもするつもりで行方をくらましたのではないか、と」

「なるほど。それで行方不明者届をだしたいということなんですね」

「はい」

早川が答えた。

「柘植さんの写真かなにかあれば拝見したいのですが」

「はい、もってきました」

早川が上着の内ポケットから一葉の写真をとりだして机のうえに置いた。

「入学式のときに大学の正門前で撮った写真です」

「ほう、美男子ですね。さぞや女性にもてるでしょう」

机のうえからとりあげた写真を見ながら蓮見がいった。

「ええ、まあ」

「柘植さんの女友達であなたが知っている人はいませんか。そういう人がいればお話を聞きたいのですが」

蓮見が尋ねた。

「それが……」

早川が言い淀んだ。

「いないのですか」

「ええ、女性の友人はいないと思います」

「女性とつきあう暇もないほど勉強のほうが忙しかったということですか。それはなんともったいない話ですね。これほど良い男なのに」

「恋愛をしないという訳ではなく、柘植は女性を受けつけないのです」

「受けつけないというのはどういうことでしょう」

蓮見が聞いた。

「柘植の恋愛対象が女性ではないということです」

早川がいった。

「はあ？」

蓮見は首をかしげた。

「どういうことです」

「柘植は女性と関係をもったことが一度もないということです」

早川がいった。

「つまり、こういうことですか。柘植さんの恋愛対象は同性だと」

「そうです」

早川がうなずいた。

「すると、なんといいますか、あなたが柘植さんとつきあっていたということなのでしょうか」

「いえ、違います」

早川がかぶりを振った。

「大学に入ったばかりのころに柘植とそういう関係をもったことがありますが、そのときたった一度きりのことです。ぼくは中学校からずっと男子校で過ごしてきたので、そういうことに関してふつうの人に比べて嫌悪感が少なかったのだと思います。でも実際に行為をしてみると自分には性に合わないとわかりました。それにすぐに女友達もできて、柘植とは元の友人同士の間柄になりました」

「なるほど」

口ではそういいはしたものの、内心では朝っぱら聞かされるにしてはなかなか胃にもたれる話だと思っていた。

「では、柘植さんととくに親密にしていたお友達は誰です」

「学内にはいないと思います」

早川がいった。

「柘植さんの恋人は学校の外にいたということですか」

「はい」

「誰か心当たりの方はいますか」

「決まった人はいないと思います。彼は同じ人間と長くつきあうことを避けていましたから」

「なぜです」

蓮見が尋ねた。

「自分の性的な指向を人に知られることを嫌ったからだと思います」

「それでは相手は玄人に限られていた？」

早川がいった。

「玄人というか、同じ指向の人たちが集まる場所が市内にいくつかあるという話を彼から聞いたことがあります」

「なるほど。たまり場のような場所ですね。そういう場所なら調べればすぐにわかるはずです」

蓮見はいった。

「わかりました。すぐに調べて柘植さんを見かけた者がいないか聞きこみをしてまわることにしましょう」

「そうしてもらえますか」

「もちろんです。それがわれわれの仕事ですから」

蓮見がいった。

「お願いします」

早川が頭を下げた。

## 2

真梨子《まりこ》から、話があるので病院のわたしの診察室にきて欲しいというメールを受けとったのは昼前だった。

ふだん車の運転をしない茶屋は県警の建物をでると、タクシーを拾って愛宕《おたぎ》医療センターへ向かった。

運転手は、一目見て大丈夫なのかと心配になるほど年配のごま塩頭の男だった。

後部座席に苦労して巨体を押しこんだ茶屋が行き先を告げ、タクシーが発進した。

市街中心部を抜けると車の数が少なくなり、大きなショッピングセンターの前を左折して県道に入るとさらにまばらになった。茶屋の心配をよそに、タクシーは速度を上げ愛宕医療センターのある田園地帯へ向かって順調に走りつづけた。

茶屋が後方を走るゴミ収集車に気づいたのは、私鉄の高架下をくぐるともう少しで愛宕川沿いの広い幹線道路にでるという細い道だった。

みるみる近づいてきたゴミ収集車は、轟音を上げながら強引にタクシーの横を通りすぎた。二台の車の間隔はほとんど十センチもなかった。

「こんなせまい道に無理矢理入ってきやがって」

ごま塩頭の運転手が悪態をついた。

しかしゴミ収集車は一台ではなかった。まったく同じ形の巨大な車輌が一台目のすぐ後から姿を現した。

茶屋は思わず後ろをふり返った。二台目が速度を上げタクシーに接近してきた。運転手も気づいたらしくクラクションを鳴らしたが、前にでた一台目の車は適切な車間距離をとるどころか、逆に速度を落としてタクシーの行く手をさえぎってきた。後方の車はまっすぐタクシーに向かって突進してくる。

とつぜん現れた二台の車の目的は明らかだった。

鋼鉄の塊のような巨大な車輛にはさまれたらひとたまりもない。

ごま塩頭の運転手はいまや恐怖に駆られてクラクションを鳴らしつづけていた。後部座席に座っている茶屋にはどうすることもできず、なす術もなく事態を傍観しているほかなかった。

肉薄してきた二台目のゴミ収集車がタクシーのバンパーに接触した。そのまま速度を上げ、タクシーを前に押しだそうとする。タクシーが前に進もうとしても前方を行く車に進路を阻まれ行き場がなかった。

「畜生」

ごま塩頭が叫んだかと思うと、ハンドルを大きく切りながら左足でブレーキを踏み、同時に右足でアクセルを踏みつけた。

茶屋には、ごま塩頭が動転のあまり正常な判断力を失ったのかそれとも故意でしたことなのかわからなかった。

車体が独楽《こま》のように旋回しはじめた。

シートベルトで体を固定していなかった茶屋は振り子のように右へ左へ大きく揺れた。

回転するうちに前方を走るゴミ収集車とのあいだにほんの少しだけ距離が空いた。

ごま塩頭がこの機を逃すものかとばかりアクセルを思い切り踏みこんで脱出を図った。見た目の印象とは違い、ごま塩頭は冷静に車を制御しているようだった。

しかし茶屋が安堵したのも束の間、後方から迫る車が狙い澄ましたかのように巨大な車体をぶつけてきた。一度目とは比べものにならないくらいの衝撃が伝わってきた。ごま塩頭が悲鳴を上げた。

タクシーの車体が浮き、前輪が推進力を失った。

弾き飛ばされたタクシーは路肩を突き抜け、アスファルト道路から外れて道路脇の加地《かじ》商会出張所と書かれた建物のエントランス脇の壁に衝突して止まった。

車体の前面が大破し、フロントガラスも粉々になった。

茶屋はごま塩頭を運転席から引きずり上げ片手に抱きかかえたまま、ひしゃげた後部ドアを開けて外にでた。

二台のゴミ収集車は姿を消していた。

芝生のうえにごま塩頭を横たえて、怪我の具合を見た。割れたフロントガラスで切ったのだろう、額から血が流れていたが、命に別状はないようだった。

ガソリンの臭いもせず、車が炎上する心配もなさそうだった。

芝生に四つん這いになって大きく息を吐きだしたとき茶屋は気を失った。

3

大きな邸で妻とふたり暮らし。子供はいない。家具も装飾品もどれも金のかかっていそうな物ばかりで、しかも趣味がよかった。

妻が仕事にでた後は掃除や洗濯などの家事に専念する日常を送っているらしかったが、裕福で幸せそうな男。自分の生活に心底満足している男のはずだった。

しかし目の前に座っているのは頬も痩《こ》け目を真っ赤に泣きはらした、不幸を絵に描いたような中年男だった。

三浦和宏《みうらかずひろ》の妻里子は四日前とつぜん行方知れずになった。重役を務める会社の地下駐車場に愛車を残したまま。

「なにか手がかりがあったのでしょうか」

三浦が聞いた。

「奥さんの車ですが、ボディーの側面がへこんでいました。別の車に衝突されてできた傷だと思いますが、その傷から車の塗料が微量ながら検出されました。そして塗料から車種を割りだしました」

雨森《あまもり》はいった。

「見つかったのですか」

三浦がソファから身を乗りだした。

「その車に乗っている人間をしらみつぶしに当たった結果、盗難車であることがわかりました。持ち主が一週間前に盗難届をだしていました」

申し訳ありませんと、つい口にだしそうになった。

雨森が動坂《どうざか》署に転任になってから一年あまりが経っていた。

当初は一日でも早く異動したいと願っていたが、いまは変人の集まりのような刑事課の同僚たちにも馴染んで気楽な毎日を過ごしていた。

のんびりしているのは相変わらずだったが、久々に本来の警察の仕事をする機会が降って湧いたかと思えば、こういう損な役まわりをしなければならなくなる。

雨森は自分自身を呪いたい気分だった。

「そうですか」

三浦が失望もあらわにソファに寄りかかった。

「全署を挙げて奥さんの捜索にとり組んでいます。奥さんの会社の社員たちからも話をうかがいましたし、行きつけの店の聞きこみもしています。それでもう一度あなたに奥さんのことをお聞きしたいのです」

「それならもうお話ししたはずです」

「もう一度だけ」

雨森はいった。

三浦がため息をついた。雨森はそれを同意の返事と受けとることにした。

「まず、奥さんがお帰りになる時間は毎日決まっていましたか」

「ええ、毎日かならず七時に。遅くとも八時には帰ってきました」

「残業や接待などで帰宅が夜中になるということもあったのではないですか」

「妻は残業をしない主義ですし、家に帰ってわたしとふたりで食事をしながらワインを飲むことはありますが、外では一切酒を飲みません。顧客を接待しなければならない場合は部下に任せていました」

「四日前、八時に帰宅されなかったときあなたはどうされましたか」

「まず電話をしましたが通じませんでした。心配で仕方ありませんでしたが、帰宅が一時間や二時間遅れたといって大騒ぎするのも大人げないと思い、一晩待ちました。しかし翌朝になっても帰ってこなかったので警察に連絡したのです」

「この家の近所の住人でも奥さんの会社の人間でもけっこうですが、奥さんにしつこく言い寄ったり、強引に関係をせまったりしていた人間はいませんでしたか」

「いません。わたしがいうのもなんですが、里子は美人ですから昔から言い寄ってくる男は絶えませんでした。しかし、彼女に一睨みされるとたいていの男は尻尾を巻いて逃げだしてしまうのです。気位の高い女性ですから、他人の口車に易々《やすやす》と乗るなどということも考えられません」

「誰かに尾けまわされているようだなどという相談を受けたことは」

「それもありませんね」

三浦がいった。

別の質問をしようとしたが、とっさに思いつかず口ごもってしまった。

なにかもっと実のある質問はないかと雨森は考えた。絶望に打ちひしがれた男に少しでも希望を抱かせることができるような質問が。

しかし、いくら考えてもそんな質問は思い浮かばなかった。

昼を大分過ぎていたがいまさら昼食をとる気にもなれずに署に戻ると、課長の鹿内《しかない》に署長室に来るようにいわれ、行ってみると部屋には鹿内と見知らぬ男がふたりソファに向かい合って座っていた。署長はどこかにでかけて留守のようだった。

「座ってくれ」

鹿内にいわれ、隣りに腰を下ろした。

「こちらは初音署の蓮見さんと栗橋君だ」

ふたりの男が雨森に向かって頭を下げた。

「蓮見さん、あなたから事情を説明してやってくれませんか」

「はい。実は昨日わたしどもの署に学生さんがひとりやってきまして」

ふたりのうち年長の男が、愛宕市にある国立大学の名前を口にした。

「早川忠といって、同じ大学に通う友人の姿が一週間ほど前から見えなくなったと行方不明者届をだしにきたのです。友人の名前は柘植龍男というのですが、正確には早川も柘植も学生ではなく院生で、大学の非常勤講師になろうと毎日就職活動に励んでいたそうなのです。わたしも、大学院をでても教授になれる人間はほんの一握りだということくらいは知っているつもりでしたが、最近では助教や講師になるにも大変な苦労があるようで、どうやら柘植という男は悪戦苦闘の末講師になることをあきらめたらしく、一週間前に早川のところにとつぜん現れて大切にしていた本をいままでの礼だといって置いていったそうなのです」

「本ですか？」

雨森が聞いた。

「ええ、本です。早川も柘植も法学の研究をしていて、柘植の専門は刑法だったそうですが、その刑法の本を置いていったと。柘植にとっては命のつぎに大切な本なのだそうです」

「つまり形見として贈ったということですか」

「はい」

「それを最後に消息が途絶えた、と」

「そうです。心配になった早川は友人たちや柘植の実家にも連絡をしたそうなのですが、友人たちも最近顔を見ないという返事で、母親からも柘植は家には帰ってきていないといわれたそうなのです。それでわたしたちは昨日一日中呉羽町《くれはちょう》近辺の店の聞きこみをしてまわったのですが」

「呉羽町ですか」

呉羽町は大きな繁華街だが、表通りから一歩裏道に入るとせまい路地に小さなバーがぎっしりとならんでいて、客のほとんどが男であると女であるとにかかわらず同性の相手を求めてやってくることで知られていた。

「なぜ呉羽町なんです?」

雨森は蓮見に聞いた。

「早川によると柘植は女性ではなく男性を好む性質《たち》だったそうで、しかも相手は玄人に限られていたそうなのです」

蓮見が答えた。

「なぜ玄人なんです?」

「柘植が自分の性的指向をまわりの人間たちに知られたくないためだったと」

「そういうことですか」

雨森は得心してうなずいた。

「ですからわたしたちは呉羽町の店を片っ端から当たってみたのですが、柘植らしい男を見たという人間がひとりもいなかったのです。柘植は写真で見るかぎりとびきりの美男子で、わたしでも感心してしまうくらいですから、その手の人間なら一度見たらそう簡単に忘れるはずはないと思うのですが。これが写真です」

蓮見が写真をとりだして机のうえに置いた。

雨森は写真を手にとって見た。なるほど蓮見のいうように大変な美男子だった。

「この写真はうちであずかってもかまいませんか」

「もちろんです。こちらには複製が何枚もありますから」

蓮見がいった。

「それで、うちを訪ねてこられたのはなにか理由があるのですか」

雨森が尋ねた。

「はい。なにか手がかりになるようなものはないかと県警に連絡したところ、この動坂署からも行方不明者届がでていることがわかりまして。日付が近いことが気になったものですから、こうしてうかがった次第なのです」

蓮見がいった。

「そうですか。しかし、そういうことであればわたしたちはあまりお役に立てないと思いますね」

雨森がいった。

「なぜでしょう」

蓮見が聞いた。

「柘植の場合は世をはかなんで失踪したか自殺の可能性が高いように思われますが、こちらは疑いもなく誘拐事件だからです」

「誘拐、ですか」

「はい、明らかに拉致誘拐事件です。現場は被害者が重役を務めている会社の地下駐車場なのですが、被害者が姿を消したあと車だけが残されていました。被害者が何者かに連れ去られた証拠です。さらに被害者の車には別の車が衝突してできた傷があり、傷にわずかに付着していた塗料から車の車種を割りだしたところ、持ち主が盗難届をだしていることがわかりました。犯行に盗難車を使ったのはそれが計画的であったことを示しています。そういうことですから、ふたつの失踪事件になんらかの関係があるとは思えません。残念ですが、日付が近いのは単なる偶然でしょう」

「そうでしたか」

蓮見が落胆したようにいった。

「申し訳ありません」

「いや、とんでもありません。それを聞けただけでもお邪魔した甲斐があったというものです」

蓮見がいった。

「そういうことであれば、これ以上長居してもそちらの時間を無駄にするばかりですな。わたしたちはこれで失礼することにします」

ふたりの刑事が立ち上がり、雨森と鹿内に頭を下げた。

「わざわざご足労いただいたのに、お役に立てなくて申し訳ありませんでした」

鹿内がいった。

「ところで氷室賢一郎氏の事件のほうはどうなっています。なにか進展がありましたか」

「ええ、茶屋さんと東京からきた鵜飼《うかい》さんがふたりで懸命に捜査を進めているようです。鵜飼さんという女性はなんでもコンピューターにとても精通されているらしく、わたしどもにはくわしいことはわかりませんが、なにやら大きな収穫があったように聞いています」

「そうですか、それはよかった」

「では、これで」

ふたりの刑事が部屋からでて行った。

「コンピューターに精通しているらしいというのはどういうことですか。女性だといっていましたけど、東京からきた鵜飼さんというのは一体誰なんです？」

雨森が鹿内に尋ねた。

「警察庁の監察官だよ」

柘植の写真を手にとって見ながら、何事か考えに耽っている様子の鹿内が生返事をした。

4

目が覚めると足元に病院の白衣を着た若い男が立っていた。

「気がつかれましたか」

若い男がいった。

「ここはどこだ」

「愛宕医療センターの病室です」

男が答えた。

茶屋は部屋のなかを見まわした。

茶屋が横になっているベッドの隣りにもうひとつベッドがあり、向かい側の壁際にもベッドがふたつならんでいた。

三つのベッドには頭や手に包帯を巻いた怪我人が寝ており、足にギプスを嵌めた者もいたが、いずれも鳥のようにか細い皺だらけの年寄りばかりだった。

「なんだ、この部屋は」

茶屋は若い医者に向かっていった。

「なんだとおっしゃいますと？」

「この部屋は一体なんだと聞いているんだ」

「いまもいった通り、愛宕医療センターの病室ですが」

「どうしておれを老人専用の部屋なんかに入れたんだ。おれは老いぼれの年寄りじゃないぞ」

「あなたをここに運んだのはたまたまこの病室のベッドが空いていたからで、他意はありません。それに当病院に老人専用の病室などというものはありませんよ」

若い医師が答えた。

「タクシーの運転手はどこだ」

若い医者に穏やかに諭《さと》され、茶屋は話題を変えた。

「彼のほうは重傷なので救急病棟のほうで治療しています」

「危険な状態なのか」

「骨があちこち折れてはいますが、命に別状はありません」

「そうか」

「それにしてもあなたは頑丈ですね。打撲や骨折もないばかりか、かすり傷ひとつないんですからね。しかし念のために頭のレントゲンだけは撮らせてもらいますよ。あとで後遺症がでたりしたら困りますからね」

「好きにしてくれ」

茶屋がいった。

「それでは後ほどまた」

若い医師がそういって廊下にでたのと入れ替わりに女の医者が病室に入ってきた。鷲谷真梨子だった。

真梨子は手にしていたスマホをベッドのうえの茶屋に手渡した。茶屋が上着のポケットに入れていたスマホだった。

〈どう？　大丈夫〉

茶屋は真梨子から渡されたスマホを両手で掲げもってキーを叩こうとした。

〈あなたはふつうにしゃべって良いの。耳は聞こえるから〉

「ああ、そうだったな」

茶屋は気まずい思いでいった。何度顔を合わせても慣れずに、同じことをくり返してしまうのだった。

〈事故に遭ったんですって？〉

「ああ、そんなようなものだ。おれが事故に遭ったと聞いてわざわざ見舞いに来てくれたのか」

〈勤めている病院だもの、当り前でしょう。とにかく怪我が軽くてよかった〉

「そういう先生のほうは元気なのか」

〈ええ、元気よ。そういえばあの人はどうしている？〉

「あの人って誰のことだ」

〈鵜飼縣《あがた》という人〉

「先生はあの女と会ったのか」

茶屋がはじめて聞く話だった。

〈ええ、ここに訪ねてきた。あの若い女性が警察庁の人だというのは本当なの？〉

「ああ、本当だ」

茶屋がいった。

〈あなたたちはいまいっしょに働いているの〉

「ああ、そうだ」

〈あの人ってどんな人〉

「どんなって、先生も会ったならわかるだろう。とにかく無礼な女だよ。おかしな服装もおかしな言葉遣いも、やることなすこと一々気にさわる。あの女は嫌がらせのためにわざとやっているに違いない」

〈あなたたち、なんだかとっても気が合っているようね〉

茶屋はスマホの画面から思わず目を上げて真梨子の顔を見た。

真梨子の口元に笑みが浮かんでいた。茶屋が久しぶりに見る真梨子の笑顔だった。

「先生はどうなんだ。あの女が気に入ったのか」

〈わたしの印象は、不思議な人というだけ〉

「不思議？」

茶屋はスマホの画面の文字を読んでいった。

〈ええ、とても不思議な人。そうとしかいいようがない〉

「あの女と一体どんな話をしたんだ」

茶屋が尋ねると、真梨子の表情が変わった。

「鈴木一郎の話をしたんだろう？」

茶屋がいった。

真梨子が茶屋の顔を見た。

「あの女は鈴木のことについてよく知っている。おれが知らないことまで知っているくらいだ。おおかた氷室賢一郎が殺された現場の様子をくわしく説明して、犯人は鈴木だと思うかと先生に聞いたんだろう？　そうじゃないのか」

〈ええ。そう〉

「先生はなんて答えたんだ」

〈鈴木一郎ならやりかねないといった〉

「先生が？」

〈ええ〉

「それは意外だな」

〈なぜ〉

「先生は鈴木に対して同情的なんだと思っていた」

真梨子がスマホのキーを叩いた。

〈わたしは可能性があるかと聞かれたから、可能性はあると答えただけ〉

「そうか」

〈診察があるからもう行かなくちゃ。あなたもすぐに退院できるはずよ。じゃあ〉

真梨子が部屋をでて行こうとした。

「先生」

真梨子がふり返った。

「先生は今朝おれにメールを寄こしたか」

真梨子が首を横にふった。

「そうか。悪いがさっきの若い先生を呼んでくれるか」

真梨子がうなずき、部屋をでて行った。

若い医師はすぐに戻ってきた。

「ぼくにご用って、なんです」

医師が茶屋に尋ねた。

「おれはたったいまから面会謝絶ということにしてくれ。もしおれの怪我の具合を尋ねてきた人間がいたら重体だというんだ」

「怪我の具合を尋ねにくるというとマスコミのことですか」

「マスコミでもほかの人間でもだ。受付だかナースステーションだか知らんが、とにかくそこにいる人間たちに間違いなくいいつけてくれ」

「どうしてそんなことを」

「それから、この三人をどこかほかの病室に移せ」

茶屋はほかのベッドで寝ている老人たちを見まわしていった。

「そんなことはできませんよ」

若い医師がうろたえていった。

「良いからおれのいう通りにするんだ。そうしないとこの三人は怪我を治すどころか、新しい怪我を負うことになりかねんぞ」

茶屋がいった。

5

その店は矢倉坂《やぐらざか》にあった。

矢倉坂は呉羽町と同じようにバーやキャバレーが林立する繁華街だが、こちらは表通りには高級デパートやハイブランドの服や宝飾品を扱う店が軒をならべている一等地で、街往く人々も身なりの良い年配の男女がほとんどだった。

初音署のふたりの刑事が帰った後、失踪したという柘植龍男の写真に見入っていた鹿内に、可能性は低いが万が一ということもある、駄目で元もと、なにかあったら拾いものくらいのつもりで当たってみてくれないかといわれて教えられたのがこの店だった。

矢倉坂と聞いて、貧乏学生がそんなところで遊んでいるとは思えませんがと雨森が疑問を口にすると、鹿内は柘植のこの容姿だ、彼は客として相手を捜していたのではなく、むしろ反対に客をとっていたのではないかといった。つまり柘植が夜の町にでるときは、一晩限りの男娼としてふるまっていたのではないかというのだ。

鹿内の突飛な思いつきにも驚いたが、仮にそうだとしてもなぜ呉羽町ではなく矢倉坂なのですかと聞くと、金持ちのパトロンを見つけたのかも知れないというのが鹿内の答えだった。

それにしても鹿内がこんな店を知っていることが意外だった。

有名な財閥のひとり息子なのだから、矢倉坂のバーやクラブに出入りしていても一向に不思議ではなかったが、なにしろ実際に店のなかに入ってみると客のほとんどは男同士のふたり連ればかりなのだ。

鹿内にその種の人間が集まる店だと教えられ、課長にはたしか娘がひとりいたはずだったがと考えていると、わたしにそちらの指向はないが、その店は矢倉坂でもトップクラスのワインリストが揃っていて、料理も格別なのだと鹿内が笑いながらいった。その口ぶりからすると、課長自身何度かこの店を訪れたことがあるようだった。

雨森の推測が正しかったことは、入口で制服を着た女に「会員制ですので」と門前払いを食わされそうになったとき鹿内さんの紹介ですというと、失礼いたしましたと女が頭を下げ簡単に店のなかに通してくれたことでも証明された。

体を密着させて低い声で談笑している客のあいだをすり抜けてカウンターまでたどり着き、止まり木に腰を下ろした。

あくどいくらいに飾り立てられた安っぽい装飾を見るかぎり、とても課長のいうような絶品の酒や食事を提供する店には思えなかった。

「なにに致しましょう」

制服を着たバーテンダーが雨森の前に立った。女だからこの場合はバーテンダーではなくバーメイドとでもいうべきなのだろうか。いや、アクターがアクトレスだから、バーテンドレスという呼び方が正しいのかも知れない。

客が男ばかりであるのとは対照的に、制服を着た店員はすべて女性で、そのうえ美人ばかりだったが、目の前の女は化粧も薄く、まだあどけなさが残る顔立ちをしていた。

「いや、酒は飲まないんだ」

雨森がいうと、女が首をかしげた。

「ちょっと聞きたいことがあるんだけど、良いかな」

雨森は上着の内ポケットから柘植の写真をとりだして、女に見えるようにカウンターのうえに置いた。

「この男が最近店にきたことはないかな」

雨森は女に尋ねた。

「申し訳ありません。お客様のことはお話ししてはいけない規則になっていますので」

女が表情を硬くしていった。

「そこをなんとか。この男が最近店にきたかどうかだけ知りたいんだ」

「申し訳ありません」

女がいった。

「そうか。それならあの女性を呼んでくれる？」

カウンターのいちばん端に控えている背の高い別の女性を指して雨森はいった。

「はい、ただいま」

女はカウンターの端まで行くと、背の高い女性に声をかけた。

「なにか」

女が雨森の前まできていった。

「この写真を見てくれないか」

女がカウンターの上の写真に視線を落とした。

「その人、最近店にこなかったかな」

「さあ、見覚えがありませんが」

女がいった。

「もっとよく見てくれ」

女が顔を写真に近づけたが、いかにも形ばかりのジェスチャーだった。

「申し訳ありません。やはり見覚えはありません」

写真から顔を上げると女がいった。

「そうか」

雨森は写真を上着の内ポケットに戻した。これ以上何人に尋ねても返ってくる答えは同じに違いないとあきらめて席を立った。

ふたたび、密着する男同士のあいだを抜けて出口に向かった。

「この男、最近店にこなかったかい」

店をでしなに、先ほど雨森を足止めしたドアガールに写真を示して聞いた。

「おみえにはならなかったと思います」

ろくに写真も見ずに女が答えた。

雨森は店をでた。

はじめから期待していなかったので、気落ちすることはなかった。

夜はまだ浅く、通りにも人があふれていた。せっかくここまできたのだから、どこかで食事でもしていこうと思い、歩道を歩きはじめた。

課長の山勘が外れたことよりも、課長のいった東京からきた監察官だという女のことのほうが気になっていた。

動坂署には秘密があった。もし露見するようなことがあれば、刑事課の人間全員が懲戒免職どころか刑務所に服役するようなことにもなりかねない秘密だった。しかし課長はそのことを心配している様子などみじんもないばかりか、鵜飼って誰ですと雨森が尋ねたとき、警察庁の監察官だと答えた口調もいたってのんびりしたもので、そのこともまた不可解だった。

警察庁の監察官というのは一体どんな女なのか。東京からわざわざやってきたのは動坂署を探るためではないのだろうか。

「あの」

背後から声をかけられて物思いを断ち切られた。

ふり返ると、いまでてきたばかりの店でカウンターのなかに入っていた童顔の女が立っていた。制服姿のままであるところを見ると、店には内緒で抜けだしてきたらしかった。

「あなたは警察の方なのでしょうか」

女が尋ねた。

「ええ、そうです」

雨森はいった。

「さっきの写真の男の人、本当は見たことがあります」

女がいった。

「いつです」

雨森は驚きを隠せずに聞いた。

「六日前の夜です」

「六日前？」

雨森は思わずおうむ返しにいった。三浦里子が誘拐されたのが五日前。もし柘植が店に現れた夜に失踪したとすれば、二日つづけてふたりの人間が姿を消したことになる。

「間違いありませんか」

「間違いありません。あの、その男の人になにかあったのですか」

「行方不明になって届けがでているんです」

雨森がいった。

「行方不明……」

女が驚いたようにつぶやいた。

「柘植さんは、行方不明になっている方は柘植さんというのですが、彼は店の常連だったのですか」

「いいえ、その時がはじめてでした」

「店にはひとりできたのですか」

「いいえ、おふたりでいらしたのですが、後で別の方とおしゃべりされていました」

「連れと別れたのですね。その後の相手はどんな男でした？」

「四、五十代の身なりの良い紳士でした」

女がいった。

「その男の名前は？　どんな外見をしていました。なにか特徴はありませんでしたか」

「特徴といっても、背が高くて男性のわりには肌の色が白かったということくらいしか」

「柘植さんはどんな様子だったでしょう。憂鬱そうというか、ふさぎこんでいるような様子でしたか」

「いいえ、その方と楽しそうにおしゃべりをしていました。どちらかといえばとても上機嫌そうに見えました」

「ずいぶんはっきり覚えているんですね。彼のことをそれほどはっきりと覚えているのはなぜです。なにか特別な理由でもあったのですか」

雨森が聞いた。

「その方とお話しされているとき、大学の名前がでたんです。実はわたしも同じ大学の学生で、それではっきり覚えていたのです」

女がいった。

「つまりあなたはアルバイトであの店に勤めているのですか」

「はい」

女が恥ずかしそうに顔をうつむかせた。

「あなたの名前は？」

「一色香《いっしきかおる》といいます」

「明日時間がとれますか」

「なぜです」

女が身を固くした。私的な誘いだと勘違いしたようだった。

「署にきて柘植さんと話していた男のモンタージュをつくる手伝いをして欲しいのです」

「ああ、そうですか」

「どうです。時間がとれますか」

「午前中なら」

女がいった。

## 6

男が病室のドアを開けたのは夜中の二時だった。

ベッドに横になって誰かが病室に侵入してくるのを待っていた茶屋は、男を一目見るなり目を見張って上半身を起こした。

でっぷりと肥った大男は身長が二メートル近くあり、体も茶屋よりひとまわり大きかった。

茶屋は自分より大きな男を現実にはじめて目の当たりにした。

大男は足音を忍ばせるどころか堂々と部屋に入ってきて茶屋のベッドの足元に立った。

間近にすると男はさらに巨大に見えた。

猪首の大男は顔面が広いわりに目と鼻が極端に小さく、とくに鼻などは低すぎてどこにあるのかわからないほどだった。

男を見るなり素手で闘うことの不利を悟った茶屋は部屋のなかを見まわした。

しかし軽傷の怪我人だけが入院している病室には武器になりそうなものはなにひとつ見当たらなかった。点滴のスタンドもプラスチックの輸液バッグも人工呼吸器や鼓動モニターもなにもなかった。

身に着けているものといえば、浴衣のような薄っぺらなお仕着せ一枚だけで、最悪なのは足になにも履いていないことだった。裸足では闘いようがなかった。たとえ相手の股ぐらに蹴りを入れたとしても威力は半減するだろうし、大男の革靴で踏みつけられでもしたら手もなく悲鳴を上げてしまうに違いなかった。

相手がやみくもに突進でもしてくれば勝機を見つけることができるかも知れなかったが、部屋の中央に立った大男は大木のようにじっと動かず、無言で茶屋が攻撃するのを待っていた。

茶屋は真梨子から手渡されたスマホを握りしめてベッドの横に立った。

ゆっくりと大男に歩み寄って正対すると、腕をふり上げて握りしめたスマホの角を男の額に叩きつけようとした。

しかし男は意外にも俊敏だった。

腕をふり上げた瞬間、腹に強烈な一撃がきて茶屋は床に這いつくばった。

痛みをこらえて両膝を床について顔を上げると、大男は太い首をかしげて茶屋を見下ろしていた。

腹を押さえて立ち上がろうとしたとき、腿を蹴りつけられた。茶屋は床のうえに無様に転がった。

大男は倒れた茶屋の膝を踏み潰す勢いで、体重を乗せてうえから蹴りつけた。

茶屋は思わずうめき声を洩らしてのたうちまわった。

一度、二度、三度。四度目に蹴りだされた足を両手でなんとか抑え、男の片足をつかんだまま茶屋はよろよろと立ち上がった。

不敵な笑みを浮かべている男の顔面に拳を叩きこんだ。

不意を食らって顔面をおおった男の右手をとって茶屋は両手で握りしめた。

男の左手の拳が飛んできた。首がもげるかと思うほどの衝撃だった。しかし茶屋は握った手を離さず、両手に力をこめた。二撃目が茶屋の顔面を捉えた。失神しそうになるのを懸命にこらえ、男の右手を握った両手になおも力をこめた。

男の指が折れる音がした。親指を残して四本の指が折れたはずだ。

男は左手の拳をなおもふるってきたが、茶屋は右手を離すと同時にくりだされた左手を空中でつかみとり、両手で握り締めた。

男が膝蹴りを入れようとしてきたが、茶屋は左手を離さずなんとか腹を引っこめて間一髪のところで避けた。

男の小さな目にわずかに狼狽の色が浮かんだのを茶屋は見逃さなかった。左手を握りしめたまま男の腕をねじり上げて背中にまわした。

後ろ向きになった男は、茶屋を背中に乗せて背負い投げの要領でふり落とそうと試みた。

茶屋はなんとか踏ん張りながら、全身の力をこめて男の左手を握りつぶした。こちらも親指以外のすべての指の骨が折れたはずだった。

手を離すと男がこちらに向き直り、茶屋の胸元めがけて突っこんできた。

茶屋が楽々と体をかわすと、男はそのまま突進して壁に頭から衝突した。

部屋が揺れ、壁にひびが入った。

男は壁にめりこんだ頭を引き抜くとふたたび向かってきた。

茶屋はこれも易々とかわし、同時に足払いをかけた。

男の巨体が一瞬浮き上がったように見えた。

男は勢いそのままに向かい側の空いているベッドに倒れこんだ。男の体重を支えきれず、分厚いマットレスを残してベッドが真っ二つに折れた。

しかし男は懲りずに立ち上がると、茶屋をめがけて突進してきた。

茶屋はとっさに体を回転させて、男の顔面に肘を打ちこんだ。

男が顔面をおさえて床に膝をついた。どうやら鼻はついていたらしく、骨が折れた両手の指のあいだから盛大に鼻血が流れだした。

茶屋は男の顔面を、おおっている両手のうえから容赦なく殴りつけた。

部屋のドアを乱暴に叩く音がした。

「なにをやっているんです？　病室のなかで騒がないで下さい。お隣りから苦情がきていますよ」

ドアが開き、中年の看護師が顔をのぞかせた。

茶屋に殴られるままになっていた男が機敏に立ち上がり、目を丸くしている看護師を突き飛ばして廊下に逃れた。

後を追って駆けだそうとしたとき、男に蹴りつけられた膝に激痛が走って茶屋は床に崩れ落ちた。

## 7

一色香は約束した時刻に署にやってきた。

紺のスーツ姿の香は学生らしい初々しさで、とても夜の店で働いている女のようには見えなかった。

「ここまではどうやってきました？」

香を署長室に案内しながら雨森は尋ねた。

「バスです」

「道には迷いませんでしたか」

「少しだけ。この辺りは何度も通ったことがあるのですが、ただの大きな神社だとばかり思っていたので、境内のすぐ横に警察署があるなんて意外でした。それに建物もとても古くて警察署のように見えなかったものですから」

香がいった。

署長室には鶴丸《つるまる》がいて、自前のパソコンを机のうえに置いていた。鶴丸はコットンパンツにポロシャツという恰好だった。

署長は今日もどこかにでかけているらしく留守だった。

鶴丸の出で立ちを見た香が訝しげな表情になって雨森の顔を見た。

「この男がモンタージュをつくります。ご心配なく、彼もここの刑事ですから」

雨森がいった。

香は、背広も着ずに普段着でパソコンを操作している若い男が刑事と聞いて目を丸くした。

雨森は香を鶴丸の横に座らせ、自分は向かい側に腰を下ろした。

鶴丸は押収したポルノ写真に前任署の署長の顔を貼りつけてネット上に拡散させ、動坂署に左遷された男だった。

「コーヒーでもお飲みになりますか。コーヒーでしたらすぐに淹《い》れられますが」

雨森が香にいった。

「いえ、けっこうです。あの、わたしはどうすれば良いんでしょう」

香が雨森に尋ねた。

「あなたが会った男の印象を思いつくままいってくれれば良いんです」

鶴丸がパソコンのマウスを操作しながらいった。

「印象？」

「ええ」

「たとえばどんな印象をいえば良いんでしょうか」

「金持ちで上品そうだったとか、貧乏臭くてがめつそうな顔をしていたとかなんでも良いんです」

「がめつそうって、それでモンタージュがつくれるんですか」

「このパソコンのなかに五十万枚の顔写真が収められています。男性が二十二万枚、女性が二十八万枚です。まず写真のなかから男性を選びます。十代が一万枚、二十代が五万枚、三十代が七万枚、四十代以上の年齢の男性が九万枚です。あなたが見た男は四、五十代に見えたということなので、四十代以上の男性の写真を選びます。これで準備完了です」

鶴丸がいい、香がとまどったような視線を雨森に向けた。

「まず第一の質問をします。その男は肥っていましたか、それとも痩せていましたか」

鶴丸がいった。

「もうはじまっているのですか」

「ええ、はじまっています。どうです？　男は肥っていましたか、それとも痩せていましたか」

「肥ってはいませんでしたが、痩せているというほどではありません」

「つまり、中肉中背だった？」

「いいえ、背は高いほうでした」

香がいった。

「その調子です。背の高さは大体どれくらいに見えましたか」

「おそらく百八十センチくらいだったと」

「素晴らしい。それだけで候補写真が大分絞れます。丸顔でしたか、それとも長い顔でしたか」

「ええと」

香がふたたびとまどったように雨森の顔を見た。

「あなたの印象をいってもらえれば良いんです」

雨森はいった。

「丸顔ではなく、卵形でした」

香がパソコンの画面を見つめている鶴丸にいった。

「馬面ではなかったのですね」

画面に視線を向けたまま鶴丸が香に聞いた。

「ええ、長い顔というより卵形でした」

香が答えた。

「目鼻立ちはどうでした？　整った顔立ちでしたか、それとも醜男でしたか」

「醜男？」

「ええ、たとえば一目見ただけで吹きだしてしまいそうになったとか」

鶴丸がいった。

香がまたしても雨森を見た。鶴丸のことばを冗談だと思ったようだった。こんなやりとりをつづけて本当にモンタージュがつくれるのかと明らかに疑わしく思っている表情だった。

「大丈夫ですから」

雨森は香にいった。

「醜男ではなく、ハンサムな方でした」

自分を落ち着かせるように短く息をひとつ吐きだしてから、香が鶴丸にいった。

「金持ちそうでしたか、それとも金に困っているような人相だった？」

「お金に困っている人の人相がどういうものかわかりませんが、お店にくるのは裕福な方ばかりです」

　香がいった。

「上品そうでした？」

「ええ。とても」

「色白でしたか、それとも色黒だった」

「色白でした」

　香がいった。

「金持ちで知的で上品そうな紳士。あなたの印象だと、そんな感じだったのですね？」

「はい」

「なるほど。これで候補の写真が二百枚まで絞られました。あとは顔の造作をひとつひとつ詰めていくだけです。まず、髪です。髪はどうでした。毛髪の量は多かった？　それとも薄かったですか」

「髪の毛はふさふさしていました」

「毛量が多かった」

「ええ」

「眉毛はどうです？　濃かったですか」

「あの、なんといったら良いか」

「一目見たときどう感じたか。あなたの印象でかまわないのです」

　鶴丸がいった。

「濃くも薄くもなく、ふつうだったように思います」

「鼻は高かったですか、それとも低かった」

「高かったです」

「どんな鼻でした。たとえば鷲っ鼻だったとか、団子っ鼻だったとか」

「鼻筋が通ったまっすぐな鼻をしていました」

「口は大きかった？　それとも小さかった」

「大きくも小さくもなく、ふつうでした。それ以外にいいようがありません」

とまどいながらも香の受け答えは明快でよどみなかった。頭の良い女性だと雨森は思った。

「唇はどうです？　厚かった、それとも薄かった」

「ええと」

香が視線を上に向けて束の間考える表情をした。

「薄いほうだったと思います」

「これはどうです？」

鶴丸がパソコンの画面を香のほうに向けた。

「似ています」

香がはじめて鶴丸の顔を正面から見ながら答えた。

「どこが違うのかいってみてください」

「え？」

「どこを修正すればもっと似ると思いますか。目ですか、耳ですか」

「なんといったら良いか……。どこが違うかといわれても一言では言い表せません」

パソコンの画面を見つめながら香がいった。

「じゃあ、写真を替えてみましょう」

鶴丸がマウスを動かすと、画面が変わった。

「これはどうです」

「違います」

香がいった。

「前の写真のほうが似ていました」

「では、これは」

「これも違います」

香が首を横にふった。

「じゃあ、これは」

別の画面に変わったとたん、香が息を飲んだ。

「これです。そっくりです」

「そっくりということは本人ではないということですよね」

鶴丸がいった。

「はい？　でもとても似ています。モンタージュならこれで十分なのではないですか」

「そこいらのモンタージュならこれで十分でしょうが、ぼくは完璧を目指しているので。どこが違うかいってみてください」

「どこが……。ええと」

香が困惑したようにつぶやいた。

「急がなくてけっこうです。ゆっくり考えてください」

雨森がいった。

「目です。もっと鋭い目をしていたような気がします。笑っているのに、目だけは笑っていなくて、瞳の奥がぎらぎら光っているような」

「じゃあ、修正してみましょう」

鶴丸がマウスを動かした。マウスの動きに合わせて、顔写真の目の部分が少しずつ変化していった。輪郭が強調され、はっきりとした切れ長の目になった。

「そうです。こんな感じです。でもまだ少し……」

「まだ少し違和感がある。そうですね、どこに違和感を感じるのか、どんなことでも良いからいってみてください」

「頬から顎にかけて、もう少し痩せていたというか」

「頬が痩けていたんですね」

「いいえ、痩けていたのではなく、頬骨がでていて、顎はもう少し細かったような気がします」

香がいった。

鶴丸がマウスを動かすと、画像が少しずつ変化した。

「そう、これです」

香が声を上げた。

「そっくりです。いえ、本人そのものです」

鶴丸がパソコンの画面を雨森のほうに向けた。そこには整った顔立ちながら、いかにも尊大そうな男の顔があった。

「この男で間違いありませんか」

雨森が香に聞いた。

「はい。間違いありません」

香がいった。

雨森はソファから立ち上がると、署長の机のうえの内線電話をとりあげた。

「課長、署長室まできてもらえませんか」

部屋に入ってきた鹿内は雨森の説明ですぐに事情を飲みこみ、鶴丸のパソコンの画面を見た。

「この男が七日前に柘植さんとふたりで店をでたのですね」

鹿内が香に尋ね、香がうなずいた。

「この男が誰なのか、すぐに身元を当たってくれ」

鹿内が鶴丸にいった。

「身元、ですか」

鶴丸が眉を吊り上げた。つねに自信満々の鶴丸がそんな顔をするのを雨森が見たのははじめてだった。

「できないのか」

「まるきり不可能という訳ではありませんが、膨大な手順が必要になります。指標となるようなパラメーターがひとつふたつあれば別なのですが」

鶴丸がいった。

「それなら指名手配犯のリストはどうだ」

「そういう検索は警視庁に頼んだほうが早いでしょうね。犯罪歴のある人間をぼくひとりで片っ端から洗いだしていくとなったら一週間、いや二週間以上はかかってしまうかも知れません」

鶴丸がいった。

「よし、わかった。警視庁に頼む必要はない。警察庁の監察官でコンピューターに通じている人間がたまたま愛宕市にきているからな」

鹿内がいった。

鶴丸は鹿内がなにをいっているのかわからなかったらしく問いかけるような顔を雨森に向けてきたが、雨森にも返事のしようがなかった。

## 8

大男の襲撃を受けた翌日の夕方まで、茶屋は不本意ながら入院することになった。膝が痛んで歩くことができなかったのだ。

ふたたび病室にきた真梨子になにがあったのか聞かれたが、うまく説明することができず、なにがあったのかおれも知りたいくらいだと答えるしかなかった。

縣からも電話がきた。

「昨日事故があって、あんたが入院したって聞いたけど、なにがあったの」

「鷲谷先生から話があるってメールがきて、病院にくる途中で二台のゴミ収集車に挟み撃ちされた。運転手がなんとか逃げようとして道端の建物に衝突したんだ」

「運転手は無事だったの」

「ああ、無事だ。少なくとも命に別状はないそうだ」

「よかった。本当に先生からのメールだったの」

「いや、なりすましだ。まんまと罠にはまった」

「あんたも怪我をしたんでしょ？」

「大したことはなかった」

茶屋がいった。

「そのあと病院でも騒ぎがあったって聞いたけど」

縣の耳が早いのはいつものことで、茶屋はいまさら驚きもしなかった。

「大男に襲われた。間違いなく日馬の手下だ」

「大男って？」

「おれより大きな男だよ」

「あんたより大きな男がいるなんて驚き。その男はどうしたの」

「逃げられた」

「残念だったね。捕まえられればなにか聞けたかも知れない」

「そいつは怪しいな」

茶屋はいった。たとえ身柄を拘束できたとしても、簡単に口を割るような人間にはとても見えなかった。

「あんたが襲われるなんて、考えもしなかった」

「ああ、おれもだ。しかし悪いことばかりじゃない。日馬が焦って浮き足立っているとわかったからな。おれたちがやつの痛いところを突いた証拠だ」

「それにしても早いね」

縣がいった。

「なにが早いんだ」

「あんたを標的と定めてから、あんたと真梨子先生の親密な関係を探りだすまでよ。彼らは真梨子先生からの呼びだしならあんたはきっと応じると確信していた訳だから」

「人聞きの悪いことをいうな。おれは鷲谷先生と別に親密なんかじゃないぞ」

「相手はなんとしてでもわたしたちの口をふさごうとしている。油断していられないわ」

茶屋のことばを受け流して縣がいった。

「油断などするか」

茶屋はいった。

「で、これからどうするの」

縣が尋ねた。

「今日の夜にでもさっそく石長に会いに行くつもりだ」

「それならわたしも行く」

「口出しはするなよ」

「しない。ただ見物についていくだけ」

縣がいった。


縣が病院にきたのは午後六時過ぎだった。

正面玄関の自動ドアが開いて建物のなかに入ってきた縣は明るい色の薄手のワンピースに青い上着という出で立ちで、いままで茶屋が見たなかでいちばんまともなものだった。片手にはいつものようにノートパソコンを抱いていた。

縣は待合室のソファに座っていた茶屋を見つけると、軽い足どりで歩み寄ってきた。

「退院して大丈夫なの？」

「ああ、大丈夫だ。さあ、でかけるか」

茶屋は立ち上がった。膝はまだ痛んでいたが、なんとか歩けるほどには回復していた。

ふたりは病院をでると、客待ちをしていたタクシーに乗った。

「ほんとだ」

車の窓から病院の建物を見上げながら、縣が小さな声でつぶやいた。

「なにが本当だ、なんだ」

茶屋が聞いた。

「真梨子先生が、夜になると一般外来棟はライトアップされるっていってたの」

縣がいった。

「本当にきれい」

茶屋は思わず縣の横顔を盗み見ずにはいられなかった。

タクシーは国道を下っていき、物流センター前の大通りを通って、県道二九九号線を横切った。再開発区域を走る国道を抜け、そこから城山リバー・サイド通りと名づけられた長い一本道をのぼっていくと、丘陵地帯に固まっている高級住宅地にたどり着いた。

「左手のあの家だ」

茶屋は坂道を登り詰めたところに建つ邸宅を指さした。すでに陽は傾いて外は暗くなりつつあったが、家には明かりが灯っていなかった。

運転手が車を路肩に寄せ、ブレーキを踏みギアを駐車モードに入れた。

「ここでやつが帰ってくるのを待とう」

「家族はいないの？」

「何十年も前に離婚している。子供もいない。男のひとり暮らしだ」

「すぐに帰ってこなかったら？」

「やつは酒を飲まない。趣味は毎週のゴルフだけだ。明日は休日だから、さっさと帰宅して明日に備えて早寝しようとするはずだ」

「くわしいのね」

「やつはいまでこそ弱小署の署長などにおさまっているが、昔は県警本部の刑事部長やそのうえでさえ夢ではないといわれていた男だったんだ。東京の国立大学を首席で卒業しているうえに制服警官から刑事に抜擢され県警本部に異動になるのも誰よりも早かった。しかし十五年前にある県会議員の娘が誘拐され、犯人逮捕の一歩手前のところで対応を誤って出世コースから外れた。おそらくそのせいで性格までねじ曲がってしまったんだな。禿頭の風采の上がらない男だが、見かけによらずインテリでもある」

茶屋がいった。

そして茶屋がいった通り、十分もしないうちに黒のセダンがやってきた。車内からリモコンで操作したのだろう、ガレージのシャッターが開き、車がなかに入った。

まもなく石長が現れ、ふたたびリモコンでシャッターが閉じられた。

茶屋は車を飛び降りると、鍵を差しこみ玄関のドアを開けた石長を乱暴に家のなかに押しこんだ。縣もその後についてなかに入った。

「誰だ。誰なんだ」

石長が金切り声を上げた。縣は片手ですばやく壁を探って照明スイッチを見つけた。

天井の明かりが点《つ》き、茶屋の巨体が浮かび上がった。

「茶屋」

茶屋の顔を見上げた石長が目を剥いた。

ひとり暮らしにしては広いリビングルームはきちんと片づいていて、塵ひとつ落ちていなかった。

茶屋が無言で石長を突き飛ばし、小肥りの石長が後ろ向きに倒れこんでソファに尻もちをついた。

「一体なんのつもりだ」

茶屋を怒鳴りつけようとした石長の声が裏返った。

「それはそっちがよくわかっているはずだ」

石長を見下ろしながら、茶屋が口を開いた。

「不法侵入だぞ」

「おれの聞きたいことが聞けたらすぐにでて行ってやるよ」

「貴様、おれを誰だと思っているんだ。鞍掛《くらかけ》署の署長だぞ。階級が上の人間に対する口の利き方というものがあるだろう。無礼にもほどがある」

「知っているかも知れないがな、おれは気が長いほうじゃないんだ。さっさと知っていることをしゃべらんとなにをしでかすかわからんぞ」

茶屋がいった。

そのとき石長が茶屋の背後に立っている人間にはじめて気づいたように、縣に目を向けた。

「その女は一体なんだ」

石長が縣を指さしていった。

「ああ、この女なら気にすることはない。ただの見物人だ」

茶屋が背後をふり返り、すぐに向き直っていった。

「見物人？」

「オブザーバーってやつだよ。だから気にするな」

「訳のわからんことをいうな。その女を連れてさっさとでて行け」

「同じことを何度もいわせるな。聞きたいことが聞けたらすぐにでて行ってやるといっているだろう」

「なにをいっているのかさっぱりわからん。お前の聞きたいことがなにかなど、おれにわかるはずがないだろう」

石長がいった。

「とぼけるな。木村と中村がおれにしゃべったんだよ。お前たちが血眼《ちまなこ》になって捜しまわってい
る人間のことだよ」

茶屋がいった。

「なんのことかわからん」

石長が正面から茶屋の顔を見つめながらいった。

「年齢は七、八十歳で、身長百五十センチ前後の白髪頭の年寄りだ」

「知らん。なにをいっているのか見当もつかん」

石長がいった。

「お前が金で丸めこんだ二輪《にわ》もすらすらしゃべったぞ。あんたと『愛宕セキュリティー・コンサル
タント』の日馬《くさま》との関係もな」

「知らん」

「三年前、あんたが日馬に頼まれて死亡事故をもみ消したこともわかっているんだ。こっちは証拠
もそろっているうえに目撃者までいる。被害者の親族が告訴したらどうなると思う。お前は懲戒免
職どころか懲役刑だ」

「知らん」

石長が顔をそむけた。

業を煮やした茶屋が石長の襟首をつかんで体ごともちあげた。

「なにをする。下ろせ、下ろさんか」

宙に浮いた石長が足をばたつかせながら叫んだ。

「お前たちが捜している年寄りは誰なんだ。名前をいえ」

「知らんといったら、知らん」

茶屋が喉元を締め上げている手に力をこめた。

「止めろ。止めてくれ」

顔を真っ赤にした石長がうめいた。

「お前たちが捜している年寄りは誰だ」

「知らん。おれはなにもいわんぞ」

石長が喘《あえ》ぎながらいった。

茶屋が襟首を締め上げていた手を離し、石長はふたたびソファのうえに尻から落下した。

「暴力をふるったな。訴えてやる。お前のことをかならず訴えてやるからな」

石長が喉元をさすりながら、かすれ声をふりしぼっていった。

茶屋の後ろでふたりのやりとりを黙って聞いていた縣が進みでて、石長の前の低いテーブルにノートパソコンを置いた。

「これを見て」

パソコンの画面を開きながら縣が石長にいった。石長は怪訝な表情をしながらも、いわれるがままパソコンの画面に目を向けた。

「これがなにかわかる?」

「これは」

石長が眉間に皺を寄せて画面に目を凝らした。

「これはあなたの預金口座。よく見て。あんたが口座を開いた銀行の支店名も口座番号も合っているでしょう?」

「どうしてこんなものが」

石長が驚愕の表情で縣の顔を見た。

「悪い人がいてね。あんたのクレジットカードのデータを盗んであちこちで買い物をしているみたいなの。ほら、見て」

石長がパソコンに視線を戻すと、画面にならんでいる数字から七桁の数字が消えた。

「五百万？　五百万だと」

「ああ、残高がまた減っちゃった」

縣がいった。

石長があたふたと上着のポケットを探り、財布をとりだした。

「おれのカードならここにある」

石長が財布のなかからクレジットカードを抜きとって縣に見せた。

「セキュリティコードも盗まれたのね。あ、また減った」

「八百万？　そんな馬鹿な。止めろ。いますぐ止めるんだ」

石長が縣にいった。

「なんとかしてやりたいけど、残念ながらわたしにはなにもできないわ」

縣がいった。

同時に残高からさらに大きな金額が消えた。

石長が携帯をとりだし、顫える手で電話をかけた。

「おれだ。石長だ。顧客番号は３０４７９５１だ。誰かがおれのクレジットカードを使って大量に買い物をしている。いますぐカードを失効してくれ。そうだ、石長だ。良いな、いますぐにだぞ」

電話を切ると、石長はパソコンの画面を食い入るように見つめた。

「よかった。これで安心ね」

縣が石長にいった。

「あれ、おかしいな。誰かさんはまだ買い物をつづけているみたい」

支払金額の欄に今度は一桁うえの数字が現れ、残高欄から同じ金額が消えた。

「どういうことだ。カードは無効になっているはずだぞ」

石長が縣に向かって大声を上げた。

「カード会社が手続きに手間どっているのね。このままだと残高が減る一方だわ」

縣が言い終わらないうちに、またしても八桁の金額が残高から消えた。

「おい、どうにかしろ。止めろ。頼むから止めてくれ」

「だからわたしにいっても、わたしはなにもできないって」

「止めろといっているだろう、この女《あま》」

縣に飛びかかろうとした石長を茶屋が押さえて軽々と放り投げた。

「頼むから止めてくれ」

ソファのうえに転がった石長が縣に向かってすがるようにいった。

「このままだと預金が全部なくなっちゃうよ」

縣がいった。

「頼む。頼むから止めてくれ」

石長が両手をこすり合わさんばかりにして懇願した。

「ああ、また減った」

パソコンの画面を見ながら縣がいった。

「わかった。話す。話すから止めてくれ」

石長がいった。

縣がパソコンの画面から視線を外し、石長の顔を見た。

「お前たちが捜している年寄りは何者なんだ」

石長を見下ろしながら茶屋がいった。

「その前におれの金を元に戻せ。戻すまではなにもしゃべらんぞ」

石長がいった。

縣が茶屋を見上げた。

茶屋はしばらく考えてから、不承不承うなずいた。縣がパソコンのキーを押すと、口座の支払金額の欄に現れた数字がつぎつぎと消えていき、残高が元の数字になった。

「これで元通りになったよ」

縣が石長にいった。

「年寄りの名前をいえ」

茶屋が石長に聞いた。

「頭師倫太郎《ずしりんたろう》だ」

石長が答えた。

「その年寄りは能判官秋柾《のうじょうあきまさ》のところで働いていたのか」

茶屋の問いに石長がうなずいた。

「どんな仕事をしていたんだ」

「ブックキーパーだ」

石長がいった。

「ブックキーパーって、帳簿係のこと？」

縣が石長に尋ねた。

「なんのことだ」

茶屋が縣を見た。

「ブックキーパーって、英語で帳簿係のことだから」

縣がいった。

「そうなのか？」

茶屋が石長に向き直って尋ねた。

「いや、違う。文字通り本の管理者のことだ」

「本の管理者だと？　一体なんの本だ」

「それは知らん」

石長がいった。

「貴様、好い加減にしろよ」

茶屋がふたたび石長につかみかかろうとした。

「待ってくれ」

石長が茶屋を押しとどめようと、とっさに両手を前に突きだした。

「おれは見たことがない。だが、日馬の話ではある種の記録だということだ」

「なんの記録だ」

「能判官家が五百年にわたって集めてきたありとあらゆる記録だよ。古いところでは、江戸時代の豪商が大名家に宛ててだした手紙や勘定書《かんじょうがき》もあれば、明治時代の中央の政治家と町の有力者の軍事機密に関わる違法な取り決めを書き留めたものや第二次大戦後に雨後の筍のようにでてきた成金や気鋭と謳われた政治家たちの宴席での密談の詳細な記録まであるそうだ。右翼左翼にかかわらずな。そういうさまざまな記録がこの時代にいたるまで連綿とつづいているという話だ」

「それが一体なんだというんだ」

茶屋がいった。

「わからんのか。愛宕市には能判官家以外にも長くつづく家がいくつもある。企業の役員のほとんどはそういう家柄の出身だし、なかには裁判官や検察官、警察組織の幹部になっている人間までいる。彼らは元をたどればかならずどこかの家とつながりがあるんだ」

「つまり、能判官家は愛宕市の有力者たちの弱みを探りだそうと思えば、簡単にそれができるという訳ね」

縣がいった。

「そういうことだ」

「しかし、日馬はなぜ頭師という年寄りを捜しているんだ」

茶屋がいった。

「能判官古代《こだい》のことはもう知っているな？」

石長が茶屋に聞いた。

「ああ、知っている」

「古代は父親の秋柾が入院したと知ると、当主の座を継ごうとして愛宕市に帰ってきた。父親が死んで自分が後釜に座れば、自動的に能判官家の権力を手にすることができると考えてな。しかし古いしきたりで能判官家の記録に触れることができるのは代々頭師家の者だけと決まっていて、当主ですら記録に近づくことができないということを知らなかった。だから必死になって頭師を捜しているんだ。頭師がいなければ、能判官家の当主といえども案山子《かかし》も同然の無力な存在にしか過ぎんからな」

「その記録はどこにあるの」

　縣が聞いた。

「それも頭師しか知らん。日馬は膨大な文書をデジタル化してUSBメモリーやハードディスクに保管しているはずだと考えているらしい」

「お前たちは頭師を見つけた。そうだな？」

　茶屋が石長に聞いた。

「一度だけな。もう一歩というところで邪魔が入った」

「鈴木一郎だな」

　茶屋がいった。

　石長が目を見開いて茶屋の顔を見た。

「頭師さんをどうやって見つけたの」

　縣が尋ねた。

「頭師が電話をしてきたんだ。明石堀《あかしぼり》の現代美術館にいるとな」

「本人がわざわざ居場所を報せたというの」

「ああ、そうだ」

「なぜ」

「そんなことは知らん」

　石長がいった。あきらめきった表情で、嘘をいっているようには見えなかった。

「ほかにいっておくことはないか」

　茶屋がいった。

「おれが知っているのはこれだけだ。全部話した」

石長がいった。

「おれはこれからどうなる」

「決まっているだろう。刑務所行きだよ。たとえ事故だったとしても、ひとりの人間が死んだ事実をなかったことにしようとしたんだからな」

「逮捕するのか」

「当然だ」

「日馬にはおれがしゃべったことは秘密にしてくれ」

「おれが秘密にしても日馬はいずれ知ることになる。裁判になったらお前は証言をしなければならないんだからな」

石長が光を失った目でしばらく茶屋の顔を見つめたかと思うと、力なくうなだれた。

「だがそれほど気を落とすことはない。行儀よく服役すれば十年か二十年で社会復帰できる。その頃にはお前もよぼよぼの年寄りで仕事に就くのは無理かも知れんが、それだけ貯金があれば老後の生活資金としては十分なはずだ。どこかの田舎にこもって静かに暮らすことだ。逃げたりしてみろ、貯めこんだ金がさっきみたいに一瞬でなくなるぞ。良いな、わかったな」

石長が操り人形のようにぎこちなくうなずいた。

「さあ、引き揚げるか」

茶屋が縣に向かっていい、ふたりは家の外にでた。

タクシーは停まった場所でふたりが家からでてくるのを待っていた。

「口出しはしないという約束だったろうが」

タクシーに乗りこんだ茶屋が縣にいった。

「ごめん。わたし、あんたよりずっと気が短いから」

縣がいった。

「あ、メールがきてる」

「誰からだ」

「動坂署の鹿内さん。頼みたいことがあるから署にきてくれないかだって」

「おれもいっしょに行こう。おい、車をだしてくれ」

茶屋が運転手に向かっていった。

「それにしても金を戻したのは業腹《ごうはら》だったな。せめて金額の十分の一くらいになるまで削っておくべきだった」

車が走りだすと茶屋がいった。

「なんのこと？」

「石長の預金のことだ。決まっているだろう」

「石長の銀行から口座番号を盗んだのはたしかだけど、あとはパソコンの画面を操作していただけ。彼の預金には最初から一切手をつけていない」

「本当か」

「ええ、本当。だって人のお金を盗むなんて泥棒じゃない」

縣がいった。

9

鶴丸は定時に帰っていったが、雨森は東京からきた監察官だという女の顔がどうしても見たくて鹿内とともに署に残ることにした。

署長室で待っていると、県警本部の茶屋ともうひとり薄手のワンピースにジャケットを羽織った若い女が入ってきた。

「よくきてくださいました」

鹿内はソファから立ち上がって茶屋ではなく若い女のほうに顔を向けた。

まさかこの女が警察庁の監察官なのかと雨森は目を疑った。しかもつねにひとりで行動することで有名な茶屋が監察官の女といっしょにいることも意外だった。

「この男は雨森君。雨森君、こちらが警察庁の鵜飼さんだ」

鹿内に立つよう促され、雨森は立ち上がって見知らぬ女に向かって頭を下げたが、女は雨森のほうに顔を向けようともせず、「よろしく」とそっけなくいっただけでソファに腰を下ろした。

あまりに無愛想な態度に、この女が本当に警察庁の監察官なのだろうかと雨森はますます混乱した。

「それで、わたしに用ってなに」

女が切口上で鹿内にいった。雨森は女の突《つ》っ慳貪《けんどん》な口調にふたたび驚いたが、さらに驚いたのは女の乱暴な口の利き方を鹿内がまったく意に介していないらしいことだった。

「初音署の管内で柘植龍男という大学院生が行方不明になりまして」

鹿内は女にいわれるがまま、すぐに用件に入った。

「行方不明者届をだしにきた友人によると姿が見えなくなってから一週間は経っているという話だったのですが、七日前に矢倉坂のある店に現れたことがわかったのです。矢倉坂というのはブランドものの服や宝飾品を扱う高級な店がならんでいる地区なのですが、その店はちょっと特殊で、男ばかりが集まるクラブなんです」

「キャバレーやクラブに男ばかりが集まるのは当り前のことなんじゃないの？」

女がいった。

「ことばが足りませんでしたね。正しくは男ばかりが集まるではなくて、男同士のふたり連れが集まるクラブなのです」

「ゲイバーってこと？」

「ええ」

鹿内がうなずいた。

「しかもふつうのゲイバーではなく、会員制で客も裕福な人間ばかりです。その店で柘植が中年男としゃべっていたというのです」

「初音署の事件をどうして動坂署が扱っているんです」

女の横に座った茶屋がいった。茶屋とこの女は一体どんな関係なのだろうかと雨森は首をひねった。

「実はうちの管内でも行方不明になっている人間がいる。こちらは四十代の女性なんだが、彼女が誘拐されたのが六日前なんだ」

鹿内が茶屋に向かって答えた。

「柘植という大学院生は非常勤講師になれなかったうえに学校側に内緒で寝泊まりしていた研究室から追いだされて世をはかなんでいたという話で、女性のほうは会社の重役で私生活も順調だったというので、ふたつの事件はまったく関係がなく、失踪した日付が近いのも単なる偶然だろうと思っていたのだが、柘植が男とふたり連れでいたとなるとはじめから考え直すべきなのではないかと思ってね。なにしろ雨森君によると、柘植は店にいるあいだ終始上機嫌で、とても自殺を考えている人間のようには見えなかったと店の従業員が話したらしいのだ」

鹿内はそこまでいうと、女に向き直った。

「それでふたりを見たという従業員の女性をここに呼んで、柘植といっしょにいた中年男のモンタージュをつくったのですが、それでなんとか男の身元を探りだせないかと思いまして」

「モンタージュから身元を割りだすことができないかってこと？」

「ええ。できますか」

「モンタージュって似顔絵？」

女が聞いた。

「CG画像で、写真と同じです」

「じゃあ、それを見せて」

「雨森君」

鹿内にいわれて雨森は机のうえのプリント用紙を女のほうに滑らせた。胸の内ではコンピューターおたくの鶴丸にもできないことをこんな女ができるはずがないと高をくくっていた。

「え？」

プリントを見たとたん女が小さく声を上げた。

「なにか」

鹿内が女に聞いた。

「この男が七日前に若い男とゲイバーで話していたというの？」

プリントを見つめたまま女が逆に聞き返した。

「そうです」

「なんだかおかしなことになってきた」

女が意味不明なことをつぶやいた。

「どうです、なんとかなりそうですか」

女は鹿内には答えず、ジャケットのポケットから携帯をとりだすと迷いのない手つきで二、三度画面を叩いた。

「はい、これ」

女が携帯を机の真ん中に置いた。

「もうわかったのですか」

鹿内が驚いたように身を乗りだし、雨森も半信半疑で首を伸ばした。

携帯の画面には、鶴丸が苦労してつくったモンタージュとそっくりの男が映っていた。まるで手品だった。雨森は思わず女の顔を見た。

「なんという速さだ。茶屋君、こんなことが信じられるかね」

「ええ、まあ」

茶屋はとくに感心したようでもなく、なぜか苦笑いを浮かべただけだった。

「ネットからダウンロードした訳じゃないの。保存してあった写真を呼びだしただけ」

女がいった。

「誰なんです、この男は」

鹿内が女に尋ねた。

「能判官古代」

「能判官古代？　ひょっとして能判官家とかかわりある人間なのですか」

「能判官秋柾氏の息子。秋柾氏にはずいぶん昔に親子の縁を切って家を追いだしたひとり息子がいるという噂があるってあなたのお父さんから聞いた」

女がいった。

女は鹿内の父君である鹿内創業の総帥鹿内安太郎《やすたろう》とも知り合いらしかった。一体この女は何者なのだ。雨森は女の顔をまじまじと見つめずにいられなかった。

茶屋が机のうえの携帯を手にとって写真をたしかめると、隣りに座っている女と目を見交わした。

「この男は氷室賢一郎殺しにも関係しているかも知れません」

茶屋が携帯を机に戻すと鹿内の顔を見ていった。どんな関係なのかはわからないが、茶屋と女のやりとりは長年コンビを組んだ人間同士のように息がぴったり合っていた。

「なんだって」

「秋柾氏が三年前弁護士、かかりつけの医者、それに家政婦の三人の名前から経歴まで偽造したうえで愛宕市から遠ざけたことはこの鵜飼さんから聞いていると思いますが、賢一郎氏だけでなくその三人を殺害したのもこの男の配下ではないかと思われるのです」

「配下とは誰だね」

「古代は三年前とつぜん愛宕市に現れると『愛宕セキュリティー・コンサルタント』という会社を立ち上げました。そこの社長をしている日馬という男です。『愛宕セキュリティー・コンサルタント』は主に企業のサイバーセキュリティーを請け負っている会社ですが、個人向けのボディーガードの派遣業もしていて、社員のほとんどが元警察官か元自衛官なのです。社長の日馬自身にもアフリカなどの紛争地域を渡り歩いていた経験があるそうです」

「それは、また」

さすがの鹿内も一瞬ことばを失ったようだった。

「しかし、その能判官古代や日馬という男はなぜ四人もの人間を殺したのだ」

「秋柾氏が愛宕市から逃がしたのは三人だけでなく、四人目の人間がいるかも知れないって話したでしょう？　その四人目の行方を追って死に物狂いで捕まえようとしているの」

女が鹿内にいった。

「その四人目というのは誰なんです？」

「頭師倫太郎という老人らしい」

女がいった。

「その人もやはり秋柾氏の元で働いていたのですか」

「能判官家は昔からこの町で起こるさまざまな諍いや揉め事を陰で仲裁する役割を果たしてきたらしいんだけど、それほどの権力がなにに由来するのか、その秘密を握っている人」

「秘密とはなんです」

「五百年以上前から能判官家がさまざまなところから集めて保存していた膨大な記録」

女がいった。

「記録、ですか？」

女の答えは予想外だったらしく、鹿内が気が抜けたようにつぶやいた。

「いましがた石長から話を聞いてきたところなんですが、石長も事実だと認めました」

茶屋がいった。

「石長？　鞍掛署の石長のことか」

「そうです」

「石長の名前がどうしてこんなところにでてくるんだ。いまの話になにか関係しているのかね」

「はい」

茶屋がうなずいた。

「三年前、東京から何十年かぶりに帰ってきた古代は鞍掛署の管轄内で死亡事故を起こしたのですが、石長が署ぐるみでその事実を隠蔽しました」

「署ぐるみで事故を隠蔽しただと？」

信じられんといわんばかりに、鹿内が眉間にしわを寄せた。

「なぜそんなことをした」

「日馬と裏取引をしたのです。事故を隠蔽し古代の名前を表にださないと約束すれば、代わりに『愛宕セキュリティー・コンサルタント』が知り得た企業や官公庁の情報を流してやると」

「なんとまあ……」

鹿内が、やれやれというようにかぶりを振った。

雨森には茶屋や監察官だという女が一体なにを話しているのかほとんど理解できなかったが、鹿内でさえ話について行くのがやっとの様子だった。

「失踪した学生と会社の駐車場から誘拐された女性も秋柾氏となにか関係があったのですか」

「ないと思う」

「それならなぜ柘植さんという学生は古代といっしょにいたのでしょう」

「わからないけど、古代には若いころに不行跡があって、そのために秋柾氏から縁を切られたとあなたのお父さんがいっていたから、それかも知れない」

「つまり不行跡というのは同性愛者だったということですか」

「そうじゃなくて、別のこと」

女がいった。

「別のことというとどういうことでしょう」

鹿内が聞いた。

「まさか若いころから見知らぬ人間を誘拐してまわっていたなどというおつもりではないでしょうね」

「誘拐だけなら良いけど、それ以上のことをしているのかも知れない」

女が静かに答えた。

「なんと」

鹿内が顔をしかめた。

室内に重苦しい空気がたちこめた。雨森でさえ、女の話の深刻さが少しずつわかってきた。これがもし本当の話だとしたら愛宕市でも前例のない大事件に違いなかった。

「それで、これからどうされるおつもりですか。能判官古代という男を重要参考人として呼びだしますか」

しばし考えこんでいた鹿内が、気をとり直したように口を開いて女に尋ねた。

「相手がどこにいるかわかっていればそれでも良いんだけどね、いまのところどこに住んでいるのかさえわからない」

「では『愛宕セキュリティー・コンサルタント』とやらに直接乗りこみますか」

「そうしたいのはやまやまだけど、わたしたちがもっているのは状況証拠と違法に集めたデータだけ。日馬に、そんなことは知らないといわれればそれ以上追及のしようがないし、向こうもコンピューターやネットにかけては腕の立つ連中ばかりだろうからやぶ蛇になりかねない」

女がいった。

「しかし、お話をうかがった限りでは能判官古代という男はたいへん危険な人物のようではありませんか。このままなんの手も打たずに野放しにしておくことはできませんね。少なくとも市民に最小限の警告は与えないと」

「そうだなあ……」

女が目を伏せた。

鹿内と茶屋がうつむいた女の顔を無言で見つめた。

女はうつむいたまま身じろぎもしなかった。

「そうか」

しばらく沈黙したあとで女がようやく顔を上げた。

「相手もコンピューターの専門家というのを利用すれば良いんだ」

「どうするのです」

鹿内が女の顔をのぞきこむようにして尋ねた。

「能判官古代を行方不明にするの」

女がいった。

「行方不明にする？」

鹿内が困惑したように眉をひそめた。

「その男がいまどこにいるのかもわからないんだぞ」

茶屋が横合いから口をはさんだ。

「本当に行方不明にする訳じゃなくて、能判官古代が行方不明になっているという情報をネットに流すの」

「ネットに？」

「柘植さんの顔写真といっしょに能判官古代の顔写真もネットに流すのよ。家族が行方不明なので情報を求めています、とかなんとかハッシュタグをつけてね。古代のほうは名前はもちろんだけど、顔も少しだけ変えたほうが良いかも知れない」

「それでどうにかなりますか」

「こうすれば市民たちから嘘や真実とり混ぜて情報が集まってくる。とにかくネットユーザーたちのあいだで噂になれば良いの。それに日馬たちは古代の家族などというのがまったくのでっちあげであることにすぐに気づくはずだから、誰の仕業か探ろうとするに違いない」

「顔を少し変えたほうが良い、というのはなぜです」

鹿内が尋ねた。

「当人そのものずばりの写真よりいろいろなところから幅広く情報が集まるから。これに似た人を見かけたとか、こんな感じの人に見覚えがあるような気がするとかね。それから誘拐された女性はなんというの」

「三浦里子さんです」

「その人の顔写真もいっしょにね」

女がいった。

鹿内と茶屋が顔を見合わせた。

「なるほど、それで行きましょう。顔を少しだけ変えたりするなら、そういう作業が得意な人間がうちにもいます」

鹿内がいった。

# 第九章

## 1

日馬《くさま》は、石長《いしなが》が逮捕されたことを地方紙のネットニュースで知った。

石長の逮捕は想定していたことだったが、それにしても捜査の進捗が予想外に早かった。二輪に電話をしてくわしい事情を聞くことも考えたが、石長が逮捕された以上二輪の身辺にも捜査が及んでいないとは断言できず、連絡をとらないほうが賢明だと判断した。

オフィスで茶屋《ちゃや》という刑事の経歴を調べてみたが、まず注意を引いたのは身長百九十センチ体重百二十キロという並外れた体格で、これなら日馬が送りこんだ男を撃退したのも納得できた。刑事としてはたしかに優秀であるらしく、県警本部の刑事部長が是非にと頭を下げて所轄から引き上げたらしいこともわかった。

結婚歴はなく独身。銀行口座を調べてみたが、驚いたことに口座はひとつしかなく、ほかにはどこにも隠し口座はもっていなかった。しかもただひとつの銀行口座には給料以外の金銭の出し入れはなかった。ということは、どこからも賄賂は受けとっていないということだ。

腕力に自信があり潔癖な男だということはわかったが、しかしそれほど頭がまわる男なのだろうかと日馬は考えざるを得なかった。なぜなら茶屋は、日常の業務でも私生活でもコンピューターを使っている形跡もなければ、携帯電話ですらつい最近までもっていなかったのだ。まるで猿人だった。とても現代に生きている人間とは思えなかった。

茶屋という刑事がどれほど優秀であろうと、コンピューターを自由自在に使いこなす能力をもった人間であるようには思えず、少なくとも会社のサーバーに侵入しようとした人間でないことはたしかだった。

茶屋の経歴でただ一点目を引くのは二年前の連続爆破事件を担当していたことで、鈴木一郎が病院から逃亡した現場にも居合わせていたという事実だった。

ひょっとしたら茶屋と鈴木一郎は単なる刑事と逃亡犯というだけでなく、それ以上のつながりがなにかあるのかも知れない、と日馬は思った。

謎といえば鈴木一郎という男の存在そのものが謎で、公式の記録では連続爆破事件の容疑者として逮捕され精神鑑定のために愛宕医療センターに送られたが、共犯者だった緑川紀尚《みどりかわのりひさ》が病院内に爆弾を仕掛けたうえで職員や入院患者を脅迫し鈴木を奪回した。しかし緑川は患者搬送用のヘリコプターを奪って逃走する途中でなんらかの事故によって死亡し、鈴木だけが生きのびて姿を消したということになっていた。

まず第一になんらかの事故によって緑川が死亡したというのも不可解なら、緑川が逮捕された鈴木を奪い返すために病院に侵入したというのもにわかに信じがたく、信憑性の乏しい話に思われた。

兵士なら別だが、犯罪者が共犯の人間を救うために命の危険もかえりみずに行動したなどという話は聞いたことがないからだ。そうなると、鈴木と緑川が共犯だったという前提自体が怪しくなってくる。

さらに指名手配されて逃亡中の鈴木一郎が頭師《ずし》を捕まえようとした刑事を追い払っただけでなく、吉野という記者を拉致しようとした会社の人間の妨害までした理由がいくら考えてもわからなかった。

日馬は、一度調べた鷲谷真梨子《わしやまりこ》という担当医の診察記録のなかに見落とした記述がないか念のために読み直してみた。

時間をかけて読み直しているうちに、「入陶大威《いりすたけきみ》？」と書かれたメモを見つけた。『入陶』で検索すると、大威というのは愛宕市の財閥入陶倫行《のりゆき》の孫だということがわかった。大威は両親を交通事故で亡くしたあと倫行の庇護の下で育てられていたらしい。

入陶家は氷室《ひむろ》家と関係が深く、とくに倫行と親密だった氷室家の先代である氷室友賢《ともかた》は倫行亡き後、入陶財閥を陰で支えているとまでいわれていたということもわかった。となると倫行の死後、氷室友賢が大威を屋敷に引きとったのかも知れなかった。

そこまで調べて鈴木一郎が氷室家となんらかの関係があるかも知れないということは納得できたが、鈴木が一体どんな目的で動いているのかという肝心なことはいくら考えても皆目見当がつかなかった。

氷室家と入陶家のように氷室家は能判《のうじょう》官家とつながりがあり、鈴木は能判官家に長く仕えてきた頭師を守ろうとしているなどという可能性があるだろうか。

氷室賢一郎を殺したときには意識もしなかった（賢一郎は気丈《きじょう》にも息が絶えるまで一言も洩らさなかった）が、能判官家が愛宕市で果たしてきた役割を思えば、氷室家ともどこかで接点があってもおかしくなかった。そこまで考えたときにドアがノックされ関口《せきぐち》がオフィスに入ってきた。

「これを」

関口が手にしていた紙を日馬に差しだした。

「ネットのプリントアウトです」

日馬は用紙に目をやった。それには古代と見たことのない男女ふたりがならんで写っていた。微妙な修整が加えられていたが、間違いなく古代の写真だった。

『愛宕セキュリティー・コンサルタント』の社員の大半は能判官古代の顔を見たこともなければ名前すら知らなかったが、関口は古代と直接の面識がある数少ない人間のうちのひとりだった。

「いつから流されているんだ」

日馬は関口に聞いた。

「今朝からです」

「『行方不明の家族の情報を求めています』とあるが、これはどういう意味だ」

「男は柘植龍男《つげたつお》、女は三浦里子《みうらさとこ》といって、それぞれ初音署《はつね》と動坂署《どうざか》に行方不明者届がでていました。行方不明になっているというのは事実のようです」

「では、これは警察が流したものなのか」

「いいえ、発信元は個人のPCでした。しかし持ち主は鶴丸《つるまる》といって動坂署の刑事です」

関口がよどみなく答えた。いつもの如く、調べごとには万にひとつも抜かりはなかった。

「なぜ行方不明者届を受理した警察がネットに情報を流したりする」

「鶴丸という男を調べたのですが、前任署の署長の顔写真をポルノ写真に貼りつけてそれをネットに流したという前歴がありました。ですからこれも警察が組織として行ったことではなく、単に鶴丸個人の悪戯《いたずら》ということも考えられます」

関口が答えた。

「うちのサーバーに接触してきたのもこの鶴丸という人間か」

「それは違うと思います。鶴丸のＰＣには簡単なパスワード以外まったくプロテクトなどかかっておらず無防備の状態でしたから。とても腕利きのハッカーとは思えません」

「しかし、その刑事は能判官氏の写真をどうやって見つけた」

「ＰＣのなかに膨大な顔写真が保存されていました。五十万枚以上の写真です。鶴丸はこの写真を使ってモンタージュをつくったのかも知れません」

「モンタージュだと」

日馬が目を細めた。

「つまり、この行方不明者のどちらかといっしょにいたところを誰かに目撃された可能性があるということか」

眉間にしわを寄せ、しばらく考えたあとで日馬がいった。

関口は返事をしなかった。

日馬はプリントアウトを手にとり、あらためて見つめた。

「それでどうします？」

関口が尋ねた。

「いまのところなにもするな。相手が誰なのかはわからんが、こちらがどう反応するか待ちかまえているかも知れん」

「わかりました」

関口がオフィスからでて行ったあとも日馬は古代の顔写真を見つめながらしばらく考えていたが、携帯電話をとりだして三枝にかけた。

三枝はすぐに電話口にでた。

「そちらのほうはどんな状況だ」

「昨夜と変わらず鈴木は姿を現していません。不眠不休で監視をつづけているので皆疲れています。鞍掛《くらかけ》署の刑事たちはいつ交代に現れるのでしょうか」

「石長が逮捕された。鞍掛署の応援は期待できそうもない」

「どうします。われわれはこのまま監視をつづけますか」

「いや、監視は解いてお前たちはすぐにその場を離れろ」

「鈴木は間違いなくまだこの付近にいるという確信があります。それでも監視を解くのですか」

「残念だが、仕方ない」

日馬は電話を切った。

石長が茶屋にどこまでしゃべったのかわからないが、三枝たちが鈴木を尾行したことを話していれば、姿を見せない鈴木を包囲している三枝たちを県警本部の刑事たちが応援どころか急襲するかも知れないという虞《おそ》れがあった。

腕時計を見ると、出社してからいつの間にか三時間以上経っていた。

唐突に怒りの感情が湧き上がってきた。

日馬は目をつぶってなんとか心を落ち着かせた。

冷静になって対策を講じなければならない用件が残っていた。

それも緊急の用件が。

## 2

ベッドのうえのタクシー運転手は、はじめて見たときよりもいっそう小柄に見えた。

体中包帯だらけの姿は哀れというしかない状態だった。

運転手の名前が花岡次男《はなおかつぎお》であること、身寄りはおらずひとり暮らしであることなどを茶屋は看護師から聞かされて知った。

「あなたは……」

ベッドの脇に椅子を引き寄せて座っている茶屋を見て花岡が口を開いた。

「いつからそこにいたんですか」

「つい五分ほど前だ」

茶屋はいった。

「見舞いにきてくれたのですか」

「意識を回復したと聞いたんでな」

「あなたがわたしを助けだしてくれたそうですね」

花岡がいった。

「反対だ。あんたがおれを助けてくれたんだ」

「どういうことです？」

「あんたの運転技術のおかげでおれは命拾いをしたということだよ」

「そんな」

花岡が照れたようにつぶやいた。まんざらでもない顔つきだった。

看護師には、面会は十分以内にしてくれといわれていた。

「家族はいないのか」

茶屋が尋ねた。

「ええ、女房とは二十年以上も前に離婚しました」

花岡が答えた。

「子供は」

「娘がひとりいますが、結婚していまは東京に住んでいます」

「ときどきは帰ってくるのだろう?」

「いいえ」

「連絡はないのか」

「ありません。東京へ行ってから一度もね」

「親子喧嘩でもしたのか」

「いいや。面と向かって喧嘩などをしたことはありませんが、いろいろとね。いろいろとあれやこれや。結婚式にも呼ばれませんでしたよ。いや、型通りに呼ばれはしましたが、行きませんでした。行けば迷惑がられることがわかっていましたからね」

「本当か」

茶屋は驚いていった。

「ええ。あなたは結婚はしているんですか」

「いや、していない」

「どうしてです。なにか理由でもあるんですか」

「さあな。考えたこともないが、たぶん女にもてないからだろうな」

花岡が不自由な体をひねるようにして茶屋の巨体を見上げた。

「ああ、そうでしょうね」

花岡が笑いながらいった。

心外だった。

「あんたはどうしてあんなに車の運転がうまいんだ。タクシーの運転手をする前はプロのカーレーサーかなにかだったのか」

「とんでもない。でも車の運転は若いころから得意でしたし、それで金を稼いでもいました。学生のときですがね」

「なにをしていたんだ」

「車を運んでいたんです。新品の車を工場から港までね」

「トラックかなにかの運転をしていたということか」

茶屋が聞いた。

「いいえ、違います。できたての車を運転して港まで運んでいたんです。一台、一台ね」

花岡がいった。

「港まで運んだというのは、新車を船に積んでどこかに運ぶということだろう。それなら何百台、何千台という単位じゃないのか。なぜトラックに載せて運ばない」

「わたしが学生をしていたのは四十年以上も前の話なんです。当時は何十台も車を積んだトラックを走らせるような広い道路はまだ建設の途中だったんです。だから運転のうまい人間が何人か雇われて新車を走らせることになったんです。ありとあらゆる抜け道やときには山道を使ってね」

茶屋は生産ラインから降りてきたばかりのぴかぴかの新車が、雑草が生い茂りあちこちから枝葉がつきだしている山道を猛然と駆け抜ける場面をなんとか想像しようとしたが、うまくいかなかった。

「車に傷をつけてしまったらどうなるんだ」

茶屋が尋ねた。

「もちろん罰金です。その分はバイト代から引かれてしまうことになります。だから車を速く走らせることだけではなく、それ以上の技術が求められたんです。一日に何台、それも無傷で港まで運べるか仲間内で競争したもんですよ」

花岡が病室の天井を見上げながらいった。その目は活気にあふれた若かりし日々を見つめているかのようだった。

## 3

日馬は有刺鉄線にかこまれたスクラップ置き場から少し離れた場所に立っていた。

カーゴパンツに防水加工をほどこした黒のセーター、足元は古いデザートブーツという出で立ちだった。

古代が殺人をふくむ危険な倒錯行為に耽っているとするなら、どこかに秘密の隠れ家をもっているに違いないと思っていたのだが、いま目にしているのがその隠れ家であることは間違いないと思えた。

古代の後を尾けてここまできたのではなく、昼間のうちに古代がマンションの近くの月極駐車場に駐めている機能優先の大衆車に豆粒ほどの小さなGPSの発信装置を装着しておいたのだ。その車を選んだのは、もし古代が隠れ家に向かうとしたら、マンションの駐車場に駐めているような人目に立つ高級車ではなく、目立たない車を使うはずだと考えたからだった。

あとはオフィスでパソコンの前に座り、光点が動きだすのを見張っているだけだった。

そして午後四時を少し過ぎた時刻に車が動きだし、日馬をこの場所に導いたのだった。

性的倒錯者は日々妄想をもてあそび、それをまるで芸術作品かなにかのように微に入り細をうがって精妙に組み立てていく。そしてある日妄想は妄想では済まないような大きさまでふくれあがり、実行に移さざるを得なくなる。それは頭からくるものではなく、食欲や睡眠欲とまったく同じ肉体の切実な欲求で、文字通り妄想と現実の境目の区別がつかなくなってしまうのだ。

日馬も殺人者には違いなかったが、殺人や拷問に性的な満足を感じたことなど一度もなかった。それはあくまでも仕事であり、欲望のために人を殺すような人間は嫌悪の対象でしかなかった。

いまにも倒れそうな門と有刺鉄線でかこまれたスクラップ置き場は荒涼として人が住んでいるような様子はどこにも見当たらなかった。

圧しつぶされて無造作に積み上げられている乗用車だけではなく、錆だらけの有蓋貨車までが見てとれ、ほかにはブルドーザーや油圧ショベルやホイールローダーやクローラークレーンといった、使い物にならなくなって廃棄されているのか、中古だがまだ動くのかさえわからない重機の類が何十台もてんでんばらばらな方向を向いたまま放置されていた。

日馬は部下を使わず、朝から秘密裡にひとりだけで動いていた。いまからやらなければならないことは自分ひとりで成し遂げるべきだと決めていたからだった。

古代に恩義があることはたしかだが、会社を古代抜きでも自分が自在に動かせるようになっているいまとなっては、古代は会社にとって無用な存在であるばかりか脅威でしかなかった。

行動を開始するのは陽が落ちて、辺りが暗闇に閉ざされたときだった。

## 4

縣は二輪たちを追跡したときに前線基地となったファミレスにいた。ここでだすココアが気に入ったからだ。

縣は外を眺めた。雨も降らず風も吹いていない。人々はゆったりとした歩調で陽光を浴びながら歩いていた。

穏やかで平和な光景だと縣は思った。

「『愛宕セキュリティー・コンサルタント』に乗りこんでいって捜査をすることはできないのか」

向かいの席の茶屋がいった。

「いまのところ無理だと思う」

縣は答えた。

「二輪と石長の証言があるだろうが」

「それでも日馬と古代のあいだに本当につながりがあるのかどうか証明できない」

「お前さんはもっとくわしい情報を握っているんじゃないのか」

「くわしい情報ってどんなこと。たとえば、三年前に古代がベルギーに住んでいた日馬を呼び寄せてふたりで会社を興した。それが『愛宕セキュリティー・コンサルタント』で、彼らは企業のサイバーセキュリティーを請け負いながら、同時に契約先の会社の情報を利用して不正な投資をして莫大な利益を上げている、とか？」

「そこまでわかっているのに、令状をとるのは無理だと思うのか」

「令状をだすかどうか決めるのはこの町の裁判所だから、あんたがどうしてもやってみたいというならやれば良い。でも鹿内さんにもいったように、わたしたちがもっているのは石長さんと二輪さんの証言以外は違法に探りだしたデジタル情報と推測だけで、日馬と古代の関係を示すたしかな証拠がないと強引に乗りこんだとしても日馬にうまく言い抜けられたらそこから先に進むことがむずかしくなってしまう」

茶屋が舌打ちをして、口を閉じた。

「ひとつわからないことがあるんだが」

しばらく押し黙っていた茶屋が唐突にいった。

「なに」

「古代が愛宕市に帰ってきたことを知った能判官秋柾は、危険を察知して身のまわりにいた三人を遠ざけた。しかしどうして頭師という年寄りだけはこの愛宕市にいるんだ。二輪や石長の話を聞く限りじゃ、この年寄りこそいちばん遠くに身を隠さなければいけない人間のように思えるんだが」

「良いところに気がついたね」

縣がいった。

「茶化すな」

「それはわたしも考えていた」

「で、お前さんの考えは？」

「愛宕市を離れられない理由がなにかあるんだと思う」

「離れられない理由ってなんだ」

「なにかやり残した仕事があるとか」

縣はしばし考えたあとで、大振りなカップに入ったココアを一口飲んでから答えた。

「やり残した仕事？　一体どんな仕事だ」

「わからない」

縣はいって、ふたたび視線を店の外に向けた。

「ところで氷室屋敷で働いていた人たちは見つかった？」

窓の外を見ながら縣が尋ねた。

「屋敷に使用人はいなかったといったろうが。賢一郎が殺されたとき、屋敷にいたのは賢一郎とふたりのボディーガードだけだった」

茶屋が答えた。

「それは賢一郎氏が殺されたときの話でしょう。あんな広い屋敷で賢一郎氏が長年ひとりきりで暮らしていたはずはない。身のまわりの世話や食事をつくる人がいたはずよ」

「ああ、それならたしかにいた。一年前まで年寄りの夫婦者が屋敷で働いていたそうだ。所轄の人間がふたりから話を聞いているはずだ」

「所轄の人間って、初音署の蓮見さんのことね」

「ああ、そうだ。どうしてそんなことを聞く。なにか気になることでもあるのか」

茶屋は返事を待ったが、縣が口をつぐんだままなので、あきらめて別の質問をした。

「鈴木はどうして日馬たちの妨害をしているんだ」

「それをわたしに聞くの。熊本伸吉《くまもとしんきち》と王小玉《おうしょうぎょく》、それに立栗道男《たてぐりみちお》の話を真梨子先生にしたのはあんたじゃなかった？」

相変わらず視線を店の外に向けたままで縣がいった。

茶屋が眉を吊り上げた。

「どうしてそんなことを知っているんだ。先生がいったのか」

「わたしはカマをかけただけ。でも真梨子先生は否定しなかったわ」

「お前さんはその三人がどういう人間なのか知っているのか」

「わたしの仕事は未解決事件の統計と分析だっていったでしょ。この愛宕市に興味をもったのは昨日今日のことなんかじゃない。五年以上前から目をつけていたの。三人の悪党がどんな方法で殺されたのか、犯人の動機はなんだったのか、さんざん考えた。調べを進めるうちにひとりの謎めいた人物が浮かび上がってきた。それが鈴木一郎だったという訳」

「五年も前から。本当か」

茶屋が目を丸くして尋ねた。

「ええ、本当」

縣が答えた。

「五年前にお前さんが警察に入っていたなんて信じられん。まだ十代だったのではないのか」

「まあ。あんたってお世辞もいえるのね、素敵」

縣が向き直り、茶屋にほほ笑みかけた。

茶屋の首筋に赤みが差した。

「じゃあ、お前さんもおれと同じ考えだと思って良いのか。鈴木は熊本たちを殺したときと同じ理由で日馬を妨害していると」

縣が茶屋の目を見ながらうなずいた。

「どうしてそんなに自信があるんだ。それこそ証拠でもあるのか」

「二年前の連続爆破事件のことだけど、鈴木一郎は緑川の共犯なんかじゃなかったんでしょう」

縣が茶屋に向き直っていった。

茶屋は事実を口にするべきかどうかほんの一瞬だけ迷ったが、結局正直に話すことにした。

「ああ、共犯どころかやつは鈴木を殺そうとして追いかけてきたんだ。そして病院中に爆弾を仕掛けた。とんでもなく執念深い男だった。だが目論見は失敗して死んでしまった。事故だったのか、たまたまそうなったのかはわからんがな」

「たまたまなんかじゃないわ。緑川は鈴木が張った罠にかかって死んだの」

縣がいった。

「違う、違う。罠を仕掛けたのは緑川のほうだといったろうが」

「いいえ、罠を仕掛けたのは鈴木一郎のほう」

「お前さんになにがわかるというんだ、おれはその場にいたんだぞ」

茶屋はいった。

「だって、鈴木一郎はあんたにおとなしく逮捕されて病院に送られた。どうしてだと思う？」

縣が聞いた。

茶屋はとっさに答えられず、ゆっくりと首を横にふった。思い返してみると、そのことがずっと心の隅に引っかかっていたのだ。

「緑川をおびき寄せるためによ。最初からすべて計算ずくだったの」

縣がいった。


『愛宕セキュリティー・コンサルタント』が入っているビルは、三階建ての灰色の古びた建物だった。

六日のあいだ鈴木一郎が姿を現すのを辛抱強く待っていた男たちが今朝になってとつぜん囲いを解いた。そのなかのひとりを鈴木一郎は尾行してきたのだった。

吉野が宿泊しているホテルに頭師が予言した通り男たちが現れ、吉野を拉致しようとした。一郎は男たちを退散させたが、自分が叩きふせた男たちが何者なのかは知らなかった。

しかしいまは自分が相手にしている人間が日馬の配下であることが確実になった。

『愛宕セキュリティー・コンサルタント』が日馬が代表を務める会社であることや日馬と能判官古代の関係などは頭師から聞かされていたが、自分の目でたしかめる必要があったのだ。

ホテルで男たちを撃退したあと、頭師にどうしてホテルに男たちがくるのがわかったのかと尋ねると、能判官家は愛宕市のあらゆるところに目と耳をもっているのです、と頭師は答えた。

代々能判官家のために、表向きの仕事の陰でつねに周囲に目を配り、聞き耳を立ててくれている人たちです。その耳のひとつが、百武という刑事と吉野さんというフリーのジャーナリストが喫茶店でなにやら密談をしていて、会話のなかに能判官古代の名前がでたと知らせてくれたのですが、その百武刑事が殺されたと聞いて、吉野さんの身にも危険が迫っているのではないかと考えて、あなたにホテルに行ってもらったのですといった。

それが質問に対する頭師の答だった。

一郎にはそれ以上のことを尋ねる必要などなかった。

5

日馬はスクラップ置き場から視線を逸らすことなく、カーゴパンツのポケットから双眼鏡をとりだして目に当てた。

入口の門からおよそ二百メートル。スクラップ置き場を抜けたところに廃屋のような農家があり、その前に古代の車が駐まっているのが見えた。

闇のなかに溶けこんでいる小さな建物に目を凝らし、時間をかけて細部を観察した。

窓やドアにも改造されているような様子はなく、カメラやカメラと連結されたライトなどの防犯設備も見当たらなかった。

窓からは明かりは洩れておらず、人が出入りしている気配もなかったが、車が駐まったままである以上、古代は家のなかにいるはずだった。

廃屋のような農家から林道が延びて、背後の森のなかに消えていた。

土地勘をつかむため夕方のうちに付近を歩いてたしかめておいたのだが、半径三キロメートル以内に集落らしきものはなく、スクラップ置き場とその奥に建つ農家は周囲から完全に孤立していた。

　双眼鏡をポケットに戻し、腕時計を見た。二十一時だった。気温が下がり、冷たい風が吹きつけてきた。

　日馬は体を低くして、ゆっくりと前進をはじめた。

　門をくぐるとさらに移動速度を落とし、進路上の地面に警報装置につながっているワイヤが這っていないか探りながら慎重に足を運んだ。

　ワイヤなどの仕掛けはなかった。

　最後の数メートルをすばやく走って家の玄関にとりついた。

　放し飼いにされている番犬が、侵入者を嗅ぎつけていまにも襲いかかってくるのではないかと身構えたが、獣の足音も息づかいも聞こえてこなかった。

　油断なく身構えたまま、息を殺して暗闇に閉ざされた四方を見まわした。日馬は夜目が利いた。相手がどれほど小さな対象物であろうと、ほんの少しでも動けばそれを見落とすことはなかった。

　周囲に動くものがないことをたしかめるとドアノブに手をかけた。

　ドアは固く閉じられ、押しても引いても開かなかった。

　ピッキング道具はカーゴパンツのポケットに入っていたが、正面のドアを開ける前に家のまわりを一周してみようと、家の裏へまわってみることにした。

　廃屋の裏手へまわりこむときにも足元の注意は怠らなかった。しかし、家の周囲にもカメラやワイヤはとりつけられていなかった。

　廃屋の裏手にはなにもなく、ゴミが積み上げられてできた低い山があるだけだった。

　さらに進もうとして、日馬はふと足を止めた。

　ゴミの山に違和感を感じたのだ。ゴミの積み上げ方が規則的すぎるように思えた。整然とした混沌とでもいうべきか。

　体勢を低くしたままゴミの山に近づいた。

　ゴミの山は糞尿の臭いがし、錆びついた農具の残骸のほかに動物の乾いた糞や小動物の骨らしきものまであった。

　音を立てないようにそれらをひとつひとつとり除き、脇に置いていった。

　思っていた通りだった。ゴミの山に隠されていた家の外壁に隠し戸が現れた。

　隠し戸には錠がついていなかった。

　息を整えてから扉を開け、廃屋のなかに足を踏み入れた。

　家のなかは腐った残飯の臭いがした。

　日馬は暗闇のなかで首だけを動かしてまわりを見まわした。小型のフラッシュライトは携行していたが、誰かがどこからかこちらをうかがっている可能性を考えて使うのを控えた。

　暗闇に目が慣れるにつれて部屋のなかがはっきりと見えてきた。ソファがあり低い机があったが、灰皿には煙草の吸い殻があふれ、床のあちこちに炭酸飲料の空き缶や衣服などが投げだされていた。

　照明はどれひとつ点《つ》いておらず、テレビやラジオの類もなかった。

　乱雑な部屋は古代の性格に似つかわしくなく、故意に散らかしたように見えた。そもそも古代は煙草を吸わないはずだった。

　耳を澄ましたがなにも聞こえなかった。咳払いもベッドのうえで寝返りをする音も。

　古代は家のなかにいないのか。それとも隠し部屋のようなものがあってそこに潜んでいるのだろうか。

　壁に触れないよう部屋の中央を歩いて、つぎの部屋へと進んだ。

そこは厨房らしく、ガスコンロと流しがあった。隅に古いストーブが据えられていて傍らの床に薪が積み上げられていた。薪は長さが不揃いで、古代が自身で木々を集め割ったもののようだった。

ヤカンや鍋、業務用サイズのソースやケチャップなども揃っていたが、料理をしたような形跡は見当たらず、冷蔵庫も置いていなかった。

流しには生ゴミが投げやりに捨てられたままになっていたが、料理をした形跡がないことを考えるとおそらく冷凍食品の中身をそのままぶちまけて置いただけなのだろうと思った。

それにしてもあまりに無防備だった。カメラもなければ番犬もいない。かならずどこかに警報装置の類があるに違いなかった。

日馬は一度立ち止まり、小型カメラなどが仕掛けられていないかあらためて部屋の四隅に目を走らせた。

それらしいものはどこにも見当たらなかった。

相変わらず家のなかは森閑として、どこからも物音ひとつ聞こえてこなかった。

昼間、周辺の地形を調べるため歩きまわっていたときに古代が徒歩でどこかにでかけたということがあるだろうか。近くに人家など一軒もないことを考えると、やはり家のどこかに隠し部屋がある可能性のほうが高いように思えた。

家はそれほど広くはないので、隠し部屋があるとしたらそれはおそらく地下につくられているに違いない、と日馬は思った。

息をひそめ静かに歩を進めて隣りの浴室をのぞいた。

浴槽がありシャワーホースもあったが、シャワーカーテンは汚れ放題で浴槽も長いあいだ使われた様子はなかった。

浴室に窓はなかった。

明かりが洩れる虞れがなかったので、フラッシュライトをとりだして浴槽のなかを照らした。ひょっとして誰かの血痕を洗い流した跡でもあるのではないかと思ったのだ。しかし浴槽のなかには塵と埃が積もっているだけで、あとは落ち葉が二、三枚落ちているだけだった。

フラッシュライトの鋭い光りを浴室の入口に敷かれた不潔なバスマットに向けた。

バスマットは古びて黒ずんでいるだけで、別段おかしなところはないように見えた。

つぎの部屋に移動しかけたが、家のなかのものがすべてカムフラージュであることを思い返し、念のために靴の爪先でバスマットを横にずらしてみた。

バスマットをどけた場所の床に隙間が開いているのが見えた。

フラッシュライトを消してカーゴパンツのポケットに入れ、床に膝をついた。

音を立てないよう慎重に隙間のなかに指をこじ入れた。

床板は簡単に動いた。

一枚、二枚とていねいに剝がしていくとやがて床に開いた大きな穴が現れた。

いったん後ろに身を引き、下から物音がしないか耳を澄ました。

なにも聞こえてこないことをたしかめてから、ゆっくりと上半身を伸ばして穴のなかをのぞきこんだ。

階段が見えた。

下に地下室があることは明らかだった。

古代がいるとしたらこの空間しか考えられなかった。安易に階段を降りたりすると古代とばったり鉢合わせしてしまいかねなかった。

床に身を伏せ、たっぷりと時間をとって物音が聞こえてこないかもう一度たしかめた。

一分、二分……。五分経っても下からはなにも聞こえてこなかった。人間が潜んでいる気配はまったくなかった。

日馬は身を起こすと穴のなかに下半身から入っていき、階段を降りはじめた。

地下室はさらに深い闇のなかに沈んでいた。床に両脚をつくと日馬は微動だにせず、四方の気配だけをうかがった。

最初はなにも見えなかったが、嗅覚だけは敏感にある特殊な臭いを嗅ぎとった。

血の臭いだった。

血の臭いが地下室のなかに充満していて、それは誤魔化しようがなかった。

暗闇に目を凝らしていると、部屋の様子が少しずつおぼろげながら見えてきた。

部屋のなかには家具らしきものはひとつも置かれていなかった。

家具どころかなにもなかった。コンクリートの打ちっ放しの壁とタイル張りの床があるだけだった。

部屋の隅に大きなストーブのような鉄の塊があった。

さらに目を凝らすと、焼却炉らしいことがわかった。特別製の焼却炉らしかった。

そのとたん日馬はすべてを理解した。焼却炉をなんのために使うのかも、床がなぜタイル張りになっているのかも。

無意識にかがめていた体をゆっくりと伸ばし、焼却炉のなかになにが残っているか調べるために近づこうとした瞬間だった。首筋に稲妻が光り、辺りの大気を揺るがすほどのすさまじい雷鳴が轟いた。

日馬は気絶し、人形の如く床にくずおれた。

まぶしい光りで目を覚ますと手首と足首をプラスチックの結束バンドで拘束され、両脇の下にまわされたロープで天井に渡された梁から吊り下げられていた。

天井はさほど高くなく、爪先と床の間は二十センチほどしか空いていなかった。

スタンガンの衝撃で意識が朦朧としていた。

目を開けると、すぐ目の前に見知らぬ人間が立っている姿がぼんやりと浮かび上がった。

日馬は頭をふり、不安定な焦点を合わせて目の前の人間の顔をたしかめようとした。

よく見ると見知らぬ人間ではなく、古代だった。

日馬は確信がもてずにもう一度頭をふった。薬かなにかの副作用なのだろうか。古代は何日か見ないうちにすっかり痩せこけ、顔も窶《やつ》れて目の下に隈《くま》までつくっていた。つねに身だしなみに気を遣い、指の先にいたるまで手入れを怠らない男とはとても思えない外見だった。

「お前はわたしが雇い入れた男だぞ。お前がなにを考えているか、わたしがわからないとでも思ったのか」

古代がいった。

古代の手には、それで薪を割ったであろう鉈《なた》が握られていた。

「わたしの車にGPSでもつけてそれを追跡してきたのだろうが、わたしもお前の車に同じ装置を付けておいた。今日は一日中お前がここにくるのをずっと待っていたのだ」

古代がわたしの車にGPSを付ける？　会社の駐車場に忍びこんだとでもいうのだろうか。いや、そうではない。誰かに命じてやらせたに違いない、と日馬は思った。

その瞬間、日馬はそれまで考えもしなかったことにとつぜん思い当たって愕然とした。

会社のなかに裏切り者がいる。その人間は日馬が知らないうちに古代と手を結び、古代に協力していたのだ。

日馬は身をよじって結束バンドをなんとかはずそうとしたが、プラスチックの縁《へり》が皮膚に食いこむばかりだった。

「短いながらも多生の縁《えん》があったお前のことだから念入りにもてなしてやりたいのはやまやまなのだが、わたしはこれからやることがあってな。お前と遊んでいる暇はないのだよ。お前にとってもわたしにとっても残念なことだが仕方がない」

古代が鉈をふり上げ、渾身の力をこめてふり下ろした。

分厚く鈍《にぶ》い刃が日馬の肩口の神経叢を切り裂き、筋肉を真っ二つに断ち割った。

張りつめた筋肉が一気に切断された瞬間の破裂音を聞いた古代は、あの学生がいっていた通りだと思い笑みを浮かべたが、日馬がその微笑を目にすることはなかった。

# 第十章

## 1

男は背広姿だったが、上着の下は皺の寄ったワイシャツだけでネクタイは締めていなかった。

真梨子と男は、互いにラップトップの画面を見ながら診察室の机に向き合って座っていた。

男は島崎昇平《しまざきしょうへい》という名の初診の患者で、整った顔立ちはハンサムと形容しても良いくらいだったが、いまは髪も乱れ頬も痩せこけて憔悴の度合いの深さが見てとれた。

〈受診された理由をまず聞かせてください〉

真梨子がラップトップのキーボードを叩くと、男が膝の上に載せていた両手をのろのろと上げ、自分の目の前のパソコンのキーボードを打とうとした。

〈わたしはしゃべることはできませんが、耳は聞こえます。ふつうにお話ししてくださってけっこうです〉

パソコンの画面に現れた文字を読んだ島崎が、真梨子に顔を向けた。

「ええと、このまましゃべってもよろしいのですか」

島崎が尋ねた。

真梨子はうなずいた。

「疲れて何事にも手がつかないのです。椅子に座っているだけでもつらいです」

〈なるほど。ほかになにかありますか〉

「集中力がなくなってなにもできないのに、同じ考えが頭のなかでぐるぐるまわって、横になっても眠ることができません」

〈同じ考えというのはどんなことでしょう〉

「ああ、ええと……」

島崎が顔を伏せ、自信なげにつぶやいた。

〈どんなことでもかまいません〉

真梨子がラップトップのキーを打ち、島崎が画面の文字を読んだ。

「そのときどきによって違いますが、くだらないことばかりです。コーヒーカップに穴が開いているから明日になったら修理しなくてはいけないとか、このままじっとしていたら尿道に大便が溜まってしまうとか」

真梨子はキーボードから顔を上げて島崎の顔を見た。

〈尿道に便、ですか〉

「いったでしょう。くだらないことばかりだって」

島崎が答えた。

〈薬を服用されたことは〉

「仕事が医者なので薬は簡単に手に入りますが、この頃は薬を飲んでも夜中に目が覚めてしまうようになって……」

島崎がいった。

〈お医者さんなのですか〉

聞き間違いをしたのかと思い、真梨子はキーボードを叩いた。

「はい。先生と同じ精神科の医者です」

真梨子は目をしばたたかせた。

〈受付にあなたがだされた書類の職業欄には無職となっていましたが〉

「半年前まで後鳥羽台《ごとばだい》でクリニックを開いていましたが、いまは無職なので」

島崎がいった。

後鳥羽台といえば高級住宅地として有名な地区だった。

〈精神科のクリニックで院長を務められていた？〉

「はい」

〈そのクリニックはいまはどうなっているのでしょう〉

パソコンの文字を読んだ島崎が、怪訝そうな表情で真梨子を見た。

「先生は新聞をお読みにならないのですか」

真梨子は島崎のことばにとまどいを覚えながらラップトップのキーボードに指を這わせた。

〈すいません。日頃、新聞とかテレビなどはあまり見ないほうなので〉

「わたしは患者だった女に根も葉もないでっちあげの訴えを起こされて、そのために多額の賠償金を支払わされたばかりか、患者も失ってクリニックをたたまざるを得なかったのです」

島崎がいった。

〈病院の名は『島崎クリニック』といったのでしょうか〉

「『後鳥羽台クリニック』です」

島崎が答えた。

真梨子は『後鳥羽台クリニック』という名も、患者に訴訟を起こされたクリニックのこともまったく聞き覚えがなかった。

〈患者さんに訴えを起こされたとおっしゃいましたね。もし苦痛でなければ、その裁判のことをくわしく聞かせてもらえますか〉

昼の休憩時間になったら、かならず『後鳥羽台クリニック』と事件のことをインターネットで検索しようと考えながら、真梨子はキーを叩いた。

「大丈夫です。苦痛などということはありません。自分でいうのもなんですが、わたしのクリニックは大変繁盛していました。受診する患者の数は愛宕《おたぎ》市でも五指に入るといわれていたほどです」

島崎は多少たどたどしくはあるものの、文法の乱れなど見せずに話しはじめた。症状を聞いた限りでは鬱病に間違いなかったが、島崎自身が精神科医であるために病識もはっきりしており、同時に論旨を明確にしながら話そうと心がけているからだろうと真梨子は思った。

「なにしろ受診する患者が一日百人を超えることさえありました。ちょっと油断しただけで、あっという間に待合室に患者があふれてしまうほどでした。患者のほとんどは若い女性で、不安を訴えたりリストカットをくり返す人が多かったです。なかにはアルコールや薬物依存、家族に暴力をふるう人などもいました」

島崎はそこまでいったところでまるで息継ぎをするようにことばを切ったかと思うと、とつぜん力が尽きたとでもいうようにうなだれた。

真梨子は矢継ぎ早に質問したい気持ちを抑え、島崎が口を開くのを辛抱強く待った。

しばらくしてから島崎がようやく顔を上げ、ふたたび話しはじめた。

「それで、まあ、そういう訳ですから患者さんひとりひとりにかけられる時間はどうしても短くなってしまいます。ええと、そうです、そういうことです。大学の医局のように自分が興味のある患者ばかり集めてじっくり話を聞くなんてことは到底できないのですよ。ええと、おわかりになりますか。わかりますよね」

〈ええ、わかります〉

「ですからね、朝から晩まで診察室で働いたあとに病院の鍵を閉めて外にでると、昼間診た患者さんが待ち伏せしたりしているのです。先生、先生。わたしの話をもっと聞いてくださいってね。こんなことが毎日なんです。つぎの診察日にまたきてくださいね。そのときに話を聞きますからといっても彼女たちはいうことを聞いてくれないのですよ。わたしの腕をつかんで離そうとしない。そのしつこさといったら、まるで蚊や蠅のようでした。いや、もっとひどい。スッポンですよ、スッポン」

〈それで、あなたはどうなさったのですか〉

真梨子は尋ねた。

「なかでもいちばんしつこかったのがその女でした。下着が見えそうなミニスカートでね、わたしに色目を使うのですよ。まだ高校生のくせにね、それはいやらしい目つきでわたしを誘ったりするのです」

〈その女性は高校生だったのですか〉

その女性というのが具体的には誰を指しているのか判然としないまま真梨子は尋ねた。

「ええ、そうです。だから問題なんですよ。高校生が下着が見えそうなミニスカートを穿いてそこら辺をうろうろしているのですよ。まるでわたしに触ってください、わたしを犯してくださいといわんばかりじゃないですか」

〈その女性とあなたのあいだにはなにかあったのですか〉

真梨子はわずかに息苦しさを覚えながらキーを打った。

「なにもありませんよ。なにかある訳がないじゃないですか。わたしは医者で、向こうは患者なんですからね。なにかあったら大変だ」

島崎がやっとそれだけいうと、今度はとつぜんまどろむように目を閉じかけた。

〈訴えを起こしたのはその女性なのですね。女性はなぜあなたを訴えたのでしょうか〉

「訴えを起こしたのはその女の親ですよ。女が訴えを起こせるはずがない。なにしろ死んでいるのですからね」

島崎が呂律のまわらない口調でいった。

真梨子には島崎の話が理解できなかった。

〈死んだ？　最初から順を追って話してもらえますか。その女性はなぜ死んだのですか〉

「自殺したのですよ。自殺。首を吊ってね」

島崎がいった。

真梨子は思わずキーボードから顔を上げて島崎を見た。

〈その女性はなぜ自殺をしたのでしょう〉

「ですからね、その女の両親はわたしが彼女に手をだして、さんざん遊んだ挙げ句にゴミ屑のように捨てたというのです。そのせいで絶望した彼女が自殺をしたのだとね。それで裁判を起こしたのですよ」

〈あなたはその女性と関係があったのでしょうか〉

真梨子はもう一度同じ質問をした。

「ありませんよ。まったくありません。とんだ誤解。いや詐欺ですよ。詐欺」

〈思い当たることがひとつもないのですか〉

真梨子はキーを叩いた。

島崎が裁判に負けたというからには、両親の訴えには論拠というのかある程度の説得力があったはずだ。

「ああ。ええと……」

島崎が眠気に耐えられないという様子で、目を開けたり閉じたりしながらパソコンの画面の文字を追った。

「ですからね、その女はしつこくて何度追い払ってもすがりついてきた。何度も何度もね。あんまりしつこいので仕方なかったのです」

〈あまりしつこかったので、どうされたのです？〉

「ですから仕方なく自宅の電話番号を教えたんです。それだけですよ。それだけのことだ。ところが女はこっちの迷惑など考えもせず一日中電話をかけてきて、しまいには家の住所を調べて自宅まで押しかけてくるようになったんです。そりゃあ邪険に追い払いもしますよ。こっちには家族がいるんです。生活というものがあるんだ。頭のおかしな女子高生にどうして平穏であるべき生活を乱されなければならないのです。迷惑だから帰れ。誰だってそういうのではありませんか？　わたしもそうしたまでです」

真梨子はしばらくキーボードに視線を落としたまま、島崎の話を咀嚼しようとした。

〈ご家族とはいまも同居していらっしゃるのですか〉

「離婚されました。裁判のあとでね。患者と、それも十代の娘とつきあっていたなんて怪《け》しからんといわれてね。娘を連れてでていきましたよ。わたしの娘も高校生なんです。いくらわたしがそんなことはない、あれは言いがかりなんだといってても聞き入れてくれないのです。わたしはどうしたら良いんですか？　あんまりしつこいので電話番号を教えただけなんですよ。それだけでなにもかもが滅茶苦茶になってしまった。頭のおかしな女に、家へ帰れ、二度とおれの家には近づくなといっただけなんです」

島崎がいった。

自分を正当化し相手を一方的に責める内容だったが、口調にはまるで感情がこもっておらず、録音されたテープを再生しているかのようだった。

真梨子はラップトップの画面の時刻表示に目をやった。予定の診察時間はすでになかばを過ぎていた。

〈おひとりで暮らしているのですね〉

「はい」

〈日常になにか不便なことはありますか〉

「そりゃあ、不便なことばかりですよ。食欲がありませんから腹は空かないのですが、食べなければと思って無理矢理食べ物を口に入れようとすると、すぐに吐いてしまいますしね。起きているとくだらないことばかり考えてしまうので、薬を飲んでねようと思ってもすぐに目が覚めてしまいますし」

〈お酒を飲む習慣はありますか〉

「いや、酒は飲みませんし、煙草もやりません」

〈それはお若いときからですか。それとも最近になって禁酒なり禁煙なりをはじめたということでしょうか〉

「若いころからです。別にわたしがとりたてて品行方正な人間だという訳ではありませんよ。ただ体が欲しなかった。それだけのことです」

〈わかりました。なにか趣味のようなものはお持ちですか〉

「昔はテニスが趣味で、暇さえあればテニスクラブにでかけていましたが、いまは外出できるような状況ではないのでね」

〈外出できないというのは、体力的な問題ですか〉

「もちろんそれもありますが、人の目があるせいですね。人の目が気になるのですよ」

〈抗鬱剤は服用されていますか〉

「いろいろな薬を飲んでみましたが、あまり効かなくてね」

〈トリプタノールを試されたことはありませんか〉

トリプタノールはまれに副作用で尿管痛や尿道に石が詰まっているような感覚を起こさせることがあった。島崎がさきほど口にした「尿道に便が溜まってしまう」という感覚はそれに起因する可能性があるのではないかと思い、真梨子は念のために尋ねてみた。

「いや、トリプタノールを使ったことはないです」

島崎はほんの少しも考えることなくあっさりと否定した。

〈そうですか。お仕事はいまなにをされているのでしょうか〉

「仕事はなにもしていません。なにしろ一歩家の外にでたら通りがかりの人間がこちらを指さしてひそひそと噂話をはじめますし、女の人のなかにはかならずひとりかふたり、こちらに色目を使う者がいるのです。あれは、わたしを誘惑しようというのではなく、自殺した女を思いださせてわたしを苦しめようと企んでいるに違いないのです。だから外にはでかけられません」

〈失礼ですが、収入の心配などはされていないのですか〉

「まあ、金はあります。一年や二年は働かなくても食べていけるくらいは」

〈先ほどテニスが趣味だとおっしゃいましたが、屋内でできる運動のようなことはされていませんか〉

「運動は駄目です」

〈駄目というのはどういうことでしょう〉

「ふくらはぎに鉄が入っているものですから、運動などすると肉が剝ぎとられてしまうのですよ」

島崎がいった。

相変わらず無感動な口調だった。

〈なにかの手術を受けて、ふくらはぎに金属を挿入されたということでしょうか〉

「まあ、これも裁判のあと誰かがわたしの隙をついてねじこんだのでしょうね。だから歩きづらいし、無理に引き抜こうとすると鉄が熱を帯びて足を燃やしてしまうのです」

足を燃やしてしまう？　真梨子はふたたびキーボードから顔を上げて島崎の表情をうかがった。

島崎の顔にはなんの感情も浮かんでいなかった。

〈今日の診察時間はこれで終わりですが、つぎの診察日にもこられる自信はありますか。おもに体力面ですが、心配はありませんか〉

「大丈夫だと思います」

島崎がいった。

〈もし自殺念慮がでたら、診察の予約日でなくてもかまいませんからここにきてください。電話連絡もいりません。ためらわずにまっすぐここにきてください。良いですね〉

最後に真梨子はそうキーを打った。

## 2

島崎のあと三人の患者を診察し昼食の時間になった。

さっそくインターネットを検索すると、島崎が話していた裁判の記事はすぐに見つかった。

『愛宕市後鳥羽台＊丁目の自営業Yさんの自宅で娘のP子さん（市内の公立高校二年生）が自殺していた事件をめぐって、YさんがP子さんのカウンセリングを担当していた精神科の医師に損害賠償請求を地裁に提訴。Yさんの主張によると、医師は『後鳥羽台クリニック』院長島崎昇平氏で、氏は既婚者であるにもかかわらず患者であるP子さんと肉体関係を結び、その後一方的にこの関係を破棄。精神状態が不安定だったP子さんはこれによって混乱の果てに絶望し、自ら命を絶ったというもの』

島崎昇平の名前で検索すると、ネット上にはこの裁判に関するコメントが山ほどあった。

愛宕市精神科医人気ランキングなどというサイトまであり、島崎昇平は一位になっていた。

医者の人気ランキングなどというものがネット上に存在するとはまるで知らなかった真梨子は驚きを禁じ得なかったが、どうやら島崎の話はまんざらただの自慢ではなく事実らしいとわかった。

『後鳥羽台クリニック』というリンクをクリックしてみると、『後鳥羽台クリニック』に通っているかまたは過去に通っていたことのある人たちの書きこみが数え切れないくらいあった。

『後鳥羽台クリニック』の裁判についての記事へのコメント　投稿者：ハンプティーダンプティ

―

島崎先生が裁判で負けたと聞いて残念で仕方ありません。島崎先生はハンサムでどっしりとしていて頼りがいがあって話をよく聞いてくれる先生でした。諸悪の根源であるあの女とは待合室でよく遭いました。とんでもないすべたのどあばずれでした。先生は誰にでも優しいからまんまとはめられてしまったのね（下ネタにあらず）涙涙。先生に見つめられただけで胸がキュンキュンしていたのにもう二度と会えないのだと思うと淋しくて仕方ありません。このままでは生きている価値もないのかも。同じように感じている人がいたら連絡ください。いっしょに自殺しませんか。那須のほうにずっと使っていないお父さんの別荘があるので場所は提供できますし、秘密も守ります。

『後鳥羽台クリニック』の裁判についての記事へのコメント　投稿者：イカタコフロスト味

島崎先生が裁判に負けて『後鳥羽台クリニック』が閉院に追いこまれたのはある種の運命ともいえますね。なにしろクリニックはいつ行ってもボーダー様で満杯の有様。おれなんてナンパ目的で通っていたようなものだもの。みんな愛という名のセックスに飢えた目つきをしているもんだから入れ食い状態でしたよ。島崎先生も見るからに相当なスケベ親父だったから、暗示ひとつでどうにでもなる若い馬鹿女どもをとっかえひっかえ味わっていたのでしょうね。おれにとってはただで使える風俗店も同様だったので、そういう意味で先生のクリニックがなくなってしまったのは残念。おれと同じように思っている男性諸氏は多いはず。

『後鳥羽台クリニック』の裁判についての記事へのコメント　投稿者：正義派のデカメロンちゃん

判決を知った瞬間「ざまあみろ」と叫びました。裁判、傍聴にも行きました。それほど裁判の行方がどうなるか気を揉んでいました。残念ながら判決の日は傍聴には行けませんでしたが、判決が下った瞬間の島崎の顔をこの目で見たかったです。あの男は医者の仮面をかぶった悪党、ただの変態です。はじめてクリニックに行った日からわたしに目をつけて、ことあるごとに声をかけてきてしつこく誘ってきました。診察しているあいだもわたしをいやらしい目で見るだけでなく、必要もないのに腕や肩を触ってきました。わたしの携帯にかけてくるのもしょっちゅうで、「二度とかけてこないでください」と断ると今度はメールの嵐。一日に百五十件もきたことさえあります。あの男の診察を受けるのは金輪際止めようともちろん思いましたが、このままでは泣き寝入りになるし、わたしが黙っていたらほかの女の患者さんが被害者になるかも知れないと思い、勇気を奮い起こしてクリニックへ行き、待合室にいた患者さんたちに向かって警告しました。でもそれも骨折り損のくたびれもうけだったようです。でもあの男も報いを受けたのですから、＊＊さん［管理人により実名削除］、天国で安らかにお眠り下さい。

『後鳥羽台クリニック』の裁判についての記事へのコメント　投稿者：匿名

正義派のデカメロンちゃんって＊＊［管理人により実名削除］のことですよね。厚化粧のデブで、島崎先生にしつこく言い寄って煙たがられていました。クリニックにきて大声を張り上げ、警察を呼ばれたのも見ています。先生に相手にされなかった腹いせにこんなデタラメを拡散させるなんて最低の女です。わたしはクリニックにはちょうど一年間通っていました。自殺した女の子も知っています。言葉を交わしたことはありませんが、すごい美人で病院内でも有名でした。

報道でまだ高校二年生だったと聞いてびっくり。でも島崎院長が患者と関係するなんて絶対にありません。先生が誠実で清廉潔白な人であったことは誰よりもわたしが知っています。先生と亡くなった女性のあいだにはなにか誤解があったのだと思います。わたしたちのような人間が優しく話を聞いてくれる人に対して恋愛感情を抱きがちであることは誰でも知っていることです。わたしは先生の無実を信じています。先生、『後鳥羽台クリニック』でなくてもいいし、ここでなくてもいいからまた新しい病院を建ててください。報せてくれればわたしが患者一号としてどこにでも飛んでいきます。

裁判や『後鳥羽台クリニック』にまつわるさまざまなサイトへのリンクもそれこそ蜘蛛の巣のように張られていたが、なかには自殺した女子高校生の実名（どういう訳かこちらは管理人によって削除されていなかった）、住所、電話番号などの個人情報だけでなく、同じ高校に通っていた同級生や友人だったと自称する同年代の若者たちによる掲示板もあった。

アンナ
［11／29　22：35］
堀川泉とは中学校からいっしょにつるんでいたけど、自殺するような人間じゃなかった。だから先生から彼女は自殺しましたって聞いたときホントかなって思った。先生は美人で優等生の泉の裏の顔なんて知らないだろうし。つまり欲しいものは片っ端から万引きして、万引きできないものがあればパパ活してお金を稼いでたってこと。顔に似合わず、やることはえげつなかった。だからって彼女が死んだことを哀しいと思っていない訳じゃないけどね。

ひきこもり
［12／1　19：15］
堀川泉が優等生なんてちゃんちゃらおかしい。だって一年生のときからずっとわたしがカンニングさせていたんだから。先生もうすうす勘づいていたはずだけど、堀川泉の色気にコロリとまいって見て見ぬふりでした。美人はトクってこと。

いきなりアネモネ
［12／21　18：35］
堀川泉は中学のときから万引きグループをつくっていて、手下には小学生までいました。ある日グループのひとりが捕まって警察に泉の名をだしてしまったことがあります。泉は品行方正なお嬢様で通っていたから警察は一応家族に報せただけで、彼女を警察に引っ張ってきて話を聞くことはしなかったんだけど、泉は自分の名前をだしたその子（小学生）をほかの手下たちに命令してボコボコにしました。その子は女の子だったのですが、丸裸にされて道端に放りだされていたそうです。もちろんすぐに転校しましたけど。これはこの町では有名な話です。

ピッコリーノ
［1／13　17：20］

泉は自殺なんかしていないと思う。いろいろとうわさがある。首を吊ったっていうけど、なんかおかしな恰好だったっていっていた人もいるし。天井からぶら下がったのではなく、部屋のドアノブにタオルを結んだ輪っかをかけてそのなかに首を突っこんでいたらしい。
首は前に垂れ、尻もちをついたように足を前に投げだし床に座りこんだような姿勢だったって。
そんなんで死ねる?

パーティーボーイ
［1／14　18：43］

堀川は自殺なんてしていません。両親に殺されたのです。だって彼女は家庭内暴力をふるっていて、両親はその犠牲者だったから。ぼくは近所に住んでいたから、彼女の家についてのうわさをいやというほど耳にしていました。彼女のお母さんなど夕方の買い物にサングラスをかけてくることなどざらで、ひどいときにはサングラスにマスクをしても顔の痣が隠せないこともあったそうです。だから娘の暴力に悩んだ父親が自殺に見せかけて殺したのです。これは娘の葬式にもかかわらず、朗らかな笑顔を浮かべている両親を見たという人から直接聞いた話ですから間違いありません。

消しゴム
［1／22　14：10］

堀川泉の家ってお母さんはバレエ教室の先生で、お父さんは弁護士。弁護士ですよお。法律にはくわしいはず。今度の裁判だってじっくりと計画を練ったうえで起こしたに決まっています。

蠟人形
［1／22　18：27］

堀川泉の親が何千万もする高級車を乗りまわしているって知ってます？　食事は毎日三つ星レストランか高級なお寿司屋さん。あのお医者さんからたんまりいただいた賠償金で王侯貴族のような生活を送っているというわけ。もともと生徒が少なくて開店休業状態だった自宅一階のバレエ教室なんてさっさとたたんで豪邸に改装中。大事なひとり娘が死んでも嘆く様子なんてこれっぽっちもないそうですよ。堀川が家庭内暴力をふるっていたといううわさは両親が流したらしいよ。そもそもお母さんがサングラスやマスクをして買い物をしている姿をわざわざ人に見せたのもそのための伏線だったらしい。ウー恐。


別のリンクをたどってみても、無責任な噂話とゴシップがあふれているばかりで、真梨子はテキストにならんだリストをざっと眺めただけでため息をつき、窓の外に目をやった。

顔の見えない人々の剝きだしの悪意に圧倒され、目眩《めまい》さえ覚えた。

天気予報では午後から晴れるということだったのに、空はあいかわらずどんよりと曇り、晴れるどころかいまにも雨が降りだしそうだった。

ログアウトし、時計を見るといつの間にか本館のカフェテリアまででかけて食事をとる時間はもうなくなっていた。仕方なく湯を沸かしコーヒーを淹れた。

言いようのない嫌悪感をなんとかふり切って、島崎昇平のことを考えようと努めた。

関係をもった患者が自殺したことを家族に訴えられ、巨額の賠償金をとられたうえにクリニックは患者が減り、閉じざるを得なくなったことが島崎昇平の鬱の直接的な原因になったのであろうことは容易に想像できた。

しかし島崎の話には不安感や抑鬱気分のような鬱病の症状として特徴的なもののほかに被害妄想なども見受けられたので妄想性の鬱病ということも考えられ、そうなると治療はいちじるしく困難なものになるかも知れなかった。

さらにむずかしい問題があった。

尿道に便が溜まるとか、ふくらはぎに鉄がねじこまれていて引き抜こうとすると足が燃えてしまうなどという体内異物混入妄想、変形妄想は統合失調症の一部として出現することがあり、島崎昇平が脳になんらかの機能障害を抱えている可能性があった。

真梨子は砂糖もミルクも入れていないコーヒーを一口ふくみ、島崎は重度の鬱状態なのだろうか、それとも統合失調症の可能性があるのだろうかと考えた。

いずれにしても、つぎの診察日には脳外科で検査を受けるように説得しなければならないだろう、と真梨子は窓の外の鉛色の雲を見つめながら思った。

## 3

『愛宕セキュリティー・コンサルタント』はガラス張りの高層ビルの最上階にでもあるのだろうと漠然と考えていたのだが、想像とは違って三階建ての小さな古びた建物だった。

茶屋はその一画をぐるりとまわって、建物そのものにも周辺にも特別変わったところはなにもないことをたしかめてから正面の入口に戻り、ビルのなかに入った。

カウンターの受付に座っていた白いブラウスを着た女が、茶屋を見て立ち上がった。まるで生まれたときからその仕事をしているみたいに洗練された身のこなしだった。

「いらっしゃいませ。どちらに御用でしょうか」

女が頭を下げていった。

「社長に会いたいんだが」

「お名前をうかがえますか」

女がていねいに尋ねた。

「警察の茶屋という者だ」

茶屋がいった。

「警察の方ですか」

警察ということばに驚いたような様子はまったく見せずに女が尋ねた。

「そうだ」

茶屋は答えた。

「少々お待ちください」

女がカウンターのうえの内線電話をとり、誰かと二言三言ことばを交わした。上半身を心もちひねり、手にもった受話器を隠すようにしたので、どこの誰になにを連絡し相手がどんな答を返したのか茶屋には聞きとることができなかった。

「失礼しました」

女が受話器を架台に戻していった。ていねいな口調に変わりはなかった。

「ご案内します。どうぞこちらへ」

女はそういうと、カウンターのなかからでてきてエレベーターのあるフロアの奥に向かって優雅な足どりで歩きはじめた。

茶屋は、会社のなかに入ったとたん屈強な男たちがでてきて問答無用で追い払おうとするに違いないと予想していたので、なんの抵抗も妨害もなく迎え入れられたことに拍子抜けがする思いだった。

フロアの奥にはエレベーターが二基あり、一基が一階に停まっていた。女はそちらのエレベーターのボタンを押して扉を開けた。扉が開くと自分が先に乗り、扉を片手で押さえながら茶屋をケージのなかに導き入れた。

扉が閉まると、女はふたたびボタンを押した。

エレベーターは静かに上昇し、三階で停まった。

「どうぞ。こちらです」

女が塵ひとつ落ちていない廊下を歩きはじめた。

廊下の両側にはいくつもドアがならんでいたが、どの部屋もひっそりと静まり返っていて、廊下を歩いている人間もいなかった。考えてみれば、ビルのなかに入ってからこの会社で働いているはずの社員の姿をひとりも見かけていなかった。

女が廊下の突き当たりの部屋で立ち止まってドアを二度ノックした。

女はなかからの返事を待たずにドアを開けると、ふたたび頭を下げた。

「どうぞ」

「どうも」

「どう致しまして」

女はほほ笑みを浮かべると茶屋に背を向け、エレベーターのほうへ向かって歩きはじめた。

茶屋は思わず無意味な常套句を口にしてしまったことを後悔し、ひとりで赤面した。

咳払いをして部屋のなかに入った。

室内は広くて涼しかったが機能一辺倒らしく、トロフィーを飾った棚もなければ壁に油絵や表彰状などがかけられている訳でもなかった。

窓からの眺めも良いとはいえず、同じような灰色のビルの背面と配管が見えるだけだった。

まだ三十代だと思われる若い男が大きなデスクの後ろで立ち上がっていた。

「そちらにおかけください」

男が入口近くの椅子を指し示しながらいった。茶屋はいわれた通りに椅子に座り、男とやや距離を置いて向かい合った。

男は茶屋が椅子に座るのを見てから自分も腰を下ろした。

男は眼鏡をかけていたが、髪を短く整え夏用のスーツを一分の隙もなく着こなしていた。シャツは青で、やはり青いネクタイを締めていた。きれいに髭を剃っていて、肌もなめらかで染みひとつなかった。おそらくそばに近づけばコロンの匂いがするに違いなかった。

この男の姿がいわゆるＩＴ企業で働く人間の典型的な外見なのだろうかと茶屋は思った。コンピューターにくわしい人間というと、茶屋の頭には野球帽を前後ろにかぶったＴシャツに半ズボン姿の男、もしくは鵜飼縣のような突拍子もない恰好をした女が浮かんでくるのだった。

「あんたが社長なのか」

茶屋は男に向かって聞いた。

「いいえ。社長の日馬《くさま》はただいま出張しておりまして会社にはおりません。ご用件は社長に代わってわたしがうかがいます」

男がいった。

「日馬の出張先はどこだ」

茶屋は尋ねた。

「セキュリティー・コンサルタントというこの会社の性質上、そのような情報は社外秘になりますので」

男がいった。

「答えられんのか」

「申し訳ありません」

「あんたの名前は」

「秘書の関口《せきぐち》と申します」

「おれをここに通したのはどういう訳だ」

茶屋はいった。

「と、おっしゃいますと」

関口が片方の眉を上げて尋ね返した。

「おれは受付で警察の茶屋だと名乗っただけだ。受付のお嬢さんは警察手帳を見せろともいわず、身元をたしかめようともしなかった。セキュリティー・コンサルタントを名乗っている会社にしては少しばかり不用心じゃないかと思ってね」

「県警本部捜査一課の茶屋警部。これでよろしいですか？」

鷹揚な笑みを浮かべながら関口がいった。

「短時間のうちに訪問者の身元を確認させていただくのは当社のもつ特殊技能のひとつですので」

「なるほど」

茶屋は憮然としていった。

「で、ご用件はなんでしょう」

関口がいった。

「ここは『愛宕セキュリティー・コンサルタント』の本社なのか」

茶屋は関口の質問を無視して尋ねた。

「そうですが、なにか」

「ここでは何人くらいの人間が働いているんだ。それも秘密か」

「およそ七、八十人ほどですが」

「それにしてはまるで幽霊屋敷みたいに静まり返っているじゃないか。ここに上がってくるまでに社員らしき人間にはひとりも行き合わなかったぞ」

「事務職の者は皆デスクにしがみついてPCとにらめっこをしているものですから」

関口がいった。

「あんたはいつからこの会社にいる。会社に入って何年だ」

「わたしですか？　三年になりますが」

「この会社が創立されたときからいる訳か」

「はい」

「この会社を興したのは誰だ」

「社長の日馬ですが」

「創立当時から日馬が社長だったのか」

「はい。日馬がひとりで立ち上げた会社で、その後プログラマーやシステムエンジニアがひとりふたりと集まっていまの規模になりました」

「おかしいな。こちらの調べではこの会社の創立者は四年前まで東京でいくつものベンチャー企業を渡り歩いて自分の会社を興しその世界で名を馳せた能判官古代《のうじょうこだい》ということになっているんだがな。一財産を築いた能判官は三年前にとつぜん東京の会社をたたんで生まれ故郷であるこの愛宕市に帰り『愛宕セキュリティー・コンサルタント』を立ち上げた。どうだ、違うか」

「能判官古代さんですか？　そのような方は存じ上げませんし、その方がこの会社の設立に関わられたなどという事実はまったくありません」

関口がいった。

「名前を聞いたこともないというのか」

「はい。そもそもそんなでたらめな噂話をどこで耳にされたのです」

「あんたたちだけがインターネットやらコンピューターにくわしい人間じゃないんだ。こちらにもそういう特殊技能をもった専門家がいるということだよ」

「なるほど、そうですか。しかしその専門家は調べる先を誤ったようですね」

関口は相変わらず冷笑を浮かべたままだった。

「それだけじゃない。ほかにもいろいろ知っていることがあるぞ」

「ほう、たとえばどんなことでしょう」

「契約先の会社の企業秘密を盗んで、それをほかの会社に売っているなんていうのはどうだ」

「それもでたらめな噂話のひとつに過ぎませんね」

関口がいった。

「証拠があるといったらどうする」

「その証拠とやらをぜひ見たいものですね」

「いつまでそうやって笑っていられるかな」

茶屋はいった。

こちらの質問に逐一答えているようで、その実《じつ》口先ではぐらかしているだけの男に次第に腹が立ってきた。

「わたしどもが契約先の利益を害しているなどという話は論外にしても、たとえばこの会社の成り立ちについてわたしとあなた方とに少々食い違いがあるからといって、それが罪になりますか。なにが問題なのでしょう」

「問題はな、おれが殺されかけたということだ。乗っていたタクシーの前と後ろをでかいゴミ収集車にはさまれてな。あやうく車ごと圧しつぶされるところだった。それを指示したのが日馬か能判官のどちらかなんだよ。いや、ひょっとしたらあんたも一枚嚙んでいたのかも知れんな」

「ご用件というのはそれですか？」

表情を変えることなく関口がいった。

「なにか言い分でもあるのか」

茶屋は鼻息を荒くしていった。

「申し訳ありませんがわたしも忙しい身で、そのような荒唐無稽なホラ話を聞いている暇はないのです。もしそれが事実だとおっしゃるなら、つぎは証拠をお持ちください。逮捕状といっしょにね」

茶屋は男をにらみつけたが、男はまったく動揺するそぶりを見せなかった。

「さあ、お帰りください」

男がいった。

茶屋は椅子を蹴立てて立ち上がり、ドアノブに手をかけた。

「そういえばあんたのところに大きな男はいるか。おれより大きな化け物のような男だ」

ドアノブに手をかけたまま茶屋はふり返っていった。

「大男ですか？　当社は警護の仕事もしていますので、そちらには体格の良い人間が大勢おりますが」

「そうか。その大男に会うようなことがあったら、茶屋がよろしくいっていたと伝えてくれ。かならずだぞ。良いな」

茶屋はそういって廊下にでると力まかせにドアを叩きつけた、つもりだったがドアクローザーが油圧式だったために茶屋の腕力にもかかわらず音も立てずゆっくりと閉まっただけだった。そのために茶屋はよけいに頭に血がのぼり、思わずうなり声を発することになった。

証拠はないので捜査はむずかしいといっていたのにもかかわらず、今日になっていきなり『愛宕セキュリティー・コンサルタント』へ行き社長に会ってくるようにいったのは縣だったが、一体どんな目的があってこんなことをさせるのか、茶屋にはさっぱりわからなかった。

4

目が覚めた。

いつのまにか眠りこんでしまったらしかった。体がこわばり、汗をかいていた。

横たわったまま窓の外に目をやった。空には黒い雲がかかっていたが、しばらく眺めているうちになにやら白いものがどこからか現れて流れるようにゆるやかにうごめきはじめた。

白い霧だった。

霧は次第に濃くなり、まるで雲のふりをするかのように変幻自在に姿を変えながら空をおおっていき、黒々とした雲に分厚く白い毛布をかぶせてしまった。

窓に目を向けたまま身じろぎせず、ベッドのなかのさまざまな肌触りを感じるがままにしていた。シーツの冷たい感触や頬にあたる枕のなめらかな感触を。それから左手を結んだり開いたりしながら細かく指を動かした。左手が済むと今度は右手で同じ動作をくり返した。

手を動かすといくぶん気分が楽になり、深い呼吸ができるようになった。

ベッドから降り、浴室で熱いシャワーを浴びた。タオルで体を拭って乾いた下着に着替えた。

バスローブを羽織ってダイニングへ行き、大型冷蔵庫の冷凍庫からジンとベルモットをとりだし、シェイカーも氷も使わない自分のためのマティーニをつくった。

壁の時計を見ると二時間近くも眠っていたことがわかった。うたた寝することなど滅多になかった。

カクテルをなみなみと満たしたグラスをもってリビングルームの窓の前に立った。

眼下の遊園地の大観覧車もすっかり霧に隠れ、はるか遠くの埠頭に輪郭を失った大型貨物船が不吉な影のように白い水面にゆらゆらと浮かんでいるのが見えた。

窓を離れてソファに腰を下ろしたとき、テーブルのうえに置いてある携帯電話が鳴った。かけてきた人間が関口であることを確認してから携帯を耳に当てた。

「とつぜんお電話を差し上げて申し訳ありません。緊急の用件ではございません。今日の午後、会社に県警の人間がやってきたことをご報告しようと思いまして」

関口がいった。

「警察の捜索が入ったということかね」

「いいえ、決してそういうことではありません。刑事がひとり癇癪を起こして怒鳴りこんできたということ、ただそれだけのことです。以前お話ししたことがあると思いますが県警本部の茶屋という男で、捜索どころか愚にもつかない戯言《たわごと》を一方的にまくしたてて帰って行きました。うちの会社のことをいくら調べても犯罪を立証することができないのでフラストレーションが溜まりに溜まって自棄《やけ》になっているといった感じでした。哀れなものです」

「なるほど。それで？」

関口という男がただそれだけのことを告げるためにわざわざ電話を寄こすような人間ではないことを古代はよく知っていた。

この一年ほどはコンピューターを使う仕事はもっぱら関口が中心となってこなすようになっており、社長である日馬はどちらかというと力仕事が専門のようになっていたが、その力仕事のほうも最近は失敗がつづいていて、重要なポストにとどめておくことはむずかしくなっていた。

なにしろ『愛宕セキュリティー・コンサルタント』は危機管理を専門とする会社なのだから。

「ただ一点だけ気になることがありまして」

関口がいった。

「茶屋が脅し文句をならべ立てるうちに、コンピューターやインターネットにくわしいのはうちだけではない。こちらにもコンピューターにくわしい人間はいるとぽろりと洩らしたことが気になりまして、もう一度動坂署の刑事のＰＣを探ってみたのです。能判官社長のモンタージュをネットに流した鶴丸という男ですが……」

「わたしを社長と呼ぶのは止め給え。今日からきみが『愛宕セキュリティー・コンサルタント』の社長だ」

古代はいった。

「ありがとうございます。謹んでお受けさせていただきます。で、その鶴丸のＰＣをもう一度探ってみたところ同僚刑事とパソコンでの短いメールのやりとりが見つかりました。読み上げます。〈あの女は一体誰だ〉〈鵜飼縣といって、東京からきた警察庁の人間らしい〉〈警察庁？　本当か〉〈どうやら事実らしい〉と、これだけのものなのですが」

「警察庁の女？」

古代は興味をそそられて尋ねた。

「はい。さっそく警察庁の人事記録を当たってみたのですが、そこに鵜飼縣という人物は見当たらず、念のためにと思って調べてみた警視庁のデータベースのほうに名前がありました。ところが、ファイルには警察学校を卒業して都内の所轄署の鑑識係に配属されたところまでの記録はあったのですが、そこから先の経歴が一切消去されていました」

「消去されていたとは、どういうことだね」

「これはあくまでわたしの推測ですが、この女はコンピューターに関する特殊な技能をもっていたために所轄署から警察庁に引き抜かれ、現在は身分を隠さなければならないような特別な任務に就いているのではないかと思われます。経歴を秘匿する理由などほかに考えられませんので。警察学校の卒業年を見るかぎりまだ二十代の若い女のようですし、おそらくうちの会社のサーバーに侵入しようとしたのもこの女と考えて間違いないでしょう」

「つまり、その女はコンピューターの専門家で、それが県警の刑事と組んで『愛宕セキュリティー・コンサルタント』を嗅ぎまわっているということかね」

「そうだと思われます」

「その女はいまも愛宕市にいるのかね」

「はい。居場所もわかっています。市内のホテルの宿泊客リストを調べたところ市の中心部からだいぶ離れたビジネスホテルに泊まっていることがわかりました。日馬さんが吉野というジャーナリストを拉致しようとして失敗したホテルです。吉野は自宅に帰っていますが、この女がいまも吉野が宿泊していたホテルに滞在していることも偶然とは思えません」

まるで暗記した芝居のセリフを読み上げるように関口がよどみなくつづけた。

「どうするべきでしょうか」

「きみは、茶屋という刑事が、会社のことをいくら調べてもなにも証拠が挙がらないのにしびれを切らして怒鳴りこんできたといったな」

マティーニグラスの細い脚を指先でもてあそびながら古代はいった。

「はい。その通りです」

「その印象に確信があるのだな」

「はい」

「証拠が挙がらないなら、コンピューターの専門家だろうが警察庁の人間だろうが関係がない。こちらは痛くも痒くもないからな。それよりきみには頭師を捜すことに専念してもらいたい。頭師と逃げている鈴木とかいう指名手配犯を見失ったといっていた場所があったな」

「はい。砧町《きぬたちょう》と斎木町《さいきちょう》のあいだにある休耕地です」

「そこにもう一度人をやって付近をくまなく捜させ給え」

「鵜飼縣という女のほうはどう致しましょう」

「その女には手をだすな。とりあえず二十四時間態勢で監視をつけておくだけで良い」

「わかりました」

関口がいった。

電話を切る寸前に古代はふと思いついて指を止めた。

「きみはその女の写真をもっているのかね」

「いえ、もっておりません」

「それなら監視役に写真を撮るようにいってくれないか。どんな女なのか見てみたい」

「はい。仰せの通りに」

古代は携帯を切ってテーブルに戻すと、グラスの酒を口に運んだ。

# 5

縣は蓮見が運転する車で、氷室屋敷で働いていたという夫婦の家に向かっていた。

「なんていう名前だっけ」

制限速度を守り神経質なくらいに安全運転をしている蓮見に、助手席に座った縣が尋ねた。

「堺松太郎《さかいまつたろう》に美佐子《みさこ》です」

前方を一心に見つめ、ハンドルを必要以上に強く握りしめながら蓮見がいった。

「どんな人たち？」

「どんな人たちって、気の好い夫婦ですよ。ただ……」

「ただ、なに」

「うまくいえないのですが、なんだかとっつきにくいというか、話しづらいところがありまして」

「気どっているとかお高くとまっているということ？」

「いいえ、そんなことはありません。本当に気の好い、おとぎ話にでもでてくるようなおじいさんとおばあさんですよ」

「それなのにとっつきにくいというのはどういう訳」

「氷室邸のようなあんな大きな屋敷でご主人様だけでなくご主人様を訪ねてくる大企業の社長やら海千山千の政治家たちやらの世話を長年焼いていると、自然とああいう物腰になるんでしょうな。わたしたちのような下々の者からすると受け答えひとつとってもなんとも浮き世離れがしているように聞こえましてね。話しているうちにこっちの舌がもつれてしまうような感じなんです。まあ、わたしの育ちが悪いからそんなことを思うんでしょうが」

穏やかな曲線を描く通りをゆっくりとたどるうちに、両側に小さいが個性的な家がならんでいる一画にでた。

「あそこです」

蓮見が低い柵にかこまれた古い家を指さした。

家は小さかったが凝った造りで芝生の庭にはロッキングチェアまで置いてあり、それこそおとぎ話の絵本にでてくるお菓子の家のようだった。

蓮見は家の前で車を停めた。

「前もって電話をしておきましたから、ふたりとも家で待っているはずです」

車を降りた蓮見が縣にいった。

蓮見はステップを上がって玄関ドアの呼び鈴を鳴らした。

ドアを開けたのは銀髪を上品に結い上げた小柄な老嬢だった。

「いらっしゃいませ。お待ちしておりました。さあ、どうぞ」

縣と蓮見は家のなかに入った。

玄関ホールは板張りでかなり広々としており、壁には油絵の風景画が何枚か飾られていた。一瞥しただけで、奥行きだけでなくそこに流れている空気まで感じられるような熟達した絵だった。高名な画家が描いたに違いないと思えたが、それが誰なのか縣にはわからなかった。

額縁の下に小さなテーブルが置いてあり、そこに固定電話が載っていた。さすがにダイヤル式ではなくプッシュボタン式だったが、一体いつの時代のものなのか特大のクリスマスケーキくらいの大きさがあった。

リビングに夫の松太郎と思われる男性がいて、縣と蓮見をソファからわざわざ立ち上がって出迎えてくれた。松太郎はワイシャツにズボン姿で八十歳近い年齢に見えたが、妻とは反対に背が高く、背筋はズボンの折り目と同じようにまっすぐ伸びていた。

「こちらが電話でお話しした鵜飼さんです」

蓮見が松太郎に縣を紹介した。

Tシャツとジーンズにライダースジャケットを羽織った縣の出で立ちを見ても松太郎は眉ひとつ動かさなかった。

「鵜飼縣です。お時間をとっていただいてありがとうございます」

「時間をとるなどと、とんでもありません。わたくしどもが警察のほうに伺わなければならぬのに、わざわざこうしておみ足を運んでいただきまして恐縮の至りでございます」

松太郎は低く落ち着いた口調でそういうと深々と頭を下げた。

「コーヒーとお紅茶、どちらになさいます」

戸口に立っていた美佐子が蓮見と縣に聞いた。

「紅茶をお願いします」

縣は答えた。

「蓮見様は」

「わたしはコーヒーを。恐縮です」

蓮見が美佐子に向かって頭を下げた。

「どうぞ、おかけになってください」

松太郎が蓮見と縣に座るよう勧め、ふたりはソファに腰を下ろした。それを見て松太郎も向かいにゆっくりと腰を下ろした。近寄りがたいところなどなかったが、たちふるまいは優雅で貴族的だといえないこともなかった。

美佐子が紅茶とコーヒーを運んできた。

「ありがとう」

「いただきます」

「お前もここに座りなさい」

松太郎がいい、美佐子はテーブルの片隅に盆を置いて松太郎の横に腰を下ろした。真っ白な襟のついたワンピースを着た美佐子は穏和で愛らしい表情をしていた。

縣はカップをもちあげ、紅茶を一口飲んだ。

「おいしい」

「ありがとうございます」

美佐子が羞じらうようにほほ笑んだ。まるで少女のような無邪気なほほ笑みだった。

縣はそれぞれの膝のうえに行儀よく置かれたふたりの指先を見た。ふたりとも宝飾品の類はまったくつけておらず、結婚指輪さえ嵌めていなかった。

ふたりの背後の壁際に木製の立派なテレビ台が見えたが、そこにテレビはなく代わりにレコードプレイヤーが載っていた。

「いまでもレコードプレイヤーを使っていらっしゃるんですね。どんな音楽をお聞きになるのですか」

縣は好奇心からふたりに尋ねた。

「歌謡曲ですわ。ムード歌謡とかムードコーラスとか。あの時代の歌謡曲が好きなものですから」

美佐子がいった。

「良い年齢《とし》をして、お恥ずかしい限りです」

背筋を伸ばしたままの松太郎がいった。

「そんなことはありません。ムードコーラスはわたしも好きですから」

縣はいった。

「素敵なお家ですね」

「恐れ入ります。ここはこの美佐子が生まれた家なのです。美佐子の両親が亡くなったのでいまはわたくしたちが住んでいる次第です」

「趣味の良いご両親だったのですね。お仕事はなにをされていたのですか」

「学校の教師をしておりました。母は音楽を父は美術を教えていました」

美佐子がいった。

「美術を？　ひょっとしたら玄関ホールの油絵はお父様が描かれたものですか」

「はい」

「素晴らしい才能の持ち主だったのですね。亡くなられたのはいつですか」

「母は天寿を全うしましたが、父は若いうちに亡くなりました。とても若いうちに」

「おいくつだったのですか」

「三十一歳です。結核でした」

「それは残念ですね。あなたはおいくつだったんですか」

「まだ三歳でした」

「そうですか。お母様はさぞご苦労なさったのでしょうね。美佐子さんはご兄弟は」

「おりません。ひとりっ子でした」

「おふたりにはお子さんはいらっしゃらないのですか」

この夫婦にはおそらく子供はいないに違いないと思いながら縣は尋ねた。

「おりません。自分たちに子供がいるせいでご主人のお世話がおろそかになっては申し訳が立ちませんので、子供はもうけませんでした」

松太郎がいった。

蓮見がいった通り言葉遣いは上品でまどろっこしいくらいだったが、ふたりとも正直すぎるくらい正直だという印象だった。

「おふたりとも氷室邸でのお仕事は長かったのですか」

「三十年になります」

松太郎が答えた。

「三十年？　すると賢一郎氏だけでなく友賢氏にもお仕えになっていたのですか」

縣は驚いて尋ねた。

「はい」

「それならおふたりは鈴木一郎に会ったことがあるのですね」

松太郎と美佐子がたがいの顔を見合わせた。

「隠す必要はありません。友賢氏が入陶倫行さんの死後、鈴木一郎を預かっていたことは知っていますから。鈴木一郎はそのときまだ十八歳か十九歳だったはずです。どうです？　お会いになりましたね」

「はい。その方を二、三度お見かけしたことはあります」

松太郎がいった。

「二、三回？　たったそれだけですか。鈴木一郎の食事などはどうしていたのです。あなたたちが食事をつくっていたのではないのですか」

「お屋敷にはわたくしたちのほかにもうひとり執事がおりまして、その男が鈴木一郎様の身のまわりのお世話を友賢様から任されておりました」

「その執事の名前はなんというのでしょう？」

「袋田《ふくろだ》といいまして、お屋敷の勤めはわたくしどもよりずっと長う御座いました」

「その方から話を聞きたいのですが、どこに住んでいるかご存じですか」

「残念ながら十年前に亡くなりました」

「そうでしたか」

縣は思わずため息をつきそうになった。

「鈴木一郎はどれくらい氷室邸に住んでいたのでしょう」

縣が尋ねるとふたりがふたたび顔を見合わせた。

「一年……。いや、ひょっとしたら七、八ヵ月くらいの期間だったかと」

「正確なところはわからない？」

「申し訳ありません。鈴木一郎様は滅多にお部屋からでることはありませんでしたし、そればかりかいつからお屋敷にいらっしゃったのかさえはっきりとは申し上げることができませんのです」

「氷室邸で暮らしていた鈴木一郎がとつぜん屋敷をでた理由はなんだったのです？」

「それもわかりかねます。なにしろわたくしどもは住みこみではなく通いでしたし、鈴木一郎様はもうお屋敷にいないとご主人から告げられたのもずいぶん月日が経った後のことでしたので」

「そうでしたか」

縣は落胆してつぶやいた。

鈴木一郎に関することならどんなことでも知りたかったが、残念ながらあきらめるしかなさそうだった。

「生前友賢氏と賢一郎氏親子があの屋敷でいっしょに暮らしていたことはあるのでしょうか」

「それはもちろんおありでしょうが、わたくしどもはその時期のことは存じ上げません。賢一郎様は高校を卒業するとイギリスの大学へ行かれまして、それから友賢様が亡くなるまで屋敷には一度もお帰りになりませんでしたから」

「氷室親子は仲がよくなかったのですか」

縣は単刀直入に聞いた。

「とんでもありません。賢一郎様は武者修行と称してさまざまな国の会社や組織で実務を経験するという義務をご自分に課しておられたのです。日本にお帰りになったあとは、ご自分の家を建てられ、そちらに住んでおられました。離れてお暮らしにはなっておりましたけれど、友賢様ともたいへん睦まじいご関係で、お屋敷にも頻繁に訪ねてこられておふたりでそれはお愉しげにお食事を共にされておりました」

「友賢氏が亡くなったのは病気が原因でしょうか」

「はい。心臓の病でございました」

「友賢氏が亡くなったあと賢一郎氏が屋敷に越されてきて、あなたたちの新しい主《あるじ》になった。そういうことですか」

「左様でございます」

「賢一郎さんはどんなご主人でしたか」

「とてもご親切でとても寛容なご主人でした」

松太郎がいった。

「美佐子さん、あなたはどうです？」

縣は美佐子に顔を向けて尋ねた。

「とても一言では言い尽くせません。穏やかでお優しくて、わたくしたちのような使用人に対しても命令口調でものをおっしゃるようなことは一切ありませんでした」

「声を荒らげることも？」

「滅相もありません。そんなことはただの一度もございませんでした」

「事件があった日にあなたたちふたりが屋敷にいなかったのはなぜです」

「一年前から賢一郎様にお暇をだされておりました」

松太郎がいった。意外な答に縣は目を見張った。

「一年前にとつぜん暇を言い渡されたのですか」

「はい」

「賢一郎氏はそのとき理由をおっしゃいましたか」

「しばらく屋敷から離れていてもらいたい、と」

「それだけですか。具体的な理由はなにもいわなかった？」

「はい」

「それでもあなたたちは賢一郎氏のことばに従ったのですね」

「はい。ご主人は衝動的に行動されたり、どんなことであれ感情的に物事をお運びになったりする方ではございませんでしたから、きっとなにかお考えがあるのだろうと。いまから思うと、ご主人はわたくしどもの身の安全を図られてお屋敷から遠ざけられたに違いなく……」

松太郎が肩を顫《ふる》わせ、顔をうつむかせた美佐子が夫の肩にそっと手を置いた。

「賢一郎氏がボディーガードを雇ったことは知っていましたか」

「いいえ」

松太郎が首を横にふった。

「あの、よろしいですか」

美佐子が小さく声を上げた。

「なんでしょう」

縣は美佐子に顔を向けた。

「ご主人が、そのボディーガードとやらをお雇いになったというのは本当の話なのでしょうか」

「ええ、事実です。なにか不審な点でもありますか」

「ご主人がご自身の身を守るためにお金で人を雇うなどということが信じられませんのです。新聞などを見ますと、ご主人が何者かに怯えて見ず知らずの格闘家の男をふたりも雇ったうえに地下に隠れていたなどという記事があって、なんと無礼で無責任なことを書くのかと」

「美佐子、口を慎みなさい」

松太郎が小声で美佐子のことばをさえぎった。

「いいえ、かまいません。美佐子さん、くわしく説明してもらえますか」

縣はいった。

「ご主人はお優しいだけでなく剛胆なお方でもありました。なにかに怯えたりするなどということはありませんでしたし、危害を加えようとする者に背を向けるなどということは決してなさらない方でした。ましてや隠れるなどということは考えられません。ご主人なら相手が誰であれ正々堂々と立ち向かわれたはずです」

「五十五歳という年齢になられてからもお屋敷のなかにあるジムで毎日体をお鍛えになっていらっしゃいましたし、ボクシングの心得もおありになりました」

たったいま美佐子を制止したはずの松太郎が、妻に助け船をだすかのように横合いから口をはさんだ。

「ボクシング？　強かったのですか」

「イギリスに留学中にボクシングを覚えられ、あちらのアマチュアの全国大会でチャンピオンになられたほどです」

「松太郎さん、あなたも美佐子さんと同じ考えですか。賢一郎氏がボディーガードを雇うなどということは信じられないと」

「はい。ご主人のご性格からしてまったく考えられぬことです」

縣は思わずつぎの質問を飲みこんだ。

ふたりの話はまったく耳新しいもので、それまで思いつきもしなかった方角に縣の考えを向けさせた。

「屋敷の地下道のことは知っていましたか」

しばらく押し黙ったあと縣はふたりに尋ねた。

「もちろんです」

松太郎が答えた。

「ほかに知っている人は」

「お屋敷にみえられた方ならどなたでもご存じだったと思います。賢一郎様はお屋敷に地下道があることをお客様たちにお話しになって興がられることが多うございましたし、実際に地下へ降りることまではなさいませんでしたが地下へ通じる入口がある小部屋をお見せになることも幾度かございましたから」

「地下の部屋はどうです。それも知っていましたか」

「部屋があることは存じませんでした。わたくしどもがお暇を言い渡されたあとこの一年のあいだにお造りになられたものだと思います」

「たしかですか」

「はい。わたくしはネズミなどがでていないかたしかめるために、月に一度は地下に降りておりましたから」

「地下に部屋を造るつもりだと賢一郎氏があなたたちに話したことはありますか」

「いいえ」

「賢一郎氏が地下に部屋を造った理由がなにか思い当たりますか」

「いいえ。まったく思い当たることはございません」

松太郎がいった。

縣はふたたび黙りこんだ。向かいに座っているふたりが心配そうに縣を見つめる視線を感じた。

「お紅茶のお代わりをお持ちしましょうか」

美佐子が縣にいった。

「いえ、けっこうです」

縣はいった。

「最後にひとつだけ良いですか」

「もちろん、なんなりとお聞きください」

松太郎がソファから半分身を乗りだすようにしていった。

「賢一郎氏はお酒を飲みましたか」

「お酒ですか」

「ええ。どうです？　賢一郎氏はお酒は飲みましたか」

「いいえ、お飲みにはなりませんでした。パーティーなどで形ばかりお酒のグラスをお手にすることはありましたが、実際は一滴もお飲みになりませんでした」

松太郎がいった。

縣と蓮見は時間をとってくれたことに対していねいに礼をいって堺夫婦の家を辞し、車に乗った。

「あの夫婦にお会いになりたいと鵜飼さんからいわれたときはなんのためかと思いましたが、これで腑に落ちました。あなたはあの夫婦から鈴木一郎のことをお聞きになりたかったんですね。それにしても鈴木一郎が氷室屋敷で暮らしていたことがあるなんてまったく知りませんでした」

慎重な手つきでシートベルトを締めながら蓮見がいった。

「まったくあなたというお人はなんでもお見通しだ。こうなってくると今回の事件は鈴木一郎もきっとなにか関係しているのでしょうな」

「まあ、あるようなないような」

饒舌な蓮見とはまったく別のことを考えながら、縣はうわの空で返事をした。

「これからどうなさいますか」

二分ほどもかかってようやくシートベルトを締め終わった蓮見が縣に尋ねた。

「お腹が空いたかも」

縣はいった。

「食事ですか。それは困りましたな。わたしはしゃれたレストランなどまったく知らんので」

「トーストサンドが良い」

「トーストサンド？」

「うん。あんたのところの自販機のトーストサンド。あれが食べたい」

「承知しました」

蓮見は満面の笑みでいうと車のエンジンをかけた。

## 6

関口は飾り気のない殺風景なオフィスを見まわした。

日馬は、オフィスの印象は無機的に保っていなければならないという考えの持ち主で、機能一辺倒どころか部下がパソコンをもちこむことさえ嫌った。

古代ははっきりとは口にしなかったものの、関口には日馬が二度と戻らないことがわかっていた。

今日からは自分の流儀でいくらでも好きなように模様替えができるようになったオフィスだったが、関口には壁に絵を掛けたりするつもりも花を活けた花瓶などを置くつもりもなかった。

これからは在宅での勤務を中心とし、オフィスには極力顔をだすまいと考えていたからで、オフィスがせまかろうが広かろうが、殺風景だろうがそうでなかろうがどうでもよかった。

そもそも『愛宕セキュリティー・コンサルタント』はコンピューター・セキュリティーを専門とする会社なのだから、自身のネットワークをひたすら巨大化していくのではなく、その反対にできるだけ小さくコンパクトなサイズにまとめておくことに意をそそぐべきだと関口は考えていた。極小化し要塞化するほど、外からの脅威に対して守りを堅固にできるからだ。

仕事の指示を与えるのも報告を受けるのもオンラインに限り、命令系統の頂上に誰がいて、誰が自分たちを陰から操っているのかを社員たちにできるだけ知られないようにすることが関口の理想だった。

そういえば、日馬も命令の真のでどころを最後までつかみきれなかった社員のひとりだった訳だ。そう考えると、関口の口元がひとりでにほころんだ。

しかし在宅勤務をすぐに実行に移す訳にはいかなかった。処理しなければならない問題がまだいくつか残っていたからだ。

少なくとも頭師を見つけだすまでは形だけでもオフィスにおさまっていなければならないだろう。

そこまで考えたとき胸ポケットに入れてあるスマホが鳴った。

ポケットからスマホをとりだした。

関口は鵜飼縣を見張るためにふたりの人間を割いていたが、電話をかけてきたのはそのうちのひとりである神尾《かみお》という男からだった。

「なにかありましたか」

関口はスマホを耳に当てていった。

「いえ。定時報告です。女は午後三時半に初音署へ行き、署の刑事の運転で市内清澄《きよずみ》町《ちょう》の個人の住宅へ向かいました。堺姓の夫婦が住んでいる家で、調べたところこの夫婦は氷室屋敷で使用人として働いていたことがわかりました。おそらく女は所轄署の刑事と共に氷室賢一郎の生前の暮らしぶりや社交上の交友関係についての聞きこみをしたものと思われます」

神尾がいった。

「そのあとは」

「はい。午後五時に堺の家をでた女はいったん初音署に戻り、そこに三十分ほどいてからタクシーでホテルに戻りました」

「女はいまホテルの部屋にいるのですね」

「はい。外へは一歩もでていません。もちろん外出しているあいだに部屋には盗聴器を仕掛けておきました」

「女はホテルの部屋にＰＣを置いていかなかったのですか」

「女はパソコンをつねに持ち歩いているようです。残念ながら部屋には電子機器の類は一切ありませんでした。もし部屋に置いてあれば細工することができたのですが」

「仕方ありません。その盗聴器が拾う音はわたしも聞くことができますか」

「はい。音を拾ったらすぐにそちらに信号を送りますので、わたしの携帯番号のあとに＃と打ちこんでください」

「わかりました。写真はどうです？　写真は撮れましたか」

「はい」

「相手に気づかれなかったでしょうね」

「望遠で撮りましたから心配はありません」

神尾がいった。

「その写真を送ってください」

「いま送ります」

写真が送られてきた。

スマホの画面を見て関口は眉をひそめた。そこにはホテルをでる瞬間のＴシャツにジーンズを穿きライダースジャケットを羽織った女の姿が映っていたからだ。

「この女で間違いないのですか」

関口は思わず神尾に聞いた。

「間違いありません。確認はとれています」

神尾が答えた。

「わかりました。監視をつづけてください」

電話を切った関口は、鵜飼縣という警察庁からきた人間が氷室屋敷で働いていた使用人から話を聞いたことを真剣に検討する必要があるだろうかと一瞬考えたが、すぐに心配するには及ばないと結論づけた。

氷室賢一郎を拷問したうえ殺害したのは日馬であり、その日馬もいまとなっては冷たい骸《むくろ》になっているに違いないのだから。

## 7

ホテルに戻った縣はシャワーを浴びてパジャマに着替えたあと東京の道《とおる》に電話をかけた。道はすぐに電話にでた。

「どうだった？」

縣は挨拶のことばも抜きでいきなり道に聞いた。

「きみのいった通り、今日警察庁と警視庁のサーバーにイレギュラーなアクセスがあった」

「それで？」

「時間的にはぎりぎりだったけど、いわれた通り前もってウィルスを仕込んでおくことができたよ。突貫工事でプログラムした特別なやつをね。なにしろきみから指示があったのが前の晩だから、ウィルスをつくるのに五人がかりでまた徹夜することになったけどね」

「それって、わたしの注文通りの出来なの？」

「なにしろ時間との競争だったからね。完璧とはいえないけど、でもほぼ注文通りのものができたと思う。このウィルスは位置を捕捉するＧＰＳのようなもので、コンピューターに侵入すると同時にシステムの構造を入口から出口まで内部からスキャンしていくんだ」

「もうひとつのほうは？」

「そっちも海外の友達に頼んで、最高の条件のものを見つけることができた」

「どこなの？」

「ノルウェーのオスロ。ハッカーの基地で、そこの住民はサイトにアクセスするにも暗号化された三十以上の接続中継サーバーをランダムに選択し、さらにサーバー間の暗号も一分ごとに自動的に変更されるから滅多なことじゃ場所を突き止めることはできないはずだよ」

「そう。よかった」

縣は、安堵のあまり長い息を吐きだした。

「あんたのお仲間たちはいまなにをしているの」

「部屋の隅で冷凍マグロみたいに折り重なっていびきをかいているところ」

「目を覚ましたらすぐに家に帰してちょうだい。そろそろ限界よ」

「それは無理だよ」

道がいった。

「無理って、どうして」

「明日の夜明けとともに『愛宕セキュリティー・コンサルタント』に対してスパム攻撃を開始するつもりだから。婚活サイトへの勧誘やら宅配ピザのメニューやらのジャンクメールを二十四時間休みなく大量に送りつけるんだ。当然向こうは通常の業務を邪魔されて腹を立てると思うけど、これは各々の部署で散発的な対抗策を講じているうちに、誰かがこのスパム攻撃は真の目的を隠すためのもので、本当の目的は自社のサーバーに侵入するための陽動ではないのかと疑いだすに決まってる。そうすれば当然ジャンクメールにまぎれてサーバーに侵入がなかったかどうかハッキングの痕跡を捜そうとチェックをはじめるに違いない。探査作業が広範囲かつ念入りになればなるほど、ウイルスは迅速にシステム内に広がっていくという寸法さ。おそらく一日か二日でシステム全体の構造を完全に読みとることができると思う」

「じゃあ、それが終わったらお仲間たちはかならず家に帰してよ」

縣はいった。

「きみのほうは出張がえらく長くなっているじゃないか。どうなの、東京には帰ってこられそうなのかい。それとも永遠にそっちにいるつもり」

道が尋ねた。

「あと二日か三日だと思う。ひょっとしたら明日帰れるかも」

縣はいった。

「本当に？　事件解決の糸口をなにかつかんだのかい」

道が驚いたように声を上げた。

「そうじゃないけど。そんな予感がするってこと」

「きみが予感なんてことばをもちだすとは意外だな」

「この世界はなにごとも偶然と必然の微妙な組み合わせなの。偶然は新しい知見を発見する原動力になり、必然はその発見を正しい順路に導き確固としたものにする」

「なんだい、そりゃ。出張先で新しい宗教でもはじめた？」

「実りある結論を手に入れるためには厳密すぎてもでたらめすぎてもうまくいかないってこと。偶然に見えたことが必然で、必然に見えたことが偶然だってこともあるの」

「なにをいっているのか、さっぱりわからないんだけど」

「わたしもあんたも死んだ星屑でできていることには変わりないってことよ」

縣はいった。

「やっぱり、宗教？」

「宗教なんて関係ないったら」

「宗教じゃなきゃ、炭素原理の話かい？　生き物が出現するためには炭素が必要だという」

「イイ線ね。もっとも簡単な水素とヘリウムだけでは生命は誕生しなかった。生命が誕生するには炭素と酸素も必要だし、それらが生まれるためにはあらかじめ星という環境が整っていなければならなかった。でもそれだけじゃない。重力や電磁気力、核力などがいまよりほんの少し強くてもほんの少し弱くても原子は星の内部で生成されなかった。何十億、何百億分の一の確率でそれらは生まれ、現在の宇宙を形づくっているという訳」

「やっぱり炭素原理だ」

道がおどけたようにいった。

「わたしがいいたいのは、宇宙が生まれたのは偶然の結果だということだってできるってこと。少なくともいまの宇宙は偶然と必然の織物のようなものであるに違いない。だって、この宇宙が厳密な時計仕掛けの機械のようなものなら、なにごとも決定論的に定められているはずでしょう。意外なこと、思いつきもしなかったことなんてなにひとつ起こらず、すべてのものが予想通り、歯車の動き通りに進行していくだけ。これじゃなにも面白くないでしょう？　でも偶然というものが存在するおかげでわたしたちには自由意思というある種の独立性が与えられたって考えることもできる」

「与えられたって、誰に？」

「揚げ足とりはやめてよね。いまのは単なることばの綾《あや》」

口からでまかせをいっているとわかったうえで、調子を合わせてくれている道の無責任な口調が心地よかった。

疲労と緊張がほぐれてきて、無駄話をしているうちに事件の解決が本当に間近に迫っているような気にさえなってきた。

「人間がこの宇宙に生まれ落ちたのは偶然にしか過ぎないのだから、宇宙の歴史であるとか意味であるとかなど戯言《たわごと》に過ぎないといっていた学者がいたと思うけど」

単に会話を途切れさせないための目的で、道が茶々を入れてきた。

「そのフランス人の生化学者だったか分子生物学者だったかがいったのは多分こんなこと。宇宙は偶然に生まれたのだからこの広大な空間にはまったく意味というものがない。さらにそこに偶然生まれでたに過ぎない人間が宇宙について語ることも同じように意味がないって」

「おお。なんだかわくわくするね。大いに傾聴に値する意見のように聞こえるけど。きみは賛成なの、それとも反対？」

「賛成も反対もないよ。だってその人のいっているのは、目的のない宇宙について語ることは意味がない、論理的で歯車的な必然性だけが真実で、偶然なんてものにはまったく意味がないっていっているだけだから」

「え、いまなんていった。目的のない宇宙について語ることは意味がないっていっているだけだって？　まさかきみは、宇宙には目的があるなんていいだすんじゃないだろうね。それって人間主義じゃないか。炭素主義から人間主義への展開なんてまさに必然性以外のなにものでもないと思うけど」

「なによ、さっきから炭素主義だの人間主義だのって。一体それはなんなの」

「ぼくたちは死んだ星屑でできているといったのはきみじゃないか」

道がいった。

「人間主義というのは、人間のような知性的な生物がこの宇宙に存在するのはなにか目的があるはずに違いないという考えさ。その視点をそっくりそのまま逆さまにすると、宇宙には目的があるはずという考え方にいとも簡単に変換されてしまう。『なによりも神秘的なのは、われわれが宇宙を理解できるということだ』って例の有名な殺し文句に代表されるあれだよ。こういう考えの信奉者はかならずこういうんだ。もしそうでなければ、人間の純粋思考の産物である数学の方程式が宇宙の構造にこれほどぴったりと当てはまるはずがないって。わかるだろう？　きみはそういう考え方に反対だと思っていたけど」

「宇宙になにかの意味があるのか、目的があるのかなんてわからないし、そんなことに興味もない。でも宇宙の目的や深遠な意味なんて知らなくてもわたしたちはなんとかやってきたじゃない。ロケットを月まで飛ばしてふたたび地球に戻すための軌道を計算するためには物理学の一定の知識が必要になるけど、それには宇宙のはじまりに関する正確な知識なんてものは必要としやしないんだから。わたしたちはいつだって、目先の目的によって手近な事実を選びとっては都合が良いように解釈しているだけ。でもそれって別に悲観することでもなんでもなくて、唯一絶対で必然的な事実そのものを手にしなくたって十分やっていけるってことの証明でもある。それがたとえあやまちだったとしても誰に迷惑をかける訳でもないし。あんまり論理的な筋道やら歯車的な必然性みたいなものにこだわってばかりいると最後には窮屈になりすぎて手も足もでなくなってしまうのが落ちってことよ」

「話が大きくなりすぎて見えなくなった。きみは偶然の大切さを説いていたのじゃなかった？　実りある結論を手に入れるためには厳密すぎてもでたらめすぎてもうまくいかないとかなんとか」

「そのことを話しているの。生き物のことを考えればもっと簡単に理解できるはず。生き物が進化するには遺伝子の突然変異が必要でしょう？　これこそ偶然の最たるもので、突然変異がいつどんな理由で起こるのか誰にもわからない。反対に遺伝情報が必然的かつ正確に次の世代に伝達されていくだけの世界があるとしたら、未来永劫同じことがくり返されるだけで新しいことなんかなんにも起こらないんだよ。あんたはこんな世界が面白いと思う？」

「なるほど。まあ、きみの話はいつもそうだけど、今日はいつにも増してとりとめがないね。でもわからないでもないような気がするし、それになんだか知らないけど明るい希望が見えるような気がしてきたよ」

「でしょ？」

縣はそういって、上機嫌で電話を切った。


関口は薄暗いオフィスでふたりの会話をスマホで聞いていた。

女の携帯に細工ができなかったので、盗聴器が拾える音声は女のことばだけで相手が話している内容まで聞きとることはできなかったが、女の意味不明な単語の羅列と最初から脈絡など度外視しているとしか思えない唐突な会話の打ち切り方を聞いて、この女は本当に警察庁の人間なのだろうかとますます首をかしげたくなるのをどうすることもできなかった。

# 第十一章

## 1

島崎昇平《しまざきしょうへい》は診察室の戸口に立ったまま、なかなか部屋のなかに入ってこようとしなかった。顔をうつむかせてドアにもたれかかり、もう五分以上も同じ姿勢を崩さずにいた。ワイシャツに上着という服装は前日とまったく同じで、着替えさえしていないことは一目瞭然だった。

〈椅子にかけて下さい〉

真梨子はデスクの向かい側に立っている島崎の姿を見ながらスマホのキーボードを叩いたが、島崎は片手に持った彼自身のスマホの画面に目を向けようともしなかった。

〈コンビニに買い物へ行く途中で動けなくなってしまいました〉というメールを真梨子が受けとったのは午前八時半で、まだ自宅で出勤の準備をしている最中だった。

スマホの画面を見て送信してきたのが島崎昇平だとわかったとたん自殺念慮がでたに違いないと悟り、〈タクシーを拾って病院へ来て〉と一行だけ返信した。

急いで支度を済ませると出勤先である愛宕医療センターまで全速力で車を走らせて自分の診察室に入った。

島崎昇平が診察室の戸口に現れたのはその十分後だった。真梨子宛てにメールを打ってからなんとかタクシーを拾い、病院までたどり着くことに成功したらしかった。

もし三十分以内に島崎が診察室へ現れなかったら躊躇なく警察に連絡して、島崎の住居付近を捜索してもらおうと考えていた真梨子は、診察室の入口に現れた島崎を見て安堵のため息をついた。

自殺念慮とは鬱病傾向にある患者が死にたいであるとかこのまま消えてなくなってしまいたいなどという強迫観念にとらわれる症状だが、いつどこで発作が起こるのか医者はもちろん患者自身にも予測することはむずかしい。理由もなくとつぜん襲ってくるものだからだ。

発作が起こるのにはなんらかのきっかけがあるのが通常なのだが、そのきっかけが患者ごとに千差万別なうえに暗号めいているせいで、当人以外にはなにがきっかけになったのか理解することも容易ではない。

ある患者はビルの屋上を見上げているうちに、あそこまで昇ってぜひとも天辺から飛び降りなければならないという衝動に突き動かされてビルの階段を昇りはじめるし、別の患者は踏切の信号の前に立って警報音を聞いているうちに、つぎの列車がくる前に線路のうえに横たわって突進してくる列車に頭を轢きつぶされたいという願いで頭がいっぱいになってしまう、という具合なのだ。

衝動に屈して一歩でも前に足を踏みだしてしまうとそこから自身を引き戻すことはむずかしく、結果的に患者は死にたい衝動と自己保存の欲求のふたつに切り裂かれその場で身動きできなくなり、あぶら汗を流しながら立ちすくんでしまうことになる。

そうなったとき死を回避するには、通りかかった人に助けを求めるか、近くに人間がいない場合は電話で知り合いかかかりつけの医師に助けを求めることしか方法はないのだが、いったん自殺念慮を発症した患者が第三者に助けを求めるために声を発するとか、あるいはたまたま通りかかったタクシーに向かって手を挙げるなどという行為を実行するには想像を絶するとてつもない意志の力が必要になるのだった。

スマホのキーボードを何度打ちつづけても島崎がまったく反応を返さないことに焦れて、真梨子は椅子から立ち上がった。デスクをまわりこんでドアまで行き、島崎を背後から抱きかかえるようにして無言で部屋のなかに押し入れた。

真梨子はブラウスにスカート姿で、白衣は着ていなかった。押し入れるときに島崎の背中に胸が当たったが気にも留めなかった。

島崎は真梨子に押されるまま二、三歩よろよろと歩き、ようやく椅子に腰を下ろした。

島崎を椅子に座らせると、真梨子はスマホを握った島崎の手をテーブルのうえに置き、やや強引だとは思ったが顎に軽く手を当てて心もちもちあげ、視線をスマホの液晶画面に向けさせた。

〈メールをありがとう〉

ふたたびデスクをまわりこんで自分の椅子に戻ると、真梨子はあらためてスマホのキーボードを指先で叩いた。

テーブルのうえのスマホの画面は見えているはずなのに、島崎はまったく反応を示さなかった。

〈症状がでたとき、迷わずここにきてくれるという選択をしてくれたことがとてもうれしいです〉

真梨子は別の文章を打った。

しかし島崎はやはりなんの反応も示さなかった。

〈タクシーが拾えてよかった。タクシーを拾うのは大変だったでしょう？〉

真梨子はあきらめずにキーボードを打ちつづけた。

それでも島崎は反応を示さなかった。

しばらく島崎の頭頂部を見つめていた真梨子は、あることを思いついてスマホの送信を切った。代わりに島崎の目の前にある患者用のラップトップの電源を入れ、いつもは診察中に間違っても鳴りださないように厳重にかけている起動メロディーのロックを解除した。

エンターキーを押すと、いつもはオフになっているラップトップの起動メロディーが鳴りだした。

ヘンリー・マンシーニの『ピーター・ガン』だった。もともとテレビドラマのテーマソングだった曲だが、映画の『ブルース・ブラザース』にも使われていた。

とつぜん響きだした歯切れの良いメロディーとリズムに驚いた島崎が顔を上げた。焦点は合っていなかったが、目を真梨子のほうに向けたことはたしかだった。

真梨子はスマホではなく、診察用のラップトップのキーボードのうえに指を乗せた。

〈あなたが真っ先にここを選んでくれたことに感謝します〉

島崎が自分の目の前に置いてあるラップトップの画面に視線を向けた。なかば呆然としている様子は変わりなかったが、たしかに画面の文字を目で追っていた。

〈いまコーヒーを淹《い》れますね〉

真梨子は立ち上がって、デスクの後ろのカウンターに置いてあるコーヒーメーカーのスイッチを入れた。

湯はすぐに沸き、淹れ立てのコーヒーが入った紙コップを島崎の目の前に置くと、島崎が紙コップに目を向け、それから真梨子を見上げた。目と目とが合った。

なんとか意思は通じたらしい、と思った。真梨子は胸を撫でおろして自分の椅子に戻った。

〈お腹は減っていませんか？　チョコスティックならあるけど、食べますか？〉

島崎がラップトップの画面の文字を読んだ。

〈チョコスティックといってもチョコレート菓子じゃなくて、チョコチップが入った細長いパン。診察時間が延びたりして食事の時間がとれなくなってしまったときのために抽斗《ひきだし》のなかに入れてあるの。おいしいわよ。どう？〉

ラップトップの画面に現れた文章を見て、島崎がのろのろとキーボードのうえに手を置いた。

真梨子はその様子を黙って見守った。

〈お腹は減っていません〉

島崎が人差し指一本で、たどたどしくキーを叩いた。

〈そう。それなら良いわ。ふたりでコーヒーでも飲みながらゆっくりすることにしましょう。なにも遠慮することはありません。リラックスして下さい。それから、あなたは画面を見ているだけで良いんですよ。キーボードを打つ必要はありません。わたしは耳は聞こえるから、あなたはふつうに話すだけで良いの。わかりますか？〉

真梨子がキーボードを打つと、島崎が真梨子の顔を見た。

「忘れていました。すいません」

島崎が口を開き、しゃがれ声を絞りだすようにしてやっとそれだけをいった。

真梨子は間髪入れずにキーボードを叩いた。

〈謝る必要はありません。真っ先にここに来てくれたことにもう一度お礼をいいます。ありがとう〉

「ほかに行く先を思いつかなかったので」

島崎がいった。

〈コンビニへ行く途中で発作がでたのですか〉

「はい」

島崎がうなずいた。

〈なにがあったか説明してもらえますか〉

「はい」

島崎がふたたびうなずいた。

〈急がなくても良いんですよ。話したくなければ無理に話さなくてもけっこうです〉

真梨子はキーを打った。

「黒猫が」

〈黒猫？〉

「はい。車に轢かれた黒い猫がマンホールの蓋のうえでぺちゃんこになって死んでいるのを見てしまったのです」

島崎がいった。

キーボードのうえに置いた真梨子の指が思わず凍りついた。

「家の前の通りでした。曲がり角を曲がったところだったので不意打ちを食らってしまったのです。一度視界に入ってしまうと、目が離せなくなってしまいじっと見てしまいました。見つめているうちになんともいえず不吉な気持ちになってきたので必死に目をつぶろうとしたのですが、うまくいかなくて。つぶってもつぶってもどうしても目が開いてしまうのです。なんだかどうしても見なければいけないような気がして……」

島崎がいった。

〈それで思わず立ち止まってしまったのですね〉

「ええ、その場に釘づけになって動けなくなってしまいました。ぺちゃんこになった猫からなんとか目を離そうとするのですが、首からうえが凝り固まったように動かなくなってしまい、どうしてもその猫から目を離すことができませんでした」

真梨子は、車に轢きつぶされた猫の死骸に自分自身も見つめられているような息苦しさを覚えた。

〈どれくらいの時間その猫を見ていたか思いだせますか〉

真梨子はキーを打った。

島崎は返事をしなかった。

短い沈黙があった。

真梨子はいったんキーを打つことを止め、島崎が自分の意志で話しだすのを待つことにした。

「不思議なことに猫の死体を見ているうちに、その猫のことをなんだか知っているような気がしてきたのです」

しばらくすると、島崎は唐突に押し黙ったときと同じようにふたたび唐突に話しはじめた。

「わたしは猫を飼った経験など一度もありません。それなのにどういう訳か目の前でぺちゃんこになって死んでいる猫が、子供のころに家で飼っていた猫のような気がしてきたのです。するとますます死んだ猫から目が離せなくなりました。ずっと見ているうちにその猫が死んだのは自分のせいであるような気がしてきました。どうしてそんなことを考えたのかわかりません。よく見ろ。おれが死んだのはお前のせいだという声が耳元に聞こえてきました。声はどんどん大きくなって、わたしは悲しい気持ちと申し訳ない気持ちとで胸がいっぱいになりました。とり返しがつかないことをしてしまった。一体どうしたら良いのだろう、と泣きだしたくなってしまって……」

〈そういう気持ちになるのは特別なことでも不自然なことでもありません。お話はよくわかりました。そこまでで十分です〉

真梨子はキーを打った。

しかし島崎は話しつづけた。記憶を再生しているうちに、そのときの感情までがよみがえってきて、押しとどめようがなくなってしまったかのようだった。

「そうしたら死んでいるはずの猫がいきなり顔を上げてこっちを見たのです。嘘じゃありません、本当なんです。ぺちゃんこになって紙みたいにぺらぺらになった顔をまるで折り紙みたいに折り曲げて、わたしをじっと見つめながらこういったのです。お前もおれといっしょに死んでしまえ。そうすれば楽になるぞ、と。目を逸らそうとするんですが、どうしても目を逸らすことができないんです。猫はぺらぺらなくせに真っ赤な目を爛々と輝かせて、おれといっしょに死ね。いっしょに死ぬんだ、とまくしたてて、どうしてもわたしを離そうとしないんです」

〈島崎さん、落ち着いて下さい。猫はもういません。あなたを非難する者はもうどこにもいないんです〉

真梨子は肌が粟立つ思いでキーを打った。

それでも島崎は淡々とつぶやきつづけるのを止めなかった。

「死ね。死んでしまえ。お前のような人間はどうせ生きていたって誰のためにもならない。いや、それどころかお前が生きているのは世界中に黴菌《ばいきん》をまき散らしているのも同然だ。お前に生きている価値などない。お前は生きているだけで害悪なのだ、と」

部屋の空気がただならない緊張で張りつめたような気がしたが、その気配に気づいたのか、一瞬われに返ったように島崎の視線がラップトップの画面に向けられたような気がした。

〈もう大丈夫です。あなたを脅かす者はもうどこにもいません。あなたは助かったのです〉

真梨子はキーを打った。

島崎が真梨子に顔を向けた。

「わたしは助かったのですか？」

真梨子の目を見ながら島崎がいった。

〈ええ、そうです。あなたは死の誘惑に屈せず、生きるほうを選んだのです。とても立派で勇気ある行動でした〉

真梨子はもう一度キーを打った。

医師と患者として意思の疎通はできているはずだと確信しながらも、声をだすことができない無力感に打ちひしがれそうだった。

「本当ですか」

〈ええ〉

「ありがとうございます。先生のおかげです」

島崎がいった。

〈いいえ、わたしはなにもしていません。あなたがあなた自身を強い意志の力で救ったのです〉

「わたしが？」

〈そうです。あなた自身が、です〉

笑おうとしたのだろうか、島崎の口元がほんの少しゆがんだように見え、真梨子は全身の力が一気に抜けた。

〈お腹は減っていないとおっしゃいましたよね。食べ物でなければコンビニでなにを買おうと思ってでかけたのですか？〉

死んだ猫のイメージから島崎を引き離そうとして、真梨子は話題を変えた。

「それは……。ええと、なんでしたっけ。ああ、そうだ。メモ用紙です。メモ用紙を買いにでかけたんです」

〈メモ用紙？　どうしてメモ用紙が必要だったのですか〉

真梨子は意外に思いながらキーを叩いた。

「なんといいますか、毎日毎日くだらないことばかり考えていて、いくら止めようと思っても止められないのです。くだらないことばかりで頭のなかがいっぱいになって爆発しそうになるんですよ。苦しくて仕方がありません。苦しいのですが、同時に馬鹿馬鹿しくて情けなくなるのです。自分はどうしてこんなくだらないことばかり考えるのか。どうして考えることを止められないのかとね。それでせめて書き留めておこうと思ったのです。いつになるかわかりませんが、何年かしてまた患者を診られるようになったときにひょっとしたら参考になるのではないかと、まあ妄想のようなことを思いつきまして……」

〈妄想だなんてとんでもない。立派な心がけだと思います〉

「いえ、そんな大げさなものじゃありませんよ。毎日毎日ひたすら情けない、自分はなんの価値もない人間なのだと思って過ごすのはいくらなんでも癪だと思っただけのことで……」

口調は相変わらず淡々としたものだったが、こわばっていた表情が少しだけやわらかくなっていた。

〈少しは落ち着きましたか〉

「はい。だいぶ落ち着きました」

〈これからどうされます？　なにか予定がありますか。予定がなければずっとここにいらしてもかまわないのですよ〉

「お邪魔ではありませんか」

〈邪魔だなんて。これがわたしの仕事なのですから〉

「ありがとうございます」

島崎がいった。

「でも、家へ帰ろうと思います」

〈ご自宅には誰もいらっしゃらないのではないですか？〉

「タクシーのなかで家からでていった妻に電話をしたのです。妻にはけんもほろろに断られましたが、高校生の娘が二、三日わたしの家に来て面倒をみてくれるといってくれました。いまごろはもう家に着いているはずです」

〈本当ですか〉

真梨子はキーを打った。

ラップトップの画面を見た島崎がスマホをごく自然な手つきでデスクの中央に押しやり、真梨子はそれをとりあげた。

送信履歴に、理恵子《りえこ》という名と電話番号が表示されていた。

島崎の家庭環境についてはネットで得た知識しかない真梨子にとっても思わぬ朗報に思えた。

「娘にだけはまだ見捨てられていないのだと思うと、それだけで生きる意味があるのだと思えます」

〈おっしゃる通りです〉

真梨子は、そうキーを打ったところであることを思いついた。

〈ご自宅までどうやってお帰りになるつもりですか〉

「タクシーを拾うつもりですが……」

島崎が真梨子に答えた。

〈わたしが車でお送りしましょうか？〉

「先生がですか」

島崎が目を丸くした。

〈もちろん島崎さんに差し支えがなければの話ですが〉

「そんなご面倒をおかけしてよろしいのですか」

〈これも仕事のうちですから〉

真梨子はキーを打った。

自殺念慮を発症したばかりの患者をひとりで帰宅させることも心配だったが、島崎が生活している自宅も見ておきたかったし、家族ともひと目会っておきたかった。

島崎はしばらくラップトップの画面を見つめていたが、やがて真梨子に顔を向けた。

「それではお言葉に甘えることにします」

〈よかった。では善は急げです。わたしの車は地下の駐車場に駐めてありますから、わたしの後についてきて下さい〉

島崎がうなずくのをたしかめてから真梨子はデスクのうえの二台のラップトップの電源を落として椅子から立ち上がり、ハンガーに掛けてあった上着を羽織った。

診察室をでるとドアに鍵をかけ、ふたりでエレベーターに乗った。

職員用の地下駐車場は出勤してきた医師や事務員の車でいつのまにか満杯の状態になっていた。

真梨子は広い駐車場を横切って自分の車が駐めてあるところまで歩き、リモコンでキーを解除しようとして思わず立ち止まった。

自分の車の横に見慣れない車が駐まっていたからだった。

それは黒のワンボックスカーで、いままで一度も見かけたことのない車だった。

真梨子は、誰の車なのかたしかめようとして視線を向けた。

「ああ、それはわたしの車です」

どこからか声がし、ふり返ろうとしたとたん湿ったガーゼで鼻と口とを押さえつけられた。

ガーゼは強いクロロホルム臭がした。

## 2

車の助手席で仮眠をとっていた平野《ひらの》は、運転席に座った神尾《かみお》に肘で胸を軽く小突かれ、目を開けた。

「女がでてきたぞ」

両手をハンドルのうえに載せて顔だけを前方に向けている神尾がいった。

平野は上半身を起こして神尾と同じように十メートルほど先のホテルに視線を向けた。

入口の前に一台の白いタクシーが停まっていて、ホテルのなかからでてきた女がその車に乗りこむところだった。

「あの女か？」

平野は眉をひそめた。

「背格好からして間違いない」

神尾が答えた。

平野と神尾は同い年で、『愛宕セキュリティー・コンサルタント』に引き抜かれたのも同じ年だった。

ふたりとも元警視庁の刑事で、平野は捜査二課、神尾は捜査四課でそれぞれ五年の勤務経験があった。

平野は神尾のことばがにわかには信じられず、自分の目でたしかめようとさらに上半身を伸ばしてフロントガラスに顔を近づけた。それというのも、ホテルからでてきた女は紺色のビジネスーツを着ており、前日のジーンズにライダースジャケットという身なりとは大違いだったからだ。体のサイズにぴったり合ったしゃれたスーツを一分の隙もなく着こなし肩からバッグを提げて颯爽と歩く姿は、テレビのニュースキャスターかやり手の法廷弁護士のようだった。

平野はダッシュボードのうえに置いた小型の双眼鏡を目に当てた。

神尾のいった通り、女はやはり鵜飼縣に違いなかった。

「変装でもしているつもりか」

平野は思わずつぶやいた。

女がタクシーのなかに消え、ドアが閉まった。

「あれが変装だとしたら却って目立って仕方がない」

つねに冷静でものに動じることがない神尾が、感情のこもらない声で言い返した。

「あの女、本当に警察庁の人間なのか」

独り言にしては大きすぎる声で平野はいった。

「確認済みだ」

神尾がいった。

「あんなに若い女が、か」

前日も姿を見ていたにもかかわらず、平野には女が警察庁の人間だということがいまだに納得できなかった。

「おれは東京にいるときも警察庁の人間なんかに会ったことはないからな。あの組織にはどんな人間がいて、どんな仕事をしているのかさっぱり見当もつかん」

神尾がいった。

「よっぽどお勉強ができて学歴も高いんじゃないのか」

「それかおれたちが想像もつかないような特別な技能をもっているかのどちらかだな。両方かも知れんが」

神尾がいった。

平野は、まったく理解できないとばかりにかぶりを振った。

タクシーが発車した。

「誰かと会うつもりだな」

神尾がエンジンをかけた。

「暴走族のようなジャンパーを羽織ってどこにでもでかけて行くような女だぞ。あんな恰好で会わなければいけない人間というのは一体どんな人間なんだ」

「ついて行ってみればわかるさ」

神尾がアクセルを踏み、ふたりが乗った車は白いタクシーの後についてゆっくりと走りだした。

## 3

見知らぬ町を歩いていた。

雪が降っていて、通りも通りの両側の家の屋根も降り積もった雪で白くなっていた。

通りを歩いている人は誰もいなかった。どこまで歩いても人影は見えなかった。

無人の広い通りを渡りせまい路地を抜け曲がり角を何度も曲がった。

いつのまにか広場のような場所にでた。

そこは墓地だった。

墓地も一面真っ白に染まっていた。

暗い空から雪が降りつづいていた。

入口の門の両脇に石の像があった。

頭を垂れた石の像は、死者たちの喪に服しているように悲しげな顔をしていた。

低い墓石が無数にならんでいた。

大きな墓石はひとつもなく、背の低い小さな墓石ばかりだった。

あまりに低いので、どこにも影がなかった。

途方に暮れて辺りを見まわした。

一段と低い墓石の隣りにひとりの男が立っていた。

自分以外の人がいたことに驚き、胸を弾ませ夢中で駆け寄った。

男がゆっくりと顔を向けた。男の顔が見えたとたん驚愕で足が止まった。体が硬直し息ができなくなった。

男は鈴木一郎だった。

「先生、ぼくは夢を見るのですか」

鈴木一郎がこちらを見ていった。


目を覚ますと大きなベッドに横たわっていた。

真梨子は薄い寝具を払いのけ、上半身を起こした。

どこにいるのかわからなかった。

両手で体をまさぐり、暴力を受けた痕跡がないか無意識にたしかめていた。

傷の痛みや麻痺はなく、手足の動きがやや緩慢に感じられるだけだった。

身に着けているのは、自宅をでたときと同じブラウスとスカートだった。

部屋のなかにある照明はサイドテーブルに載った笠のついたランプのとぼしい明かりだけで、首をめぐらしても部屋のなかの様子をはっきりと見てとることはできなかった。

ベッドから降り、裸足でドアまで歩いた。

ドアノブに手をかけ力をこめて引いたが、ドアは開かなかった。

外から鍵がかかっているようで、何度押したり引いたりしても無駄だった。

ドアの脇にある照明のスイッチを入れると、天井の明かりが点いた。

広い部屋だったが、ベッドと小さなサイドテーブルのほかにはなにひとつ家具は置かれていなかった。

真梨子は自分の身になにが起こったのか理解できず混乱した。

病院の駐車場で何者かに麻酔薬を嗅がされて気絶したことまでは覚えていたが、その後なにがあったのかまったくわからなかった。自分の後ろを歩いていたはずの島崎がどうなったのか心配だった。

部屋の反対側にもうひとつドアがあった。

部屋を横切ってドアを開けた。そこはバスルームだった。

深くて広々としたバスタブがあり、ラックには洗剤の香りがする清潔なタオルがかかっていた。

薬戸棚を開けてみると封も切られぬままの市販の頭痛薬や胃腸薬が几帳面にならんでいた。

身を守るものがなにか見つかるのではないかと戸棚の下の抽斗を一段ずつ引きだしてたしかめたがなにもなかった。

化粧品や美容用品の類はなんでも揃っていたが、剃刀やはさみなどの刃物はていねいに除かれていた。

もういちどバスルームに目をやった。

広々としたバスルームにはどこにも窓がなかった。

バスルームの隣りがトイレだった。

磨き上げられたトイレにもやはり窓はなかった。

## 4

出勤時間が過ぎ昼の休憩時間まではまだ少し間《ま》がある時間帯のせいか、通りはどこも空《す》いていた。

縣を乗せたタクシーは、一度も速度を落とすことなくオフィスビルが建ちならぶ市の中心部を走り抜けた。

信号に捕まることもなかった。

商店街のはずれで道路工事にでくわして車の流れが遅くなったが、それもほんの短時間のことですぐに渋滞は解消した。

車は順調に進んでいた。

しかし目的地ははるか先だった。

市街地を抜け郊外にさしかかっても車は停まらなかった。

質屋や安売りの雑貨店などがならぶ道幅のせまい通りを三十分も走りつづけているうちに店舗は一軒も見えなくなり、やがて人家さえなくなった。通りを歩く人もひとりも見えなくなった。

側道に入ると道は少し登り坂になった。

路肩の間近にまで深い森がせりだした細い道を車は走りつづけた。対向車など一台もなかった。

その後下り坂になり、そこを下りきると道は平坦になった。同じ風景ばかりがつづくことにめまいを覚えはじめたころ、鬱蒼とした木立が途切れいきなり視界が開けた。

広々とした敷地の真ん中に古びた大きな屋敷が建っていた。

氷室邸だった。

「ここで良いわ」

灰色の壁に蔦がからまる本館と塔のように尖った屋根の翼棟の威容を車の窓から見上げながら縣は運転手にいった。

運転手がブレーキを踏み、車が停まった。

「お戻りになるのをここでお待ちしてもかまいませんが、どうされます？」

若い運転手がサイドブレーキを引き、釣り銭とレシートを縣に渡しながらていねいな口調で尋ねた。

「それには及ばない。長くかかるかも知れないから」

縣は横に置いていたバッグを肩にかけ直して車を降りた。

タクシーが走り去り、縣はひとり切りになった。

やっぱりここで待っていてもらうんだった。一瞬後悔が襲ってきたが、もはや手遅れだった。

はじめてこの屋敷を訪れたのが一週間前だったのかそれとも十日前だったのか記憶も曖昧になっていたが、そのときは車寄せには回転灯を閃かせた警察車輛が何台も停まり、私服の刑事や制服姿の警官たちがせわしなく走りまわっていた。

いまは見張りの巡査すらひとりも見当たらなかった。

縣は砂利道を進み、玄関前の低いステップを上がった。

扉には立入禁止と印刷された黄色いテープが張ってあったがかまわず手で引きちぎった。

扉には鍵はかかっておらず、軽くひと押ししただけで簡単に開いた。

建物のなかは薄暗かったが、手探りをしないと一歩も歩けないというほどではなかった。

縣はまっすぐ玄関ホールの奥へと向かった。

ホールの端にあるドアを開けて小部屋のなかに入ると、ためらうことなく床に膝をついて潜水艦のハッチのようなハンドルをまわして丸い鉄の蓋を開けた。

地下から立ちのぼってくる黴臭い臭気をものともせずに錆びついた螺旋階段を下った。

階段は幅がせまく傾斜も急だったが、縣は一度も足を止めることなく最後の段まで降り切った。

煉瓦敷きの地面に足が着くと、肩に提げたバッグのなかから用意していた大型のフラッシュライトをとりだしスイッチを入れた。

フラッシュライトが地下道を照らしだした。縣はあらためて緊張を覚え、思わず体が顫《ふる》えた。

これからやろうとしていることが本当に正しいのかどうか百パーセントの確信がある訳ではなかった。

正直にいえば百パーセントどころかその半分の確信もない。

わかっているのは、自分がやらなければならないということだけだった。

心細くて仕方がなかったが、誰にも助けを求める訳にはいかなかった。

縣は大きく深呼吸をひとつすると、闇に包まれた地下道の奥に向かって一歩を踏みだした。

地下道の天井は十分な高さがあってまっすぐ立って歩くことができたが、天井から滴る水のせいでできた水溜まりがあちこちにあり、足元に注意を払いながら進む必要があった。

蜘蛛の巣が張った天井からぶら下がっている非常灯も埃をかぶったボイラーも、はじめて訪れた日からなにひとつ変わっていなかった。

古錆びた蒸気管や床を這うパイプがフラッシュライトの光りに照らしだされて不気味に光った。

縣の足音はごくかすかで、穴倉のような空間のなかで反響するようなことはなかった。

スーツは着ていたが、ハイヒールではなくスニーカーを履いていたのだ。成り行きによっては、全速力で走ったり地面を這いまわるはめに陥らないともかぎらないと考えたからだった。

空気は冷え切っていた。物音は一切聞こえなかった。聞こえるのは自分の息づかいだけだった。

二十メートルほど歩くと鉄製のドアに突き当たった。

賢一郎がつくった隠し部屋の入口だった。

縣はドアを開け、部屋のなかに入った。

フラッシュライトのスイッチを切り、ドア口の部屋の照明のスイッチを入れた。

天井のシャンデリアが灯り、地下につくられた部屋が浮かび上がった。

豪華な室内の様子もまったく変わっていなかった。

床にはペルシア絨毯が敷かれ、部屋の真ん中にビリヤード台が置かれていた。

大きなソファも机も元のままだった。

初音署の蓮見と栗橋に案内されて部屋に入ったときに目にした光景が鮮明によみがえってきた。

室内には三人の死体があった。

ひとり目はビリヤード台の下、ふたり目は壁際に置かれたソファの脚元に倒れており、三人目の氷室賢一郎は書斎として仕切られた空間の大きなデスクと壁のあいだに置かれた椅子に縛りつけられた恰好のまま事切れていた。

氷室賢一郎はスーツにネクタイ姿だったが、ほかのふたりはひとりがスウェットの上下、もうひとりがTシャツに薄手のジャケットという軽装だった。

はじめて見たとき真っ先に違和感を感じたのは、三人の服装が異様なくらいちぐはぐなことだった。

さらに軽装のふたりは見るからに頑丈そうな大柄の男だったので、一体なにを生業《なりわい》にしている人間なのか職業はなんなのかが気になった。

つぎに考えたのが屋敷の主人である賢一郎とふたりの大男の関係だった。この男たちは賢一郎の仕事仲間なのだろうかそれとも単なる遊び友達なのだろうか、と。

出で立ちからして財閥の当主である賢一郎と仕事上のつきあいがあるビジネスマンとはとても思えなかったし、短く刈りあげた髪や獰猛そうな顔つきからビリヤードやカードの相手を頼まれただけのただの遊び友達にも思えなかった。

一度部屋を出て戻ったときには三人の死体のほかに部屋にはもうひとりの男がいた。

茶屋という県警本部の警部だった。

最初に目にしたのは床にかがみこんだ大きな背中で、茶屋は床に膝をついて拷問された賢一郎の足の爪先を入念に調べているところだった。しばらくして立ち上がった茶屋は、賢一郎の蒼ざめた顔を問いかけるような表情で長いあいだ見つめていた。

人の気配に気づいてふり返ったとき、茶屋の顔に浮かんだ驚愕と同時に呆《ほう》けたような表情を思いだして、縣は思わず口元をほころばせた。

茶屋は聞きしに勝る大男だった。床に倒れて絶命しているふたりの男も見劣りするくらいの体格だった。

はじめのうちはどうせ独活《うど》の大木だろうと高をくくっていたが、すぐに見かけとは違い鋭敏な頭脳の持ち主であることがわかった。初対面の、それも素性もまだわかっていない人間の飛躍だらけの推理になんなくついてきたばかりか、論理に少しでも矛盾があれば容赦なく質問攻めにしてきた。

茶屋は過去に氷室邸を訪れたことがあるといった。そのときには地下の隠し部屋など知らなかったといった。

それを聞いて、賢一郎が地下に部屋をつくったのは最近だろうと思った。

そもそも愛宕市までやってきた理由は賢一郎と同じように拷問を加えられて殺された三人の被害者をネット上で発見したからであり、事件が起こったのはごく最近だった。

それでは、賢一郎はなんのために地下に新しく部屋などをつくったのか。

三人の人間が殺されたことを知った彼は自分にも危険が迫りつつあることを悟り、屋敷の地下に部屋をつくってそこに身を隠そうとしたのではないか。

当り前のようにそう考えた。

しかも、そう考えればふたりの大男の役割がおのずと明らかになるのだ。ふたりは賢一郎が身を守るために雇ったボディーガードに違いないと。

のみこみが速い茶屋を相手にしているうちに、単なる思いつきに過ぎなかった仮説がいつのまにか疑いのない事実に変わってしまったような気がする。

いま思えばそれが躓《つまず》きの石だった。

ふりだしから推理の前提が間違っていたのだ。

あのときは、自分が四番目の被害者になるのではないかと恐れた賢一郎が隠し部屋をつくり屈強なボディーガードふたりとともに閉じこもったという仮説にはどこにも穴がないように思えた。

しかし、財閥の当主が殺人者から逃れるために屋敷の地下に隠し部屋をつくりそこに閉じこもるなどという筋書きはいささか芝居じみていやしないだろうか。

まして賢一郎は十代や二十代の青二才などではなく、分別盛りの大人だったはずだ。

いったん頭を冷やして考えてみれば、不自然な点がいくつもあることがわかる。

どうしてボディーガードがたったふたりきりで、十人でも百人でもなかったのか。

どうして地下にわざわざ隠し部屋を、それも急ごしらえでつくる必要があったのか。堺夫妻の話では屋敷の地下に地下道があることは周知の事実だったということだし、氷室家の財力をもってすればどこでもお望みの超高層ビルの最上階に鋼鉄製のパニックルームをいくつでもつくれたはずだ、というのに。

縣は部屋のなかに入った。

室内のあらゆる方向を見まわしながら、書斎として区切られた空間まで歩いた。

脚に彫刻がほどこされた大きなデスクの前で足を止めた。

重厚な造りのデスクのうえにはクロームメッキの灰皿と木箱の葉巻入れが載っていた。賢一郎は葉巻党だったのだ。

デスクの背後の壁際には大判の書物が隙間なく詰まった書架があった。

ロープで椅子に縛りつけられ、拷問されて殺された賢一郎の姿が一瞬浮かんできた。

しかし死体は運びだされていまはないし、洗浄された絨毯には血の臭いもしない。

あらためて見まわしてみると、まるではじめて見る部屋のようだった。

部屋全体が書き割りじみて見えた。

脚に彫刻がほどこされた重厚なデスクも書架も木箱の葉巻入れも、ひとつひとつが観客に見せるために用意され、そこに周到に配置された小道具のようだった。

縣は書斎の反対側にしつらえられたバーカウンターのほうに目を向けた。

酒を嗜《たしな》まないはずの賢一郎はなぜ隠し部屋にバーなどをつくったのだろうか。金で雇ったボディーガードたちに酒をふるまうためか。まさかそんなはずはあるまい。

縣は書斎からバーカウンターのほうへ足を向けた。

カウンターの前に立ち、百本以上の酒瓶がならべられた壁際の棚を見渡した。

賢一郎は剛胆な性格で、なにかに怯えて逃げ隠れするような人ではないと堺夫妻は口をそろえていっていた。まして自分の身を守るためにボディーガードなどという身分の人間を雇うことはとても考えられないと。

しかし賢一郎が屋敷の地下に隠し部屋をつくり、ボディーガードを雇ったのは否定しようのない事実なのだ。

このことをどう考えるべきなのか。

どれだけ頭をひねろうと結論はたったひとつしかないように思える。

賢一郎は殺人者から身を守るためにこの部屋をつくったのではない。

この部屋をつくったのにはなにか別の目的があったのだと。

縣はカウンターのなかに入った。

あらためて棚にならべられた酒瓶を端から端まで見渡した。

壁に埋めこまれた棚は上下四段になっていて、一番下の棚は縣の腰の高さにあった。試しに手をのばしてみると、背の高い縣はいちばんうえの棚に載っている酒瓶にもらくらく手を届かせることができた。

縣はひとしきり棚を見渡してからフラッシュライトと肩にかけたバッグをカウンターのうえに置いた。

両手が自由になると棚の左端に歩を進め、棚と壁のあいだにほんのわずかでも隙間が開いていないか、小さな突起物や凸凹がないか下から上に向かって入念にたしかめた。

なにもないことがわかると反対側にまわって同じことをした。

どちら側にもなにもなかった。

縣はカウンターの中央に戻り、細心の注意を払って美しく陳列された百数十本の酒瓶の列を眺めながら深呼吸をひとつした。どれほど体力と時間が必要だろうと、やるべきことはやらなければならない。

縣は腹を決めると酒瓶を一本一本下ろしはじめた。

棚のいちばん端に載っていた酒瓶を下ろし、カウンターのうえに置いた。

二本目三本目、四本目と作業はすばやく間《ま》を置くことなくつづけられ、一段目が空っぽになった。

大した時間はかからなかった。

縣は空になった棚により体を近づけ、酒瓶をとりのぞいた背後の空間になにかが隠されていないか注意深く見つめた。背後だけでなく酒瓶が置かれていた下にも凸凹やとっかかりのようなものがないか、表面を左端から右端まで撫でたりさすったりして調べた。

なにも見つからなかった。

なにもないことがわかるとカウンターのうえにならべた酒瓶をふたたび一本ずつ棚に戻し、迷うことなく二段目にとりかかった。

二段目にも三段目の棚にもなにもなかった。

ではいよいよここか、と思ってはじめた四段目も同じだった。

カウンターのうえにならべた酒瓶を一本ずつ棚のいちばんうえに戻し終えたとき、さすがに徒労感を覚えずにはいられなかった。

やはりここは賢一郎が自分の命を守るためにつくった隠し部屋であってそれ以上の意味はなかったのか。

自分の身を守るためではなく、それとは別の目的があったはずだという考えは的外れな推理に過ぎなかったのだろうか。

もちろん、はじめから酒瓶をならべた棚のどこかに隠しスイッチや隠しボタンの類があるに違いないなどという確信があった訳ではなかったが、ひょっとしたら隠しスイッチや隠しボタンのようなものがあるのではないかと心のどこかで期待していたこともたしかで、そんなものはどこにもなかったとわかったいまとなっては、これからどうしたら良いのか途方に暮れる思いだった。

部屋のなかをもう一度見まわした。

なにか見落としているものはないかと何度も見まわしたが、なにも見つからなかった。

縣は体から力が抜けてバーカウンターに寄りかかった。

そもそもこの部屋は殺人現場なのだ。なにかあったとしたら、警察の鑑識がとうの昔に見つけているはずではないか。

その事実を思い返すとため息がでた。

しかしまあ良い。早とちりなどいつものことだし、今回は誰に迷惑をかけた訳でもないのだから。

気をとり直して顔を上げると、書斎として仕切られた空間に置かれた大きな机と椅子の背後の書架が目に入った。

あらためて見るとなんとも大きな書架だった。

書架の高さは天井にまで届いていた。

書棚を下から上まで見上げていると、バーの酒棚を一段ずつ隈なく調べておいて書斎の書架を調べないなどということがあるだろうか、という考えが頭をよぎった。

縣はその思いつきが頭の隅に浮かんだとたん、あわてて打ち消した。

まさか、そんなことがひとりでできる訳がなかった。バーの棚にならんだ酒瓶を一本ずつ下ろすのと、書棚の一段一段にぎっしりと詰めこまれた書物を一冊ずつ抜きとって床に下ろすのとはまったく別の話だ。

酒瓶と違って本は重いし、まして何百冊あるか知れないのだ。

そんなことをしていたら日が暮れてしまう。いや、時間などどれだけかかってもかまわないとしてもはたして体力がもつかどうかわからない。

そうではないか。

バーのカウンターに寄りかかってしばらく書架を眺めていた縣は、やがて小さくかぶりを振った。

自分の考えが正しいのかそれとも単なる早とちりに過ぎないのかをたしかめるにはほかに方法がなかった。

縣は部屋の反対側の書斎に歩み寄ると腰を落として床に膝をつき、下段の書棚に詰まった書物のいちばん端の一冊を抜きとった。

本は大きくて重く、書棚から抜きとって傍らの床に置くという動作をくり返すだけでも骨が折れる作業だったが、縣は無言で作業をくり返した。

書棚から一冊、二冊と本が抜きとられるにつれ、縣の横に本の山が積み上げられていった。

書棚の一段目は思いの外《ほか》簡単に空になった。拍子抜けするほどだった。

縣は勢いづく思いで空になった書棚のなかを隅から隅まで探った。

部屋のなかに誰もいないことを幸い、腹ばいになったかと思うと床に背中を着けて書棚のなかをのぞきこむといった具合だった。

端から端まで見てもなにも見つからなかったので、立ち上がってカウンターに置いたフラッシュライトをとり、それを手にしてもう一度同じところを調べ直した。

やはりなにも見つからなかった。

しかし落胆はしなかった。書棚はまだ一段目だった。

縣は休むことなく、二段目の書物に手をかけた。抜きとった本は書棚には戻さず、傍らの床に山積みにしたままにした。本は酒瓶と違って大きくしかも重いので、引き抜いては元に戻す作業を何度もくり返しているとそれだけで体力を消耗してしまうと考えたからだった。

二段目の書棚に詰めこまれていた本が一冊残らず、床のうえに山のように積み上がった。十分とかからなかった。

しかしさすがに体にはこたえ、空になった書棚を調べることができるようになるまでには二、三分呼吸を整える必要があった。

二段目の書棚にも仕掛けのようなものはなにも見つからなかった。

縣は間《ま》を置かず三段目の本の最初の一冊を抜きとった。

下段の三段目までは縣の腰より低い位置にあったので、縣は床に膝をつき両手を使って顔の高さよりうえにある本を抜きとっては自分の横に積んでいった。三段目の本を一冊残らず抜きとるころには両手が顫えて力が入らず、空になった書棚を調べるまでには両手の顫えがおさまるまで待たなければならなかった。

フラッシュライトを手にして三段目の書棚を端から端まで丹念に探ったが、塵ひとつ見つからなかった。

四段目も五段目も同じだった。

五段目の書棚を調べ終わったあと、汗をかいていることに気づいて縣はジャケットを脱ぎ床のうえに放った。床のうえには積み上げられた本の山がいくつもできていた。

六段目よりうえの書棚は縣の背丈より高い位置にあったので、本を抜きとるためには縣はなにかのうえに乗らなければならなかった。

縣は躊躇なく机のうえに乗り、仁王立ちした。

一冊目を抜きとって足元に置くと二冊目を抜きとり、最初に置いた本の上に積んだ。机のうえに本の山をいくつ積み上げることができるかわからなかったが、机は十分に広いので、上段の書棚から抜きとった本が載せられなくなることはないだろうと思えた。

六段目の書棚が空になり、なかを慎重に調べたがなにもなかった。

縣は肩で息をついた。

見上げると、書棚はうえにまだ四段あった。

あとは体力がどこまでつづくかだけの問題だった。

縣は七段目に手を伸ばした。

また同様に一冊抜きとっては足元の空いている場所に置き、二冊目をそのうえに積んでいった。なにも考えないようにしながら三冊目、四冊目、五冊目と同じ動作をくり返していると一体なんのために大きな書物を書棚から一冊ずつ抜きとってはそれを机のうえに積み上げているのかわからなくなってきそうだったが、それでもひたすら手足を動かすことだけに専念した。

窓のない地下室には外の陽光が射しこまず、屋敷に入ってから何時間経ったのかもわからなくなっていた。

書棚から抜きとられた本がつぎからつぎへと机のうえに平積みに置かれ、四、五十センチほどの高さの本の山がたちまちひとつふたつ、みっつと堆《うずたか》く積み上げられていった。

七段目の書棚の左端の最後の本を抜きとり、机のうえに下ろそうとしたときだった。

足元はすでに本の山でいっぱいになり、空き場所がどこにもなくなっていた。

縣は両手に本を抱えたまま足元に隙間をつくろうと、本の山のひとつをスニーカーの爪先で横に移動させようとした。

ところが本の山は動かなかった。

二度三度と爪先で押してもまったく動く気配がないので不審に思って腰をかがめて見てみると、

山のいちばん下になっている本の角が葉巻入れの木箱に引っかかっているのだった。

縣は本のほうではなく、つかえている葉巻入れを爪先でつついた。葉巻入れをどければ、そこに大きな空き場所をつくることができるはずだった。

すると予想外のことが起こった。

葉巻入れが横にずれる代わりに、時計回りに三十度ほど回転したのだ。

縣は両手に本を抱えたまま思わず動きを止めた。

顔を近づけてたしかめたが、木箱はたしかに先ほどとは角度を少しだけ変えていた。

縣は抱えていた本を投げだすと机のうえに四つん這いになり、葉巻入れをつかんで押してみた。葉巻入れは動かなかった。

引いてみても同じだった。

葉巻入れはどうやら机のうえに「置かれ」ているのではなく、釘づけにされているようだった。

縣は腰を伸ばし机のうえに膝立ちになって葉巻入れを上から見下ろした。

蓋を開けてみると、木箱のなかにはたしかに高価そうな葉巻が何本も詰まってはいたが、ほかに変わったところはなにもなかった。

もう一度押したり引いたりしてみたが、葉巻入れは縦方向にも横方向にも動かなかった。

縣は葉巻入れをわしづかみにして時計回りにまわしてみた。

木箱はなめらかに動き、さらに時計回りに三十度ほどまわって止まった。

部屋のどこからか小さな音が聞こえた。

音が聞こえたのはほんの一瞬でなんの音なのかわからなかったが、ドアが静かに開閉するときのかすかな音に似ていたような気がした。

縣は息を飲み、部屋のなかを見まわした。

入口から壁際に置かれたソファ、シャンデリアが吊り下がった天井から絨毯が敷かれた床まで、先ほどまでと変わっているところはどこにもなかった。なにひとつ動いた形跡があるようには見えなかった。

書架に目を戻した。空になった書棚の最上段の左端から右端へ、つぎはその下段の右端から左端へと視線をゆっくりと走らせた。

三段目も四段目も目を凝らして端から端まで調べた。

書架にはどこにも変化はなかった。

机から降りて部屋を横切り、入口から部屋の奥のほうを見渡してみた。

それでも変わったところがないことがわかると、部屋の中央に立って同じことをしてたしかめた。しかし、やはり変わったところがあるようには見えなかった。

書斎の仕切りまで戻り、どこかに見落とした場所があるのではないかともう一度念入りに見まわしたが、なにも発見することはできなかった。

縣は肩を落とした。

音が聞こえたと思ったのは単なる錯覚だったのだろうか。

いや、そんなことはない。

縣は目を閉じた。

目を閉じて、確信が戻ってくるのを待った。

探しているものはかならずここにある。

この部屋は賢一郎が身を隠すためにつくった部屋ではなく、別の目的でつくった部屋だ。

賢一郎はなぜ親しい者なら誰でも知っているような地下にわざわざ部屋をつくったのか。誰でも気づくような場所に、仰々しく芝居がかった部屋を。

それはまるで身を隠すというよりむしろこれみよがしで、みずから進んで身をさらすような馬鹿げたふるまいではないのか。

賢一郎はなんのためにそんなことをしたのか。考えられることはひとつしかない。賢一郎はこの部屋を見つけさせたかったのだ。

しかし、それは一体なんのためなのか。

縣は目を閉じたまま待った。

息を深く吸いこんで吐くと呼吸がゆるやかになり、思考が研ぎすまされたように明晰になった。

賢一郎がこの部屋をつくったのは、地下にある別のなにかから目を逸らさせるためだ。この部屋はそのためのカムフラージュなのだ。

隠されたものは間違いなくこの地下に存在する。

縣は目を開け、目の前にあった本の山をひと押しした。

床に平積みにされた本の山は、机のうえのそれとは違いそれぞれ高さが一メートル近くあった。

本の山の上半分が崩れて床に散らばった。

縣はふたつ目の山を崩し、みっつ目の本の山を崩し、つぎつぎと本の山を崩していった。

床に積み上げられた本の山の上半分を崩し終わると、文字通り散乱した書物で足の踏み場もなくなった床に膝をついて残った本の山の下半分を一冊ずつ床に落としはじめた。

四つん這いの姿勢で根気よく本の山をひとつずつ突き崩していき、書架のいちばん左の端の床にあった本の山を平らにし、つぎにその隣りの山も同じように平らにしたときだった。

それまで本の山に隠れていた書架の最下段とそのうえの書棚の一角が露わになった。

そこに下から上に向かって延びる細く黒い筋があった。

高さ五、六十センチほどの直線の筋だった。

縣は四つん這いのままにじり寄り、左手を伸ばして筋の真ん中あたりの高さに手をかけた。

それはたしかに空間にできた隙間だった。

縣は隙間に指をこじ入れ、ゆっくりと手前に引いた。

扉が開いた。

高さ五、六十センチ、幅は八十センチほどの小さな扉だった。

縣は上半身だけを入れてなかをのぞいた。

隠し戸の向こう側は真っ暗で、その先になにがあるのかまったくわからなかった。

なにか物音が聞こえてこないかと耳を澄ましてみたが、なにも聞こえなかった。

縣は立ち上がって先ほどバーカウンターのうえに置いたフラッシュライトをとりあげて戻ると、腰をかがめて隠し戸をくぐった。

## 5

部屋のドアの鍵が開けられたような音がして、真梨子は腰かけていたベッドの端からはじかれたように立ち上がった。

誰かが部屋のなかに押し入ってくるのではないかと身を固くしてドアを見つめた。

しかし、いつまで経ってもドアが開く様子はなかった。

真梨子は足音を立てないよう注意深くドアに歩み寄った。

ドアの向こう側に人の気配がしないかどうか聞き耳を立てた。

扉の向こう側に人のいる気配はなかった。

この家のなかには真梨子以外の何者かがいることはたしかであり、その何者かは真梨子を拉致して監禁した人間である可能性が高かった。

ドアを開けて部屋からでれば、その人間と鉢合わせすることになるかも知れない。そう考えただけでノブにかけた手が細かく顫えた。

真梨子は意を決してノブを手前に引いた。

ドアは抵抗なく開いた。

広々としたリビングルームがあった。

テーブルがありソファがあり、その向こう側に全面強化ガラスの壁があった。

壁一面がガラス張りの窓になっているのだった。

天候の良い日には広いリビングルームいっぱいに陽射しがあふれるに違いなかったが、外は曇り空のうえに濃い霧に覆われていた。

目を転じると、リビングルームの隅にはバーカウンターまでが備えつけられていた。

照明は点いていたが、人の姿はなかった。

部屋は無人だった。

真梨子は入口に立ちつくしたまま、目の前の光景を信じられない思いで見つめた。

どうやらここは個人の住居であり、それも高層マンションの一室らしかった。

リビングルーム一室だけでこれだけの広さがあるということはおそらくビルのワンフロアすべてを占有しているのだろう。

真梨子は左右に目を配りながら用心深く足を前に踏みだした。

とにかく出口を捜すことが先決だったが、室内で方向感覚を失ってしまうのではないかと心配になるほど部屋は広かった。

右に行くべきか左に行くべきか迷った末に部屋の中央まで足早に歩き、ソファの前のテーブルのうえにすばやく視線を走らせた。

ひょっとして携帯電話かパソコンの類が置かれていやしないだろうかと思ったのだ。

だがテーブルのうえには携帯電話もパソコンもなかった。

落胆したがすぐに気をとり直して、今度は迷わずバーカウンターに向かった。

バーカウンターがあるならば、そこにはナイフのような調理器具があるはずだった。

この部屋にかならずひそんでいるであろう何者かと相対《あいたい》したときのために、護身に使えそうな道具をどんなものでも良いからもっておきたかった。

カウンターの奥でアイスピックを見つけたので、ためらいなくそれをとりあげた。

バーカウンターのさらに奥に大型の冷蔵庫などが置かれたダイニングがあった。

そちらに出口がないかと奥へと進んだが、突き当たりは壁でドアはなかった。

真梨子は肩を落として後戻りをした。

バーカウンターをでたところで一度立ち止まり、耳を澄ました。

どこからも物音は聞こえず、人の気配も感じられなかった。

カウンターを離れて窓に歩み寄り、自分がいる場所の見当がつくような建物か景色が見えないかガラスに顔を近づけて外を眺め下ろしたが、濃い霧が渦巻いているだけでなにも見えなかった。

目の前が真っ暗になり、その場に膝から崩れ落ちそうになったがあやうくこらえた。

かぶりを振ってあらためて四方を見まわすと、部屋の右側の奥に先ほどまで見落としていたドアがあるのが見えた。

思わず早足になって部屋を横切り、ドアノブに手をかけた。

外へでることができるドアなのか、あるいは別の部屋に通じているだけのドアなのかもわからないうえに、ドアを開けたとたん真梨子を部屋に監禁した張本人とでくわすことになるかも知れなかった。

真梨子はドアノブに手をかけたまま、もう片方の手で油断なくアイスピックを握りしめた。ドアを開けた。

部屋のなかは薄暗く、なんの部屋なのかわかるまでしばらく時間がかかった。

最初に目に入ってきたのは入口から部屋の奥に向かって置かれた長いテーブルだった。

テーブルの両脇には背もたれの高い椅子が片方に三脚ずつ、全部で六脚も据えられていた。

テーブルのうえには燭台がひとつだけ置かれ、ロウソクの炎が灯されていた。

部屋のなかの明かりはそれだけだった。

まるで晩餐の食卓がしつらえられているかのように、真っ白なテーブルクロスのうえには銀やクリスタルの食器がならべられていた。

どうやら食堂らしいことはわかったが、個人の住宅の一室にこれほど大きな食堂があることが信じられず、真梨子は自分の目を疑った。

暗闇に目が慣れてくるにつれ、椅子は六脚だけではなくテーブルのいちばん奥にもう一脚、壁に背を向け入口に立っている真梨子と向かい合う形で置かれているのがわかった。

ロウソクの炎がかすかに揺らめいた瞬間、その椅子に人間が座っているように見えたので真梨子は身をこわばらせた。

踵《きびす》を返してその場から離れようとしたができなかった。

真梨子はアイスピックを固く握りしめ、人間が座っているように見えたのは単なる錯覚であったのかどうかたしかめようと目を凝らした。

椅子には黒い影がたしかに座っているように見えた。

明らかに人間だった。

しかしその人間は首を前にかしげた姿勢のまま少しも動かず、呼吸をしているようにも見えなかった。

心臓が鼓動を打った。

真梨子はその黒い影から目を離すことができなかった。

ためらいはほんの一瞬だけだった。

真梨子は部屋のなかに足を踏み入れ、部屋の奥へと長いテーブルに沿って歩きだした。

一歩、また一歩とテーブルの端に近づくにつれて椅子に座っている人間の、不自然に前に傾《かし》いだまま動かない顔がぼんやりと浮かび上がってきた。

真梨子は足を止め、テーブルのうえの燭台をつかんだ。

いったん目を閉じ、深呼吸をした。

ゆっくりと目を開け、ロウソクの炎を顔に近づけた。

小さな明かりが照らしだしたのは耳から顎にかけての横顔の一部だけだったが、それでも人相を判別するには十分だった。

椅子に座っていたのは島崎昇平だった。

心臓が喉までせり上がってきて、にわかに呼吸が切迫した。

真梨子は落ち着くよう自分を叱りつけ、燭台をテーブルのうえに戻すと右手の人差し指と中指の内側を島崎の傾いだ顔の鼻先に注意深く差しだした。

予期していた通り、島崎は呼吸をしていなかった。

そこまでするのが精一杯だった。

医師であるからには、島崎を死に至らしめた原因はなにか、致命傷になった傷が体のどこかにないかなどを確認すべきだということはわかっていた。

だが体がいうことをきかなかった。

念のために首筋に指を当てて脈をたしかめる勇気すらでず、一刻も早くこの部屋から逃げださなければとそれしか考えることができなかった。

真梨子は一、二歩後ずさりしてから体を反転させ一目散にドアに向かって駆けだした。

入口までたどり着いたところでドアが立ちふさがった。

閉めた覚えのないドアがいつのまにか閉じられていたのだ。

真梨子は夢中でドアノブにとりつき乱暴に引いた。

押しても引いてもドアは頑として開こうとしなかった。

いくらドアノブと格闘しても無駄だとわかると、怪我をするのを覚悟でドアに体当たりさえした。

それでもドアは開かなかった。

絶望に息をあえがせたとき、首筋に人の息が吹きかけられたような気がして真梨子は飛び上がった。

ふり向くと目の前に人間が立っていた。

島崎昇平だった。

死んでいたはずの島崎昇平が二本の脚で立ち、こちらを見つめているのだった。しかもその口元には微笑が浮かんでいた。

真梨子は自分ではまったく気づかぬうちに声にならない悲鳴を上げていた。

## 6

「いくらなんでも長すぎる」

屋敷に向けていた双眼鏡を下ろして平野がいった。

神尾は腕時計を見た。

平野と比べれば気の長いほうだといえる神尾だったが、平野のことばに内心同感せざるを得なかった。

神尾たちは鵜飼縣が警察の立入禁止のテープを引きちぎって屋敷のなかに入ったことまでは確認していたが、縣のあとを追って屋敷のなかに入るのは危険だと判断して辛抱強く車中に留まりつづけていた。

夕暮れがしだいに濃くなり、辺りは暗くなりかかっていた。

「一体なかでなにをしているんだ」

平野がうんざりしたようにいった。

「なにかを捜しているのかも知れないな」

神尾がいった。

「捜しているって、なにを捜しているんだ」

助手席に座った平野が運転席の神尾にふり向き、嚙みつくようにいった。

「そんなことはわからん」

神尾はいった。

「誰かと会っているのかも知れんぞ」

平野がいった。

「屋敷のなかには誰もいないはずだ」

神尾はいった。

「そんなことわかるもんか。これだけ大きな屋敷なんだ、入口なんかいくらでもあるはずじゃないか。おれたちが気がつかないうちに誰かが入りこんだってこともありうる」

神尾は返事をしなかったが、平野がいったような可能性があるかどうか考えた。

可能性がまったくないとはいえないと思った。

「なかに入ってたしかめよう」

平野がいった。

反対する理由はなかったし、車のシートに座りつづけていた尻の痺れも限界がせまっていた。

「よし、行こう」

神尾はいった。

ふたりは車を降りると、氷室邸の門をくぐった。

静寂に覆われた広い敷地に砂利道を踏むふたりの靴音だけが響いた。

玄関の低いステップを上がると扉は半開きのままで、ちぎられた黄色いテープが垂れ下がっていた。

神尾が平野と顔を見合わせ、屋敷のなかに踏みこもうとした瞬間だった。

何者かに後ろから上着の襟首をつかまれ、ステップの上に引き倒された。

神尾は尻もちをつきながら、驚愕で口を半開きにした平野が黒い影に殴りつけられるのを見た。

平野は拳の一撃で上半身をのけぞらせ、堅い木の扉に後頭部を打ちつけて崩れ落ちた。

立ち上がろうとした神尾は足払いをかけられ、体勢を崩したところを背後から抱きすくめられ、恐ろしく強い力で首を締めつけられた。

いくらもがいても首を締めつけている両腕から体を引き抜くことができなかった。

目の前が暗くなり、神尾は気を失った。

## 7

入口は小さかったが、くぐってみると腰を伸ばしてまっすぐ立つことができた。

縣はフラッシュライトを掲げて細長いトンネルの行く手に向けた。

特大のフラッシュライトの強力な光りといえども数メートル先を照らすのが関の山で、漆黒の闇の向こうになにがあるのか見通すことはできなかった。

左右の壁はコンクリートで補強がしてあったが、表面が黒く煤けるように風化しているばかりかところどころ剝落している箇所もあり、トンネルが掘られた時代の古さを物語っていた。

縣は暗闇に向かって歩きだした。

コンクリートの冷たい壁に片手を当て、すり減って滑りやすくなっている煉瓦の感触をスニーカーの靴底で探りながら歩いた。

なにも聞こえず、なにも見えなかった。

あまりにも真っ暗なせいで、すぐ先で怪物めいたなにかがうごめいているように思えて気が気ではなかった。

十五メートルか二十メートルほど進んだところに下にくだるセメントの階段があった。

数えてみるとわずか五段だけの短い階段だったが、それでもトンネルのなかに階段がつくられていることに縣は驚いた。

階段を降りるとやはりセメントの踊り場があり、突き当たりの壁に沿って直角に折れ曲がるようにさらに五段の階段があった。

階段を降りると方向感覚が完全に失われてしまい、縣は自分が北に向かっているのか南に向かっているのかまったくわからなくなってしまった。

トンネルはまだその先に延びていた。

暗闇のなかを歩きはじめてまだ数分と経っていないにもかかわらず、トンネルは果てしなくつづいているように思えてきた。

どれだけ長かろうと果てしなくつづいている訳などない。かならずどこかに突き当たるはずだ。頭ではそうわかっていても、このまま闇雲に進んでいたら二度と地上に戻れなくなるのではないかという不安が襲ってくるのをどうすることもできなかった。

しかし、なにも見つけないうちにもと来た道をすごすごと引き返す訳にはいかなかった。縣は強引に弱気をふり払ってふたたび歩きはじめた。

不安は予想外の形で裏切られた。

十メートルも進まないうちにトンネルが行き止まりになったのだ。

縣は唖然として立ち止まった。

フラッシュライトの光りが照らしだしたものが信じられなかった。

目の前にあったのは穴蔵のなかのワインセラーだった。

穴蔵は奥行きが二メートルほどの岩盤の大きな窪みで、人が掘ったものではなく自然にできた浅い穴だった。

岩肌が剝きだしになった石室《いしむろ》の空間を利用してそのなかに棚をつくりつけ、ワインを貯蔵しているのだった。

無骨で頑丈そうな木製の棚は年代を経て黒ずんではいたが、高さは縣の頭の高さほど、幅は三メートル近くあった。

上から下まで十段ほどに仕切られた棚のなかには、封をされたままのワインの瓶が口をこちらに向けて何百本も寝かされていた。

ただし長い年月のあいだそこからワインの瓶が一本たりとも抜きだされたことはないらしく、棚の前面に張りめぐらされている蜘蛛の巣にはどこにも大きな穴は開いていなかった。

蜘蛛の糸が透明な紗幕《しゃまく》のように覆っているワイン棚を呆然と見つめながら縣は立ちつくした。

まさかトンネルはここで行き止まりなのか？

自分が捜していたのは地下のワインセラーだったのか。

賢一郎は酒を嗜まないはずだから、このワインセラーがつくられたのは賢一郎の父親である友賢の代かあるいはさらにそれ以前の祖父の代だったのかも知れなかったが、賢一郎が急ごしらえで新しくつくった地下の部屋はこのワインセラーを隠すためだったのだろうか。

縣は思わず瞑目した。

生まれてこの方はじめてといっても良いくらいの重労働を何時間もしたせいで体の内側に溜まりに溜まっていた疲労がいちどきに押し寄せてきて足元がふらついた。

目を閉じていると、疑問がつぎつぎと湧き上がってきて頭のなかで渦巻いた。

驚きと失望の感情が徐々に沈静化し、正常な思考がふたたびできるようになるまで二、三分かかった。

縣はあらためてフラッシュライトをもちあげるとワイン棚に向けた。

まず最初に下方に光を当てて、古いワイン棚のどこかに新しく手を加えられたような部分がないか調べた。

とりわけ変わったところがないことをたしかめると、フラッシュライトの光りを棚の反対側の端に投げかけた。

そこにもなにもなかったので今度は下から上に向かって棚を一段ずつ精査していった。

やはりどこにも奇異な部分はなかった。棚は単なる棚で、そのなかに収められている埃をかぶった何百本ものワインの瓶は単なるワインの瓶に過ぎず、どこにも細工のようなものが施されている形跡はなかった。

それでも縣は集中力を途切れさせることなく棚の隅や角、蜘蛛の巣の隙間からのぞくワインの瓶の一本、一本を目を皿のようにして見つめつづけた。

だが結局なにも見つからなかった。

縣は短く息を吐きだし、フラッシュライトをもつ手を下ろした。

やはり単なるワインセラーに過ぎなかったのだろうか。そう思わざるを得なかったが、一方でその結論を簡単に受け入れることもできずにいた。

喉の奥になにかが引っかかっていて、それを飲み下すことができないような気分だった。

どこかに違和感があった。

縣は数歩後ずさりしてワイン棚と距離をとった。

心を落ち着かせ、棚の端から端までをゆっくりと見渡した。

やはりどこかがおかしかった。

縣は棚の端から端、上から下までをあくことなく見つめつづけた。

とつぜん違和感の正体がわかった。

いままで気づかなかったのが不思議なくらいだった。

ワイン棚と壁とのあいだには左右両側にそれぞれ数十センチの隙間があったが、そこには蜘蛛の巣が張っていなかったのだ。

蜘蛛の巣は棚一面を覆っているにもかかわらず、壁まではかかっておらず途中で断ち切れていた。垂れ下がった蜘蛛の糸が銀色に光りながら揺らめいていた。

それはまさしく棚が最近動かされたことがある証拠だった。

縣は思わず小躍りしそうになった。

棚は日本の襖か障子のように横にスライドする仕掛けになっているに違いなかった。

そこまでわかれば逡巡する理由などなかった。

深く考えることもなしに棚の左側へ行き、壁とのあいだの隙間に体を入れた。

横向きになって両腕を胸のところで小さく折りたたむとなんとか体をすべりこませることができた。

あとは側板に両手を当て、たたんだ両腕を前に伸ばすだけだった。

縣は全身の力をこめて棚を押した。

棚は微動だにしなかった。

もう一度押してみたが同じだった。

しかし縣はあきらめなかった。棚はかならず動くはずだという確信があった。

もう一度押した。棚の底面がなにかと擦れる重い音がして、棚が数センチ動いた。地面に溝のようなものが掘られているようだった。縣は大きく息を吸いこみ、ありったけの力をふりしぼって棚を押した。

棚は重く、苛立たしいくらいわずかずつしか動かなかったが、それでも動いているという実感があった。

縣は歯を食いしばって押した。

さらに息を止めたまま二分間以上も押しつづけたろうか。とつぜん両手が反動で押し返され、棚の動きが止まった。

五十センチほど移動した棚の背後の壁に、人ひとりがようやく通り抜けられるほどのせまい入口が開いていた。

縣は地面に置いていたフラッシュライトをとりあげ、スイッチを入れて入口の奥に向けた。

細かな埃が漂っている小さな部屋らしき空間があった。

レストランのパウダールームほどの広さだったが、もちろん化粧直しのための鏡がならんでいる訳でもなく、ただの四角い空間だった。

縣はせまい入口をすり抜けた。

部屋のなかは床も壁も板張りだった。

閉所恐怖症を誘発しそうな殺風景な空間には、荷物がすべて運び去られてしまったあとの倉庫のように見事になにもなかった。

ただ床のうえに本が一冊落ちているだけだった。

縣はしゃがみこんで本を手にとった。

黴と変色した紙の匂いがした。

それは賢一郎の隠し部屋の書架にあったような皮革で装丁された豪華な本とはまるで違っていた。

和紙を束ね厚紙で装丁して綴じ合わせた、本というより帳面のようなものだった。

なかを開くと墨で書かれた小さな文字でびっしりと埋まっていたが、達筆すぎて縣には読むことができなかった。

しかし縣にはそれがなんであるか理解できた。

少なくともなんの一部であるかということを。

縣は帳面を床に戻して立ち上がった。

フラッシュライトで四方を隈なく照らした。

なにもないはずはなかった。

思った通り、正面の壁の目の高さの位置に板と板とのあいだに開いているわずかな隙間を見つけた。

近づいてよく見ると切れ込みの跡だとわかった。

把手などはついていなかったが、一目見ただけではわからないように工夫してつくられた隠し戸に違いなかった。

縣は隙間の位置から目算してここに戸口の端があるはずだと見当をつけた場所に手を当て、軽くひと押しした。

木が軋む音がして戸口が向こう側に開かれた。

フラッシュライトで前方を照らすと、奥にも同じような部屋があった。

縣はためらいもせず戸口をくぐった。

同じ造り、同じ広さの空間だった。

違っているのは、本の量が前の部屋より格段に増えていることだった。

手製の手書本《しゅしょぼん》は一冊ずつではなく何十冊かがまとめられて紐で括《くく》られ、壁に沿って無造作に積み上げられていた。

部屋の右側も左側も壁のなかほどの高さまで本で埋まっていた。正面の壁も真ん中にほんの少し空き場所があるだけで、ほとんど本で埋まっているのは同じだった。

縣はフラッシュライトの光りをゆっくりと一周させ、部屋のなかの様子をよく見ようとした。

到るところに書物の堆積があった。一体どれだけの量があるのか見当もつかなかった。

光りをさらに一周させると、正面に積み上げられた束の上に、紐で括られていない本が一冊載っているのが見えた。

手にとろうとして正面の壁に歩み寄ろうとしたとき、なにかに躓いて前のめりになった。足元に本の束が一組転がっていたことに気づかなかったのだ。

たたらを踏んだ縣は体を支えようとして思わず目の前に積み上げられていた本の山に手をついた。

縣の体重に耐えきれず本の山が崩れ、縣の手が宙をかいた。

床に倒れて膝をついた縣の背中に本の束が落ちかかった。

埃が舞い、黴の臭いが辺りにたちこめた。

本の束は軽かったので背中に痛みは感じなかったが、床に倒れた拍子に打った膝が悲鳴を上げた。

縣は痛みをこらえるために息を吸いこんだ。

黴とは別の臭いが鼻を突いた。

埃や黴とはまるで違った強烈な臭いだった。

膝をついたまま首をめぐらせた。

臭いは正面の一ヵ所だけ本が積み上げられていない壁のほうからきているようだった。

縣は膝の痛みも忘れて立ち上がると、フラッシュライトを前方に向けた。

壁にはわずかな隙間があり、その下から床を這うように煙が洩れでていた。

縣は一瞬立ちすくんだ。

壁に前の部屋と同じ隠し戸があることは明らかで、煙はその向こうにあるはずのもうひとつの部屋から流れてきているのだった。

臭いは刻々と強くなっていった。

鑑識課員として放火現場にも何度も臨場したことがある縣には、それが可燃性の液体が燃焼中に発する臭いだということがすぐにわかった。

縣は呼吸を止め、隠し戸を押し開けた。

隣りの部屋に足を踏み入れたとたん、縣はまぶしい光りに目がくらんだ。

部屋は照明で煌々と照らされていた。

縣はくらんだ目を細めながら部屋のなかを見まわした。

コンクリートの天井に蛍光灯の列がならんでいた。

部屋は前のふたつとは比較にならないくらい格段に大きく、間口が十メートル、奥行きが十メートルほどもあり、天井の高さも三メートル近くあった。

真っ先に目に飛びこんできたのは、四方を囲んでいる手書本の壁だった。

天井まで届く書架が壁という壁を埋め尽くし、棚のなかには和紙を綴じ合わせた手製の書物がぎっしりと詰めこまれていた。

手書本はそれだけでなく書架の前の床のうえにも雑然と積み上げられていたが、縦にならべられたものも横に寝かされたものもあり、さらに本と本の隙間に別の本が押しこまれているといった具合に雑然として混沌をきわめていた。

縣はトンネルの入口で階段を降りたことを思いだした。

コンクリートでできたこの巨大な構造物は賢一郎の隠し部屋よりさらに深い地下につくられているのだった。

8

目を覚ますと椅子に座らされていた。

島崎昇平が座っていた椅子だった。

天井の照明が点けられていて部屋のなかはまぶしいほど明るかった。

死んでいたはずの島崎らしき男はテーブルの反対側に、食堂の入口に背を向けこちらを向いて座っていた。

テーブルが長くて距離があるために本当に島崎昇平なのかどうか確信はもてなかったが、男が笑みを浮かべていることだけははっきりとわかった。

男は先ほどまでとは違って光沢のあるナイトガウンを羽織り、その下にワイシャツを着こんでやはり光沢のあるネクタイを締めていた。

テーブルのうえにはブランデーグラスが載っていた。

腕をもち上げようとしてみたが、細いロープで肘掛けに固く縛りつけられていた。

足も同じで、椅子の脚にくくりつけられ動かすことができなかった。

「目が覚めたかね」

男がいった。

島崎の声だった。

気を失って倒れたときに床に打ちつけたらしく側頭部が痛み、吐き気までした。

男はやはり島崎なのだろうか。

真梨子は混乱しながらなんとか頭を働かせようとした。

テーブルの端に座っている男が島崎だとしたら、クロロホルムを使って気絶させたうえに拉致したのも島崎だということになる。

たった二度しか会ったことがない患者がなぜそんな犯行に及んだのか、理由が思いつかなかった。

「さぞかし驚いたろうね」

男の声はたしかに島崎の声と聞き間違えようがなかったが、カウンセリングのときのような訥々《とつとつ》とした調子ではなく、なめらかで自信に満ちた声だった。

「きみはわたしを鬱病を患った島崎昇平という町の精神科医だと思っているだろうが、そのような人間はこの世に存在しない。すべてわたしがでっちあげたものだ。ネットの上だけにね」

吐き気が強くなり、深呼吸をしようとしたが息をうまく吸いこむことができなかった。

冷静にならなければ、と自分に言い聞かせた。

思い返すまでもなかった。

島崎昇平という患者について知っていることはすべてネットから得た情報だった。名前も経歴も、そして自殺した女子高校生の家族に訴えられた裁判のことさえ。

検索した情報を事実であると思いこんで島崎の話を鵜呑みにしていた。それでも真梨子には男がいったことが真実だとはにわかには信じられなかった。

「わたしがはじめてきみの診察室を訪れたあと、きみは島崎昇平についての情報を検索するためにパソコンに飛びついたはずだが、きみが読んだ『後鳥羽台クリニック』についての毀誉褒貶や無責任な噂話もすべてわたし自身が書きこんだものだ。少々時間はかかったが、あれほど愉しい作業はなかったよ。デジタル空間のなかではわたしは男にも女にも、高校生だろうがなんだろうが好きなものになれるのだからね」

男はそういうと椅子から立ち上がり、真梨子にゆっくりと歩み寄った。

真梨子は椅子の上で思わず体をこわばらせた。

男が真梨子のすぐ脇で腰をかがめた。

診察室では嗅いだことがなかった香水の香りが鼻をかすめた。

男の手がロープで縛られている手首に触れた。

ロープが解け、片手が自由になった。

「これを使い給え。きみもわたしに聞きたいことがいろいろあるだろうからね」

男がスマートフォンをテーブルのうえに置いた。

男の顔はたしかに島崎昇平だったが、言葉遣いといい落ち着き払った物腰といい、カウンセリングのときとはすっかり変わっていてとても同一人物とは思えなかった。

「それにしても人間がインターネットで流れている情報にまったく疑いをもたないのは不思議なほどだな。きみのような利口な女でさえ手もなくだまされたのだからな」

男がテーブルの反対側に戻り、椅子に座り直していった。

ネットの記事がすべて作り物だったとしたら、カウンセリングのときに訴えた鬱病の症状の細かな描写や自殺念慮を発症したと助けを求めてきたときの真に迫った言動もすべて演技だったのだろうか。

そうだとすればコンピューターの知識だけでなく、医学に関しても相当の知識の持ち主だということになる。

この男は何者なのだろうか。真梨子はますます混乱を覚えながら、自由になった片手をスマートフォンに伸ばしキーを打った。

〈あなたは一体何者なの？　わたしをどうするつもり？〉

「質問は一度にひとつだけだ」

男はテーブルのうえの自分のスマートフォンを摘みあげ、画面に表示された文字を一瞥していった。

「きみはわたしのことを知らないだろうが、わたしはきみのことを知っている。この二年間きみを観察させてもらったからね。それにしてもきみはなぜあんな生活をしているのだ。まるで尼僧のような暮らしぶりではないか」

男のことばを真に受けた訳ではなかったが、芝居がかった口調に寒気を覚えた。

〈なにをいっているのかわからない〉

「家具は必要最小限しかそろえず、調度品といえるようなものも置いていない。ブランドものの衣装もなければ化粧品さえろくなものはもっていない。独身の女性としては少々淋しいかぎりではないのかね」

男がいった。陽気とさえいえる口調だった。

「口からでまかせをいっているのかどうか考えている顔をしているな。嘘ではない。きみはまったく気づいていないようだが、実は二年前からきみの家には小型カメラと盗聴器が仕掛けてあるのだよ」

信じがたいことばにスマートフォンのうえに置いた指が一瞬凍りついた。

「なぜかと聞かないのかね」

〈嘘だわ。そんなはずがない〉

真梨子はスマートフォンのキーボードを指先で叩いた。

「嘘ではない。きみがなにを身に着けて眠るのか、わたしの口からいわせたいかね？」

男がいった。

真梨子は男の顔を見た。

男は微笑を浮かべたまま真梨子を見返した。

〈なぜなの？〉

「わたしに何者かと聞いたな。わたしの名を知りたいかね」

〈ええ。教えて〉

真梨子はキーを打った。

ひょっとしたら男は神経を病んでいるのかも知れない。どんなことでもとにかく会話をつづけることが肝要だと、真梨子は思った。

「能判官古代だ。この名前に覚えはあるかね」

〈ノウジョウ・コダイ？　それも変名なの？〉

「生まれたときからこの名前だよ」

〈めずらしい名前ね。それほど特徴のある名前なら一度聞いたら忘れるはずはないと思うけど、覚えがないわ。ごめんなさい〉

「能判官という姓にもまったく覚えがないのかね」

男がいった。

真梨子にはその質問の意味がわからなかった。

〈混乱しているの。少し考えさせてちょうだい。あなたは島崎昇平ではないのね〉

「違う」

〈『後鳥羽台クリニック』という病院の院長でも、患者さんに訴えられたことが原因で鬱病になった訳でもない。そうなのね？〉

「わたしはいたって健康だよ」

〈それなら鬱病の患者としてわたしの病院にきた理由はなに？〉

男が目の前のブランデーグラスを指先だけで器用に摘みあげ口元に運んだ。

「もちろん、きみと直接顔を合わせたいと思ったからだ」

〈わたしの家にカメラや盗聴器を仕掛けたというのは本当なの？〉

スマートフォンの画面を見て男がうなずいた。

〈仕掛けたのは二年前だといったわね。なぜ二年前なの。二年前にどこかであなたと会ったのかしら〉

「二年前にきみを見つけた。きみは新聞社の記者やテレビのレポーターたちに追いまわされていた。なんでも精神鑑定中の犯罪者が病院から脱走したとかいうことだったが」

男がいった。

二年前の鈴木一郎の事件のことをいっているに違いなかった。

〈テレビのニュース番組でわたしの姿を見かけた。そうなの？〉

「そうだ」

〈テレビでわたしを見てわたしの名前を知り、そしてわたしの家がどこかを調べた。そういうことなのね〉

男がふたたびうなずいた。

男はやはり神経を病んでいるのだろうか。

テレビで一度見かけただけの人間に執着してあとを尾けまわす理由などほかに何も思い浮かばなかった。真梨子はつぎの質問をするべきかどうか一瞬ためらったが、思い切ってキーを叩いた。

〈なぜ、わたしなの？〉

真梨子の質問を見た男の顔に笑みが浮かんだ。

「その質問を待っていたよ」

男は満足げにいうとグラスの酒を一口飲んだ。

「わたしはきみを知っているといったろう？　きみを見つけたのは二年前だが、そのときはじめてきみのことを知った訳ではない。きみのことはその前から知っていた。昔からね」

〈昔っていつのこと〉

「ずっと昔だ」

〈わからないわ。わたしたちはどこかで会ったことがあるの〉

男は質問に答えようとせず、黙ってグラスを口元に運んだ。

真梨子は男の表情をうかがった。

「二年間きみを観察していたといったはずだ。きみが朝食になにを食べ、何時に病院に出勤するのか、仕事から帰ったらどんな部屋着に着替えるかもすべて見ていた。そのあいだ、わたしがなにを考えていたと思うかね」

〈わからない。なにを考えていたの？〉

「わたしはいつでもきみの家に押し入ることができたし、仕事帰りのきみの不意を突いて病院の駐車場で襲うこともできた。いつでもどんな方法でも選び放題にな。しかしそれではあまりに簡単すぎるし、きみの反応もありきたりで散文的なものになってしまうはずだった。そこでどんな方法できみに近づこうかあれこれ考えたのだ。毎日それればかり考えていたといっても良い。頭のなかでいろいろと思い描くだけで二年間ものあいだ愉しんでいたのだが、ついに我慢しきれなくなった」

男がいった。

〈昔からわたしを知っているというのは本当なの？　いつからわたしのことを知っているの〉

「きみが生まれたときからだ。わたしはきみがまだ赤ん坊だったころから知っている。わたしたちは同じ家で暮らしていたからね」

男のことばを聞いて、この男は間違いなく神経を病んでいると真梨子は確信した。

それとも男が事実を述べているなどということがあり得るのだろうか？

ほんの一瞬、そんな可能性があるのかどうか考えるだけで指先が細かく顫えた。

〈同じ家で暮らしていた？　それはどういう意味なの〉

「まだ思いださないのかね。きみの名前は鷺谷真梨子ではない。それはきみが鷺谷家に養子にだされたときに名づけられたものだ。生まれたときの名は惟百《いお》だ。能判官惟百。これがきみの本名だよ」

男が真梨子の顔をまじまじと見つめながらいった。

恐怖がこみあげてきて、指先の顫えをどうしても止めることができなかった。

## 9

巨大な空間には熱がこもっていた。

縣は信じられない光景に目を奪われて一瞬立ちつくしたが、すぐにわれに返って左右を見まわした。

部屋の隅に人間がいた。

白いシャツに黒いズボン姿の老人が書架の前にできた本の山に向かってしゃがみこんでいたのだ。

床のうえに大きなプラスチックのタンクが置かれ、老人の手元から一筋の煙が上がっていた。

体が反射的に動いていた。縣は老人に向かって駆けだして背中を突き飛ばすと、燃え上がる本を何度も床に叩きつけて火を消した。

「なにをする」

床に転がった老人が怒鳴り声を上げた。

「あんたこそなにをするの」

縣も負けじと大声を上げた。

老人が目を丸くして縣を見た。突き飛ばされたことより、どこからかとつぜん出現した人間に驚いたようだった。

「どうして火なんか点けるの」

縣は老人に向かっていった。

「決まっている。燃やすためだ。あんたは誰だ」

「警察の人間」

縣はいった。

「警察の人間ならみんな引き揚げたはずだ」

老人がいった。屋敷の見張り番をしていた警官のことらしかった。

「わたしは所轄署の警官じゃない。東京からきたの」

老人の表情が一変した。

床のうえに座り直したかと思うと、めずらしい生き物でも見るような目で縣を見つめた。縣が思わず身を引いたほど真剣な視線だった。

「ああ、あんたか」

老人がつぶやくようにいった。縣のことを以前から知っているような口ぶりだった。

「わたしのことを知っているの？」

縣は驚いていった。

「あんたがどこでなにをしていたか、この愛宕にやって来たその日からすべて知っている」

老人がいった。

縣は目を見張った。

なにをいっているのかは理解できなかったが、目の前に座ってこちらを見つめている白髪で小柄な老人こそ捜し求めていた人間に違いなかった。

「頭師《ずし》さんね。頭師倫太郎《りんたろう》さん。わたしのことを知っているの？」

「もちろん知っている。東京からきた鵜飼縣という刑事さんだろう。賢一郎さんを殺した犯人は見つけたかね？」

「賢一郎氏を殺した犯人を知っているの？」

「知らんはずがないだろう」

頭師がいった。

「能判官古代のことね。彼の手下はどうやって美術館にいたあなたを見つけたの。賢一郎氏がしゃべったの？」

「わたしが自分で警察に電話をした。これ以上無益な犠牲者をださぬためにな」

「なるほど、そういうことか。古代があんたを捜していたのは能判官家が代々集めてきた記録の保管場所を聞きだすためだった。ここがその保管庫なんでしょう？」

頭師がうなずいた。

「どうして燃やさなければならないの」

「秋柾《あきまさ》様が能判官家はご自分の代で廃絶とするとお決めになられた。この記録はもはや必要ではなくなった」

「廃絶ってなに？」

「あんたは日本語を知らんのか」

頭師が皺深い顔をしかめた。

「能判官家がお役目を終えてこの世からなくなるということだ」

「理由は古代なのね？」

「そうだ」

「古代というのは秋柾氏の実子なの？」

「本当の子だ。しかし悪性《あくしょう》の子でな。能判官家の跡継ぎにはふさわしくないと秋柾様がこの愛宕から追放した。あの男がまだ若いときにな。いっそあのとき殺しておけばよかったと思うが、悔やんでももう遅い」

頭師がいった。

「秋柾氏には子供がいたが、不行跡があったせいで勘当されたって聞いたわ。不行跡って一体なにをしたの」

縣は古代に関してもっとも知りたかったことを尋ねた。

「秋柾氏には古代のほかにもうひとりの子がいた。古代が十四歳のときに生まれた女の子で、秋柾様が晩年に授かった子供だった」

「つまり古代の妹ってこと？」

頭師がうなずいた。

「それで？」

「ある日秋柾様が古代が妹に悪戯をしようとしているところを見つけられた。まだ襁褓《むつき》もとれない赤子にだ」

「なんですって」

縣は思わず声を上げた。

「悪戯って、一体なにをしたの」

「とても口にできないほどおぞましいことだ」

頭師がいった。

「それ以前に愛宕市で幼い女の子が通学路などで襲われる事件が何件かあった。一年半のあいだに三人の小学女子児童が性的暴行を加えられたのだが、犯人は捕まっていなかった。古代が実の妹に悪戯しようとしていたのを目撃した秋柾様は三件のうちの最初の事件が自分の屋敷の近所で起きたことを思い起こされて、暴行事件の犯人は古代に違いないと確信された。秋柾様は当然古代を厳しく問い詰めたが、古代は自分は知らないの一点張りでしらを切り通した。業を煮やした秋柾様は古代を警察に突きだそうとされたが、それでは能判官家の跡とりがいなくなるとわたしがなんとかお止めした。秋柾様も最後には思いとどまってくれたが、妹は古代のそばに置いておく訳にはいかないと養女にだされるという苦渋の決断をされた。名前も変え、古代にどこに養子にだしたのか知られぬように計らったうえでな」

「養子にだしたって、そんなに簡単に？　奥様は反対しなかったの」

「奥方様は古代の妹を産んですぐに亡くなられてしまっていた。秋柾様が娘を養女にだされる決意をされた理由はそこにもあった」

「そうなの」

縣はうなずくしかなかった。

「娘はまだ一歳にも満たない年齢だったから養子にだされたという記憶もなく、養父母を実の親だと信じて育った。それで一件はなんとか落着したように見えたが、それ以後も古代が行いを慎む様子を一向に見せぬばかりか、ねじまがった本性はますます顕著になる一方だったので、秋柾様は古代が十五歳になったときにとうとう家から追放し、能判官家も御自分の代で廃絶にすると決意されたのだ」

頭師はことばを切って目を閉じた。

古代に年齢の離れた妹がいたことははじめて聞く話だったが、そのほかのことはおよそ想像していた通りだった。

聞きたいことは山ほどあったが、疲労のせいで立っているのもやっとだった。そのうえ火の気がないのにもかかわらず、なぜか巨大な空間にこもった空気がますます熱を帯びてきて耐えられないほどになっていた。

「ここをでましょう。大丈夫、あなたの安全は保障するから」

縣が手を伸ばして床に座りこんだままの頭師を立ち上がらせようとしたとき、地響きがして床が揺れた。思わずよろけたほど大きな揺れだった。

「地震だ。本が崩れてきたりしたら危険よ。さあ、早く立って」

頭師の肩に手をかけて急き立てたが、頭師は座りこんだまま動こうとしなかった。

「地震ではない」

頭師が落ち着き払った口調でいった。

「地震じゃない？」

縣は聞きとがめて頭師の顔を見た。

「地震じゃなかったらなんなの？」

「書庫が燃え落ちたのだ」

頭師がいった。

「書庫が？」

縣は周囲を見まわした。頭師が燃やそうとした手書本の火は消したはずだった。

「ここと同じ大きさの書庫が奥にもうふたつある。それが燃え落ちたのだ」

縣は頭師のことばがとっさに飲みこめず、眉間にしわを寄せた。

「この奥にもまだ書庫があるというの？」

頭師がうなずいた。

縣は一瞬ことばを失った。地下にこれだけ巨大な施設がひとつだけでなく複数あるとは想像もしていないことだった。

頰に当たる熱を感じて書架で埋まったコンクリートの壁に目をやった。

いつの間にか壁のあちこちから白い煙が立ちのぼりはじめているばかりか、書架の下では青白い炎が酸素を求めてヘビのように床を這うのが見えた。

「ここにもすぐ火の手がまわる。あんたも早く逃げないと火に巻かれるぞ」

頭師の声が背後から聞こえた。

「あなたも早く逃げないと」

ふり返ると、頭師は、小柄な老人のどこにそんな力があったのかと驚くくらい高々とプラスチックのタンクを頭上にもちあげた。

「なにをするの」

飛びかかって止めようとしたが遅かった。タンクのなかの液体が流れだし頭師の体にかかった。強烈な臭いとともに辺りに滴《しずく》が飛び散り、大量のガソリンがたちまち床のうえに広がった。

飛びすさった拍子に足が滑り、縣は転倒して床に膝をついた。

ガソリンをかぶってずぶ濡れになった頭師がゆっくりと立ち上がり、煙を噴き上げている書庫の奥の壁に向かって歩きはじめた。

「待ちなさい。待って」

叫んだが頭師はふり返りもせずに歩きつづけた。

奥の壁から火の手が上がった。

炎が波のように押し寄せてきて頭師の小柄な体を包みこんだ。

思わず叫び声を上げ、頭師に駆け寄ろうとした縣を何者かが後ろから抱きすくめて押しとどめた。

「やめろ」

縣を背後から抱き止めた男が怒鳴った。

驚いてふり返ると茶屋の顔があった。

「あの人が頭師倫太郎なの。助けないと」

茶屋がどうしてここにとつぜん現れたのかわからなかったが、縣は炎に包まれた頭師を指さしながら夢中で叫んだ。

「手遅れだ。あきらめろ」

茶屋がいった瞬間、くぐもった爆発音がどこからか聞こえ、床が揺れた。

書架から大量の本が落下し、つぎつぎに炎に飲みこまれていった。

大きくふくらんだ炎が書架に燃え移り、またたく間に天井の高さにまで達した。

巨大なコンクリートの空間はたちまち火の海となり、煙の渦と熱風がふたりに襲いかかった。

茶屋は縛めを逃れようとして手足をふりまわして暴れる縣を抱きすくめたまま後ずさった。

10

真梨子は、島崎昇平と名乗り自分の前に現れた男の顔をまじまじと見つめた。

〈わたしがあなたの家族だというの？〉

顫える指先でキーボードを叩いた。

「お前はわたしの妹なのだ」

島崎がいった。表情も言葉つきも一変していた。

〈わたしに兄妹などいない〉

真梨子はようやくそれだけの文字を打った。

「お前は能判官家の当主だったわたしの父秋柾の実の子だが、一歳にもならないうちに養子にだされた。お前がわたしの顔を覚えていないのはそのためだ。わたしは三十年以上もお前を探しつづけていた。お前に復讐するためにな」

島崎は椅子から立ち上がると、テーブルの端の真梨子に向かって歩きだした。

〈わたしがあなたになにをしたというの〉

真梨子は一歩また一歩と近づいてくる島崎から少しでも距離をとろうとして、むなしく椅子の上で半身を反らせた。

「わたしはまだ十五歳だったというのに家を追いだされ辛酸を舐めさせられた。わたしが能判官家の当主におさまることができなかったのもお前が元凶だ」

目の前で立ち止まった島崎が真梨子の頬を撫であげた。

真梨子はおぞましさに総毛立ち、スマートフォンを握った手で島崎を殴りつけた。

島崎が真梨子がふるった手をつかんだ。診察室で顔をうつむかせ歩くこともできずにドアに寄りかかっていた男とは思えないほど機敏で力強い動きだった。

「お前にはその代償を払ってもらう。この体でな」

島崎が顔を近づけ耳元でささやくようにいった。

真梨子は必死に身をよじった。島崎は真梨子の手を離そうとせず、手首をつかんだ手にいっそう力をこめた。

無我夢中でもがくうちに椅子の前脚が床から浮き後ろに大きく傾いた。島崎がつかんでいた手首をいきなり離し、真梨子は椅子ごと背中から転倒した。

後頭部を床に打ちつけ、真梨子は声のない悲鳴をあげた。

椅子に縛りつけられているせいで、床を転げまわるどころか身動きすることさえできなかった。

「無様な姿だな。まるでひっくり返った亀ではないか」

仁王立ちした島崎が真梨子を見下ろしながらいった。

「わたしが何者か、お前になにをするつもりなのかと尋ねたな。わたしが何者なのかは話した。今度はわたしがお前になにをするつもりなのかを聞かせてやろう」

怒りのためか興奮のせいなのか、島崎の顔が赤黒く変色していた。

「これから毎日気が向いたときにお前を犯す。一週間になるか半年になるかはお前次第だが、わたしが飽きたら鉈や包丁、ハサミなどを使って生きたまま一寸刻みにする。眼球をえぐりだし手足の爪を一枚ずつ剝がして、酸で顔を焼いてからな」

島崎はそういうといきなり全身の体重を乗せて真梨子の腹を踏みつけた。

あまりの痛みに呼吸が止まり、真梨子は身悶えた。

「最初は睡眠薬を使って眠らせ、お前の体を気が済むまでいたぶろうと思ったが、こういう場所で味見をするのも一興だな」

島崎がテーブルのうえのナイフをとりあげ、真梨子の顔の横にひざまずいた。

「歯を立てるなよ。歯を立てたらこれで口を切り裂く」

島崎はナイフを握りしめ、もう一方の手で真梨子の自由なほうの手を押さえつけると顔を寄せてきた。

真梨子は島崎の唇を避けようとはげしく首を左右にふった。

島崎の力は強く、いくらあがいても押さえつけている手を撥ね退けることができなかった。

顔に熱い息がかかり絶望に思わず目を閉じたとき、床に押さえつけられていた手からとつぜん島崎の手が離れた。

恐る恐る目を開けると、島崎が苦痛に顔をゆがませながら操り人形のようによろよろと立ち上がる姿が見えた。

どうやら何者かが背後から島崎の首をつかんで真梨子の体から引き剝がしたようだった。

とつぜん現れたもうひとりの男の顔は、島崎の陰に隠れて見えなかった。

島崎は完全に立ち上がり、首を絞められたままつま先立ちになって後ろ向きに引きずられていった。

なにが起こったのかわからなかったが、真梨子は顫える手で左手を結んでいるロープをほどいた。動転しているせいですばやくとはいかなかったが、そのあと両手を使ってなんとか縛りつけられた脚も自由にすることができた。

両脚を下ろして床のうえを転がり、よろけながら立ち上がったとき、島崎が握りしめたナイフを後ろも見ずに背後の男の横腹に力まかせに突き刺すのが見えた。

ナイフは男の腹に深々と突き刺さったように見えたが男は悲鳴どころかうめき声すら上げなかった。

声は上げなかったけれど、少しだけ体をくの字に折った拍子に島崎の体越しに男の顔がのぞいた。

男の顔を見た真梨子は驚愕に目を見開いた。

男は鈴木一郎だった。

鈴木一郎がなぜとつぜん現れたのか、なぜ自分を助けたのかまったく見当がつかず、幻覚を見ているに違いないと一瞬思ったが、男が鈴木一郎であることは紛れもない現実だった。

もがく島崎と島崎の首を背後から絞めつづけている鈴木から視線を逸らすことができずに、真梨子は逃げることも忘れてその場に立ちつくした。

首を締めつける鈴木の力がよほど強いのか、島崎はもがきながらもうめき声さえ上げられずにテーブルの反対側まで引きずられていき、ふたりの男は絡み合いながら部屋の外へと消えた。

混乱した真梨子は自分がなにをしようとしているのかもわからないままふたりのあとを追った。

ドアを抜けると、島崎が鈴木に片手で首を締めつけられたまま壁に押しつけられていた。

島崎は窒息寸前の様子で白目を剝いていた。

一方鈴木の顔にはまったく感情らしきものが浮かんでいなかった。

人が殺される。誰であろうとひとりの人間が、目の前でまさに殺されかかっているという恐怖で真梨子は凍りついた。

「やめて」

思わず叫び声を上げていた。真梨子は声がでたことに自分でも気がつかなかった。

真梨子は無我夢中でふたりの男に駆け寄り、鈴木を突き飛ばした。

鈴木の手が島崎の首から離れた。

「やめなさい」

よろけたもののすばやく体勢を立て直し、ふたたび島崎を捉えようとする鈴木の前に真梨子は立ちはだかった。

鈴木が真梨子に顔を向けた。

表情のない鈴木を見つめ返しながら、さらに一歩前に足を踏みだそうとしたとき背中を痛みが貫いて全身から力が抜け、真梨子は膝から崩れ落ちた。

息も絶え絶えだった島崎がわずかに残った力をふりしぼって真梨子の背中にナイフを突き立てた

のだった。

「先生」

鈴木が自分に向かって手を伸ばすのが見えた。

鈴木の顔が目の前にあった。

真梨子を抱きとめ顔をのぞきこむ鈴木の顔が次第にぼやけていき、やがて闇のなかに溶けていった。

## 11

トンネルを逆にたどって地上にでてからも深い地下からのくぐもった爆発音が断続的に聞こえてきた。

床から熱気が伝わってくるようで、屋敷全体に火の手がまわるのも時間の問題と思われた。

屋敷の外にでると縣は地面に膝をつき、荒い息をついた。

そのときはじめていつの間にか夜になっており、辺りがすでに真っ暗になっていることに気づいた。

トンネルを抜けるあいだも極度に熱せられた空気を吸いこみつづけていたせいで肺が痛んだ。

「どうしてわたしがあそこにいることがわかったの？」

茶屋を見上げて縣は尋ねた。

「古代の手下があんたを尾けていたことに気がつかなかったのか。おれはそいつらを尾けてきたんだ。そいつらをかたづけてあんたを捜そうと地下の隠し部屋に入ってみると、本棚の後ろにトンネルの入口が開いていたという訳だ」

煙で額を黒くした茶屋が縣を見下ろしながらいった。

「そうだったの。ありがとう」

「なんの礼だ」

「わたしの命を助けてくれたでしょ」

縣はしゃがれ声でいった。

屋敷の外にでても地下からの地鳴りはつづいていた。

地面はかすかに揺れつづけており、まるで大地震の前触れのようだった。

地下につくられた巨大な構造物が焼き尽くされて崩れ落ちたらどうなるのか、想像するだけで寒気がした。

「あそこは一体なんなんだ」

小刻みに揺れる地面の上に踏ん張って立ちながら茶屋が縣に聞いた。

「能判官家が代々収集した記録の保管庫」

「能判官家の記録の保管庫がなぜ氷室屋敷の地下にあるんだ」

「記録に目を通すことができたのは代々頭師家の人間に限られるという決まりになっていたそうだから、人々の目から隠すためね。もちろん能判官家の先代は場所くらいは承知していたでしょうけど」

茶屋は眉間にしわを寄せてしばらく考えていたが、やがていった。

「記録の保管庫ってことは、つまりあそこが古代や日馬たちが捜していたものだということか」

「そういうこと。日馬たちは頭師さんがＵＳＢメモリーみたいなものをどこかに隠しているに違いないと思っていたようだけどね」

「あの火事はなんだったんだ。頭師が火を点けたのか」

茶屋が聞いた。

「ええ、そう」

縣は地面に両手をついてよろよろと立ち上がった。

「そんな貴重なものを頭師はなぜ燃やしたんだ」

「古代たちが捜しているとわかったから、彼らの手が永久に届かないようにするため」

茶屋の問いに縣がうなずいたとき不気味な地鳴りが轟き、地面がいっそう大きく揺れた。

「ここから離れないと危険だわ」

縣は茶屋に向かって大声を上げて走りだそうとしたが、腰がふらついていて無様に転倒した。

痛みのあまり小さく悲鳴を上げた縣に茶屋が手を伸ばし、片手で軽々と助け起こした。

「大丈夫か」

「ええ、大丈夫。走って」

縣はそう叫ぶと門に向かって一目散に駆けだした。

巨体の茶屋も瞬時に反応し、縣に後れをとることなく走りだした。

その瞬間地面に亀裂が走り、車回しの脇に建てられた煉瓦造りの納屋が轟音とともに地中に飲みこまれた。

亀裂はみるみる延びて、夜目にも白い砂利道を猛然と走る縣たちを後ろから追いかけてきた。

池の水が揺れて沸き立ち、水しぶきの雨を降らせた。

縣たちは頭から水を浴びながら、息が切れるのもかまわず走りつづけた。

亀裂はしかし庭のなかほど以上には延びず、後ろも見ずに必死で走る縣たちのすぐ背後で止まり、土砂崩れもおさまった。

唐草の透かし柄の鋳鉄の門扉を抜けたとたんふたりは力尽きて地面に倒れこんだ。

門の向こうをふり返ると屋敷が沈みはじめていて、翼棟の急勾配の屋根が大きく傾いているのが見えた。

唖然として見つめているうちに、木材と金属とが軋む獣の咆哮のような音がして屋根が崩れ落ちた。

翼棟の建物が断末魔の悲鳴を上げながら地面の下に半分ほど沈んだとき、蔦が絡みついた本館の土台に沿って電光のような光りが走った。

本館の真下にあった地下の巨大な構造物の天井が崩れ落ちたせいで、炎が新鮮な酸素を求めて一斉に噴き上がったのだった。

屋敷はまるで火薬庫が爆発したように一瞬にして火の玉と化した。

はげしい旋風が巻き起こり、縣たちは熱風の衝撃で後ろによろけた。

立ちのぼった炎は一本の太い柱となって夜空を焦がし、屋敷の広い敷地を赤々と照らしだした。

燃えさかりながら徐々に地中深くに沈んでいく氷室屋敷を縣と茶屋はなす術もなく見つめるしかなかった。

## 12

よく晴れた日だった。

白衣の看護師が、脚にギプスをした患者を乗せた車椅子を押しながら遊歩道をのんびりと歩いていた。

ほかにも噴水のまわりをパジャマにカーディガンを羽織っただけの数人の人々が陽光を浴びながら散歩を楽しんでいた。皆笑顔で、憂鬱そうな顔をしている者はひとりもいなかった。

建物のなかに入ると、広いフロアはソファに座って自分の名前が呼ばれるのを待っている人や忙しそうに往き来する看護師、白衣とは別の制服を着た事務員たちであふれていたが、こちらは皆うつむきかげんで、大声で私語を交わしている人も笑顔を浮かべている人もいなかった。当り前といえば当り前だが。

縣は受付で鷲谷真梨子が入院している病室を聞いてエレベーターに乗り、五階で降りた。

長い廊下のいちばん奥が真梨子の病室だった。

軽くノックしてスライド式のドアを開けた。

病室はひとり部屋にしては広く、壁には液晶の大型画面まで嵌めこまれていた。ほかにもオーディオ装置やパソコンなど最新の電気製品がいくつもそろえられていて、病室から外へでなくてもゆうに半年や一年くらいはなに不自由なく暮らせそうだった。

ベッドに横たわった真梨子が縣に顔を向けた。縣は傍らにあった椅子をベッドの脇に引き寄せて座った。

「これ、打てる？」

縣は小さなバッグからスマートフォンをとりだして真梨子に尋ねた。

〈ええ。まだ歩いたりすることはできないけど、指は動く〉

真梨子が胸のうえに載せたスマートフォンのキーボードを両手の親指で器用に打ってすぐに返信してきた。

「手術からたった一週間しか経っていないのに、元気そうで安心したわ」

〈病院に運びこまれるのがもう少し遅かったらどうなっていたかわからないとお医者さんがいっていたわ〉

「先生を病院まで運んだのは鈴木一郎なんだって？」

縣が尋ねると真梨子がうなずいた。怒っているような恨んでいるような複雑な表情だった。

鈴木は能判官古代を殺すことより真梨子の命を救うことを選んだ。その結果古代は逃亡し、まんまと姿をくらましたのだった。

〈あの男は見つかった？〉

「茶屋さんが血眼《ちまなこ》になって捜しているところ。あのマンションはいろいろ仕掛けがしてあって隠し扉や隠し通路まであったみたい。いつでも逃げられるように周到に準備していたのね」

〈鈴木一郎は？〉

「あなたを病院に届けるとすぐに姿を消した」

縣は真梨子の顔をうかがったが、表情からはなにを考えているのか読みとることができなかった。

〈わたしの家に盗聴器はあったの？〉

「うん。盗聴器と小型カメラが見つかった」

縣が答えると、真梨子は目を閉じ深いため息をついた。

「もちろん全部とりはずして徹底的に掃除したから、先生は安心して家に戻れるよ」

縣はいったが、真梨子は目を閉じたまま反応を示さなかった。

縣は真梨子にかけることばをそれ以上思いつかず黙りこむしかなかった。

〈あの男、能判官古代って名乗った。能判官なんて家、本当にあるの？〉

しばらくすると真梨子が目を開け、スマートフォンをふたたび親指で操作した。

「ええ」

〈自分は能判官家の当主の跡継ぎだって、そうもいったわ。それも本当の話？〉

「ええ」

縣はうなずいた。

〈わたしも能判官家の子で、あの男の妹だといわれたわ〉

「なんですって」

縣は思わず声を上げてしまった。

真梨子が顔を向け、縣を見つめながら眉間にしわを寄せた。なぜ驚いたのか探るような視線だった。

〈なぜ驚くの。なにか知っているの〉

「驚いてなんかないよ。いえ、驚いた。本当のことをいうとね。あまりに突飛な話だと思ったから。だってもし先生があの男の妹なら、先生は能判官家で育ったってことになるし、当然古代だって知っていたはずじゃない。先生には能判官家で育ったという記憶があるの？」

縣はしどろもどろになりながら逆に質問を返した。

〈そんな記憶はまったくないわ。わたしの父も母も能判官家なんて家とはまったく関係がないし、名前すら聞いたことがないもの〉

「そうでしょう？　当り前だよ」

〈でも、どうしてあんなことをいったのか気になって〉

「それは先生の家に盗聴器や隠しカメラを仕掛けて二年以上もストーキングしていたような男だもの。先生に対するゆがんだ愛情がそんな突飛な妄想を生んだんだよ。そうに決まってる」

頭師がいっていた、一歳になるかならないうちに養子にだされた古代の妹とは真梨子のことだったのだという想像もしていなかった事実を聞かされて内心動転していることを悟られないよう、縣は必死におどけた口調を装いながらいいつくろった。

真梨子は縣の顔を見つめたままだった。

縣は背中に冷や汗をかきながらなんとか口角をあげ、笑顔らしき表情をつくった。

〈そうよね。そんなはずがないわね〉

ようやく縣から視線をはずした真梨子がキーを打った。

〈きょうのドレス、素敵ね〉

縣はフリルのついた純白のワンピースを着ていたが、大きく広がったスカートの部分には花柄の刺繍がしてあった。

「わたし、背が高いからロリ服を着ると馬鹿っぽく見えない？」

縣は真梨子を笑わせようと思っていった。

〈そんなことないわ。とても似合ってる。あなたのご家族の話が聞きたいわ。ご両親はどんな方？〉

スマートフォンに目を落とした縣は液晶画面にならんだ文字を見てとまどい、一瞬ことばに詰まった。

〈ごめんなさい。答えたくないことを聞いてしまった？〉

縣の表情を見た真梨子があわてたようにキーを打った。

「ううん。そんなことない」

縣は首を横にふった。

「わたしの両親はね、時代遅れのヒッピーだったの」

〈ヒッピー？〉

「そう。ラブ・アンド・ピースのあのヒッピー。ＬＳＤ五ドルで天国ってやつ」

〈よくわからないわ〉

「わたしの両親は六〇年代、七〇年代のことなんかなにも知らないくせにあの時代にすごく憧れを抱いていたの。ふたりは学生結婚だったんだけど、わたしが生まれるとすぐにアメリカに移住した。サンフランシスコの大学に留学するためにね。学校を卒業すると今度はアラスカに引っ越した」

〈アラスカに？　サンフランシスコはヒッピームーブメントが盛んだったところだからなんとなくわかるような気がするけど、なぜアラスカなの？〉

「フォークソング・コレクターってわかる？」

〈知らない〉

「移民たちがアメリカに持ちこんだ祖国の伝統音楽だとか先住民のあいだで古くから伝わる歌を探して採譜したり録音したりして人類共通の財産として残すために活動していた人たちのことだけど、そのなかに当時の若者なら誰でも知っていた有名な人がいたの。その人はオンボロ車でアメリカ中をまわり厖大な数のフォークソングを収集して、録音したテープは何枚ものレコードになった。その人の最後の目的地がアラスカだったの。何ヵ月かしていつものようにレコード会社にテープが送られてきたんだけど、録音されていたのは歌ではなく、自身の放浪生活についての述懐だった。中身はフリーセックス礼讃と薬物による意識の拡大その他もろもろだったって訳。会社はテープを出版社に持ち込み、出版社は本にした。本はベストセラーになってそのフォークソング・コレクターは若者たちから熱烈な支持を得て、のちにヒッピーの始祖として祭りあげられることになったんだけど、当の本人はアラスカで姿を消したまま二度と戻らなかった。で、彼の信奉者たちのあいだでアラスカへの聖地巡礼がはじまった。彼を探そう、きっとどこかにボディーの横にＰＵＳＳＹ　ＷＡＧＯＮって文字がでかでかと書かれたバンが見つかるはずだ、ひょっとしたらその車のなかに白骨化した彼が眠っているかも知れないってね」

〈それであなたの両親もアラスカへ？〉

「そういうこと。父は建築士、母は弁護士として働きながら、週末になると奥地の山や川にでかけて行った。ふだんはとてもおだやかで論理的な人たちだったのに、ＰＵＳＳＹ　ＷＡＧＯＮおじさんのことになると理性の箍《たが》がはずれたようになって他人のいうことなんか一切耳を貸さなかった」

〈それでどうなったの〉

「ある週末、ふたりはいつものように深い森に入って行って行方不明になった」

〈もちろん見つかったんでしょう？〉

「いいえ。何ヵ月も捜索が行われたけどふたりは見つからなかった」

〈そんな。わたしをからかっているのね〉

「いいえ、本当のこと。ふたりは二度と帰ってこなかった。そしてまだ子供だったわたしは日本の親戚に引きとられたって訳」

　縣の顔を見た真梨子が、冗談をいっているのではないとわかるとスマホのキーを打った。

〈ごめんなさい〉

「謝ることなんかないわ。わたしはそれからどんなものであれ何かを偶像化したり神聖視することくらい馬鹿馬鹿しいことはないと思うようになった。この世の中には目の前の事実しかないんだ、事実だけを追い求めようってね」

〈天上の存在なんかもってのほかという訳ね〉

「それはノー・コメントということにしておく」

　そう答えると、縣の顔を見つめていた真梨子の頰がゆるんだ。

〈これからどうするの。ここに残って茶屋さんのお手伝いをつづけるの？〉

「ううん。東京へ帰らなくちゃ。いろいろ雑用が溜まってるし、わたしが見張っていないとなにをしでかすかわからない部下もいるからね」

〈そう、残念だわ。あなたとはお友達になれそうだって思っていたのに〉

「先生とは友達だよ。毎日ＬＩＮＥする」

〈本当？　わたしも毎日返事を送るわ〉

縣が手を伸ばし、真梨子がその手を握り返した。

「じゃあね」

縣がいい、真梨子がうなずいた。

13

病院の建物をでた縣が雲ひとつない晴天に思わず背伸びをしながら左右を見渡すと、遊歩道の入口に置かれたベンチに腰をかけている男が見えた。

縣はタクシーを拾うのをいったんとりやめにして遊歩道に向かい、男の座っているベンチの反対側の端に腰を下ろした。

「一週間も経っているのに、氷室屋敷の地下ではなにかが高温を発しながら燃えつづけているそうよ。消防車が近づけないくらい強烈な熱らしい。あなたが地下の図書館の焼失を手伝ったんでしょう？　いくら古いといってもコンクリート製の建造物がガソリンの炎くらいで崩れ落ちるなんてあり得ないもの」

縣は男には視線を向けず正面を向いたままだったが、男は無言だった。

「まさか真梨子先生のお見舞いにきた訳じゃないでしょう？」

「あなたに会いにきました」

男がいった。

「わたしに？　それは意外ね。逃亡犯のあなたに用があるのはわたしの方で、あなたではないと思ってた」

「『愛宕セキュリティー・コンサルタント』はどうなりますか」

縣の軽口にはとりあおうとはせずに男がいった。

「何人か証人がいるけど犯罪行為を立証するのはむずかしい。いまのままでは起訴もできないし裁判にももちこめないから別の方法でいくしかない」

「別の方法とはなんです」

「あなたコンピューターにくわしい？」

縣は男に顔を向けて聞いたが、すぐに正面に向き直った。

「愚問だったわね。会社のサーバーにウィルスを植え込んでネットワークを把握した。あとはわたしのゴーサインひとつであの会社の全データを別のサーバーに移す。わたしが用意した海外のサーバーにね。あの会社なかなか優秀らしいから一日か二日で経由サーバー間の暗号を解いて移行先を見つけるかも知れないけど、その間契約先のデジタルセキュリティーは丸裸の状態になる。『愛宕セキュリティー・コンサルタント』の信用はガタ落ちになるし、そればかりかあちこちから大変な額の損害賠償金を請求される羽目になるでしょうね。つまりあの会社は一巻の終わりという訳」

縣はことばを切りもう一度男の方をうかがったが、男は無表情のままだった。

「残念なのは日馬という男を逮捕できなかったこと。やつはわたしが知っている限り七人の人間を殺している。だからどうしても捕らえたかった」

「日馬なら死んでいます」

男がいった。

縣は思わず男の顔を見た。

「あなたが殺したの？」

「能判官古代です。死体はばらばらにされて燃やされてしまいましたから残っていませんが、隠れ家の焼却炉を浚《さら》えばＤＮＡが検出できるかも知れません。播磨町《はりまちょう》の外れにあるスクラップ置き場です」

男はそういってベンチから立ち上がった。

「図書館を跡形もなく破壊しただけじゃない。あそこに保管されていた本を灰にする前にあなたはすべてを記憶したはず。頭師さんに頼まれてね」

男はなにも答えなかったが、縣はそれを肯定の印と受けとった。

「頭師さんから頼まれたのはそれだけじゃない。指名手配犯になってもあなたがどうしてこの愛宕市から離れないのかずっと不思議に思ってたんだけど、やっと答がわかった。それは真梨子先生を古代から守るため。あなたは真梨子先生のガーディアンエンジェルだった。そうなんでしょう？」

男はそれにも答えず、縣に背中を向けて歩きはじめた。

「わたしは東京に帰るけど愛宕市からは目を離さないわよ。だって能判官家の記録をすべて記憶したあなたはこの町に巣食っている悪党たちのリストを手に入れたも同然なんだから」

振り向きもせずに立ち去ってゆく男の背中に向かって縣はいった。

参考文献

『失踪入門』吾妻ひでお／中塚圭骸（インタビュー）　徳間書店
『狂気の偽装』岩波　明　新潮社
＊
『警視庁情報官　サイバージハード』濱　嘉之　講談社
＊
『科学者は神を信じられるか』ジョン・ポーキングホーン　講談社ブルーバックス

本書は書き下ろしです。

**首藤瓜於**（しゅどう・うりお）

1956年栃木県生まれ。上智大学法学部卒業。会社勤務等を経て、2000年に『脳男』で第46回江戸川乱歩賞を受賞。主な著書に『事故係 生稲昇太の多感』『刑事の墓場』『指し手の顔 脳男Ⅱ』『刑事のはらわた』『大幽霊烏賊 名探偵 面鏡《いじか》真澄』がある。

# ブックキーパー 脳男《のうおとこ》

第1刷発行 2021年4月19日

著者 首藤瓜於《しゅどううりお》

発行者 鈴木章一

発行所 株式会社 講談社
東京都文京区音羽2-12-21
郵便番号 112-8001
電話 出版 03-5395-3505
販売 03-5395-5817
業務 03-5395-3615

本文データ制作 講談社デジタル製作

印刷所 豊国印刷株式会社

製本所 株式会社若林製本工場


N.D.C. 913 622p 20cm ISBN978-4-06-522538-7